After. Amor infinito

T0160484

Biografía

Anna Todd es una escritora primeriza que vive en Austin con su marido, con quien, batiendo todas las estadísticas, se casó un mes después de graduarse. Durante los tres despliegues que él hizo en Irak, ella realizó diversos y curiosos trabajos, desde vender maquillaje hasta atender en el mostrador de Hacienda. Anna siempre ha sido una ávida lectora amante de las boy bands y los romances, así que ahora que ha encontrado una forma de combinar todas sus aficiones es feliz viviendo en un sueño hecho realidad.

Anna Todd
After. Amor infinito
(Serie After, 4)

Planeta

Obra editada en colaboración con Editorial Planeta – España

Título original: *After Ever Happy*

© 2014, Anna Todd
La autora está representada por Wattpad.
Publicado de acuerdo con el editor original, Gallery Books, una división de
Simon & Schuster, Inc.
© 2015, Traducción: Traducciones Imposibles

© 2015, Editorial Planeta S.A. – Barcelona, España

Derechos reservados

© 2018, Editorial Planeta Mexicana, S.A. de C.V.
Bajo el sello editorial BOOKET M.R.
Avenida Presidente Masarik núm. 111, Piso 2
Polanco V Sección, Miguel Hidalgo
C.P. 11560, Ciudad de México
www.planetadelibros.com.mx

Diseño de portada: Departamento de Arte y Diseño.
Área Editorial Grupo Planeta
Adaptación de portada: Caskara / design & packaging
Fotografía de portada: © Rekha Garton / Getty Images

Primera edición impresa en España: marzo de 2015
ISBN: 978-84-08-13836-5

Primera edición en formato epub en México: marzo de 2015
ISBN: 978-607-07-2739-9

Primera edición impresa en México en Booket: marzo de 2018
Séptima reimpresión en México en Booket: febrero de 2022
ISBN: 978-607-07-4746-5

Impreso en los talleres de Impresora Tauro, S.A. de C.V.
Av. Año de Juárez 343, Colonia Granjas San Antonio, Iztapalapa
C.P. 09070, Ciudad de México.
Impreso en México –*Printed in Mexico*

Para todos aquellos que alguna vez han luchado
por alguien o algo en lo que creían

PRÓLOGO

Hardin

Muchas veces en mi vida he tenido la impresión de que sobro, de que estoy fuera de lugar en el peor sentido posible. Mi madre lo intentaba, lo intentaba con todas sus fuerzas, pero no era suficiente. Trabajaba demasiado. Dormía durante el día porque se pasaba toda la noche en pie. Trish lo intentaba, pero un niño, y más un niño perdido, necesita a su padre.

Yo sabía que Ken Scott era un hombre atormentado, un hombre sin pulir que aspiraba a ser alguien y al que nunca le impresionaba nada de lo que hacía. El pequeño Hardin —el niño que trataba patéticamente de impresionar a aquel señor alto cuyos gritos y tambaleos inundaban el reducido espacio de nuestra casucha de mierda— estaría encantado ante la posibilidad de que aquel hombre tan frío no fuera su padre. Suspiraría aliviado, tomaría su libro de la mesa y le preguntaría a su madre cuándo iba a venir Christian, el señor agradable que le hacía reír y que le recitaba pasajes de libros antiguos.

Pero Hardin Scott, el hombre adulto que lucha contra la adicción y la ira heredada del vergonzoso padre que le fue impuesto, está muy pinche furioso. Me siento traicionado, confundido y encabronado. No tiene sentido. No es posible que este típico drama televisivo de padres intercambiados me esté pasando a mí en la vida real. Recuerdos que había enterrado resurgen a la superficie.

A la mañana del día siguiente de que una de mis redacciones fuese seleccionada para el periódico local, oí cómo mi madre decía con orgullo y ternura al teléfono: «Sólo quería que supieras que Hardin es brillante. Como su padre».

Eché un vistazo a la pequeña sala. El hombre de pelo oscuro que estaba inconsciente en el sillón con una botella de licor a sus pies no era brillante. «Es un maldito desastre», pensé al ver que se despertaba, y mi madre colgó rápidamente el teléfono. Hubo numerosas situaciones de este tipo, demasiadas como para contarlas, y yo era demasiado estúpido, demasiado joven para entender por qué Ken Scott era tan distante conmigo, por qué nunca me abrazaba como solían hacerlo los padres de mis amigos con sus hijos. Jamás jugaba al beisbol conmigo ni me enseñó nada más que cómo ponerse hasta la madre de alcohol.

¿Pasé por todo aquello para nada? ¿De verdad Christian Vance es mi padre real?

La habitación me da vueltas. Miro fijamente al hombre que supuestamente me engendró y algo en sus ojos verdes y en la línea de su mandíbula me resulta familiar. Veo cómo le tiemblan las manos al apartarse el pelo de la frente y me quedo helado al darme cuenta de que yo estoy haciendo exactamente lo mismo.

CAPÍTULO 1

Tessa

—Eso es imposible.

Me levanto, pero al instante vuelvo a sentarme en el banco al sentir que el pasto parece moverse bajo mis pies de manera inestable.

El parque se está llenando de gente, de familias con niños cargados de globos y regalos a pesar del frío que hace.

—Es verdad. Hardin es hijo de Christian —dice Kimberly con sus ojos azules brillantes fijos en un punto.

—Pero Ken... Hardin es igualito a él.

Recuerdo la primera vez que vi a Ken Scott, en una yogurtería. Supe de inmediato que era el padre de Hardin; su cabello oscuro y su estatura me llevaron en el acto a esa fácil conclusión.

—¿Tú crees? Yo, aparte del color del pelo, no les veo el parecido. Hardin tiene los ojos de Christian y la misma estructura facial.

«¿En serio?» Me cuesta visualizar los tres rostros. Christian tiene hoyuelos, como Hardin, y los mismos ojos..., pero esto no tiene sentido: Ken Scott es el padre de Hardin; ha de serlo. Christian parece tan joven comparado con Ken... Sé que son de la misma edad, pero el alcoholismo de este último causó estragos en su aspecto. No deja de ser un hombre atractivo, pero es claro que el licor lo ha envejecido.

—Esto es... —Me cuesta encontrar las palabras, y también el aire.

Kimberly me mira como disculpándose.

—Lo sé. Me moría por contártelo. Detestaba tener que ocultártelo, pero no me correspondía a mí revelarlo. —Coloca la mano sobre la mía y me la aprieta suavemente—. Christian me prometió que, en cuanto Trish le diera permiso, él mismo se lo contaría a Hardin.

—Es que... —Inspiro hondo—. ¿Es eso lo que está haciendo Christian? ¿Se lo está contando a Hardin en este momento? —Me levanto de nuevo y dejo caer la mano de Kimberly—. Tengo que ir con él. Va a...

Ni siquiera puedo imaginar la reacción de Hardin ante esa noticia, especialmente después de haber sorprendido a Trish y a Christian juntos anoche. Esto será demasiado para él.

—Así es. —Kim suspira—. Trish no estaba del todo de acuerdo, pero según Christian empezaba a dejarse convencer, y las cosas se estaban complicando.

Mientras saco mi teléfono, mi único pensamiento es que no me cabe en la cabeza que Trish le ocultase esto a Hardin. La tenía en mucha mejor consideración como madre, y ahora me da la sensación de que no conozco a esa mujer.

Cuando ya tengo el celular pegado a la oreja y la línea de Hardin empieza a sonar, Kimberly dice:

—Le dije a Christian que debían estar juntos cuando fuese a contárselo, pero Trish le aconsejó que estuvieran a solas si lo hacía...

Kimberly aprieta los labios, echa una ojeada al parque y después levanta la vista al cielo.

Me salta el tono monótono del buzón de voz de Hardin. Llamo de nuevo mientras mi amiga aguarda en silencio, pero sólo consigo que el buzón de voz salte por segunda vez. Me meto el celular en la bolsa trasera y empiezo a retorcerme las manos.

—¿Puedes llevarme hasta él, Kimberly? Por favor.

—Sí. Por supuesto. —Se pone de pie y llama a Smith.

Al ver al pequeño corriendo hacia nosotras con lo que sólo puedo describir como andares de mayordomo de caricaturas, de repente caigo en el hecho de que Smith es hijo de Christian... y hermano de Hardin. Hardin tiene un hermanito. Y entonces pienso en Landon... ¿Cómo afectará esto a la relación entre Landon y Hardin? ¿Querrá Hardin tener algún contacto con él ahora que no los une ningún vínculo familiar? Y ¿qué pasa con la dulce Karen y su deliciosa repostería? Y ¿con Ken? ¿Qué pasa con el hombre que tanto se está esforzando por enmendar la terrible infancia de un niño que no es su hijo? ¿Sabe que no es su padre? Me va a estallar la cabeza y necesito ver a Hardin. Necesito asegurarme de que sepa que estoy aquí para él, y que superaremos esto juntos. No puedo ni imaginarme cómo debe de sentirse en estos momentos; debe de estar terriblemente agobiado.

—¿Smith lo sabe? —pregunto.

Al cabo de unos instantes de silencio, Kimberly responde:

—Creíamos que sí por cómo se comporta con Hardin, pero nadie se lo ha dicho.

Siento lástima por Kimberly. Ya ha tenido que enfrentarse a la infidelidad de su pareja, y ahora esto. Cuando el pequeño llega junto a nosotras, se detiene y nos observa con una mirada misteriosa, como si supiese exactamente de qué estábamos hablando. Sé que no puede ser, pero el modo en que se adelanta y se mete en el coche sin decir ni una palabra me hace dudar.

Mientras recorremos Hampstead en busca de Hardin y de su padre, el pánico no para de subir y bajar en mi pecho.

CAPÍTULO 2

Hardin

El crujir de la madera partiéndose resuena por todo el bar.

—¡Hardin, espera! —grita Vance desde alguna parte; su voz retumba en el local.

Otro chasquido seguido por el ruido de cristal rompiéndose. El sonido me complace y alimenta mi sed de violencia. Necesito romper cosas, desmadrar algo, aunque sea un objeto.

Y lo hago.

Oigo unos gritos que me sacan de mi trance. Me miro las manos y veo el extremo astillado de la pata de una silla cara. Levanto la vista hacia las expresiones alarmadas de unos desconocidos y busco un único rostro: el de Tessa. Pero ella no está aquí, y en este momento de furia no sé si eso es bueno o malo. Estaría asustada; estaría preocupada por mí, presa del pánico, estresada y gritando mi nombre para ahogar los gritos que resuenan en mis oídos.

Dejo caer rápidamente el trozo de madera como si me quemara la piel. Y entonces noto que unos brazos me rodean los hombros.

—¡Sáquenlo de aquí antes de que llamen a la policía! —dice Mike gritando más fuerte de lo que lo había oído jamás.

—¡No me toques! —Me quito a Vance de encima y lo fulmino con una mirada de furia.

—¡¿Quieres ir a la cárcel?! —grita a tan sólo unos centímetros de mi cara.

Quiero lanzarlo al suelo, agarrarlo del cuello y...

Pero entonces, un par de mujeres chillan y evitan que vuelva a caer en ese agujero negro. Miro al bar fresa y veo los vasos hechos añicos en el suelo, la silla rota y las expresiones de horror de los clientes que esperan salir ilesos de esta carnicería. Su estupor tarda sólo unos instantes en transformarse en una tremenda ira dirigida a mí por el hecho de haber interrumpido su costosa búsqueda de la felicidad.

Christian me sigue cuando paso a toda velocidad junto a una mesera y salgo del local.

—Entra en mi coche y te lo explicaré todo —resopla.

Temiendo que la policía aparezca en cualquier momento, le hago caso, pero no sé cómo sentirme ni qué decir. A pesar de la confesión, mi mente no consigue asimilarlo. Es tan imposible que resulta ridículo.

Me acomodo en el asiento del acompañante mientras él ocupa el del conductor.

—No puedes ser mi padre —digo—. Es imposible. No tiene ningún sentido. —Al reparar en el caro vehículo rentado, me pregunto si Tessa estará tirada en ese maldito parque en el que la dejé—. Kimberly tiene coche, ¿verdad?

Vance me mira con expresión de incredulidad.

—Sí, por supuesto que lo tiene.

El suave ronroneo del motor aumenta de intensidad conforme sortea el tráfico.

—Lamento que te hayas enterado de esta manera —suspira Christian—. Todo parecía ir bien durante un tiempo, pero de repente la cosa empezó a salirse de control.

Permanezco callado. Sé que perderé los papeles si abro la boca. Mis dedos se clavan en mis piernas y el ligero dolor me ayuda a mantener la calma.

—Te lo explicaré todo, pero necesito que mantengas la mente abierta, ¿de acuerdo? —Me mira un instante y veo la compasión en sus ojos.

No quiero que nadie me compadezca.

—¡No me hables como si fuese un pinche niño! —replico.

Vance me mira y se centra de nuevo en la carretera.

—Ya sabes que crecí con Ken. Fuimos amigos desde muy pequeños.

—No, la verdad es que no tenía ni idea —contesto. Lo fulmino con la mirada y me vuelvo para contemplar el paisaje que pasa a gran velocidad—. Por lo visto, no tengo ni puta idea de nada.

—Bueno, pues es la verdad. Nos criamos casi como si fuéramos hermanos.

—Y entonces ¿te cogiste a su mujer? —digo interrumpiendo su idílica historia.

—Oye —responde prácticamente rugiendo y agarrando con tanta fuerza el volante que los nudillos se le han puesto blancos—, estoy intentando explicarte esto, así que déjame hablar, por favor. —Inspira hondo para calmarse—. Respondiendo a tu pregunta, no fue así como sucedió. Tu madre y Ken empezaron a salir en la prepa, cuando ella se trasladó a Hampstead. Era la chica más guapa que había visto en mi vida.

Se me revuelve el estómago al recordar la imagen de la boca de Vance sobre la suya.

—Pero ella se enamoró de Ken al instante. Pasaban cada segundo del día juntos, como Max y Denise. Podría decirse que los cinco formábamos un grupito. —Christian suspira, sumido en el ridículo recuerdo, y su voz se torna distante—. Era una mujer despierta e inteligente y estaba loca por tu padre... Carajo. No voy a ser capaz de dejar de referirme a él de ese modo...

Gruñe y golpea el volante con los dedos como para incitarse a sí mismo a proseguir.

—Ken era inteligente. Lo cierto es que era incluso brillante, y cuando entró en la universidad con una beca completa y admisión anticipada, empezó a estar muy ocupado. Demasiado ocupado para ella. Pasaba horas y horas en la facultad. Pronto acabamos conformando el grupo nosotros cuatro solos, sin él, y las cosas entre tu madre y yo... En fin, mis sentimientos por ella se intensificaron muchísimo, y los suyos por mí se despertaron.

Vance se toma un momento de descanso para cambiar de carril y para prender el aire acondicionado del coche, de modo que entre más aire. Éste sigue siendo denso y pesado, y mi mente es un maldito torbellino cuando empieza a hablar de nuevo.

—Yo siempre la quise, y ella lo sabía, pero ella lo quería a él, y él era mi mejor amigo. —Traga saliva—. Conforme fueron pasando los días, nos hicimos... íntimos. No en un sentido sexual todavía, pero ambos nos dejamos llevar por nuestros sentimientos sin tapujos.

—Ahórrame los detalles. —Aprieto los puños sobre el regazo y me obligo a cerrar la boca para que termine su historia.

—Está bien, está bien. —Mantiene la mirada fija hacia adelante—. En fin, una cosa llevó a la otra y acabamos teniendo una aventura. Ken no tenía ni idea. Max y Denise sospechaban algo, pero ninguno comentó nada. Le rogué a tu madre que lo dejara porque la había abandonado. Sé que está mal por mi parte, pero estaba enamorado de ella.

Sus cejas se unen transformándose en una sola.

—Ella era la única vía que tenía para escapar de mis propias acciones autodestructivas. Ken me importaba mucho, pero no podía ver más allá de mi amor por ella. Nunca fui capaz. —Exhala con fuerza.

—¿Y...? —lo animo a continuar al cabo de unos segundos de silencio.

—Sí... Cuando anunció que estaba embarazada, pensé que huiríamos juntos y que se casaría conmigo en lugar de hacerlo con él. Le prometí que, si me escogía a mí, lo dejaría todo y estaría allí para ella..., para ustedes.

Siento sus ojos fijos en mí, pero me niego a mirar dentro de ellos.

—Tu madre consideraba que yo no era lo bastante estable para ella, de modo que tuve que quedarme allí sentado, mordiéndome la lengua cuando ella y tu p... y Ken anunciaron que estaban esperando un hijo y que iban a casarse esa misma semana.

«¿Qué chingados...?» Me vuelvo hacia él, pero está claramente perdido en el pasado, con la vista fija en la carretera.

—Yo quería lo mejor para ella, y no podía arrastrarla por el fango y arruinar su reputación contándole a Ken o a quien fuera la verdad de lo que había pasado entre nosotros. Me repetía constantemente que, en el fondo, él tenía que saber que el hijo que crecía en su vientre no era suyo. Tu madre juraba y perjuraba que él no la había tocado en meses. —Los hombros de Vance tiemblan ligeramente cuando un evidente escalofrío le recorre la espalda—. Acudí a su pequeño enlace vestido de traje y fui su padrino. Sabía que él le daría todo lo que yo no podía darle. Yo ni siquiera pensaba ir a la universidad. Lo único que hacía con mi tiempo era desear a una mujer casada y memorizar páginas de novelas antiguas que jamás se harían realidad en mi vida. No tenía planes de futuro, ni dinero, y ella necesitaba ambas cosas. —Suspira intentando escapar del recuerdo.

Al mirarlo, lo que me pasa por la cabeza y lo que me siento obligado a decir me sorprende. Cierro el puño y después relajo la mano intentando contenerme.

Entonces cierro puño de nuevo, y no reconozco mi voz cuando pregunto:

—Así que, básicamente, ¿mi madre te utilizó para divertirse y después te dejó porque no tenías dinero?

Vance exhala profundamente.

—No. No me utilizó. —Mira en mi dirección—. Sé que es lo que parece, y que es una situación horrible, pero ella tenía que pensar en ti y en tu futuro. Yo era un auténtico desastre, no valía para nada. No tenía ningún futuro.

—Y ahora eres millonario —señalo con resentimiento.

¿Cómo puede defender a mi madre después de toda esa chingadera? ¿Qué carajos le pasa? Pero de repente caigo en la cuenta de algo y pienso en ella, que perdió a dos hombres que más adelante lograron hacer una fortuna, mientras ella trabaja sin descanso para volver a su triste casucha.

Vance asiente.

—Sí, pero por aquel entonces nadie lo habría imaginado. Ken lo tenía todo organizado, y yo no. Punto.

—Hasta que empezó a ponerse pedo todas las noches.

La ira aumenta de nuevo. El afilado aguijonazo de la traición me atraviesa y siento que jamás podré escapar de esta furia que me invade. Me pasé la infancia con un maldito borracho mientras Vance se daba la gran vida.

—Ésa fue otra de mis pendejadas —dice este hombre al que durante tanto tiempo creí conocer de verdad—. Pasé una época de mierda después de que tú nacieras, pero me inscribí en la universidad y amé a tu madre en silencio...

—¿Hasta...?

—Hasta que tú tuviste unos cinco años. Era tu cumpleaños y estábamos todos en tu fiesta. Entraste corriendo en la cocina buscando a tu padre... —La voz de Vance se entrecorta y cierro el puño con más fuerza—. Llevabas un libro agarrado contra el pecho, y por un segundo olvidé que no te referías a mí.

Golpeo con fuerza el tablero.

—Déjame bajar del coche —le ordeno.

No puedo seguir escuchando esto. No puedo soportarlo. No puedo asimilarlo todo de golpe.

Vance ignora mi arrebato y continúa manejando por la calle residencial que atravesamos.

—Aquel día perdí el control. Le exigí a tu madre que le contara la verdad a Ken. Estaba harto de verte crecer como un mero espectador, y para aquel entonces ya tenía mis planes asegurados para trasladarme a los Estados Unidos. Le supliqué que viniera conmigo y que te trajese, hijo mío.

«Hijo mío.»

Se me revuelve el estómago. Debería saltar del coche andando. Observo las encantadoras casitas que dejamos atrás mientras pienso que prefiero mil veces el dolor físico a esto.

—Pero ella se negó y me dijo que había solicitado unas pruebas y que... al final resultaba que no eras hijo mío.

—¿Qué? —Me llevo la mano a la frente para frotarme las sienes. Destrozaría el tablero con el cráneo si tuviese la certeza de que eso me ayudaría en algo.

Miro a Christian y veo cómo mira a izquierda y a derecha rápidamente. Entonces soy consciente de la velocidad a la que avanzamos y me doy cuenta de que está evitando parar en los semáforos y las señales de alto para impedir que yo salte del coche.

—Supongo que le entró el pánico. No lo sé. —Me mira—. Sabía que estaba mintiéndome. De hecho, muchos años después admitió que no había solicitado prueba alguna. Pero en aquel momento se mantuvo firme; me dijo que lo dejara así y se disculpó por haberme hecho creer que eras mío.

Me centro en mi puño. Flexiono, relajo. Flexiono, relajo...

—Al cabo de un año empezamos a hablar otra vez... —añade, pero algo en su tono me indica que hay algo más.

—Quieres decir que empezaron a coger otra vez.

Y otro largo suspiro escapa de su boca.

—Sí... Cada vez que estábamos juntos cometíamos el mismo error. Ken trabajaba mucho, estudiaba para su maestría y ella estaba en casa contigo. Te parecías muchísimo a mí. Siempre que llegaba tenías la cara enterrada entre las páginas de algún libro. No sé si te acordarás, pero yo siempre te llevaba libros. Te regalé mi copia de *El gran Gats*...

—Basta. —Me estremece la adoración que detecto en su voz, al tiempo que recuerdos distorsionados nublan mi mente.

—Seguimos dejándolo y volviendo durante años, y pensábamos que nadie lo sabía. Fue culpa mía: era incapaz de dejar de amarla. Hiciera lo que hiciese, no me la quitaba de la cabeza. Me trasladé cerca de donde ella vivía, concretamente a la casa de enfrente. Tu padre lo sabía; no sé cómo, pero al final era evidente que así era. —Tras una pausa y después de entrar en otra calle, Vance añade—: Fue entonces cuando comenzó a beber.

Me incorporo y golpeo el tablero con las manos abiertas. Él ni siquiera se inmuta.

—¿De modo que me dejaste con un padre alcohólico que sólo era alcohólico por culpa de ustedes? —Mi voz cargada de furia inunda el coche, pero apenas puedo respirar.

—Intenté convencerla, Hardin. No quiero que la culpes, sólo digo que intenté persuadirla para que los dos vinieran a vivir conmigo, pero ella se negó. —Se pasa las manos por el pelo y se jala de las raíces—. A cada semana que pasaba, bebía más y con más frecuencia. Como ella seguía sin admitir que eras hijo mío, ni siquiera ante mí, me fui. Tenía que irme.

Deja de hablar y, cuando lo miro, veo que parpadea rápidamente. Acerco la mano a la manija de la puerta, pero él acelera y pulsa el botón de cierre centralizado varias veces seguidas. El clic-clic-clic parece resonar por todo el coche.

Entonces empieza a hablar de nuevo con voz apagada:

—Me trasladé a los Estados Unidos y no supe nada de tu madre durante años, hasta que Ken la dejó. No tenía un centavo y trabajaba muchísimo. Yo ya había empezado a ganar dinero, por supuesto no tanto como ahora, pero tenía de sobra. Volví aquí y compré una casa para nosotros, para los tres, y cuidé de ella en su ausencia, pero tu madre empezó a distanciarse de mí. Ken le envió los papeles del divorcio desde a dondequiera que se hubiese largado, y ella seguía sin querer tener nada permanente conmigo. —Frunce el ceño—. Después de todo lo que hice, continuaba sin ser suficiente.

Recuerdo que fuimos a vivir con él cuando mi padre se fue, pero nunca me paré a pensar mucho en ello. No tenía ni idea de que hubiese sido porque tenía algo con mi madre, ni que yo pudiera ser su hijo. La arruinada imagen que ya tenía de Trish está ahora totalmente destrozada. He perdido por completo el respeto hacia ella.

—De modo que cuando volvió a trasladarse a esa casa, seguí cuidando de ustedes económicamente, pero regresé a los Estados Unidos. Tu madre empezó a devolverme los cheques todos los meses y no respondía a mis llamadas, así que comencé a dar por hecho que había encontrado a otra persona.

—Pues no es así —replico—. Se pasaba todas las horas de todos los días de la semana trabajando. Pasé mi adolescencia solo en casa; por eso acabé juntándome con malas compañías.

—Creo que esperaba que él volviera —se apresura a decir Vance, y entonces hace una pausa—. Pero no lo hizo. Siguió bebiendo año tras año y al final algo lo llevó a decidir que ya era suficiente. Estuve siglos sin hablar con él, hasta que se puso en contacto conmigo cuando se mudó a los Estados Unidos. Estaba sobrio, y yo acababa de perder a Rose.

»Rose fue la primera mujer a la que pude mirar sin ver en ella la cara de Trish. Era muy dulce, y me hacía feliz. Sabía que jamás amaría a nadie del modo en que había amado a tu madre, pero me sentía bien con Rose. Éramos felices, y empecé a construir una vida con ella, pero por lo visto alguien me había echado una maldición... y ella se enfermó. Dio a luz a Smith, y la perdí...

Al oír ese nombre me quedo boquiabierto.

—Smith. —He estado demasiado ocupado intentando encajar las piezas como para pararme siquiera a pensar en el niño.

¿Qué significa esto? «Carajo...»

—Consideré a ese pequeño genio mi segunda oportunidad para ser padre. Él hizo que volviera a sentirme completo tras la muerte de su madre. Siempre me recordó a ti cuando eras pequeño; es igual que tú cuando tenías su edad, sólo que con el pelo y los ojos más claros.

Recuerdo que Tessa dijo lo mismo cuando lo conocimos, pero yo no lo veo así.

—Esto... esto es una chingadera —es lo único que soy capaz de decir.

Entonces mi teléfono comienza a vibrar en mi bolsillo, pero me quedo mirándome la pierna como si fuese una sensación fantasma, y soy incapaz de moverme para contestar a la llamada.

—Lo sé, y lo siento mucho —contesta Vance—. Cuando te trasladaste a los Estados Unidos, pensé que podría estar cerca de ti sin ser una figura paterna. Mantuve el contacto con tu madre, te contraté en la editorial e intenté acercarme a ti todo cuanto me permitieses. Arreglé mi relación con Ken, aunque siempre habrá cierta hostilidad entre nosotros. Creo que sintió lástima de mí cuando perdí a mi mujer, y por aquel entonces él había cambiado mucho. Yo sólo quería estar cerca de ti, de la manera que fuese. Sé que ahora me detestas, pero me gustaría pensar que lo conseguí, aunque sólo fuera durante un tiempo.

—Me has estado mintiendo toda mi vida.

—Lo sé.

—Y mi madre, y mi... y Ken.

—Tu madre sigue sin querer reconocerlo —dice Vance, excusándola de nuevo—. Apenas lo admite todavía. Y en cuanto a Ken, él siempre tuvo sus sospechas, pero ella nunca se lo confirmó. Supongo que continúa aferrándose a la mínima posibilidad de que seas su hijo.

Pongo los ojos en blanco al oír sus absurdas palabras.

—¿Me estás diciendo que Ken Scott es tan tonto como para creer que soy hijo suyo después de todos los años que se la pasaron cogiendo a sus espaldas?

—No. —Detiene el coche a un lado de la carretera, pone el freno de mano y me lanza una mirada seria e intensa—. Ken no es tonto; sólo es un iluso. Él te quería y sigue queriéndote, y tú eres la única razón por la que dejó la bebida y terminó su carrera. Aunque sabía que la posibilidad estaba ahí, lo hizo todo por ti. Lamenta el infierno que te hizo pasar y todas las chingaderas que le sucedieron a tu madre.

Me estremezco cuando me vienen a la mente las imágenes que me atormentan en mis pesadillas, cuando revivo lo que aquellos soldados borrachos le hicieron hace tantos años.

—No te hiciste ninguna prueba. ¿Cómo sabes que de verdad eres mi padre? —No puedo creer que esté preguntando esto.

—Lo sé. Y tú también lo sabes. Todo el mundo decía siempre lo mucho que te parecías a Ken, pero estoy seguro de que es mi sangre la que corre por tus venas. Las fechas también confirman que él no puede ser tu padre. Es imposible que tu madre se hubiera quedado embarazada de él.

Me centro en los árboles del exterior y mi teléfono empieza a vibrar de nuevo.

—¿Por qué ahora? ¿Por qué me lo cuentas ahora? —pregunto levantando la voz mientras se evapora la escasa paciencia que me queda.

—Porque tu madre está paranoica. Ken me dijo algo hace dos semanas, algo acerca de que te hicieras unos análisis de sangre para ayudar a Karen. Se lo comenté a tu madre y...

—¿Unos análisis para qué? ¿Qué pinta Karen en todo esto?

Vance me mira la pierna, y después su propio teléfono, que descansa sobre el tablero.

—Deberías contestar —dice—. Kimberly me está llamando a mí también.

Pero niego con la cabeza. Llamaré a Tessa en cuanto salga de este coche.

—Siento muchísimo todo esto. No sé en qué diablos estaba pensando para ir a su casa anoche. Ella me llamó y yo... no sé qué me pasa. Kimberly va a ser mi mujer. La amo más que a nadie, más incluso de lo que jamás amé a tu madre. Es un amor diferente, un amor correspondido, y ella lo es todo para mí. Cometí un tremendo error al volver a ver a tu madre, y me pasaré el resto de mi vida intentando subsanarlo. No me sorprendería nada que Kim me dejara.

«Por favor, ahórrame este numerito patético.»

—Muy agudo por tu parte. Sí, probablemente no deberías haber intentado tirarte a mi madre en la cocina.

Me fulmina con la mirada.

—Parecía asustada, y me dijo que quería asegurarse de que su pasado se quedaba realmente en el pasado antes de casarse. Y yo soy todo un experto en tomar malas decisiones —dice claramente avergonzado mientras tamborilea el volante con los dedos.

—Yo también —digo para mis adentros mientras me dispongo a abrir la puerta.

Pero me agarra del brazo.

—Hardin.

—Suéltame. —Lo aparto y salgo del coche.

Necesito tiempo para procesar toda esta mierda. Acabo de recibir un aluvión de respuestas a preguntas que jamás me había planteado. Necesito respirar y calmarme; necesito alejarme de Vance y reunirme con mi chica, mi salvación.

—Necesito que te distancies de mí. Ambos lo sabemos —le digo al ver que no mueve el coche.

Me observa durante un instante, asiente y me deja en la banqueta.

Miro a mi alrededor y reconozco la vitrina de una tienda que hay a mitad de la calle, lo que me indica que estoy a dos cuadras de la casa de mi madre. Siento cómo me late la sangre detrás de las orejas mientras me llevo la mano al bolsillo para llamar a Tess. Necesito oír su voz y que me devuelva a la realidad.

Observo el edificio mientras espero que responda y mis demonios se debaten en mi interior, arrastrándome a una placentera oscuridad. Con cada tono que pasa sin contestar, jalan con más fuerza y me arrastran más y más, hasta que pronto mis pies comienzan a trasladarme al otro lado de la calle.

Me meto el teléfono de nuevo en el bolsillo, abro la puerta y entro en el familiar escenario de mi pasado.

CAPÍTULO 3

Tessa

Cristales rotos crujen bajo mis pies mientras me paseo de un lado a otro esperando pacientemente, o lo más pacientemente que puedo.

Por fin, cuando Mike ha terminado de hablar con la policía, me acerco hasta él.

—¿Dónde está? —pregunto sin mucha cortesía.

—Se fue con Christian Vance. —Los ojos de Mike no reflejan emoción alguna. Su aspecto me tranquiliza un poco y me recuerda que esto no es culpa suya. Es el día de su boda, y se lo han arruinado.

Miro la madera rota y paso por alto los susurros procedentes de los testigos curiosos. Tengo mil nudos en el estómago, pero intento mantener la compostura.

—¿Adónde fueron?

—No lo sé. —Mike entierra la cabeza entre las manos.

Kimberly me da unos toquecitos en el hombro.

—Escucha, cuando la policía termine de hablar con esos tipos, si seguimos aquí, también querrán hablar contigo.

Mi mirada oscila entre la puerta y Mike. Asiento y sigo a Kimberly hasta el exterior para evitar llamar la atención de la policía.

—¿Puedes intentar telefonear a Christian otra vez? —le pido—. Lo siento, es que necesito hablar con Hardin. —El aire gélido hace que me estremezca.

—Claro —asiente, y cruzamos el estacionamiento hasta su coche de alquiler.

Una lenta y funesta sensación se instala en mi estómago cuando veo que otro policía entra en el bar. Temo por Hardin; no por la policía, sino porque tengo miedo de cómo manejará toda esta situación cuando esté a solas con Christian.

Veo a Smith, sentado tranquilamente en el asiento trasero del coche, apoyo los codos en la cajuela y cierro los ojos.

—¡¿Qué significa que no lo sabes?! —grita Kimberly, interrumpiendo mis pensamientos—. ¡Nosotras lo encontraremos! —espeta, y corta la llamada.

—¿Qué pasa? —Mi corazón late tan fuerte que temo no oír su respuesta.

—Hardin se bajó del coche y Christian no sabe dónde está —dice, y se recoge el pelo en una cola—. Es casi la hora de esa maldita boda —añade mirando hacia la puerta del bar, donde se encuentra Mike, solo.

—Esto es un desastre —me lamento, y ruego en silencio para que Hardin esté de camino aquí.

Tomo el celular de nuevo y parte del pánico disminuye cuando veo su nombre en la lista de llamadas perdidas. Con manos temblorosas, lo llamo otra vez y espero. Y espero. Y no me contesta. Vuelvo a llamar una y otra vez, pero sólo me responde su buzón de voz.

CAPÍTULO 4

Hardin

—Jack Daniel's con cola —ladro.

El mesero calvo me lanza una mirada asesina mientras toma un vaso vacío del estante y lo llena de hielo. Es una lástima que no se me haya ocurrido invitar a Vance; podríamos haber compartido una copa como padre e hijo.

«Carajo, todo esto es una chingadera.»

—Que sea doble —le digo al hombre de detrás de la barra.

—Recibido —responde él sarcásticamente.

Mi mirada encuentra el viejo televisor de la pared y leo los subtítulos que aparecen en la parte inferior de la pantalla. Es un anuncio de una compañía de seguros y no para de aparecer un bebé riéndose. Nunca entenderé por qué deciden meter bebés en todos los pinches anuncios.

El mesero me desliza la bebida sin mediar palabra por la barra de madera justo cuando el bebé hace un sonido que supuestamente pretende resultar incluso más «adorable» que sus risas. Me llevo el vaso a los labios y dejo que mi mente me traslade lejos de aquí.

—¿Por qué trajiste a casa productos para bebés? —había preguntado yo.

Ella se sentó sobre la tapa de la taza del baño y se recogió el pelo en una cola de caballo. Empezaba a preocuparme que se hubiera obsesionado con los niños; sin duda lo parecía.

—No es un producto para bebés —me respondió Tessa riéndose—. Sólo tiene a un bebé y a un padre impresos en el empaque.

—Pues no entiendo por qué.

Levanté la caja de productos para rasurarse que Tessa me había traído y examiné las rechonchas mejillas de un bebé mientras me preguntaba qué carajos pintaba un niño pequeño en un kit para rasurarse.

Ella se encogió de hombros.

—Yo tampoco, pero seguro que introducir la imagen de un bebé aumentará las ventas.

—Puede que en el caso de las mujeres que les compran estas mamadas a sus novios o a sus maridos —la corregí.

Ningún hombre en su sano juicio habría agarrado esa cosa del supermercado.

—No, seguro que los padres también lo comprarían.

—Seguro. —Abrí la caja, dispuse el contenido delante de mí y la miré a los ojos a través del espejo—. Y ¿este tazón?

—Es para la crema. Conseguirás un mejor afeitado si usas la brocha.

—Y ¿cómo sabes tú eso? —le pregunté con una ceja levantada, esperando que no lo supiera por su experiencia con Noah.

Ella esbozó una amplia sonrisa.

—¡Lo busqué en internet!

—Por supuesto... —Mis celos desaparecieron al instante y Tessa me dio una patadita traviesa—. Pues en vista de que ahora eres una experta en el arte del rasurado, ayúdame.

Yo siempre había usado espuma y una simple navaja, pero al ver que se había molestado en investigar al respecto, no quería frustrar su esfuerzo. Y, francamente, la repentina idea de que me rasurara la cara me estaba excitando. Tessa sonrió, se levantó y se reunió conmigo delante del lavabo. Tomó el tubo de crema, vertió un poco en el traste y empezó a removerla con la brocha hasta formar espuma.

—Toma. —Sonrió y me pasó la brocha.

—No, hazlo tú. —Le devolví la brocha y la tomé de la cintura—. Arriba. —La levanté para sentarla sobre el mueble de baño. Le separé los muslos y me coloqué entre ellos.

Se mostraba cautelosa pero concentrada mientras mojaba la brocha en la espuma y me la pasaba por la mandíbula.

—La verdad es que no se me antoja mucho ir a ninguna parte esta noche —le dije—. Tengo un montón de trabajo que hacer. Me has estado distrayendo. —Le agarré los pechos y se los apreté con suavidad.

De un modo reflejo, hizo un movimiento brusco con la mano y me manchó el cuello con la crema de rasurar.

—Menos mal que no llevabas la cuchilla en la mano —bromeé.

—Menos mal —se burló, y tomó la navaja nueva. Después se mordió los carnosos labios y preguntó—: ¿Estás seguro de que quieres que lo haga yo? Me da miedo cortarte sin querer.

—Deja de preocuparte. —Sonreí—. Además, seguro que también has buscado esta parte en internet.

Sacó la lengua como si fuera una niña pequeña y yo me incliné hacia adelante para besarla antes de que empezara. No me contestó nada porque había dado en el clavo.

—Pero te advierto que, como me cortes..., más te vale salir corriendo. —Me eché a reír.

Ella me miró con el ceño fruncido.

—No te muevas, por favor.

Le temblaba un poco la mano, pero pronto fue adquiriendo firmeza mientras deslizaba con suavidad la cuchilla por la línea de mi mandíbula.

—Deberías ir sin mí —dije, y cerré los ojos.

Por alguna extraña razón, que Tessa me estuviera rasurado la cara me resultaba reconfortante y sorprendentemente relajante. No se me antojaba nada ir a cenar a casa de mi padre, pero Tessa se estaba volviendo loca encerrada todo el tiempo en el departamento, de modo que cuando Karen llamó para invitarnos, se puso a dar saltos de alegría.

—Si nos quedamos en casa esta noche, iremos el fin de semana. ¿Habrás terminado para entonces?

—Supongo... —protesté.

—Pues llámalos y díselo tú. Prepararé la cena después de esto y así tú puedes trabajar. —Me dio unos golpecitos con el dedo en el labio superior para indicarme que cerrase la boca y me rasuró alrededor de ésta.

Cuando terminó, dije:

—Deberías beberte el resto del vino del refrigerador porque la botella lleva días descorchada. Se avinagrará pronto.

—Bueno..., no sé... —vaciló. Y yo sabía por qué.

Abrí los ojos y ella llevó una mano atrás para abrir la llave y mojar una toalla.

—Tess —pegué los labios bajo su barbilla—, puedes beber delante de mí. No voy a abalanzarme sobre tu copa.

—Lo sé, pero no quiero que se te haga raro. Además, tampoco hace falta que beba tanto vino. Si tú no bebes, yo tampoco.

—Mi problema no es la bebida. Mi problema es combinar el hecho de estar enojado con la bebida.

—Lo sé —repuso, y tragó saliva.

Lo sabía.

Me pasó la toalla templada por la cara para eliminar el exceso de crema para rasurar.

—Sólo soy un cabrón cuando bebo para intentar solucionar chingaderas, y últimamente no he tenido nada que solucionar, así que estoy bien. —Incluso yo sabía que eso no era una garantía absoluta—. No quiero ser uno de esos tipos como mi padre que beben hasta perder la razón y poner en riesgo a la gente que me rodea. Y, puesto que resulta que tú eres la única persona que me importa, no quiero beber estando tú presente nunca más.

—Te quiero —se limitó a responder.

—Y yo te quiero a ti.

Con el fin de interrumpir el ambiente tan serio del momento, y puesto que no quería seguir por ese camino, me quedé observando su cuerpo apoyado en el mueble de baño. Llevaba puesta una de mis camisetas blancas y nada más que unas pantaletas negras debajo.

—Puede que tenga que quedarme contigo ahora que sabes rasurarme bien. Cocinas, limpias...

Me dio una cachetada de broma y puso los ojos en blanco.

—Y ¿yo qué beneficio saco? —replicó—. Eres desordenado; sólo me ayudas a cocinar una vez a la semana, cuando me ayudas. Te levantas siempre de malhumor...

La interrumpo colocando una mano entre sus piernas y apartándole las pantaletas.

—Aunque supongo que sí hay algo que se te da bien. —Sonrió mientras yo deslizaba un dedo dentro de ella.

—¿Sólo una cosa?

Añadí otra y Tessa gimió mientras dejaba caer la cabeza hacia atrás.

La mano del mesero golpea la barra delante de mí.

—He dicho que si quieres otra bebida.

Parpadeo unas cuantas veces, bajo la vista hacia el mostrador y vuelvo a levantarla hacia él.

—Sí. —Le paso el vaso y el recuerdo se desintegra mientras espero a que me lo rellene—. Otro doble.

Conforme el cabrón viejo y calvo se aleja, oigo que una voz femenina exclama con sorpresa a mi espalda:

—¿Hardin? ¿Hardin Scott?

Me vuelvo y veo el rostro ligeramente familiar de Judy Welch, una vieja amiga de mi madre. Bueno, examiga.

—Sí —asiento, y advierto que los años no la han tratado muy bien.

—¡Qué sorpresa! Han pasado..., ¿cuántos? ¿Seis años? ¿Siete? ¿Estás solo? —Apoya la mano en mi hombro y se sube al taburete que tengo al lado.

—Sí, más o menos, y, sí, estoy solo. Mi madre no vendrá por ti.

Judy tiene la infeliz expresión de una mujer que ha bebido demasiado a lo largo de su vida. Tiene el pelo rubio platino como cuando yo era adolescente, y sus implantes de silicona parecen demasiado grandes para su constitución menuda. Recuerdo la primera vez que me tocó. Me sentí como un hombre..., cogiéndome a la amiga de mi madre. Y ahora, al verla, no me la echaría ni con la verga del mesero calvo.

Me guiña un ojo.

—Has crecido mucho.

El mesero deja la bebida delante de mí y yo me la bebo de un trago.

—Tan parlanchín como siempre. —Judy me apoya de nuevo una mano en el hombro antes de pedir su bebida. A continuación, se vuelve hacia mí—. ¿Has venido a ahogar tus penas? ¿Tienes problemas de amor?

—Ni una cosa ni la otra. —Giro el vaso entre los dedos y escucho el sonido del hielo golpeando contra el cristal.

—Vaya, pues yo he venido a ahogar mucho ambas cosas. Así que brindemos los dos —dice Judy con una sonrisa que recuerdo de un pasado muy lejano mientras pide para ambos una ronda de whisky barato.

CAPÍTULO 5

Tessa

Kimberly maldice a Christian por teléfono con tanto ímpetu que, cuando termina, tiene que tomar un momento para recuperar el aliento. Luego alarga la mano hasta mi hombro.

—Esperemos que Hardin sólo esté dando una vuelta para despejarse. Christian dice que quería dejarle espacio. —Gruñe con desaprobación.

Pero conozco a Hardin y sé que él no se «despeja» dando un paseo. Intento llamarlo de nuevo, pero me salta el buzón de voz al instante. Apagó el teléfono.

—¿Crees que irá a la boda? —Kim me mira—. Ya sabes, para hacer una escena.

Me gustaría decirle que Hardin jamás haría eso, pero con el peso de toda esta presión que tiene, no puedo negar que es una posibilidad.

—No puedo creer que vaya a sugerirte esto —dice entonces ella con mucho tacto—: quizá deberías venir a la boda, al menos para asegurarte de que no la interrumpe. Además, es muy probable que él esté intentando buscarte de todos modos, y si nadie contesta al teléfono, seguramente te buscará allí en primer lugar.

La idea de que Hardin aparezca en la iglesia y haga una escena me da náuseas. Sin embargo, siendo egoísta, espero que acuda allí. De lo contrario, no tengo prácticamente ninguna posibilidad de encontrarlo. El hecho de que haya desconectado el celular hace que me pregunte si quiere que lo encontremos.

—Supongo que tienes razón. Quizá debería ir y quedarme fuera —sugiero.

Kimberly asiente comprensiva, pero su expresión se torna dura cuando un elegante BMW negro aparece en el estacionamiento y para al lado de su coche rentado.

Christian sale del vehículo vestido de traje.

—¿Se sabe algo de él? —pregunta mientras se aproxima.

Se inclina para besar a Kimberly en la mejilla —algo que, supongo, hace por costumbre—, pero ella se aparta antes de que los labios de él lleguen a tocar su piel.

—Lo siento —oigo que le susurra.

Ella niega con la cabeza y centra la atención en mí. Estoy sufriendo por Kim; no se merece semejante traición. Aunque supongo que eso es lo que tienen las traiciones: no tienen prejuicios y atacan a aquellos que ni las ven venir ni las merecen.

—Tessa va a venir con nosotros y vigilará, por si Hardin aparece en la boda —empieza a explicar. Después mira a Christian a los ojos—: Así, mientras todos estemos dentro, ella se asegurará de que nada interrumpa este maravilloso día —dice con la voz cargada de veneno pero manteniendo la calma.

Christian sacude la cabeza mientras contempla a su prometida.

—No vamos a ir a esa maldita boda. No después de toda esta chingadera.

—¿Por qué no? —pregunta Kimberly con ojos cansados.

—Por esto —Vance hace un gesto con la mano señalándonos a ella y a mí—, y porque mis dos hijos son más importantes que cualquier boda, y especialmente ésta. No espero que te sientes ahí con una sonrisa en la misma habitación que ella.

Kimberly parece sorprendida, pero al menos sus palabras han conseguido aplacarla. Yo me limito a observar y permanezco en silencio. La referencia de Christian a Hardin y a Smith como «sus hijos» por primera vez me ha desconcertado. Hay tantas cosas que me gustaría decirle a este hombre, tantas palabras cargadas de odio que necesito espetarle desesperadamente..., pero sé que no debo hacerlo. Eso no ayudará en nada, y tengo que seguir centrada en descubrir el paradero de Hardin y en cómo se habrá tomado la noticia.

—La gente hablará. Especialmente Sasha —responde Kimberly con el ceño fruncido.

—Me vale madres lo que digan Sasha, Max o quien sea. Que hablen lo que les dé la real gana. Vivimos en Seattle, no en Hampstead. —Hace ademán de tomarla de las manos, y ella permite que las sostenga entre las suyas—. Mi única prioridad ahora mismo es arreglar mis errores —dice Christian con voz temblorosa.

La fría animadversión que siento hacia él empieza a flaquear, aunque muy ligeramente.

—No deberías haber dejado que Hardin saliera del coche —replica Kimberly, aún con las manos entre las de él.

—Tampoco podía impedírselo. Ya sabes cómo es. Y después se me atascó el cinturón y no sabía hacia adónde había ido..., ¡maldita sea! —dice, y Kimberly asiente despacio.

Finalmente, siento que ha llegado el momento de intervenir.

—¿Adónde crees que ha ido? Si no se presenta en la boda, ¿adónde debería ir a buscarlo?

—Yo ya he mirado en los dos bares que sé que están abiertos a estas horas —responde Vance con el ceño fruncido—. Por si acaso. —Su expresión se suaviza cuando me mira—. Sé que no debería haberlos separado para decírselo. Ha sido un tremendo error, y sé que tú eres lo que necesita en estos momentos.

Incapaz de contestarle nada remotamente amable, me limito a asentir, saco mi teléfono de la bolsa y pruebo a llamar a Hardin una vez más. Sé que tendrá el teléfono desconectado, pero no pierdo nada por intentarlo.

Mientras yo llamo, Kimberly y Christian se contemplan en silencio, tomados de las manos, ambos buscando una señal en los ojos del otro. Cuando cuelgo, él me mira y dice:

—La boda empieza dentro de veinte minutos. Puedo llevarte hasta allí ahora si quieres.

Kimberly levanta una mano.

—Puedo llevarla yo. Tú llévate a Smith y vuelve al hotel.

—Pero... —empieza a replicar él, pero al ver la expresión de su rostro, decide no continuar—. Volverás al hotel, ¿verdad? —pregunta con una mirada cargada de temor.

—Sí —suspira ella—. No voy a salir del país.

El alivio reemplaza el pánico de Christian, que por fin suelta las manos de Kimberly.

—Tengan cuidado, y llámenme si necesitan algo. Tienes la dirección de la iglesia, ¿verdad?

—Sí. Dame tus llaves. —Extiende la mano—. Smith se ha quedado dormido, y no quiero despertarlo.

Aplaudo en silencio su fortaleza. Si yo fuera ella, estaría destrozada. De hecho, estoy destrozada por dentro.

Menos de diez minutos más tarde, Kimberly me deja delante de una iglesia pequeña. La mayor parte de los invitados ya han entrado, y tan sólo quedan unos cuantos rezagados en los escalones exteriores. Me siento en un banco y observo la calle en busca de alguna señal de Hardin.

Desde mi posición oigo que la marcha nupcial empieza a sonar y me imagino a Trish vestida con su traje de novia, recorriendo el pasillo para encontrarse con el novio, sonriendo y radiante, muy guapa.

Pero la Trish de mi mente no coincide con la madre que miente respecto a la identidad del padre de su único hijo. Los escalones se vacían y los últimos invitados entran para ver el enlace entre Trish y Mike. Pasan los minutos y puedo oír casi todos los sonidos procedentes del interior del pequeño edificio. Una media hora más tarde, los invitados aplauden y celebran cuando la novia y el novio son declarados marido y mujer, momento que me da pie a marcharme. No sé adónde ir, pero no puedo seguir aquí sentada esperando. Trish saldrá de la iglesia en breve, y lo último que necesito es un incómodo encuentro con la recién casada.

Empiezo a dirigirme hacia el lugar por donde hemos venido, o al menos eso creo. No recuerdo exactamente la ruta, pero no tengo ningún sitio adonde ir. Saco el celular de nuevo y vuelvo a llamar a Hardin. Su teléfono sigue desconectado. Me queda menos de la mitad de la batería y no quiero que se me agote, por si intenta llamarme él.

Conforme continúo mi búsqueda, recorriendo sin rumbo el barrio y mirando en bares y restaurantes aquí y allá, el sol empieza a ponerse en el cielo londinense. Debería haberle pedido a Kimberly uno de sus coches, pero no pensaba con claridad en ese momento y, además, ella tiene sus propias preocupaciones. El coche que rentó Hardin sigue estacionado en Gabriel's, pero no tengo la llave.

La belleza y la gracia de Hampstead disminuyen a cada paso que doy hacia el otro lado de la ciudad. Me duelen los pies y el aire primaveral se va tornando cada vez más frío conforme el sol se oculta. No debería haberme puesto este vestido y estos estúpidos zapatos. De haber sabido lo que iba a suceder, me habría puesto un *pants* y unos tenis para que me resultara más fácil perseguir a Hardin. En el futuro, si alguna vez voy a alguna parte con él otra vez, ése será mi uniforme estándar.

Al cabo de un tiempo, ya no sé si son cosas mías o si la calle por la que camino me resulta familiar de verdad. Está repleta de pequeñas casas, como la de Trish, pero estaba medio dormida cuando llegamos y no confío mucho en mi mente en estos momentos. Por suerte, las calles están prácticamente vacías, y todos los residentes parecen haberse metido ya en sus casas. De lo contrario, compartir las calles con gente que sale de los bares haría que estuviera todavía más paranoica. Casi me pongo a llorar de alivio cuando veo la casa de Trish un poco más adelante. Está anocheciendo, pero los faroles están encendidos y, conforme me aproximo, cada vez estoy más convencida de que es su casa. No sé si Hardin se encontrará allí, pero espero que, si no es así, al menos la puerta no esté cerrada para poder sentarme y beber un poco de agua. Llevo horas caminando por el barrio sin rumbo. Tengo suerte de haber acabado en la única calle del pueblo que puede serme de utilidad.

Mientras me acerco a la casa de Trish, una deslucida señal luminosa con la forma de una cerveza capta mi atención. El pequeño bar se encuentra entre una casa y un callejón. Un escalofrío recorre mi cuerpo. Para Trish debe de haber sido duro permanecer en la misma casa, tan cerca del bar desde el que salieron sus agresores en busca de Ken. Hardin me dijo que no podía permitirse mudarse. Su manera de quitarle importancia me sorprendió. Pero, por desgracia, el dinero es así de cruel.

Está ahí. Lo sé.

Me dirijo al pequeño establecimiento y, cuando abro la puerta de hierro, me siento avergonzada al instante al reparar en mi atuendo. Parezco una auténtica loca al entrar en esta clase de bar con un vestido, descalza y con los zapatos en la mano. Decidí quitármelos hace una hora. Dejo caer mis tacones al suelo y vuelvo a deslizar los pies en el calzado. Hago una mueca de dolor cuando las correas rozan las marcas rojas de mi piel a la altura de los tobillos.

No hay mucha gente, y no me lleva demasiado tiempo echar un vistazo y encontrar a Hardin, que está sentado a la barra llevándose un vaso a la boca. Me derrumbo. Sabía que lo encontraría así, pero mi fe en él se está resintiendo en este momento. Había esperado, con todas mis fuerzas, que no recurriese a la bebida para mitigar su dolor. Inspiro hondo antes de acercarme.

—Hardin —digo y le apoyo una mano en el hombro.

Se vuelve sobre el taburete, me mira, y se me revuelven las tripas ante la imagen que tengo delante. Tiene los ojos tan rojos, tan inyectados en sangre, que el blanco prácticamente ha desaparecido.

Sus mejillas están sonrojadas, y el hedor a licor es tan fuerte que casi puedo saborearlo. Me empiezan a sudar las manos y la boca se me seca.

—Mira quién está aquí —balbucea.

El vaso que tiene en la mano está casi vacío, y me encojo al ver los tres vasos tequileros también vacíos que tiene delante.

—¿Cómo me encontraste? —Ladea la cabeza y apura lo que le queda de líquido café antes de llamar al hombre que está detrás de la barra—. ¡Otro!

Acerco el rostro hasta que está directamente delante del de Hardin para que no pueda mirar hacia otro lado.

—Cariño, ¿estás bien? —Sé que no lo está, pero no sabré cómo debo tratarlo hasta que evalúe su estado de ánimo y la cantidad de alcohol que ha consumido.

—Cariño... —dice en tono misterioso, como si estuviera pensando en otra cosa mientras habla. Pero entonces vuelve en sí y me ofrece una sonrisa asesina—: Sí, sí. Estoy bien. Siéntate. ¿Quieres tomar algo? Tómate algo... ¡Mesero, otro!

El hombre me mira y yo niego con la cabeza. Hardin no se percata de ello, retira el taburete que hay a su lado y da unos golpecitos en el asiento. Miro alrededor del bar antes de sentarme.

—¿Cómo me encontraste? —pregunta de nuevo.

Me siento confundida y nerviosa ante su comportamiento. Es evidente que está borracho, pero no es eso lo que me preocupa, sino la espeluznante calma que tiñe su voz. La he oído antes, y nunca trae nada bueno.

—Llevo horas deambulando, y reconocí la casa de tu madre al otro lado de la calle, así que sabía..., bueno, sabía que debía buscarte aquí.

Me estremezco al recordar que, según me contó Hardin, Ken pasaba noche tras noche en este mismo bar.

—Mi pequeña detective —dice suavemente mientras levanta una mano para colocarme el pelo detrás de la oreja.

No me encojo ni me quito, a pesar de que la ansiedad aumenta en mi interior.

—¿Vienes conmigo? —digo—. Me gustaría que nos fuésemos ya al hotel, así podremos irnos por la mañana.

Justo en ese momento, el mesero le trae la bebida, y Hardin se queda contemplándola.

—Aún no.

—Por favor, Hardin. —Lo miro a los ojos rojos—. Estoy muy cansada, y sé que tú también lo estás. —Trato de usar mi debilidad contra él en lugar de mencionar a Christian o a Ken. Me inclino hacia él—. Los pies me están matando, y te he extrañado. Christian ha intentado buscarte, pero no dio contigo. Llevo un buen rato caminando y quiero que volvamos al hotel. Juntos.

Lo conozco lo bastante bien como para estar segura de que, si empiezo a hablarle de algo demasiado importante, perderá los estribos y su calma se evaporará en cuestión de segundos.

—No se esforzó mucho en buscarme. Empecé a beber —Hardin levanta el vaso— en el bar que está justo enfrente de donde me dejó.

Me inclino hacia él, y empieza a hablar de nuevo antes de que a mí se me ocurra nada que decir.

—Tómate algo. Estoy con una amiga; ella te invitará a un trago. —Señala con la mano todos los vasos que hay en la barra—. Nos hemos encontrado en otro magnífico establecimiento, pero en vista de que la temática de esta noche parece ser el pasado, he decidido que viniésemos aquí. Por los viejos tiempos.

Me derrumbo.

—¿Una amiga?

—Una vieja amiga de la familia —dice, y señala con el rostro a la mujer que sale del baño.

Parece tener unos cuarenta o cuarenta y pocos años, y lleva el pelo rubio platino. Me alivia ver que no es una chica joven, ya que parece que Hardin lleva un buen rato bebiendo con ella.

—De verdad, creo que deberíamos irnos —insisto, e intento tomarlo de la mano.

Él se quita.

—Judith, ésta es Theresa.

—Judy —lo corrige ella al tiempo que yo digo «Tessa».

—Encantada de conocerte. —Fuerzo una sonrisa y me vuelvo otra vez hacia Hardin—. Por favor —le suplico de nuevo.

—Judy sabía que mi madre era una puta —dice Hardin, y el hedor a whisky ataca a mis sentidos una vez más.

—Yo no he dicho eso. —La mujer se ríe. Viste de un modo excesivamente juvenil para su edad. Lleva un top muy escotado y unos pantalones de campana demasiado estrechos.

—Sí que lo dijo. ¡Mi madre odia a Judy! —Hardin sonríe.

La desconocida le devuelve la sonrisa.

—¿Por qué será?

Empiezo a sentirme excluida de una broma privada entre ellos.

—¿Por qué? —pregunto sin pensarlo.

Hardin le lanza una mirada de advertencia y hace un gesto con la mano como desestimando mi pregunta. Me dan ganas de tirarlo del taburete de un golpe, pero me contengo. Aunque si no supiera que sólo está intentando ocultar su dolor, lo haría.

—Es una larga historia, bonita. —La mujer le hace un gesto al mesero—. Pero bueno, tienes cara de que te conviene beber un poco de tequila.

—No, estoy bien. —Lo último que quiero ahora es una copa.

—Relájate, nena. —Hardin se inclina más cerca de mí—. No eres tú quien acaba de descubrir que su vida entera es una maldita mentira, así que relájate y tómate una copa conmigo.

Se me parte el corazón, pero beber no es la respuesta. Necesito sacarlo de aquí ahora mismo.

—¿Prefieres los margaritas con hielo picado o en cubitos? Este sitio no es gran cosa, así que no hay muchas opciones —me explica Judy.

—Dije que no quiero una pinche copa —le digo.

Abre los ojos como platos, pero no tarda en recuperarse. Yo estoy casi tan sorprendida como ella de mi arrebato. Entonces oigo que Hardin se ríe a mi lado, pero mantengo los ojos fijos en esa mujer, que disfruta claramente de sus secretos.

—Bueno, parece que alguien necesita relajarse. —La tal Judy rebusca en su enorme bolsa. Saca un encendedor y una cajetilla de cigarros y enciende uno—. ¿Quieres? —le pregunta a Hardin.

Lo miro y, para mi sorpresa, asiente. Judy alarga la mano y le pasa el cigarro que ella misma ha encendido. ¿Quién diablos es esta mujer?

Le pone el asqueroso cigarro en los labios y él le da una fumada. Hilillos de humo remolinean entre nosotros y yo me tapo la boca y la nariz.

Lo fulmino con la mirada.

—¿Desde cuándo fumas?

—Siempre he fumado. Lo dejé cuando empecé en la WCU. —Da otra fumada.

El extremo rojo incandescente del cigarro me provoca. Alargo la mano, se lo quito de los labios y lo tiro dentro de su vaso medio lleno todavía.

—¿Qué chingados haces? —dice medio gritando, y se queda mirando su bebida arruinada.

—Nos vamos ahora mismo. —Me bajo del taburete, agarro a Hardin de la manga y lo jalo.

—No, de eso nada. —Se libra de mí e intenta captar la atención del mesero.

—Él no quiere irse —interviene Judy.

Estoy cada vez más furiosa, y esta mujer ya me está encabronado. La miro fijamente a sus ojos burlones, que apenas encuentro bajo el montón de rímel que lleva puesto.

—No recuerdo haber pedido tu opinión. ¡Métete en tus asuntos, y búscate a otro compañero de bebida, porque nosotros nos vamos! —grito.

Mira a Hardin esperando que la defienda, y entonces la nauseabunda historia entre los dos me resulta evidente. No es así como reaccionaría «una amiga de la familia» con el hijo de su amiga, que tiene la mitad de su edad.

—Dije que no quiero irme —insiste Hardin.

He gastado todos mis recursos y no me escucha. Mi última opción es jugar con sus celos: un golpe bajo, y más en el estado en el que se encuentra, pero no me deja elección.

—Muy bien —digo mientras empiezo a inspeccionar el bar de manera exagerada—, si tú no quieres llevarme de vuelta al hotel, tendré que buscarme a alguien que lo haga.

Fijo la vista en el tipo más joven del lugar, que está en una mesa con sus amigos. Le doy a Hardin unos segundos para responder y, al ver que no lo hace, me dirijo al grupito de chicos.

Entonces me agarra del brazo en cuestión de segundos.

—Ni hablar, eso nunca.

Me vuelvo y veo en el suelo el taburete que ha tirado con las prisas por alcanzarme, y los patéticos intentos descoordinados de Judy por levantarlo de nuevo.

—Pues llévame —respondo señalando la puerta con la cabeza.

—Estoy borracho —dice como si eso justificara esta escenita.

—Lo sé —respondo—. Tomaremos un taxi hasta Gabriel's y luego yo manejaré el coche hasta el hotel. —Rezo para mis adentros para que esta estratagema funcione.

Hardin me mira con recelo durante un segundo.

—Parece que lo tienes todo planeado, ¿verdad? —dice sarcásticamente.

—No, pero seguir aquí no va a traer nada positivo, así que, o pagas tus copas y me sacas de este sitio, o me iré con otra persona.

Me suelta el brazo y se aproxima a mí.

—No me amenaces. Yo también podría largarme con otra sin problemas —dice a tan sólo unos centímetros de mi cara.

Los celos me devoran al instante, pero decido pasarlos por alto.

—Adelante. Vete con Judy si quieres. Sé que ya te has acostado con ella; es obvio —le suelto desafiante con la espalda muy recta y la voz firme.

Me mira, después la mira a ella y sonríe un poco. Me encojo y él frunce el ceño.

—No fue nada del otro mundo. Apenas lo recuerdo. —Está intentando hacer que me sienta mejor, pero sus palabras surten el efecto contrario.

—Y ¿bien? ¿Qué decides? —digo levantando una ceja.

—Carajo —refunfuña, pero vuelve tambaleándose a la barra para pagar sus bebidas.

Parece que simplemente se vacía los bolsillos sobre el mostrador y, después de que el mesero extraiga algunos billetes, Hardin desliza el resto hacia Judy. Ella lo mira, me mira a mí y se encoge un poco, como si algo hubiera desinflado su columna vertebral.

Mientras salimos del bar, Hardin dice:

—Adiós de parte de Judy.

Me dan ganas de estallar.

—No me hables de ella —replico.

—¿Estás celosa, Theresa? —pregunta arrastrando las palabras mientras me rodea con el brazo—. Carajo, odio este lugar, este bar, esa casa... —Señala hacia la pequeña vivienda que hay al otro lado de la calle—. ¡Por cierto! ¿Quieres saber algo curioso? Vance vivía ahí. —Hardin señala la casa de ladrillo que está justo enfrente del bar. En el piso de arriba hay una débil luz encendida, y un coche estacionado en la puerta—. Me pregunto qué estaba haciendo la noche que aquellos hombres entraron en nuestra casa.

A continuación, Hardin inspecciona el terreno y se agacha.

Antes de que me dé tiempo a asimilar qué está pasando, levanta el brazo hacia atrás por encima de su cabeza con un ladrillo en la mano.

—¡Hardin, no! —grito, y lo agarro del brazo.

El ladrillo cae al suelo y patina por el cemento.

—¡Que se joda! —Intenta volver a agarrarlo, pero me planto delante de él—. ¡Que se joda todo esto! ¡Que se joda esta calle! ¡Que se joda este bar y esa maldita casa! ¡Que se joda todo el mundo!

Se tambalea de nuevo y se dirige a esa parte de la calle.

—Si no me dejas que destruya esa casa... —Su voz se aleja, de modo que me quito los zapatos y lo sigo calle abajo en dirección al patio delantero de la casa de su infancia.

CAPÍTULO 6

Tessa

Tropiezo con mis pies descalzos mientras corro tras Hardin hacia el patio delantero de la casa en la que pasó su dolorosa infancia. Una de mis rodillas aterriza en el pasto, pero me repongo al instante y vuelvo a levantarme. La puerta mosquitera está abierta, y oigo que Hardin forcejea con la manilla por un momento antes de golpear frustrado la madera con el puño.

—Hardin, por favor, volvamos al hotel —digo tratando de convencerlo mientras me aproximo.

Ignorándome por completo, se agacha para tomar algo que hay en un lado del porche. Supongo que es una llave, aunque no tardo en darme cuenta de mi error cuando veo que una piedra del tamaño de un puño atraviesa la hoja de cristal del centro de la puerta. A continuación, Hardin desliza el brazo a través, esquivando afortunadamente los extremos cortantes del cristal roto, y entonces la abre.

Miro alrededor de la calle silenciosa, pero nada parece ir mal. Nadie se ha asomado para ver qué ha sido ese ruido, y ninguna luz se ha encendido con el sonido del cristal al romperse. Espero que Trish y Mike no pasen la noche en la puerta de al lado, en casa de él; que duerman en algún hotel bonito, dado que ninguno de los dos puede permitirse una luna de miel de lujo.

—Hardin. —Estoy pisando terreno pantanoso, tengo que andarme con mucho tiento para no hundirme. Un paso en falso, y ambos nos ahogaremos.

—Esta maldita casa no ha sido nada más que un tormento para mí —gruñe.

Se tambalea sobre sus botas y se apoya en el brazo de un pequeño sillón para no caerse.

Inspecciono la sala y doy gracias de que la mayoría del moviliario esté empaquetado o ya haya sido trasladado de la casa debido a la demolición que tendrá lugar cuando Trish se haya mudado.

Hardin entorna los ojos y se centra en el sillón.

—Este sillón... —Se presiona la frente con los dedos antes de terminar—. Aquí es donde pasó todo, ¿sabes? En este mismo pinche sillón.

Sabía que no estaba bien, pero el hecho de que diga eso lo confirma. Recuerdo que hace meses me contó que había destrozado ese sillón. «Ese pinche mueble era fácil de destruir», se jactó.

Observo el sillón que tenemos delante. Sus firmes cojines y la tela intacta demuestran que está como nuevo. Se me revuelven las tripas, tanto por el recuerdo como por la idea de en qué se está transformando el estado de ánimo de Hardin.

Cierra los ojos por un momento.

—Tal vez alguno de mis malditos padres podría haber pensado en comprar uno nuevo.

—Lo siento mucho. Sé que todo esto es demasiado para ti en este momento. —Intento reconfortarlo, sin embargo Hardin sigue ignorándome.

Abre los ojos, se dirige a la cocina y yo lo sigo unos pasos por detrás.

—¿Dónde está...? —farfulla, y se arrodilla para mirar dentro de un mueble que hay bajo la tarja de la cocina—. Te tengo.

Levanta una botella de un licor claro. No quiero preguntar de quién era (o es) esa bebida y cómo acabó ahí. Dada la fina capa de polvo que aparece en la camiseta negra de Hardin después de frotar la botella contra ella, diría que lleva ahí escondida al menos unos cuantos meses.

Lo sigo de vuelta hasta la sala, sin saber qué va a hacer a continuación.

—Sé que estás enojado, y tienes todo el derecho del mundo a estarlo. —Me planto delante de él en un intento desesperado de captar su atención, pero se niega a mirarme siquiera—. Pero ¿podemos, por favor, volver al hotel? —Trato de tomarlo de la mano, y él la quita—. Allí podremos hablar mientras se te pasa la borrachera. O puedes acostarte si lo prefieres, lo que quieras, pero, por favor, tenemos que irnos de aquí.

Hardin me esquiva, se acerca al sillón y señala.

—Ella estaba ahí... —indica apuntando con la botella de licor. Mis ojos se inundan de lágrimas, pero me las trago—. Y nadie vino para detenerlo, carajo. Ninguno de esos dos cabrones —dice con los dientes apretados, y desenrosca el tapón de la botella llena.

Se la lleva a los labios y echa la cabeza hacia atrás para dar un buen trago.

—¡Ya basta! —grito aproximándome a él.

Estoy preparada para arrancarle la botella de las manos y estamparla contra las baldosas de la cocina. Lo que sea con tal de que no siga bebiendo. No sé cuántas copas más podrá tolerar su cuerpo antes de perder la conciencia.

Hardin da otro trago antes de detenerse. Se limpia el exceso de alcohol de la boca y la barbilla con el dorso de la mano. Sonríe y me mira por primera vez desde que entramos en esta casa.

—¿Por qué? ¿Quieres un poco?

—No... ¡Sí! La verdad es que sí —miento.

—Pues es una lástima, Tessie. No hay suficiente como para compartir —dice arrastrando las palabras y levantando la enorme botella.

Me encojo al oír que utiliza el mismo apelativo que mi padre para referirse a mí. Debe de haber más de un litro del licor que sea; la etiqueta está gastada y medio arrancada. Me pregunto cuánto tiempo hará desde que la escondió ahí. ¿Lo haría durante los once peores días de toda mi vida?

—Apuesto a que estás disfrutando de lo lindo de esto —dice entonces.

Retrocedo un paso e intento idear un plan de acción. No tengo muchas opciones ahora mismo, y estoy empezando a asustarme. Sé que él jamás me haría daño físicamente, pero no sé cómo se tratará a sí mismo, y no estoy emocionalmente preparada para otro ataque por su parte. Me he malacostumbrado al Hardin controlado con el que me ha obsequiado últimamente: sarcástico y malhumorado, pero no lleno de odio. El brillo de sus ojos inyectados en sangre me resulta demasiado familiar, y veo la malicia tras ellos.

—Y ¿por qué iba a estar disfrutando? Detesto verte así. No quiero que sufras de esta manera, Hardin.

Sonríe y se ríe ligeramente antes de levantar la botella y verter un poco de licor sobre los cojines del sillón.

—¿Sabías que el ron es una de las bebidas más inflamables? —dice con tono perverso.

Se me hiela la sangre.

—Hardin, yo...

—Este ron es de cien grados. Es una gradación muy alta. —Su voz suena sombría, lenta y amenazadora mientras continúa empapando el sillón.

—¡Hardin! —exclamo, y mi voz va ganando volumen—. ¿Qué piensas hacer? ¿Quemar la casa entera? ¡Eso no va a cambiar nada!

Me hace un gesto con la mano para despedirme y dice con desdén:

—Deberías irte. No se permite la entrada a los niños.

—¡No me hables así! —Envalentonada, y algo asustada, alargo la mano y agarro la botella.

Las aletas nasales de Hardin ondean de furia mientras intenta quitármela.

—¡Suéltala ahora mismo! —dice con los dientes apretados.

—No.

—Tessa, no me provoques.

—Y ¿qué vas a hacer, Hardin? ¿Forcejear conmigo por una botella de alcohol?

Pone unos ojos como platos y abre la boca con sorpresa al mirar nuestras manos jugando a jalar de la cuerda.

—Dame la botella —le ordeno aferrándome con fuerza a ella.

Pesa bastante, y Hardin no me lo está poniendo nada fácil, pero la adrenalina se ha apoderado de mí y me ha proporcionado la fuerza que necesito. Maldiciendo entre dientes, quita la mano. No esperaba que cediera tan fácilmente, de modo que, cuando la suelta, la botella se me escurre de la mano, impacta contra el suelo delante de nosotros y el líquido comienza a derramarse sobre la madera envejecida.

Me agacho a recogerla mientras le indico a él lo contrario:

—Déjala ahí.

—No veo cuál es el problema —replica.

Agarra la botella antes que yo y vierte más licor sobre el sillón. Después camina en círculos por la habitación, dejando un rastro de ron inflamable a su paso.

—De todos modos, van a demoler este agujero. Les estoy haciendo un favor a los nuevos propietarios. —Me mira y se encoge de hombros de manera traviesa—. Seguro que esto les sale más barato.

Me alejo lentamente de Hardin, agarro mi bolsa y busco mi teléfono. El símbolo de advertencia de batería baja parpadea, pero llamo a la única persona que podría ayudarnos en este momento. Con el teléfono en la mano, me vuelvo hacia él de nuevo.

—Si haces esto, la policía vendrá a casa de tu madre. Te arrestarán, Hardin. —Rezo para que la persona al otro lado de la línea me oiga.

—Me vale madres —dice con la mandíbula apretada.

Mira al sillón, y sus ojos atraviesan el presente y contemplan el pasado.

—Todavía la oigo gritar. Sus gritos parecían los de un maldito animal herido. ¿Sabes qué efecto tiene eso en un niño pequeño?

Se me parte el alma por Hardin, por sus dos versiones: la del niñito inocente forzado a presenciar cómo golpeaban y violaban a su madre y la del hombre furioso y dolido que siente que su único recurso es quemar la casa entera para deshacerse de ese recuerdo.

—No querrás ir a la cárcel, ¿verdad? ¿Adónde iría yo? Me quedaría sola. —Me importa un cuerno lo que me sucedería a mí, pero espero que la idea haga que reconsidere sus acciones.

Mi precioso príncipe oscuro me observa durante un instante, y mis palabras parecen haber calado hondo en él.

—Llama a un taxi y ve hasta el final de la calle —dice—. Me aseguraré de que te hayas ido antes de hacer nada. —Su voz es ahora más clara de lo que debería ser, teniendo en cuenta la cantidad de alcohol que corre por sus venas, pero lo único que oigo es a él intentando rendirse.

—No puedo pagar el taxi. —Rebusco teatralmente mi cartera y le enseño mi dinero estadounidense.

Cierra los ojos con fuerza y estampa la botella contra la pared. Se hace añicos, pero ni siquiera me estremezco. He oído ese sonido demasiadas veces en los últimos meses como para inmutarme.

—Agarra mi pinche cartera y lárgate. ¡Carajo! —Con un rápido movimiento, se saca la cartera de la bolsa trasera del pantalón y la lanza al suelo delante de mí.

Me agacho y la meto en mi bolsa.

—No. Necesito que vengas conmigo —digo con voz suave.

—Eres tan perfecta... Lo sabes, ¿verdad? —Da un paso hacia mí y eleva la mano para agarrarme la mejilla.

Me encojo al sentir el contacto, y una arruga profunda se forma en su precioso rostro atormentado.

—¿Sabes que eres perfecta? —Siento su mano caliente sobre mi mejilla, y empieza a acariciarme la piel trazando círculos con el pulgar.

Me tiemblan los labios, pero mantengo la compostura.

—No. No soy perfecta, Hardin. Nadie lo es —respondo tranquilamente mientras lo miro a los ojos.

—Tú sí. Tú eres demasiado perfecta para mí.

Me dan ganas de llorar. ¿Ya hemos vuelto a eso?

—No voy a dejar que me apartes. Sé lo que estás haciendo: estás borracho, y estás intentando justificarlo al compararnos. Yo estoy tan jodida como tú.

—No hables así. —Frunce de nuevo el ceño. Su otra mano asciende hasta mi mandíbula y se hunde en mi pelo—. No suena bien saliendo de tu preciosa boca. —Acaricia mi labio inferior con el pulgar y no puedo evitar advertir el contraste entre el modo en que arden sus ojos de dolor y de rabia y su tacto suave y delicado.

—Te quiero, y no pienso irme a ninguna parte —digo, y rezo para que mis palabras consigan atravesar su ebrio embotamiento. Busco en sus ojos el más mínimo rastro de mi Hardin.

—Si dos personas se aman, no puede haber un final feliz —responde en tono suave.

Reconozco las palabras al instante y aparto los ojos de los suyos.

—No me cites a Hemingway —le espeto. ¿Pensaba que no iba a reconocerlo y a saber lo que estaba intentando hacer?

—Pero es verdad. No hay un final feliz; al menos, no para mí. Estoy demasiado jodido. —Aparta las manos de mi rostro y me da la espalda.

—¡No, no lo estás! Tú...

—¿Por qué haces eso? —balbucea mientras su cuerpo se mece hacia adelante y hacia atrás—. ¿Por qué siempre intentas buscar la luz en mí? ¡Despierta de una vez, Tessa! ¡No hay ninguna pinche luz! —grita, y se golpea el pecho con las dos manos.

»¡No soy nada! ¡Soy un pedazo de mierda con una mierda de padres, y encima estoy completamente loco! Traté de advertírtelo, intenté apartarte de mí antes de acabar contigo... —Su voz se vuelve cada vez más grave, y se lleva la mano al bolsillo.

Reconozco el encendedor morado de Judy, la del bar.

Hardin lo enciende sin mirarme.

—¡Mis padres también son un desastre! ¡Mi padre está en rehabilitación, carajo! —le grito.

Sabía que esto iba a pasar. Sabía que la confesión de Christian acabaría con Hardin. Todo el mundo tiene un límite, y el estado de Hardin ya era bastante frágil con todo lo que ha tenido que soportar.

—Ésta es tu última oportunidad de irte antes de que este lugar arda hasta los cimientos —dice sin mirarme.

—¿Serías capaz de quemar la casa conmigo dentro? —pregunto incrédula. Estoy llorando, pero no sé en qué momento he empezado.

—No. —Sus botas resuenan con fuerza mientras atraviesa la habitación; la cabeza me da vueltas, me duele el alma y temo haber perdido el sentido de la realidad—. Vamos. —Me ofrece la mano, solicitando la mía.

—Dame el encendedor.

—Ven aquí. —Extiende los dos brazos hacia mí. Ahora estoy llorando muchísimo—. Por favor.

Me obligo a pasar por alto sus gestos, por mucho que me duela hacerlo. Quiero correr a sus brazos y alejarlo de aquí. Pero esto no es una novela de Jane Austen con un final feliz y buenas intenciones; esto es Hemingway, en el mejor de los casos, y puedo ver más allá de sus gestos.

—Dame el encendedor y marchémonos juntos.

—Casi conseguiste hacerme creer que podía ser normal. —El encendedor todavía descansa peligrosamente en la palma de su mano.

—¡Nadie lo es! —grito—. Nadie es normal, y no quiero que tú lo seas. Te quiero como eres, te amo, ¡y amo todo esto! —Miro alrededor de la sala y después de nuevo a Hardin.

—Eso es imposible. Nadie podría ni lo ha hecho jamás. Ni siquiera mi propia madre.

Conforme las palabras salen de sus labios, el sonido de la puerta golpeando la pared hace que dé un brinco. Me vuelvo hacia el sonido y siento un tremendo alivio al ver a Christian correr hacia la sala. Está angustiado y sin aliento. Se detiene en el acto en cuanto asimila el estado de la pequeña estancia, empapada de licor por todas partes.

—¿Qué...? —Sus ojos enfocan el encendedor que Hardin tiene en la mano—. He oído sirenas de camino aquí. ¡Tenemos que irnos ahora mismo! —grita.

—¿Cómo sabías...? —La mirada de Hardin oscila entre Christian y yo—. ¿Lo llamaste tú?

—¡Por supuesto que lo hizo! ¿Qué querías que hiciera? ¡¿Que te dejara incendiar la casa y que te arrestaran?! —grita Vance.

Hardin levanta las manos en el aire, aún con el encendedor en la mano.

—¡Salgan de aquí! ¡Los dos!

Christian se vuelve hacia mí.

—Tessa, ve afuera.

Pero me mantengo firme.

—No, no voy a dejarlo aquí. —¿Todavía no ha entendido que Hardin y yo no debemos separarnos?

—Vete —dice Hardin mientras da un paso hacia mí. Desliza el pulgar por el metal del encendedor y prende la llama—. Sácala de aquí —añade arrastrando las palabras.

—Mi coche está estacionado en el callejón que hay al otro lado de la calle. Espéranos allí —me ordena Christian.

Cuando miro a Hardin, sus ojos están fijos en la llama blanca, y lo conozco lo bastante bien como para saber que va a hacerlo, tanto si me voy como si no. Está demasiado ebrio y enojado como para detenerse ahora.

Christian deposita un frío juego de llaves en mi mano y se acerca a mí.

—No dejaré que le suceda nada malo.

Tras un momento de lucha interna, envuelvo las llaves con los dedos y salgo por la puerta sin mirar atrás. Cruzo corriendo la calle y rezo para que las sirenas que se oyen en la distancia se dirijan a otro destino.

CAPÍTULO 7

Hardin

En cuanto Tessa sale por la puerta principal, Vance empieza a agitar las manos delante de él y a gritar:

—¡Vamos! ¡Vamos! ¡Vamos!

¿De qué está hablando? Y ¿qué chingados está haciendo aquí? Odio a Tessa por haberlo llamado. Lo retiro: jamás podría odiarla, pero, carajo, a veces me saca de quicio.

—Nadie te quiere aquí —digo, y noto que tengo la boca dormida.

Me arden los ojos. ¿Dónde está Tessa? ¿Se ha ido? Creía que sí, pero ahora estoy confundido. ¿Cuánto tiempo hace que vino? ¿Estaba aquí de verdad? No lo sé.

—Enciende el fuego.

—¿Para qué? ¿Quieres que arda con la casa? —pregunto.

Una versión más joven de él apoyado contra la chimenea de la casa de mi madre inunda mi mente. Me estaba leyendo.

—¿Por qué me estaba leyendo?

«¿He dicho eso en voz alta? No tengo ni puta idea.» El Vance del presente se me queda mirando, como esperando algo.

—Todos tus errores desaparecerían conmigo —suelto. El metal del encendedor me quema la piel áspera del pulgar, pero sigo prendiéndolo.

—No, quiero que quemes la casa —replica él—. Tal vez así encuentres algo de paz.

Creo que es posible que me esté gritando, pero apenas puedo ver con claridad, y mucho menos medir el volumen de su voz. ¿En serio me está dando permiso para quemar esta cueva?

«¿Quién ha dicho que necesite permiso?»

—¿Quién eres tú para darme el visto bueno? ¡Carajo! ¡No te he preguntado!

Bajo la llama hasta el brazo del sillón y espero a que prenda. Espero a que el fuego devorador destruya este lugar.

Pero no sucede nada.

—Qué desastre estoy hecho, ¿eh? —le digo al hombre que asegura ser mi padre.

—Eso no va a funcionar —dice. O igual soy yo quien habla, quién sabe.

Alcanzo una vieja revista que descansa sobre una de las cajas y acerco la llama a la esquina. Se enciende inmediatamente. Observo cómo el fuego asciende por las páginas y la lanzo sobre el sillón. Alucino al ver lo rápido que el fuego lo engulle, y juro que puedo sentir cómo los malditos recuerdos arden con él.

Después le llega el turno al reguero de ron, que arde formando una línea irregular. Apenas puedo seguir el ritmo de las llamas, que avanzan danzando por los tablones de madera, parpadeando y crepitando, emitiendo sonidos que me resultan tremendamente reconfortantes. Las llamas brillan con furia y atacan con ferocidad el resto de la habitación.

Por encima del crepitar del fuego, Vance grita:

—¿Estás satisfecho?

No sé si lo estoy.

Tessa no lo estará. Le entristecerá que haya destruido la casa.

—¿Dónde está? —pregunto inspeccionando la estancia, que veo borrosa y cargada de humo.

Como esté aquí dentro y le suceda algo...

—Está fuera. A salvo —me asegura Vance.

¿Confío en él? Lo odio a muerte. Todo esto es culpa suya. ¿Sigue Tessa aquí? ¿Me estará mintiendo?

Pero entonces caigo en la cuenta de que Tessa es demasiado lista para esto. Seguro que se ha ido, lejos de esta mierda, lejos de mi destrucción. Y si este hombre me hubiese criado, no me habría convertido en la mala persona que soy. No habría hecho daño a tanta gente, sobre todo a Tessa. No quiero hacerle daño, pero siempre lo hago.

—¿Dónde estabas? —le pregunto.

Ojalá las llamas aumentaran de tamaño. Si siguen así de pequeñas, la casa no se quemará por completo. Puede que tenga otra botella escondida en alguna parte, pero no soy capaz de pensar con la suficiente claridad como para recordarlo. El fuego no me resulta lo bastante grande. Las minúsculas llamas no compensan la intensidad de mi pinche ira, y necesito más.

—En el hotel, con Kimberly. Vámonos antes de que llegue la policía o de que resultes herido.

—No. ¿Dónde estabas tú aquella noche? —La habitación empieza a girar, y el calor me está asfixiando.

Vance parece verdaderamente sorprendido. Se detiene y se yergue por completo.

—¿Qué? ¡Ni siquiera estaba aquí, Hardin! Estaba en los Estados Unidos. ¡Yo jamás dejaría que algo así le sucediese a tu madre! ¡Pero ahora tenemos que irnos! —grita.

¿Por qué íbamos a irnos? Quiero ver cómo arde este maldito agujero.

—Pues le sucedió —digo, y mi cuerpo se vuelve cada vez más pesado.

Debería sentarme, pero si yo tengo que ver estas imágenes en mi cabeza, él también.

—La golpearon hasta hacerla papilla. Todos se turnaron para abusar de ella, se la cogieron una y otra y otra vez... —Me duele tanto el pecho que me dan ganas de meterme las manos y arrancarme todo lo que tengo dentro. Todo era mucho más fácil antes de conocer a Tessa; nada me hacía daño. Ni siquiera esta mierda me dolía de esta manera. Había aprendido a bloquearlo hasta que ella hizo que... hizo que sintiese cosas que no quería sentir, y ahora no puedo dejar de hacerlo.

—¡Lo siento! —exclama Vance—. ¡Siento muchísimo que eso sucediera! ¡Yo lo habría evitado!

Levanto la vista y veo que está llorando. ¿Cómo se atreve a llorar cuando él no tuvo que presenciarlo? Él no ha tenido que verlo cada vez que cerraba los ojos para dormir, año tras año.

Unas luces azules parpadeantes entran entonces por las ventanas y se reflejan en todos los cristales de la habitación, interrumpiendo mi hoguera. Las sirenas suenan muy fuerte, ¡carajo, qué ruidazo!

—¡Vámonos! —me ordena Vance—. ¡Tenemos que salir ya! Ve a la puerta trasera y métete en mi coche! ¡Ve! —grita.

Qué dramatismo.

—Vete a la chingada —le suelto. Me tambaleo; la habitación gira ahora más deprisa, y las sirenas me perforan el oído.

Antes de que pueda detenerlo, me pone las manos encima y empuja mi cuerpo ebrio por la sala, en dirección a la cocina y hacia la puerta trasera. Intento resistirme, pero mis músculos se niegan a cooperar. El aire frío me golpea y hace que me maree, y entonces mi trasero aterriza sobre el cemento.

—Ve al callejón y entra en mi coche —creo que dice Christian antes de desaparecer.

Me levanto como puedo después de caerme unas cuantas veces e intento abrir la puerta trasera de la cocina, pero tiene el seguro puesto. Dentro oigo varias voces que gritan y algo que zumba. «¿Qué chingados es eso?»

Saco mi teléfono del bolsillo y veo el nombre de Tessa en la pantalla. Puedo ir a buscar el coche en el callejón y enfrentarme a ella, o volver adentro y dejar que me arresten. Miro su cara borrosa en la pantalla y la decisión está tomada.

No tengo ni puta idea de cómo chingados voy a conseguir llegar al otro lado de la calle sin que la policía me descubra. Veo la pantalla del celular doble y no para de moverse, pero de algún modo consigo llamar al número de Tessa.

—¡Hardin! ¡¿Estás bien?! —grita por el auricular.

—Recógeme al final de la calle, delante del cementerio.

Quito el seguro de la puerta de la valla del vecino y corto la llamada. Al menos no tengo que atravesar el jardín de Mike.

¿Se habrá casado con mi madre hoy? Por su bien, espero que no.

«No querrás que esté sola siempre. Sé que la quieres; sigue siendo tu madre», resuena la voz de Tessa en mi cabeza.

Genial, ahora oigo voces.

«No soy perfecta. Nadie lo es», me recuerda su dulce voz. Pero se equivoca, se equivoca muchísimo. Es ingenua, pero perfecta.

Consigo llegar hasta la esquina de la calle de mi madre. El cementerio a mi espalda está oscuro; la única luz procede de las sirenas azules en la distancia. El BMW negro aparece unos momentos después, y Tessa lo detiene delante de mí. Me meto en el coche sin mediar palabra, y apenas he cerrado la puerta cuando arranca a toda velocidad.

—¿Adónde voy? —dice con voz grave mientras intenta dejar de sollozar, aunque fracasa estrepitosamente.

—No lo sé... No hay muchos sitios por aquí. —Me pesan los ojos—. Es de noche, es muy tarde... y no hay nada abierto...

A continuación, cierro los ojos y todo desaparece.

El sonido de las sirenas me despierta de un sobresalto. Doy un brinco y me golpeo la cabeza contra el techo del coche.

«¿El coche? ¿Qué carajos hago en un coche?»

Me vuelvo y veo a Tessa en el asiento del conductor, con los ojos cerrados y las piernas flexionadas contra el cuerpo. Me recuerda al instante a un gatito durmiendo. Me va a estallar la cabeza. Carajo, he bebido demasiado.

Es de día, el sol está escondido detrás de las nubes, dejando un cielo gris y deprimente. El reloj del tablero me informa que faltan diez minutos para las siete. No reconozco el estacionamiento en el que nos encontramos, e intento recordar cómo chingados acabé en el coche.

Ya no hay coches de policía ni sirenas... Debo de haberlos soñado. Me palpita la cabeza, y cuando me subo la camiseta para limpiarme la cara, un fuerte olor a humo inunda mis fosas nasales.

Flashes de un sillón ardiendo y de Tessa llorando se reproducen en mi mente. Me esfuerzo por ordenarlos; sigo medio borracho.

A mi lado, ella se estira y sus ojos parpadean antes de abrirse. No sé qué vio anoche. No sé qué dije ni qué hice, pero sé que su manera de mirarme en este mismo momento hace que desee haber ardido... con esa casa. Imágenes de la casa de mi madre me vienen entonces a la cabeza.

—Tessa, yo... —No sé qué decirle; mi mente no funciona, y mi maldita boca tampoco.

El pelo decolorado de Judy y Christian empujándome por la puerta trasera de la casa de mi madre rellenan algunos de los huecos de mi memoria.

—¿Estás bien? —me pregunta en un tono suave y áspero al mismo tiempo. Es evidente que casi se ha quedado sin voz.

¿Me está preguntando ella a mí si estoy bien?

Observo su rostro confundido por su pregunta.

—Eh..., sí. Y ¿tú? —No recuerdo la mayor parte de la noche..., carajo, del día o de la noche, pero sé que tiene motivos para estar enojada conmigo.

Asiente despacio mientras también analiza mi rostro.

—Intento recordar... La policía llegó... —Voy repasando los recuerdos conforme me vienen a la mente—. La casa estaba en llamas... ¿Dónde estamos? —Miro por la ventanilla e intento averiguarlo.

—Estamos..., pues no estoy muy segura de qué lugar es éste. —Se aclara la garganta y mira de frente a través del parabrisas. Debe de haber gritado mucho. O llorado. O ambas cosas, porque apenas puede hablar—. No sabía adónde ir y tú te quedaste dormido, así que seguí manejando, pero estaba muy cansada. Al final tuve que parar a un lado de la carretera.

Tiene los ojos rojos e hinchados, con el rímel corrido por debajo, y sus labios se ven secos y cortados. Me cuesta reconocerla. Sigue estando preciosa, pero he agotado toda su energía.

Al mirarla, veo la falta de calidez en sus mejillas, la pérdida de esperanza en sus ojos, la ausencia de felicidad en sus labios carnosos. He tomado a una chica maravillosa que vive para los demás, a una chica que siempre ve lo bueno en todo, incluso en mí, y la he transformado en una cáscara cuyos ojos vacíos me observan en este mismo momento.

—Voy a vomitar —digo, y abro la puerta del acompañante.

Todo el whisky, todo el ron y todos mis errores salpican contra el suelo de cemento, y vomito una y otra vez hasta que no me queda nada dentro más que la culpa.

CAPÍTULO 8

Hardin

Tessa habla con voz suave y áspera, rellenando los espacios de mi elaborada respiración.

—¿Hacia dónde me dirijo?

—No lo sé.

Una parte de mí quiere decirle que se suba al primer avión que salga de Londres, sola. Pero la parte egoísta, la más fuerte, sabe que, si lo hiciera, yo no llegaría a la noche sin ponerme muy pedo. Otra vez. Me sabe la boca a vómito, y me arde la garganta por la violencia con la que mi organismo ha expulsado todo ese licor.

Tessa abre la consola central que nos separa, saca un pañuelo y empieza a limpiarme las comisuras de la boca con el rasposo papel. Sus dedos rozan ligeramente mi piel y su tacto es tan gélido que me aparto al instante.

—Estás helada. Enciende el motor.

Pero no espero a que obedezca. Me inclino y giro la llave yo mismo. El aire empieza a entrar por las rejillas de ventilación. Al principio es frío, pero este coche tan caro tiene algún truco, y el calor pronto se extiende a través del reducido espacio.

—Tenemos que echar gasolina. No sé cuánto tiempo estuve manejando, pero la luz del combustible está encendida, y el navegador también lo indica —dice señalando la lujosa pantalla en el tablero.

El sonido de su voz me está matando.

—Estás muy afónica —digo, aunque sé que es tremendamente obvio.

Ella asiente y aparta la cabeza. La agarro de la barbilla con los dedos y le giro la cara de nuevo hacia mí.

—Si quieres irte, no te lo reprocharé. Te llevaré al aeropuerto de inmediato.

Me mira pasmada antes de abrir la boca.

—¿Vas a quedarte aquí? ¿En Londres? Nuestro vuelo es esta noche. Creía... —La última palabra suena más bien como un graznido, y le da un ataque de tos.

Miro en los posavasos para ver si hay algo de agua, pero están vacíos.

Le froto la espalda hasta que deja de toser, y entonces cambio de tema.

—Cámbiame el sitio. Yo manejaré hasta allí. —Señalo con la cabeza hacia la gasolinera que hay al otro lado de la carretera—. Necesitas agua y algo para esa garganta.

Espero a que se levante del asiento del conductor, pero se limita a repasar mi rostro con la mirada antes de arrancar el coche y salir del estacionamiento.

—Todavía superas el límite legal —susurra por fin con cuidado de no forzar su voz casi inexistente.

No puedo discutírselo. Es imposible que esté completamente sobrio tras unas pocas horas durmiendo en este coche. Bebí lo bastante como para no acordarme de la mayor parte de la noche, y el dolor de cabeza resultante es tremendo. Seguramente seguiré borracho todo el pinche día, o la mitad. No estoy seguro. Ni siquiera recuerdo cuántas copas me tomé...

Mi confuso recuento se ve interrumpido cuando Tessa se estaciona delante de un surtidor de gasolina y se dispone a abrir la puerta.

—Ya voy yo —digo, y salgo del coche sin darle tiempo a replicar.

No hay mucha gente dentro a estas horas de la mañana, sólo

hombres con su ropa de trabajo. Tengo las manos llenas de aspirinas, botellas de agua y bolsas de aperitivos cuando Tessa entra en la pequeña tienda.

Todo el mundo se vuelve para mirar a la desaliñada belleza con su vestido blanco y sucio. Las miradas de los hombres me provocan aún más náuseas.

—¿Por qué no te has quedado en el coche? —le pregunto cuando se acerca.

Menea un objeto de piel negra delante de mi cara.

—Tu cartera.

—Ah.

Me la entrega, desaparece un momento y reaparece a mi lado con un humeante vaso de café para llevar en cada mano justo cuando llego a la caja.

Deposito el montón de cosas sobre el mostrador.

—¿Consultas nuestra ubicación en el celular mientras pago? —pregunto quitándole a Tessa los enormes vasos de sus pequeñas manos.

—¿Qué?

—La ubicación, en tu teléfono..., para ver dónde estamos.

El hombre corpulento tras el mostrador toma el bote de aspirinas, lo agita antes de escanear el código de barras y dice:

—Están en Allhallows.

Inclina la cabeza mirando a Tessa y ella sonríe amablemente.

—Gracias. —Su sonrisa se intensifica y el pobre diablo se ruboriza.

«Sí, ya sé que está buena. Pero será mejor que apartes la mirada antes de que te arranque los ojos de las cuencas —quiero decirle—. Y la próxima vez que hagas un pinche ruido cuando tengo cruda, como acabas de hacer con ese bote de aspirinas, será tu fin.» Después de lo de anoche, no me vendría mal liberar tensiones, y no estoy de humor para aguantar que este triste individuo repase con la mirada los pechos de mi chica a las malditas siete en punto de la mañana.

Si no fuera tremendamente consciente de la falta de emoción en la mirada de Tessa, seguramente ya lo habría sacado a rastras del mostrador, pero su falsa sonrisa, sus ojos manchados de negro y su vestido sucio me detienen y me olvido de mis violentos pensamientos. Parece tan perdida, tan triste, tan jodidamente perdida...

«¿Qué te hice?», pregunto para mis adentros.

La mirada de Tess se dirige a la puerta, por la que entran una mujer joven y una niña tomadas de la mano. La miro mientras las observa y sigue sus movimientos, a mi parecer, con demasiado descaro; roza lo perturbador. Cuando la pequeña mira a su madre, el labio inferior de Tessa empieza a temblar.

«¿A qué viene esto? ¿Es a causa de mi reacción por la nueva revelación sobre mi familia?»

El cajero ha guardado todas mis cosas y sostiene la bolsa de un modo un poco grosero delante de mi cara para captar mi atención. Por lo visto, en el instante en que Tessa ha dejado de mirarlo, ha decidido ser desagradable conmigo.

Agarro la bolsa de plástico y me inclino hacia ella.

—¿Lista? —pregunto dándole un golpecito con el codo.

—Sí, perdona —balbucea, y recoge los cafés del mostrador.

Lleno el tanque del coche mientras me planteo las consecuencias de manejar hasta el mar con el coche rentado de Vance. Si estamos en Allhallows, tenemos la costa al lado; llegaríamos en un momento.

—¿A qué distancia estamos del bar Gabriel's? —pregunta Tessa cuando me reúno con ella—. Nuestro coche está allí.

—A una hora y media, teniendo en cuenta el tráfico.

«El coche se hunde lentamente en el mar, lo que a Vance le costaría decenas de miles de libras, y nosotros tomamos un taxi hasta Gabriel's por unas doscientas. Es un trato justo.»

Tessa le quita el tapón al pequeño bote de aspirinas y me pone tres en la mano. Después frunce el ceño y mira la pantalla de su celular, que acaba de iluminarse.

—¿Quieres hablar de lo de anoche? —me pregunta—. Acabo de recibir un mensaje de Kimberly.

Un montón de interrogantes empiezan a abrirse paso entre las borrosas imágenes y las voces de anoche y emergen a la superficie de mi mente... Vance me cerró la puerta y volvió a la casa en llamas...

Tessa sigue mirando la pantalla de su teléfono y yo cada vez estoy más preocupado.

—No estará... —No sé cómo plantear esta pregunta. No consigo que atraviese el nudo que tengo en la garganta.

Tessa me mira y sus ojos se inundan de lágrimas.

—Está vivo, claro, pero...

—¿Qué? ¿Qué le pasó? —pregunto.

—Dice que tiene quemaduras.

Un ligero y desagradable dolor intenta atravesar las grietas de mis defensas. Unas grietas que ella misma abrió.

Se seca un ojo con el dorso de la mano.

—Sólo en una pierna. Kim dice que sólo en una pierna, y que lo arrestarán en cuanto le den el alta en el hospital, que será pronto; al parecer, de un momento a otro.

—¿Que lo arrestarán? ¿Por qué? —Conozco la respuesta antes de que me la dé.

—Le dijo a la policía que fue él quien provocó el incendio.

Tessa me planta su mierda de teléfono delante de la cara para que lea yo mismo el larguísimo mensaje de Kimberly.

Lo leo entero y compruebo que no dice nada más, aunque me doy cuenta del pánico de Kimberly. No digo nada. No tengo nada que decir.

—Y ¿bien? —pregunta Tessa con suavidad.

—Y ¿bien, qué?

—¿No estás ni siquiera mínimamente preocupado por tu padre? —Después, al ver mi mirada asesina, añade—: Quiero decir, por Christian.

«Está herido por mi culpa.»

—No debería haberse presentado allí —replico.

Tessa parece horrorizada ante mi indiferencia.

—Hardin, ese hombre fue allí para ayudarme, y para ayudarte a ti.

Al intuir el comienzo de un discursito, la interrumpo:

—Tessa, ya sé que...

Pero ella me sorprende levantando una mano para hacerme callar.

—No he terminado. Por no hablar de que ha cargado con las culpas de un incendio que tú has provocado y que está herido. Te quiero, y sé que ahora mismo lo odias, pero te conozco, conozco al verdadero Hardin, así que no te quedes ahí sentado fingiendo que te vale madres lo que le pase, porque sé perfectamente que no es así.

Una tos violenta finaliza su furioso discurso, y le acerco la botella de agua a la boca.

Me tomo un instante para rumiar sus palabras mientras su tos se calma. Tiene razón, por supuesto que la tiene, pero no estoy preparado para enfrentarme a ninguna de las cosas que acaba de mencionar. Carajo, no estoy preparado para admitir que ha hecho algo por mí, no después de todos estos años. No estoy preparado para que, de repente, se comporte como un padre conmigo. Carajo, ni hablar. No quiero que nadie, y menos él, piense que esto compensa la balanza de alguna manera, que de algún modo olvidaré todas las chingaderas que se perdió, todas las noches que me pasé oyendo cómo mis padres se gritaban, todas las veces que subí la escalera corriendo al oír el sonido de la voz ebria de mi padre, y el hecho de que él lo sabía y no me lo dijo en todo ese tiempo.

Al carajo. Esto no compensa nada de todo eso, y nunca lo hará.

—¿Crees que voy a perdonarlo por una quemadura de nada en la pierna y porque haya decidido autoinculparse? —Me paso las manos por el pelo—. ¡¿Esperas que lo perdone por haberme mentido durante veintiún malditos años?! —pregunto gritando mucho más de lo que pretendía.

—¡No, por supuesto que no! —dice ella, levantando también la voz. Me preocupa que se le rompa alguna cuerda vocal o algo, pero Tessa continúa—: Pero me niego a dejar que le quites importancia como si esto fuese una minucia. Va a ir a la cárcel por ti, y actúas como si ni siquiera te importara su estado de salud. Estuviera o no presente, te mintiera o no, sea tu padre o no, te quiere, y anoche te salvó el pellejo.

«No me lo puedo creer...»

—Carajo, ¿de qué lado estás tú?

—¡No hay ningún lado! —grita, y su voz resuena en el reducido espacio y no ayuda en absoluto a mi dolor de cabeza—. Todo el mundo está de tu lado, Hardin. Sé que tienes la sensación de estar solo contra el mundo, pero mira a tu alrededor: me tienes a mí, a tu padre (a los dos), a Karen, que te quiere como si fueses su hijo, a Landon, que te quiere más de lo que ninguno de los dos admitirán jamás... —Tessa sonríe ligeramente al mencionar a su mejor amigo, pero continúa con su sermón—: Kimberly te provoca a veces, pero a ella también le importas, y Smith..., tú eres literalmente la única persona que le gusta a ese niño.

Me toma las manos entre las suyas temblorosas y me acaricia las palmas suavemente con los pulgares.

—Si lo piensas, es irónico: el hombre que odia al mundo entero es el más amado por él —susurra, y sus ojos se inundan de lágrimas. Lágrimas por mí, demasiadas lágrimas por mí.

—Nena. —La jalo hacia mi asiento y se coloca a horcajadas sobre mi cintura. Rodea mi cuello con los brazos—. ¿Cómo puedes ser tan bondadosa?

Entierro el rostro en su cuello, casi intentando esconderme en su pelo desaliñado.

—Permite que entren, Hardin. La vida es mucho más sencilla de ese modo. —Me acaricia la cabeza como si fuera alguna especie de mascota..., pero, carajo, me encanta.

Hundo el hocico más aún en su pelo.

—No es tan fácil —replico.

Me arde la garganta, y siento que sólo puedo respirar cuando inhalo su esencia. Está ligeramente empañada por el olor a humo y a fuego que, al parecer, he trasladado al coche, pero sigue resultando tranquilizadora.

—Lo sé. —Continúa pasándome las manos por el pelo, y quiero creerla.

¿Por qué es siempre tan comprensiva conmigo cuando no lo merezco?

El sonido de un claxon me saca de mi escondite y me recuerda que estamos junto a los surtidores. Por lo visto, el camionero que tenemos detrás no quiere esperar. Tessa se aparta de mis piernas y se abrocha el cinturón en el asiento del acompañante.

Me planteo dejar el coche aquí parado sólo para fastidiar, pero entonces oigo rugir las tripas de Tessa y cambio de idea. ¿Cuándo fue la última vez que comió? El hecho de que ni siquiera me acuerde significa que hace demasiado tiempo.

Me alejo de los surtidores y me dirijo a un estacionamiento vacío que hay al otro lado de la calle, donde dormimos anoche.

—Come algo —digo colocándole una barrita de cereales en las manos.

Me estaciono casi al final, cerca de un grupo de árboles, y enciendo la calefacción. Ya es primavera, pero el aire matutino es fresco y Tessa está tiritando. La rodeo con el brazo y hago un gesto como si estuviera ofreciéndole el mundo.

—Podríamos ir a Haworth, para ver el pueblo de las hermanas Brontë —sugiero—. Podría mostrarte los páramos.

Me sorprende echándose a reír.

—¿Qué te hace tanta gracia? —Levanto una ceja y le doy un bocado a un *muffin* de plátano.

—Después de la noche que has pasa... pasado —se aclara la garganta—, ¿me propones llevarme a los páramos? —Sacude la cabeza y toma su humeante café.

Me encojo de hombros y mastico pensativo.

—No sé...

—¿A qué distancia está? —pregunta con mucho menos entusiasmo de lo que esperaba.

Sin duda, si este fin de semana no hubiese acabado siendo una auténtica chingadera, probablemente le haría mucha más ilusión. También le prometí llevarla a Chawton, pero los páramos encajan mucho mejor con mi estado de ánimo actual.

—A unas cuatro horas.

—Está muy lejos —dice, y bebe un sorbo del café.

—Pensaba que querrías ir —digo en tono severo.

—Y quiero...

Es evidente que le preocupa algo de mi sugerencia. Carajo, ¿por qué razón siempre tengo que causarles algún problema a esos ojos grises?

—Entonces, ¿por qué te quejas del trayecto? —Me termino el *muffin* y abro el paquete de otro.

Tessa parece ligeramente ofendida, pero su voz sigue siendo suave y áspera.

—Sólo me estoy preguntando por qué estás tú dispuesto a manejar hasta allí para ver los páramos. —Se coloca un mechón de pelo suelto detrás de la oreja y respira hondo—. Hardin, te conozco lo suficiente como para saber que estás taciturno y apartándote de mí. —Se desabrocha el cinturón de seguridad y se vuelve para mirarme—. El hecho de que quieras llevarme a los páramos que inspiraron *Cumbres borrascosas* en vez de a algún lugar de una novela de Jane Austen me preocupa aún más de lo que ya lo estoy.

Me lee como si fuese un libro abierto. «¿Cómo lo hace?»

—No —miento—. Sólo pensé que te gustaría ver los páramos y el pueblo de las hermanas Brontë. Perdona, ¿eh? —Pongo los ojos en blanco para evitar esa maldita expresión en los suyos. Me niego a admitir que está en lo cierto.

Sus dedos juguetean con el empaque de su barrita de cereales.

—Bueno, pues preferiría no ir. Sólo quiero volver a casa.

Exhalo profundamente, le quito la barrita de las manos y abro de un jalón el empaque.

—Tienes que comer algo. Tienes aspecto de que te vas a desmayar de un momento a otro.

—Sí, me siento como si fuese a hacerlo —dice en voz baja, aparentemente más para sí misma que para mí.

Me planteo meterle la pinche barrita en la boca, pero entonces me la quita de las manos y le da una mordida.

—¿Quieres volver a casa, pues? —digo por fin. No quiero preguntarle a qué se refiere exactamente al decir *casa*.

Hace una mueca.

—Sí, tu padre tenía razón: Londres no es como lo había imaginado.

—Porque yo te lo arruiné —repongo.

No lo niega, pero tampoco lo confirma. Su silencio y su mirada vacía hacia los árboles me incitan a decir lo que tengo que decir. Es ahora o nunca.

—Creo que debería quedarme aquí una temporada... —declaro al espacio que nos separa.

Tessa deja de masticar, se vuelve y me mira entornando los ojos.

—¿Por qué?

—No tiene sentido que regrese allí.

—No, lo que no tiene sentido es que te quedes aquí. ¿Por qué te lo planteas siquiera?

He herido sus sentimientos, tal y como había imaginado, pero ¿qué otra opción tenía?

—Porque mi padre no es mi verdadero padre, mi madre es una mentirosa de la chin... —me detengo antes de decir algo de lo que me pueda arrepentir—, y mi padre biológico va a ir a la cárcel porque yo he incendiado su casa. Es un telenovela dramática. —Después, para intentar obtener alguna reacción por su parte, añado irónicamente—: Lo único que nos falta es agregar a un montón de jovencitas con demasiado maquillaje y poca ropa y sería todo un éxito.

Sus ojos tristes analizan los míos.

—Sigo sin ver qué motivos tienes para quedarte aquí, muy lejos de mí. Porque eso es lo que quieres, ¿verdad? Quieres alejarte de mí. —Dice la última parte como si, al pronunciarla, se confirmara como verdad.

—No es eso... —empiezo a decir, pero me detengo. No sé cómo expresar mis pensamientos, ése ha sido siempre mi pinche problema—. Es sólo que creo que, si estuviéramos un tiempo separados, te darías cuenta de lo que te estoy haciendo. Mírate. —Se encoge, pero yo me obligo a continuar—. Te estás enfrentando a problemas a los que jamás te habrías enfrentado de no ser por mí.

—No te atrevas a actuar como si estuvieras haciendo esto por mí —me dice con la voz fría como el hielo—. Eres autodestructivo, y ése es tu único motivo detrás de esto.

Lo soy. Sé que lo soy. Y a eso es a lo que me dedico: a hacer daño a otras personas y a hacérmelo a mí mismo después, antes de que los demás puedan devolvérmelo. Soy un pinche desastre, ésa es la pura verdad.

—¿Sabes qué te digo? —exclama, cansada de esperar a que diga algo—. Que adelante. Dejaré que nos hagas daño a los dos en esta misión de autoprivación que te has...

La tomo de las caderas y la tengo encima de mí antes de que pueda terminar la frase. Intenta apartarse y me araña los brazos cuando no dejo que se mueva ni un centímetro.

—Si no quieres estar conmigo, suéltame —grita.

No hay lágrimas, sólo furia. Puedo soportar su enojo; son las lágrimas las que me matan. La furia consigue que cesen.

—Deja de forcejear. —Le agarro las dos muñecas por detrás de la espalda y las sostengo en el sitio con una sola mano.

Tessa me fulmina con la mirada.

—No tienes derecho a hacer esto cada vez que algo te hace sentir mal. ¡No tienes derecho a decidir que soy demasiado buena para ti! —me grita en la cara.

Ignoro sus gritos y acerco la boca a la curva de su cuello. Su cuerpo salta de nuevo, esta vez de placer, no de furia.

—Detente... —dice sin ninguna convicción.

Está intentando rechazarme porque cree que es lo que debería hacer, pero ambos sabemos que esto es justo lo que necesitamos. Necesitamos la conexión física que nos traslada a una profundidad emocional que ninguno de los dos somos capaces de explicar y a la que ninguno de los dos nos podemos negar.

—Te quiero, y lo sabes —digo.

Chupo la piel suave de su cuello y me deleito observando cómo se vuelve rosácea por la succión de mis labios. Continúo chupando y mordisqueándola lo justo para crear un montón de marcas, pero no lo bastante fuerte como para que permanezcan ahí más de unos segundos.

—Pues no lo parece. —Su voz es grave, y sus ojos observan cómo mi mano libre se desplaza por su muslo descubierto.

Su vestido está recogido a la altura de la cintura de un modo que me está volviendo completamente loco.

—Todo lo que hago es porque te quiero. Incluso mis mayores estupideces. —Alcanzo el encaje de sus calzones y gime cuando paso un solo dedo por la humedad que ya se ha formado entre sus muslos—. Siempre estás tan húmeda para mí, incluso ahora...

Le aparto los calzones e introduzco dos dedos en su jugosa carne. Gime y arquea la espalda hacia atrás, contra el volante, y noto cómo su cuerpo se relaja. Hago que el asiento retroceda para tener más espacio dentro del pequeño vehículo.

—No puedes distraerme con...

Extraigo los dedos y vuelvo a sumergirlos, cortando sus palabras antes de que terminen de escapar de sus labios.

—Sí, nena, claro que puedo. —Acerco los labios a su oreja—. ¿Dejarás de forcejear si te suelto las manos?

Ella asiente. En cuanto las suelto, las traslada a mi cabello y hunde los dedos en mi espesa mata de pelo revuelto. Le bajo la parte delantera del vestido con una mano.

Su brasier blanco de encaje resulta pecaminoso a pesar de la pureza de su color. Tessa, con su cabello rubio y sus prendas claras, contrasta sobremanera con mi pelo oscuro y mi ropa negra. Algo en ese contraste me resulta muy erótico: la tinta de mis muñecas cuando mis dedos desaparecen de nuevo en su interior, la piel limpia e inmaculada de sus muslos, y el modo en que sus suaves gemidos y jadeos inundan el aire cuando mis ojos recorren sin pudor su firme vientre hasta su pecho.

Aparto la vista de sus pechos perfectos el tiempo suficiente como para inspeccionar el estacionamiento. Las lunas del coche están tintadas, pero quiero asegurarme de que seguimos solos en este lado de la calle. Le desabrocho el brasier con una mano y ralentizo el movimiento de la otra. Ella gimotea a modo de protesta, pero yo no me molesto en disimular la sonrisa de mi rostro.

—Por favor —me ruega para que continúe.

—¿Por favor, qué? Dime qué es lo que quieres —la incito, como lo he hecho siempre desde el comienzo de nuestra relación.

Todo el tiempo he tenido la sensación de que, si no pronuncia las palabras en voz alta, no pueden ser ciertas. No es posible que me desee del mismo modo que yo la deseo a ella.

Alarga la mano y vuelve a colocar la mía entre sus muslos.

—Tócame.

Está hinchada, ansiosa y muy empapada. Me desea. Me necesita. Y yo la amo más de lo que ella jamás podría llegar a comprender. Necesito esto, necesito que me distraiga, que me ayude a escapar de toda esta chingadera, aunque sea sólo durante un rato.

Le doy lo que me pide y ella gime mi nombre con aprobación y se muerde los labios. Su mano desciende por debajo de la mía y me agarra la verga a través de los pantalones. La tengo tan dura que me hace daño, y las caricias y los apretones de Tessa no ayudan.

—Quiero cogerte ahora mismo. Tengo que hacerlo. —Deslizo la lengua por uno de sus pechos.

Ella asiente y pone los ojos en blanco. Succiono la protuberancia sensible de uno de sus senos mientras masajeo el otro con la mano que no tengo entre sus piernas.

—Har... din... —gime.

Sus manos están ansiosas por liberarme de mis pantalones y mi bóxer. Elevo las caderas lo suficiente como para que pueda bajarme los pantalones por los muslos. Mis dedos siguen enterrados en ella, moviéndose a un ritmo suave, el justo y necesario como para volverla loca. Los saco y los elevo hasta sus carnosos labios. Los hundo en su boca. Ella los chupa y desliza la lengua hacia arriba y hacia abajo lentamente. Gimo y los aparto antes de que ese simple gesto haga que me venga. La levanto por las caderas y la bajo de nuevo hacia mí.

Ambos compartimos el mismo gemido de alivio, desesperados el uno por el otro.

—No deberíamos separarnos —dice jalándome del pelo hasta que mi boca está al mismo nivel que la suya. ¿Acaso puede saborear mi cobarde despedida en mi aliento?

—Tenemos que hacerlo —replico cuando ella empieza a menear las caderas. «Carajo.»

Tessa se eleva lentamente.

—No voy a obligarte a desearme. Ya no. —Me entra el pánico, pero todos mis pensamientos desaparecen cuando desciende de nuevo contra mí lentamente sólo para volver a elevarse y a repetir el mortificante movimiento.

Se inclina hacia adelante para besarme y lame mi lengua en círculos mientras se hace con el control.

—Te deseo —exhalo en su boca—. Carajo, siempre te deseo, y lo sabes. —Un sonido gutural escapa de mi garganta cuando acelera el movimiento de sus caderas. Carajo, me va a matar.

—Vas a dejarme —replica, y desliza la lengua por mi labio inferior.

Bajo la mano hasta el lugar donde nuestros cuerpos se unen y atrapo su hinchado clítoris entre los dedos.

—Te quiero —digo, incapaz de encontrar otras palabras, y ella se ve obligada a guardar silencio mientras pellizco y froto su punto más sensible.

—Dios... —Deja caer la cabeza sobre mi hombro y rodea mi cuello con los brazos—. Te quiero —dice casi sollozando mientras se viene y me estrecha con todos sus músculos.

Yo termino también inmediatamente después, y la inundo con cada gota de mí, literal y metafóricamente.

Pasamos unos minutos en silencio. Mantengo los ojos cerrados y rodeo su espalda con los brazos. Ambos estamos empapados de sudor; el calor sigue entrando a través de las rejillas de ventilación, pero no quiero soltarla ni para apagar la calefacción.

—¿En qué piensas? —pregunto por fin.

Su cabeza descansa sobre mi pecho, y su respiración es lenta y regular. No abre los ojos cuando responde:

—En que desearía que te quedaras conmigo para siempre.

Para siempre. ¿Acaso he querido alguna vez otra cosa con ella?

—Yo también —observo, y ojalá pudiera prometerle el futuro que merece.

Al cabo de unos minutos de silencio más, el celular de Tessa empieza a vibrar en el suelo. Me agacho a recogerlo como por acto reflejo y elevo su cuerpo con el mío.

—Es Kimberly —digo, y le paso el teléfono.

Dos horas después, estamos llamando a la puerta de la habitación de hotel de Kimberly. Estoy casi convencido de que estamos en la habitación equivocada cuando, por fin, abre. Tiene los ojos hinchados y no lleva nada de maquillaje. Me gusta más así, pero parece destrozada, como si hubiese estado llorando todas sus lágrimas y las de alguien más.

—Pasen. Ha sido una mañana muy larga —dice, y su descaro de costumbre ha desaparecido por completo.

Tessa la abraza al instante. Rodea la cintura de su amiga con los brazos, y Kimberly empieza a sollozar. Me siento tremendamente incómodo aquí plantado en la puerta, dado que Kim me irrita hasta la madre y sé que no le gusta tener público cuando se siente vulnerable. Las dejo en la sala de la gran suite y me dirijo al área de la cocina. Me sirvo una taza de café y me quedo mirando la pared hasta que los sollozos se transforman en voces amortiguadas en la otra habitación. Mantendré la distancia por ahora.

—¿Va a volver mi padre? —pregunta entonces una vocecita desde alguna parte, tomándome por sorpresa.

Bajo la vista y veo que Smith, con sus ojos verdes, está sentado en una silla de plástico a mi lado. Ni siquiera lo había oído entrar.

Me encojo de hombros y me siento al lado de él, mirando fijamente la pared.

—Sí, supongo que sí. —Debería decirle lo fantástico que es su padre... nuestro padre...

«Carajo.»

Este extraño espécimen de niño es mi maldito hermano. No logro asimilarlo. Miro a Smith, que se toma mi mirada como una invitación a continuar con su interrogatorio.

—Kimberly dijo que tiene un problema, pero que puede pagar para salir de él. ¿Qué significa eso?

No puedo evitar la carcajada que escapa de mi boca a causa de este pequeño fisgón y sus preguntas.

—Estoy seguro de que sí —digo—. Lo que quiere decir es que no tardará en salir de ese problema. ¿Por qué no vas a sentarte con Kimberly y Tessa? —Me arde el pecho cuando el sonido de su nombre sale de mi boca.

El niño mira hacia la dirección de la que proceden sus voces y después me observa con ojos sabios.

—Están enojadas contigo. Sobre todo Kimberly, pero está más molesta con mi padre, así que no te preocupes.

—Con el tiempo aprenderás que las mujeres están siempre enojadas.

Asiente.

—Menos cuando se mueren —dice—. Como mi madre.

Me quedo boquiabierto y lo miro a la cara.

—No deberías decir esas cosas. A la gente le resultarán... raras.

Se encoge de hombros como si quisiera decir que la gente ya lo encuentra raro. Y supongo que tiene razón.

—Mi padre es bueno. No es malo.

—Bueno... —Miro la mesa para evitar enfrentarme a esos ojos verdes.

—Me lleva a muchos sitios y me dice cosas bonitas. —Smith deja un vagón de un tren de juguete sobre la mesa. ¿Qué le pasa a este niño con los trenes?

—¿Y...? —digo tragándome los sentimientos que me provocan sus palabras.

¿Por qué no deja de hablar de eso ahora?

—A ti también te llevará a muchos sitios, y te dirá cosas bonitas —añade.

Lo miro.

—Y ¿por qué iba yo a querer que hiciera algo así? —pregunto, pero sus ojos verdes me revelan que sabe mucho más de lo que pensaba.

Smith ladea la cabeza y traga un poco de saliva mientras me observa. Es lo menos científico y lo más infantil y vulnerable que le he visto a este pequeño bicho raro.

—No quieres que sea tu hermano, ¿verdad? —dice entonces.

«Maldita sea.» Busco desesperadamente a Tessa, esperando que venga a salvarme. Ella tendrá las palabras perfectas para una ocasión así.

Miro de nuevo a Smith e intento aparentar calma, pero no lo consigo.

—Yo no dije eso.

—No te gusta mi padre.

Afortunadamente, en ese momento, Tessa y Kimberly entran y me ahorran tener que responder.

—¿Estás bien, cielo? —le pregunta Kimberly alborotándole ligeramente el pelo.

Smith no dice nada. Se limita a asentir una vez, se peina con la mano, toma su vagón de tren y se lo lleva consigo a la otra habitación.

CAPÍTULO 9

Tessa

—Báñate, anda. Estás espantosa, hija —dice Kimberly en tono amable a pesar de que sus palabras son poco halagadoras.

Hardin sigue sentado a la mesa, con una taza de café entre sus grandes manos. Apenas me ha mirado desde que entré en la cocina y lo encontré hablando con Smith. La idea de que ambos pasen tiempo juntos como hermanos me enternece el corazón.

—Tengo toda mi ropa en el coche, que está estacionado en ese bar —le digo a Kim.

Estoy deseando darme un baño, pero no tengo nada que ponerme.

—Ponte algo mío —sugiere ella, aunque ambas sabemos que no cabría en su ropa—. O de Christian. Tiene algunos shorts y una camiseta que...

—No, ni hablar —interrumpe Hardin lanzándole a Kimberly una mirada asesina y poniéndose de pie—. Iré por tus cosas. No vas a llevar nada suyo.

Ella abre la boca para protestar, pero la cierra antes de que salgan las palabras. La miro con agradecimiento, aliviada de que no haya estallado ninguna guerra en la cocina de su suite del hotel.

—¿A qué distancia está Gabriel's de aquí? —pregunto, esperando que alguno de ellos sepa la respuesta.

—A diez minutos. —Hardin extiende la mano para que le entregue las llaves del coche.

—¿Estás en condiciones de manejar? —He conducido yo desde Allhallows porque el alcohol seguía en su organismo, y todavía tiene los ojos vidriosos.

—Sí —responde secamente.

Estupendo. La sugerencia de Kimberly de que tome prestada la ropa de Christian ha hecho que Hardin pase de estar malhumorado a encabronado en cuestión de segundos.

—¿Quieres que te acompañe? Puedo manejar yo el coche rentado, ya que tú tienes el coche de Christian... —empiezo, pero me interrumpe al instante.

—No. Estaré bien.

No me gusta su tono impaciente, pero me muerdo la lengua, literalmente, para evitar regañarle. No sé qué me pasa últimamente que cada vez me cuesta más mantener la boca cerrada. Y eso es, sin duda, algo positivo para mí. Puede que no para Hardin, pero desde luego sí para mí.

Abandona la suite sin decir ni una palabra más y ni siquiera me mira. Me quedo observando la pared durante largos minutos en silencio antes de que la voz de Kimberly interrumpa mi trance.

—¿Cómo está? —pregunta guiándome hacia la mesa.

—No muy bien. —Ambas tomamos asiento.

—Ya veo. Quemar una casa no es precisamente la manera más sana de lidiar con la ira —dice sin juzgarlo lo más mínimo.

Me quedo observando la mesa de madera oscura, incapaz de mirar a mi amiga a los ojos.

—No es su ira lo que me preocupa. Siento cómo se aleja con cada respiración que da. Sé que es infantil y egoísta que te cuente esto ahora mismo porque tú la estás pasando mal también, y Christian está en un problema...

Seguramente es mejor que me guarde mis pensamientos egoístas para mí.

Kimberly coloca una mano sobre la mía.

—Tessa, no existe ninguna norma que diga que sólo una persona puede sentir dolor al mismo tiempo. Tú estás pasando por esto tanto como yo.

—Lo sé, pero no quiero molestarte con mis proble...

—No me estás molestando. Escupe.

La miro con toda la intención de permanecer callada, de guardarme mis quejas para mí, pero ella sacude la cabeza como si me estuviera leyendo la mente.

—Quiere quedarse aquí, en Londres, y sé que si dejo que lo haga, habremos terminado.

Sonríe.

—Ustedes dos parecen tener un concepto diferente de la palabra *terminado* que el resto de nosotros. —Quiero abrazarla por ofrecerme esa sonrisa tan cálida en medio de este infierno.

—Sé que cuesta creerme cuando digo eso dada nuestra... historia —repongo—, pero todo este asunto de Christian y Trish será lo que nos dé la última estocada o lo que nos salve para siempre. No veo otra salida, y supongo que ahora simplemente tengo miedo porque no sé por cuál de las dos se decantará la cosa.

—Tessa, cargas con demasiado peso sobre tus hombros. Desahógate conmigo. Desahógate cuanto quieras. Nada de lo que digas hará que cambie mi opinión sobre ti. Como la zorra egoísta que soy, necesito que los problemas ajenos me distraigan de los míos propios en este momento.

No espero a que Kimberly cambie de opinión. Abro las compuertas y las palabras se derraman por mi boca como aguas turbulentas e incontrolables.

—Hardin quiere quedarse en Londres. Quiere quedarse aquí y enviarme de vuelta a Seattle como si fuera una especie de lastre que está deseando quitarse de encima. Se está alejando de mí, como cada vez que sufre, pero en esta ocasión se ha superado. Ha quemado esa casa y no siente ningún remordimiento al respecto. Sé que está furioso, y jamás le diría esto, pero sólo está complicándose las cosas a sí mismo.

»Si fuera capaz de controlar su ira y de admitir que siente dolor, de admitir que le importa alguien más que él o yo en este mundo, podría superarlo. Me saca de quicio porque me dice que no puede vivir sin mí y que preferiría morir a perderme, pero en cuanto las cosas se ponen feas, ¿qué hace? Me aparta. No voy a renunciar a él. Estoy demasiado enamorada como para hacerlo, aunque reconozco que a veces estoy tan cansada de luchar que empiezo a plantearme cómo habría sido mi vida sin él. —Miro a Kimberly a los ojos—. Sin embargo, cuando empiezo a imaginármela, casi me desmayo del dolor.

Tomo la taza de café medio vacía de la mesa y me la termino. Mi voz suena mejor que hace unas horas, pero mi discursito ha afectado a mi dolorida garganta.

—Aún no logro entender cómo es posible que, después de todos estos meses, de toda esta bronca, siga prefiriendo esto —agito la mano alrededor de la habitación con gesto dramático— a estar sin él. Los peores momentos con Hardin no han sido nada en comparación con los mejores. No sé si soy una ilusa o si estoy loca; puede que ambas cosas. Confieso que lo amo más que a mí misma, más de lo que jamás creí posible, y sólo quiero que sea feliz. No por mí, sino por él.

»Quiero que se mire al espejo y sonría, no que frunza el ceño. Debe dejar de considerarse a sí mismo como un monstruo. Necesito que vea cómo es en realidad, porque si no sale de ese papel de villano, acabará destruyéndose, y a mí no me quedarán más que las cenizas. Por favor, no les digas ni a él ni a Christian nada de esto. Sólo deseaba contarlo porque siento que me estoy ahogando y me cuesta mantenerme a flote, especialmente cuando lucho contracorriente para salvarlo a él en lugar de a mí misma.

La voz se me quiebra un poco en esa última parte, y me entra un ataque de tos. Con una sonrisa, Kimberly abre la boca para hablar, pero levanto un dedo.

Me aclaro la garganta.

—No he terminado. Aparte de todo eso, fui al médico para que me recetase... la píldora —digo las últimas palabras casi susurrando.

Kimberly se esfuerza al máximo por no reírse, pero no lo consigue.

—No tienes por qué susurrar, ¡escúpelo, hija!

—Bueno. —Me ruborizo—. El ginecólogo me hizo una exploración rápida del cuello del útero y me dijo que era corto, más corto que la media, y quiere que vuelva para hacerme más pruebas, aunque mencionó la posibilidad de que sea infértil.

Levanto la vista y veo compasión en sus ojos.

—A mi hermana le pasa lo mismo; creo que lo llaman incompetencia cervical. Qué término tan espantoso: *incompetencia*. Es como si su vagina hubiera reprobado en matemáticas o como si fuera una abogada nefasta o algo así.

Sus intentos de hacer que me lo tome con humor y el hecho de que conozca a alguien con el mismo problema que puedo tener yo hace que me sienta algo mejor.

—Y ¿tiene hijos? —pregunto, pero me arrepiento al instante al ver que su rostro se entristece.

—No sé si es el mejor momento de que te hable de ella. Puedo contártelo en otra ocasión.

—Cuéntamelo. —No debería querer oírlo, pero no puedo evitarlo—. Por favor —le ruego.

Kimberly inspira hondo.

—Estuvo años intentando quedarse embarazada; la pasó fatal. Probó con tratamientos de fertilidad... Todo lo que puedas encontrar en Google lo probaron su marido y ella.

—¿Y? —la presiono para que continúe, interrumpiéndola de manera grosera. Y entonces pienso en Hardin. Espero que ya esté volviendo. En su estado no debería estar solo.

—Bueno, pues al final consiguió quedarse embarazada, y fue el día más feliz de su vida. —Kimberly aparta la mirada, y sé que o me está mintiendo o me está ocultando algo para no preocuparme.

—Y ¿qué pasó? ¿Cuánto tiempo tiene ahora el bebé?

Kimberly junta las manos y me mira directamente a los ojos.

—Estaba embarazada de cuatro meses cuando sufrió un aborto. Pero eso fue lo que le pasó a mi hermana, no dejes que su historia te aflija. Puede que ni siquiera tengas lo mismo que ella. Y si lo tienes, en tu caso las cosas podrían terminar de otra manera.

Con un vacío resonando en mis oídos, digo:

—Tengo el presentimiento, es algo que siento en mi interior, de que no podré embarazarme. En el momento en que el ginecólogo mencionó la infertilidad, fue como si alguna cosa se encendiera dentro de mí.

Kimberly me toma de la mano que tengo encima de la mesa.

—Eso nunca se sabe. Y no es por desilusionarte, pero de todos modos Hardin no quiere tener hijos, ¿verdad?

Incluso a pesar de la puñalada que he sentido en el pecho al oírle decir esas palabras, me siento mejor ahora que he compartido con alguien mis preocupaciones.

—No, no quiere. No quiere tener hijos ni casarse conmigo.

—¿Esperabas que algún día cambiara de idea? —Me da un pequeño apretón.

—Sí, la triste verdad es que sí. Estaba casi convencida de que lo haría. No en un plazo corto de tiempo, sino dentro de unos años. Creía que tal vez con unos años más y cuando ambos hubiésemos terminado la universidad, acabaría cambiando de idea. Pero ahora me parece todavía más imposible que antes.

Siento que me sonrojo de la vergüenza. No puedo creer que esté diciendo estas cosas en voz alta.

—Sé que es absurdo preocuparse por los hijos a mi edad, pero he querido ser madre desde que tenía uso de razón. No sé si es porque mi madre y mi padre no fueron los mejores padres del mundo, pero siempre he tenido la necesidad de ser madre. Aunque no quiero ser una madre cualquiera, sino una buena madre. Una madre que ame a sus hijos incondicionalmente. Jamás los juzgaría ni los menospreciaría. Jamás los presionaría ni los humillaría. Jamás intentaría convertirlos en una versión mejorada de mí misma.

Al empezar a hablar de esto tenía la sensación de que parecía que estaba loca. No obstante, Kimberly asiente a todo lo que estoy diciendo, de modo que tal vez no sea la única que se siente de esta forma.

—Creo que sería una buena madre si tuviera la oportunidad, y la idea de ver a una pequeña de ojos grises y pelo castaño corriendo a los brazos de Hardin me enternece el corazón. A veces me lo imagino. Sé que es absurdo, pero a veces me los imagino ahí sentados, los dos con el pelo chino y rebelde. —Me río ante la disparatada imagen, una que he visionado en muchas más ocasiones de lo que se consideraría normal—. Él le leería y la llevaría sobre los hombros, y ella sería la niña de sus ojos.

Fuerzo una sonrisa e intento borrar la dulce imagen de mi mente.

—Pero él no quiere, y ahora que se ha enterado de que Christian es su padre, sé que jamás lo querrá.

Mientras me coloco el pelo detrás de las orejas, me siento bastante orgullosa y sorprendida de haber exteriorizado todo esto sin derramar ni una sola lágrima.

CAPÍTULO 10

Hardin

«Desearía que te quedaras conmigo para siempre», ha dicho Tessa contra mi pecho. Es justo lo que quería oír. Es lo que necesito oír, siempre.

Pero ¿por qué iba a querer pasar toda una vida conmigo? Y ¿cómo sería esa vida? Tessa y yo con cuarenta años, sin hijos, sin estar casados..., ¿solos los dos?

Para mí sería perfecto. Sería un futuro absolutamente ideal, pero sé que a ella eso nunca le bastará. Hemos tenido la misma discusión un millón de veces, y ella cedería la primera, porque yo no cederé jamás. Ser un cabrón significa ser el más necio. Y Tessa renunciaría a tener hijos y a casarse por mí.

«Además, ¿qué clase de padre sería yo?» Un padre de de la chingada, no me cabe duda. Ni siquiera puedo preguntármelo sin echarme a reír, me resulta ridículo hasta planteármelo. Por muy horrible que haya resultado este viaje, ha habido un inmenso toque de atención para mí en lo que respecta a mi relación con Tessa. Siempre he intentado advertirla, he intentado evitar que se hundiera conmigo, pero no con el suficiente empeño. Para ser sincero, sé que podría haberme esforzado más en mantenerla a salvo de mí, pero mi egoísmo me lo impedía. Ahora, al ver cómo será su vida conmigo, no tengo elección. Este viaje ha despejado la neblina romántica de mi cabeza y, de manera milagrosa, me ha concedido la oportunidad de tener una vía de escape fácil. Puedo mandarla de vuelta a los Estados Unidos para que pueda continuar con su vida.

Conmigo no le espera nada más que soledad y oscuridad. Yo obtendría todo lo que quisiera de ella, su amor constante y su afecto durante años y años, pero ella estaría cada vez más frustrada conforme fuese pasando el tiempo, y cada vez estaría más resentida conmigo por privarla de lo que realmente quería. Lo mejor es que corte por lo sano y no le haga perder más el tiempo.

Cuando llego a Gabriel's, me apresuro a sacar la bolsa de Tessa del coche rentado, la lanzo al asiento trasero del BMW de Vance y me dirijo de vuelta al hotel de Kimberly. Necesito un plan, un plan muy sólido al que ceñirme. Tessa es demasiado testaruda y está demasiado enamorada como para renunciar a mí.

Ése es su problema, es de esa clase de personas que lo dan todo sin pedir nada a cambio, y la puta verdad es que esas personas son las presas más fáciles para alguien como yo, que toman y toman hasta que al otro ya no le queda nada más que dar. Eso es lo que he hecho desde el principio, y eso es lo que haré toda la vida.

Ella intentará convencerme de lo contrario; sé que lo hará. Dirá que el matrimonio ya no le importa, pero se estaría engañando a sí misma sólo para seguir conmigo. Eso dice mucho sobre mí, que la he manipulado para que me ame de ese modo tan incondicional. El masoquista que habita en mi interior empieza a dudar de su amor por mí mientras manejo.

«¿Me quiere tanto como dice, o sólo es adicta a mí?» Hay una gran diferencia, y cuantas más chingaderas me aguanta, más grande parece ser la adicción, la emoción de esperar a que vuelva a cagarla de nuevo para que ella pueda estar ahí una vez más para repararme.

Eso es: Tessa debe de verme como una especie de proyecto, como alguien que puede arreglar. Ya hemos hablado de esto, más de una vez, pero ella se negaba a admitirlo.

Busco en mis recuerdos un encuentro concreto y por fin doy con él, flotando en alguna parte de mi cerebro confuso y resacoso.

Fue justo después de que mi madre se fuera para regresar a Londres después de Navidad. Tessa me miró con una expresión de preocupación.

—Hardin.

—¿Qué? —pregunté yo con una pluma entre los dientes.

—¿Me ayudas a desarmar el árbol cuando termines de trabajar?

La verdad es que no estaba trabajando; estaba escribiendo, pero ella no lo sabía. Habíamos tenido un día largo e interesante. Yo la había sorprendido volviendo de comer con el maldito Trevor y luego la había tumbado boca abajo encima de su mesa de trabajo y me la había cogido hasta dejarla sin sentido.

—Sí, dame un minuto.

Guardé las páginas, por miedo a que pudiera leerlas mientras limpiaba, y me levanté para ayudarla a desarmar el pequeño árbol que había decorado con mi madre.

—¿En qué estás trabajando? ¿Es algo bueno? —Hizo ademán de tomar la vieja carpeta raída que siempre se quejaba de que iba dejando por toda la casa.

Las manchas circulares de apoyar tazas de café en ella y las marcas de pluma que cubrían la piel gastada la sacaban de quicio.

—En nada —repliqué, y se la quité de las manos antes de que pudiera llegar a abrirla.

Ella se apartó hacia atrás, claramente sorprendida y un poco dolida por mi reacción.

—Perdona —dijo en voz baja.

En su precioso rostro se dibujó un ceño fruncido y yo lancé la carpeta sobre el sillón y la tomé de las manos.

—Sólo te estaba preguntando. No pretendía chismear ni molestarte.

Carajo, qué cabrón era.

Bueno, sigo siéndolo.

—No pasa nada, pero no toques mis chingaderas del trabajo. No me...

No se me había ocurrido ninguna excusa para darle, porque nunca antes se lo había impedido. Siempre que escribía algo que sabía que le gustaría, lo compartía con ella. A ella le encantaba que lo hiciera, y ahí estaba yo reprendiéndola por haberlo hecho ahora.

—Bueno. —Se alejó de mí y empezó a quitar las esferas del espantoso árbol.

Me quedé observando su espalda durante unos minutos, preguntándome por qué estaba tan enojado. Si Tessa leyera lo que había estado escribiendo, ¿cómo se sentiría? ¿Le gustaría? ¿O le parecería horrible y le entraría un berrinche? No estaba seguro, y sigo sin estarlo, por eso todavía a día de hoy no sabe nada de aquello.

—¿«Bueno»? ¿Eso es todo lo que tienes que decir? —la provoqué, buscando pelea.

Discutir era mejor que hacer como si no pasara nada; los gritos eran mejor que el silencio.

—No volveré a tocar tus cosas —dijo sin volverse para mirarme—. No sabía que te molestaría tanto.

—Yo... —Me esforcé por buscar alguna excusa para discutir. Entonces fui directo al grano—: ¿Por qué estás conmigo? —le pregunté bruscamente—. Después de todo lo que ha pasado, ¿es que te gusta el drama?

—¿Qué? —Se dio la vuelta; llevaba un pequeño adorno con forma de copo de nieve en las manos—. ¿Por qué estás intentando pelearte conmigo? Ya te dije que no volveré a tocar tus cosas.

—No estoy intentando pelearme contigo —mentí—. Sólo quiero saberlo, porque da la sensación de que eres adicta al drama y a los altibajos. —Sabía que aquello no era justo, pero lo dije igualmente. Tenía ganas de pelea con ella, y no iba a parar hasta conseguirlo.

Tessa dejó caer el adorno en la caja que había al lado del árbol y se acercó a mí.

—Sabes que eso no es verdad. Te quiero, incluso cuando intentas pelearte conmigo. Odio el drama, y lo sabes. Te quiero por ser tú, y punto. —Se puso de puntitas, me besó en la mejilla y yo la envolví con los brazos.

—Pues dime por qué me quieres. Yo no hago nada por ti —respondí débilmente.

Aún tenía fresca en la mente la escena que había hecho en su oficina horas antes.

Ella inspiró pacientemente y apoyó la cabeza contra mi pecho.

—Por esto. —Me dio unos golpecitos encima del corazón con el dedo índice—. Ésta es la razón. Y ahora, por favor, deja de intentar provocar una pelea. Tengo trabajo que hacer y este árbol no va a desarmarse solo.

Era tan amable conmigo, tan comprensiva, incluso cuando no me lo merecía.

—Te quiero —dije contra su pelo, y bajé las manos hasta sus caderas.

Ella se amoldó a mí, dejó que la tomara en brazos y envolvió mi cintura con las piernas mientras yo la trasladaba por la sala hasta el sillón.

—Te quiero muchísimo. No lo dudes nunca. Siempre te querré —me aseguró con la boca pegada a la mía.

La desvestí lentamente, deleitándome en cada centímetro de sus fascinantes curvas. Me encantó ver cómo sus ojos se abrían como platos mientras me ponía el condón, desenrollándolo. Esa misma tarde había estado preocupada por el hecho de haber cogi-

do teniendo la regla, pero su pecho se hinchaba y se deshincha-
ba de manera agitada mientras yo empezaba a tocarme delante de
ella. Sus suspiros de impaciencia y un leve gemido fue todo cuanto
hizo falta para que dejara de torturarla. Me metí entre sus piernas
y la penetré lentamente. Estaba tan húmeda y apretada que me
perdí en ella, y todavía soy incapaz de recordar cómo se desarmó
aquel maldito árbol.

Últimamente he estado haciendo eso demasiado a menudo, re-
crearme en los recuerdos felices de mi tiempo con ella. Me tiemblan las manos mientras agarro el volante y salgo de mi ensimismamiento; sus gemidos y jadeos se disuelven mientras me obligo a
regresar al presente.

Estoy esperando en un lento atasco, a sólo unos kilómetros de
Tessa. Necesito forjar mi plan y asegurarme de que suba a ese avión
esta noche. El vuelo es a las nueve, de modo que aún tiene mucho
tiempo para llegar a Heathrow. Kimberly la llevará; sé que lo hará.
Todavía me duele la cabeza, el alcohol se resiste a abandonar mi
cuerpo, y aún me noto algo borracho. No tanto como para no poder conducir, pero sé que no estoy en plenas facultades.

—¡Hardin! —oigo que exclama una voz familiar.

La ventanilla amortigua el sonido y la bajo al instante. Cada vez
que doblo una esquina me topo con alguien del pasado gritando
mi nombre.

—¡No mames, güey! —grito al coche que se encuentra junto
al mío.

Mi viejo amigo Mark está en el carril de al lado. Si esto no es
una señal divina, no sé qué otra cosa puede ser.

—¡Estaciónate! —me responde con una amplia sonrisa.

Estaciono el coche de Vance frente a una heladería y él hace lo
propio en la plaza de al lado. Sale de su chatarra antes que yo, corre
hacia mi vehículo y abre la puerta.

—¡¿Regresaste y no me dijiste nada?! —grita dándome unas palmaditas en el hombro—. Y, carajo, dime que este BMW es rentado, ¿o es que te hiciste rico?

Pongo los ojos en blanco.

—Es una larga historia, pero sí, es rentado.

—¿Has vuelto para quedarte o qué? —Se ha cortado el pelo castaño, pero sus ojos están tan vidriosos como siempre.

—Sí, he vuelto para quedarme —respondo, zanjando así la cuestión.

Voy a quedarme aquí, y ella volverá a los Estados Unidos, así de simple.

Mark analiza mi rostro.

—¿Dónde están tus pinches *piercings*? ¿Te los quitaste?

—Sí, me harté de ellos. —Me encojo de hombros, pero él examina mi rostro.

Cuando gira la cabeza un poco, la luz se refleja en dos pequeños tachones que tiene bajo el labio. Madres, se ha puesto *snake bites*.

—Carajo, Scott, estás muy cambiado. Qué locura. Ha pasado..., ¿cuánto? ¿Dos años? —Levanta las manos—. ¿Tres? Carajo, he estado los últimos diez años drogado, así que no sé decirte.

Se echa a reír y se saca del bolsillo una cajetilla de cigarros.

Cuando rechazo el que me ofrece, levanta una ceja.

—¿Qué pasa? ¿Te has vuelto un hombre de bien?

—No, es sólo que no quiero un pinche cigarro —le digo.

Se echa a reír como lo hacía siempre cuando me ponía de esta manera. Mark era el líder de nuestra pandilla de delincuentes, sólo tenía un año más, pero yo siempre lo había admirado y quería ser como él. Por eso, cuando un tipo mayor llamado James apareció en escena y él y Mark empezaron con los juegos, yo me uní sin pensarlo dos veces. Me daba igual cómo trataban a las chicas, incluso cuando las grababan sin que ellas lo supieran.

—Te has convertido en un niño de papá, ¿eh? —Sonríe con el cigarro encendido entre los dientes.

—Chinga tu madre. Estás drogado, ¿no?

Sabía que Mark aún seguiría de este modo, siempre drogado y anclado en sus días de gloria en los que se cogía a muchas tipas y se ponía hasta la madre de todo.

—No, pero esta noche me he andado de desmadre y aún no me he acostado. —Sonríe, claramente orgulloso de sí mismo al recordar lo que sea que hiciese o con quien sea que estuviese anoche—. ¿Adónde ibas? ¿Estás en casa de tu madre?

La mención de mi madre y de la casa que quemé anoche hasta los cimientos hace que me ponga tenso. Siento el humo caliente en las mejillas y veo las brillantes llamas tragándose la casa cuando me volví antes de subirme en el coche con Tessa.

—No, no estoy en ningún sitio fijo.

—Ah, entiendo —dice. Pero no lo entiende—. Si necesitas quedarte en algún lado, puedes hacerlo en mi casa. Ahora comparto cuarto con James, seguro que se alegra un chingo de verte, todo americanizado y tal.

Puedo oír la voz de Tessa en mi cabeza en estos momentos, rogándome para que no vaya por este camino tan fácil y familiar, pero ignoro sus protestas y asiento.

—Pues la verdad es que necesito un favor.

—Puedo encontrarte todo lo que necesites. ¡Ahora James vende! —responde Mark con cierto orgullo.

Pongo los ojos en blanco.

—No me refería a eso. Necesito que me sigas hasta mi hotel para que deje algo allí y que luego me acerques a Gabriel's para que recoja mi coche.

Voy a tener que ampliar el tiempo de la renta del carro, si es que me lo permiten. Decido olvidar que tengo un departamento entero y un coche esperándome en Washington. Ya solucionaré eso más adelante.

—Y ¿después te vienes a mi depa? —Se detiene—. Un momento, ¿a quién vas a llevarle lo que tengas que dejar allí? —Ni drogado se le escapa ningún detalle.

No pienso hablarle de Tessa ni muerto.

—A nadie, sólo es una vieja. —Me arde la garganta al mentir sobre lo que Tessa significa para mí, pero debo protegerla de esto.

Mark se dirige a su coche, y se detiene antes de entrar.

—¿Está buena? Puedo esperarte fuera si necesitas cogértela otra vez. O a lo mejor me deja...

La ira me invade y respiro hondo unas cuantas veces para relajarme.

—No, ni de chiste. Eso no va a pasar. Tú quédate en el coche. Ni siquiera voy a entrar. —Al ver que no está muy convencido, añado—: Lo digo en serio. Como salgas del pinche coche y te acerques lo más mínimo...

—¡Eh, güey! ¡Tranquilo! ¡Me quedaré en el coche! —grita, y levanta las manos como si yo fuera un policía.

Sigue riéndose y sacudiendo la cabeza mientras me sigue fuera del estacionamiento y volvemos a la carretera.

CAPÍTULO 11

Tessa

Compruebo mi teléfono, que está cargándose en el enchufe de la pared.

—Ya ha pasado más de una hora desde que se fue.

Intento llamarlo de nuevo.

—Seguramente es sólo que se está tomando su tiempo —dice Kimberly, pero detecto la duda en sus ojos mientras intenta reconfortarme.

—No contesta. Como haya vuelto a ese bar...

Me pongo de pie y empiezo a pasearme.

—Llegará en cualquier momento —responde ella.

Entonces Kim abre la puerta y se asoma. Mira hacia ambos lados y después hacia adelante. Dice mi nombre en voz baja, pero hay algo en su voz que no me gusta. Algo no va bien.

—¿Qué? ¿Qué pasa?

«¿Hardin está fuera?»

Corro junto a ella y veo que se agacha... y recoge mi equipaje del pasillo.

El pánico se apodera de mí y me postra de rodillas. Apenas siento que mi amiga me abraza mientras abro la bolsita delantera de la bolsa.

Un boleto de avión. Sólo hay un boleto de avión. Junto a él, encuentro el llavero de Hardin con las llaves de su coche y del departamento.

Sabía que esto iba a pasar. Sabía que se alejaría de mí en cuanto encontrara la ocasión. Hardin no puede soportar ningún tipo de trauma emocional, no posee las herramientas para hacerlo. Yo podría, debería, haberme preparado para esto, de modo que, ¿por qué me pesa tanto este boleto en las manos y siento que me arde el pecho? Lo odio por hacerme esto, tan rápido y por mera furia, y me odio a mí misma por no haberme preparado. Debería ser fuerte en estos momentos; debería recoger la poca dignidad que me queda, levantarme e irme con la cabeza bien alta. Debería tomar este boleto, mi maldita maleta y largarme de Londres. Así es como actuaría cualquier mujer que tuviera amor propio. Parece sencillo, ¿verdad? Continúo con eso en mente, pero mis rodillas no se mueven y mis manos me cubren el rostro para tapar la vergüenza que siento mientras me rompo en mil pedazos por ese chico, otra vez.

—Es un cabrón —lo insulta Kimberly, como si yo no supiera que lo es—. Sabes que volverá; siempre lo hace —dice contra mi pelo.

La miro y veo la furia y la amenaza de una amiga protectora en sus ojos.

Me aparto suavemente de sus labios y niego con la cabeza.

—Estoy bien. De verdad, estoy bien —digo, más para convencerme a mí misma que a Kim.

—No, no lo estás —me corrige, y me coloca un mechón de pelo suelto detrás de la oreja.

De repente visualizo las manos de Hardin haciendo el mismo gesto, y me voy.

—Necesito un baño —le digo a mi amiga justo antes de desmoronarme.

No, no estoy rota. No estoy rota. Estoy vencida. Lo que siento ahora mismo es pura derrota. Me he pasado meses y meses luchando contra lo inevitable, contra una corriente que era demasiado fuerte como para enfrentarme a ella yo sola, y ahora me ha tragado y no hay ningún salvavidas a la vista.

—¡¿Tessa? Tessa, ¿estás bien?! —grita Kimberly desde el otro lado de la puerta del baño.

—Estoy bien —consigo responder, pero las palabras reflejan la debilidad que siento por dentro. Aunque no tengo ni la más mínima fuerza, puedo intentar ocultar un poco la debilidad.

El agua sale fría, lleva saliendo fría varios minutos..., puede que una hora incluso. No tengo ni la menor idea de cuánto tiempo llevo aquí, acurrucada en el suelo de la regadera, con las rodillas contra el pecho y el agua fría cayendo sobre mí. Antes notaba un dolor tremendo, pero mi cuerpo se ha vuelto insensible hace ya rato, cuando Kimberly me ha preguntado por enésima vez si estaba bien.

—Tienes que salir del baño —insiste—. No creas que no soy capaz de tirar la puerta.

No dudo ni por un momento de que sea capaz de hacerlo. Ya he pasado por alto su amenaza unas cuantas veces, pero en esta ocasión alargo la mano y cierro la llave del agua. No obstante, sigo sin moverme del suelo.

Aparentemente satisfecha de que el agua haya dejado de correr, pasa otro rato más hasta que vuelvo a oírla. Sin embargo, la siguiente vez que llama a la puerta le contesto que salgo dentro de un momento.

Para cuando me levanto, las piernas me tiemblan y tengo el pelo casi seco. Rebusco en mi bolsa y me visto en modo automático. Me pongo los *jeans*: una pierna, luego la otra. Levanto los brazos. Me bajo la camiseta por el estómago. Me siento como un robot, y cuando paso la mano por el espejo, veo que también lo parezco.

«¿Cuántas veces va a hacerme esto?», le pregunto en silencio a mi reflejo.

«No, ¿cuántas veces voy a dejar que me haga esto?» Ésa es la pregunta que debo plantearme.

—Ni una más —digo en voz alta a la extraña que me devuelve la mirada.

Voy a buscarlo, por última vez, sólo por su familia. Sacaré su trasero de Londres y haré lo que debería haber hecho hace mucho tiempo.

CAPÍTULO 12

Hardin

—¡Carajo, Scott! ¡Mírate! ¡Eres un pinche mamut! —James se levanta del sillón y avanza hacia mí.

Es cierto. En comparación con él y con Mark, estoy enorme.

—¿Cuánto mides? ¿Dos malditos metros? —Los ojos de James están vidriosos e inyectados en sangre, y sólo es la una de la tarde.

—Uno noventa —lo corrijo, y me da la misma bienvenida amistosa que he recibido por parte de Mark, una mano firme sobre mi hombro.

—¡Esto es genial! Tenemos que correr la voz de que has vuelto. Todo el mundo sigue aquí, güey. —James se frota las manos como si estuviera tramando algo grande, y ni siquiera quiero saber de qué puede tratarse.

«¿Habrá encontrado ya Tessa su bolsa en el pasillo del hotel? ¿Qué habrá pensado? ¿Habrá llorado? ¿O ya está harta de llorar?»

No quiero saber la respuesta a esa pregunta. No quiero imaginarme su cara al abrir la puerta. Ni siquiera tengo ganas de pensar cómo se habrá sentido al ver sólo un boleto de avión en el bolsillo delantero de la bolsa. He sacado toda mi ropa de ella y la he echado sobre el asiento trasero de mi coche.

La conozco lo bastante bien como para saber que esperará una despedida por mi parte. Intentará buscarme antes de rendirse. Pero después de su último esfuerzo, se rendirá. No tendrá elección, porque no podrá encontrarme antes de su vuelo, y mañana ya estará lejos, muy lejos de mí.

—¡Güey! —grita Mark mientras agita una mano delante de mi cara—. ¿Estás drogado o algo?

—Perdón —digo, y me encojo de hombros.

Pero entonces se me pasa algo por la cabeza: ¿y si Tessa se pierde por Londres buscándome?

Mark me rodea los hombros con un brazo y me arrastra hasta la conversación que él y James están teniendo mientras deciden a quién invitar. Mencionan un montón de nombres familiares y unos cuantos de los que no he oído hablar, y empiezan a hacer llamadas para organizar una fiesta en pleno día, ladran horas y piden bebidas.

Me separo de ellos, me dirijo a la cocina para buscar un vaso de agua y observo el departamento por primera vez desde que he entrado por la puerta. Es un pinche desastre. Parece la casa de la fraternidad los sábados y los domingos por la mañana. Nuestro departamento jamás ha estado así, al menos no cuando Tessa vivía en él. Los muebles de la cocina nunca estaban repletos de cajas viejas de pizza, y en las mesas no había botellas de cerveza ni pipas. Carajo, estoy reculando, y lo sé.

Hablando de pipas, ni siquiera tengo que mirar hacia Mark y James para saber qué están haciendo en este momento. Oigo el burbujeo en la pipa de agua, y después percibo que el característico olor a hierba inunda el lugar.

Soy masoquista, soy consciente de ello, así que saco el celular de mi bolsillo y lo enciendo. La foto que tengo de fondo de pantalla es mi nueva favorita de Tess. Al menos, por ahora. Mi favorita cambia todas las malditas semanas, pero ésta es perfecta. Tiene el pelo rubio y suelto, y le cae por encima de los hombros, y la luz se refleja en ella y la hace resplandecer. Una sonrisa sincera ilumina toda su cara y tiene los ojos entornados y la nariz arrugada de un modo absolutamente adorable. Se estaba riendo de mí, y regañándome por haberle dado una nalgada delante de Kimberly, y yo le saqué la foto justo cuando ella se echó a reír después de que le susurrase la infinidad de cosas peores que podría hacerle delante de su insufrible amiga.

Vuelvo a la sala, y James me quita el teléfono de la mano.

—¡Dame un poco de lo que sea que te estés tomando!

Lo recupero al instante antes de que llegue a ver la foto.

—Bueno, bueno... —se burla James de mí mientras cambio el fondo.

Será mejor no darles pie a estos cabrones.

—He invitado a Janine —dice Mark, y se echa unas risas con James.

—No sé de qué se ríen. —Señalo a Mark y añado—: Es tu hermana. —Después señalo a James—: Y tú también te la tiraste.

Pero esto no es nada nuevo; la hermana de Mark es famosa por haberse cogido a todos y cada uno de los amigos de su hermanito.

—¡Vete a la chingada, güey! —James da otra fumada a la pipa y me la pasa.

Tessa me mataría. Estaría muy decepcionada conmigo; no aprobaría que bebiera, y mucho menos que fumara hierba.

—Fuma o pásala —me apremia Mark.

—Si Janine va a venir, la necesitarás. Sigue estando muy buena —me dice James.

Mark lo fulmina con la mirada y yo me echo a reír.

Pasamos así las horas, fumando, recordando, bebiendo, recordando, fumando, y, sin darme cuenta, el lugar se llena de gente, incluida la chica en cuestión.

CAPÍTULO 13

Tessa

Puede que no me quede mucho, pero aún tengo algo de orgullo, y preferiría enfrentarme a Hardin sola y mantener esta conversación cara a cara. Sé exactamente qué va a hacer. Va a decirme que soy demasiado buena para él y que él no me hace ningún bien. Me dirá algo que me dolerá, y yo intentaré convencerlo de lo contrario.

Sé que Kimberly debe de pensar que soy una boba por ir a buscarlo después de su frío rechazo, pero estoy enamorada de él, y esto es lo que haces cuando quieres a alguien: luchas por él; lo buscas siempre que sabes que te necesita. Lo ayudas a vencer la batalla contra sí mismo y nunca renuncias a él, ni siquiera cuando él renuncia a sí mismo.

—No te preocupes. Si lo encuentro y ve que estás conmigo, se sentirá acorralado, y eso empeorará las cosas —le digo a Kimberly por segunda vez.

—Por favor, ten cuidado. No quiero tener que matar a ese chico, pero a estas alturas ya no descarto nada. —Me ofrece una media sonrisa—. Espera, una cosa más.

Levanta un dedo y corre hacia la mesita de café que está en el centro de la habitación. Busca en su bolsa y me hace un gesto con la mano para que me acerque.

Kimberly, por supuesto, me pone un poco de brillo de labios transparente y me pasa un bote de rímel. Sonríe.

—Querrás estar guapa, ¿no?

A pesar del dolor que siento en el pecho, sonrío ante su esfuerzo por ayudarme a estar presentable. Por supuesto, para ella esto es algo indispensable.

Diez minutos después, mis mejillas dejan de estar rojas de llorar. Mis ojos ya parecen menos hinchados gracias al corrector de ojeras y a un poco de sombra. Kimberly me cepilla el cabello en una especie de chinos grandes y controlados. Se rindió al cabo de unos minutos, suspirando, y entonces dijo que las ondas playeras estaban de moda de todos modos. No recuerdo haberme cambiado de camiseta y haberme puesto una de tirantes y un saquito, pero esta mujer ha hecho que deje de parecer un zombi en un tiempo récord.

—Prométeme que me llamarás si me necesitas —insiste—. Iré a buscarte a donde haga falta.

Asiento. No me cabe duda de que lo hará. Me abraza dos veces más y me da las llaves del coche de alquiler de Christian, que Hardin ha dejado en el estacionamiento.

Cuando llego al coche, conecto mi teléfono al cargador y bajo la ventanilla del todo. El coche huele a Hardin, y los vasos de café de esta mañana siguen en los posavasos y me recuerdan cómo me ha hecho el amor hace tan sólo unas horas. Era su manera de despedirse de mí; ahora me doy cuenta de que una parte de mí lo sabía, pero no estaba dispuesta a aceptarlo. No quería admitir la evidente derrota que merodeaba agazapada, esperando para atacarme. No puedo creer que ya casi sean las cinco. Tengo menos de dos horas para encontrar a Hardin y convencerlo de que vuelva a casa conmigo. El embarque es a las ocho y media, pero tengo que estar en el aeropuerto un poco antes de las siete para pasar el control de seguridad tranquilamente.

«¿Volveré a casa sola?»

Me miro en el espejo retrovisor y veo a la misma chica que se ha levantado antes del suelo del baño. Tengo el desagradable presentimiento de que, efectivamente, estaré sola en ese avión.

Sólo sé de un lugar adonde ir a buscarlo, y si no está ahí, no tengo ni idea de qué voy a hacer. Arranco el coche, pero me detengo con la mano en el cambio de velocidades. No puedo conducir sin rumbo fijo por Londres sin dinero y sin un sitio adonde ir.

Desesperada y preocupada, intento llamarlo, y casi lloro de felicidad cuando me contesta el teléfono.

—¿Digaaa? ¿Quién es? —pregunta una voz masculina desconocida.

Me aparto el teléfono de la cara para comprobar que he llamado al número correcto, pero el nombre de Hardin aparece claramente en la pantalla.

—¿Diiigaaaaaa? —repite el chico, arrastrando las sílabas de la palabra de nuevo.

—Sí, hola. ¿Está Hardin ahí? —Se me revuelve el estómago porque sé que este tipo no traerá nada bueno, aunque no tengo ni idea de quién es.

De fondo se oyen risas y un barullo de voces; también se oye a más de una chica.

—Scott está... dispuesto en este momento —me informa el tipo.

«¿Dispuesto?»

—¡Se dice *indispuesto*, imbécil! —grita una chica de fondo, riéndose.

«Ay, Dios...»

—¿Dónde está? —El ruido cambia y sé que ha puesto en altavoz.

—Está ocupado —responde otro tipo—. ¿Quién eres? ¿Vas a venir a la fiesta? ¿Por eso llamabas? Me gusta tu acento estadounidense, nena, y si eres amiga de Scott...

¿Una fiesta? ¿A las cinco de la tarde? Intento centrarme en ese estúpido hecho en lugar de en las numerosas voces femeninas que oigo a través del auricular y en que Hardin esté «dispuesto».

—Sí —contesta mi boca antes de que mi cerebro reaccione—. Pero he perdido la dirección —digo con voz temblorosa e insegura, aunque ellos no parecen darse cuenta.

El tipo que había contestado el teléfono me da la dirección, y la anoto rápidamente en navegador del celular. Se bloquea dos veces, y tengo que pedirle que me la repita, pero lo hace y me dice que me dé prisa, alardeando orgulloso de que en esa fiesta hay más alcohol del que haya podido ver en toda mi vida.

Veinte minutos después, me encuentro en un pequeño estacionamiento junto a un edificio de ladrillo muy deteriorado. Las ventanas son grandes, y las tres están cubiertas con lo que parece ser cinta aislante blanca o, posiblemente, bolsas de basura. El lugar está lleno de coches, y el BMW que he manejado hasta aquí desentona. El único coche que se le parece mínimamente es el de Hardin. Está cerca de la parte delantera, bloqueado, lo que significa que ha llegado antes que el resto.

Cuando alcanzo la puerta del edificio, inspiro hondo para tomar fuerzas. El desconocido que me ha contestado el teléfono me ha dicho que era la segunda puerta del tercer piso. El triste edificio no parece lo bastante grande como para tener tres plantas, pero, mientras subo la escalera, se demuestra que me equivocaba. Un fuerte barullo y el denso olor a marihuana me dan la bienvenida antes de llegar al final del tramo que da al segundo piso.

Al mirar hacia arriba, tengo que preguntarme por qué habrá venido Hardin aquí. ¿Por qué vendría a este lugar para superar sus problemas? Cuando llego al tercer piso, mi corazón late deprisa y se me forma un nudo en el estómago pensando en todas las cosas que podrían estar pasando tras esa segunda puerta cubierta de grafitis y de arañazos.

Sacudo la cabeza para despejar todas mis dudas. ¿Por qué estoy tan paranoica y nerviosa? Estamos hablando de Hardin, de mi Hardin. Por muy enojado que esté y por mucho que quiera alejarse de mí, aparte de soltarme algunas palabras crueles, él jamás haría nada que pudiera hacerme daño. Está pasando por un momento muy duro con todo este asunto de su familia, y sólo necesita que entre ahí y me lo lleve a casa conmigo. Me estoy obsesionando y agobiando por nada.

La puerta se abre justo antes de que llame, y un chico vestido de negro pasa por mi lado sin detenerse y sin cerrar al salir. Las nubes de humo llegan hasta el rellano, y tengo que esforzarme por controlar mi instinto de cubrirme la nariz y la boca. Atravieso el umbral, tosiendo.

Sin embargo, el espectáculo que tengo delante me detiene al instante.

Me quedo pasmada al ver a una chica medio desnuda sentada en el suelo. Miro alrededor de la habitación y veo que casi todo el mundo está medio desnudo.

—Quítate la parte de arriba —le dice un chico con barba a una chica con el pelo decolorado.

Ella pone los ojos en blanco, pero se quita la camiseta y se queda en ropa interior.

Al observar la escena un poco más, me doy cuenta de que están jugando una especie de juego de cartas que implica quitarse la ropa. La realidad es mejor que la conclusión que había sacado en un primer momento; bueno, sólo un poco.

Es un alivio que Hardin no forme parte del grupo de jugadores de cartas cada vez más desnudos. Inspecciono la atestada sala, pero no lo veo.

—¿Pasas o qué? —pregunta alguien.

Me vuelvo y busco la fuente de la que procede la voz.

—Entra y cierra la puerta —dice, y aparece por detrás de alguien que tengo a mi izquierda—. ¿Nos conocemos, Bambi?

Se ríe, y yo me revuelvo incómoda al ver cómo sus ojos rojos recorren mi cuerpo y se fijan demasiado tiempo en mi pecho de un modo totalmente vulgar. No me gusta el apelativo que ha escogido para mí, aunque no quiero decirle cuál es mi verdadero nombre. Por el sonido de su voz, estoy segura de que es la misma persona que me ha contestado el teléfono.

Niego con la cabeza; todas las palabras se disuelven en mi lengua.

—Soy Mark —se presenta, y me ofrece la mano, pero yo me echo hacia atrás.

Mark... Reconozco al instante ese nombre como uno de los que Hardin mencionó en su carta y en otras historias que me ha contado sobre él. Parece bastante lindo, aunque sé cómo es en realidad. Sé lo que les hizo a todas esas chicas.

—Éste es mi depa. ¿Quién te ha invitado?

Al hacerme esa pregunta he pensado que estaba enojado, pero su cara sólo refleja presunción. Tiene un acento inglés muy marcado, y es bastante guapo. Un poco amenazador, también guapo. Tiene el pelo castaño de punta por delante, y su vello facial es desaliñado pero arreglado al mismo tiempo. «El *look hipster* de mierda», que diría Hardin, aunque a mí me parece que no está mal. En sus brazos no hay tatuajes, pero debajo de su labio inferior tiene dos *piercings*, uno a cada lado.

—Yo..., este... —Me cuesta controlar mis nervios.

Se ríe de nuevo y me agarra de la mano.

—Bueno, Bambi, vamos por una copa para que te relajes. —Sonríe—. Me estás asustando.

De camino a la cocina, empiezo a preguntarme si Hardin estará aquí de verdad. Puede que se haya dejado el teléfono y el coche estacionado fuera y se haya ido a alguna otra parte. A lo mejor está en el coche. ¿Por qué no habré mirado? Debería bajar y comprobarlo. Estaba tan cansado que igual sólo se ha quedado allí durmiendo...

De repente me quedo sin aliento.

Si alguien me preguntara cómo me encuentro ahora mismo, no sé qué contestaría. No creo que tuviera una respuesta. Siento dolor, angustia, miedo, rechazo..., aunque al mismo tiempo estoy entumecida. No noto nada y lo noto todo a la vez, y es la sensación más desagradable que he experimentado jamás.

Apoyado contra la barra de la cocina, con un churro en los labios y una botella de alcohol en la mano, se encuentra Hardin. Pero eso no es lo que hace que se me pare el corazón. Lo que me ha robado el aliento es la chica que está sentada en la barra detrás de él, rodeando su cintura con las piernas desnudas y pegada a él como si fuera la cosa más natural del mundo.

—¡Scott! ¡Pásame el pinche vodka. Tengo que darle de beber a mi nueva amiga, Bambi! —grita Mark.

Los ojos rojos de Hardin se dirigen hacia Mark, y entonces sonríe con malicia y con una mirada oscura que jamás le había visto. Cuando desvía la mirada de Mark hacia mí para ver quién es Bambi, diría que casi puedo ver cómo sus pupilas estallan y borran de golpe esa extraña expresión.

—¿Qué... qué haces...? —balbucea.

Sus ojos descienden por mi brazo y, no sé cómo, pero se abren todavía más al ver que Mark me está tomando de la mano. Una expresión de pura rabia inunda el rostro de Hardin, y quito la mano.

—¿Se conocen? —pregunta mi anfitrión.

No contesto. En lugar de hacerlo, fijo la vista en la chica que rodea la cintura de Hardin con las piernas. Él todavía no se ha movido para apartarse de ella, que va vestida sólo con unas pantaletas y una camiseta. Una camiseta sencilla negra.

Hardin lleva puesta su sudadera negra, pero no veo asomar el cuello de una camiseta desteñida por debajo como de costumbre. La chica es ajena a la tensión y está concentrada en el churro que acaba de quitarle a Hardin de los labios. Es más, me sonríe, y es una sonrisa claramente intoxicada.

Me quedo callada, sorprendida de imaginar incluso que conozco a la persona que tengo delante. No creo que pudiera hablar ni aunque quisiera. Sé que Hardin está en un momento oscuro, pero verlo así, drogado y borracho, y con otra chica, es demasiado para mí. Carajo, es demasiado, y lo único que se me ocurre es alejarme lo máximo posible.

—Me tomaré eso como un sí. —Mark se ríe y le quita a Hardin la botella de la mano.

Él tampoco ha dicho nada todavía. Se limita a observarme como si fuera un fantasma, como si ya fuera un recuerdo olvidado que nunca esperaba volver a rememorar.

Doy media vuelta y me abro paso a través de la gente que se interpone en mi camino de salida de este infierno. Tras descender un tramo de escalones, me apoyo contra la pared y me deslizo hasta el suelo sin aliento. Me zumban los oídos y siento cómo cae sobre mí el peso de los últimos cinco minutos. No sé cómo voy a conseguir salir de este edificio.

Escucho en vano, esperando oír el sonido de unas botas contra los escalones de acero, y cada minuto que pasa en silencio se me hace más largo que el anterior. Ni siquiera ha venido detrás de mí. Ha dejado que lo vea así y no se ha molestado en seguirme para darme una explicación.

No tengo más lágrimas que darle, hoy no; pero resulta que llorar sin lágrimas es mucho más doloroso que con ellas, y es algo imposible de controlar. Después de todo, de todas las peleas, de todas las risas, de todo el tiempo que hemos pasado juntos, ¿así es como decide terminar nuestra relación? ¿Así es como me aparta de su vida? ¿Tan poco me respeta que se ha drogado y ha dejado que esa chica lo toque y lleve su ropa después de hacer Dios sabe qué con ella?

Ni siquiera puedo permitirme pensar en eso, porque de lo contrario acabará conmigo. Sé lo que he visto, pero saberlo y aceptarlo son dos cosas muy distintas.

Se me da bien excusar su comportamiento. He logrado dominar esa habilidad durante los largos meses que ha durado nuestra relación, y he sido exageradamente fiel a esas excusas. Pero ahora no hay excusa que valga. Ni siquiera el dolor que Hardin siente por la traición de su madre y de Christian le dan derecho a hacerme daño de esta manera. Yo no le he hecho nada para merecer lo que me está haciendo ahora mismo. Mi único error ha sido intentar estar ahí para él y aguantar que pague injustamente su furia conmigo durante demasiado tiempo.

La humillación y el dolor se van transformando en ira cuanto más tiempo paso en esta escalera vacía. Es una ira pesada, densa e insoportable, y estoy harta de excusarlo. Estoy harta de permitir que me chingue de esta manera y de dejarlo pasar con una simple disculpa y una promesa de que va a cambiar.

«No, eso se acabó.»

Sin embargo, no pienso irme sin pelear. Me niego a marcharme y a dejar que piense que puede tratar así a la gente. Está claro que no tiene ninguna consideración por sí mismo, ni tampoco por mí, en estos momentos, y conforme estos furiosos pensamientos inundan mi cabeza, no puedo evitar que mis pies asciendan esta pinche escalera y vuelvan a esa cueva.

Abro la puerta de un empujón para que golpee a alguien y me dirijo de nuevo a la cocina. Mi ira aumenta aún más cuando me encuentro a Hardin en el mismo sitio de antes, con la misma chica todavía aferrada a su espalda.

—Nadie, güey. Sólo es una vieja cualquiera que... —le está diciendo a Mark.

La rabia me ciega. Sin darle tiempo a registrar mi presencia, le quito a Hardin la botella de vodka de las manos y la estampo contra la pared. Se hace añicos y la estancia se queda en silencio. Me siento como si me hubiera separado de mi cuerpo; estoy observando una versión encabronada y colérica de mí misma que está perdiendo la razón, y no puedo detenerla.

—¡Carajo, Bambi! —grita Mark.

Me vuelvo hacia él.

—¡Me llamo Tessa! —le grito.

Hardin cierra los ojos y yo me quedo mirándolo, esperando a que diga algo, lo que sea.

—Bueno, Tessa. ¡Pero no hacía falta que te chingaras la botella! —responde Mark con sarcasmo.

Está demasiado drogado como para importarle el desastre que he creado; por lo visto, lo único que le preocupa es el alcohol perdido.

—He aprendido a estampar botellas contra las paredes del mejor —replico fulminando a Hardin con la mirada.

—No me habías dicho que tenías novia —dice la zorra que sigue pegada a él como una lapa.

Mi mirada oscila entre Mark y ella. Se parecen mucho..., y he leído esa carta demasiadas veces como para no saber de quién se trata.

—Tenía que ser Scott el que trajera a una americana loca a mi depa para que rompiera botellas y armara un desmadre —declara Mark, que está claro que encuentra la situación muy divertida.

—Cierra la boca —le dice Hardin mientras se aproxima a nosotros.

Lo miro con mi mejor cara inexpresiva. Mi pecho se hincha y se deshincha mientras respiro profundamente, presa del pánico; sin embargo, mi cara es una máscara, una fachada desprovista de emoción. Como la suya.

—¿Quién es esta escuincla? —le pregunta Mark a Hardin como si yo no estuviera delante.

Hardin me hace de menos de nuevo diciendo:

—Ya te lo dije.

Ni siquiera tiene los huevos de mirarme mientras me menosprecia delante de una habitación llena de gente.

Pero ya he tenido suficiente.

—¡¿Se puede saber qué chingados te pasa?! —grito—. ¿Crees que puedes encerrarte aquí y fumar hierba todo el día para olvidar tus problemas?

Sé que parezco una loca, aunque por una vez me importa un rábano lo que esta gente piense de mí. Sin darle la oportunidad de contestarme, continúo:

—¿Cómo puedes ser tan egoísta? ¿Crees que apartarme y encerrarte en ti mismo me hace algún bien? ¡Sabes perfectamente lo que va a pasar! No puedes vivir sin mí. Te sentirás desgraciado, y yo también. No me estás haciendo ningún favor causándome daño, pero ¿tengo que venir y encontrarte así?

—No tienes idea de lo que estás diciendo —replica Hardin con voz grave e intimidante.

—¿Ah, no? —Echo las manos al aire—. ¡Lleva puesta tu maldita camiseta! —grito, y señalo a la maldita zorra, que se baja de la barra y jala de la orilla de la camiseta de Hardin para taparse los muslos.

Es mucho más menuda que yo, y la camiseta le queda enorme. Esta imagen se me quedará grabada en la memoria hasta el día en que me muera, lo sé. Siento cómo se graba a fuego en estos momentos; en realidad, me quema todo el cuerpo, me arde de furia, y en este momento de ira pura y absoluta... todo encaja.

De repente, todo tiene sentido. Mis pensamientos anteriores sobre el amor y sobre no renunciar a la persona que quieres no podrían estar más alejados de la realidad. He estado equivocada todo este tiempo. Cuando amas a alguien, no dejas que te destruya con él ni dejas que te arrastre por el fango. Tratas de ayudarlo, tratas de salvarlo, pero cuando ese amor es unilateral o egoísta, si sigues intentándolo es que eres idiota.

Si lo amara, no dejaría que también arruinara mi vida.

Lo he intentado una y mil veces con Hardin. Le he dado un millón de oportunidades, y esta vez pensaba que todo iría bien. De verdad llegué a creer que esto podría funcionar. Pensaba que, si lo

113

amaba lo suficiente, si lo intentaba con más empeño, podría funcionar y podríamos ser felices.

—¿Qué estás haciendo aquí? —pregunta entonces interrumpiendo mi epifanía.

—¿Qué? ¿Pensabas que podrías irte como si nada con tu comportamiento tan cobarde? —Tras el dolor, la ira empieza a crepitar. Me aterra que estalle, pero casi agradezco la determinación que me ha infundido.

Durante los últimos meses, las palabras de Hardin y su ciclo de rechazo me habían debilitado, pero ahora veo nuestra volátil relación como lo que realmente es.

Inevitable.

Siempre ha sido inevitable, y no puedo creer que haya tardado todo este tiempo en darme cuenta, en aceptarlo.

—Tienes una última oportunidad de venir conmigo ahora y volver a casa —le digo—; ahora bien, como salga por esa puerta sin ti, esto se habrá terminado.

Su silencio y la mirada de superioridad que reflejan sus ojos de drogado me llevan al límite de mi paciencia.

—Eso pensaba. —Ya ni siquiera estoy gritando. No tiene sentido. No me escucha. Nunca lo ha hecho—. ¿Sabes qué? Quédate con todo esto. Pásate la vida bebiendo y fumando —me aproximo a él y me detengo a tan sólo unos centímetros de distancia—, pero esto es todo lo que tendrás jamás. Así que espero que lo disfrutes mientras dure.

—Lo haré —responde, y sus palabras me atraviesan como una puñalada. Otra vez.

—Bueno, si no es tu novia... —le dice Mark a Hardin, lo que me recuerda que no estamos solos en la habitación.

—Yo no soy la novia de nadie —digo.

Mi actitud parece animar a Mark aún más; su sonrisa se intensifica, y me toma de la espalda en un intento de dirigirme de nuevo a la sala.

—Bien, entonces todo claro.

—¡No la toques! —Hardin empuja a Mark, no tan fuerte como para tirarlo al suelo, aunque sí lo suficiente como para apartarlo de mí—. ¡Fuera! ¡Ya! —ordena, y pasa por delante de mí, cruza la sala y sale por la puerta.

Lo sigo hasta el rellano y cierro de golpe al salir.

Se jala el pelo y empieza a ponerse irascible.

—¿A qué chingados ha venido eso?

—¿Qué cosa? ¿Que te haya enfrentado? ¿Crees que puedes meterme un boleto de avión y un llavero en la maleta y esperar que desaparezca? —Golpeo su pecho y lo empujo contra la pared.

Casi me disculpo, casi me siento culpable por empujarlo, pero cuando levanto la vista y veo sus pupilas dilatadas, todo remordimiento desaparece. Apesta a hierba y a alcohol; no hay ni rastro del Hardin al que amo.

—Estoy tan pedo ahora mismo que no puedo pensar con claridad, ¡y mucho menos darte una pinche explicación por enésima vez! —grita, y golpea con el puño la pared de yeso barato, que se agrieta.

He presenciado esta escena demasiadas veces. Ésta será la última.

—¡Ni siquiera lo has intentado! ¡Yo no he hecho nada malo!

—¿Qué más quieres, Tessa? Carajo, ¿quieres que te lo deletree? Lárgate de aquí. ¡Vuelve a donde perteneces! No pintas nada aquí, no encajas. —Para cuando pronuncia la última palabra, su voz es neutra, incluso suave. Casi desinteresada.

No me quedan fuerzas para seguir peleando.

—¿Estás contento por fin? Tú ganas, Hardin. Tú ganas otra vez. Aunque siempre lo haces, ¿verdad?

Se vuelve y me mira directamente a los ojos.

—Tú lo sabes mejor que nadie, ¿no es así?

CAPÍTULO 14

Tessa

No sé cómo consigo llegar a Heathrow a tiempo, pero lo hago.

Kimberly se ha despedido de mí con un abrazo cuando me ha dejado en el aeropuerto, creo. Recuerdo que Smith se limitaba a observarme mientras calculaba algo indescifrable.

Y aquí estoy, sentada en el avión, al lado de un asiento desocupado, con la mente y el corazón vacíos. Cuánto me he equivocado con Hardin, y eso sólo demuestra que los demás únicamente pueden cambiar por voluntad propia, por mucho que tú te esfuerces en que lo hagan. Tienen que querer hacerlo tanto como tú o no hay ninguna esperanza.

Es imposible cambiar a la gente que tiene la cabeza puesta en quiénes son. No puedes apoyarlos lo suficiente como para compensar sus bajas expectativas, y no puedes amarlos lo suficiente como para compensar el odio que sienten por sí mismos.

Es una batalla perdida y, por fin, después de todo este tiempo, estoy dispuesta a rendirme.

CAPÍTULO 15

Hardin

La voz de James resuena en mis oídos, y su pie descalzo me roza la mejilla.

—¡Güey, despierta! Carla está a punto de llegar, y estás acaparando el único baño que hay.

—Chinga tu madre —protesto, y cierro los ojos de nuevo.

Si pudiera moverme, lo primero que haría sería romperle los dedos de los pies.

—Scott, levántate de una maldita vez. Puedes dormir la cruda en el sillón, pero eres un gigante y necesito orinar y al menos intentar cepillarme los dientes. —Sus dedos de los pies empujan mi frente, e intento incorporarme.

Me pesa todo el cuerpo, y me arden los ojos y la garganta.

—¡Vive! —grita James.

—¡Cierra la pinche boca! —Me tapo los oídos y camino hasta la sala.

Janine, medio desnuda, y Mark, con excesivo entusiasmo, están metiendo las botellas de cerveza vacías y los vasos rojos de plástico en unas bolsas de basura.

—¿Qué tal el piso del baño? —pregunta Mark con sorna y un cigarro colgando de los labios.

—Genial. —Pongo los ojos en blanco y me siento en el sillón.

—Estabas hecho una pena —dice con orgullo—. ¿Cuándo fue la última vez que bebiste así?

—No lo sé.

Me froto las sienes, y Janine me pasa un vaso. Niego con la cabeza, pero ella insiste.

—Sólo es agua.

—No, gracias. —No quiero ser grosero con ella pero, carajo, qué incordio de vieja.

—Estabas muy jodido —dice Mark—. Creía que esa americana..., ¿cómo se llamaba? ¿Trisha? —El corazón casi se me sale del pecho con la sola mención de su nombre, aunque no sea el correcto—. ¡Creía que iba a destruir el depa! Vaya fiera, la pequeña...

Imágenes de Tessa gritándome, estampando una botella contra la pared y alejándose de mí inundan mi memoria. El peso del dolor en sus ojos me hunde todavía más en el sillón, y creo que voy a vomitar otra vez.

Es lo mejor.

Lo es.

Janine pone los ojos en blanco.

—¿Pequeña? Yo no diría que era pequeña.

—Supongo que no estás metiéndote con su aspecto —espeto con voz fría, a pesar del impulso que tengo de tirarle el vaso de agua a la cara. Si Janine piensa que es más guapa que Tessa es que está tomando más cocaína de lo que creía.

—No es tan delgada como yo.

«Otro comentario insultante de ese estilo, Janine, y haré pedazos tu seguridad en ti misma.»

—No te ofendas, hermana, pero esa escuincla estaba mucho más buena que tú. Seguramente ésa debe de ser la razón por la que Hardin está taaan clavado con ella —dice Mark.

—¿Clavado? ¡Por favor! Si la corrió de aquí casi a patadas. —Janine se echa a reír, y siento como si alguien retorciera un cuchillo clavado en mis tripas.

—No lo estoy. —Ni siquiera puedo terminar la frase con la voz firme—. No vuelvan a nombrármela. Lo digo en serio —amenazo.

Janine farfulla algo entre dientes, y Mark se ríe mientras vacía un cenicero en una bolsa de basura. Apoyo la cabeza contra el almohadón que tengo detrás de la espalda y cierro los ojos. No voy a ser capaz de estar sobrio, nunca. No si quiero que este dolor desaparezca; no si tengo que quedarme aquí con este espantoso vacío en el pecho.

Estoy inquieto e impaciente, siento angustia y estoy agotado, y es la peor combinación de la vida.

—¡Llegará dentro de veinte minutos! —dice James.

Abro los ojos y me lo encuentro vestido y paseándose en círculos por la pequeña sala.

—Ya lo sabemos. Cállate de una vez. Todos los meses la misma historia —replica Janine.

Se enciende un churro, y yo se lo quito de las manos en cuanto le da una fumada.

Necesito automedicarme; no hay otra opción para los cobardes como yo, que se acurrucan en una esquina y se esconden del punzante dolor de saber que les han arrancado la vida.

Toso con la primera fumada. Mis pulmones se habían acostumbrado a vivir sin el seco ardor del exceso de hierba. Tras la tercera fumada, el dolor disminuye y empiezo a perder sensibilidad. No tanto como querría, pero todo llegará. Pronto volveré a estar en plena forma.

—Dame eso también —digo refiriéndome a la botella que Janine tiene en las manos.

—No son ni las doce —contesta mientras enrosca el tapón.

—No te pregunté ni la hora ni la temperatura ambiente. Te pedí el vodka. —Se lo quito de las manos y ella refunfuña, enojada.

—Entonces ¿dejaste la universidad? —pregunta Mark, haciendo anillos con el humo que sale de su boca.

—No... —«Mierda»—. No lo sé. Bueno, la verdad es que todavía no he pensado en ello.

Bebo un trago de alcohol y disfruto de cómo me quema mientras desciende por mi cuerpo vacío. No tengo idea de qué hacer con respecto a la facultad. Sólo me queda medio trimestre para licenciarme. Ya he entregado el papeleo y me he excluido de la maldita ceremonia. También tengo un departamento con todas mis cosas en él, y un coche estacionado en el aeropuerto de Seattle-Tacoma.

—Janine, ve a comprobar que no haya nada en el lavabo —dice Mark.

—No, siempre me toca a mí lavar los malditos platos...

—Te invitaré a comer. Sé que no tienes varo —añade él, y funciona.

Su hermana se va y nos deja a solas en la sala. Oigo a James trajinando por su dormitorio; es como si estuviera redecorando el depa entero.

—¿Qué le pasa con la tal Carla? —le pregunto a Mark.

—Es la novia de James. La verdad es que es bastante linda, pero es un poco esnob. No es que sea una bruja ni nada, pero no le van estas chingaderas. —Mark hace un gesto con las manos señalando el desastrado departamento—. Está estudiando Medicina, y sus padres tienen lana y tal.

Me echo a reír.

—Y ¿qué chingados le pasa para estar saliendo con James?

—¡Los estoy oyendo, cabrones! —grita James desde la habitación.

Mark se echa a reír, mucho más fuerte que yo.

—No lo sé, pero él se comporta como una marica y tiembla cada vez que ella viene a visitarlo. Vive en Escocia, así que sólo viene una vez al mes, pero siempre se pone como se ha puesto hoy. Continuamente intenta impresionarla. Por eso se inscribió en la universidad, aunque ya ha reprobado dos asignaturas.

—Y ¿por eso se coge a tu hermana todo el tiempo? —replico levantando una ceja.

James nunca ha sido hombre de una sola mujer, eso desde luego.

Entonces asoma la cabeza por la esquina para defenderse.

—Sólo veo a Carla una vez al mes, ¡y hace semanas que no me cojo a Janine! —nos suelta, y desaparece de nuevo—. ¡Y ahora dejen de decir pendejadas antes de que los eche de una patada en el trasero!

—¡Bueno! Ve a rasurarte los huevos o algo —lo provoca Mark, y me pasa el churro.

Le da un toquecito a la etiqueta de la botella de vodka que descansa entre mis piernas.

—Oye, Scott, a mí no me gustan estos rollos de las relaciones dramáticas y tal, pero quiero que sepas que no engañas a nadie con esta escenita.

—No es ninguna escenita —replico.

—Claro, claro. Lo que quiero decir es que te has presentado en Londres después de desaparecer durante tres años, por no hablar de esa escuincla que has traído contigo. —Sus ojos pasan de mi rostro a la botella y de la botella al churro—. Y te estás poniendo hasta la madre. Además, creo que tienes la mano rota.

—Eso no es asunto tuyo. ¿Desde cuándo te preocupa que alguien se ponga hasta la madre? Tú lo haces a diario.

Cada vez estoy más encabronado con Mark y con su repentina necesidad de meterse en mi vida. Hago como que no he oído su comentario con respecto a mi mano, aunque he de admitir que se está poniendo morada y verde. Sin embargo, es imposible que esa pinche pared me haya roto la mano.

—No seas cabrón; puedes beber y fumar todo lo que quieras. No te recordaba tan sensible; antes eras muy duro.

—No soy sensible; pero le estás dando importancia a algo que no la tiene. Esa chica es una chica más de mi facultad. La conocí y me la tiré. Quería ver Inglaterra, así que ella pagó los boletos, y yo me la cogí de nuevo en los dominios de la reina. Fin de la historia.

—Bebo otro trago de vodka para ahogar las mentiras que salen por mi boca.

Mark sigue sin estar convencido.

—Lo que tú digas. —Pone los ojos en blanco, una costumbre molesta que se le ha pegado de su hermana.

Encabronado, me vuelvo y lo miro a la cara, pero antes de empezar a hablar, siento cómo la bilis asciende por mi garganta.

—Mira, cuando la conocí, ella era virgen, y me la cogí para ganar una apuesta de bastante lana, así que no, no soy sensible. Ella no significa nada para mí...

Esta vez no puedo tragármelo. Me tapo la boca, me levanto a toda prisa del sillón y esquivo a James, que acaba maldiciéndome por vomitar en el suelo del baño.

CAPÍTULO 16

Tessa

—Este aparato es como una *laptop* pequeña. —Pulso otro botón de mi nuevo dispositivo electrónico.

Mi nuevo iPhone tiene más funciones que una computadora. Paso el dedo por la gran pantalla y toco los cuadraditos. Pulso el ícono de la cámara pequeña y me aparto hacia atrás cuando aparece un ángulo poco favorecedor de mí misma haciendo una mueca. La cierro rápidamente y pulso el icono de Safari. Tecleo Google porque..., bueno, porque no se me ocurre otra cosa. Este teléfono es muy extraño. Todo me resulta muy confuso, pero no tengo prisa por aprender a desenvolverme con él. Sólo lo tengo desde hace diez minutos, y todavía no he salido de la tienda. Todo el mundo hace que parezca tan sencillo, pulsando y deslizando el dedo por la pantalla gigante, pero tiene muchísimas opciones. Demasiadas, la verdad.

Aunque supongo que es divertido tener tantas opciones con las que ocupar mi tiempo. Este cacharro me mantendrá ocupada durante horas, puede que días. Navego por las opciones de música y me fascina la idea de poder disfrutar de todas esas canciones con sólo mover un dedo.

—¿Quieres que te ayude a transferir tus contactos, fotos y demás a tu nuevo teléfono? —pregunta la chica que está detrás del mostrador.

Estaba tan concentrada intentando aprender a usar el celular que no me acordaba de que Landon y ella estaban aquí.

—Pues... no, gracias. —Rechazo amablemente su ofrecimiento.

—¿Estás segura? —Sus ojos, pintados con una gruesa línea negra, reflejan sorpresa—. Sólo se tarda un segundo. —Mastica su chicle.

—Sé todos los números que quiero memorizar.

La chica se encoge de hombros y mira a Landon.

—Necesito que me des el tuyo —le digo a mi amigo.

Los números de mi madre y de Noah eran los únicos que me hacían falta. Quiero empezar de nuevo, empezar de cero. Mi flamante teléfono nuevo con sólo unos cuantos números de teléfono almacenados me ayudará a conseguirlo. Por mucho que me negara antes a comprarme un celular, ahora me alegro de haberlo hecho.

Resulta refrescante empezar de nuevo: sin contactos, sin fotos, sin nada.

Landon me ayuda a memorizar los números nuevos y después salimos de la tienda.

—Te enseñaré a guardar aquí tu música. Además, con este teléfono es más fácil —dice sonriendo mientras sale a la autopista.

Estamos de camino de vuelta del centro comercial, donde he tenido que gastarme mucho dinero comprando ropa para una semana.

Necesito que ésta sea una ruptura limpia. Sin nostalgia, sin pasarme horas mirando nuestras fotos. No tengo ni idea de adónde ir ni qué hacer ahora, pero sé que aferrarme a algo que nunca fue mío sólo conseguirá hacerme más daño.

—¿Sabes cómo está mi padre? —le pregunto a Landon mientras comemos.

—Ken llamó al centro el sábado, y le dijeron que Richard aún se está adaptando. Los primeros días siempre son los peores. —Landon alarga la mano para robarme unas papas a la francesa del plato.

—¿Sabes cuándo podré ir a visitarlo?

Si lo único que me queda es mi padre, al que hacía años que no veía hasta hace un mes, y Landon, quiero aferrarme a ellos todo lo que pueda.

—No lo sé con seguridad, pero lo preguntaré cuando volvamos a casa. —Landon me mira. Yo tomo mi teléfono y me lo llevo al pecho sin pensar. Los ojos de mi amigo se llenan de compasión—. Sé que sólo ha pasado un día, pero ¿has pensado en la posibilidad de trasladarte a Nueva York? —dice con tiento.

—Sí, un poco.

Estoy esperando a hablar con Kimberly y Christian en persona para tomar la decisión. He sabido de ella esta mañana, y me ha dicho que volverán de Inglaterra el jueves. Todavía no entiendo cómo es posible que aún sea sólo martes. Tengo la sensación de que ha pasado mucho más que dos días desde que me fui de Londres.

Mi mente vuelve a él, y me pregunto qué estará haciendo... o con quién estará. ¿Estará tocando a esa chica en estos momentos? ¿Llevará ella puesta su camiseta otra vez? ¿Por qué me torturo pensando en él? Lo he estado evitando, y ahora puedo ver sus ojos verdes inyectados en sangre, y noto cómo las puntas de sus dedos acarician mi mejilla.

Sentí una mezcla de dolor y alivio cuando encontré una camiseta negra sucia mientras hurgaba en mi maleta en el aeropuerto de Chicago O'Hare. Estaba buscando el cargador de mi celular y me encontré con su último golpe. No fui capaz, en todas las veces que lo intenté, de tirarla en el bote más cercano. No pude hacerlo. De modo que volví a meterla en la bolsa y la enterré debajo de mi ropa.

Quería cortar por lo sano, pero me estoy dando un respiro, teniendo en cuenta lo duro que es todo esto. Mi mundo entero se ha desmoronado, y me he quedado sola para ordenar los fragmentos...

«No.» En el avión decidí que no cedería ante esos pensamientos, y no voy a hacerlo. No me llevan a ninguna parte. La autocompasión sólo empeorará las cosas.

—Me inclino más por Nueva York, pero necesito un poco más de tiempo para decidirme —le digo a Landon.

—Bien. —Su sonrisa es contagiosa—. Nos iríamos dentro de tres semanas, cuando acabe el trimestre.

—Eso espero —suspiro, desesperada por que pase el tiempo.

Un minuto, una hora, un día, una semana, un mes..., cualquier período de tiempo que pase, por mínimo que sea, es algo positivo para mí en estos momentos.

Y eso es lo que sucede, que el tiempo pasa, y, de algún modo, avanzo con él. El problema es que todavía no he decidido si eso es algo bueno o no.

CAPÍTULO 17

Hardin

Cuando abro la puerta del departamento, me sorprendo al encontrar encendidas todas las luces. Tessa no suele dejarlas todas encendidas a la vez; está obsesionada con que no suba la factura de la luz.

—¡Tess, ya he llegado. ¿Estás en el cuarto?! —grito.

Huelo la cena en el horno, y una música tranquila suena en nuestro pequeño equipo.

Tiro la carpeta y las llaves sobre la mesa y voy en su busca. Pronto me doy cuenta de que la puerta del cuarto está ligeramente abierta, y unas voces escapan serpenteando por el resquicio, como si cabalgaran sobre la música hasta el recibidor. En cuanto oigo su voz, abro la puerta de golpe con furia.

—¡¿Qué chingados están haciendo?! —grito, y mi voz retumba en las paredes del pequeño cuarto.

—¡Hardin! ¿Qué haces aquí? —pregunta Tessa, como si me estuviera entrometiendo.

Jala el edredón para cubrir su cuerpo desnudo, y una leve sonrisa se dibuja en sus labios.

—¿Cómo que qué hago aquí? ¿Qué hace él aquí? —Señalo con un dedo acusador a Zed, que salta de la cama y empieza a ponerse el bóxer.

Tessa sigue fulminándome con la mirada, como si fuese yo el que se está tirando a alguna zorra en nuestra cama.

—No puedes seguir viniendo aquí, Hardin. —El tono de su voz es tan despectivo, tan burlón...—. Es la tercera vez en lo que llevamos de

mes. —Suspira y baja la voz—. ¿Has estado bebiendo de nuevo? —La pregunta está cargada de fastidio y compasión.

Zed se planta entonces delante de la cama como si estuviera protegiéndola, con los brazos planeando sobre su... su vientre abultado.

«No...»

—¿Estás...? —Soy incapaz de decirlo—. ¿Estás...? ¿Él y tú...?

Ella suspira de nuevo y se envuelve mejor con el edredón.

—Hardin, ya hemos hablado de esto infinidad de veces. Ya no vives aquí. No has vivido aquí desde... Ya ni me acuerdo, hará unos dos años. —Lo dice con una naturalidad pasmosa, y el modo en que sus ojos suplican a Zed que la ayude con mi intrusión no me pasa desapercibido.

Confundido y sin aliento, me postro de rodillas ante ellos dos. Y al instante siento una mano sobre mi hombro.

—Lo siento, pero tienes que irte. La estás molestando —me dice Zed con voz suave pero socarrona.

—No puedes hacerme esto —le ruego a Tessa, alargando la mano hacia su panza embarazada.

No puede ser real. Esto no puede ser real.

—Te lo has hecho a ti mismo —dice—. Lo siento, Hardin, pero esto lo has hecho tú.

Zed le frota los brazos para calmarla, y la furia me invade. Hurgo en mi bolsillo y saco mi encendedor. Ninguno de ellos se da cuenta; siguen aferrados el uno a la otra cuando mi pulgar enciende el fuego. La pequeña llama me resulta familiar, se ha convertido en una nueva amiga, y la acerco hasta la cortina. Cierro los ojos mientras el rostro de Tessa queda iluminado por las furiosas llamas que consumen la habitación.

—¡Hardin! —La cara de Mark es lo primero que veo cuando abro los ojos. Se la quito, salto del sillón y me caigo al suelo presa del pánico.

Tessa estaba... y yo estaba...

—Vaya pesadilla estabas teniendo, güey. —Mark me mira y sacude la cabeza—. ¿Te encuentras bien? Estás empapado.

Parpadeo unas cuantas veces y me paso las manos por el pelo mojado. El dolor de la mano me está matando. Pensaba que las magulladuras habrían mejorado ya, pero no es así.

—¿Estás bien?

—Tengo...

Tengo que salir de aquí. Tengo que ir a alguna parte y hacer algo. La imagen de la habitación en llamas se me ha grabado en la memoria.

—Tómate esto y vuelve a dormirte; son las cuatro de la mañana. —Mark destapa un frasco de plástico y me coloca una única pastilla en la sudorosa palma.

Incapaz de articular una palabra, asiento. Me trago la pastilla sin agua y me acuesto de nuevo en el sillón. Él me mira por última vez para asegurarse de que estoy bien y desaparece de nuevo en su habitación. Saco el teléfono del bolsillo y me quedo mirando la foto de Tessa.

Sin poder evitarlo, mi dedo se dirige al botón de llamada. Sé que no debería hacerlo, pero tal vez si oigo su voz, aunque sólo sea una vez, pueda dormir en paz.

—«El número marcado no existe...» —dice en tono frío una voz robótica.

«¿Qué?» Compruebo la pantalla y vuelvo a intentarlo. El mismo mensaje. Una y otra vez.

No puede haber cambiado de número. Ella no haría algo así.

—«El número marcado no existe...» —oigo por décima vez.

Tessa se ha cambiado de número. Se ha cambiado el número de teléfono para que no pueda llamarla.

Cuando consigo dormirme de nuevo, horas más tarde, me enfrento a otro sueño. Empieza igual, conmigo llegando a ese departamento, pero esta vez no hay nadie en casa.

CAPÍTULO 18

Hardin

—Aún no me has dejado que termine lo que empecé el domingo. —Janine se inclina sobre mí y apoya la cabeza en mi hombro.

Yo me desplazo un poco en el sillón para apartarme, pero ella se lo toma como una señal de que tal vez quiera que nos acostemos juntos o algo, y se acerca a mí de nuevo.

—Ya; no, gracias —digo rechazándola por enésima vez en los últimos cuatro días.

¿De verdad han pasado sólo cuatro días?

«Carajo.»

El tiempo tiene que pasar más deprisa, o no sé si sobreviviré.

—Necesitas relajarte. Y yo puedo ayudarte a hacerlo. —Sus dedos recorren mi espalda desnuda.

Llevo días sin bañarme y sin ponerme una camiseta. No he podido volver a ponerme esa maldita prenda después de que Janine la llevara. Olía a ella, no a mi ángel.

Maldita seas, Tessa. Me estoy volviendo loco. Siento cómo las bisagras que mantienen mi mente de una pieza se fuerzan y están a punto de romperse por completo.

Esto es lo que pasa cuando estoy sobrio: ella regresa a mi mente. La pesadilla que tuve anoche sigue atormentándome. Jamás le haría daño, no físicamente. La amaba. Carajo, todavía la amo, y siempre la amaré, pero no hay nada que pueda hacer al respecto.

No puedo pasarme todos los días de mi vida intentando ser perfecto para ella. No soy lo que necesita, y nunca lo seré.

—Necesito beber —le digo a Janine.

Ella se levanta del sillón lánguidamente y se dirige a la cocina. Pero cuando otro pensamiento indeseado sobre Tessa me viene a la mente, grito:

—¡Apúrate!

Vuelve a la sala con una botella de whisky en la mano, pero se detiene y me lanza una mirada.

—¿Con quién chingados te crees que estás hablando? Si vas a comportarte como un cabrón, podrías hacer que al menos mereciera la pena soportarte.

No he salido de este departamento desde que llegué, ni siquiera para ir al coche por una muda de ropa.

—Sigo pensando que tienes la mano rota —dice James cuando entra en la sala, interrumpiendo mis pensamientos—. Carla sabe lo que se dice. Deberías ir al médico.

—No, estoy bien. —Cierro el puño y estiro los dedos para demostrarlo.

Me encojo y maldigo de dolor. Sé que la tengo rota, pero no quiero hacer nada al respecto. Llevo cuatro días automedicándome; por unos cuantos más no va a pasar nada.

—De lo contrario, nunca se te va a curar. Ve corriendo y, cuando vuelvas, tendrás la botella para ti solo —insiste James.

Extraño al James cabrón. El James que se cogía a una chica y le enseñaba la grabación al novio de ésta una hora después. Este James preocupado por mi salud es muy irritante.

—Sí, Hardin, tiene razón —interviene Janine, escondiendo el whisky detrás de su espalda.

—¡Bueno! ¡Carajo! —refunfuño.

Agarro mis llaves y el teléfono y salgo del departamento. Tomo una camiseta del asiento trasero del coche y me la pongo antes de dirigirme al hospital.

La sala de espera del hospital está llena de niños ruidosos, y no me queda más remedio que sentarme en el único asiento vacío, que está al lado de un vagabundo que no para de lloriquear porque lo han atropellado en un pie.

—¿Cuánto tiempo lleva esperando? —le pregunto al hombre.

Huele a basura, pero no soy quién para hablar, porque probablemente yo huela peor que él. Me recuerda a Richard, y me pregunto cómo le irá en rehabilitación. El padre de Tessa está en rehabilitación, y aquí estoy yo, ahogándome en licor y nublando mi mente con cantidades ingentes de hierba y alguna que otra pastilla de Mark. El mundo es un lugar increíble.

—Dos horas —responde el hombre.

—Carajo —farfullo para mis adentros, y me quedo mirando la pared.

Debería haber imaginado que no era buena idea venir aquí a las ocho de la tarde.

Treinta minutos después, llaman a mi compañero sin techo y siento un gran alivio al poder respirar de nuevo por la nariz.

—Mi prometida está de parto —anuncia un hombre cuando entra en la sala.

Viste una camisa cuidadosamente planchada y unos caquis. Me resulta extrañamente familiar.

Cuando una mujer morena, menuda y muy embarazada aparece por detrás de él, me hundo en la silla de plástico. ¿Cómo no? Tenía que estar borracho y en el hospital para que me miren la mano rota justo en el momento en que ella se pone de parto y llega también.

—¿Puede ayudarnos alguien? —dice el hombre, paseando histérico de un lado a otro—. ¡Necesita una silla de ruedas! ¡Ha roto aguas hace veinte minutos y tiene contracciones cada cinco!

Sus gritos están poniendo algo nerviosos al resto de los pacientes, pero la mujer embarazada se echa a reír y toma al hombre de la mano. Así es Natalie.

—Puedo caminar, estoy bien. Tranquilo.

Natalie le explica a la enfermera que su novio, Elijah, se preocupa sin motivo. Él continúa paseándose, pero ella permanece relajada, casi como una azafata. Me echo a reír en mi asiento, y Natalie se vuelve y me sorprende mirando.

Una enorme sonrisa se dibuja en su rostro.

—¡Hardin! ¡Qué coincidencia! —¿Es ése el brillo de las mujeres embarazadas del que todo el mundo habla?

—Hola —digo, y miro a todas partes menos a la cara de su novio.

—Espero que te encuentres bien. —Se acerca a mí mientras su hombre habla con la enfermera—. Conocí a tu Tessa el otro día. ¿Ha venido contigo? —pregunta Natalie, buscándola por la sala.

«¿No debería estar gritando de dolor o algo así?»

—No, ella..., eh...

Empiezo a inventarme una explicación, pero justo entonces otra enfermera sale del mostrador de ingresos y dice:

—Señora, cuando quiera, ya está todo preparado para usted.

—¡Vaya! ¿Has oído eso? El show debe continuar. —Natalie se da la vuelta, pero mira por encima del hombro y se despide de mí con la mano—. ¡Me alegro de verte, Hardin!

Y yo me quedo ahí sentado, con la boca abierta.

Esto debe de ser alguna broma macabra divina. No puedo evitar alegrarme un poco por la chica; al menos, no le arruiné la vida por completo... Aquí está, sonriendo y locamente enamorada, preparada para dar a luz a su primer hijo mientras yo espero aquí solo, apestando y herido en esta sala de espera atestada.

El karma me la está devolviendo.

CAPÍTULO 19

Tessa

—Gracias por traerme hasta aquí. Sólo quería dejar el coche y recoger las cosas que me faltaban —le digo a Landon a través de la ventanilla del acompañante de su automóvil.

No tenía claro dónde dejar el coche. No quería dejarlo estacionado en casa de Ken, porque tenía miedo de lo que Har... de lo que él dijera o hiciera cuando por fin se presentara para recogerlo. Estacionarlo en el departamento tiene más lógica; es una buena zona, bien vigilada, y no creo que nadie intentara robarlo sin que lo atrapen.

—¿Estás segura de que no quieres que suba contigo? Puedo ayudarte a bajar cosas —se ofrece Landon.

—No, prefiero ir sola. Además, casi no queda nada. Sólo tendré que hacer un viaje. Pero gracias.

Todo cuanto he dicho es cierto, pero la pura verdad es que quiero despedirme de nuestra antigua casa a solas. A solas: ahora me resulta más natural de esa manera.

Cuando entro en el vestíbulo, intento no dejar que los viejos recuerdos inunden mi mente. No pienso en nada más que en espacios blancos, flores blancas, una alfombra blanca y paredes blancas. No pienso en él. Sólo en espacios, flores y paredes blancas. En él, no.

Sin embargo, mi mente tiene otros planes para mí, y poco a poco las paredes blancas se tiñen de negro, la alfombra está cubierta de pintura negra y las flores se pudren y se transforman en hojas marchitas que caen sin remedio.

Sólo he venido para recoger algunas cosas, sólo una caja de ropa y una carpeta de la facultad, eso es todo. No me llevará más de cinco minutos. Cinco minutos no es tiempo suficiente como para sucumbir de nuevo a la oscuridad.

Ya han pasado cuatro días, y cada vez me siento más fuerte. A cada segundo que paso sin él, me va costando menos respirar. Volver aquí, a este departamento, podría acabar siendo un golpe terrible para mi progreso, pero necesito terminar con esto si quiero avanzar y no volver a mirar atrás. Me voy a Nueva York.

Voy a renunciar a las clases del trimestre de verano, a las que había considerado asistir, para familiarizarme con la ciudad que será mi hogar al menos durante unos años. Una vez allí, no me marcharé hasta que termine la carrera. Otro traslado de expediente dañaría mi imagen, de modo que tengo que quedarme en un mismo sitio hasta que acabe. Y ese sitio será Nueva York. Me da miedo pensarlo, y a mi madre no le va a hacer ninguna gracia cuando se entere, pero no es decisión suya, sino mía, y por fin estoy tomando decisiones basándome únicamente en mis necesidades y en mi futuro. Mi padre habrá terminado su programa de rehabilitación para cuando me haya establecido, y, si es posible, me encantaría que viniera a visitarnos a Landon y a mí.

Empiezo a agobiarme al pensar en mi falta de preparativos para esta mudanza, pero Landon me ayudará a resolver todos los detalles; nos hemos pasado los últimos dos días solicitando una beca tras otra. Ken ha redactado y enviado una carta de recomendación, y Karen me ha estado ayudando a buscar trabajos a tiempo parcial en Google. Sophia también ha venido todos los días para informarme de los sitios que están más de moda y para advertirme de los peligros de vivir en una ciudad tan inmensa. Ha tenido el detalle de ofrecerse a hablar con su jefe para que me dé un empleo de mesera en el restaurante en el que ella misma trabajará.

Ken, Karen y Landon me han recomendado que simplemente me traslade a la nueva oficina que la editorial Vance abrirá allí en los próximos meses. Vivir en Nueva York sin ningún tipo de ingreso será imposible, pero es igual de imposible conseguir una beca de prácticas remuneradas sin haberse licenciado antes. Todavía no le he comentado a Kimberly lo de mi traslado. Ella ya tiene bastante en que pensar en estos momentos, y acaban de regresar de Londres. Apenas he hablado con ella, sólo nos hemos mandado algún mensaje de vez en cuando, pero me asegura que me llamará en cuanto las aguas se calmen.

Al introducir la llave en la cerradura de nuestro antiguo departamento, me doy cuenta de que he desarrollado un odio por este lugar desde la última vez que estuve aquí, y me cuesta creer que alguna vez lo amara tanto. Al entrar, veo que la luz de la sala está encendida. Típico de él dejársela encendida antes de un viaje internacional.

Aunque supongo que hace sólo una semana. El tiempo no corre igual cuando estás en el infierno.

Voy directa al ropero del cuarto a buscar la carpeta que he venido a recoger. No hay motivo para alargar esto más de lo necesario. La carpeta amarilla de papel manila no está en el estante donde creía recordar que estaba, de modo que no me queda más remedio que rebuscar entre los montones de cosas de trabajo de Hardin. Probablemente la metió en el ropero sin cuidado alguno mientras intentaba recoger la desordenada habitación.

Esa vieja caja de zapatos sigue en el estante, y la curiosidad se apodera de mí. Me estiro para agarrarla, la bajo y me siento con las piernas cruzadas en el suelo. Levanto la tapa y la dejo a un lado. Está llena de hojas y hojas escritas a mano con su letra. Las líneas no siguen ningún orden completo y cubren la página entera por delante y por detrás. Algunas de las páginas están escritas a máquina, así que escojo una de ésas y empiezo a leer.

Me desgarra usted el alma. Estoy entre la agonía y la esperanza. No me diga que es demasiado tarde, que tan preciosos sentimientos han desaparecido para siempre. Me ofrezco a usted nuevamente con un corazón que es aún más suyo que cuando casi lo destrozó hace ocho años y medio. No se atreva a decir que el hombre olvida más prontamente que la mujer, que su amor muere antes. No he amado a nadie más que a usted.

Reconozco al instante las palabras de Austen. Leo unas cuantas páginas y reconozco cita tras cita, mentira tras mentira, de modo que decido tomar una de las páginas escritas a mano.

Ese día, el quinto, fue cuando empecé a sentir la opresión en el pecho. Un recordatorio constante de lo que había hecho y de lo que seguramente había perdido. Debería haberla llamado ese día mientras miraba sus fotos. ¿Estará ella mirando fotos mías? Que yo sepa, sólo tiene una, y de repente desearía haber dejado que me hiciera más. El quinto día fue cuando arrojé el celular contra la pared con la esperanza de hacerlo estallar, pero sólo conseguí rajarle la pantalla. El quinto día fue cuando empecé a desear desesperadamente que me llamara porque entonces todo iría bien, todo iría bien. Los dos pediríamos perdón y yo volvería a casa.

Cuando releo el párrafo por segunda vez, mis ojos amenazan con derramar lágrimas.

¿Por qué me estoy torturando leyendo esto? Debió de escribirlo hace mucho tiempo, justo después de volver de Londres la última vez. Ahora ha cambiado de idea completamente y no quiere saber nada de mí, y por fin lo he aceptado. Tengo que hacerlo. Leeré un párrafo más y cerraré la caja. Sólo uno más, me prometo a mí misma.

Ese día, el quinto, fue cuando empecé a sentir la opresión en el pecho.
El sexto día me desperté con los ojos rojos e hinchados. No podía creer el llanto de la noche anterior. La opresión en el pecho era mucho peor y apenas podía abrir los ojos. ¿Por qué fui tan cabrón? ¿Por

qué seguí tratándola como si no me importara? Es la primera persona que de verdad me ha visto, que sabe cómo soy por dentro, cómo soy de verdad, y yo la traté mal. La culpé a ella de todo cuando en realidad todo era culpa mía. Siempre ha sido mía, siempre, incluso cuando parecía que no estaba haciendo nada malo. Era grosero con ella cuando intentaba hablar conmigo. Le gritaba cuando me sorprendía haciendo una de las mías. Y le mentía sin parar. Me lo ha perdonado siempre todo. Siempre podía contar con eso y tal vez por esa razón la trataba así, porque sabía que podía. El sexto día aplasté el celular bajo mis pies.

Se acabó. No puedo seguir leyendo sin perder cada gramo de fuerza que he ido adquiriendo desde que lo dejé en Londres. Meto las páginas de nuevo en la caja y la cierro. Mis ojos traicioneros derraman unas lágrimas indeseadas, y me apresuro a salir de aquí. Prefiero llamar a administración para pedir una copia de mi expediente a pasar un segundo más en este departamento.

Dejo la caja de zapatos en el piso del ropero y atravieso el pasillo hasta el baño para comprobar mi maquillaje antes de volver abajo con Landon. Abro la puerta de golpe, enciendo la luz y lanzo un grito de sorpresa cuando mi pie tropieza con algo.

«Alguien...»

Se me hiela la sangre e intento centrarme en el cuerpo que yace en el suelo del baño. Esto no puede estar pasando.

«Por favor, Señor, que no sea...»

Y cuando enfoco la vista, la mitad de mi ruego ha sido escuchado. No es el chico que me dejó quien está tirado a mis pies.

Es mi padre, con una jeringuilla colgando del brazo y sin color en el rostro, lo que significa que la otra mitad de mis pesadillas se han cumplido.

138

CAPÍTULO 20

Hardin

Los lentes del médico rollizo penden del puente de su nariz, y casi puedo oler cómo me juzga. Supongo que sigue encabronado porque estallé cuando me preguntó «¿Seguro que no has golpeado una pared?» por enésima vez. Sé lo que está pensando, y por mí puede irse a la chingada.

—Te has fracturado el carpo —me informa.

—En cristiano, por favor —refunfuño.

Me he calmado bastante, pero siguen fastidiándome sus preguntas y sus miradas de reproche. Trabaja en el hospital más concurrido de Londres, seguro que ha visto cosas mucho peores, y aun así tiene que mirarme mal cada vez que puede.

—Ro-ta —dice lentamente—. Tienes la mano rota, y tendrás que llevar un yeso durante algunas semanas. Te recetaré algo para el dolor, pero tendrás que limitarte a esperar a que los huesos vuelvan a unirse.

No sé qué me da más risa, si la idea de llevar un yeso o que piense que necesito ayuda para controlar el dolor. No hay nada que pueda venderse en una farmacia que consiga aliviar mi dolor. A no ser que tengan a una rubia altruista de ojos grises en las repisas, no tienen nada que me sirva.

Una hora después, me cubren la mano y la muñeca con un yeso grueso. Intenté no reírme en la cara del viejo cuando me preguntó de qué color la quería. Recuerdo que cuando era niño deseaba que me pusieran un yeso para que todos mis amigos firmaran y dibujaran en ella con un rotulador permanente; el problema era que no tenía ningún amigo hasta que encontré mi lugar con Mark y James.

Los dos han cambiado mucho desde la adolescencia. Bueno, Mark sigue siendo un drogado con el cerebro frito por haber consumido demasiadas drogas. Eso ya no tiene solución. Pero los cambios en ambos son bastante evidentes. James se ha vuelto un mandilón por una estudiante de Medicina, cosa que jamás habría imaginado. Mark sigue siendo un salvaje y sigue viviendo en un mundo sin consecuencias, aunque se ha relajado un poco y se siente cómodo con su forma de vida. En algún momento durante los últimos tres años, ambos perdieron la dureza que solía cubrirlos como una cobija. No, como un escudo. No sé qué fue lo que provocó ese cambio, pero dada mi actual «situación», no me hace ninguna gracia. Esperaba a los mismos cabrones de hace tres años, y esos tipos han desaparecido.

Sí, continúan consumiendo más drogas de lo que es humanamente posible, pero ya no son los delincuentes malintencionados que eran cuando me fui de Londres años atrás.

—Recoge las medicinas y ya puedes marcharte. —El médico asiente rápidamente y luego me deja a solas en la sala de reconocimiento.

—Carajo. —Golpeo suavemente la dura superficie con el estúpido yeso.

Qué mierda. ¿Podré manejar mientras lo lleve? ¿Podré escribir?

Carajo, no. Y además, de todos modos no necesito escribir nada. Tengo que cortar esa mierda; llevo demasiado tiempo haciéndolo, y mi mente sobria aún me juega malas pasadas, me cuela pensamientos y recuerdos cuando estoy demasiado distraído como para bloquearlos.

El karma sigue riéndose de mí y, fiel a su reputación de hijo de puta, continúa burlándose cuando saco mi celular del bolsillo del pantalón y veo el nombre de Landon en la pantalla. Decido ignorar la llamada y vuelvo a guardar el teléfono.

Qué maldito desmadre he armado.

CAPÍTULO 21

Tessa

—¿Cuánto tiempo estará así? —le pregunta Landon a alguien en alguna parte.

Todo el mundo se comporta como si yo no los estuviera oyendo, como si no me hallara presente, pero no me importa. No quiero permanecer aquí, por lo que es agradable estar presente pero sentirme invisible al mismo tiempo.

—No lo sé. Está en estado de shock, cielo —responde la dulce voz de Karen a su hijo.

«¿En estado de shock? No estoy en estado de shock.»

—Debería haber subido con ella a ese departamento... —dice Landon entre sollozos.

Si pudiera apartar la vista de la pared de color crema de la sala de los Scott, sé que lo vería en los brazos de su madre.

—Estuvo allí sola con su cuerpo durante casi una hora. Creía que sólo estaba recogiendo sus cosas, y puede que despidiéndose de alguna manera, pero ¡dejé que se quedara una hora allí sentada con su cadáver!

Landon no para de llorar, y debería consolarlo, sé que debería y lo haría si pudiera.

—Ay, Landon. —Karen también está llorando.

Todo el mundo parece estar llorando menos yo. ¿Qué me pasa?

—No es culpa tuya. No sabías que él estaba allí. No tenías modo alguno de saber que había dejado el programa de rehabilitación.

En algún momento durante los susurros y los compasivos intentos de hacer que me mueva de mi sitio en el piso, el sol ha desaparecido y los intentos se vuelven menos frecuentes, hasta que por fin cesan por completo y me quedo sola en la inmensa sala, con las rodillas abrazadas con fuerza contra el pecho y sin apartar la vista ni por un momento de la pared.

A través de las voces de los paramédicos y de la policía, he sabido que mi padre estaba, evidentemente, muerto. Lo supe en cuanto lo vi, en cuanto lo toqué, pero ellos me lo han confirmado. Lo han hecho oficial. Murió por su propia mano, clavándose esa aguja en la vena. Los paquetes de heroína que encontraron en los bolsillos de sus pantalones eran toda una declaración de intenciones para el fin de semana. Su rostro estaba tan pálido que parecía más una máscara que un semblante humano. Estaba solo en el departamento cuando sucedió, y llevaba horas muerto cuando me tropecé con su cuerpo. Su vida se esfumaba mientras la heroína se filtraba a través de la jeringuilla, condenando aún más ese infierno disfrazado de departamento.

Eso es exactamente lo que representa ese lugar, y lo fue desde el primer momento en que lo pisé. Las repisas de libros y la pared de ladrillo enmascaraban el mal que reside allí, oculto tras los preciosos detalles. Todos los males de mi vida parecen conducirme de nuevo a ese departamento. Si nunca hubiera cruzado el umbral de esa puerta, todavía lo tendría todo.

Conservaría mi virginidad, no se la habría entregado a un hombre que no pudo amarme lo suficiente como para seguir junto a mí.

Conservaría a mi madre; no es gran cosa, pero es la única familia que me queda.

Aún tendría un sitio donde vivir, y jamás me habría reencontrado con mi padre para acabar hallando su cuerpo sin vida en el piso del baño poco tiempo después.

Soy perfectamente consciente del oscuro lugar al que mis pensamientos me están arrastrando, pero no me quedan fuerzas para seguir luchando. He estado luchando por algo, por lo que pensaba que lo era todo, durante demasiado tiempo, y ya no puedo continuar haciéndolo.

—¿Ha dormido un poco? —pregunta Ken en voz baja y cautelosa.

Ya ha salido el sol, y no encuentro la respuesta a la pregunta de Ken. ¿He dormido? No recuerdo haberme quedado dormida, ni despertarme, pero no es posible que haya pasado toda una noche entera mirando esta pared vacía.

—No lo sé, no se ha movido mucho desde anoche. —La tristeza que desprende la voz de mi mejor amigo es profunda y dolorosa.

—Su madre ha vuelto a llamar hace una hora. ¿Sabes algo de Hardin?

Oír el nombre que ha salido de la boca de Ken me habría matado si no estuviera ya muerta.

—No, no responde a mis llamadas, y he llamado al número de Trish que me diste, pero ella tampoco contesta. Creo que aún siguen de luna de miel. No sé qué hacer, está tan...

—Lo sé. —Ken suspira—. Sólo necesita tiempo; esto debe de haber sido muy traumático para ella. Todavía no entiendo qué demonios ha podido pasar y por qué nadie me informó de que había dejado el centro. Les di órdenes estrictas y una buena cantidad de dinero para que me llamaran si sucedía algo.

Quiero decirles a Ken y a Landon que dejen de culparse por los errores de mi padre. Si hay que culpar a alguien, ese alguien soy yo. No debería haber ido a Londres. Debería haber estado ahí para vigilarlo. Pero estaba en la otra punta del mundo, enfrentándome a otra pérdida, mientras Richard Young luchaba y perdía la batalla contra sus propios demonios, completamente solo.

La voz de Karen me despierta, o me saca de mi trance. O lo que demonios sea esto.

—Tessa, por favor, bebe un poco de agua. Han pasado dos días, cariño. Tu madre va a venir a recogerte, cielo. Espero que te parezca bien —dice suavemente la persona a la que considero casi una madre en un intento de llegar hasta mí.

Trato de asentir, pero mi cuerpo no responde. No sé qué me pasa, pero grito por dentro y nadie me oye.

Después de todo, puede que sí esté en estado de shock. Aunque eso no es tan malo. Ojalá pueda pasar así el máximo tiempo posible. Duele menos.

CAPÍTULO 22

Hardin

El departamento está lleno otra vez, y yo voy por mi segunda bebida y mi primer churro. El constante ardor del licor en la lengua y del humo en mis pulmones empieza a causar efecto. Si no sintiera tanto dolor estando sobrio, no volvería a probar esta bazofia nunca más.

—Llevo dos días con esta mierda y ya me está picando un chingo —protesto para quien quiera escucharme.

—Es una mierda, güey, pero así aprenderás a no ir haciendo agujeros en las paredes —me provoca Mark con una sonrisa burlona.

—Sí, a ver si aprendes —dicen James y Janine a la vez.

A continuación ella extiende la mano hacia mí.

—Dame otro de tus analgésicos. —Esta maldita drogadicta se ha tragado medio frasco en menos de dos días.

No es que me importe, yo no me los tomo, y desde luego me vale madres lo que ella se meta en el cuerpo. Al principio pensé que las pastillas me ayudarían, que me drogarían más que la mierda de James, pero no ha sido así. Sólo hacen que esté cansado, y estar cansado te lleva a dormir, lo cual me lleva a las pesadillas, que siempre tienen relación con ella.

Pongo los ojos en blanco y me levanto.

—Voy a darte el bote.

Me dirijo al cuarto de Mark para sacar las pastillas de debajo de mi pequeño montón de ropa. Ha pasado casi una semana y sólo me he cambiado una vez. Antes de irse, Carla, la vieja insufrible con complejo de salvavidas, me cosió unos horribles parches negros para cubrir los agujeros de mis pantalones. Le habría dicho de todo si no supiera que, si lo hiciera, James me habría echado en el acto.

—¡Hardin Scott! ¡Teléfono! —La voz aguda de Janine resuena por la sala.

«¡Mierda!» Me he dejado el celular en la mesa de la sala.

Al ver que no respondo de inmediato, oigo que dice descaradamente:

—El señor Scott se encuentra ocupado en este momento; ¿quién lo llama?

—Dame el teléfono ahora mismo —digo corriendo de nuevo a la sala y lanzándole las pastillas a Janine para que las atrape.

Intento mantener la calma cuando me saca el dedo y continúa hablando, dejando que el frasco caiga al suelo. Ya me estoy hartando de sus pendejadas.

—¡Caray! Landon es un nombre muy sexi; ¿eres estadounidense? Me encantan los hombres americanos...

Sin ninguna delicadeza, le quito el celular de las manos y me lo pego a la oreja.

—¿Qué chingados quieres, Landon? ¿No crees que si quisiera hablar contigo ya te habría contestado a las últimas..., qué sé yo, treinta malditas llamadas? —ladro.

—¿Sabes qué, Hardin? —Su voz es tan áspera como la mía—. Vete a la mierda. Eres un cabrón egoísta, y no sé en qué estaba pensando para llamarte. Tessa superará esto sin ti, como siempre.

La línea se corta.

«¿Superar qué?» ¿De qué chingados está hablando? ¿De verdad quiero saberlo?

¿A quién quiero engañar? Por supuesto que quiero. Lo llamo inmediatamente, me abro paso a través de un par de personas y salgo al rellano vacío para tener algo de privacidad. El pánico se apodera de mí y mi mente perjudicada imagina el peor de los escenarios. Cuando Janine aparece en el descansillo con claras intenciones de chismear, me dirijo al coche que renté y que aún tengo en mi poder.

—¿Qué? —me espeta Landon.

—¿De qué estás hablando? ¿Qué ha pasado? —«Ella está bien, ¿verdad? Tiene que estarlo»—. Landon, dime que Tessa se encuentra bien. —No tengo paciencia para su silencio.

—Es Richard. Ha muerto.

No sé qué esperaba oír, pero eso desde luego que no. A pesar de mi estado, lo siento. Siento una punzada de dolor en mi interior por la pérdida, y lo detesto. No debería sentir esto, apenas conocía a ese drog... hombre.

—¿Dónde está Tessa?

Ésa es la razón por la que Landon ha estado llamándome sin parar. No era para echarme un sermón por dejar a Tessa, sino para informarme que su padre ha muerto.

—Está aquí, en casa, pero su madre viene de camino para recogerla. Está en estado de shock, creo; no ha dicho nada desde que lo encontró.

La última parte de la frase me deja impactado y me agarro del pecho.

—¡Carajo! ¿Lo encontró ella?

—Sí. —La voz de Landon se quiebra al final, y sé que está llorando.

No me molesta, como de costumbre.

—¡Mierda! —«¿Por qué ha tenido que pasar esto? ¿Cómo ha podido pasarle esto justo después de que yo la alejase de mí?»—. ¿Dónde estaba ella, dónde estaba su cuerpo?

—En tu departamento. Fue allí para recoger lo que le quedaba y para dejar tu coche.

Por supuesto. Incluso después de cómo la traté, es lo bastante considerada como para pensar en mi coche.

Pronuncio las palabras que quiero y a la vez no quiero pronunciar:

—Déjame hablar con ella. —Durante todos estos días he deseado oír su voz, y he tocado fondo.

Las últimas dos noches me he dormido escuchando el mensaje automático que me recuerda que se ha cambiado de número.

—¿No me has oído, Hardin? —dice Landon exasperado—. No ha dicho una palabra ni se ha movido en dos días, excepto para usar el baño, aunque ni siquiera estoy seguro de que lo haya hecho. Yo no he visto que se mueva para nada. No bebe ni come.

Toda la mierda que he estado intentando bloquear, que he estado intentando obviar, me inunda y me arrastra. No me importan cuáles sean las consecuencias, y no me importa que la poca cordura que me queda desaparezca: necesito hablar con ella. Llego hasta el coche y me meto dentro. Sé perfectamente lo que tengo que hacer.

—Intenta ponerle el teléfono en la oreja. Hazme caso y hazlo —le ordeno a Landon, y arranco el coche, rogando en silencio a quien me esté escuchando ahí arriba que no me pare la policía de camino al aeropuerto.

—Me preocupa que oír tu voz empeore las cosas —lo oigo decir a través del manos libres.

Subo el volumen al máximo y coloco el teléfono sobre el tablero.

—¡Maldita sea, Landon! —Golpeo el pinche yeso contra el volante. Bastante difícil me resulta ya intentar manejar con él—. Colócale el teléfono en la oreja de una vez, por favor. —Intento mantener la calma, a pesar de la tormenta de sensaciones que me asolan en mi interior.

—Está bien, pero no digas nada que pueda angustiarla. Bastante está pasando ya.

—¡No me hables como si tú lo supieras mejor que yo! —Mi ira hacia el sabelotodo de mi hermanastro ha alcanzado nuevos niveles, y casi cruzo la mediana mientras le grito.

—Puede que no lo haga, pero lo que sí sé es que eres un auténtico idiota por haberle hecho lo que sea que le hayas hecho esta vez. Y ¿sabes qué más sé? Que, si no fueras tan egoísta, estarías aquí con ella y ella no habría acabado en el estado en el que se encuentra ahora —me reclama—. Ah, y una cosa más...

—¡Ya basta! —Golpeo el volante con el yeso de nuevo—. Ponle el teléfono en la oreja. Comportarte como un cabrón no ayuda en nada. Pásale el maldito teléfono.

Oigo un silencio seguido de la suave voz de Landon:

—¿Tessa? ¿Me oyes? Claro que me oyes. —Se ríe con tristeza. El dolor que desprende su voz mientras intenta incitarla a hablar es evidente—. Hardin está al teléfono, y...

Un leve canturreo atraviesa el altavoz, y me inclino hacia el teléfono para intentar oír el sonido. «¿Qué es eso?» Continúa durante varios segundos, débil y hechizado, y tardo demasiado tiempo en darme cuenta de que es la voz de Tessa repitiendo la misma palabra una y otra, y otra vez.

—No, no, no —dice sin cesar—, no, no, no, no...

Lo poco que quedaba intacto de mi corazón se parte en demasiados pedazos como para poder contarlos.

—¡No, por favor, no! —grita al otro lado de la línea.

«Carajo...»

—Está bien, está bien. No tienes por qué hablar con él.

La llamada se corta y vuelvo a telefonear, aunque sé que nadie va a responder.

CAPÍTULO 23

Tessa

—Ahora voy a levantarte —dice la voz familiar que hacía demasiado tiempo que no oía, intentando reconfortarme mientras unos fuertes brazos me alzan del suelo y me acunan como si fuese una niña.

Entierro la cabeza en el firme pecho de Noah y cierro los ojos.

La voz de mi madre también está presente. No la veo, pero la oigo:

—¿Qué le pasa? ¿Por qué no habla?

—Está en estado de shock —empieza a explicar Ken—. Pronto volverá en sí...

—Y ¿qué se supone que tengo que hacer con ella si ni siquiera habla? —lo interrumpe mi madre.

Noah, el único capaz de tratar con mi despiadada madre, le dice con tacto:

—Carol, hace tan sólo unos días que encontró el cadáver de su padre tirado en el suelo. Sé paciente con ella.

Nunca en mi vida me había sentido tan aliviada de estar cerca de Noah. Por mucho que adore a Landon, y por muy agradecida que le esté a su familia en estos momentos, necesito salir de esta casa. Ahora necesito a alguien como mi viejo amigo. A alguien que me conociera antes.

Me estoy volviendo loca, lo sé. Mi mente no ha funcionado bien desde que mi pie impactó contra el cuerpo rígido e inerte de mi padre. No he sido capaz de procesar ni un solo pensamiento racional desde que grité su nombre y lo sacudí con tanta fuerza que se le abrió la mandíbula, la jeringuilla se le salió del brazo y aterrizó en el piso con un sonido que todavía resuena en mi perjudicada mente. Un sonido tan simple. Un sonido tan horrible.

Sentí que algo se partía en mi interior cuando la mano de mi padre se sacudía en la mía, un espasmo muscular involuntario que todavía no estoy segura de si sucedió o de si mi mente lo fabricó para darme una falsa sensación de esperanza. Esa esperanza pronto se desvaneció cuando comprobé su pulso otra vez y no sentí nada. Después me quedé mirando sus ojos sin vida.

El caminar de Noah me mece suavemente mientras nos desplazamos por la casa.

—Llamaré a su teléfono dentro de un rato para ver cómo está. Por favor, contéstalo y mantenme informado —le pide Landon con educación.

Quiero saber cómo está; espero que él no viera lo que yo vi. No logro recordarlo.

Sé que estaba sosteniendo la cabeza de mi padre entre las manos, y creo que estaba gritando, o llorando, o ambas cosas, cuando oí que Landon entraba en el departamento. Recuerdo que intentó forcejear conmigo para que soltara al hombre al que apenas acababa de empezar a conocer, pero después de eso mi mente salta directamente al momento en que llegó la ambulancia y vuelve a quedarse en blanco hasta el instante en el que me encontraba sentada en el suelo de casa de los Scott.

—Lo haré —le asegura Noah, y entonces oigo cómo la puerta mosquitera se abre.

Frías gotas de lluvia caen sobre mi rostro y enjuagan días de lágrimas y de suciedad.

—No te preocupes. Nos vamos a ir a casa; todo irá bien —me susurra Noah mientras me aparta el pelo empapado de lluvia de la frente.

Mantengo los ojos cerrados y apoyo la mejilla contra su pecho; sus fuertes latidos no hacen sino recordarme el momento en que pegué la oreja contra el de mi padre sin hallar latido ni respiración algunos.

—No te preocupes —dice Noah de nuevo.

Es como en los viejos tiempos: ha venido a rescatarme después de que las adicciones de mi padre causaran estragos.

Pero esta vez no hay ningún invernadero en el que esconderse. Esta vez sólo hay oscuridad y no hay escapatoria.

—Nos vamos a ir a casa —repite mientras me coloca dentro del coche.

Noah es una persona dulce y cariñosa, pero ¿es que no sabe que no tengo casa?

Las manecillas de mi reloj avanzan muy despacio. Cuanto más las miro, más se burlan de mí, ralentizándose con cada tictac. Mi antiguo cuarto es enorme. Habría jurado que era más pequeño, pero ahora me da la sensación de que es inmenso. ¿Tal vez sea yo la que se siente pequeña? Me siento ligera, más ligera que la última vez que dormí en esta cama. Me parece que podría salir volando y nadie se daría cuenta. Mis pensamientos no son normales, lo sé. Noah me lo dice cada vez que habla conmigo e intenta devolverme a la realidad. Está aquí ahora; no se ha ido desde que me acosté en esta cama, y Dios sabe cuánto tiempo hace de eso.

—Te pondrás bien, Tessa. El tiempo todo lo cura. ¿Recuerdas que nuestro pastor siempre decía eso? —Los ojos azules de Noah reflejan preocupación por mí.

Asiento, aunque permanezco callada, mirando el reloj que me provoca colgado en la pared.

Noah arrastra un tenedor por el plato de comida que lleva horas intacto.

—Tu madre va a venir y te va a obligar a comer. Es tarde, y todavía no has tocado la comida.

Miro hacia la ventana y veo que está oscuro. ¿En qué momento ha desaparecido el sol? Y ¿por qué no me ha llevado consigo?

Noah toma mis manos entre la suavidad de las suyas y me pide que lo mire.

—Come al menos unos bocados para que te deje descansar.

Alargo el brazo para agarrar el plato. No quiero ponerle las cosas más difíciles sabiendo que está siguiendo los dictados de mi madre. Me llevo el pan rancio a la boca e intento que no me entren arcadas al masticar la correosa comida. Cuento el tiempo que tardo en obligarme a dar cinco bocados y a tragármelos con el agua a temperatura ambiente que lleva en la mesita de noche desde esta mañana.

—Necesito cerrar los ojos —le digo a Noah mientras me ofrece unas uvas que hay en el plato—. No quiero más. —Aparto el plato con suavidad. Me están entrando ganas de vomitar de ver la comida.

Me acuesto y me coloco en posición fetal. Noah, tan bueno como siempre, me recuerda aquella vez que nos metimos en un problema por lanzarnos uvas el uno al otro durante la misa del domingo cuando teníamos doce años.

—Ése fue nuestro mayor acto de rebeldía, creo —dice echándose a reír con ternura, y su risa hace que me quede dormida.

—No vas a entrar ahí. Lo último que necesitamos es que la alteres. Está durmiendo por primera vez desde hace días —oigo decir a mi madre en el pasillo.

¿Con quién está hablando? No estoy durmiendo, ¿verdad? Me incorporo, me apoyo sobre los codos y la sangre se me sube a la cabeza. Estoy cansada, muy cansada. Noah está aquí, en la cama de mi infancia, conmigo. Todo es tan familiar: la cama, su pelo rubio revuelto... Pero yo me siento diferente; fuera de lugar y desorientada.

—No he venido a hacerle daño, Carol. Ya deberías saberlo.

—Tú... —empieza a responderle mi madre, pero él la interrumpe.

—Y también deberías saber que me vale madres lo que tengas que decir.

La puerta de mi habitación se abre entonces, y la última persona que esperaba ver aparece por detrás de mi airada madre.

Siento el peso del brazo de Noah que me mantiene pegada a la cama. Dormido, me estrecha con más fuerza la cintura, y la garganta me arde cuando veo a Hardin. Sus ojos verdes están furiosos al ver lo que tiene delante. Cruza la habitación y arranca el brazo de Noah de mi cuerpo.

—Pero ¿qué...? —Noah se despierta sobresaltado y se levanta de un brinco.

Cuando Hardin da otro paso hacia mí, retrocedo en la cama a toda prisa y me golpeo la espalda contra la pared con la suficiente fuerza como para quedarme sin aliento, pero sigo intentando alejarme de él. Toso, y su mirada se suaviza.

¿Qué está haciendo aquí? No puede estar aquí, no quiero que esté aquí. Bastante daño me ha hecho ya, y no tiene derecho a presentarse aquí para revolver los restos.

—¡Mierda! ¿Estás bien? —Alarga su brazo tatuado y yo hago lo primero que pasa por mi desequilibrada cabeza: gritar.

CAPÍTULO 24

Hardin

Sus gritos inundan mis oídos, mi pecho vacío y mis pulmones, hasta que por fin alcanzan un punto en mi interior que no estaba seguro de que pudiera ser alcanzado nunca más. Un punto al que sólo ella tiene acceso, y siempre lo tendrá.

—¿Qué haces tú aquí? —Noah entra en acción y se interpone entre la pequeña cama y yo como si fuera un maldito caballero blanco destinado a protegerla... ¿de mí?

Ella sigue gritando. ¿Por qué grita?

—Tessa, por favor...

No estoy seguro de qué es lo que le estoy pidiendo, pero sus gritos se transforman en toses, y sus toses en sollozos, y sus sollozos en una especie de ahogo que no puedo soportar.

Me aproximo a ella con cautela, y por fin recupera el aliento.

Sus ojos atormentados siguen fijos en mí, y su mirada abrasadora me atraviesa dejando un agujero que sólo ella puede llenar.

—Tess, ¿quieres que se quede? —pregunta Noah.

Bastante me está costando ya pasar por alto el hecho de que él esté aquí, pero ahora ya se está extralimitando.

—¡Tráele un poco de agua! —le digo a su madre, pero no me hace caso.

Después, de manera incomprensible, Tessa empieza a negar con la cabeza, y me rechaza.

El gesto hace que su protector improvisado se envalentone.

—Ella no te quiere aquí —dice Noah.

—¡No sabe lo que quiere! ¡Mírala! —Levanto las manos en el aire e inmediatamente siento cómo las uñas perfectamente arregladas de Carol se clavan en mi brazo.

Está loca si piensa que voy a moverme de aquí. ¿Acaso no sabe a estas alturas que no puede alejarme de Tessa? Esa decisión sólo puedo tomarla yo, y es una idea estúpida a la que soy incapaz de ceñirme.

Noah se inclina un poco hacia mí.

—No quiere verte, así que será mejor que te vayas.

Me vale madres el hecho de que este escuincle parezca haber aumentado de tamaño y haber desarrollado musculatura desde la última vez que lo vi. No es nada comparado conmigo. Pronto aprenderá por qué la gente ni siquiera se molesta en intentar interponerse entre Tessa y yo. Saben que no deben hacerlo, y él se va a enterar.

—No voy a irme. —Me vuelvo hacia Tessa, que sigue tosiendo, y a nadie parece importarle—. ¡¿Quiere alguien darle un poco de agua, carajo?! —grito en el pequeño cuarto, y el eco de mi voz retumba de pared a pared.

Tessa gimotea y se acurruca con las rodillas pegadas al pecho.

Sé que la pasa mal, y sé que no debería estar aquí, pero también sé que su madre y Noah nunca serán capaces de estar ahí para ella de verdad. Conozco a Tessa mucho mejor que ellos dos juntos, y yo jamás la había visto en este estado, de modo que seguramente ninguno de ellos tiene ni la menor idea de qué hacer con ella mientras siga así.

—Hardin, si no te vas, llamaré a la policía —me advierte Carol con voz grave y amenazadora—. No sé qué le has hecho esta vez, pero ya estoy harta, y no eres bien recibido aquí. Nunca lo has sido y nunca lo serás.

Ignoro a los dos entrometidos y me siento en una esquina de la cama de la infancia de Tessa.

Para mi espanto, se aparta de nuevo, esta vez retrocediendo con las manos, hasta que llega al borde y se cae al suelo. Me levanto al instante y la tomo en brazos, pero los sonidos que emite cuando mi piel roza la suya son aún peores que sus gritos de terror de hace unos minutos. Al principio no sé muy bien qué hacer, pero al cabo de unos interminables segundos, la frase «¡Suéltame!» escapa de sus labios agrietados y me atraviesa como una daga. Me golpea el pecho y me araña los brazos, intentando librarse de mí. Me resulta difícil tratar de apaciguarla con este yeso. Temo hacerle daño, y eso es lo último que quiero.

Por mucho que me duela verla tan desesperada por alejarse de mí, me alegro de que reaccione. La Tessa silenciosa era lo peor, y en lugar de gritarme, como lo está haciendo en estos momentos, su madre debería estarme agradecida por haber sacado a su hija de esa fase de su dolor.

—¡Suéltame! —grita de nuevo, y Noah empieza a protestar por detrás de mí.

La mano de Tessa impacta contra mi duro yeso y grita de nuevo:

—¡Te odio!

Sus palabras me destrozan, pero sigo reteniendo su cuerpo, que no cesa de golpearme, entre los brazos.

La grave voz de Noah atraviesa los gritos de Tessa:

—¡Estás empeorando las cosas!

Entonces ella calla de nuevo... y hace lo peor que podría hacerle a mi corazón. Libera sus manos de las mías —es muy difícil retenerla con una sola mano— y las alarga hacia Noah.

Tessa le está pidiendo auxilio a Noah porque no soporta verme.

La suelto inmediatamente, y corre hacia sus brazos. Él la toma de la cintura y del cuello y la estrecha contra su pecho. La furia me invade y me esfuerzo al máximo por mantener la calma mientras observo sus manos sobre ella. Si lo golpeo, ella me odiará aún más. Y si no lo hago, esta escena me va a volver loco.

Carajo, ¿por qué he tenido que venir aquí? Debería haber mantenido las distancias tal y como había planeado. Ahora que estoy aquí soy incapaz de obligar a mis pies a salir de esta maldita habitación, y su llanto sólo alimenta mi necesidad de estar cerca de ella. Haga lo que haga, llevo las de perder, y la idea me está volviendo loco.

—Haz que se vaya —solloza Tessa contra el pecho de Noah.

El terrible dolor de su rechazo me deja inmóvil durante unos segundos. Entonces Noah se vuelve hacia mí, pidiéndome en silencio de la manera más civilizada posible que salga de la habitación. Odio el hecho de que se haya convertido en la fuente de su consuelo; una de mis mayores inseguridades acaba de darme en toda la cara, pero no puedo permitirme pensar de ese modo. Tengo que pensar en ella. En su bienestar. Retrocedo torpemente y me dirijo hacia la puerta. Una vez fuera de la pequeña habitación, me apoyo contra ésta para recuperar el aliento. ¿Cómo ha podido nuestra vida desmoronarse así en tan poco tiempo?

De repente, me encuentro en la cocina de Carol llenando un vaso con agua. Es incómodo, ya que sólo tengo una mano hábil, y tardo más en agarrar el vaso, en llenarlo y en cerrar la llave, y durante todo el proceso, las protestas de la mujer detrás de mí me ponen de los nervios.

Me vuelvo para mirarla y espero que me diga que ha llamado a la policía, pero se limita a fulminarme con la mirada en silencio.

—Me valen madres las pequeñeces ahora mismo. Llama a la policía o haz lo que te dé la gana, pero no pienso marcharme de esta casa hasta que hable conmigo. —Doy un trago de agua y recorro la cocina pequeña pero inmaculada hasta estar delante de ella.

—¿Cómo has venido? Estabas en Londres —dice Carol con voz severa.

—En un pinche avión. ¿Cómo iba a venir?

Pone los ojos en blanco.

—Sólo porque hayas atravesado medio mundo y te hayas presentado aquí antes de que salga el sol no significa que puedas estar con ella —dice furiosa—. Lo ha dejado bien claro. ¿Por qué no la dejas en paz? No paras de hacerle daño, y no pienso seguir permitiéndolo.

—No necesito tu aprobación.

—Y ella no te necesita a ti —dispara Carol, y me quita el vaso de la mano como si fuera una pistola cargada. Lo suelta de un golpe sobre la barra de la cocina y me mira a los ojos.

—Sé que no te gusto, pero la amo. He cometido errores, demasiados, pero, Carol, si crees que voy a permitir que se quede contigo después de que viera lo que vio, y después de que viviera lo que vivió, estás aún más loca de lo que pensaba.

Vuelvo a agarrar el vaso, sólo por fastidiarla, y doy otro trago.

—Estará bien —responde ella con frialdad.

A continuación, hace una pausa y algo en su interior parece romperse.

—La gente muere todos los días; ¡lo superará! —dice en voz demasiado alta.

Espero que Tessa no haya oído el insensible comentario de su madre.

—¿Estás hablando en serio? Es tu hija, y él era tu marido... —Dejo la frase sin terminar al recordar que no estaban legalmente casados—. Está sufriendo, y tú te estás comportando como una zorra desalmada, lo que es justamente la razón por la que no pienso dejarla aquí contigo. ¡Landon no debería haberte permitido recogerla!

Carol inclina la cabeza hacia atrás indignada.

—¿«Haberme permitido»? ¡Es mi hija!

El vaso que tengo en la mano tiembla, y el agua se derrama por el borde y cae al suelo.

—¡Pues quizá deberías empezar a actuar en consecuencia e intentar estar ahí para ella!

—¿Estar ahí para ella? Y ¿quién está aquí para mí? —Su voz carente de emoción se quiebra, y me sorprendo cuando esta mujer, a la que creía de piedra, se apoya en la barra para evitar caerse al piso.

Las lágrimas descienden por su rostro, que está perfectamente maquillado a pesar de que son las cinco de la mañana.

—Hacía años que no veía a ese hombre... ¡Él nos abandonó! ¡Me dejó tras prometerme una buena vida un millón de veces! —Pasa las manos por la barra y tira los tarros y los utensilios al suelo—. ¡Me mintió! ¡Abandonó a Tessa y me arruinó la vida! ¡Jamás he podido volver a mirar a otro hombre después de Richard Young, y él nos abandonó! —grita.

Cuando me agarra del hombro y entierra la cabeza en mi pecho, sollozando y gritando, por un instante se parece tanto a la chica a la que amo que no soy capaz de apartarla. Sin saber qué otra cosa hacer, la estrecho con un brazo y permanezco en silencio.

—Lo deseé. Deseé que muriera —admite avergonzada y hecha un mar de lágrimas—. Lo esperé, me decía a mí misma que volvería. Le deseé la muerte durante años, y ahora que le ha llegado, ni siquiera soy capaz de fingir tristeza.

Nos quedamos así durante largo rato; ella llorando en mi pecho y diciéndome de diferentes maneras y con diferentes palabras que se odia a sí misma por alegrarse de que haya muerto. Yo no sé qué decirle para consolarla pero, por primera vez desde que la conozco, puedo ver a la mujer rota que se esconde tras la máscara.

CAPÍTULO 25

Tessa

Tras pasarse unos minutos sentado conmigo, Noah se levanta, se estira y dice:

—Voy a traerte algo de beber. Y también tienes que comer un poco.

Me agarro de su camisa y sacudo la cabeza, rogándole que no me deje sola.

Suspira.

—Si no comes algo pronto, vas a caer enferma —dice, pero sé que he ganado la batalla. A Noah nunca se le ha dado bien mantenerse firme.

Lo último que quiero es beber o comer algo. Sólo deseo una cosa: que él se vaya y no vuelva jamás.

—Creo que tu madre está regañando a Hardin. —Intenta sonreír, pero fracasa.

Oigo sus gritos y el ruido de un golpe en la distancia, pero me niego a permitir que Noah me deje sola en la habitación. Si me quedo sola, vendrá. Eso es lo que hace siempre, aprovecharse de la gente en su momento más débil. Especialmente de mí, que he sido débil desde el día en que lo conocí. Apoyo la cabeza de nuevo en la almohada y lo bloqueo todo: los gritos de mi madre, la voz grave de acento inglés que le grita en respuesta, e incluso los reconfortantes susurros de Noah en mi oído.

Cierro los ojos y me pierdo entre las pesadillas y la realidad mientras intento decidir cuál de las dos opciones es peor.

Cuando vuelvo a despertarme, el sol brilla a través de las finas cortinas que cubren las ventanas. Me duele la cabeza, tengo la boca seca y estoy sola en el cuarto. Las zapatillas de Noah están en el suelo y, tras un momento de tranquila confusión, el peso de las últimas veinte horas me arrebata el aliento y entierro el rostro entre las manos.

Ha estado aquí. Él ha estado aquí, pero Noah y mi madre lo...

—Tessa —dice su voz, sacándome de golpe de mi ensimismamiento.

Quiero fingir que se trata de un fantasma, pero sé que no lo es. Siento su presencia. Me niego a mirarlo cuando oigo que entra en la habitación. «¿Por qué ha venido? ¿Qué le hace pensar que puede librarse de mí y volver conmigo cuando se le antoje?» Eso no va a volver a pasar. Ya los he perdido a él y a mi padre, y no necesito que se me restrieguen ninguna de esas dos pérdidas en la cara en estos momentos.

—Vete —digo.

El sol desaparece, escondido tras las nubes. Ni siquiera el astro rey quiere estar cerca de él.

Cuando siento cómo la cama cede bajo su peso, me mantengo firme e intento ocultar el escalofrío que recorre mi cuerpo.

—Bebe un poco de agua. —Presiona un vaso frío contra mi mano, pero yo lo aparto de un golpe.

Ni siquiera me inmuto cuando lo oigo caer al suelo.

—Tess, mírame. —Me toca. Siento sus manos frías, casi extrañas, y me aparto.

Por mucho que quiera acurrucarme en él y dejar que me consuele, no lo hago. Y no lo haré. Se acabó. Incluso en mi estado mental actual, sé que no volveré a dejar que entre en mi vida nunca más. No debo hacerlo, y no lo haré.

—Toma. —Hardin me pasa otro vaso de agua de la mesita de noche. Éste no está tan frío.

Lo tomo por acto reflejo. No sé por qué, pero su nombre resuena en mi mente. No quería oír su nombre, no en mi propia cabeza, ése es el único lugar en el que estoy a salvo de él.

—Bebe un poco de agua —me ordena con suavidad.

Sin decir nada, me llevo el vaso a los labios. No tengo energías para negarme a beberme el agua sólo por llevarle la contraria, y tengo una sed tremenda. Me termino el vaso entero en cuestión de segundos, sin apartar ni un momento la vista de la pared.

—Sé que estás enojada conmigo, pero quiero estar aquí para ti —miente.

Todo lo que dice es una mentira; siempre lo ha sido y siempre lo será. Permanezco callada y un leve resoplido escapa de mis labios ante su declaración.

—El modo en que reaccionaste cuando me viste anoche... —empieza.

Siento que me está observando, pero me niego a mirarlo.

—El modo en que gritabas... Tessa, jamás había sentido tanto dolor...

—Basta —lo interrumpo bruscamente.

Mi voz no parece la mía, y empiezo a preguntarme si de verdad estoy despierta o si esto no es más que otra pesadilla.

—Sólo quiero saber que no me tienes miedo. Porque no me lo tienes, ¿verdad?

—No se trata de ti —consigo decir.

Y es la pura verdad. Está intentando centrar esto en él, en su dolor, pero esto es por la muerte de mi padre y porque no puedo soportar que se me vuelva a partir el corazón.

—Carajo —suspira, y sé que se está pasando las manos por el pelo—. Ya sé que no. No es eso lo que quería decir. Estoy preocupado por ti.

Cierro los ojos y oigo truenos en la distancia. ¿Que se preocupa por mí? Si se preocupara tanto por mí, no debería haberme enviado de vuelta a los Estados Unidos sola. Ojalá nunca hubiera vuelto a casa; ojalá me hubiera sucedido algo en el viaje de regreso... para que ahora fuera él quien tuviera que enfrentarse a mi pérdida.

Aunque, bien pensado, él probablemente no se molestaría en afrontarla. Estaría demasiado ocupado drogándose. Ni siquiera se enteraría.

—No eres tú misma, nena.

Empiezo a temblar al oír el maldito apelativo cariñoso con el que siempre se dirigía a mí.

—Necesitas hablar de esto, de tu padre. Hará que te sientas mejor. —Habla demasiado alto, y la lluvia cae con fuerza sobre el viejo tejado. Ojalá se derrumbara y dejara que la tormenta me arrastrara.

¿Quién es la persona que está aquí sentada conmigo? No lo conozco, y no sabe de qué está hablando. ¿Debería hablar sobre mi padre? ¿Quién demonios es él para venir aquí y actuar como si se preocupara por mí, como si pudiera ayudarme? No necesito ayuda. Necesito silencio.

—No quiero que estés aquí —digo.

—Sí quieres. Sólo estás furiosa conmigo porque he sido un pendejo y la he cagado.

El dolor que debería sentir no está. No siento nada. Ni siquiera cuando las imágenes de su mano sobre mi muslo siempre que íbamos en su coche, de sus labios deslizándose suavemente por los míos, y de mis dedos hundiéndose en su espesa melena invaden mi mente. Nada.

No siento nada cuando los recuerdos agradables dan paso al de su puño golpeando la pared de yeso y al de esa chica con su camiseta puesta. Se acostó con ella hace tan sólo unos días. Nada. No siento nada, y es agradable dejar de sentir por fin, poder controlar mis emociones. Mientras miro la pared, me doy cuenta de que no tengo que sentir nada que no quiera sentir. Puedo olvidarme de todo y no permitir jamás que los recuerdos vuelvan a destrozarme.

—No lo estoy. —No explico mis palabras, y él intenta tocarme de nuevo.

No me aparto. Me muerdo la mejilla y quiero volver a gritar, pero no deseo darle esa satisfacción. La inmensa calma que transmiten sus dedos a los míos demuestra lo débil que soy, justo después de haberme sumido en un estado de perfecta insensibilidad.

—Siento lo de Richard, sé que...

—No. —Quito la mano—. No tienes derecho a hacer esto. No tienes derecho a venir aquí y fingir que quieres ayudarme cuando has sido tú el que más daño me ha hecho. No voy a volver a repetírtelo. —Sé que mi voz suena monótona, tan poco convincente y tan vacía como me siento por dentro—. Vete.

Me duele la garganta de hablar tanto; no quiero hablar más. Lo único que quiero es que se vaya y me deje sola. De nuevo me centro en la pared e impido que mi cabeza me torture con imágenes del cadáver de mi padre. Todo me trastorna, altera mi mente y amenaza con arrebatarme la poca cordura que me queda. Estoy lamentando dos muertes, y eso está acabando conmigo.

El dolor no tiene la más mínima compasión: reclama la carne prometida, gramo por gramo, y no parará hasta que no quede nada más de ti que una débil sombra de lo que fuiste. La traición y el rechazo duelen, pero nada puede compararse con el dolor de estar vacía. Nada duele más que no sentir dolor, y el hecho de que eso no tenga sentido y a la vez tenga todo el sentido del mundo me convence de que me estoy volviendo loca.

Pero lo cierto es que no me importa.

—¿Quieres que te traiga algo de comer?

«¿Es que no me ha oído? ¿No entiende que no quiero que esté aquí?» Es imposible pensar que no pueda oír el caos que reina en mi mente.

—Tessa —insiste al ver que no respondo.

Necesito que se aleje de mí. No quiero mirarlo a los ojos, no quiero oír más promesas que romperá cuando empiece a dejar que el odio hacia sí mismo se apodere de él otra vez.

Me arde muchísimo la garganta, pero grito el nombre de la persona que de verdad se preocupa por mí:

—¡Noah!

En cuanto lo hago, entra corriendo por la puerta del cuarto, decidido a ser la fuerza de la naturaleza que por fin sacará al inamovible Hardin de mi habitación y de mi vida. Noah se coloca delante de mí y observa a Hardin, al que por fin me aventuro a mirar.

—Te dije que si me llamaba tendrías que irte —le dice.

Hardin deja entonces la ternura a un lado y lo fulmina furioso con la mirada. Sé que está esforzándose por controlar su temperamento. Tiene algo en la mano..., ¿un yeso? Miro de nuevo y confirmo que un yeso cubre su mano y su muñeca.

—Vamos a dejar algo claro —señala mientras se levanta y mira a Noah desde su altura—. Estoy intentando que no se altere, y ésa es la única razón por la que no te he partido el cuello. Pero no tientes a la suerte.

En mi deteriorado y caótico estado mental, veo la cabeza de mi padre cayendo hacia atrás y su mandíbula abriéndose. Sólo quiero silencio. Quiero escuchar silencio, y necesito que haya silencio en mi mente.

Me entran arcadas cuando la imagen se multiplica conforme sus voces se vuelven más fuertes y más furiosas, y mi cuerpo me ruega que lo eche todo, que lo expulse todo de mi estómago. El problema es que no tengo nada en el cuerpo, aparte de agua, de modo que el ácido me quema la garganta cuando vomito sobre mi viejo edredón.

—¡Mierda! —exclama Hardin—. ¡Lárgate, carajo! —Empuja el pecho de Noah con una mano, y éste se tambalea hacia atrás y se agarra al marco de la puerta.

—¡Lárgate tú! ¡Ni siquiera quiere que estés aquí! —le responde Noah, y corre hacia adelante y empuja a Hardin.

No se dan cuenta de que me levanto de la cama y me limpio el vómito de la boca con la manga. Puesto que ambos están centrados únicamente en su ira y en su infinita «lealtad» hacia mí, salgo de la habitación, cruzo el pasillo y salgo por la puerta de entrada sin que ninguno de los dos se entere.

CAPÍTULO 26

Hardin

—¡Vete a la chingada! —Mi yeso impacta contra la mandíbula de Noah, y él retrocede escupiendo sangre.

Pero no se detiene. Arremete contra mí de nuevo y me tira al piso.

—¡Maldito hijo de puta! —grita.

Me coloco encima de él. Si no me detengo ahora, Tessa me odiará aún más. No soporto a este cabrón, pero ella le tiene aprecio, y si le hago daño de verdad no me lo perdonará jamás. Consigo ponerme de pie y poner algo de distancia entre este nuevo defensa y yo.

—Tessa... —empiezo a decir mientras me vuelvo hacia la cama, pero me hundo al verla vacía.

Una mancha húmeda de vómito es la única prueba de que ha estado ahí.

Sin mirar a Noah, salgo al pasillo y grito su nombre. «¿Cómo he podido ser tan estúpido? ¿Cuándo voy a dejar de cagarla tanto?»

—¿Dónde está? —pregunta Noah por detrás de mí, siguiéndome como si de repente fuera un cachorrito perdido.

Carol sigue dormida en el sillón. No se ha movido del sitio desde que la dejé allí anoche, después de que se quedase dormida en mis brazos. Por mucho que esa mujer me odie, no pude negarme a consolarla al ver cuánto lo necesitaba.

Para mi horror, la puerta mosquitera de la entrada está abierta, y no para de golpear contra el marco con el viento de la tormenta.

Hay dos coches estacionados en la entrada: el de Noah y el de Carol. Me gasté cien dólares en el taxi desde el aeropuerto hasta aquí para ahorrarme el tiempo que habría perdido yendo hasta casa de Ken por mi coche. Al menos, Tessa no ha intentado irse en coche a ninguna parte.

—Sus zapatos están aquí. —Noah recoge una de las zapatillas de Tessa y luego vuelve a dejarla en el suelo con cuidado.

Tiene la barbilla manchada de sangre y sus ojos azules son feroces, están llenos de preocupación. Tessa va por ahí sola en medio de una tormenta tremenda porque he dejado que mi maldito ego se apodere de mí.

Noah desaparece un momento mientras inspecciono los alrededores intentando ver a mi chica. Cuando vuelve después de mirar de nuevo en su cuarto, trae su bolso en la mano. No lleva zapatos, ni dinero, ni el teléfono. No puede haber ido muy lejos, sólo nos hemos peleado durante un minuto como mucho. ¿Cómo he podido dejar que mi temperamento me distrajera de ella?

—Voy a buscarla por el barrio con el coche —dice Noah, y se saca las llaves del bolsillo de los pantalones y sale por la puerta.

Él tiene ventaja en esta ocasión. Se crio en esta calle; conoce la zona, y yo no. Miro en la sala y después en la cocina. Me asomo por la ventana y me doy cuenta de que soy yo quien tiene la ventaja, no él. Me sorprende que no se le haya ocurrido a él mismo. Puede que conozca este lugar, pero yo conozco a mi Tessa, y sé perfectamente dónde está.

La lluvia sigue cayendo con fuerza cuando bajo los escalones de la puerta trasera a toda prisa y atravieso el pasto hasta el pequeño invernadero que hay en un rincón, oculto tras un grupo de árboles sacudidos por el viento. La puerta de tela metálica está abierta, lo que confirma que mi instinto no se equivocaba.

Encuentro a Tessa acurrucada en el suelo, con los pantalones y sus pies descalzos llenos de lodo. Tiene las rodillas pegadas al pecho, y se cubre los oídos con manos temblorosas. Es desgarrador ver a esta chica tan fuerte, mi chica, reducida a una sombra. El pequeño invernadero está plagado de macetas secas. Es evidente que nadie ha entrado aquí desde que Tessa se fue de casa. Unas grietas en el techo permiten que el agua se filtre en algunos puntos aquí y allá.

No digo nada, pero no quiero asustarla, y espero que oiga el chapoteo de mis botas contra el lodo que cubre el piso. Cuando vuelvo a mirar, veo que no hay ningún piso. Eso explica todo este lodo. Le quito las manos de las orejas y me agacho para obligarla a mirarme a los ojos. Forcejea como un animal acorralado. Me alejo un poco ante su reacción, pero no la suelto.

Las hunde en el lodo y usa las piernas para darme patadas. En cuanto le libero las muñecas, se tapa los oídos de nuevo y un horrible gimoteo escapa de sus labios carnosos.

—Necesito silencio —suplica meciéndose con lentitud hacia adelante y hacia atrás.

Tengo muchas cosas que decirle con la esperanza de que me escuche y deje de encerrarse en sí misma, pero con sólo una mirada a sus ojos desesperados me quedo sin palabras.

Si lo que quiere es silencio, se lo concederé. Carajo, en estos momentos le daré todo lo que quiera con tal de que no me obligue a irme.

De modo que me aproximo más a ella y nos quedamos sentados en el piso enlodado del viejo invernadero. El lugar en el que solía esconderse de su padre, el lugar que está usando ahora para esconderse del mundo, para esconderse de mí.

Nos quedamos aquí sentados mientras la lluvia golpea el techo de cristal. Nos quedamos aquí sentados mientras sus gimoteos se transforman en silenciosos sollozos y se queda mirando el espacio vacío que tiene delante, y nos quedamos aquí, sentados en silencio, con mis manos sobre los pequeños dedos que cubren sus oídos para aislarla del ruido que nos envuelve, para proporcionarle el silencio que necesita.

CAPÍTULO 27

Hardin

Mientras permanezco aquí sentado, escuchando los sonidos de la implacable tormenta que hay en el exterior, no puedo evitar compararla con la tormenta en la que he convertido mi vida. Soy un cabrón, un cabrón hecho y derecho, el pendejo más grande que se puede llegar a ser.

Tessa por fin ha dejado de llorar hace tan sólo unos minutos; ha inclinado el cuerpo en mi dirección y se ha permitido descansar apoyada en mí. Ha cerrado sus hinchados ojos y se ha quedado dormida a pesar de que las gotas de lluvia golpean con fuerza el maltrecho invernadero.

Me muevo con mucho cuidado para que no se despierte cuando coloco su cabeza sobre mis piernas. Necesito sacarla de aquí, alejarla de la lluvia y del lodo, pero sé lo que hará en cuanto abra los ojos. Me apartará, me dirá que no me quiere aquí y, carajo, no estoy preparado para oír esas palabras otra vez.

Me las merezco, todas ésas y más, pero eso no cambia el hecho de que soy un maldito cobarde, y quiero disfrutar del silencio mientras dure. Sólo aquí, en el dulce silencio, puedo fingir ser otra persona. Puedo, aunque sólo sea durante un minuto, fingir que soy Noah. Bueno, una versión menos irritante de él, pero si fuera él, las cosas habrían sido diferentes. Las cosas serían distintas ahora. Habría sido capaz de emplear las palabras y el afecto necesarios para ganarme a Tessa desde el principio, en lugar de hacerlo por un estúpido juego. Habría sido capaz de hacerla reír más en lugar de hacerla llorar tanto. Ella habría confiado en mí plenamente, y yo no me habría limpiado el trasero con esa confianza y me habría quedado tan tranquilo viendo cómo desaparecía. Habría saboreado su confianza, y puede que incluso hubiera sido digno de ella.

Pero no soy Noah. Soy Hardin. Y ser Hardin no vale absolutamente nada.

Si no tuviera tantos problemas reclamando mi atención en mi cabeza, la habría hecho feliz. Le habría mostrado lo mejor de la vida, como ella lo ha hecho conmigo. Pero, en lugar de eso, aquí está, rota y hecha una mierda. Su piel está cubierta de lodo, la suciedad de sus manos ha empezado a secarse, y su rostro, incluso dormida, está contraído en un gesto de dolor. Su pelo está húmedo por algunas partes, y seco y apelmazado por otras, y empiezo a preguntarme si se ha cambiado de ropa más de una vez desde que se fue de Londres. Jamás la habría enviado de vuelta aquí de haber imaginado que acabaría encontrando el cadáver de su padre en mi departamento.

En lo que respecta a Richard y a su muerte, tengo sentimientos encontrados. Primero, mi instinto me pide que lo califique como una desgracia que le ha sucedido a un inadaptado que echó a perder su vida, pero de repente su pérdida me pesa enormemente en el pecho. No lo conocí mucho, y apenas lo toleraba, pero era una compañía bastante decente. Aunque me cueste admitirlo, lo cierto es que me caía bien. Era un incordio, y odiaba que se comiera todos mis cereales, pero me encantaba su manera de adorar a Tessa y su optimismo frente a la vida, aunque su propia vida fuese un desastre.

Y lo más irónico es que, cuando por fin tuvo algo, cuando por fin tuvo a alguien por quien le mereciera la pena vivir, se fue. Es como si no fuera capaz de soportar tanta bondad. Me arden los ojos por liberar alguna especie de emoción, tal vez dolor. Dolor por la pérdida de un hombre al que apenas conocía y que apenas me gustaba, dolor por la pérdida de la idea de un padre que creía tener en Ken, dolor por la pérdida de Tessa, y también una minúscula esperanza de que ceda y de no haberla perdido para siempre.

Mis lágrimas de egoísmo se mezclan con las gotas de humedad que caen de mi pelo empapado por la lluvia. Inclino la cabeza y refreno el impulso de enterrar el rostro en su cuello en busca de consuelo. No merezco su consuelo. No merezco el consuelo de nadie.

Merezco quedarme aquí sentado, solo, y llorar como un canalla miserable en medio del silencio y la desolación, mis amigos más antiguos y más auténticos.

Los patéticos sollozos que escapan de mi boca se pierden con el sonido de la lluvia, y me alegro de que esta chica a la que adoro esté dormida y no sea testigo de este desmoronamiento que no soy capaz de controlar. Mis propios actos son la fuerza impulsora que hay tras cada chingadera que está sucediendo, incluida la muerte de Richard. Si no hubiese accedido a que Tessa viniese a Inglaterra, nada de esto habría pasado. Seríamos felices y más fuertes que nunca, como lo éramos hace tan sólo una semana. Carajo, ¿sólo ha pasado una semana? Parece imposible que hayan transcurrido tan pocos días, aunque me da la impresión de que ha pasado una eternidad desde la última vez que la toqué, que la sostuve en mis brazos y que sentí su corazón latiendo. Mi mano planea sobre su pecho. Quiero tocarla, pero temo despertarla.

Si pudiera tocarla una sola vez, sentir el latido constante de su corazón, el mío se sosegaría y me calmaría. Saldría de este estado de desconsuelo, las desagradables lágrimas que corren por mis mejillas cesarían y mi pecho dejaría de agitarse violentamente.

—¡Tessa! —La voz grave de Noah se deja oír entonces por encima de la lluvia del exterior, y después un trueno brama en el aire como un signo de exclamación.

Me seco la cara rápidamente y rezo para que me trague la tierra antes de que entre aquí.

—¡Tessa! —grita de nuevo, esta vez con más fuerza, y sé que está justo fuera del invernadero.

Aprieto los dientes y espero que no vuelva a gritar su nombre porque, como la despierte, yo...

—¡Ah, gracias a Dios! ¡Debería haber imaginado que estaría aquí! —exclama al entrar en voz alta y con cara de alivio.

—¿Quieres cerrar la maldita boca? Acaba de quedarse dormida —susurro con aspereza, y observo la figura durmiente de Tessa.

Él es la última persona que querría que me viera así, y sé que puede ver mis ojos rojos y los claros signos de mi llanto en la rojez de mis mejillas.

Carajo, creo que ni siquiera puedo odiar a este cabrón, porque está evitando mirarme adrede, para que no me avergüence. Una parte de mí lo odia más por ello, por el hecho de que sea tan perfectamente bueno.

—Ella... —Noah echa un vistazo al enlodado invernadero y luego vuelve a mirar a Tessa—. Debería haber imaginado que estaría aquí. Siempre se escondía... —Se quita el pelo de la frente y me sorprende al dirigirse hacia la salida—. Estaré en casa —dice con aire cansado.

Después, con los hombros hundidos, sale sin ni siquiera cerrar la puerta de golpe.

CAPÍTULO 28

Tessa

Me ha estado molestando durante la última hora, mirando al espejo, observando cómo me maquillaba y me enchinaba el pelo, manoseándome a la menor oportunidad.

—*Tess, nena* —*refunfuña Hardin por segunda vez*—. *Te quiero, pero tienes que darte prisa o llegaremos tarde a nuestra propia fiesta.*

—*Lo sé, pero es que quiero estar decente. Todo el mundo estará allí.* —*Le sonrío a modo de disculpa, sabiendo que no le durará mucho el enojo y adorando en silencio la expresión de disgusto dibujada en su rostro.*

Me encanta cómo aparece ese hoyuelo en su mejilla derecha cuando frunce el ceño de ese modo tan encantador y gruñón.

—*¿Decente? Serás el centro de todas las miradas* —*protesta, claramente celoso.*

—*¿Qué se celebraba?* —*Me aplico una fina capa de brillo en los labios.*

No recuerdo qué es lo que está pasando, sólo sé que todo el mundo está muy emocionado, y que vamos a llegar tarde si no termino de arreglarme pronto.

Los fuertes brazos de Hardin me envuelven, y de repente me acuerdo de lo que todos están celebrando. Es algo tan terrible que el tubo de brillo se me cae al lavabo y sofoco un grito justo cuando Hardin susurra:

—*El funeral de tu padre.*

Me incorporo y, al verme abrazada a Hardin, me aparto rápidamente de él.

—¿Qué te pasa? ¿Qué pasó? —exclama.

Hardin está aquí, a mi lado, y nuestras piernas están entrelazadas. No debería haberme quedado dormida. Ni siquiera recuerdo haberme dormido; lo último que recuerdo son las manos cálidas de Hardin sobre las mías, cubriéndome los oídos.

—Nada —grazno.

Me arde la garganta, y observo el espacio en el que me encuentro mientras mi cerebro reacciona.

—Necesito agua. —Me froto el cuello e intento levantarme. Me tambaleo y miro a Hardin.

Tiene la cara tirante y los ojos rojos.

—¿Estabas soñando?

La nada pronto me invade de nuevo y se instala y acampa justo debajo de mi esternón, en el punto más profundo y más vacío.

—Siéntate. —Alarga la mano para tocarme, pero sus dedos me abrasan la piel y me quito.

—Por favor, no —le ruego en voz baja.

El Hardin gruñón y adorable de mis sueños era sólo eso, un sueño absurdo, y ahora tengo delante a este Hardin, el que no para de regresar a mi vida para volver a destrozarme después de rechazarme. Sé por qué lo hace, pero eso no significa que esté dispuesta a pasar por ello en estos momentos.

Agacha la cabeza vencido y apoya la mano en el suelo para ayudarse a levantarse. Su rodilla resbala por el lodo y aparto la mirada mientras se agarra a un barandal.

—No sé qué hacer —dice suavemente.

—No tienes que hacer nada —masullo, e intento reunir todas mis fuerzas para obligar a mis piernas a sacarme de aquí, hacia el aguacero.

Estoy a medio camino del jardín cuando lo oigo detrás de mí. Está guardando las distancias, cosa que agradezco. Necesito que me dé espacio, necesito tiempo para pensar y respirar, y necesito que no esté aquí.

Abro la puerta trasera y entro en casa. El lodo mancha inmediatamente el tapete, y me encojo al pensar en cómo reaccionará mi madre cuando vea este desastre. En lugar de esperar para escuchar sus protestas, me desvisto hasta quedarme en ropa interior, dejo la ropa amontonada en la puerta trasera y hago lo posible por enjuagarme los pies con el agua de la lluvia antes de pisar los azulejos limpios del piso. Mis pies chapotean con cada paso, y me encojo cuando la puerta trasera se abre y las botas de Hardin entran, llenándolo todo de lodo.

Qué absurdo resulta preocuparse por el lodo. De todas las cosas que tengo ahora mismo en la cabeza, el lodo parece algo tan trivial, tan insignificante... Extraño los días en los que el desorden y la suciedad eran motivo de preocupación.

Una voz interrumpe entonces mi diálogo interior:

—¿Tessa? ¿Me oyes?

Parpadeo y, al levantar la vista, veo a Noah de pie en el pasillo, descalzo y con la ropa mojada.

—Perdona, no te había oído.

Mueve la cabeza con comprensión.

—Tranquila. ¿Estás bien? ¿Necesitas un baño?

Asiento, y él se dirige al baño y abre la llave de la regadera. El sonido del agua me llama, pero la voz severa de Hardin me detiene.

—Él no te va a ayudar a bañarte.

No respondo. No tengo energías para hacerlo. «Por supuesto que no me va a ayudar a bañarme, ¿por qué iba a hacerlo?»

Hardin pasa por mi lado, dejando un rastro de lodo.

—Lo siento, pero esto no va a ocurrir.

Mi mente desconecta de mi cuerpo, o tal vez sólo sea la sensación que me da a mí, pero me echo a reír como una loca al ver el desastre que ha dejado a su paso. No sólo en casa de mi madre, sino allá adonde va. Siempre deja un desastre a su paso. Incluida yo, yo soy el mayor desastre de todos.

Desaparece en el baño y le dice a Noah:

—Está medio desnuda y tú le estás preparando un baño. Al carajo. No vas a quedarte aquí mientras se baña. No. No va a pasar ni de chiste.

—Sólo estoy intentando ayudarla, y tú estás causando un problema cuando...

Entro por la puerta y me abro paso entre los dos bravucones.

—Fuera los dos —digo con voz monótona, robótica y plana—. Vayan a pelear a otra parte.

Los empujo afuera y cierro la puerta. Cierro con seguro y rezo para que Hardin no añada esta delgada puerta del baño a su lista de destrucción.

Me desnudo del todo, me meto en el agua y siento su calor contra mi espalda. Estoy llena de suciedad, y lo odio. Odio que el lodo se haya secado bajo mis uñas y en mi pelo. Odio el hecho de que, por mucho que me frote, no consigo sentirme limpia.

CAPÍTULO 29

Hardin

—Yo no tengo la culpa de que estuviese desnuda. Y con todo lo que está pasando, ¿lo que más te preocupa es que vea su cuerpo? —La reprobación en el tono de Noah hace que me den ganas de estrangularlo con la mano sana.

—No es sólo... —Inspiro hondo—. No es eso. —Son una infinidad de malditas cosas que no pienso decirle.

Entrelazo las manos encima del regazo y después me dispongo a metérmelas en los bolsillos, pero me doy cuenta de que con el yeso no puedo. Incómodo, vuelvo a entrelazarlas sobre mi regazo.

—No sé qué pasó entre ustedes dos, pero no puedes culparme por querer ayudarla. La conozco de toda la vida, y nunca la había visto así. —Noah sacude la cabeza con desaprobación.

—No pienso hablar de nada de esto contigo. Tú y yo no estamos en el mismo equipo.

Suspira.

— Tampoco tenemos por qué ser rivales. Quiero lo mejor para ella, y tú deberías quererlo también. No soy ninguna amenaza para ti. No soy tan idiota como para creer que me escogería si tuviera que elegir. He pasado página. Sigo queriéndola porque, bueno, creo que siempre lo haré, pero no del mismo modo que la quieres tú.

Sus palabras serían mucho más fáciles de aceptar si no hubiera odiado a este cabrón durante los últimos ocho meses. Me quedo callado, con la espalda contra la pared que está delante del cuarto de baño, mientras espero a que el agua de la regadera deje de correr.

—Rompieron otra vez, ¿verdad? —pregunta metiéndose donde no lo llaman.

No sabe cuándo debe cerrar la boca.

—Obviamente. —Cierro los ojos y dejo caer la cabeza un poco hacia atrás.

—No voy a meterme en sus asuntos, pero sí espero que me hables sobre Richard y me cuentes cómo acabó en tu departamento. No lo entiendo.

—Vivía en mi casa desde que Tessa se fue a Seattle. No tenía adónde ir, de modo que dejé que se quedara conmigo. Cuando nos fuimos a Londres, se suponía que él tenía que estar en rehabilitación, así que nadie podía imaginar que iba a aparecer tieso en el piso del baño.

La puerta del cuarto de baño se abre y veo a Tessa envuelta sólo con una toalla. Noah nunca la ha visto desnuda, ningún otro hombre la ha visto más que yo, y quiero que siga siendo así. Sé que no debería dar importancia a estas tonterías, pero no puedo evitarlo.

Me dirijo a la cocina por un poco de agua, y me encuentro disfrutando del silencio cuando de repente oigo la voz suave y tímida de Carol:

—Hardin, ¿puedo hablar contigo un momento?

Su tono ya me ha confundido, y eso que la mujer todavía no ha empezado a hablar.

—Pues... Claro.

Retrocedo un poco para mantener una distancia de seguridad con ella. Para cuando dejo de moverme, tengo la espalda contra la pared de la pequeña cocina.

Parece tensa, y sé que esto a ella le está resultando tan incómodo como a mí.

—Sólo quería hablar de lo de anoche.

Aparto la vista de ella y me quedo mirándome los pies. No sé adónde quiere llegar con esto, pero ya se ha recogido el cabello y se ha arreglado el maquillaje que anoche se estropeó.

—No sé qué me pasó —dice—. Jamás debería haber actuado así delante de ti. Fue una auténtica estupidez y...

—No pasa nada —la interrumpo, esperando que se calle.

—No, sí pasa. Quiero que quede claro que nada ha cambiado. Sigo queriendo que te mantengas alejado de mi hija.

Levanto la vista para mirarla a los ojos. No es que esperara otra cosa por su parte.

—Ojalá pudiera decirte que voy a hacerte caso, pero no puedo. Sé que no te gusto. —Hago una pausa y no puedo evitar reírme de mi eufemismo—. Me odias, y lo entiendo, pero ya sabes que tu opinión me vale madres. Y lo digo de la manera más suave que puedo. Es la verdad.

Me toma desprevenido cuando se echa a reír conmigo. Al igual que la mía, su risa es grave y está cargada de dolor.

—Eres igual que él. Me hablas del mismo modo en que él les hablaba a mis padres. A Richard nunca le importó lo que los demás pensaran de él, pero mira adónde lo ha llevado eso.

—Yo no soy él —respondo bruscamente.

Me estoy esforzando por ser lo más agradable posible con ella, pero me lo está poniendo difícil. Tessa lleva mucho tiempo en la regadera, y me está costando un mundo no entrar para ver cómo está, sobre todo dada la presencia de Noah.

—Deberías intentar ver todo esto desde mi punto de vista, Hardin. Yo pasé por una relación igual de tóxica, y sé cómo terminan estas cosas. No quiero eso para Tessa, y si de verdad la quisieses tanto como dices, tú tampoco lo querrías. —Me mira, y parece esperar una reacción por mi parte, pero entonces continúa—: Quiero lo mejor para ella. Puede que no lo creas, pero siempre he criado a Tessa para que no dependiera de ningún hombre, como hice yo, y mírala ahora. Tiene diecinueve años, y se ve reducida a la nada todas y cada una de las veces que decides dejarla...

—Yo...

Levanta la mano.

—Déjame terminar. —Suspira—. La verdad es que la envidiaba. Sé que es triste, pero una parte de mí tenía celos de que tú siempre volvieras, cuando Richard nunca volvió por mí. Pero cuanto más la dejabas, más claro tenía que ustedes dos acabarían igual que nosotros porque, aunque tú sí vuelves, nunca te quedas. Si quieres que ella acabe como yo, sola y resentida, sigue haciendo lo que haces, y puedo asegurarte que eso es exactamente lo que sucederá.

Odio la imagen que Carol tiene de mí, pero, más que eso, odio que tenga razón. Siempre dejo a Tessa y, aunque regreso, espero a que vuelva a sentirse cómoda y entonces la dejo otra vez.

—Depende de ti. Tú eres la única persona a la que parece escuchar, y mi hija te quiere demasiado para su propio bien.

Sé que es cierto, sé que me quiere, y precisamente porque me quiere, nosotros no acabaremos como sus padres.

—No puedes darle lo que ella necesita, y estás impidiendo que encuentre a la persona que lo hará —dice, pero sobre todo lo que más oigo es la puerta del antiguo cuarto de Tessa al cerrarse, lo que significa que ha salido de la regadera.

—Ya lo verás, Carol, ya lo verás... —digo, y saco un vaso vacío de la alacena.

Lo lleno de agua para Tessa y me digo a mí mismo que puedo cambiar nuestro curso y demostrar que todo el mundo se equivoca, incluido yo. Sé que puedo.

CAPÍTULO 30

Tessa

Me siento algo más centrada después del baño, o tal vez haya sido la cabezadita en el invernadero, o quizá el silencio que por fin se me concedió. No lo sé, pero ahora veo las cosas con más claridad, sólo un poco más, pero eso me ayuda a no sentirme tan desquiciada y me infunde una ligera esperanza de que cada día que pase traerá más claridad, más paz.

—Voy a entrar —dice Hardin, y abre la puerta sin darme tiempo a responder.

Me pongo una camiseta limpia y me siento en la cama.

—Te he traído más agua.

Coloca un vaso lleno en la pequeña mesita de noche y se sienta en el extremo opuesto de la cama.

He ensayado un discurso en la regadera, pero ahora que lo tengo delante no recuerdo ni una palabra.

—Gracias —es lo único que se me ocurre decir.

—¿Te encuentras mejor?

Actúa con mucho tiento. Debo de parecerle tan frágil, tan débil. Yo también me siento así. Debería sentirme derrotada y furiosa y triste y confundida y perdida. Pero el caso es que sigo sin sentir nada. Percibo un profundo latido de nada, aunque me voy acostumbrando más a él poco a poco.

Durante cada uno de los largos minutos que he pasado en la regadera mientras el agua empezaba a salir fría, he estado enfocando las cosas desde una nueva perspectiva. He reflexionado sobre cómo mi vida se ha transformado en este oscuro agujero de nada absoluta, y he reflexionado en lo mucho que odio sentirme así, y he pensado en la solución perfecta, pero ahora no soy capaz de ordenar las palabras para formar una frase con ellas. Esto debe de ser lo que se siente cuando uno pierde la cabeza.

—Espero que sí.

«¿Espera que sí qué?»

—Que te encuentres mejor —añade respondiendo a mis pensamientos.

Detesto el modo en que parece estar tan conectado conmigo, el modo en que parece saber lo que siento y lo que pienso cuando ni siquiera yo lo sé.

Me encojo de hombros y me concentro de nuevo en la pared.

—Sí, más o menos.

Es más fácil centrarse en la pared que en el verde brillante de sus ojos, ese verde que tanto me aterraba perder. Recuerdo que cuando nos acostábamos en la cama juntos, siempre esperaba poder disfrutar de una hora, una semana o incluso un mes más de esos ojos. Rezaba para que entrara en razón y me quisiera de manera permanente, del mismo modo que yo lo quería a él. No deseo sentir eso nunca más, no deseo sentir esa desesperación por él. Deseo seguir así, con mi nada, tranquila y contenta, y tal vez, algún día, pueda convertirme en otra persona, en la persona que pensaba que sería antes de empezar la universidad. Si tengo suerte, podría volver a ser la chica que era antes de irme de casa, aunque sólo fuera por una vez.

No obstante, esa chica hace tiempo que desapareció. Compró un boleto directo al infierno, y ahí está, ardiendo en silencio.

—Quiero que sepas que siento mucho todo lo que ha pasado, Tessa. Debería haber vuelto contigo. No debería haberte dejado por culpa de mis problemas. Debería haber permitido que estuvieses ahí para mí, del mismo modo que yo quiero estar aquí para ti. Ahora entiendo cómo debes de sentirte cuando intentas ayudarme constantemente y yo no hago más que rechazarte.

—Hardin —susurro, sin saber muy bien qué decir a continuación.

—No, Tessa, deja que termine. Te prometo que esta vez será diferente. Jamás volveré a hacerlo. Lamento que haya tenido que morir tu padre para darme cuenta de lo mucho que te necesito, pero no volveré a huir, no volveré a abandonarte, no me encerraré en mí mismo nunca más, lo juro. —La desesperación de su tono me resulta muy familiar.

He oído ese mismo tono y esas mismas palabras demasiadas veces.

—No puedo —digo con calma—. Lo siento, Hardin, pero de verdad que no puedo.

Se me acerca presa del pánico y se postra de rodillas delante de mí, manchando la alfombra de lodo.

—¿No puedes, qué? Sé que necesitarás tiempo, pero estoy dispuesto a esperar a que superes esto, a que salgas de este estado de dolor en el que te encuentras. Estoy dispuesto a hacer lo que sea, Tessa, lo que sea.

—No podemos, nunca pudimos. —Mi voz se torna monótona de nuevo. Supongo que la Tessa robótica ha venido para quedarse. No tengo energía como para infundir algún tipo de emoción a mis palabras.

—Nos casaremos... —dice desesperado.

Parece sorprendido de sus propias palabras, pero no las retira. Sus largos dedos rodean mis muñecas.

—Nos casaremos, Tessa. Si quieres, mañana mismo me casaré contigo. Me pondré un esmoquin y todo.

Las palabras que tanto deseaba oír han salido por fin de sus labios, pero no las siento. Las he oído claras como el agua, pero no las siento.

—No podemos —repito negando con la cabeza.

Cada vez está más desesperado.

—Tengo dinero más que de sobra para pagar una boda, Tessa,

y podríamos celebrarla donde tú quisieras. Podrás tener el vestido más caro que haya, y flores, ¡y no oirás ni una sola queja salir de mi boca! —Está gritando, y sus palabras resuenan por la habitación.

—No se trata de eso... No puede ser.

Ojalá pudiera grabar sus palabras y su tono, casi emocionado, en mi corazón y llevármelas conmigo al pasado. Un pasado en el que no era consciente de lo destructiva que era nuestra relación, un pasado en el que habría dado cualquier cosa por oírlo pronunciar esas palabras.

—Entonces ¿qué es? Sé que deseas esto, Tessa; me lo has dicho infinidad de veces. —Veo la batalla interior tras sus ojos, y ojalá pudiera hacer algo para aliviar su dolor, pero no puedo.

—No me queda nada, Hardin. No me queda nada que darte. Ya te lo has llevado todo, y lo lamento, pero ya no queda nada. —El vacío en mi interior se intensifica y engulle todo mi ser, y nunca había agradecido tanto no sentir nada.

Si pudiera sentir algo de todo esto, acabaría conmigo.

Me mataría, y he tomado la decisión de que quiero vivir. No me siento orgullosa de los oscuros pensamientos que se me pasaron por la cabeza estando en ese invernadero, pero sí lo estoy de que fuesen breves y de que los superase sola, en el suelo de una regadera fría después de que se terminara el agua caliente.

—No quiero que me des nada. ¡Quiero darte lo que tú deseas! —Boquea como un pez que se asfixia, y el sonido es tan perturbador que casi accedo a todo para no tener que volver a escucharlo en mi vida—. Cásate conmigo, Tess. Por favor, cásate conmigo, y te juro que jamás volveré a hacer nada así. Estaremos juntos para siempre, seremos marido y mujer. Sé que eres demasiado buena para mí, y que te mereces algo mejor, pero sé que tú y yo no somos como los demás. No somos como tus padres ni como los míos; somos diferentes, y podemos conseguirlo, ¿sí? Escúchame sólo una vez más...

—Míranos. —Meneo la mano débilmente en el espacio que nos separa—. Mira en qué me he convertido. Ya no quiero esta vida.

—No, no, no. —Se levanta y empieza a pasearse por la habitación—. ¡Sí la quieres! Déjame compensártelo —me ruega, jalándose el pelo con una mano.

—Hardin, por favor, cálmate. Siento todo lo que te he hecho, y sobre todo siento haberte complicado la vida, y siento todas las peleas y demás, pero sabes que esto no puede funcionar. Creía... —sonrío con tristeza— creía que podríamos lograrlo. Creía que el nuestro era un amor como el de las novelas; un amor que, por muy duras que fuesen las cosas, sobreviviría a todo y a todos y haría historia.

—¡Y sobreviviremos! —exclama.

No puedo mirarlo, porque sé lo que voy a ver.

—Ésa es la cuestión, Hardin. No quiero sobrevivir. Quiero vivir.

Mis palabras parecen haber hecho mella en él, y deja de pasearse y de jalarse el pelo.

—No puedo dejarte ir sin más. Lo sabes. Siempre vuelvo a ti. Tenías que saber que lo haría. Sabías que acabaría volviendo de Londres y que...

—No puedo pasarme la vida esperando a que regreses a mí, y sería egoísta por mi parte querer que tú te pasaras la tuya huyendo de mí, de nosotros —replico.

Sin embargo, estoy confundida otra vez. Estoy confundida porque no recuerdo haber pensado esto antes; todos mis pensamientos siempre han estado centrados en Hardin, y en qué podía hacer para que mejorara, para que se quedara. No sé de dónde salen estas ideas y estas palabras, pero no puedo pasar por alto la determinación que siento al pronunciarlas.

—No puedo vivir sin ti —declara. Otro sentimiento que ha proclamado millones de veces, pero, a pesar de ello, sigue haciendo todo lo que está en su mano para mantenerme alejada y cerrarse a mí.

—Sí que puedes. Serás más feliz y tendrás menos conflictos internos. Todo será más fácil, tú mismo lo dijiste.

Hablo en serio. Será más feliz sin mí, sin nuestras constantes rupturas. Podrá centrarse en sí mismo y en su ira hacia sus dos padres, y un día podrá ser feliz. Lo quiero lo suficiente como para desear su felicidad, aunque no la obtenga junto a mí.

Se lleva las manos a la frente y aprieta los dientes.

—¡No!

Lo amo, siempre amaré a este hombre, pero se acabó. No puedo seguir siendo el combustible que alimenta su fuego mientras él vuelve constantemente a tirar cubos y cubos de agua para extinguirlo.

—Hemos luchado mucho, pero ha llegado el momento de parar.

—¡No! ¡No! —Sus ojos inspeccionan la habitación, y sé lo que va a hacer antes de que lo haga.

Por eso no me sorprendo cuando la lamparita sale volando por el cuarto y se estampa contra la pared. Ni me inmuto. Ni parpadeo. La escena me resulta demasiado familiar, y ésa es la razón por la que estoy haciendo lo que estoy haciendo.

No puedo consolarlo, no puedo. Ni siquiera puedo consolarme a mí misma, y no confío suficientemente en mi fuerza de voluntad como para rodearlo con los brazos y susurrarle promesas al oído.

—Esto es lo que tú querías, ¿recuerdas? Vuelve a eso, Hardin. Recuerda por qué no me querías en tu vida. Recuerda por qué me enviaste de vuelta a los Estados Unidos sola.

—No puedo vivir sin ti; te necesito en mi vida. Te necesito en mi vida. Te necesito en mi vida —repite sin cesar.

—Seguiré estando en tu vida, pero de otra manera.

—¿De verdad me estás sugiriendo que seamos amigos? —escupe como si fuera veneno.

El verde de sus ojos casi ha desaparecido, sustituido por el negro conforme aumenta su furia. Antes de que me dé tiempo a responderle, continúa:

—No podemos ser amigos después de todo. Jamás podría estar en la misma habitación que tú y no estar contigo. Lo eres todo para mí, y ¿vas a insultarme sugiriendo que seamos amigos? No puedes estar hablando en serio. Tú me quieres, Tessa. —Me mira a los ojos—. Sé que me quieres. Me quieres, ¿verdad?

La nada comienza a resquebrajarse, y lucho desesperadamente por aferrarme a ella. Si empiezo a sentir esto, me vendré abajo.

—Sí —exhalo.

Se arrodilla delante de mí de nuevo.

—Te quiero, Hardin, pero no podemos seguir haciéndonos esto.

No quiero pelearme con él, y no quiero hacerle daño, pero todo esto es culpa suya. Se lo habría dado todo. Carajo, se lo di todo, y él no lo quiso. En los momentos difíciles no me quiso lo suficiente como para vencer a sus demonios por mí. Se rindió todas y cada una de las veces.

—¿Cómo voy a sobrevivir sin ti?

Está llorando, justo delante de mí. Parpadeo para reabsorber mis propias lágrimas y me trago el nudo de culpa que tengo en la garganta.

—No puedo. No podré. No puedes hacer esto sólo porque estés pasando por un mal momento. Deja que esté ahí para ti, no me apartes.

Una vez más, mi mente se libera de mi cuerpo y me echo a reír. No es una risa divertida; es una risa triste y rota ante lo irónico de sus palabras. Me está pidiendo justo lo que yo le pedí a él, y ni siquiera es consciente de ello.

—Yo te he estado rogando eso mismo a ti desde que te conocí —le recuerdo con voz suave.

Lo quiero, y no deseo hacerle daño, pero tengo que terminar con este círculo vicioso de una vez por todas. Si no lo hago, jamás saldré de ésta con vida.

—Lo sé. —Apoya la cabeza en mis rodillas, y su cuerpo tiembla contra mí a causa de los sollozos—. ¡Lo siento! ¡Lo siento!

Está histérico, y la nada se desvanece demasiado rápido como para que pueda detenerla. No quiero sentir esto. No quiero sentir cómo llora después de haberme prometido y ofrecido las cosas que llevaba esperando oír hace una eternidad.

—Todo irá bien. Cuando superes esto, todo irá bien —me parece oírle decir, pero no estoy segura, y no puedo pedirle que me lo repita, porque no soporto volver a oírlo.

Odio que pase esto. Odio el hecho de que, me haga lo que me haga, siempre encuentro el modo de culparme por su sufrimiento.

Entonces detecto un leve movimiento en la puerta y asiento en dirección a Noah para indicarle que estoy bien.

No estoy bien, pero no lo estoy desde hace bastante tiempo y, a diferencia de antes, no siento la necesidad de estarlo. Noah desvía la mirada hacia la lámpara rota y parece preocupado, pero yo asiento de nuevo y le ruego con la mirada que se vaya y me deje tener este momento. Este último momento de notar a Hardin contra mi cuerpo, de notar su cabeza en mis piernas, de memorizar los negros remolinos de tinta de sus brazos.

—Siento no haber podido arreglarte —le digo mientras le acaricio suavemente el pelo mojado.

—Yo también —responde llorando contra mis piernas.

CAPÍTULO 31

Tessa

—Madre, ¿quién va a pagar el funeral?

No quiero parecer insensible ni grosera, pero todos mis abuelos están muertos y mis dos padres eran hijos únicos. Sé que mi madre no puede permitírselo, y menos para mi padre, y me preocupa que haya decidido hacerse cargo sólo para demostrar algo ante sus amigas de la iglesia.

No quiero llevar este vestido negro que ella me ha comprado, no quiero llevar estos zapatos negros de tacón alto que seguramente tampoco puede permitirse, y sobre todo no quiero ver cómo entierran a mi padre.

Mi madre vacila; el lápiz labial se queda suspendido justo delante de su boca cuando me mira a los ojos a través del espejo.

—No lo sé.

Me vuelvo hacia ella incrédula. Bueno..., si fuera capaz de reunir la suficiente energía como para sentir incredulidad. Puede que sea más bien una débil curiosidad.

—¿No lo sabes? —La observo.

Tiene los ojos hinchados, lo que demuestra que se ha tomado su muerte mucho peor de lo que admitirá jamás.

—No hablemos de dinero ahora, Theresa —me regaña, y zanja la conversación marchándose a la sala.

Asiento porque no quiero discutir con ella. Hoy no. Bastante duro será el día de por sí. Me siento egoísta y un poco retorcida por no ser capaz de entender en qué estaría pensando cuando se clavó esa última jeringuilla en la vena. Sé que era un adicto, y que sólo hacía algo que ya llevaba años haciendo, pero continúo sin poder entender qué lo llevó a hacer algo como esto, sabiendo lo peligroso que es.

Estos últimos tres días, desde que vi a Hardin, he empezado a recuperar la cordura. Sin embargo, no del todo, y una parte de mí sigue aterrada al pensar que jamás volveré a ser la misma.

Él ha dormido en casa de los Porter las últimas tres noches. La verdad es que para mí ha sido toda una sorpresa, y supongo que para el señor y la señora Porter también. No creo que se hayan relacionado mucho con nadie que no sea miembro del club de campo local. Me habría encantado ver la expresión de la señora Porter al ver a Noah llegar con Hardin a casa para quedarse con ellos. No me imagino a Hardin y a Noah llevándose bien. Bueno, no me los imagino llevándose, simplemente, así que sé lo mucho que debió de dolerle a Hardin mi rechazo si estuvo dispuesto a aceptar la hospitalidad de Noah.

El pesado peso de mi dolor sigue ahí, oculto aún tras la barrera de la nada. Siento cómo empuja la pared, intentando desesperadamente acabar conmigo y llevarme al límite. Al ver a Hardin llorar, me aterraba la idea de que el dolor ganara la batalla, pero afortunadamente ha sido todo lo contrario.

Se me hace raro pensar que está tan cerca de esta casa y que no ha intentado pasarse por aquí. Necesito espacio, y a Hardin no se le da muy bien concedérmelo. Aunque en realidad nunca lo he querido antes. No como ahora. Oigo unos golpes en la puerta. Me apresuro a ajustarme las medias negras y me miro en el espejo por última vez.

Me acerco un poco más para examinarme los ojos. Hay algo distinto en ellos que no sé muy bien cómo describir... Parecen ¿más severos? ¿Más tristes? No estoy segura, pero combinan con la patética sonrisa que intento poner. Si no estuviera medio loca, me preocuparía más por este cambio en mi aspecto.

—¡Theresa! —grita mi madre con fastidio justo cuando salgo al pasillo.

Por su tono de voz, esperaba ver a Hardin fuera. Me ha dado el espacio que le pedí, pero imaginaba que vendría hoy, el día del funeral de mi padre. Sin embargo, cuando giro la esquina, me quedo paralizada. Para mi agradable sorpresa, quien está en la puerta no es otro que Zed.

Me mira a los ojos y parece inseguro, pero cuando mis labios se transforman en una sonrisa, él esboza otra de oreja a oreja, esa que tanto me gusta, ésa en la que su lengua aparece entre los dientes y hace que sus ojos brillen.

Lo invito a pasar.

—¿Qué haces aquí? —pregunto justo cuando rodeo su cuello con los brazos.

Me abraza, con demasiada fuerza, y yo me pongo a toser exageradamente antes de que me suelte.

Sonríe.

—Lo siento, hacía tiempo que no te veía —dice.

Se ríe, y mi estado de ánimo mejora al instante al oír ese sonido.

No he estado pensando en él. Me siento casi culpable de que su rostro no haya aparecido en mi mente ni una sola vez durante las últimas semanas, pero me alegro de que haya venido. Su presencia me recuerda que el mundo no se ha detenido desde mi tremenda pérdida.

Mi pérdida... No quiero admitir, ni siquiera a mí misma, cuál de las dos pérdidas ha sido más dura.

—Es verdad —respondo.

Entonces, la razón por la distancia entre Zed y yo me viene a la cabeza, interrumpiendo nuestro saludo, y miro por detrás de él con cautela. Lo último que necesito es una pelea en el pasto perfecto de mi madre.

—Hardin está aquí. Bueno, no en esta casa, sino a unas casas de distancia.

—Lo sé. —Zed no parece intimidado en absoluto a pesar de su historial.

—¿Ah, sí?

Mi madre me lanza una mirada inquisitiva y después desaparece en la cocina para dejarnos a solas. Mi mente empieza a asimilar que Zed esté aquí. Yo no lo he llamado; ¿cómo se ha enterado de lo de mi padre? Supongo que es remotamente posible que haya salido en las noticias y en internet, pero incluso en ese caso dudo que se hubiera enterado.

—Me ha llamado él. —Tras oír esas palabras, levanto la cabeza al instante para mirarlo a los ojos—. Ha sido él quien me ha pedido que venga a verte. Tenías el teléfono desconectado, así que he tenido que hacerle caso.

No sé qué responder a eso, de modo que me quedo observando a Zed en silencio, intentando despejar la x de esta ecuación.

—Te parece bien, ¿verdad? —Alarga el brazo, pero se detiene antes de llegar a tocarme—. No te habrá molestado que haya venido, ¿no? Puedo irme si crees que es demasiado. Me ha dicho que necesitabas un amigo, y sabía que debía de haber pasado algo gordo para que me llamara precisamente él.

«¿Por qué Hardin lo ha llamado a él en lugar de a Landon? De hecho, Landon viene de camino de todos modos, así que, ¿por qué Hardin le ha pedido a Zed que venga a verme?»

No puedo evitar sentir que esto es una especie de emboscada, como si Hardin me estuviera poniendo a prueba de alguna manera. Detesto pensar que sea capaz de hacer algo así en estos momentos, pero ha hecho cosas peores. No puedo permitirme olvidar que ha hecho cosas peores, y que siempre hay algún motivo detrás de sus actos. Nunca hace las cosas por hacerlas en lo que a mí se refiere.

Lo que más me duele de todo es su propuesta de matrimonio. Me negó la posibilidad de casarnos desde el principio de nuestra relación, pero cedió dos veces, sólo cuando quería algo a cambio.

Una de ellas estaba demasiado borracho como para saber lo que se decía, y la otra era un intento de conseguir que no lo abandonara. Si me hubiera despertado a su lado a la mañana siguiente, lo habría retirado como la vez anterior. Como hace siempre. No ha parado de romper sus promesas desde que lo conocí, y lo único peor que estar con alguien que no cree en el matrimonio es estar con alguien que sería capaz de casarse conmigo sólo para obtener una victoria momentánea, y no porque realmente quiera ser mi marido.

Necesito recordar esto o seguiré teniendo estos pensamientos absurdos, que se cuelan en mi mente y en los que veo a Hardin vistiendo un esmoquin. La imagen me da risa, y el Hardin con esmoquin pronto cambia a un Hardin con pantalones de mezclilla y botas, incluso el día de su boda, pero no creo que me importara en realidad.

«Que me hubiera importado.» Tengo que dejar de fantasear con esto; no ayuda en nada a mi cordura. Pero entonces, me viene otro pensamiento a la mente. Esta vez, Hardin se está riendo con una copa de vino en la mano... y veo que tiene una alianza plateada en su dedo anular. Se está riendo con ganas, y tiene la cabeza inclinada hacia atrás de ese modo encantador que tanto me gusta.

Lo descarto.

Su sonrisa aparece, y lo veo derramándose el vino sobre su camiseta blanca. Probablemente insistiría en que fuera blanca en lugar de las negras que lleva siempre sólo para hacer la gracia y por fastidiar a mi madre. Me apartaría las manos con suavidad cuando intentara secarle la mancha con una servilleta. Diría algo como: «¿A quién se le ocurre ir de blanco?». Después se echaría a reír y acercaría mis dedos a sus labios para besar cada una de las puntas con delicadeza. Sus ojos se quedarían fijos en mi anillo de bodas y una sonrisa de orgullo invadiría su rostro.

—¿Estás bien? —La voz de Zed interrumpe mis patéticos pensamientos.

—Sí. —Sacudo la cabeza para borrar la imagen perfecta de Hardin sonriéndome y me acerco a él—. Lo siento, estoy un poco confusa últimamente.

—Tranquila. Lo extraño sería que no lo estuvieras. —Me reconforta rodeando mis hombros con el brazo.

De hecho, no debería sorprenderme que Zed haya venido hasta aquí para apoyarme. Cuanto más lo pienso, más me acuerdo. Él siempre estuvo ahí, incluso cuando no lo necesitaba. Estaba en un segundo plano, siempre a la sombra de Hardin.

CAPÍTULO 32

Hardin

Carajo, Noah es insoportable. No entiendo cómo Tessa pudo aguantarlo todos esos años. Estoy empezando a pensar que se escondía de él en ese invernadero y no de Richard.

No me sorprendería; de hecho, a mí me están entrando ganas de hacerlo ahora mismo.

—No creo que haya sido buena idea que llames a ese tipo —dice Noah desde el sillón, al otro lado de la inmensa sala de casa de sus padres—. No me gusta nada. Tú tampoco me gustas, pero él es aún peor.

—Cállate —gruño, y vuelvo a mirar el extraño cojín del ostentoso sillón que he reclamado durante los últimos días.

—Es mi opinión. No entiendo por qué lo llamas si le tienes tanto odio.

No sabe cuándo cerrar la boca. Odio este sitio por no tener un hotel a menos de treinta kilómetros de casa de la madre de Tessa.

—Porque ella no lo odia —exhalo con fastidio—. Confía en él aunque no debería, y necesita una especie de amigo en estos momentos, ya que a mí no quiere verme.

—Y ¿qué hay de mí? ¿Y de Landon? —Noah tira de la anilla de una lata de refresco y la abre con un fuerte sonido. Hasta su manera de abrir los refrescos me enerva.

No quiero decirle que lo que realmente me preocupa es que Tessa vuelva con él, que prefiera la seguridad de esa relación en lugar de darme a mí otra oportunidad. Y, en cuanto a Landon, bueno, jamás lo admitiré, pero la verdad es que necesito que en este caso sea mi amigo. No tengo ninguno, y supongo que, en cierto modo, lo necesito. Un poco.

Mucho. Lo necesito un chingo y, a excepción de Tessa, no tengo a nadie más, y a ella apenas la tengo, así que no puedo perderlo a él también.

—Sigo sin entenderlo. Si a él le gusta ella, ¿por qué quieres que esté cerca? Es obvio que eres muy celoso, y sabes lo que es robarle la novia a otro mejor que nadie.

—Ja, ja. —Pongo los ojos en blanco y miro por los enormes ventanales que cubren la pared delantera de la casa.

La casa de los Porter es la más grande de esta calle, y probablemente la más grande de todo este maldito pueblo. No quiero que se lleve la impresión equivocada. Sigo odiándolo, sólo permito que ande cerca de mí porque debo concederle a Tessa el espacio que necesita sin irme demasiado lejos.

—Además, ¿a ti qué te importa? ¿De repente vas a fingir ser mi amiguito? Sé que me detestas, como yo a ti. —Me quedo observándolo, con su estúpido cárdigan y sus mocasines cafés, a los que sólo les falta tener un penique pegado en la parte superior.

—No me importas tú; me importa Tessa —replica él—. Sólo quiero que sea feliz. Tardé mucho en asimilar lo que había pasado entre nosotros porque me había acostumbrado a ella. Me sentía cómodo y condicionado a seguir de ese modo, así que no podía entender por qué iba a querer ella a alguien como tú. No lo entendía, y sigo sin hacerlo, la verdad, pero he visto lo mucho que ha cambiado desde que te conoció. Y no en un sentido negativo, es un cambio positivo. —Me sonríe—. Menos por lo de esta semana, obviamente.

¿Cómo puede pensar eso? Sólo le he hecho daño y la he destrozado desde que irrumpí en su vida.

—Bueno —digo revolviéndome incómodo en el sillón—, basta de estrechar lazos por hoy. Gracias por no ser un cabrón.

Me levanto y me dirijo a la cocina, donde la madre de Noah está batiendo algo. Durante mi estancia aquí, he descubierto que me entretiene muchísimo el modo en que balbucea y acaricia con los dedos la cruz que lleva al cuello cada vez que estoy en la misma habitación que ella.

—Deja en paz a mi madre o te echo de casa —me advierte Noah en tono burlón, y tengo que reprimir una carcajada.

Si no extrañara tanto a Tessa, me reiría con este pendejo.

—Vas a ir al funeral, ¿verdad? Puedes venir con nosotros si quieres; saldremos dentro de una hora —me ofrece, y me paro por un momento.

Me encojo de hombros y tiro de un trozo del extremo inferior de mi yeso.

—No, no creo que sea buena idea.

—¿Por qué no? Lo has pagado tú. Eras su amigo, en cierto modo. Creo que deberías ir.

—Deja de hablar de ello, y recuerda lo que te dije sobre lo de ir pregonando que yo he puesto la lana —lo amenazo—. Es decir: ni se te ocurra hacerlo.

Noah pone sus estúpidos ojos azules en blanco y salgo de la habitación para torturar a su madre y dejar de pensar durante un rato en la idea de que Zed esté en la misma casa que Tessa.

¿En qué estaría pensando cuando lo llamé?

CAPÍTULO 33

Hardin

No recuerdo cuándo fue la última vez que asistí a un funeral. Si me paro a pensarlo, estoy casi seguro de que nunca he ido a ninguno.

Cuando murió mi abuela materna, simplemente no se me antojó. Tenía alcohol que beber y una fiesta que no podía perderme por nada del mundo. Nunca tuve la necesidad de despedirme de una mujer a la que apenas conocía. Lo único que sabía de aquella anciana era que no le importaba mucho mi persona. No soportaba a mi madre, así que ¿por qué iba a pasar mi tiempo sentado en el banco de la iglesia fingiendo estar apenado por una muerte que, en realidad, no me afectaba en absoluto?

Pero años después, aquí estoy, al fondo de una minúscula iglesia, lamentando la muerte del padre de Tessa. Tessa, Carol, Zed y lo que parece ser media congregación se apiñan en las filas de delante. Sólo yo y una anciana, que estoy bastante seguro de que no sabe ni dónde está, nos sentamos en un banco vacío cerca de la pared trasera.

Zed está sentado a un lado de Tessa, y su madre al otro.

No me arrepiento de haberlo llamado... Bueno, sí, pero no puedo pasar por alto la chispa de luz que parece haber revivido en ella desde que llegó hace unas horas. Sigue sin parecer mi Tessa, pero está en proceso, y si ese cabrón es la clave para que recupere esa luz, pues que así sea, carajo.

La he cagado muchas veces en mi vida, muchas. Yo lo sé, y Tessa lo sabe; casi seguro que todos los presentes en esta maldita iglesia deben de saberlo gracias a su madre. Pero esto lo voy a hacer bien por ella. No me importan todas las demás chingaderas de mi pasado o de mi presente; lo único que me importa es arreglar lo que se rompió dentro de ella.

Yo la rompí. Ella dice que no puede arreglarme, que nunca podrá. Pero no fue ella quien me causó el daño. Ella me sanó y, en el proceso, le partí su maravillosa alma en demasiados pedazos. Yo sólo acabé con ella, destruí su brillante espíritu mientras dejaba de forma egoísta que me remendara. Y lo peor de toda esta masacre es que me negaba a ver el daño que le estaba haciendo, lo mucho que su luz se había debilitado. Lo sabía; lo supe todo el tiempo, pero me daba igual. Sólo me importó cuando por fin lo entendí. Cuando me rechazó, de una vez por todas, lo entendí. Me golpeó como un camión, y no podía apartarme ni aunque lo intentara.

Ha tenido que morir su padre para que me dé cuenta de lo absurdos que eran mis planes para protegerla de mí. Si me hubiera parado a pensarlo, si lo hubiera meditado bien, me habría dado cuenta de lo estúpido que era. Ella quería estar conmigo. Tessa siempre me ha querido más de lo que merecía. Y ¿cómo se lo he pagado yo? Llevándola al límite una y otra vez, hasta que se ha hartado de aguantar mi mierda. Ahora ya no quiere estar conmigo; no quiere quererme, y tengo que hallar la manera de recordarle lo mucho que me ama.

Y aquí estoy, sentado en esta iglesia, viendo cómo Zed rodea sus hombros con un brazo y la estrecha contra su costado. Ni siquiera puedo apartar la mirada. Estoy obligado a observarlos. Tal vez me esté castigando a mí mismo, o tal vez no pero, sea como sea, no puedo dejar de mirar cómo Tessa se inclina hacia él y él le susurra algo al oído. Cómo su expresión pensativa consigue calmarla de alguna manera, y ella suspira y asiente una vez, y él le sonríe.

Alguien se coloca entonces a mi lado e interrumpe temporalmente mi tortura autoinfligida.

—Casi llegamos tarde... Hardin, ¿qué haces aquí atrás? —pregunta Landon.

Mi padre..., Ken se sienta a su lado, y Karen se toma la libertad de dirigirse a la parte delantera de la pequeña iglesia para saludar a Tessa.

—Tú también deberías ir delante. La primera fila es sólo para la gente que Tessa puede soportar —refunfuño con la mirada fija en la fila de personas que, desde Carol hasta Noah, no aguanto.

Y eso incluye a Tessa. La amo, pero no aguanto estar tan cerca de ella mientras se deja consolar por Zed. Él no la conoce como yo; no merece estar sentado a su lado en estos momentos.

—No digas tonterías. Claro que Tessa te soporta —replica Landon—. Es el funeral de su padre, intenta recordarlo.

Sorprendo a mi padre..., carajo, a Ken, sorprendo a Ken mirándome.

Ni siquiera es mi padre. Lo sé, hace una semana que lo sé, pero ahora que lo tengo delante, es como si estuviera descubriéndolo por primera vez. Debería decírselo inmediatamente, debería confirmar sus viejas sospechas y explicarle la verdad sobre mi madre y Vance. Debería contárselo aquí mismo, en este mismo momento, y dejar que se sienta tan jodidamente decepcionado como yo me sentí. ¿Me sentí decepcionado? No estoy seguro; estaba encabronado. Sigo enojado, pero eso es todo.

—¿Cómo estás, hijo? —Alarga el brazo por delante de Landon y apoya la mano en mi hombro.

«Debería decírselo. Debería decírselo.»

—Bien. —Me encojo de hombros y me pregunto por qué mi boca no obedece a mi mente y pronuncia las palabras.

Como suelo decir, mal de muchos, consuelo de tontos, y ahora mismo yo estoy todo lo mal que se pueda estar.

—Lamento todo esto, debería haber llamado al centro más seguido. Te juro que estuve controlándolo, Hardin. Lo hice, y no tenía ni idea de que se había ido hasta que ya era demasiado tarde. Lo siento. —La decepción en los ojos de Ken me impide obligarlo a unirse a mi equipo de miserables—. Lamento fallarte siempre.

Lo miro a los ojos, asiento y decido que no tiene por qué saberlo. No en este momento.

—Tú no tienes la culpa —observo en voz baja.

Siento que Tessa me está mirando, reclamando mi atención desde muchos metros de distancia. Está vuelta hacia mí, y Zed ya no la rodea con el brazo. Me está mirando, del mismo modo que yo he estado mirándola a ella, y me agarro al banco de madera con todas mis fuerzas para evitar salir corriendo en su dirección.

—De todos modos, lo siento —repite Ken, y aparta la mano de mi hombro.

Sus ojos cafés están vidriosos, como los de Landon.

—No te preocupes —digo, todavía centrado en los ojos grises que me sostienen la mirada.

—Ve con ella, te necesita —sugiere Landon con voz suave.

Ignoro sus palabras y espero a que Tessa me dé alguna señal, que me transmita aunque sea la más mínima emoción para demostrarme que me necesita. Estaré junto a ella en cuestión de segundos.

El cura se sube al púlpito y ella se vuelve sin hacerme ningún gesto para que vaya a su lado, sin ninguna señal real de que me estuviera viendo siquiera.

No obstante, antes de que me dé tiempo a autocompadecerme mucho, Karen le sonríe a Zed y él se aparta y le cede su asiento al lado de Tessa.

CAPÍTULO 34

Tessa

Le dirijo otra falsa sonrisa a otro extraño sin rostro y avanzo hasta el siguiente, agradeciéndoles a todos su asistencia. El funeral ha sido corto; al parecer, a esta iglesia no le parecía muy bien celebrar la vida de un adicto. Únicamente se han pronunciado unas cuantas palabras severas y falsos elogios, eso ha sido todo.

Sólo faltan unas pocas personas más; algunos agradecimientos simulados y unas emociones fingidas más mientras se dan las condolencias. Como vuelva a decirme alguien el gran hombre que fue mi padre, creo que voy a gritar. Creo que me pondré a gritar en medio de esta iglesia, delante de todos los moralizantes amigos de mi madre. Muchos de ellos ni siquiera llegaron a conocer a Richard Young. ¿Qué hacen aquí? Y ¿qué clase de mentiras les ha contado mi madre sobre él para que lo alaben?

No es que no crea que mi padre fuera un buen hombre. No lo conocí lo suficientemente bien como para juzgar con propiedad su carácter. Pero conozco los hechos, y los hechos son que nos abandonó a mi madre y a mí cuando yo era pequeña, y que sólo volvió a mi vida hace unos meses por casualidad. De no haber estado con Hardin en aquella tienda de tatuajes, probablemente jamás habría vuelto a verlo.

Él no quería formar parte de mi vida. No quería ser padre ni esposo. Deseaba vivir su vida y tomar decisiones que le concerniesen a él y sólo a él. Y me parece bien, de verdad, pero no lo entiendo. No puedo entender por qué huyó de sus responsabilidades para vivir una vida de drogadicto. Recuerdo cómo me sentí cuando Hardin me mencionó que mi padre se drogaba; no podía creerlo. ¿Por qué aceptaba que fuera alcohólico pero no que fuera drogadicto? No podía asimilarlo. Creo que en mi mente intentaba que fuera mejor. Poco a poco empiezo a darme cuenta de que soy, como suele decir Hardin, una ingenua. Soy una ingenua y una estúpida por intentar sacar lo bueno de la gente cuando todo lo que hacen en respuesta es demostrar que me equivoco. Siempre me equivoco, y estoy harta.

—Las señoras quieren venir a casa cuando hayamos terminado aquí, así que necesito que me ayudes a prepararla en cuanto lleguemos —dice mi madre tras dar el último abrazo.

—¿Qué señoras? ¿Acaso lo conocían? —le espeto.

No puedo evitar el tono áspero de mi voz, y me siento un poco culpable cuando ella frunce el ceño. La culpa desaparece en el momento en que se pone a mirar a su alrededor para comprobar que ninguna de sus «amigas» ha captado mi tono irrespetuoso.

—Sí, Theresa. Algunas, sí.

—Bueno, a mí también me encantaría ayudar —interviene Karen en cuanto salimos—. Si le parece bien, por supuesto. —Sonríe.

Agradezco muchísimo la presencia de Karen. Siempre se muestra tan dulce y considerada... hasta a mi madre parece caerle bien.

—Sería genial. —Mi madre le devuelve la sonrisa y a continuación se aleja saludando con la mano a una mujer que no conozco y que está en un pequeño grupo en el pasto de la iglesia.

—¿Te importa que vaya yo también? —dice Zed—. Si no quieres, no pasa nada. Sé que Hardin está aquí y eso, pero como ha sido él quien me ha llamado...

—No, por supuesto que puedes venir. Has venido en coche todo el camino hasta aquí.

No puedo evitar inspeccionar el estacionamiento en busca de Hardin al oír su nombre. Diviso a Landon y a Ken metiéndose en el coche de este último. Por lo que veo desde aquí, Hardin no está con ellos. Ojalá hubiera podido hablar con Ken y con Landon, pero se han sentado con él y no quería apartarlo de ellos.

Durante el funeral, no podía dejar de preocuparme por si Hardin le contaba a Ken la verdad sobre Christian Vance delante de todo el mundo. Sé que se siente muy mal al respecto, así que es posible que quiera que todos los demás también se sientan mal. Espero que tenga la suficiente decencia como para esperar el momento adecuado para revelarle la dolorosa verdad. Sé que es bueno; en el fondo Hardin no es mala persona. Es sólo que es nocivo para mí.

Me vuelvo hacia Zed, que se está quitando con los dedos algunas pelusas de su camisa roja.

—¿Quieres que volvamos dando un paseo? —sugiero—. No está muy lejos, son veinte minutos como mucho.

Accede, y nos escabullimos antes de que mi madre me obligue a meterme en su pequeño coche. No soporto la idea de estar atrapada a su lado en un espacio reducido en estos momentos. Mi paciencia con ella es cada vez menor. No quiero ser grosera, pero siento cómo aumenta mi frustración cada vez que la veo arreglarse con la mano su cabello perfectamente rizado.

Tras diez minutos de paseo hacia mi pequeño pueblo natal, Zed interrumpe el silencio.

—¿Quieres hablar de ello?

—No lo sé. Seguramente nada de lo que diga tendrá ningún sentido —contesto negando con la cabeza.

No quiero que Zed sepa lo loca que me volví esta última semana. No me ha preguntado por mi relación con Hardin, cosa que agradezco. Me niego a hablar de cualquier cosa que tenga que ver con Hardin y conmigo.

—Comprobémoslo —me desafía con una cálida sonrisa.

—Estoy loca.

—¿Loca de enojada o loca de loca? —bromea, y choca su hombro con el mío de manera juguetona mientras esperamos a que pase un coche antes de cruzar la calle.

—Las dos cosas. —Intento sonreír—. Sobre todo, enojada. ¿Está mal que esté molesta con mi padre por haberse muerto? —Detesto cómo suenan estas palabras. Sé que está mal, pero me hace sentir bien. La ira es mejor que el vacío, y la ira es una distracción. Una distracción que necesito desesperadamente.

—No es malo que te sientas así, aunque creo que no deberías estar enojada con él. Estoy seguro de que él no sabía lo que hacía cuando hizo lo que hizo. —Zed me mira, y aparto la mirada.

—Sabía lo que hacía cuando llevó esa droga al departamento. No digo que supiera que iba a morir, pero sabía que existía la posibilidad; sin embargo, lo único que le importaba era drogarse. No pensaba en nadie más que en sí mismo y en sus drogas, ¿sabes? —Me trago la culpa que siento al pronunciar esas palabras. Quería a mi padre, pero he de ser sincera. Necesito exteriorizar mis sentimientos.

Zed frunce el ceño.

—No lo sé, Tessa. No creo que fuera como piensas. No creo que yo pudiera estar enojado con alguien que ha muerto, y mucho menos si es mi padre.

—Él no me crio ni nada. Me abandonó cuando era pequeña.

¿Sabía esto Zed? No estoy segura. Estoy tan acostumbrada a hablar con Hardin, que lo sabe todo sobre mí, que a veces olvido que otra gente sólo sabe lo que les permito saber.

—Tal vez se fue porque era consciente de que era lo mejor para ti y para tu madre —dice Zed para intentar consolarme, pero no funciona.

Sólo me están dando ganas de gritar. Estoy cansada de oír la misma excusa en boca de todo el mundo. Esa misma gente que dice querer lo mejor para mí, pero que justifica el comportamiento de mi padre, que me abandonó, que actúan como si lo hubiera hecho por mi propio bien. Qué hombre tan altruista, que dejó solas a su mujer y a su hija.

—No lo sé. —Suspiro—. No hablemos más de ello.

Y no lo hacemos. Permanecemos en silencio hasta que llegamos a casa de mi madre, e intento pasar por alto la molestia en su voz cuando me regaña por haber tardado tanto en llegar.

—Menos mal que Karen está aquí para ayudar —dice cuando paso por su lado y entro en la cocina.

Zed se queda ahí plantado, incómodo, sin saber si ayudar o no, pero pronto mi madre le entrega una caja de galletas saladas, abre la tapa y señala una bandeja vacía sin decir ni una palabra. Ken y Landon ya están manos a la obra cortando verdura y colocando fruta en las mejores fuentes de mi madre. Las que usa cuando quiere impresionar a la gente.

—Sí, menos mal —digo entre dientes.

Creía que el aire primaveral mitigaría mi ira, pero no lo ha hecho. La cocina de esta casa es demasiado pequeña, demasiado sofocante, y está repleta de mujeres exageradamente arregladas como si tuvieran algo que demostrar.

—Necesito un poco de aire. Ahora vuelvo, tú quédate aquí —le digo a Zed cuando mi madre sale al pasillo por algo.

Por mucho que agradezca el hecho de que se haya molestado en venir hasta aquí para consolarme, no puedo evitar estar resentida con él después de nuestra conversación. Estoy segura de que cuando me haya despejado veré las cosas de otra manera, pero ahora mismo sólo quiero estar sola.

La puerta trasera emite un crujido al abrirse y maldigo para mis adentros, esperando que mi madre no salga corriendo al jardín para arrastrarme de nuevo dentro de casa. El sol ha hecho milagros con el denso lodo que cubría el suelo del invernadero. Unas manchas oscuras y húmedas siguen cubriendo la mitad del espacio, pero consigo encontrar un hueco seco en el que quedarme. Lo último que necesito es arruinar estos zapatos que mi madre no podía permitirse comprarme de todos modos.

Un movimiento capta mi atención, y empiezo a asustarme hasta que Hardin aparece por detrás de un estante. Tiene los ojos claros y, bajo ellos, unas oscuras ojeras ensombrecen su piel pálida. El brillo natural y el moreno cálido de la piel de Hardin han desaparecido y han sido sustituidos por un color marfil frágil y atormentado.

—Perdona, no sabía que estabas aquí —me apresuro a disculparme al tiempo que retrocedo para salir del pequeño lugar—. Ya me voy.

—No, tranquila. Éste es tu escondite, ¿recuerdas? —Me sonríe débilmente, e incluso la más pequeña de sus sonrisas me resulta más auténtica que las innumerables sonrisas falsas que he recibido hoy.

—Cierto, pero tengo que entrar de todos modos.

Agarro la manija de la puerta de tela metálica, pero él me acerca la mano para evitar que la abra. Me aparto en el instante en que sus dedos me rozan el brazo, y Hardin se traga un áspero suspiro ante mi rechazo. Pronto se recupera y alarga el brazo para tomar la manija y asegurarse de que no puedo irme.

—Dime por qué has venido aquí —me ordena con suavidad.

—Es que... —No encuentro las palabras.

Tras mi conversación con Zed, he perdido las ganas de hablar de mis horribles pensamientos sobre la muerte de mi padre.

—No es nada —le aseguro.

—Tessa, cuéntamelo. —Me conoce lo bastante bien como para saber que estoy mintiendo, y yo lo conozco lo bastante bien como para saber que no dejará que me vaya de este invernadero hasta que le diga la verdad.

«Pero ¿puedo confiar en él?»

Lo observo y no puedo evitar fijarme en que lleva puesta una camisa nueva. Debe de haberla comprado para el funeral, porque conozco todas las camisas que tiene, y es imposible que le quepa la ropa de Noah. Además, nunca habría accedido a ponérsela...

La manga negra de la camisa nueva está rota a la altura del puño para que quepa el yeso.

—Tessa —insiste, y me saca de mi ensimismamiento.

Lleva el botón superior desabrochado y el cuello está torcido.

Me alejo un paso de él.

—No creo que debamos hacer esto.

—¿Qué? ¿Hablar? Sólo quiero saber de qué te estás escondiendo.

Qué pregunta tan simple y a la vez tan complicada. Me escondo de todo. Me escondo de demasiadas cosas como para enumerarlas, y él es la más importante de todas ellas. Quiero desahogar mis sentimientos con Hardin, pero es demasiado fácil volver a nuestro patrón, y no estoy dispuesta a seguir jugando a estos juegos. No puedo más. Ha ganado, y yo estoy aprendiendo a asumirlo.

—Los dos sabemos que no vas a salir de aquí hasta que lo escupas, así que ahórranos tiempo y energía y cuéntamelo. —Enfoca esa frase como una broma, pero detecto la desesperación que se esconde tras sus ojos.

—Estoy enojada —admito por fin.

Asiente inmediatamente.

—Por supuesto que lo estás.

—Quiero decir, muy enojada. Estoy furiosa.

—Es normal.

Lo miro.

—¿Normal?

—Carajo, claro que es normal. Yo también estaría furioso.

«Creo que no entiende lo que intento decir.»

—Estoy furiosa con mi padre, Hardin. Estoy muy enojada con él —aclaro, y espero a que su respuesta cambie.

—Yo también.

—¿Ah, sí?

—Carajo, sí, lo estoy. Y es normal que tú también lo estés. Tienes todo el derecho del mundo a estar furiosa con ese cabrón, esté muerto o no.

No puedo evitar la risa que escapa de mis labios al ver a Hardin tan serio mientras pronuncia esas palabras tan absurdas.

—¿No crees que está mal que ni siquiera pueda estar triste de lo encabronada que estoy con él por haberse quitado la vida? —Me muerdo el labio inferior y hago una pausa antes de continuar—. Eso es lo que ha hecho. Se ha quitado la vida. Y ni siquiera se paró a pensar en cómo nos afectaría a los demás. Sé que es egoísta por mi parte decir esto, pero es lo que siento.

Desvío la mirada al piso sucio. Me avergüenzo de decir estas cosas, me avergüenzo de sentirlas, pero me encuentro mucho mejor ahora que las he exteriorizado. Espero que las palabras se queden aquí, en este invernadero, y espero que, si mi padre está ahí arriba en alguna parte, no pueda oírme.

Hardin coloca un dedo debajo de mi barbilla y me levanta la cara.

—Oye —dice, y yo no me encojo al notar su tacto, pero me alivia ver que aparta la mano—. No te avergüences por sentirte así. Se quitó la vida, y nadie tiene la culpa excepto él. Carajo, vi lo emocionada que estabas por haber vuelto a encontrarlo, y es un maldito idiota por joder todo eso sólo por un pasón. —Las palabras de Hardin son duras, pero es justo lo que necesito oír en este momento.

Se ríe suavemente.

—Mira quién fue a hablar, ¿verdad? —Cierra los ojos y sacude la cabeza con lentitud.

Desvío rápidamente la conversación de nuestra relación.

—No me gusta nada sentir lo que siento. No quiero faltarle al respeto.

—Carajo, pasa de todo. —Hardin agita la mano cubierta por el yeso en el aire entre ambos—. Puedes sentir lo que te dé la pinche gana, y nadie tiene derecho a opinar al respecto.

—Ojalá todos pensaran así —suspiro.

Sé que confiar en Hardin no es sano, que tengo que ir con pies de plomo, pero sé que es el único que me entiende de verdad.

—Lo digo en serio, Tessa. No dejes que ninguno de esos esnobs hagan que estés mal por sentir lo que sientes.

Ojalá fuera tan sencillo. Ojalá me pareciera más a Hardin y no me importara lo que los demás piensen de mí, pero no es así. No estoy hecha de esa manera. Me importan los demás, incluso cuando no deberían importarme, y me gustaría pensar que algún día ese rasgo de mi personalidad dejará de ser mi perdición. Preocuparse por los demás es algo positivo, pero acaba haciéndome daño con demasiada frecuencia.

En los escasos minutos que llevo en el invernadero con Hardin, casi toda mi ira ha desaparecido. No estoy segura de qué la ha sustituido, pero ya no siento el ardor de la furia, sólo la abrasión constante del dolor que sé que me acompañará durante mucho tiempo.

—¡Theresa! —grita entonces mi madre desde el jardín, y tanto Hardin como yo nos encogemos ante la interrupción.

—No tengo ningún problema en decirles a todos ellos, ella incluida, que se vayan a la chingada. Lo sabes, ¿verdad? —Sus ojos buscan los míos, y yo asiento.

Sé que no lo tiene, y una parte de mí quiere soltárselos a esas chismosas que no tienen nada que hacer aquí.

—Lo sé. —Asiento de nuevo—. Siento haberme desahogado así. Es que...

La puerta de tela metálica se abre y mi madre entra en el invernadero.

—Theresa, entra, por favor —dice con tono autoritario.

Se esfuerza por ocultar su enojo hacia mí, pero su fachada se desmorona, y rápido.

Hardin mira la cara furiosa de mi madre y después la mía antes de caminar.

—De todos modos, yo ya me iba.

El recuerdo de cuando mi madre nos sorprendió en mi habitación de la residencia hace meses me viene a la cabeza. Ella estaba muy enojada, y Hardin parecía tan derrotado cuando me fui con ella y con Noah... Esos días se me antojan tan lejanos ahora, tan simples... No tenía ni idea de lo que estaba por venir, ninguno de los dos lo sabíamos.

—¿Qué hacías aquí fuera? —pregunta, y yo la sigo por el patio y por los escalones del porche.

No es asunto suyo lo que estuviera haciendo. Ella no entendería mis sentimientos egoístas, y yo jamás confiaría en ella lo suficiente como para revelárselos. No entendería por qué estaba hablando con Hardin después de haber estado evitándolo durante tres días. No entendería nada de lo que pudiera decirle, porque básicamente no me entiende.

De modo que, en lugar de responder a su pregunta, me quedo callada y lamento no haber tenido la oportunidad de preguntarle a Hardin de qué se estaba escondiendo él en mi invernadero.

CAPÍTULO 35

Hardin

—Hardin, por favor, tengo que arreglarme —había protestado Tessa contra mi pecho un día.

Su cuerpo desnudo estaba encima de mí, captando la atención de todas las neuronas que me quedan.

—No es cierto, nena. Si de verdad quisieras irte, ya estarías fuera de la cama. —Pegué los labios contra la parte trasera de su oreja y ella forcejeó conmigo—. Y desde luego no estarías restregándote contra mi verga ahora mismo.

Ella soltó unas risitas y se deslizó sobre mí para rozar deliberadamente mi erección.

—Ya lo has conseguido —gruñí agarrándola de sus voluptuosas caderas—. Ahora sí que no vas a llegar nunca a clase. —Deslicé los dedos hasta su parte delantera y los hundí en ella mientras sofocaba un grito.

Carajo, me encantaba sentir sus músculos y su calor alrededor de mis dedos, y mucho más alrededor de mi verga.

Sin mediar palabra, se puso de lado y me envolvió con la mano, sacudiéndola lentamente. Su pulgar se deslizó por la perla de humedad que ya estaba presente y que traicionaba la fría expresión de mi rostro mientras ella suplicaba más.

—¿Más qué? —la provocaba yo, esperando que mordiera el anzuelo.

Lo hiciera o no, sabía lo que vendría después, pero me encantaba oírselo decir.

Sus deseos se volvían más sustanciales, más tangibles, cuando los decía en voz alta. Su manera de gemir y sollozar por mí era más que una satisfacción o una súplica lujuriosa. Sus palabras significaban que confiaba en mí; los movimientos de su cuerpo sellaban su lealtad hacia mí, y la promesa de su amor por mí me llenaba el cuerpo y la mente.

Estaba totalmente poseído por ella, incluso cuando me comportaba de manera deshonesta. Y esa vez no era una excepción.

La había forzado a pronunciar las palabras que yo quería. Las palabras que necesitaba.

—Dímelo, Tessa.

—Más de todo. Quiero... quiero todo tu ser —gemía deslizando los labios por mi pecho mientras yo le levantaba uno de sus muslos para envolver el mío con él.

En esa postura era más difícil, pero mucho más profundo, y podía verla mejor. Podía ver lo que sólo yo podía hacerle, y me deleitaba en el modo en que su boca se abría cuando se venía y gritaba sólo mi nombre.

«Ya tienes todo mi ser», debería haberle contestado. Pero en lugar de hacerlo, alargué el brazo y saqué un condón de la mesita de noche, me lo puse y me hundí entre sus piernas. Su gemido de satisfacción estuvo a punto de hacerme estallar en ese mismo instante, pero conseguí contenerme el tiempo suficiente como para llevarla al límite conmigo. Me susurró lo mucho que me quería y lo bien que la hacía sentir, y yo debería haberle dicho que yo sentía lo mismo, que sentía por ella más de lo que jamás podría llegar a imaginar, pero, en lugar de hacerlo, me limité a pronunciar su nombre mientras me vaciaba en el condón.

Hay tantas cosas que debería haberle dicho, que podría haberle dicho y que sin duda le habría dicho de haber sabido que mis días en el paraíso estaban contados...

De haber sabido que me vería desterrado tan pronto, la habría adorado como se merece.

—¿Estás seguro de que no quieres quedarte aquí otra noche? He oído que Tessa le decía a Carol que iba a quedarse una noche más —dice Noah, sacándome de mi ensimismamiento y devolviéndome a la realidad de esa manera tan insufrible que tiene de hacerlo.

Al cabo de un minuto me mira como un tonto y entonces me pregunta:

—¿Estás bien?

—Sí.

Debería contarle lo que en este momento tengo en la cabeza, el agridulce recuerdo de Tessa aferrada a mí, arañándome la espalda y viniéndose. Pero, por otro lado, no quiero que tenga esa imagen en la cabeza.

Levanta una ceja.

—¿Y bien?

—Me voy —digo finalmente—. Necesito darle un poco de espacio.

Me pregunto por qué chingados he acabado en esta situación. Porque soy un maldito imbécil, por eso. Mi estupidez es incomparable. Excepto con la de mis padres y la de mi madre, supongo. Debo de haberla heredado de ellos. Ellos tres debieron de ser quienes me transmitieron la necesidad de sabotearme a mí mismo, de destruir lo único bueno que hay en mi vida.

Podría culparlos.

Podría, pero culpar a todo el mundo hasta ahora no me ha llevado a ninguna parte. Tal vez haya llegado la hora de hacer algo diferente.

—¿Espacio? No sabía que conocieras esa palabra —dice Noah intentando bromear. Debe de advertir mi mirada asesina, porque se apresura a añadir—: Si necesitas algo, no sé el qué, pero lo que sea, llámame.

Luego mira con aire incómodo hacia la inmensa sala de su casa familiar, y yo me quedo contemplando la pared que tiene detrás para evitar mirarlo a él.

Tras una penosa interacción con Noah y varias miradas nerviosas por parte de la señora Porter, tomo mi pequeña bolsa y salgo de la casa. No llevo casi nada conmigo, sólo esta pequeña bolsa con unas cuantas prendas sucias y el cargador del celular. Pero lo peor de todo, para mi fastidio, es que acabo de recordar, ahora que estoy fuera bajo la llovizna, dónde está mi coche. «Mierda.»

Podría caminar hasta la casa de la madre de Tessa y volver con Ken si es que sigue allí, pero no creo que sea buena idea. Si me acerco a ella, si llego a respirar el mismo aire que mi chica, nadie podrá apartarme de ella jamás. Dejé que Carol me corriera sin problemas del invernadero, pero eso no volverá a suceder. Estuve a punto de llegar hasta Tessa. Lo sentí, y sé que ella también. Vi su sonrisa. Vi a esa chica triste y vacía sonreír por el pobre chico que la quiere con toda su alma rota.

Todavía conserva el suficiente amor por mí como para malgastar otra de sus sonrisas conmigo, y eso para mí significa un mundo. Ella es mi mundo. Tal vez, sólo tal vez, si le concedo el espacio que necesita de momento, continuará regalándome algunas sobras. Y yo las aceptaré encantado. Una pequeña sonrisa, un monosílabo en respuesta a un mensaje de texto... Carajo, si no pide una orden de restricción contra mí, me acomodaré gustosamente a lo que desee darme hasta que pueda recordarle lo que tenemos.

«¿Recordárselo?» Bueno, supongo que no es un recordatorio propiamente dicho, ya que nunca se lo he demostrado realmente como debería haberlo hecho. Sólo he sido egoísta y me he dejado llevar por el miedo y el odio por mí mismo. Siempre he alejado mi atención de ella. Sólo podía centrarme en mí mismo y en mi desagradable costumbre de tomar cada gramo de su amor y su confianza y lanzárselo a la cara.

La lluvia está arreciando, y la verdad es que no me importa. La lluvia suele hacer que me recree en el odio hacia mí mismo, pero hoy no es así; hoy la lluvia no está tan mal. Es casi purificadora.

Bueno, lo sería si no odiase las malditas metáforas.

CAPÍTULO 36

Tessa

La lluvia ha regresado y cae como una pesada cortina sobre el pasto. Estoy apoyada contra la ventana, mirando hacia afuera como si estuviera hipnotizada por ella. Antes me gustaba la lluvia; de niña me reconfortaba, y esa sensación se extendió a mi adolescencia y ahora a mi edad adulta, pero hoy sólo refleja la soledad que siento en mi interior.

La gente ya se ha ido. Incluso Landon y su familia han regresado a casa. No estoy segura de si me alegro de que se hayan ido o si me entristece haberme quedado sola.

—Hola —dice una voz al tiempo que se oyen unos suaves golpecitos en la puerta del cuarto, lo que me recuerda que no estoy sola después de todo.

Zed se ofreció a quedarse a pasar la noche en casa de mi madre, y no pude negarme. Me siento cerca de la cabecera de la cama y espero a que abra la puerta.

Cuando pasan unos segundos y todavía no ha entrado, grito:

—¡Pasa!

Supongo que me he acostumbrado a que Hardin irrumpa en las habitaciones sin llamar. Aunque la verdad es que nunca me importó que lo hiciera...

Zed entra en el pequeño cuarto vestido con la misma ropa que llevaba en el funeral, aunque ahora algunos de los botones de su camisa de vestir están desabrochados, y su pelo engominado está menos tieso, lo cual le da un aspecto más suave y cómodo.

Se sienta en la orilla de la cama y se vuelve hacia mí.

—¿Cómo estás?

—Bien. Estoy bien. No sé cómo se supone que tengo que estar —respondo con sinceridad.

No puedo decirle que lamento la pérdida de dos hombres, no sólo de uno.

—¿Quieres ir a alguna parte o ver una peli o algo para distraerte un poco?

Me tomo un momento para meditar sobre su pregunta. No quiero ir a ningún lado ni hacer nada, aunque sé que debería. Estaba bien mirando por la ventana y obsesionándome con la desoladora lluvia.

—O podemos hablar si quieres. Nunca te había visto así, no eres tú. —Zed apoya la mano en mi hombro y no puedo evitar inclinarme hacia él.

Antes he sido muy injusta con él. El chico estaba intentando consolarme; es sólo que ha dicho lo contrario de lo que esperaba oír. No es culpa de Zed que haya decidido vivir en Localandia, es mía, sólo mía. Población: dos habitantes. Sólo mi vacío y yo. Cuenta como persona, ya que es lo único que queda en pie conmigo tras la batalla.

—¿Tessa? —Zed me acaricia la mejilla para captar mi atención.

Avergonzada, sacudo la cabeza.

—Perdona, ya te he dicho que no me siento muy cuerda. —Intento sonreír, y él hace lo propio.

Está preocupado por mí; lo veo en sus ojos de color caramelo. Lo veo en la débil sonrisa que se dibuja en sus labios carnosos.

—No te preocupes. Estás pasando por un momento muy duro. Ven aquí. —Da unas palmaditas en el espacio vacío que tiene al lado y yo me acerco—. Quería hacerte una pregunta. —Sus mejillas bronceadas se sonrojan claramente.

Asiento para incitarlo a continuar. No imagino qué puede querer preguntarme, pero me ha demostrado que es un gran amigo al molestarse en venir hasta aquí para darme consuelo.

—Bueno, verás... —Hace una pausa y exhala profundamente—. Me preguntaba qué había pasado entre Hardin y tú. —Se muerde el labio inferior.

Aparto la mirada rápidamente.

—No sé si deberíamos hablar sobre Hardin, y no...

—No necesito que entres en detalles. Sólo quiero saber si realmente se ha terminado esta vez.

Trago saliva.

Me duele decirlo, pero respondo:

—Sí.

—¿Estás segura?

«¿Qué?» Vuelvo a mirarlo.

—Sí, pero no veo qué...

De repente, Zed presiona los labios contra los míos, interrumpiéndome. Sus manos ascienden hasta mi pelo y su lengua se abre paso a través de mi boca cerrada.

Sofoco un grito de sorpresa y él se lo toma como una invitación para continuar y aprieta el cuerpo contra el mío, obligándome a acostarme sobre el colchón.

Confundido y sorprendido con la guardia baja, mi cuerpo reacciona rápidamente y mis manos empujan su pecho. Él vacila durante un instante, mientras todavía intenta fundir su boca con la mía.

—¿Qué haces? —exclamo en el momento en que por fin se aparta.

—¿Qué pasa? —Tiene los ojos abiertos como platos, y sus labios están hinchados tras la presión contra los míos.

—¿Por qué has hecho eso? —Me pongo de pie, completamente sorprendida ante sus muestras de afecto, y trato con todas mis fuerzas de no sacar las cosas de quicio.

—¿Qué? ¿Besarte?

—¡Sí! —le grito, y me cubro la boca rápidamente.

Lo último que necesito es que ahora entre mi madre.

—¡Has dicho que Hardin y tú han terminado! ¡Lo acabas de decir! —exclama él gritando más que yo, pero no hace ningún gesto para bajar la voz como he hecho yo.

«¿Por qué habrá pensado que no pasaba nada? ¿Por qué me ha besado?»

De un modo reflejo, cruzo los brazos sobre el pecho y me doy cuenta de que estoy intentando cubrirme.

—¡No te estaba dando pie a que hicieras nada! Creía que habías venido a consolarme como amigo.

Resopla.

—¿Amigo? ¡Sabes perfectamente lo que siento por ti! ¡Lo has sabido desde el principio!

La dureza de su tono me deja totalmente estupefacta. Siempre se ha mostrado muy comprensivo. ¿Qué ha cambiado?

—Zed, dijiste que podíamos ser amigos. Ya sabes lo que siento por él. —Mantengo la voz lo más calmada y neutra que puedo, a pesar del pánico que invade mi pecho.

No quiero herir sus sentimientos, pero se ha pasado de la raya.

Pone los ojos en blanco.

—No, no sé lo que sientes por él, porque no dejan de terminar y de volver, una y otra vez. Cambias de idea cada semana, y yo siempre estoy esperando, y esperando, y esperando.

Me encojo y retrocedo. No reconozco a este Zed. Quiero que vuelva el de antes. El Zed en el que confiaba y que me importaba no está aquí.

—Lo sé. Sé que eso es lo que hacemos siempre, pero creo que te dejé bastante claro lo que...

—Darme falsas esperanzas no me transmite ese mensaje precisamente —dice con una frialdad pasmosa, y un escalofrío recorre mi espalda al ver el cambio que ha tenido en los últimos dos minutos.

Su acusación me ofende y me confunde.

—No te estaba dando falsas esperanzas. —«¿Cómo puede pensar eso?»—. Dejé que me consolaras poniéndome el brazo alrededor de los hombros en el funeral de mi padre porque pensaba que era un gesto amable; no pretendía que lo interpretaras de ninguna otra manera. De verdad. Hardin estaba allí y sabes que jamás se me habría ocurrido mostrarme cariñosa contigo delante de él.

El eco de un ropero que se cierra de golpe resuena en toda la casa, y siento un alivio tremendo cuando Zed hace un esfuerzo por bajar la voz.

—¿Por qué no? Ya me has usado para darle celos antes —susurra ásperamente.

Quiero defenderme, pero sé que tiene razón. No con respecto a todo, pero con respecto a eso sí.

—Sé que lo he hecho, y lo siento. De verdad que lo siento. Ya te dije en su momento lo mucho que lo sentía, y te lo vuelvo a repetir. Siempre has estado ahí para mí, y te aprecio muchísimo, pero esto ya lo hemos hablado. Creía que entendías que entre tú y yo sólo puede haber amistad.

Agita las manos en el aire.

—Estás tan cegada con él que ni siquiera ves lo bajo que has caído. —El cálido brillo de sus ojos ha bajado de temperatura y se ha transformado en un ámbar gélido.

—Zed —suspiro derrotada.

No quería discutir con él, no después de la semanita que he tenido.

—Lo siento, ¿sí? De verdad, pero tu comportamiento está completamente fuera de lugar en estos momentos. Creía que éramos amigos.

—Pues no lo somos —me espeta—. Yo pensaba que sólo necesitabas más tiempo, creía que ésta era mi oportunidad de tenerte por fin, y me has rechazado. Otra vez.

—No puedo darte lo que quieres. Sabes que no puedo. Me es imposible. Para bien o para mal, Hardin ha dejado su huella en mí, y no sería capaz de entregarme a ti, ni a nadie, me temo.

En cuanto las palabras salen de mi boca, lamento haberlas dicho.

La expresión en los ojos de Zed cuando termino de pronunciar mi patético discurso hace que retroceda boquiabierta y que intente aferrarme a cualquier rastro del inofensivo pero esperanzado señor Collins al que creía conocer. Sin embargo, al que tengo delante es al falso y prepotente Wickham, que fingía ser encantador y leal para ganarse afectos, tras haber sido herido por Darcy en el pasado, cuando en realidad es un mentiroso.

Me dirijo hacia la puerta. ¿Cómo puedo haber estado tan ciega? Elizabeth me agarraría de los hombros y me sacudiría para hacerme entrar en razón. Me pasé mucho tiempo defendiendo a Zed ante Hardin, tildando sus preocupaciones sobre él de dramáticas y de ser producto de los celos, cuando en realidad tenía razón todo este tiempo.

—¡Tessa, espera! ¡Lo siento! —grita detrás de mí, pero yo ya he abierto la puerta delantera y me encuentro bajo la lluvia para cuando su voz desciende por el pasillo y capta la atención de mi madre.

Sin embargo, yo ya me he ido, ya he desaparecido en la noche.

CAPÍTULO 37

Tessa

Mis pies descalzos chapotean sobre el cemento, y mi ropa está empapada para cuando llego a casa de los Porter. No tengo ni la menor idea de qué hora es, pero me alegro al ver que las luces del vestíbulo están encendidas. Un inmenso alivio me invade en cuanto la madre de Noah abre la puerta.

—¿Tessa? ¡Querida, ¿estás bien?! —Me apremia para que entre y yo me encojo al oír sobre el piso de madera maciza el agua que desprendo.

—Lo siento, es que... —En cuanto miro la sala, inmensa e impoluta, me arrepiento al instante de haber venido.

Hardin no querrá verme de todos modos, ¿en qué estaba pensando? Ya no tengo ningún derecho a correr en su busca, no es el hombre que creía que era.

Mi Hardin desapareció en Inglaterra, el lugar de todos mis cuentos de hadas, y un extraño ocupó su lugar y acabó con nosotros. Mi Hardin jamás se habría drogado ni habría tocado a otra chica, y desde luego jamás habría permitido que otra llevara su ropa. Mi Hardin no se habría burlado de mí delante de sus amigos y me habría mandado de vuelta a los Estados Unidos, alejándome de él como si no fuese nadie. No soy nadie. Al menos, para él. Cuantas más ofensas enumero, más estúpida me siento. La verdad de todo este asunto es que el único Hardin al que conocí ha hecho todas esas cosas una y otra vez, e incluso ahora que me encuentro conversando sólo conmigo misma, sigo defendiéndolo.

Qué patética soy.

—Lo siento mucho, señora Porter. No debería haber venido aquí. Lo siento. —Me disculpo sin parar—. Por favor, no le cuente a nadie que he venido.

Y como la inestable persona en la que me he convertido, salgo corriendo hacia la lluvia antes de que pueda detenerme.

Para cuando dejo de correr, casi he llegado a la oficina de correos. De pequeña odiaba este lugar. El pequeño edificio de ladrillo se encuentra aislado a las afueras del pueblo. No hay ninguna casa ni ningún negocio cerca y, en ocasiones como ésta, en que llueve y está oscuro, mis ojos me juegan malas pasadas, y el pequeño edificio se funde con los árboles. Siempre pasaba de largo cuando era niña.

Mi adrenalina ya se ha agotado, y me duelen los pies de impactar constantemente contra el cemento. No sé en qué estaba pensando para llegar a este punto tan remoto. Supongo que directamente no estaba pensando.

Mi cuestionable cordura actúa de nuevo en cuanto veo que una sombra aparece por debajo del toldo de la oficina de correos. Empiezo a retroceder, lentamente, por si no son imaginaciones mías.

—¿Tessa? ¿Qué carajos estás haciendo? —dice la sombra con la voz de Hardin.

Doy media vuelta para correr, pero él es más rápido que yo. Sus brazos rodean mi cintura y me estrecha contra su pecho antes de que pueda llegar a dar un solo paso. Una mano enorme me obliga a mirarlo, e intento mantener los ojos abiertos y centrados, a pesar de que las gruesas gotas de lluvia nublan mi visión.

—¿Qué diablos estás haciendo sola bajo la lluvia? —me regaña Hardin a través del sonido de la tormenta.

No sé cómo sentirme. Quiero seguir su consejo y sentir lo que quiera sentir, pero no es tan fácil. No puedo traicionar las pocas fuerzas que me quedan. Si me permito sentir el tremendo alivio que me infunde el tacto de su mano contra mi mejilla, me estaré traicionando a mí misma.

—Respóndeme. ¿Ha pasado algo?

—No —miento, y sacudo la cabeza.

Me aparto de él e intento recobrar la respiración.

—¿Qué haces aquí tan tarde, en medio de la nada? Creía que estabas en casa de los Porter.

Por un momento, temo que la señora Porter le haya contado mi vergonzoso y desesperado lapsus mental.

—No, me fui de allí hace una hora o así. Estoy esperando un taxi. El muy cabrón tendría que haber llegado hace veinte minutos. —Tiene la ropa y el pelo empapados, y su mano tiembla contra mi piel—. Dime qué haces tú aquí, casi sin ropa y descalza.

Es obvio que está haciendo un esfuerzo consciente por mantener la calma, pero esa máscara no es tan firme como él cree. Veo claramente el pánico que se oculta tras sus ojos verdes. Incluso en la oscuridad, veo la tormenta detrás de ellos. Él lo sabe; siempre parece saberlo todo.

—No es nada. Nada importante. —Me aparto un paso de él, pero no funciona.

Avanza hacia mí, colocándose aún más cerca que antes. Si algo ha sido siempre Hardin es exigente.

Unos faros atraviesan el velo de la lluvia y mi corazón empieza a latir con fuerza en mi pecho cuando aparece la figura de una camioneta. Mi cerebro conecta con mi corazón y me doy cuenta de que reconozco ese vehículo.

Cuando se detiene, Zed se baja y viene corriendo hacia mí, dejando la camioneta en marcha. Hardin se interpone entre nosotros y le advierte en silencio que no se acerque más. Otra escena a la que me he acostumbrado demasiado y que preferiría no tener que volver a presenciar. Todos los aspectos de mi vida parecen ser un círculo, un círculo vicioso, uno que se lleva una parte de mí cada vez que la historia se repite.

—¿Qué le has hecho? —pregunta Hardin en voz alta y clara, incluso a través de la lluvia.

—¿Qué te ha contado? —responde Zed.

Hardin se aproxima a él.

—Todo —miente.

Me cuesta interpretar la expresión de Zed. No logro verla claramente, ni siquiera con la ayuda de los faros que nos iluminan.

—Entonces, ¿te ha contado que me besó? —se burla Zed, y su voz es una espantosa mezcla de malicia y satisfacción.

Antes de que pueda defenderme de sus mentiras, otro par de haces de luz atraviesan la noche y se unen al caos.

—¡¿Que qué?! —grita Hardin.

Su cuerpo sigue de cara a Zed, y los faros del taxi alumbran el espacio, permitiéndome captar una sonrisa de superioridad en su rostro. ¿Cómo puede mentirle así sobre mí a Hardin? ¿Lo creerá él? Y, lo que es más importante, ¿importa si lo hace o no?

«¿Importa realmente nada de esto?»

—Esto es por lo de Sam, ¿verdad? —pregunta Hardin antes de que Zed pueda responder.

—¡No, no lo es! —Zed se pasa la mano por la cara para secarse el agua.

Hardin lo señala con un dedo acusador.

—¡Sí, sí que lo es! ¡Lo sabía! ¡Sabía que ibas detrás de Tessa por lo de esa puta!

—¡No era ninguna puta! Y esto no es sólo por ella. ¡Tessa me importa! Igual que me importaba Samantha, ¡y tú tuviste que joderlo! ¡Siempre apareces y lo jodes todo! —grita Zed.

Hardin se aproxima a él, pero me dice:

—Sube al taxi, Tessa.

Me quedo en el sitio, como si no lo hubiese oído. «¿Quién es Samantha?» El nombre me resulta ligeramente familiar, pero no lo reconozco.

—Tessa, sube al taxi y espérame allí. Por favor —dice Hardin con los dientes apretados.

Se le está agotando la paciencia, y por la expresión de Zed, la suya ya se ha evaporado.

—Por favor, no te pelees con él, Hardin. Otra vez no —le ruego.

Estoy harta de peleas. No creo que pueda soportar otra escena violenta después de haber encontrado el cuerpo frío y sin vida de mi padre.

—Tessa... —empieza, pero lo interrumpo.

La última chispa de cordura que me quedaba desaparece oficialmente cuando le ruego a Hardin que me acompañe:

—Por favor. Esta semana ha sido horrible, y no puedo ver esto. Por favor, Hardin, sube al taxi conmigo. Llévame lejos de aquí, por favor.

CAPÍTULO 38

Hardin

Tessa no ha dicho ni una palabra desde que he entrado en el taxi, y estoy demasiado ocupado intentando controlar mi temperamento como para comentar nada. Verla allí fuera, en la oscuridad, huyendo de algo, de Zed, concretamente, me está volviendo loco de ira, y sería demasiado fácil ceder ante ella. Liberarla.

Pero no puedo hacerlo. Esta vez no. Esta vez le demostraré que puedo controlar mi boca y mis puños. Me he metido en este taxi con ella en lugar de aplastarle a Zed la cabeza contra el piso como se merecía. Espero que lo tenga en cuenta. Espero que esto ayude a mi causa, aunque sea sólo un poco.

Tessa todavía no ha intentado escapar, y no ha replicado cuando le he dicho al taxista que nos llevase a casa de su madre para recoger sus cosas. Eso es buena señal. Tiene que serlo. Su ropa, empapada, se ciñe a cada milímetro de su cuerpo, y tiene el pelo pegado a la frente. Se lo quita con la mano y suspira cuando unos mechones rebeldes insisten en caer. Me cuesta un mundo no alargar la mano y colocárselos detrás de las orejas.

—Espere aquí mientras vamos adentro —le digo al taxista—. Saldremos antes de cinco minutos, así que no se le ocurra irse.

Me ha recogido tarde de todos modos, así que no debería importarle esperar. Aunque no me quejo: si hubiera llegado a tiempo, no me habría encontrado con Tessa, sola bajo la lluvia.

Ella abre la puerta y cruza el jardín. No se inmuta cuando la lluvia cae sobre ella y envuelve su cuerpo, casi arrebatándomela.

Tras recordarle al taxista que no se mueva por segunda vez, corro tras ella antes de que la lluvia nos separe más todavía.

Contengo el aliento y me obligo a pasar por alto la camioneta roja estacionada delante de la casa. De alguna manera, Zed ha llegado aquí antes que nosotros, como si supiera adónde iba a llevarla. Pero no puedo perder los estribos. Tengo que demostrarle a Tessa que soy capaz de contenerme y de anteponer sus sentimientos a los míos.

Entra en la casa y yo la sigo unos segundos después. Pero Carol ya está encima de ella cuando lo hago.

—Theresa, ¿cuántas veces vas a hacer esto? ¡Te estás arrastrando de nuevo a una situación que sabes que no va a funcionar!

Zed está de pie en medio de la sala, formando un charco de agua en el suelo. Tessa se pellizca el puente de la nariz con los dedos, un signo de puro agobio, y una vez más tengo que esforzarme por mantener mi maldita boca cerrada.

Una palabra en falso por mi parte hará que se quede aquí, a horas de distancia de mí.

Tessa levanta una mano, un gesto a caballo entre una orden y una súplica.

—Madre, ¿quieres dejarlo ya? No voy a hacer nada. Sólo quiero irme de esta casa. Estar aquí no me está ayudando, y tengo un trabajo y unas clases a las que asistir en Seattle.

«¿Seattle?»

—¿Vas a volver a Seattle esta noche? —exclama Carol.

—Esta noche, no; mañana. Te quiero, madre, y sé por qué haces lo que haces, pero, de verdad, sólo necesito estar cerca de mi..., en fin —Tessa me mira, y sus ojos grises reflejan una clara vacilación—... de Landon. Quiero estar cerca de Landon en estos momentos.

«Vaya...»

Zed abre entonces la maldita boca:

—Yo te llevaré.

No puedo evitar intervenir ante su sugerencia.

—No, de eso nada.

Estoy intentando ser paciente y tal, pero esto es demasiado. Debería haber irrumpido en la casa, haber agarrado la bolsa de Tessa y haberla llevado en brazos hasta el taxi antes de que a Zed le diera tiempo incluso de mirarla.

La sonrisa burlona que tiene en la cara, la misma que me ha dedicado hace tan sólo unos minutos, me está incitando. Está intentando provocarme, hacer que estalle delante de Tessa y de su madre. Quiere jugar conmigo, como siempre.

Pero esta noche no va a pasar. No le daré esa satisfacción.

—Tessa, agarra tu bolsa —digo, pero el ceño fruncido en el rostro de ambas mujeres hace que reconsidere mi elección de palabras—. Por favor. Agarra tu bolsa, por favor.

La severa expresión de Tessa se suaviza. Desaparece por el pasillo y entra en su antiguo cuarto.

La mirada de Carol oscila entre Zed y yo antes de decir:

—¿Qué pasó para que saliera corriendo bajo la lluvia? ¿Cuál de los dos provocó eso? —Su mirada asesina resulta casi cómica, la verdad.

—Él —contestamos los dos al unísono señalándonos mutuamente, como si fuésemos niños.

Carol pone los ojos en blanco, da media vuelta y sigue a su hija por el estrecho pasillo.

Miro a Zed.

—Ya puedes largarte.

Sé que Carol me está oyendo pero, sinceramente, ahora mismo me vale madres.

—Tessa no quería que me fuera; sólo estaba confundida. Vino a mí y me suplicó que me quedara aquí con ella —me suelta.

Sacudo la cabeza, pero continúa:

—Ya no quiere estar contigo. Has gastado tu último cartucho por lo que a ella respecta, y lo sabes. ¿No ves cómo me mira? ¿Cómo me desea?

Cierro los puños y respiro hondo para calmarme. Como Tessa no se apure al salir con la bolsa, la sala acabará teñida de rojo para cuando regrese. Maldito sea este cabrón y su sonrisita.

«Ella no lo besaría jamás. No lo haría.»

Las imágenes de mis pesadillas se reproducen tras mis párpados y me acercan un paso más a mi límite. Veo las manos de Zed sobre su panza embarazada, las uñas de ella arañando su espalda. El modo en que siempre se ha relacionado con las chicas de otros...

«Ella jamás haría eso. Jamás lo besaría.»

—Esto no va a funcionar —me obligo a decir—. No vas a conseguir que te ataque delante de ella. Eso se acabó.

Carajo, quiero partirle la maldita cabeza y ver cómo se le desparraman los sesos. Lo necesito.

Zed se sienta en el brazo del sillón y sonríe.

—Me la has puesto muy fácil. Me ha dicho lo mucho que me desea. Me lo dijo hace menos de media hora. —Se mira la muñeca vacía como si estuviera mirando la hora en un reloj. Siempre ha sido un payaso dramático.

—¡Tessa! —grito para calcular cuántos segundos más tengo que tolerar la presencia de este pendejo.

El silencio inunda la casa, seguido del murmullo de las voces de Tessa y de su madre. Cierro los ojos un momento y rezo para que la madre de Carol no haya convencido a Tessa de que se quede en este pueblo de mala muerte una noche más.

—Te saca de quicio, ¿verdad? —se burla Zed provocándome de nuevo—. ¿Cómo crees que me sentí yo cuando te cogiste a Sam? Fue mil veces peor que los pinches celos que estás sintiendo tú ahora mismo.

Como si él fuera capaz de imaginar siquiera lo que Tessa significa para mí. Lo miro con hastío.

—Ya te he dicho que cierres la maldita boca y te largues. A todos les vale madres lo tuyo con Sam. Era una vieja fácil, demasiado fácil para mi gusto, sinceramente, y ésa es la verdad.

Zed avanza un paso hacia mí y yo enderezo la espalda para recordarle que mi altura es una de las muchas ventajas que tengo sobre él. Ha llegado mi momento de joderlo a él.

—¿Qué pasa? ¿No te gusta que hable de tu querida Samantha?

La mirada de Zed se vuelve oscura y me advierte que no siga, pero me niego. ¿Cómo se atreve a besar a Tessa y a intentar utilizar sus sentimientos como arma contra mí? Está claro que no sabe que yo guardo un arsenal completo en la manga.

—Cállate —dice bruscamente, sacándome aún más de quicio.

Puede que no use las manos esta vez, pero mis palabras le harán más daño.

—¿Por qué? —Miro al pasillo para asegurarme de que Tessa sigue ocupada con su madre mientras torturo a Zed verbalmente—. ¿No quieres que te cuente la noche que me la cogí? La verdad es que casi ni me acuerdo, pero sé que para ella fue algo tan memorable que lo anotó todo en ese diario que tenía. Supongo que no era gran cosa, pero al menos estaba entregada.

Yo sabía lo mucho que a Zed le gustaba, y por aquel entonces di por hecho que, al tener una relación, ella supondría todo un reto. La sorpresa me la llevé yo cuando vi que la chica acabó siendo más un fastidio que un juguete.

—Me la cogí hasta hartarme, te lo aseguro. Por eso debió de fingir lo del embarazo después. Te acuerdas, ¿no?

Por un breve instante, me paro a considerar cómo debió de sentirse cuando se enteró. Intento recordar qué me pasó por la cabeza cuando decidí ir tras ella. Sabía que estaban saliendo. La había oído mencionar su nombre en la reprografía de Vance, y me sentí intrigado al instante. Sólo conocía a Zed desde hacía unas semanas, y pensé que sería divertido joderlo un poco.

—Se suponía que eras mi amigo —dice patéticamente.

—¿Tu amigo? Ninguno de esos degenerados era amigo tuyo. Apenas te conocía; no era nada personal. —Miro hacia el pasillo para asegurarme de que Tessa no anda cerca, y entonces me aproximo a él y lo agarro del cuello de la camisa—. Como tampoco era nada personal que Stephanie te presentara a Rebecca, aunque ella sabía que estaba saliendo con Noah. Algo personal es lo que tú estás intentando conseguir tirándote a Tessa. Sabes que ella para mí significa mucho más de lo que cualquiera de esas putas de oficina significaron para ti.

Me toma desprevenido cuando me empuja y me estampa contra la pared. Los cuadros que hay colgados traquetean y caen al suelo. Al oír el estrépito, Tessa y su madre salen corriendo al pasillo.

—¡Vete a la chingada! ¡Yo también podría haberme cogido a Tessa! ¡Se habría entregado alegremente a mí esta noche si no hubieras aparecido! —Su puño impacta contra mi mandíbula, y Tessa grita horrorizada.

El intenso sabor a cobre inunda mi boca, y me trago la sangre antes de limpiarme la de los labios y la barbilla con la manga.

—¡Zed! —lo increpa Tessa mientras corre a mi lado—. ¡Sal de aquí ahora mismo! —Golpea su pecho con sus pequeños puños y yo la agarro y pongo espacio entre ellos.

La pura sensación de oírla hablarle así me llena de satisfacción. Esto es lo que llevo advirtiéndole desde hace tanto tiempo: que nunca ha sido el chico dulce e inocente que le había hecho creer.

Sí, sé que es verdad que siente algo por ella, eso es obvio, pero sus intenciones nunca fueron buenas. Él mismo acaba de demostrárselo, y yo no podría estar más feliz. Soy un cabrón egoísta, pero nunca he dicho que no lo fuera.

Sin mediar palabra, Zed sale por la puerta, hacia la lluvia. La luz de los faros de su vehículo atraviesa las ventanas antes de desaparecer calle abajo.

—¿Hardin? —dice Tessa con voz suave y exhausta.

Llevamos en el asiento trasero de este taxi casi una hora sin decir absolutamente nada.

—¿Qué? —digo con voz ronca, y me aclaro la garganta.

—¿Quién es Samantha?

Llevo esperando que me haga esa pregunta desde que hemos salido de casa de su madre. Podría mentirle; podría inventarme alguna historia que dejara a Zed como el pendejo que es. O puedo ser sincero para variar.

—Era una chica que trabajaba en Vance con una beca. Me la tiré cuando salía con Zed. —Decido no mentirle, pero lamento haber empleado esas ásperas palabras al ver que Tessa se encoge—. Lo siento, sólo quería ser sincero —añado en un intento de suavizarlas.

—¿Sabías que era su novia cuando te acostaste con ella? —pregunta mirando directamente a mi interior, como sólo ella puede hacerlo.

—Sí, lo sabía. Por eso lo hice. —Me encojo de hombros y paso por alto los remordimientos que amenazan con salir a la superficie.

—¿Por qué? —Sus ojos buscan una respuesta decente en los míos, pero no tengo ninguna. Sólo tengo la verdad. La sucia y desagradable verdad.

—No puedo darte ninguna excusa. Para mí era sólo un juego. —Suspiro.

Ojalá no fuera una persona tan horrible. No por Zed, ni por Samantha, sino por esta chica dulce y preciosa que ni siquiera me juzga con la mirada mientras espera que siga explicándome.

—Olvidas que no era la misma persona antes de conocerte. No me parecía en nada al hombre que tú conoces. Bueno, sé que ahora piensas que soy lo peor, pero, créeme, me habrías odiado todavía más si me hubieras conocido entonces. —Aparto la mirada y me vuelvo hacia la ventanilla—. Sé que no lo parece, pero me has ayudado mucho. Me has dado un propósito, Tess.

Oigo una súbita exhalación y me encojo al pensar cómo deben de haber sonado mis palabras. Patéticas e hipócritas, seguro.

—Y ¿cuál es ese propósito? —pregunta tímidamente en la repentina calma de la noche.

—Aún estoy tratando de averiguarlo. Pero lo haré, así que, por favor, intenta seguir conmigo el tiempo suficiente como para que encuentre la respuesta.

Se queda mirándome pero no dice nada, cosa que agradezco. No creo que pudiera soportar su rechazo en este momento. Me vuelvo de nuevo hacia la ventanilla y observo la absoluta oscuridad del paisaje que nos rodea, y me alegro de que nada determinante y devastador haya salido de su boca.

CAPÍTULO 39

Tessa

Me despierto al sentir que unos brazos rodean mi cintura y me sacan del coche. La luz blanca en la parte superior del taxi me recuerda la noche que he tenido. Asimilo el espacio que me rodea y me asusto un instante antes de darme cuenta de que estamos en el camino de entrada de la casa de Ken. No, no.

—Jamás te llevaría de nuevo allí —me susurra Hardin al oído como si supiera exactamente lo que me preocupa antes de que el propio pensamiento se haya formado en mi mente.

No protesto cuando me lleva en brazos hasta la casa. Karen está despierta, sentada en un sillón junto a la ventana y con un libro de recetas sobre las piernas. Hardin me deja en el suelo y siento que me flaquean un poco las piernas.

Karen se levanta y cruza la habitación para abrazarme.

—¿Qué se te antoja, cariño? He hecho pastelitos de cajeta; sé que te encantan. —Sonríe, y su mano cálida envuelve la mía y me dirige hacia la cocina. Hardin no protesta.

—Voy a subir tu equipaje —lo oigo decir.

—¿Landon está durmiendo? —le pregunto a su madre.

—Creo que sí, pero seguro que no le importa que lo despiertes. Aún es pronto.

Karen sonríe y coloca un pequeño pastel cubierto de cajeta en un plato antes de que pueda detenerla.

—No, da igual —digo—. Ya lo veré mañana.

La madre de Landon me mira con su suave y familiar ternura. Juguetea de manera nerviosa con el anillo de bodas que lleva en su fino dedo.

238

—Sé que éste no es precisamente el mejor momento, y lo siento, pero quería hablar contigo de algo. —Sus cálidos ojos cafés reflejan preocupación, y me hace un gesto para que dé un bocado al dulce mientras sirve dos vasos de leche.

Asiento para animarla a continuar y me lleno la boca con el delicioso pastel. No he comido nada hoy. Estaba muy abrumada, y el día ha sido demasiado largo. Como otro pastel.

—Sé que bastante mal la estás pasando ya, así que, si quieres que te deje en paz, dímelo tranquilamente. Te prometo que lo entenderé, pero me gustaría saber tu opinión sobre algo.

Asiento de nuevo mientras disfruto del postre.

—Es sobre Hardin y Ken.

Abro los ojos como platos, me atraganto inmediatamente con el pastel y alargo la mano para agarrar la leche. «¿Lo sabe? ¿Le ha contado algo Hardin?»

Karen me da unas palmaditas en la espalda mientras me trago la leche fría. Después, me la frota en círculos mientras continúa:

—Ken está tan feliz de que Hardin por fin haya empezado a tolerarlo... Está tan contento de poder tener finalmente una relación con su hijo... es algo que siempre ha deseado. Se arrepiente tanto de todo lo que pasó, y durante años he padecido viéndolo sufrir así. Sé que ha cometido errores, muchísimos, y no voy a excusarlo por ellos. —Sus ojos se inundan de lágrimas y se da unos toquecitos en el rabillo del ojo con los dedos—. Perdona —dice sonriendo—. Esto me afecta mucho.

Después de inspirar hondo un par de veces, añade:

—Ya no es el mismo hombre que era antes. Lleva años sobrio y yendo a terapia. Lleva años reflexionando y lamentándose.

«Lo sabe.» Karen sabe lo de Trish y Christian. Se me encoge el alma y mis ojos también se inundan de lágrimas.

—Sé lo que vas a decir.

Quiero mucho a esta familia. Los quiero como si fueran la mía propia, y me da pena que haya tantos secretos, adicciones y motivos de arrepentimiento entre ellos.

—¿Ah, sí? —dice con la respiración entrecortada con algo de alivio—. ¿Te contó Landon lo del bebé? Debería haberlo imaginado. Entonces supongo que Hardin también lo sabrá.

Me atraganto de nuevo. Tras un incómodo ataque de tos, durante el cual Karen no deja de analizar mi expresión, digo por fin:

—¿Qué? ¿Un bebé?

—Entonces, ¿no lo sabías? —Se ríe suavemente—. Sé que soy muy mayor para ser madre, pero estoy sólo a principios de la cuarentena, y mi médico me ha asegurado que estoy lo bastante sana...

—¿Un bebé? —Me alivia que no sepa que Christian es el padre de Hardin, pero esto no me lo esperaba en absoluto.

—Sí. —Sonríe—. Yo me sorprendí tanto como tú. Y Ken también. Ha estado muy preocupado por mí. A Landon casi le da algo. Sabía lo de mis citas con el médico, pero no sabía para qué eran, así que el pobre pensaba que estaba enferma. Me sentí fatal y le conté la verdad. No lo planeamos —busca mi mirada—, pero ahora que ha pasado el susto inicial de pensar que vamos a tener un hijo a estas alturas de la vida, estamos muy contentos.

La rodeo con mis brazos y, por primera vez desde hace días, siento alegría. Donde antes no había nada en mi interior, ahora hay alegría. Adoro a Karen y estoy superfeliz por ella. Esto es genial. Empezaba a preocuparme la idea de no volver a sentirme así nunca más.

—¡Es genial! ¡Me alegro mucho por los dos! —exclamo, y ella estrecha mi espalda con los brazos.

—Gracias, Tessa. Sabía que te alegraría, y a cada día que pasa, más me ilusiona la idea. —Se aparta y me besa en la mejilla. Después me mira a los ojos—. Pero me preocupa cómo pueda sentirse Hardin al respecto.

Y así, sin más, mi alegría por ella se transforma al instante en preocupación por Hardin. Toda su vida ha sido una mentira, y no ha encajado demasiado bien la noticia. El hombre a quien creía su padre va a tener otro hijo, y se olvidará de él. Tanto si eso sucede como si no, lo conozco lo bastante bien como para saber que eso es lo que pensará Hardin. Y Karen lo sabe, y ésa es la razón por la que le preocupaba tanto sacar el tema.

—¿Te importa que sea yo quien se lo diga? —le pregunto—. Si no quieres, lo entenderé.

No me permito darle muchas vueltas a esto. Sé que eso significa confundir los límites pero, si voy a dejar a Hardin, quiero asegurarme de que todo esté bien antes de hacerlo.

«Eso no son más que excusas», me advierte una parte de mí.

—No, por supuesto que no. Si te soy sincera, esperaba que quisieras hacerlo. Sé que te estoy poniendo en un compromiso horrible, y no quiero que te sientas obligada a mediar en esto, pero tengo miedo de cómo pueda reaccionar si es Ken quien se lo dice. Tú sabes tratar con él como nadie.

—No te preocupes, de verdad. Hablaré con él mañana.

Me abraza una vez más.

—Hoy ha sido un día duro para ti. Siento haber sacado este tema. Debería haber esperado, pero es que no quería que se enterara por sorpresa, sobre todo ahora que ya se me empieza a notar un poco. Su vida ya ha sido lo bastante difícil de por sí, y quiero hacer todo lo que pueda por ponerle las cosas fáciles. Quiero que sepa que forma parte de esta familia, que todos lo queremos mucho, y que este bebé no cambiará eso.

—Lo sabe —le aseguro.

Puede que no esté dispuesto a aceptarlo todavía, pero lo sabe.

Unos pasos alcanzan el final de la escalera, y Karen y yo nos separamos como por acto reflejo. Ambas nos secamos las mejillas y yo doy otro bocado al pastel cuando Hardin entra en la cocina. Se ha bañado y se ha cambiado de ropa. Ahora lleva puesto un *pants* con las perneras demasiado cortas. El logo de la WCU, bordado a lo largo de su muslo, es un claro indicativo de que se ha puesto la ropa de Landon. Él jamás tendría una prenda así.

Si estuviésemos en algún otro lugar, le haría algún comentario socarrón sobre los pantalones, pero no lo estamos. Estamos en el peor lugar, aunque para mí es el mejor; todo es muy confuso. No obstante, bien pensado, el sano equilibrio y el orden nunca han sido un factor en nuestra relación; ¿por qué iban a serlo en nuestra ruptura?

—Me voy a acostar. ¿Necesitas algo? —pregunta con voz áspera y grave.

Levanto la vista, pero se está mirando los pies descalzos.

—No, pero gracias.

—He dejado tus cosas en la habitación de invitados..., bueno, la tuya.

Asiento. Mi parte irracional y poco fiable desearía que Karen no estuviera en la cocina con nosotros, pero mi parte racional y amarga, una parte mucho más grande, se alegra de que sí esté. Desaparece por la escalera y yo le doy las buenas noches a Karen antes de subir también.

Instantes después, me encuentro ante la puerta de la habitación en la que he pasado las mejores noches de mi vida. Levanto la mano para agarrar la manilla, pero la aparto rápidamente, como si el frío metal fuera a abrasarme la piel.

Este círculo vicioso tiene que terminar y, si cedo a todos mis impulsos, a todas las fibras de mi ser que ansían desesperadamente estar cerca de él, jamás conseguiré salir de este bucle infinito de errores y peleas.

Libero por fin el aire de mis pulmones cuando cierro la puerta de la habitación de invitados al entrar. Me quedo dormida deseando que la Tessa más joven hubiera sabido lo peligroso que podía llegar a ser el amor. De haber sabido que dolía tanto, de haber sabido que iba a despedazarme, para luego remendarme y volver a hacerme añicos de nuevo, me habría mantenido lo más alejada de Hardin Scott que me hubiese sido posible.

CAPÍTULO 40

Tessa

—¡Tessie! ¡Estoy aquí! ¡Ven aquí! —grita mi padre por el pasillo muy emocionado.

Salgo de mi pequeña cama y corro hacia él. Con las prisas, casi tropiezo con el cinturón de mi bata, e intento atármela de nuevo mientras vuelo hacia la sala..., donde mi madre y mi padre se encuentran junto a un bonito árbol adornado y con luces.

Siempre me ha gustado la Navidad.

—Mira, Tessie, tenemos un regalo para ti. Sé que ya eres una adulta, pero lo he visto y tenía que comprártelo. —Mi padre sonríe y mi madre se inclina hacia él.

«¿Una adulta?» Me miro los pies e intento descifrar sus palabras. No soy una adulta, o al menos eso creo.

Me coloca una pequeña caja en la mano y, sin pensarlo dos veces, arranco el bonito lazo del regalo. Me encantan los regalos. No recibo muchos, de modo que, cuando lo hago, es un momento muy especial para mí.

Mientras lo abro, miro a mis padres, pero la emoción de mi madre me resulta extraña. Nunca la había visto sonreír de esta manera. Y mi padre..., bueno, tengo la sensación de que no debería estar aquí, pero no recuerdo el porqué.

—¡Vamos, ábrelo! —me incita él al tiempo que levanto la tapa de la caja.

Asiento emocionada y meto la mano..., pero la retiro al instante *cuando algo afilado me pincha el dedo. El dolor casi me hace maldecir, y dejo caer la caja al suelo. Una aguja cae sobre la alfombra. Cuando vuelvo a mirar a mis padres, la piel de él ha perdido todo el color, y sus ojos están vacíos.*

La sonrisa de mi madre vuelve a brillar, más incluso que antes. De repente me parece tan brillante como un sol cegador. Mi padre se agacha y recoge la aguja del suelo. Se acerca a mí, aguja en mano, y yo intento retroceder, pero mis pies no se mueven. No se mueven por mucho que me esfuerzo, y no puedo hacer nada más que gritar cuando me clava el instrumento en el brazo.

—¡Tessa! —grita Landon histérico y asustado mientras me sacude por los hombros.

No sé por qué, pero estoy sentada, y tengo la camiseta empapada de sudor. Lo miro, y después miro mi brazo y busco como una lunática marcas de piquetes.

—¿Estás bien? —me pregunta agitado.

No puedo respirar, y me duele el pecho al tiempo que intento encontrar el oxígeno y la voz. Sacudo la cabeza y Landon me agarra con más fuerza de los hombros.

—Oí que gritabas, así que... —Calla inmediatamente al ver que Hardin irrumpe en la habitación.

Tiene las mejillas completamente rojas y la expresión de sus ojos es feroz.

—¿Qué pasó? —Aparta a Landon y se sienta a mi lado en la cama—. He oído que gritabas. ¿Qué pasó? —Me pasa las manos por las mejillas y me seca las lágrimas con los pulgares.

—No lo sé. Estaba soñando —consigo decir.

—¿Qué clase de sueño era? —pregunta Hardin casi en un susurro, y sus pulgares siguen deslizándose, tan despacio como siempre, sobre la piel de debajo de mis ojos.

—Como los que tú tienes —respondo, también en un susurro.

Un suspiro escapa de sus labios y frunce el ceño.

—¿Desde cuándo? ¿Desde cuándo tienes ese tipo de sueños?

Me tomo un momento para pensarlo.

—Desde que lo encontré, y sólo han sido dos veces. No sé a qué vienen.

Agobiado, se pasa la mano por el pelo y se me encoge el corazón al ver el gesto familiar.

—Supongo que a cualquiera que encuentre a su padre muerto le... —Se detiene a media frase—. Perdona, carajo —suspira frustrado.

Aparta los ojos de los míos y mira la mesita de noche.

—¿Necesitas algo? ¿Quieres agua? —Intenta sonreír, pero es una sonrisa forzada, incluso triste—. Tengo la sensación de que te he ofrecido agua como un millón de veces en los últimos días.

—Sólo necesito volver a dormirme.

—¿Me quedo? —dice a medio camino entre una orden y una pregunta.

—No creo que... —Miro a Landon. Casi había olvidado que estaba en la habitación con nosotros.

—Tranquila. —Hardin se queda mirando la pared que tengo detrás—. Lo entiendo.

Al ver cómo encoge los hombros derrotado, hago acopio de toda mi fuerza de voluntad y reúno todo mi amor propio para no rodearlo con los brazos y rogarle que duerma conmigo. Necesito la seguridad de su presencia; necesito que sus brazos me envuelvan la cintura y apoyar la cabeza sobre su pecho mientras me quedo dormida. Necesito que me proporcione la misma paz a la hora de dormir que yo le he proporcionado siempre a él, pero él ya no es la red de seguridad en la que confiaba. Aunque, bien pensado, ¿cuándo lo ha sido? Siempre ha sido inconstante, siempre ha estado fuera de mi alcance, huyendo de mí y de nuestro amor. No puedo volver a perseguirlo. Sencillamente no tengo fuerzas para perseguir algo tan inalcanzable, tan irreal.

Para cuando logro liberarme de mis pensamientos, sólo Landon sigue en la habitación conmigo.

—Hazte a un lado —me ordena tranquilamente.

Lo hago y me quedo dormida al instante, mientras lamento haber deseado mantenerme lejos de Hardin.

Incluso a pesar de la inevitable tragedia que era nuestra relación, jamás borraría nada de lo sucedido. No volvería a hacerlo, pero no me arrepiento ni de un solo momento de los que he pasado con él.

CAPÍTULO 41

Hardin

El clima aquí es mucho mejor que en Seattle. No llueve, y el sol ha hecho acto de presencia. Estamos en abril, ya era hora de que saliera de una vez, carajo.

Tessa se ha pasado el día entero en la cocina con Karen y esa tal Sophia. Estoy intentando demostrarle que puedo darle espacio, que puedo esperar hasta que esté preparada para hablar conmigo, pero me está costando más de lo que jamás habría imaginado. Lo de anoche fue muy duro para mí. Fue muy duro verla tan angustiada, tan asustada. Odio haberle pegado mis pesadillas. Mis horrores son contagiosos, y yo los viviría por ella si pudiera.

Cuando Tessa era mía, siempre dormía tranquila. Ella era mi ancla, quien me infundía seguridad por la noche y combatía mis demonios por mí cuando yo estaba demasiado débil, demasiado distraído por la autocompasión, como para ayudarla a vencerlos. Ella estaba ahí, escudo en mano, luchando contra cada imagen que amenazaba a mi mente atormentada. Soportaba esa carga ella sola, y eso fue lo que terminó acabando con ella.

Entonces me recuerdo que sigue siendo mía; lo que pasa es que aún no está preparada para admitirlo.

Tiene que serlo. No puede ser de otra manera.

Estaciono el coche delante de la casa de mi padre. El agente inmobiliario se ha enojado cuando lo he llamado para decirle que dejo el departamento. Me ha dicho no sé qué mamada de que me iba a cobrar dos meses de renta por incumplir el contrato, pero lo he dejado con la palabra en la boca y he colgado. Me da igual lo que tenga que pagar, no pienso seguir viviendo allí. Sé que es una decisión impulsiva, y lo cierto es que no tengo ningún otro sitio donde vivir, pero espero que pueda quedarme en casa de Ken durante unos días con Tessa hasta que consiga convencerla de que viva conmigo, en Seattle.

Estoy dispuesto a ello. Estoy dispuesto a vivir en Seattle si eso es lo que quiere, y mi oferta de casarme con ella no va a expirar. Esta vez, no. Me casaré con ella y viviré en Seattle hasta que me muera si eso es lo que quiere, si eso es lo que la hace feliz.

—¿Cuánto tiempo va a quedarse esa chica? —le pregunto a Landon mientras señalo por la ventanilla el Toyota Prius que está estacionado junto a su coche.

Ha sido muy amable por su parte ofrecerse a acercarme a mi coche, sobre todo después de que le reclamara por haber dormido en la habitación con Tessa. Landon señaló que yo no habría sido capaz de abrir la puerta cerrada con seguro, pero la habría derribado si hubiera tenido energías. La idea de que ambos compartiesen una cama me está sacando de quicio desde que los oí susurrar al otro lado de la puerta.

Intenté dormir en la cama vacía de la habitación que se me había asignado, pero no podía. Tenía que estar cerca de ella por si pasaba algo y volvía a gritar. Al menos, eso es lo que me repetí mientras me esforzaba por permanecer despierto en el pasillo durante toda la noche.

—No lo sé. Sophia regresará a Nueva York a finales de semana —responde Landon con voz aguda e incómoda.

«¿A qué chingados ha venido eso?»

—¿Qué pasa? —lo interrogo mientras entramos en casa.

—Nada, nada.

Pero sus mejillas se sonrojan, y lo sigo hasta la sala. Tessa está de pie cerca de la ventana con la mirada perdida mientras Karen y mini Karen se ríen.

«¿Por qué no se ríe ella? ¿Por qué no participa siquiera en la conversación?»

La chica le sonríe a Landon.

—¡Hola!

Es bastante guapa, ni punto de comparación con Tessa, claro, pero no es nada desagradable a la vista. Cuando se aproxima, observo y veo que, una vez más, Landon se pone colorado. Lleva un pastel en la mano. Ella sonríe de oreja a oreja. Y entonces todo encaja.

¿Cómo no me he dado cuenta antes? ¡Le gusta esa chica! Un millón de bromas y de comentarios embarazosos inundan mi mente, y tengo que morderme la lengua literalmente para contenerme y no torturarlo con esta información.

Finjo no oír que empiezan a hablar conmigo y voy directo hacia Tessa. No parece advertir mi presencia hasta que estoy justo delante de ella.

—¿Qué haces? —le pregunto.

Hay una línea muy fina entre el espacio y..., bueno..., mi comportamiento normal, y me estoy esforzando mucho por encontrar un buen equilibrio, aunque me resulta difícil acabar con mi actitud de costumbre.

Sé que si le doy demasiado espacio, se alejará de mí, pero si la asfixio, huirá. Esto es nuevo para mí, es un terreno totalmente desconocido. Detesto admitirlo, pero me había acostumbrado demasiado a que ella actuara como mi saco de boxeo emocional. Me detesto por cómo la he tratado, y sé que merece algo mejor que yo, pero necesito esta última oportunidad de convertirme en alguien mejor para ella.

No, necesito ser yo mismo. Pero una versión de mí que merezca su amor.

—Nada —dice—, sólo estaba haciendo pasteles. Lo de siempre. Bueno, en realidad, ahora estaba descansando un poco. —Una débil sonrisa se dibuja en sus labios y yo le sonrío ampliamente.

Estas pequeñas muestras de afecto, estas minúsculas pistas de su adoración hacia mí, alimentan mi esperanza. Una esperanza que me resulta nueva y desconocida, pero que estoy dispuesto a comprender me cueste lo que me cueste.

La mano derecha de Karen y Landon se acerca, le hace un gesto a Tessa y, en cuestión de segundos, todas vuelven a la cocina y nos abandonan a Landon y a mí en la sala.

En cuanto estoy seguro de que las mujeres no me oyen, esbozo una sonrisa malévola y acuso a Landon.

—Te excita.

—¿Cuántas veces tengo que decírtelo? Tessa y yo sólo somos amigos. —Exhala un suspiro dramático y me mira enojado—. Creía que ya lo habías entendido después de haberte pasado una hora insultándome esta mañana.

Meneo las cejas arriba y abajo.

—No, no me refiero a Tessa, sino a Sarah.

—Se llama Sophia.

Me encojo de hombros y sigo sonriendo.

—Da igual.

—No. —Pone los ojos en blanco—. No da igual. Actúas como si no recordaras el nombre de ninguna otra mujer que no sea Tess.

—Tessa —lo corrijo con el ceño fruncido—. Y no necesito recordar el nombre de ninguna otra.

—Es una falta de respeto. Has llamado a Sophia todos los nombres que empiezan por «S» excepto el suyo. Y me sacaba de quicio que llamaras *Danielle* a Dakota.

—Eres insufrible.

Me siento en el sillón sonriendo a mis hermanas..., bueno, en realidad ya no es mi hermanastro. Nunca lo ha sido. Y ahora, al ser de repente consciente de ello, no sé muy bien cómo me siento al respecto.

Landon se esfuerza por contener una sonrisa.

—Tú también.

«¿Se entristecería si lo supiera?» No lo creo. Seguramente lo aliviaría saber que no estamos emparentados, aunque sólo lo estuviésemos por el matrimonio de nuestros padres.

—Sé que te gusta, admítelo —lo provoco.

—No me gusta. Ni siquiera la conozco. —Aparta la mirada. Sorprendido.

—Pero ella estará en Nueva York contigo, y podrán explorar las calles juntos y refugiarse bajo una marquesina durante un intenso aguacero..., ¡qué romántico! —Atrapo los labios entre mis dientes para evitar reírme al ver su expresión mortificada.

—¿Quieres parar ya? Es mucho mayor que yo, y no está a mi alcance.

—Está demasiado buena para ti, pero nunca se sabe. Algunas chicas no se fijan en el aspecto —bromeo—. Y ¿quién sabe? A lo mejor está buscando a un hombre más joven. ¿Cuántos años tiene?

—Veinticuatro. Y déjalo ya —me suplica, y decido hacerlo.

Podría seguir y seguir eternamente, pero tengo otras cosas en las que centrarme.

—Voy a mudarme a Seattle —digo de repente. Me entra una especie de vértigo cuando anuncio la noticia.

—¿Qué dices? —Landon se inclina hacia adelante, demasiado sorprendido.

—Sí, voy a ver si Ken puede hacer algo que me permita terminar el trimestre a distancia, y buscaré un departamento en Seattle para Tessa y para mí. Ya he renunciado a mi paquete de graduación, así que no debería ser ningún problema.

—¿Qué? —Aparta la vista de mí rápidamente.

«¿Es que no ha oído lo que le he dicho?»

—No voy a repetírtelo. Sé que me has oído.

—¿Por qué ahora? Tessa y tú ya no están juntos, y ella...

—Lo estaremos; sólo necesita un poco de tiempo para pensar, pero me perdonará. Siempre lo hace. Ya lo verás.

Cuando las palabras salen de mi boca, levanto la vista y veo a Tessa en el marco de la puerta con el ceño fruncido en su precioso rostro.

Y su precioso rostro desaparece al instante cuando da media vuelta y regresa a la cocina sin decir una palabra.

—Mierda. —Cierro los ojos y apoyo la cabeza contra el cojín del sillón, maldiciéndome por ser tan inoportuno.

CAPÍTULO 42

Tessa

—Nueva York es la mejor ciudad del mundo, Tessa. Es increíble. Ya llevo cinco años viviendo allí, y todavía no la he visto entera. Ni en toda una vida puedes verla entera —dice Sophia mientras rasca una bandeja de repostería en la que he quemado una hornada de masa.

No estaba prestando atención. Estaba demasiado sumida en mis pensamientos después de oír las palabras arrogantes e insensibles de Hardin como para darme cuenta del humo que salía del horno. Sólo cuando Sophia y Karen han vuelto corriendo a la cocina desde la despensa he visto la masa quemada. Aunque ninguna de ellas me lo ha reprochado. Sophia la ha puesto a remojo con agua fría para que se enfriara y ha empezado a lavarla.

—Seattle es la ciudad más grande en la que he estado jamás, pero estoy preparada para Nueva York. Necesito alejarme de aquí —les digo.

La cara de Hardin no se me borra de la cabeza cuando pronuncio esas palabras.

Karen me sonríe mientras sirve a cada una un vaso de leche.

—Bueno, yo vivo cerca de la Universidad de Nueva York, así que puedo enseñarte la ciudad si quieres. Siempre viene bien conocer a alguien, sobre todo en una metrópoli tan grande.

—Gracias —le digo verdaderamente agradecida.

Landon también irá, pero él estará igual de perdido que yo, de modo que a ambos nos vendrá bien tener una amiga allí. La idea de vivir en Nueva York me intimida, me abruma, pero seguro que todo el mundo siente lo mismo antes de trasladarse a la otra punta del país. Si Hardin viniera...

Sacudo la cabeza para deshacerme de esos absurdos pensamientos. Ni siquiera pude convencerlo de que se trasladara a Seattle conmigo. Se reiría en mi cara ante la propuesta de irnos a Nueva York. Y da tan por sentado mis planes y mis deseos que cree que lo perdonaré sólo porque lo he hecho en el pasado.

—Bueno —sonríe Karen mientras levanta su vaso de leche en mi dirección—, ¡por Nueva York y por las nuevas aventuras! —exclama.

Sophia levanta su vaso, y yo no puedo evitar que las palabras de Hardin se reproduzcan en mi cabeza mientras brindamos.

«Me perdonará. Siempre lo hace. Ya lo verás», le ha dicho a Landon.

El temor de trasladarme al otro extremo del país disminuye conforme cada una de sus palabras se reproduce una y otra vez en mis pensamientos. Siento cada sílaba como una cachetada a la escasa dignidad que me quedaba.

CAPÍTULO 43

Tessa

Decir que he estado evitando a Hardin sería quedarme corta. Conforme han ido pasando los días (sólo dos, aunque parecen cuarenta), lo he evitado a toda costa. Aunque sé que está en esta casa, no puedo ni verlo. Ha llamado a mi puerta unas cuantas veces, pero por mi parte no ha recibido más que burdas excusas sobre por qué no le estoy respondiendo.

No estaba preparada.

Sin embargo, he estado retrasando lo que tengo que decirle durante demasiado tiempo ya, y Karen empezará a inquietarse, lo sé. Está rebosante de felicidad, y sé que no quiere seguir ocultando la llegada de un nuevo miembro a la familia durante mucho más tiempo. Sería injusto que tuviera que hacerlo; debería estar feliz, orgullosa y emocionada. No puedo ser una cobarde y privarla de eso.

De modo que, cuando oigo sus pesadas botas frente a mi puerta, aguardo pacientemente, patéticamente, deseando que llame y que se vaya al mismo tiempo. Sigo esperando que llegue el día en que mi mente se despeje, en el que mis pensamientos vuelvan a tener sentido. Cuanto más tiempo pasa, más me pregunto hasta qué punto eran claros mis pensamientos. ¿He estado siempre así de confundida, así de insegura acerca de mí misma y de mis decisiones?

Espero en la cama, con los ojos cerrados y el labio latiendo bajo mis dientes, a que se vaya antes de llamar. Y me siento decepcionada pero aliviada al mismo tiempo cuando oigo que cierra de un portazo su cuarto al otro lado del pasillo.

Haciendo acopio de todas mis fuerzas y con el teléfono en la mano, compruebo mi imagen en el espejo por última vez y cruzo el pasillo. Justo cuando levanto la mano para llamar, la puerta se abre y ahí está Hardin, sin camiseta, mirándome.

—¿Qué te pasa? —me pregunta inmediatamente.

—Nada, es que... —Ignoro el nudo que se me forma en el estómago cuando levanta las cejas con preocupación.

Sus manos me tocan. Sus pulgares presionan con suavidad mis mejillas y yo me quedo plantada en la puerta mirándolo, sin un pensamiento coherente al alcance.

—Tengo que hablar contigo de una cosa —digo por fin.

Mis palabras suenan apagadas, y la confusión nubla sus brillantes ojos verdes.

—No me gusta cómo suena eso —señala con aire sombrío, y aparta las manos de mi rostro.

Se dispone a sentarse en la orilla de la cama y me hace un gesto para que yo haga lo propio. No confío en la falta de distancia que nos separa, e incluso el cargado aire de la habitación parece estar burlándose de mí.

—¿Y bien? ¿De qué se trata? —Se coloca las manos detrás de la cabeza y se inclina hacia atrás sobre ellas.

Los shorts deportivos que lleva le quedan justos; el resorte de la cintura le queda tan bajo que puedo ver que no lleva calzones.

—Hardin, siento haber estado tan distante. Sabes que sólo necesitaba un poco de tiempo para aclararme —digo a modo de preámbulo.

Eso no es lo que había planeado decirle, pero por lo visto los planes de mi boca difieren de los de mi cabeza.

—No pasa nada. Me alegro de que hayas venido a hablar conmigo, porque ambos sabemos que a mí se me da de la chingada darte espacio, y me estaba volviendo loco. —Parece aliviado ahora que por fin estamos hablando.

Me mira a los ojos con tanta intensidad que soy incapaz de apartar la vista.

—Lo sé.

No puedo negar el hecho de que parece haber aprendido a controlarse durante la última semana. Me gusta que se haya vuelto algo menos impredecible, pero el escudo que me he construido sigue presente, sigue acechando en un segundo plano, esperando a que me dé la espalda, como siempre hace.

—¿Has hablado con Christian? —le pregunto a continuación.

Necesito volver al tema que nos ocupa antes de acabar demasiado perdida en nuestro interminable caos.

Se pone tenso al instante y resopla.

—No. —Me mira con recelo.

«Esto no va bien.»

—Perdona —digo—. No pretendía ser insensible. Sólo quería saber dónde tienes la cabeza en estos momentos.

Tarda unos instantes en responder, y el silencio se alarga entre nosotros como una carretera infinita.

CAPÍTULO 44

Hardin

Tessa me mira fijamente y la preocupación en sus ojos hace que a mí también me corroa la preocupación. Ha sufrido mucho, y gran parte de ese sufrimiento lo he causado yo, de modo que inquietarse por mí es lo último que debería hacer. Quiero que se centre en sí misma, en volver a ser la que era, y que deje de estar pendiente de mi felicidad. Me encanta el modo en que antepone su compasión por los demás, especialmente por mí, a sus propios problemas.

—No eres insensible. Tengo suerte de que te molestes siquiera en hablarme.

Es la pura verdad, pero no sé qué vendrá a continuación.

Tessa asiente despacio hasta que, con delicadeza, me hace la pregunta que, sin lugar a dudas, la ha traído hasta aquí.

—Bueno... ¿Vas a contarle a Ken lo de Londres?

Me acuesto en la cama con los ojos cerrados y considero su pregunta antes de contestar. He pensado mucho sobre eso en los últimos días. Me he estado debatiendo entre soltárselo todo o no decir nada y guardarme esa información para mí. ¿Debería saberlo Ken? Y, si se lo cuento, ¿estoy preparado para aceptar los cambios que conllevará? ¿Habrá de verdad algún cambio o me estoy obsesionando al respecto sin motivo? Ya es casualidad que, justo cuando empiezo a tolerar y a plantearme la posibilidad de perdonar a ese hombre, descubro que no es mi padre después de todo.

Abro los ojos y me incorporo.

—Todavía no lo sé. La verdad es que quería saber tu opinión al respecto.

Los ojos gris azulado de mi chica no brillan como de costumbre, pero hoy tienen algo más de vida que la última vez que la vi. Era una maldita tortura permanecer bajo el mismo techo sin estar cerca de ella, no del modo en que necesito estarlo.

Por ironías del destino, parece que las cosas han cambiado y ahora soy yo el que suplica atención, el que suplica por cualquier cosa que quiera ofrecerme. Incluso ahora, la expresión pensativa de sus ojos me basta para aliviar el constante dolor con el que me niego a aprender a vivir, por mucho que ella se empeñe en alejarse de mí.

—¿Te gustaría tener una relación con Christian? —me pregunta con tiento mientras sus pequeños dedos recorren las gastadas costuras del edredón.

—No —me apresuro a responder—. Carajo, no lo sé —me retracto—. Necesito que me digas qué debo hacer.

Asiente y me mira a los ojos.

—Bueno, creo que sólo debes decírselo a Ken si crees que eso te ayudará a lidiar con el dolor de tu infancia. No creo que debas contárselo si sólo lo haces por pura ira, y en cuanto a Christian, creo que todavía tienes un poco de tiempo para tomar esa decisión, para ver cómo van las cosas y eso —sugiere con su tono comprensivo de siempre.

—¿Cómo lo haces?

Ella ladea la cabeza confundida.

—¿Hacer qué?

—Tener siempre las palabras adecuadas.

—Eso no es cierto. —Nos reímos suavemente—. No siempre tengo las palabras adecuadas.

—Sí las tienes. —Alargo la mano para tocarla, pero ella se aparta—. Siempre las tienes. Siempre las has tenido. Sólo que antes no podía escucharte.

Tessa aparta la mirada, pero no me importa. Necesita tiempo para acostumbrarse a oírme decir estas cosas, pero se acostumbrará. Me he prometido a mí mismo decirle lo que siento y dejar de ser tan egoísta y esperar a que descifre todas mis palabras y mis intenciones.

La vibración de su teléfono interrumpe el silencio, y lo saca de la bolsa de la enorme sudadera que lleva. Hago un esfuerzo por pensar que se ha comprado la sudadera de la WCU y que no se está poniendo la ropa de Landon. Me he visto obligado a llevar todas las prendas bordadas con el logo de la WCU habidas y por haber, pero odio la idea de que su ropa toque su piel. Es algo absurdo e irracional, pero no puedo evitar que esos pensamientos se instalen en mi mente.

Tessa desliza el dedo por la pantalla y tardo un momento en asimilar lo que estoy viendo.

Le quito el teléfono de las manos antes de que pueda detenerme.

—¿Un iPhone? ¿Estás bromeando? —Observo el nuevo teléfono en mis manos—. ¿Esto es tuyo?

—Sí. —Sus mejillas se sonrojan y alarga la mano para quitármelo, pero estiro los brazos por encima de mi cabeza, fuera de su alcance.

—O sea, que ahora te compras un iPhone, ¡pero cuando yo quería que lo hicieras te negaste por completo! —bromeo.

Abre los ojos como platos y toma aire nerviosa.

—¿Qué te hizo cambiar de idea? —Le sonrío para aliviar su malestar.

—No lo sé. Supongo que ya era hora. —Se encoge de hombros, aún nerviosa.

No me gusta verla tan agitada, pero quiero creer que un poco de diversión es todo lo que necesitamos.

—¿Cuál es el código? —pregunto mientras introduzco los dígitos que creo que habrá usado.

¡Bingo! Acierto al primer intento y accedo a la pantalla de inicio.

—¡Hardin! —grita mientras intenta quitarme el dispositivo—. ¡No puedes chismear en mi celular! —Se inclina sobre mí y me agarra el brazo descubierto con una mano mientras intenta alcanzar el teléfono con la otra.

—Claro que puedo —me río.

El más mínimo contacto por su parte me vuelve loco; todas y cada una de las células bajo mi piel cobran vida con el roce de la suya.

Sonríe y extiende su pequeña mano, a juego con esa dulce sonrisita que tanto he extrañado.

—Muy bien. Pues dame a mí el tuyo.

—No, de eso nada. —Sigo tomándole el pelo mientras reviso de manera obsesiva sus mensajes de texto.

—¡Dame el teléfono! —gimotea, y se acerca más a mí, pero entonces su sonrisa desaparece—. Seguro que en tu celular hay muchas cosas que no quiero ver. —Y así, sin más, veo cómo vuelve a levantar la guardia.

—No, no las hay. Hay más de mil fotos tuyas y un álbum entero con tu pinche música. Si de verdad quieres ver lo patético que soy, puedes comprobar el registro de llamadas y ver cuántas veces llamé a tu antiguo número sólo para oír esa maldita voz automática que me decía que tu número ya no existía.

Me fulmina con la mirada. Está claro que no me cree. Y no la culpo. Su mirada se suaviza, pero sólo un momento, antes de decir:

—¿No hay ninguna llamada de Janine? —Lo dice con una voz tan débil que apenas capto el tono acusatorio.

—¿Qué? ¡No! Vamos, agárralo. Está en la cómoda.

—Prefiero no hacerlo.

Me pongo de rodillas y presiono mi hombro contra el suyo.

—Tessa, ella no es nadie para mí. Nunca lo será.

Tessa se esfuerza en sentir indiferencia. Está luchando consigo misma para demostrarme que ha pasado página, pero yo sé que no es así. Sé que le angustia la idea de que haya estado con otra chica.

—Tengo que irme. —Se levanta con intención de marcharse y alargo la mano para detenerla.

Mis dedos atrapan suavemente su brazo y le suplican que vuelva a mí. Ella vacila al principio, y yo no quiero forzarla. Espero a que se decida mientras trazo pequeños círculos con los dedos en la suave piel de encima de su muñeca.

—Sé lo que crees que pasó, pero te equivocas —intento convencerla.

—No. Sé lo que vi. Vi que llevaba tu camiseta —se apresura a responder.

Aparta el brazo pero permanece cerca.

—Aquel día no era yo, Tessa, pero no me la tiré. —Jamás lo habría hecho.

No soportaba ni que me tocara. Por un momento me pregunto si debería decirle a Tessa el asco que me daban los labios con sabor a tabaco de Janine sobre los míos, pero supongo que eso la encabronaría.

—Ajá. —Pone los ojos en blanco con insolencia.

—Los extrañaba a ti y a tu carácter —digo en un intento de aliviar tensiones, pero sólo consigo que vuelva a poner los ojos en blanco—. Te quiero.

Eso capta su atención, y me empuja el pecho para poner algo de espacio entre nuestros cuerpos.

—¡Deja de hacer eso! No puedes decidir que ahora me quieres y esperar que vuelva corriendo contigo.

Quiero decirle que va a volver conmigo porque su sitio está conmigo, que nunca dejaré de intentar convencerla de esto. Pero, en lugar de hacerlo, niego con la cabeza.

—Cambiemos de tema. Sólo quería que supieras que te extraño, ¿está bien?

—Bueno —suspira.

Entonces se lleva los dedos a los labios y se los pellizca, haciéndome olvidar a qué tema iba a cambiar.

—Un iPhone. —Hago girar el teléfono en mi mano de nuevo—. No puedo creer que te hayas comprado un iPhone y que no pensaras decírmelo. —La miro y veo cómo su expresión de enojo se transforma en una media sonrisa.

—No es para tanto. Me viene muy bien para organizarme los horarios, y Landon me va a enseñar a descargar música y películas.

—Yo también puedo enseñarte.

—*Nah*, no te preocupes —dice intentando rechazarme.

—Yo te enseñaré. Si quieres, te enseño ahora —declaro, y abro iTunes Store.

Nos pasamos una hora así, conmigo consultando el catálogo, seleccionando toda su música favorita y enseñándole a descargar todas esas cursis comedias románticas de Tom Hanks que tanto le gustan. Tessa pasa la mayor parte del tiempo en silencio, a excepción de algunos «Gracias» y «No, esa canción no», y yo intento no presionarla para hablar.

Esto es culpa mía. Yo la transformé en esta chica callada e insegura, y es culpa mía que no sepa cómo actuar en este momento. Es culpa mía que se aparte cada vez que me inclino hacia ella, llevándose consigo un trozo de mí.

Es imposible que quede nada para darle, que no me haya consumido ya por completo, pero, de alguna manera, cuando me sonríe, mi cuerpo genera un poco más de mí para que pueda robarlo. Es todo para ella, y siempre será así.

—¿Quieres que también te enseñe a descargar porno? —bromeo, y, para mi deleite, sus mejillas se sonrojan de nuevo.

—Seguro que de eso sabes mucho —me responde, también de broma.

Me encanta esto. Me encanta poder bromear con ella como antes y, carajo, me encanta que me lo permita.

—Pues la verdad es que no. De hecho, tengo bastantes imágenes aquí. —Me doy unos toques en la frente con el yeso y ella tuerce el gesto—. Sólo de ti.

Sigue con el ceño fruncido, pero me niego a dejar que piense de ese modo. Es absurdo que crea que puedo estar interesado en nadie que no sea ella. Estoy empezando a pensar que está tan loca como yo. Tal vez eso explicaría por qué aguantó conmigo tanto tiempo.

—Lo digo en serio. Sólo pienso en ti. Siempre en ti —afirmo en tono serio, demasiado serio, pero no me esfuerzo en cambiarlo. He probado con las bromas y demás y he herido sus sentimientos.

De pronto, me sorprende preguntándome:

—Y ¿qué clase de cosas piensas?

Me muerdo el labio inferior mientras imágenes de ella me vienen a la mente.

—No quieras saberlo.

«Tessa está acostada sobre la cama, con los muslos separados y aferrándose a las sábanas mientras se viene contra mi lengua.

»Tessa menea lentamente las caderas en círculos mientras monta mi verga y sus gemidos inundan la habitación.

»Tessa está de rodillas delante de mí y separa sus carnosos labios para tomarme con su cálida boca.

»Tessa está inclinada hacia adelante, y la tenue luz de la habitación ilumina su piel desnuda. Está delante de mí, de espaldas, mientras desciende su cuerpo sobre el mío. La penetro y ella gime mi nombre...»

— Será mejor. —Se ríe, y después suspira—. Siempre hacemos esto, siempre volvemos a esto —añade agitando una mano entre nosotros.

Entiendo perfectamente lo que quiere decir. Estoy viviendo la peor semana de mi vida, y ella me hace reír y sonreír por un maldito iPhone.

—Así somos, nena. Nosotros somos así. No podemos evitarlo.

—Sí que podemos. Tenemos que hacerlo. Yo tengo que hacerlo.

—Puede que sus palabras suenen convincentes en su mente, pero a mí no me engaña.

—Deja de darle tantas vueltas a todo. Sabes que así es como deberían ser las cosas, bromeando sobre porno mientras yo pienso en todas las cochinadas que te he hecho y en todas las que quiero hacerte.

—Esto es una auténtica locura. No podemos hacerlo. —Se inclina más hacia mí.

—¿Qué?

—No todo gira en torno al sexo. —Fija los ojos en mi entrepierna, y sé que está intentando apartar la mirada de mi evidente erección.

—Nunca he dicho que fuera así, pero podrías hacernos un favor a los dos y dejar de actuar como si no estuvieras pensando las mismas cosas que yo.

—No podemos.

Pero entonces noto que nuestra respiración se ha sincronizado. Y, muy sutilmente, su lengua asoma y acaricia su labio inferior.

—Yo no he sugerido nada —le recuerdo.

No lo he sugerido pero, carajo, no pienso negarme si se da la situación. Aunque sé que no tendré tanta suerte. Ella jamás permitiría que la tocara. Al menos en un plazo corto de tiempo..., ¿no?

—Sí lo has sugerido. —Sonríe.

—Y ¿cuándo no lo hago?

—Cierto. —Se esfuerza por contener una sonrisa—. Esto es muy confuso. No deberíamos estar haciéndolo. No confío en mí misma cuando estoy cerca de ti.

Carajo, me alegro de que no sea así. Yo tampoco me fío de mí mismo la mitad del tiempo, pero digo:

—¿Qué es lo peor que podría pasar? —y apoyo la mano sobre su hombro.

Se encoge al sentir mi tacto, pero no de la manera esquiva a la que he tenido que enfrentarme durante la última semana.

—Podría seguir siendo una idiota —susurra mientras mi mano asciende y desciende lentamente por su brazo.

—Deja de pensar. Desconecta la mente y permite que tu cuerpo controle la situación. Tu cuerpo me desea, Tessa. Me necesita.

Sacude la cabeza, negando la pura verdad.

—Sí, sí me necesita. —Sigo tocándola, esta vez más cerca de su pecho, esperando que me detenga.

Si lo hace, interrumpiré todo contacto. Jamás la forzaría a hacer nada que no quisiera. He hecho un montón de pendejadas, pero eso no es una opción.

—Verás, el caso es... el caso es que sé perfectamente dónde tengo que tocarte. —La miro a los ojos buscando su aprobación, y veo que brillan como un cartel de neón. No va a detenerme; su cuerpo ansía el mío tanto como siempre—. Sé cómo hacer que te vengas con tanta intensidad que te olvidarás de todo lo demás.

Tal vez si logro satisfacer su cuerpo, su mente ceda después. Y luego, una vez reconquistados su cuerpo y su mente, tal vez pueda recuperar su corazón.

Nunca me he mostrado tímido en lo que respecta a su cuerpo y a complacerla, ¿por qué iba a empezar ahora?

Interpreto su silencio y el hecho de que no puede apartar los ojos de los míos como un sí y agarro el borde de su sudadera. La maldita prenda pesa más de lo que debería, y el hilo se enreda en su cabello. Ella me aparta la mano mala, se quita la sudadera y libera su pelo.

—No te estoy obligando a nada, ¿verdad? —Necesito preguntárselo.

—No —exhala—. Sé que es una muy mala idea, pero no quiero detenerme. —Asiento—. Necesito evadirme de todo; por favor, distráeme.

—Desconecta la mente. Deja de pensar en todo lo demás y céntrate en esto. —Acaricio su escote con los dedos, y ella tiembla con mi tacto.

Me toma desprevenido y pega los labios a los míos. En cuestión de segundos, el beso lento e inseguro desaparece y se transforma en auténtico. Los gestos tímidos se esfuman y, de repente, estamos en nuestro mundo. Todas las demás chingaderas se han evaporado, y sólo estamos Tessa y yo y sus labios contra los míos, su lengua lamiendo la mía con ansia, sus manos en mi pelo, jalando de las raíces y volviéndome completamente loco.

La rodeo con los brazos y pego las caderas contra ella hasta que su espalda alcanza el colchón. Tiene la rodilla doblada, levantada al mismo nivel que mi entrepierna, y me restriego sin pudor contra ella. Ella sofoca un grito ante mi desesperación, suelta mi pelo y a continuación hace que su mano descienda hasta su propio pecho. Podría estallar tan sólo con sentirla debajo de mí otra vez. Carajo, esto es demasiado, pero no lo suficiente, y no puedo pensar en nada más que en ella.

Se toca a sí misma y se agarra uno de sus generosos pechos, y yo la miro como si hubiera olvidado cómo hacer todo lo que no sea observar su cuerpo perfecto y el modo en que por fin se está dejando llevar conmigo. Necesita esto incluso más que yo. Necesita olvidarse de la realidad, y yo serviré gustoso en esa misión.

Nuestros movimientos no son calculados, sino movidos por una pasión absoluta. Yo soy el fuego y ella es la maldita gasolina, y no hay señales de alto ni de moderar la velocidad hasta que algo explote sin remedio. Y entonces estaré esperando, listo para combatir las llamas por ella, para mantenerla a salvo y evitar que se queme conmigo, otra vez. Su mano baja entonces por su cuerpo, me toca y restriega la mano por mi cuerpo. Tengo que concentrarme para no venirme con su mero tacto. Elevo las caderas y me coloco entre sus piernas separadas mientras ella jala del resorte de mis shorts. Yo jalo sus pantalones con una mano hasta que ambos estamos desnudos de cintura para abajo.

El gruñido que escapa de sus labios se equipara al mío cuando me froto contra ella, piel con piel. Elevo un poco las caderas, la penetro parcialmente, y ella jadea otra vez. Esta vez presiona la boca contra mi hombro desnudo. Me lame y me chupa la piel mientras yo la penetro más profundamente. Se me nubla la visión intentando saborear cada segundo de esto, cada momento que está dispuesta a pasar conmigo así.

—Te quiero —le prometo.

Su boca deja de moverse y deja de agarrarme los brazos con tanta fuerza.

—Hardin...

—Cásate conmigo, Tessa. Por favor. —Hundo completamente la verga en ella, llenándola, esperando aprovecharme de un injusto momento de debilidad.

—Si vas a decir ese tipo de cosas, no podemos hacer esto —señala suavemente.

Puedo ver el dolor en sus ojos, la falta de autocontrol que tiene en lo que a mí respecta, y me siento culpable al instante por mencionar el matrimonio mientras me la estoy tirando. «Qué inoportuno, cabrón egoísta.»

—Lo siento. Ya me callo —le aseguro antes de darle un beso.

Le concederé tiempo para pensar, y dejaré a un lado las cosas importantes mientras entro y salgo de su húmedo y caliente...

—¡Dios mío! —gime.

En lugar de confesarle mi eterno amor por ella, sólo le diré las cosas que quiere oír.

—Me encanta sentir tus firmes músculos a mi alrededor. Lo extrañaba mucho —digo contra su cuello, y una de sus manos me agarra de las caderas para atraerme más hacia sí.

Cierra los ojos con fuerza y sus piernas empiezan a tensarse. Sé que ya está cerca, y aunque ahora mismo me odia, sé que le encanta que le diga obscenidades. No voy a durar mucho más, pero ella tampoco. He extrañado. Y no me refiero sólo a la absoluta perfección que supone estar dentro de ella. Estar cerca de Tessa de este modo es algo que necesito, y sé que ella también lo necesita.

—Vamos, nena. Termina a mi alrededor, deja que te sienta —digo con los dientes apretados.

Ella obedece. Se aferra a uno de mis brazos y gimotea mi nombre mientras pega la cabeza al colchón. Se viene sin remedio, con maravillosos espasmos, y yo la miro. Observo cómo su preciosa boca se abre cuando gime mi nombre. Observo cómo sus ojos buscan los míos antes de cerrarse de placer. La belleza de ver cómo se viene para mí y deja que la posea es demasiado. Me hundo en su sexo una vez más y me agarro a sus caderas mientras me vacío en su interior.

—Carajo. —Me apoyo sobre los codos a su lado para no aplastarla con el peso de mi cuerpo.

Tiene los ojos cerrados y le cuesta abrirlos, como si le pesaran los párpados.

—Mmm... —coincide.

Me incorporo apoyado sobre mi hombro y la observo mientras no mira. Tengo miedo de lo que sucederá cuando vuelva en sí, cuando empiece a arrepentirse de esto y su furia hacia mí aumente.

—¿Estás bien? —No puedo evitar trazar la curva de su cadera desnuda con el dedo.

—Sí. —Su voz suena espesa y saciada.

Carajo, cuánto me alegro de que haya venido a mi puerta. No sé cuánto tiempo más habría aguantado sin verla o sin oír su voz.

—¿Estás segura? —insisto. Necesito saber qué ha significado esto para ella.

—Sí. —Abre un ojo, y no puedo borrar la estúpida sonrisa de mi cara.

—Bien. —Asiento.

Me quedo mirándola, relajada y ruborizada, y es tan agradable tenerla de vuelta, aunque sea sólo por unos momentos... Cierra los ojos de nuevo, y justo entonces recuerdo algo.

—Bueno, y ¿para qué habías venido en primer lugar?

Al instante, la expresión adormilada y saciada desaparece de su precioso rostro y, por un momento, abre los ojos como platos antes de recobrar la compostura.

—¿Qué pasa? —pregunto, y la cara de Zed aparece en mis desquiciados pensamientos—. Por favor, contéstame.

—Es Karen. —Se pone de lado, y yo me obligo a apartar la vista de sus perfectos pechos.

«¿Por qué chingados estamos hablando de Karen estando desnudos?»

—Bueno..., ¿qué pasa con ella?

—Está..., bueno... —Tessa se detiene por un momento y, de repente, mi pecho se inunda de un inesperado pánico por esa mujer, y por Ken también.

—Está ¿qué?

—Está embarazada.

«¿Qué?... ¡¡¡¿¿¿QUÉ???!!!»

—¿De quién?

Mi absurda pregunta le hace gracia, y se ríe.

—De tu padre —dice, pero se corrige rápidamente—: De Ken. ¿De quién va a ser?

No sé qué esperaba oír, pero desde luego no que Karen estuviera embarazada.

—¿Qué?

—Sé que es un poco sorprendente, pero están muy contentos.

«¿Un poco sorprendente?» Carajo, esto es mucho más que un poco sorprendente.

—¿Ken y Karen van a tener un bebé? —Pronuncio las ridículas palabras.

—Sí. —Tessa me observa detenidamente—. ¿Cómo te sientes al respecto?

¿Que cómo me siento al respecto? Carajo, no lo sé. Apenas conozco a ese hombre, acabamos de empezar a construir una relación. Y ¿ahora va a tener un hijo? Otro hijo al que sí criará.

—Supongo que no importa mucho cómo me sienta, ¿verdad? —digo en un vano intento de callarnos a ambos.

A continuación, me acuesto boca arriba y cierro los ojos.

—Sí que importa. A ellos les importa. Quieren que sepas que esa criatura no cambiará nada, Hardin. Quieren que formes parte de la familia. Serás hermano mayor otra vez.

«¿Hermano mayor?»

Smith y su extraña personalidad adulta me vienen a la mente, y siento náuseas. Esto es demasiado para cualquiera y, desde luego, es demasiado para alguien que está tan jodido como yo.

—Hardin, sé que cuesta hacerse a la idea, pero creo que...

—Estoy bien. Necesito un baño. —Salgo de la cama y tomo los shorts del suelo.

Tessa se incorpora confundida y dolida, mientras yo me subo la ropa por las piernas.

—Estoy aquí si quieres hablar de ello. Quería ser yo quien te informara de todo esto.

Esto es demasiado. Ella ni siquiera me quiere.

Se niega a casarse conmigo.

«¿Por qué no ve lo que somos? ¿Por qué no ve lo que somos cuando estamos juntos?» No podemos estar separados. El nuestro es como el amor de las novelas, mejor incluso que el que Jane Austen y Emily Brontë describieron.

Se me sale el corazón del pecho. Casi no puedo respirar.

Y ¿Tessa siente que no está viviendo? No lo entiendo. No puedo. Yo sólo vivo cuando estoy cerca de ella. Ella es el único aliento de mi vida dentro de mí, y sin él no seré nada. No sobreviviré ni viviré.

Y, aunque lo hiciera, no querría.

«Carajo.» Los oscuros pensamientos de nuevo se abren paso en mi mente, y me esfuerzo por aferrarme a la débil luz que Tessa me ha devuelto.

¿Cuándo terminará esto? ¿Cuándo dejará de aparecer toda esta chingadera cada maldita vez que siento que por fin tengo el control sobre mi mente?

CAPÍTULO 45

Tessa

Aquí estoy, aquí estamos, en esta espiral eterna de felicidad, lujuria, pasión, amor abrumador y dolor. El dolor parece ganar, siempre gana, y ya estoy cansada de luchar.

Veo cómo cruza la habitación y me obligo a que no me importe. En el momento en que se cierra la puerta me golpeo la frente con las manos y me froto las sienes. ¿Qué me pasa que parece que no vea nada que no sea él? ¿Por qué me he despertado esta mañana dispuesta a vivir sin él para encontrarme en su cama horas más tarde?

Odio que tenga ese poder sobre mí, pero juro por mi vida que no puedo evitarlo. No lo culpo por mi debilidad, pero si lo hiciera tendría que decir que hace que me resulte muy difícil distinguir con claridad las líneas que separan lo bueno de lo malo. Cuando me sonríe, esas líneas se emborronan y se mezclan, y es literalmente imposible luchar contra la sensación que impulsa todo mi cuerpo.

Me hace reír tanto como llorar, y me hace sentir de nuevo como cuando estaba convencida de que mi destino era la nada en mi interior. Creía con todas mis fuerzas que nunca volvería a sentir nada, pero Hardin me sacó de aquello, me tomó de la mano cuando parecía que a nadie le importaba lo bastante hacerlo y me llevó a la superficie.

No es que nada de eso cambie el hecho de que no podamos estar juntos. Es que simplemente no funciona, no puedo permitirme volver a hacerme ilusiones de nuevo para que él las destruya cuando vuelva a arrepentirse, cuando retire todo lo que ha confesado, y me niego a que la única mano que me ayuda sea la misma que me destroza una y otra vez.

Aquí estoy, con la cara entre las manos, pensando demasiado en los errores que he cometido —mis errores, sus errores, los errores de nuestros padres— y en cómo los míos parecen estar devorándome, negándose a dejarme en paz.

Tuve una pizca de serenidad y calma cuando sus manos estaban sobre mi cuerpo, su boca en la mía, sus dedos abriéndose paso entre la fina piel de mis muslos. No obstante, minutos más tarde, el fuego se ha extinguido y estoy sola. Estoy sola, herida y avergonzada, y es lo mismo de siempre, sólo que con un final aún más patético que en la última entrega.

Me pongo en pie, vuelvo a abrocharme el brasier y me coloco la sudadera de Landon. No puedo estar aquí cuando Hardin vuelva. No puedo pasarme los próximos diez minutos preparándome para cuando quiera aparecer. He hecho esto demasiadas veces y al final llegué a un punto en el que mi necesidad de él no era tan abrumadora; en el que no estaba presente en todos y cada uno de mis pensamientos, no era el responsable de cada aliento, y en el que por fin podía vislumbrar una vida después de él.

Esto ha sido una recaída. Eso es todo. Ha sido un fallo de juicio y el terrible silencio que reina en la habitación me lo recuerda.

Para cuando lo oigo abrir la puerta del baño, ya estoy vestida y en mi cuarto. Sus pasos resuenan cada vez más fuertes a medida que se acerca, y sólo le lleva unos segundos darse cuenta de que ya no estoy en su habitación.

No llama a la puerta —sabía que no lo haría— antes de entrar en mi cuarto.

Estoy sentada en la cama con las piernas cruzadas y pegadas al cuerpo, protegiéndome. Debo de parecerle patética: mis ojos arden con lágrimas de arrepentimiento y mi piel huele a él.

—¿Por qué te fuiste?

Tiene el pelo mojado y unas gotas de agua le resbalan sobre la frente. Sus manos descansan sobre sus caderas desnudas porque lleva los shorts demasiado bajos.

—No me fui. Has sido tú —puntualizo testaruda.

Me mira inexpresivo durante unos segundos.

—Supongo que tienes razón; ¿vuelves?

Formula la petición como una pregunta, y yo lucho conmigo misma para no levantarme de la cama.

—No creo que sea una buena idea.

Aparto la mirada y cruza la habitación para sentarse frente a mí en la cama.

—¿Por qué? Lo siento si he perdido el control, es que no sabía qué pensar y, si te soy sincero, no confiaba mucho en mí mismo y en que fuera a decirte algo malo, así que he pensado que lo mejor era irme y calmarme un poco.

«¿Por qué no actuó así antes? ¿Por qué no fue sincero y sensato cuando necesitaba que lo fuera? ¿Por qué tuvo que alejarme definitivamente de él para querer cambiar?»

—Me habría gustado que al menos hubieras dicho eso en lugar de largarte y dejarme allí sola. —Asiento intentando reunir las pocas fuerzas que me quedan—. Creo que no deberíamos quedarnos a solas juntos.

Sus ojos enloquecen.

—¿Qué dices? —gruñe. Muy sensato por su parte, sí.

Aún tengo las piernas abrazadas contra el pecho.

—Quiero estar aquí para ti, y voy a estar —replico—. Si necesitas hablar de lo que sea o desahogarte, o si sólo quieres que haya alguien ahí. Pero de verdad creo que deberíamos quedarnos en las zonas comunes como la sala o la cocina.

—No lo dirás en serio —se burla.

—Pues sí.

—¿Las zonas comunes? Y ¿con Landon como chaperón? Es absurdo, Tess. Podemos estar perfectamente a solas en la misma habitación.

—Yo no he dicho nada de ningún chaperón. Sólo pienso en las cosas como están ahora —suspiro—. Creo que voy a volver unos días a Seattle.

No lo había decidido del todo aún, pero ahora que lo he dicho en voz alta, me parece lógico. Tengo que prepararlo todo para mudarme a Nueva York y extraño a Kimberly. Tengo una visita médica en la que he estado intentando no pensar, y no veo nada bueno en quedarme en casa de los Scott jugando a la casita. Otra vez.

—Iré contigo —me dice sin más, como si fuera la solución más fácil.

—Hardin...

—Pensaba esperar para sacar el tema, pero voy a dejar el departamento y yo también me mudaré a Seattle. Es lo que has querido siempre, y estoy listo para hacerlo. No sé por qué he tardado tanto.

Se pasa la mano por el pelo y aparta los mechones para que se queden en su sitio formando una onda despeinada.

Niego con la cabeza.

—Pero ¿qué dices?

«¿Ahora quiere mudarse a Seattle?»

—Conseguiré una casa bonita para nosotros. No será una mansión como la de Vance, pero será más bonita que la que podrías pagar tú sola.

A pesar de que sé que sus palabras no pretendían ser insultantes, es así como me suenan, y de golpe me siento al límite.

—No entiendes —lo acuso haciendo aspavientos—. ¡No entiendes nada de este asunto!

—¿De qué asunto? ¿Por qué tiene que haber un asunto en todo esto? —replica acercándose un poco más—. ¿Por qué no podemos simplemente ser nosotros, y por qué no me dejas demostrarte quién puedo ser para ti? No todo tienen que ser asuntos de los que llevar la cuenta y que hagan que te sientas desgraciada porque me quieres y no te permites estar conmigo.

Cubre mi mano con la suya. Pero yo retiro la mía.

—Quiero estar de acuerdo contigo y me encantaría creer en ese mundo de fantasía en el que lo nuestro funciona —repongo—, pero ya lo he hecho durante mucho tiempo y no puedo más. Intentaste advertirme anteriormente, me diste una oportunidad tras otra de ver lo inevitable, pero estaba en una fase de negación. Sin embargo, ahora lo veo, veo que lo nuestro estaba condenado al fracaso desde el principio. ¿Cuántas veces vamos a tener esta conversación?

Me mira con sus penetrantes ojos verdes.

—Tantas como haga falta para hacer que cambies de opinión.

—Yo nunca pude hacerte cambiar de opinión a ti, ¿qué te hace pensar que tú podrás conseguirlo conmigo?

—¿Lo que acaba de pasar entre nosotros no te lo ha dejado lo bastante claro? —replica.

—Quiero que formes parte de mi vida, pero no de esta forma. No como mi novio.

—¿Y como marido?

Sus ojos están llenos de humor y de... ¿esperanza?

Lo miro, sorprendida de que pudiera atreverse...

—¡No estamos juntos, Hardin! —le espeto—. Y no puedes soltar así lo del matrimonio pensando que harás que cambie de opinión. Deseaba que quisieras casarte conmigo, ¡no que me lo ofrecieras como último recurso!

La respiración se le acelera, pero su voz suena suave cuando responde:

—No es el último recurso. No estoy jugando contigo. Ya he aprendido la lección. Quiero casarme contigo porque no puedo imaginar vivir la vida de otra forma. Y puedes decirme que me equivoco, pero también sabes que podríamos casarnos ahora. No nos separaríamos, y lo sabes.

Parece tan seguro de sí mismo y de nuestra relación..., pero una vez más estoy confundida y no sé si sus palabras deberían alegrarme o enojarme.

El matrimonio ya no tiene el mismo valor que hace unos meses. Mis padres no llegaron a casarse nunca. Apenas sí podía creerlo cuando me enteré de que fingían estarlo para calmar a mi madre y a mis abuelos. Trish y Ken estaban casados, y ese vínculo legal no pudo evitar que se hundiera el barco. «¿Para qué se casa la gente?» En serio. Casi nunca funciona de todas formas, y empiezo a ver que el matrimonio es un concepto absurdo. Es un desastre la forma en la que nos meten en la cabeza la idea de que tenemos que comprometernos con otra persona y confiar en que sea la fuente de nuestra felicidad.

Por suerte para mí, al final he aprendido que no puedo confiarle mi felicidad a nadie.

—Es que creo que no voy a querer casarme nunca —confieso.

Hardin inspira con dificultad y acerca una mano a mi barbilla.

—¿Qué? No hablas en serio.

Sus ojos buscan los míos.

—Sí, lo digo en serio. ¿Para qué? Nunca funciona, y divorciarse no es barato.

Me encojo de hombros e ignoro la expresión de terror que inunda su rostro.

—¿Qué demonios estás diciendo? ¿Desde cuándo eres tan cínica?

¿Cínica? No creo que lo sea. Necesito ser realista y no seguir haciéndome ilusiones sobre un final de cuento que obviamente nunca voy a tener. Pero tampoco es que vaya a aceptar sus idas y venidas a cada momento.

—No sé —digo—, porque supongo que me he dado cuenta de que era una completa estúpida. No te culpo por romper conmigo. Estaba obsesionada con disfrutar de una vida que nunca podré tener, y eso ha acabado por volverte loco.

Hardin se pasa la mano por el pelo con frustración como siempre.

—Tessa, estás diciendo pendejadas. No estabas obsesionada con nada. Sólo es que yo he sido un imbécil.

Gruñe frustrado y se arrodilla frente a mí.

—Carajo, mira lo que te he hecho creer. Es todo lo contrario.

Me pongo de pie odiando sentirme culpable por decir lo que siento de verdad. Tengo un enorme conflicto interior, y estar en esta pequeña habitación con Hardin no ayuda. A su lado no puedo centrarme, y no puedo ser firme en mi defensa cuando me está mirando como si cada palabra que digo fuera un arma contra él. Da igual lo verdadero que sea, sigue haciéndome sentir compasión por él cuando ni siquiera creo que debería tenerla.

Siempre había juzgado a la ligera a las mujeres que se sentían así. En cuanto veía en las películas una relación excesivamente dramática, enseguida calificaba a la mujer de débil, pero no es tan fácil ni está tan claro.

Hay tantas cosas que hay que tener en cuenta cuando calificas a alguien... y debo admitir que antes de conocer a Hardin hacía con demasiada frecuencia. ¿Quién soy yo para juzgar a nadie basándome en sus sentimientos? No sabía lo fuertes que pueden llegar a ser esas estúpidas emociones; no podía comprender el magnetismo que podía llegar a sentirse. Nunca entendí la forma en la que el amor consigue tener más poder que el sentido común y que la pasión sobrepasara a la lógica, y que sea tan desconcertante que nadie más sepa de verdad cómo te sientes. Nadie puede juzgarme por ser débil o estúpida, nadie puede rebajarme por cómo me siento.

Nunca diría que soy perfecta, y lucho cada segundo por mantenerme a flote, pero no es tan fácil como los demás puedan pensar. No es tan fácil alejarse de alguien que ha alcanzado cada una de tus células, que se ha apoderado de cada pensamiento, y que ha sido el responsable de lo mejor y lo peor que he llegado a sentir.

Nadie, ni siquiera la parte dudosa que hay en mí, puede hacerme sentir mal por amar apasionadamente y desear conseguir el gran amor del que tanto he leído en las novelas con desesperación.

Cuando acabo de justificarme a mí misma por mis acciones, mi subconsciente se ha soltado el pelo y ha cerrado los ojos, aliviado de que por fin haya dejado de mortificarme por cómo mis emociones han jugado conmigo.

—Tessa, voy a ir a Seattle —dice Hardin—. No voy a obligarte a vivir conmigo, pero quiero estar donde tú estés. Mantendré las distancias hasta que te sientas lista para seguir, y me portaré bien con todo el mundo, incluso con Vance.

—Ése no es el problema —suspiro.

Su determinación es admirable, pero nunca ha sido consistente. En algún momento se aburrirá y seguirá con su vida. Esta vez hemos ido demasiado lejos.

—Como he dicho antes, intentaré mantener las distancias, pero me voy a Seattle. Si no me ayudas a buscar casa, tendré que elegirla yo solo, aunque me aseguraré de que a ti también te guste.

No tiene por qué saber cuáles son mis planes. Uso mis pensamientos para ahogar sus palabras. Si las escucho, si las escucho de verdad, destruirán la barrera que he construido. La superficie ha quedado al descubierto hace tan sólo una hora y he dejado que mis emociones controlaran mi cuerpo, pero no puedo dejar que vuelva a ocurrir.

Hardin sale de la habitación después de otros diez minutos en los que he seguido intentando ignorar sus promesas, y empiezo a hacer la maleta para irme a Seattle. He estado yendo y viniendo, viajando demasiado últimamente, y no veo el momento de que por fin llegue el día en que tenga un lugar al que llamar *hogar*. Necesito esa seguridad, necesito esa estabilidad.

¿Cómo es posible que me haya pasado toda la vida planeando tener estabilidad y haya acabado vagando por el mundo sin una base que considerar mía, sin red de seguridad, sin nada?

Cuando llego al pie de la escalera, Landon está apoyado en la pared y me detiene con un suave gesto de la mano sobre mi brazo.

—Quería hablar contigo antes de que te vayas —dice.

Me quedo de pie frente a él aguardando a que hable. Espero que no haya cambiado de opinión respecto a dejar que me vaya con él a Nueva York.

—Sólo quería comprobar que no has cambiado de opinión respecto a venir conmigo a la NYU. Si es así, no pasa nada. Sólo necesito saberlo para hablar con Ken sobre los boletos de avión.

—No, claro que quiero ir —le aseguro—. Sólo necesito volver a Seattle para despedirme de Kim y...

Quiero hablarle de mi cita con el médico, pero creo que no estoy lista para enfrentarme a eso aún. No hay nada seguro, pero prefiero no pensar en ello todavía.

—¿En serio? No quiero que sientas que tienes que ir, entenderé que desees quedarte aquí con él.

La voz de Landon es tan amable y comprensiva que no puedo evitar rodear sus hombros con los brazos.

—Eres increíble, lo sabes, ¿verdad? —Le sonrío—. No he cambiado de opinión. Quiero hacer esto, tengo que hacer esto por mí misma.

—¿Cuándo vas a decírselo? ¿Qué crees que hará?

No he pensado mucho en lo que hará Hardin cuando le cuente mis planes para irme a la otra punta del país. No puedo permitir que su opinión modifique mis planes, ya no.

—La verdad, no sé cómo reaccionará —le confieso—. Hasta el funeral de mi padre, habría pensado que no le importaba lo más mínimo.

Landon asiente educadamente. Entonces, un ruido en la cocina rompe nuestro silencio y recuerdo que no lo he felicitado por la buena nueva.

—¡No puedo creer que no me dijeras que tu madre está embarazada! —exclamo agradecida por el cambio de tema.

—Lo sé, lo siento. Acababa de decírmelo, y tú has pasado todo el tiempo encerrada en esa habitación. —Sonríe burlándose un poco de mí.

—¿Te entristece irte ahora con un hermanito en camino?

Por un momento me pregunto si a Landon le gusta ser hijo único. Sólo hemos hablado del tema en alguna ocasión, pero siempre evitaba hablar de su padre, por lo que al final cada vez que lo hacíamos yo volvía a ser el centro de atención.

—Un poco —dice—. Lo único que me preocupa es cómo va a llevar el embarazo estando sola. Y la extrañaré a ella y a Ken, pero estoy listo para esto. —Sonríe—. O, al menos, eso creo.

Asiento con seguridad.

—Estaremos bien. Sobre todo tú: a ti ya te han aceptado. Yo me voy sin saber si conseguiré entrar. Me quedaré flotando en Nueva York sin estar inscrita, sin trabajo y...

Landon me tapa la boca con la mano y se ríe.

—Yo siento ese mismo pánico cuando pienso en el cambio, pero me obligo a pensar en lo positivo.

—¿Y lo positivo es...?

—Bueno, es Nueva York. De momento sólo he llegado hasta ahí —admite con una risotada, y yo noto que sonrío de oreja a oreja cuando Karen se une a nosotros en el recibidor.

—Extrañaré ese sonido cuando se vayan —dice, mientras sus ojos brillan bajo las luces.

Ken se acerca por la espalda y le da un beso en la nuca.

—Todos lo haremos.

CAPÍTULO 46

Hardin

Cuando llaman a la puerta y abro, no me molesto en ocultar la decepción al ver la sonrisa incómoda de Ken en lugar de a la chica a la que quiero.

Se queda ahí de pie, esperando claramente a que le dé permiso para entrar.

—Quería hablar contigo del bebé —señala tentativamente.

Sabía que esto llegaría, y por desgracia para mí no hay forma de evitar esta chingadera.

—Pues pasa —respondo.

Me aparto de su camino y me siento en la silla junto al escritorio. No tengo ni puta idea de lo que va a decir o de lo que voy a contestar yo, ni de cómo va a acabar esto, pero no veo que vaya a ir bien.

Ken no se sienta. Se queda de pie junto a la cómoda con las manos en los bolsillos de sus pantalones de vestir grises. El hecho de que el gris vaya a juego con las rayas de la corbata y que lleve un suéter negro dice a gritos: «¡Soy el rector de una universidad de renombre!». Pero mirando más allá, veo la preocupación en sus ojos cafés y cómo frunce las cejas hasta que quedan unidas. Su forma de mover las manos es tan patética que siento la necesidad de sacarlo de su miseria.

—Estoy bien —le aseguro—. Supongo que seguramente habías pensado que rompería cosas y me volvería loco pero, sinceramente, me da igual que vayan a tener un hijo —digo al final.

Suspira, aunque no parece tan aliviado como creía que se quedaría.

—No pasa nada si estás un poco enojado por esto —me dice—. Sé que es inesperado y sé lo que piensas de mí. Sólo espero que esto no haga que me odies aún más.

Mira al suelo y yo empiezo a desear que Tessa estuviera aquí a mi lado y no vete tú a saber dónde con Karen. Necesito verla antes de que se vaya. He prometido darle espacio, pero no esperaba toparme con este momento padre-hijo.

—No tienes ni idea de lo que pienso de ti —replico.

«Mierda, es que creo que ni siquiera yo mismo lo sé.»

—Espero que esto no cambie ni borre los progresos que hemos ido haciendo. Sé que tengo mucho por lo que compensarte, pero de verdad confío en que me dejes seguir intentándolo —me dice mostrando una vez más su infinita paciencia conmigo.

Cuando oigo eso, siento una familiaridad entre nosotros que no había sentido antes. Ambos somos un completo desastre, ambos nos hemos dejado llevar por decisiones estúpidas y también por nuestras adicciones, y me enoja tener ese rasgo suyo por haberme criado con él. Si me hubiera criado Vance, no habría sido así. No estaría tan jodido por dentro. No habría temido que mi padre volviera a casa borracho y no me habría sentado en el piso junto con mi madre durante horas mientras lloriqueaba, sangraba y luchaba por seguir consciente después de haber soportado los golpes por culpa de sus errores.

La ira hierve en mi interior, zumbando en mis venas, y estoy a un paso de llamar a Tessa. La necesito en momentos así... Bueno, la necesito siempre, pero sobre todo ahora. Necesito su dulce voz dándome ánimos. Necesito su luz para luchar contra la oscuridad que hay dentro de mi mente.

—Quiero que formes parte de la vida del bebé, Hardin —dice Ken a continuación—. Creo que esto puede ser algo muy bueno para todos nosotros.

—¿Nosotros? —pregunto.

—Sí, todos nosotros. Formas parte de esta familia. Cuando me casé con Karen y me hice cargo de Landon como padre, sé que te sentiste como si te olvidara, y no quiero que te pase lo mismo en relación con el bebé.

—¿Olvidarme? Te olvidaste de mí mucho antes de casarte con Karen —escupo.

Sin embargo, ya no siento la misma satisfacción al echarle cosas en cara ahora que sé la verdad sobre su pasado con mi madre y Christian. Lo siento por Ken, y lamento la que armaron esos dos, pero al mismo tiempo estoy muy enojado con él por ser un padre de mierda hasta el año pasado. Aunque no fuera mi padre biológico, era el encargado de cuidar de nosotros, aceptó el papel y luego lo abandonó por la bebida.

Así que no puedo evitarlo. Debería reprimirme, pero la ira hierve en mí y necesito saberlo. Tengo que saber por qué intentaría hacer las paces conmigo si no estuviera completamente seguro de que es mi padre.

—¿Cuándo te enteraste de que mi madre se estaba cogiendo a Vance a tus espaldas? —le pregunto, lanzando las palabras como si fueran una granada.

La habitación se queda sin aire y Ken parece que vaya a desmayarse de un momento a otro.

—¿Cómo...? —Se detiene y se frota la barbilla con la mano—. ¿Quién te dijo eso?

—Déjate de rollos. Lo sé todo sobre ellos. Esto es lo que pasó en Londres: los atrapé juntos. Ella sentada en la barra de la cocina.

—Dios mío —dice, con voz ahogada y la respiración agitada—. ¿Antes o después de la boda?

—Antes, pero se casó de todas formas. ¿Por qué estabas con ella si sabías que lo quería a él?

Respira unas cuantas veces y pasea la mirada por la habitación. Al final se encoge de hombros.

—Porque la quería —dice simplemente.

Me mira a los ojos, la sinceridad más pura parece borrar cualquier distancia que pudiera existir entre nosotros.

—No tengo ninguna razón además de ésa —prosigue—. La quería, te quiero y esperaba sin descanso que algún día dejara de quererlo a él. Ese día nunca llegó.... y aquello me estaba devorando. Sabía lo que hacía ella y lo que hacía él, mi mejor amigo, pero tenía tantas esperanzas puestas en nosotros que pensé que al final me elegiría a mí.

—Pues no lo hizo —apunto.

Puede que lo eligiera para casarse y pasar la vida con él, pero no lo eligió en nada de lo que importaba.

—Está claro. Y debería haberme rendido mucho antes de caer en el alcohol. —La vergüenza en sus ojos es auténtica.

—Sí, tendrías que haberlo hecho. —Todo sería tan distinto si lo hubiera hecho...

—Sé que no lo entiendes, y sé que para ti mis pésimas elecciones y falsas esperanzas te destrozaron la infancia, así que no espero tu perdón ni tu comprensión.

Une las manos como si estuviera rezando y se cubre la boca con ellas.

Me quedo en silencio porque no se me ocurre nada que decir. Mi mente se llena de recuerdos horribles y la realidad de lo jodidas que están mis tres... figuras paternas. No sé siquiera cómo llamarlos.

—Supongo que sentía que ella acabaría por ver que él no podía ofrecerle la estabilidad que yo le ofrecía. Había obtenido un buen trabajo y no tenía el riesgo de fuga que tenía Christian. —Hace una pausa y, con una respiración profunda que consigue que el suéter se tense sobre su pecho, me mira y añade—: Creo que si Tessa se casara con otro hombre, él se sentiría de ese modo. Siempre estaría compitiendo contigo, e incluso cuando la dejaras por enésima vez, competiría con tu recuerdo.

Está seguro de lo que está diciendo, lo sé por su tono y por la forma en que me mira fijamente a los ojos.

—No voy a volver a dejarla —le digo entre dientes. Mis dedos se contraen sobre el escritorio.

—Eso dijo él también.

Suspira y vuelve a apoyarse en la cómoda.

—Yo no soy él —replico.

—Sé que no lo eres. De ningún modo estoy diciendo que tú seas Christian ni que Tessa se parezca a tu madre. Tienes suerte: Tessa sólo tiene ojos para ti. Si tu madre no hubiera reprimido lo que sentía por él, podrían haber sido felices juntos pero, en su lugar, permitieron que su relación tóxica arruinara las vidas de todo el mundo a su alrededor.

Ken vuelve a frotarse la barba con la mano. Un hábito muy molesto.

Me vienen a la mente Catherine y Heathcliff, y quiero vomitar por la comparación fácil. Tessa y yo podemos ser un completo desastre, como los dos personajes, pero no permitiré que tengamos el mismo destino.

Sin embargo, nada de lo que dice Ken tiene sentido para mí. ¿Por qué iba a soportar toda mi mierda si tuviera la más mínima duda de que ni siquiera soy problema suyo, para empezar?

—Entonces ¿es verdad? Él es tu padre, ¿no? —pregunta como si estuviera perdiendo la fuerza vital que había estado alimentándolo hasta ahora. El hombre fuerte que daba miedo de mi infancia ha desaparecido, y en su lugar hay un hombre con el corazón destrozado al borde de las lágrimas.

Quiero decirle que es un maldito idiota por soportarlo todo, que mi madre y yo no podemos olvidar el infierno en el que convirtió mi vida cuando era un niño. Por su culpa, me puse del lado de los demonios y luché contra los ángeles, es por su culpa que tengo un lugar especial reservado en el infierno y no me recibirán en el cielo. Es culpa suya que Tessa no esté conmigo. Es culpa suya que le haya hecho daño demasiadas veces como para poder contarlas, y es culpa suya que ahora esté intentando ponerles remedio a veintiún años de errores.

Cuando en lugar de todo eso me quedo en silencio, Ken exhala:

—Desde el momento en que te vi por primera vez, supe que eras suyo.

Sus palabras casi me dejan sin aire y sin pensamientos llenos de ira en la cabeza.

—Lo sabía. —Está intentando no llorar sin conseguirlo.

Me encojo y aparto la mirada de las lágrimas en sus mejillas.

—Lo sabía, ¿cómo no saberlo? Eras igualito a él, y cada año que pasaba, tu madre lloraba un poco más, se escapaba para verlo más seguido. Lo sabía. No quería admitirlo porque tú eras todo lo que tenía. No tenía a tu madre, en realidad nunca la tuve. Desde que la conocí ella le pertenecía a él. Tú eras todo lo que tenía y, al dejar que mi ira se apoderara de mí, también eché a perder eso.

Se detiene para tomar aire mientras yo permanezco sentado confuso y en silencio.

—Habrías estado mejor con él, sé que habría sido así, pero te quería y aún te quiero como si fueras sangre de mi sangre, y lo único que puedo hacer es esperar a que me dejes permanecer en tu vida.

Sigue llorando, hay demasiadas lágrimas cubriendo sus mejillas, y de repente siento compasión por él. Parte del peso que me oprimía el pecho ha desaparecido, y noto cómo los años de furia van disolviéndose en mi interior. No sé qué clase de sentimiento es éste; es fuerte y liberador. Para cuando me mira, ni siquiera me siento yo mismo. No soy yo mismo, ésa es la única explicación por la que mis brazos tocan sus hombros y rodean su espalda para consolarlo.

Al hacerlo, lo veo temblar, y entonces empieza a sollozar de verdad con todo su cuerpo.

CAPÍTULO 47

Tessa

El trayecto en coche ha sido tan horrible como esperaba. La carretera parecía no tener fin, cada línea amarilla era una de sus sonrisas, una de las veces que frunce el ceño. Cada interminable hilera de coches parecía burlarse de cada error que cometí, y cada coche en la carretera era otro extraño, otra persona con sus propios problemas. Me he sentido sola, demasiado sola, en mi pequeño coche mientras me alejaba cada vez más de donde quería estar.

«¿Soy tonta por luchar incluso contra eso? ¿Seré lo bastante fuerte como para luchar contracorriente esta vez? ¿Acaso quiero hacerlo?»

¿Qué posibilidades hay de que esta vez, después de lo que parecen cientos de veces, vaya a ser diferente? ¿Está simplemente desesperado diciendo lo que siempre he querido oír porque sabe lo mucho que me he distanciado de él?

Siento que mi cabeza es como una novela de dos mil páginas llena de pensamientos profundos, parloteos absurdos y un montón de preguntas horribles para las que no tengo respuestas.

Al detenerme delante de la casa de Kimberly y Christian hace unos minutos, la tensión acumulada en mis hombros era casi insoportable. Podía sentir literalmente mis músculos tensándose bajo la piel hasta el punto de partirse y, mientras estoy aquí sentada en la sala, esperando a que Kim baje, la tensión no ha hecho más que aumentar.

Smith desciende por la escalera y arruga la nariz disgustado.

—Dice que bajará en cuanto termine de frotarle la pierna a mi padre —anuncia.

No puedo evitar reírme al oír al pequeño de los hoyuelos.

—Bien. Gracias.

No ha dicho ni una palabra cuando me ha abierto la puerta hace tan sólo unos minutos. Sólo me ha mirado de arriba abajo y me ha hecho una señal con la mano para que entrara con una sonrisilla. Y lo cierto es que me ha impresionado su sonrisa, pequeña o no.

Se sienta en la orilla del sillón sin decir ni una palabra y se concentra en un aparato que tiene en la mano mientras yo lo observo. El hermano pequeño de Hardin. Es tan raro pensar que este niño adorable al que parezco disgustarle por algún motivo ha sido todo este tiempo su hermano biológico... Sin embargo, de alguna forma tiene sentido, puesto que siempre ha demostrado mucha curiosidad por Hardin y parecía disfrutar de su compañía cuando a la mayoría de las personas no les ocurre.

Se vuelve y me descubre mirándolo.

—¿Dónde está tu Hardin?

«Tu Hardin.» Parece que cada vez que me hace esa pregunta, «mi Hardin» está lejos. Esta vez, más lejos que nunca.

—Está...

Entonces Kimberly entra en la sala y viene directa hacia mí con los brazos abiertos. Por supuesto, lleva zapatos de tacón y va maquillada. Supongo que el mundo exterior sigue girando, aunque el mío se haya detenido.

—¡Tessa! —grita mientras rodea mis hombros con los brazos y me aprieta tan fuerte que me hace toser—. ¡Vaya, ha pasado demasiado tiempo!

Me estrecha contra sí una vez más antes de echarse atrás y tomarme del brazo para llevarme a la cocina.

—¿Cómo va todo? —le pregunto, y me subo al mismo taburete en el que siempre solía acabar sentada.

Ella se queda de pie frente a la barra de desayuno y se pasa las manos por su melena rubia hasta los hombros, se la echa hacia atrás y se la recoge en un chongo flojo en lo alto de la cabeza.

—Bueno, parece ser que todos sobrevivimos al maldito viaje a Londres. —Compone una mueca y yo hago lo mismo—. Por poquito, pero así fue.

—¿Cómo está la pierna del señor Vance?

—¿El señor Vance? —se ríe—. No, no vas a volver a eso por todas las cosas raras que han sucedido. Ya te dije que puedes llamarlo Christian o Vance. Su pierna se está curando; por suerte, el fuego quemó la ropa del todo, pero muy poco la piel —dice con el ceño fruncido y los hombros temblorosos.

—¿Se ha metido en problemas? Problemas legales, quiero decir... —pregunto tratando de no parecer insistente.

—En realidad, no. Se inventó una historia sobre un grupo de vándalos que entraron a la fuerza y destrozaron la casa antes de quemarla. Es un caso de incendio provocado sin culpables.

Niega con la cabeza y pone los ojos en blanco. A continuación, se sacude las manos en el vestido y vuelve a mirarme.

—¿Y tú qué tal, Tessa? Sentí mucho lo de tu padre. Debería haberte llamado más; he estado ocupada intentando asimilar todo esto. —Alarga el brazo sobre la barra de granito y pone la mano sobre la mía—. Aunque eso no es ninguna excusa.

—No, no. No te disculpes. Tenías demasiado entre manos y yo no habría sido la mejor compañía de todas formas. Si me hubieras llamado, puede que ni siquiera hubiera sido capaz de contestar. Me he estado volviendo loca, literalmente.

Intento reírme, pero incluso yo percibo el sonido falso y seco que sale de mí.

—Me lo imagino. —Me mira escéptica—. ¿Qué pasa con esto? —Sus manos se mueven frente a mí, y entonces miro mi sudadera descuidada y mis pantalones sucios.

—No lo sé, han sido dos semanas muy largas.

Me encojo de hombros y me pongo el pelo despeinado detrás de las orejas.

—Está claro que vuelves a estar deprimida. ¿Hardin ha hecho algo nuevo o es aún lo de Londres?

Kimberly arquea una ceja perfecta, lo que me recuerda lo pobladas que deben de estar las mías. Las pinzas y la cera han sido lo último en lo que podía pensar, pero Kim es una de esas mujeres que te hacen querer estar guapa todo el tiempo para mantenerte a su nivel.

—No exactamente. Bueno, en Londres hizo lo mismo que hace siempre, pero al final le dije que habíamos terminado. —Viendo el escepticismo en sus ojos azules, añado—: Es en serio. Estoy pensando en mudarme a Nueva York.

—¿Nueva York? ¡Qué demonios! ¿Con Hardin? —exclama. Pero luego agrega boquiabierta—: Ah, lo siento, acabas de decirme que han roto —y se golpea la frente con la mano de forma dramática.

—De hecho, me voy con Landon. Se traslada a la NYU y me ha pedido que lo acompañe. Voy a pasar el verano y, con un poco de suerte, entraré en la facultad en otoño.

—Caray..., espera un momento —dice riendo.

—Es un gran cambio, lo sé. Es sólo que..., bueno, necesito largarme de aquí y, como Landon también se va, me parece que todo encaja.

Es una locura, una completa locura, irme a la otra punta del país, y la reacción de Kimberly es la prueba de ello.

—No tienes por qué darme explicaciones —aclara—. Creo que es una buena idea, sólo que me sorprende. —Ni siquiera intenta reprimir una sonrisa—. Tú, marchándote a la otra punta del país, sin un plan y sin tomarte un año para disponerlo todo.

—Es una estupidez, ¿verdad? —le pregunto no muy segura de lo que querría escuchar.

—¡No! ¿Desde cuándo te muestras tan insegura? Chica, sé que has pasado por un montón de cosas, pero necesitas recomponerte. Eres joven, brillante y guapa. ¡La vida no es tan mala! Mierda, intenta curarle las quemaduras a tu prometido después de que te dé la sorpresa diciéndote que tiene un hijo ya crecidito cuando acaba ponerte los cuernos con su... —hace gestos circulares en el aire con los dedos y pone los ojos en blanco— amor perdido de la juventud y cuídalo cuando lo que deseas en realidad es partirle la cara.

No sé si intentaba ser graciosa, pero tengo que morderme la lengua para no reírme al imaginar la escena que acaba de dibujar en mi cabeza. Sin embargo, cuando se ríe un poco no puedo evitar seguirla.

—En serio, no pasa nada si estás triste, pero si dejas que la tristeza controle tu vida, nunca tendrás vida.

Sus palabras golpean en algún lugar entre mi yo egoísta y chillón y mis nervios por mudarme a Nueva York sin un plan firme.

Tiene razón. He pasado por muchas cosas en el último año, pero ¿qué bien puede hacerme estar así? ¿Sentir tristeza y dolor por la pérdida en cada pensamiento? Por mucho que me guste la tranquilidad de no sentir nada, no soy yo misma. He notado cómo mi ser se escurría con cada pensamiento negativo, y empezaba a temer que nunca volvería a ser yo. Ahora todavía no lo soy, pero quién sabe si algún día...

—Sé que tienes razón, Kim. Es que no sé cómo parar. Estoy tan enojada todo el tiempo... —Cierro los puños y ella asiente—. O triste. Hay mucha tristeza y dolor. No sé cómo borrarlo, y me está devorando, apoderándose de mi mente.

—Bueno, no resulta tan fácil como ha podido sonar al decirlo —repone—, pero lo primero es que estés ilusionada. ¡Te mudas a Nueva York, amiga! Demuéstralo. Si vas lloriqueando por las calles de la gran ciudad, no vas a hacer amigos. —Sonríe, suavizando así sus palabras.

—¿Y qué si no puedo? Quiero decir, ¿qué pasa si siempre me siento así?

—Pues que siempre te sentirás así, eso es todo. Pero ahora no puedes pensar así. A mis años he aprendido... —sonríe—, no son muchos años, debo decir, pero he aprendido que pasan cosas malas y hay que seguir adelante. Es una mierda y, créeme, sé que todo esto es por Hardin. Siempre es por Hardin, pero has de aceptar el hecho de que no va a darte lo que quieres y necesitas, así que haz lo que esté en tu mano por que parezca que sigues adelante sin él. Si puedes engañarlo, a él y de paso al resto, al final acabarás creyéndolo tú también y se hará realidad.

—¿Crees que podría? Ya sabes, seguir adelante sin él de verdad —digo retorciendo los dedos sobre las piernas.

—Voy a lanzarme y a mentirte porque es lo que necesitas oír ahora. —Kimberly se acerca a un mueble y saca dos copas de vino—. Ahora mismo necesitas oír un montón de mamadas y elogios. Siempre tendrás tiempo de enfrentarte a la verdad más adelante, pero ahora...

Rebusca en el cajón bajo la tarja y toma un sacacorchos.

—Ahora beberemos vino y te contaré todo tipo de historias de ruptura que hagan que la tuya parezca un juego de niños.

—¿Te refieres a la película de terror?* —pregunto sabiendo que no hablaba de aquel horrible muñeco pelirrojo.

—No, tonta. —Me da un toque en el muslo—. Me refiero a todas las mujeres que conozco que llevaban años casadas y sus maridos se tiraban a sus hermanas. Ese tipo de chingaderas harán que te des cuenta de que tampoco lo tienes tan mal.

Pone una copa de vino frente a mí y, cuando estoy a punto de protestar, Kim la levanta y me la pega a los labios.

Una botella y media más tarde, me estoy doblando de risa apoyada en la barra para no caerme. Kimberly ha repasado un increí-

---

* Se trata de un juego de palabras en inglés. *Childs play* (juego de niños en inglés) es el título original de la película *El muñeco diabólico*.

ble montón de relaciones de locura, y al final he dejado de mirar el celular cada diez segundos. De todas formas, Hardin no tiene mi número, no dejo de recordármelo. Por supuesto, estamos hablando de él, y si quiere el número encontrará la manera de conseguirlo.

Algunas de las historias que Kim me ha contado en la última hora parecen demasiado increíbles para ser verdad. Estoy segura de que el vino la ha hecho adornarlas para que parecieran peores de lo que eran.

La mujer que llegó a su casa y se encontró a su marido desnudo en la cama con la vecina... y su marido.

La historia con demasiados detalles de la mujer que intentó joderse a su marido pero dio la foto equivocada y el matón estuvo a punto de matar a su hermano. (Su marido acabó teniendo una vida mucho mejor que la suya.)

Luego estaba el hombre que dejó a su esposa después de veinte años por una mujer que tenía la mitad de su edad para acabar enterándose de que era su sobrina nieta. Puaj. (Sí, siguieron juntos.)

Una chica que se acostaba con su profesor de universidad y presumió de ello hablando con la mujer que le hacía la manicura, quien —sorpresa— resultó ser la esposa del profesor. La chica reprobó ese trimestre.

El hombre que se casó con una francesa sexi que conoció en el súper y luego se enteró de que no era francesa. Era de Detroit y una estafadora bastante convincente.

La mujer que, durante un año, engañó a su marido con un hombre que había conocido en internet. Cuando al final lo vio en persona, se llevó una buena sorpresa cuando resultó ser su propio marido.

No puede ser que una mujer sorprendiera a su marido acostándose con su hermana, luego con su madre y después con la abogada de su divorcio. No es posible que entonces lo persiguiera por todo el bufete de abogados lanzándole los zapatos de tacón a la cabeza mientras él corría, sin pantalones, por los pasillos.

Me estoy riendo, me río con todas mis fuerzas ahora mismo, Kimberly se agarra la panza y asegura que vio al hombre días más tarde con la marca del tacón de su futura exmujer brillando en el centro de la frente.

—¡No es broma! ¡Qué desmadre! ¡Y lo mejor de todo es que ahora han vuelto a casarse!

Golpea con la mano en la barra y yo sacudo la cabeza al oír el volumen de su voz ahora que está borracha. Me alegro de ver que Smith se ha ido arriba y ha dejado solas a las dos mujeres escandalosas bebiendo vino; si no me sentiría mal por confundirlo con nuestras risas a costa de las desgracias ajenas.

—Los hombres son unos pendejos —dice entonces Kimberly—. Todos y cada uno de ellos. —Y hace chocar su copa de vino, que ha rellenado, con la mía vacía—. Pero, la verdad sea dicha, las mujeres también son pendejas, así que la única manera de que funcione es encontrar a un pendejo al que puedas soportar. Uno que haga que tú seas un poco menos pendeja.

Christian elige ese momento para entrar en la cocina.

—Toda esta plática sobre los pendejos se oye desde el vestíbulo.

Se me había olvidado que estaba en la casa. Me cuesta un poco darme cuenta de que va en silla de ruedas. Me oigo a mí misma lanzar un gritito ahogado y Kimberly me mira con una sonrisita en los labios.

—Se pondrá bien —me asegura.

Él le sonríe a su prometida y ella se revuelve un poco como siempre que la mira así. Eso me sorprende. Sabía que iba a perdonarlo, lo que no sabía es que ya lo hubiera hecho o que pudiera parecer tan contenta mientras lo hacía.

—Lo siento. —Ella le sonríe a su vez y se acerca a él, y Christian busca sus labios y la atrae a sus piernas.

Hace un gesto de dolor cuando el muslo de ella se apoya en la pierna herida y de inmediato Kim se coloca sobre la otra pierna.

—Parece peor de lo que es —me dice él cuando ve que mis ojos van una y otra vez de la silla a la piel quemada de su pierna.

—Es verdad. Se está aprovechando totalmente de la situación —lo molesta Kimberly mientras le da un toquecito en el hoyuelo de la mejilla izquierda.

Aparto la mirada.

—¿Has venido sola? —pregunta Vance ignorando la mirada que Kim le dirige cuando le muerde el dedo.

No puedo dejar de mirarlos, aunque sepa que no voy a estar en su lugar en un futuro próximo, o tal vez nunca.

—Sí. Hardin ha vuelto a casa de su... —me interrumpo para corregirme— a casa de Ken.

Christian parece decepcionado y Kimberly ya no lo mira, pero yo siento que el agujero en mi interior que había estado tapado durante la última hora comienza a abrirse de nuevo al mencionar a Hardin.

—¿Cómo está? Me gustaría mucho que contestara a mis llamadas..., ese pequeño pendejo... —murmura Christian.

Culparé al vino, pero le suelto:

—Tiene muchas cosas de las que preocuparse ahora mismo. —La dureza de mi tono es evidente, y al instante me siento como una idiota—. Lo siento, no pretendía que sonara así. Sólo sé que hay muchas cosas que le preocupan en este momento. No pretendía ser brusca.

Decido ignorar la sonrisita que distingo en la cara de Kimberly al ver que defiendo a Hardin.

Christian sacude la cabeza y se ríe.

—No pasa nada. Me lo merezco todo. Lo sé. Sólo quiero hablar con él, pero también sé que ya vendrá cuando esté listo. Las voy a dejar, señoritas, sólo quería ver a qué venían tantas risas y gritos. Espero que no fuera todo a costa mía.

Después de eso, besa a Kimberly con rapidez, pero con ternura, y dirige su silla afuera de la cocina.

Extiendo la copa hacia ella, pidiendo que me la rellene.

—Un momento, ¿eso significa que ya no vas a trabajar conmigo? —pregunta Kimberly—. ¡No puedes dejarme con todas esas mujeres malvadas! Eres la única a la que puedo soportar, además de a la nueva novia de Trevor.

—¿Trevor tiene novia?

Doy un sorbo al vino frío. Kimberly tenía razón: el vino y las risas me están ayudando. Siento que estoy sacando la cabeza del cascarón, intentando volver a la vida, y con cada chiste y cada historia absurda me parece un poco más fácil.

—¡Sí! ¡La pelirroja! Ya sabes, la que nos lleva lo de las redes sociales.

Intento situar a la mujer, pero no veo más allá del vino danzando en mi cabeza.

—No la conozco; ¿cuánto llevan saliendo?

—Tan sólo unas semanas. Pero ¿sabes qué? —Los ojos de Kim se iluminan con lo que más le gusta, los chismes de oficina—. Christian los oyó cuando estaban juntos un día.

Doy otro sorbo de vino, esperando a que se explique.

—Pero muy juntos... O sea, ¡que lo estaban haciendo en su oficina! Y lo más increíble son las cosas que oyó... —Se interrumpe un momento para reírse—. Son unos pervertidos. Quiero decir, Trevor es una bestia en la cama. Hubo azotes, se decían cosas sucias y todo eso.

Estallo en carcajadas como una colegiala atolondrada, una colegiala que ha bebido demasiado vino.

—¡No puede ser!

No puedo imaginarme al dulce Trevor azotando a nadie. La simple imagen hace que me ría aún más, y sacudo la cabeza intentando no pensar mucho en ello. Trevor es atractivo, muy atractivo, pero es tan correcto y dulce que cuesta creerlo.

—¡Te lo juro! Christian estaba seguro de que la tenía atada a la mesa o algo porque, cuando lo vio al día siguiente, ¡estaba desatando algo de las esquinas!

Kimberly hace gestos en el aire y un chorro de vino frío sale disparado de mi nariz.

Cuando acabe esta copa, voy a parar. ¿Dónde está Hardin, la autoridad en materia de alcohol, cuando lo necesito?

«Hardin.»

El corazón se me acelera y la risa se me corta de golpe hasta que Kimberly añade otro escabroso detalle a la historia:

—He oído que tiene una vara en su oficina.

—¿Una vara? —pregunto bajando la voz.

—Vara de cuero, busca en Google. —Se ríe.

—No lo puedo creer... Es tan dulce y amable... ¡No puede ser que ate a una mujer a su mesa y lo haga con ella así!

No me lo puedo imaginar siquiera. Mi mente traicionera controlada por el vino empieza a imaginarse a Hardin, y mesas, y ligaduras y azotes...

—¿Quién lo hace en su oficina, si no? Por Dios, ¡si las paredes son de papel!

Estoy boquiabierta. Aparecen en mi mente imágenes reales intermitentes, recuerdos de Hardin haciéndome apoyar en mi escritorio, y mi piel, que ya estaba caliente, se ruboriza y arde.

Kimberly me dirige una mirada cómplice y echa la cabeza atrás.

—Supongo que los mismos que lo hacen en los gimnasios de casas ajenas —me acusa con una risita.

La ignoro a pesar de la horrible vergüenza que siento.

—Volviendo a Trevor —digo ocultando la cara todo cuanto puedo con mi copa.

—Sabía que era rarito. Los hombres que llevan traje todos los días son siempre unos raritos.

—Sólo en esas novelas subidas de tono —respondo mientras pienso en un libro que quiero leer, pero que aún no he podido.

—Esas historias tienen que salir de alguna parte, ¿no? —Me guiña un ojo—. No dejo de pasar por delante de la oficina de Trevor esperando oír cómo lo hacen, pero no ha habido suerte... de momento.

Lo absurdo de esta noche me ha hecho sentir ligera de una forma que hacía tiempo que no me sentía. Intento atrapar este sentimiento y mantenerlo agarrado a mi pecho con fuerza todo cuanto pueda, no quiero que se me escape.

—Quién iba a imaginar que Trevor fuera tan rarito, ¿eh? —añade Kim. Mueve arriba y abajo las cejas y yo sacudo la cabeza.

—Maldito Trevor —digo, y espero en silencio a que Kimberly estalle en carcajadas.

—¡Maldito Trevor! —grita, y yo me uno a ella, pensando en el nombrecito mientras lo repetimos por turnos con nuestras mejores impresiones de su creador.

CAPÍTULO 48

Hardin

Ha sido un día muy largo. Demasiado largo, y estoy a punto de irme a dormir. Después de la plática a corazón abierto con Ken, estoy agotado. Y, encima, mientras cenábamos, he tenido que aguantar cómo Landon se cogía con la mirada a Sarah, Sonya... o como chingados se llame.

Aunque habría preferido que Tessa no se fuera sin despedirse de mí, no puedo decirlo en voz alta porque no me debe ningún tipo de explicación.

He jugado limpio, tal y como le prometí, y he cenado en silencio mientras Karen y mi padre, o quienquiera que sea, me miraban con cautela, esperando a que estallara o arruinara la velada.

Pero no lo he hecho. Me he quedado callado masticando bien cada bocado. Incluso he mantenido los codos fuera de ese horrible mantel que Karen cree que añade un toque primaveral a la mesa o algún rollo de esos, pero se equivoca. Es horrendo, y alguien debería quemarlo cuando ella no mire.

Me siento un poco mejor, jodidamente raro, pero un poco mejor después de hablar con mi padre. Me parece divertido seguir llamando ahora *padre* a Ken, cuando de adolescente ni siquiera podía decir su nombre sin refunfuñar o desear que no se hubiera largado para darle un madrazo. Ahora que entiendo, o comprendo de alguna forma, cómo se sentía y por qué hacía lo que hacía, es como si parte de la ira que tenía dentro desde hace tanto tiempo se hubiera desvanecido.

Eso sí, ha sido raro sentir cómo abandonaba mi cuerpo. Lo había leído en algunas novelas —perdón, lo llaman—, pero no lo había sentido antes de hoy. No estoy seguro de que me guste el sentimiento, aunque admitiré que ayuda a distraerme del constante dolor de extrañar a Tessa. O algo así.

Me siento mejor... ¿Más feliz? No lo sé, pero no puedo dejar de pensar en el futuro. Un futuro en el que Tessa y yo vamos a comprar alfombras y libreros, o lo que sea que haga la gente casada. Las únicas personas casadas que conozco que se soportan la una a la otra son Ken y Karen, y no tengo ni idea de lo que hacen juntos. Aparte de fabricar bebés a los cuarenta y tantos, claro. Siento una especie de vergüenza inmadura al respecto, y finjo que no estaba pensando en su vida sexual.

La verdad sea dicha, planear el futuro es mucho más divertido de lo que imaginaba. Jamás había esperado nada del futuro, ni del presente, nunca antes. Siempre supe que estaría solo, así que no me molestaba en imaginar estúpidos planes ni deseos. Hasta hace ocho meses no sabía que podía existir alguien como Tessa. No tenía ni idea de que esa odiosa rubia andaba suelta mientras esperaba a poner mi vida patas arriba volviéndome completamente loco y haciéndome quererla más que respirar.

Maldita sea, si hubiera sabido que estaba ahí fuera, no habría perdido el tiempo cogiéndome a cada vieja que podía. Antes ninguna fuerza de ojos azul grisáceo me ayudaba ni me guiaba en mi vida hecha mierda, así que cometí demasiados errores y ahora tengo que trabajar más que la mayoría para intentar enmendarlos.

Si pudiera volver atrás, no tocaría a ninguna otra chica. A ninguna. Y si hubiera sabido lo bueno que sería tocar a Tessa, me habría estado preparando, contando los días hasta que se metiera en mi habitación de la casa de la fraternidad para trastear mis libros y mis cosas después de pedirle de forma explícita que no lo hiciera.

Lo único que me permite vagamente mantener el control de mí mismo es la esperanza de que ella vuelva al final. Verá que esta vez no voy a arrepentirme de mis palabras. Pienso casarme con ella aunque tenga que arrastrarla hasta el altar.

Ése es otro de nuestros problemas, esos pensamientos prepotentes. Por mucho que lo niegue en su cara, no puedo evitar sonreír al imaginármela con su vestido blanco, gruñendo y gritándome mientras yo la arrastro literalmente por los pies a lo largo del camino alfombrado hacia el altar, al tiempo que un arpa, o cualquiera de esos instrumentos que nadie utiliza si no es en bodas y funerales, toca cualquier pinche canción.

Si tuviera su teléfono, le escribiría sólo para asegurarme de que está bien. Pero ella no quiere que lo tenga. Tuve que hacer uso de todo mi autocontrol para no robarle el celular del bolsillo a Landon después de la cena y copiarlo.

Estoy acostado en esta cama cuando debería estar manejando camino de Seattle. Debería, podría, necesitaría hacerlo..., pero no lo haré. Tengo que darle un poco de espacio o se alejará aún más de mí. Tomo mi celular en la oscuridad y observo las fotos que tengo de ella. Si las imágenes de recuerdos es todo lo que voy a tener de momento, voy a necesitar más fotos. Setecientas veintidós no son suficientes.

En lugar de seguir el camino de un acosador obsesivo, me levanto de la cama y me pongo unos pantalones. No creo que a Landon ni a la embarazada Karen les gustara verme desnudo. Bueno, tal vez sí. Sonrío al pensarlo y me paro un momento para elaborar mi plan. Landon se pondrá testarudo, lo sé, pero es fácil de convencer. Al segundo chiste comprometido respecto a su nueva novia, me estará gritando el número de Tessa sonrojado como un niño de parvulario.

Llamo dos veces a la puerta, dándole el aviso justo antes de abrir. Está dormido, acostado panza arriba con un libro sobre el pecho. El maldito Harry Potter. Debería haberlo imaginado...

Oigo un ruido y veo una luz intermitente. Como una señal divina, la pantalla de su teléfono se ilumina y lo tomo de su mesita de noche. El nombre de Tessa y el principio de un mensaje: «Landon, ¿estás despierto? Porque...».

La vista previa no muestra más. Necesito ver cómo sigue.

Giro el cuello en círculos, intentando que los celos no se apoderen de mí. «¿Por qué le está escribiendo a estas horas?»

Trato de adivinar su contraseña, pero es más complicado que con Tessa. La suya era obvia y cómica, en serio. Sabía que, como yo, tendría miedo de olvidarla y elegiría 1234. Ésa es nuestra contraseña para todo. Números pin, el código de compra de programación de la tele por cable, cualquier cosa que necesite números; esos son los que usamos siempre.

Es como si ya casi estuviéramos casados, carajo. Podríamos casarnos y que a la vez un *hacker* robara nuestras identidades, ¡ja!

Golpeo a Landon con una almohada de su cama y gruñe:

—Despierta, cabrón.

—Vete.

—Necesito el teléfono de Tessa.

Golpe.

—No.

Golpe. Golpe. Golpe más fuerte.

—¡Ay! —gimotea, y se sienta—. Bueno, te daré su teléfono.

Busca a tientas su celular, que yo le pongo en la mano mientras miro los números que toca, por si acaso. Me da el teléfono una vez desbloqueado. Le doy las gracias y anoto el número en el mío. El alivio que siento cuando le doy a «Guardar» es patético, pero lo cierto es que me da igual.

Le doy un golpe de regalo a Landon con la almohada y salgo de la habitación.

Me parece haberlo oído maldecirme hasta que he cerrado la puerta riendo. Podría acostumbrarme a sentir esto, esta especie de esperanza mientras le escribo un simple mensaje de buenas noches a mi chica y aguardo ansioso su respuesta. Parece que las cosas están mejorando para mí, por fin, y el último paso es el perdón de

Tessa. Sólo necesito que vuelva una pizca de la esperanza que ella siempre ha puesto en mí.

«¿Harrrdin?», dice el mensaje.

Mierda, empezaba a pensar que iba a ignorarme.

No, Harrrdin, no. Hardin a secas.

Decido empezar la conversación molestándola, a pesar de que quiero suplicarle que vuelva de Seattle y no volverme loco y presentarme allí en mitad de la noche.

Lo siento, me cuesta escribir en este teclado, es demasiado sensible.

Me la imagino acostada en la cama allá en Seattle, con el ceño fruncido y bizqueando mientras usa el dedo índice para pulsar cada letra.

Ya, los iPhone, ¿eh? Tu antiguo teclado era gigante, así que me imagino por qué te está costando tanto. ☺

Me responde con una cara sonriente y me deja impresionado y me divierte su recién estrenado uso de los emoticonos. Los odio con toda mi alma y siempre me he negado a usarlos, pero aquí estoy, descargando a toda velocidad esa mierda para contestarle con una cara sonriente igual que la suya. «¿Sigues ahí?», me pregunta justo cuando se la mando.

Sí, ¿qué haces despierta a estas horas? He visto que le mandabas un mensaje a Landon.

No debería haber escrito eso. Pasan unos segundos y me envía una imagen de una pequeña copa de vino. Tendría que haber imaginado que estaría hablando con Kim, después de todo.

«Así que vino, ¿eh?», le escribo, acompañado de algo que parece una cara de sorpresa, creo. «¿Por qué hay tantas cosas de éstas? ¿Cuándo necesita alguien mandar la imagen de un tigre? ¡Madre mía!»

Sintiéndome curioso y un poco eufórico por la atención que me está prestando, le mando el maldito tigre y me río para mí mismo cuando me responde con un camello. Me río cada vez que me manda una imagen estúpida que dudo que nadie use para nada.

Me alegro de que lo haya entendido, que haya sabido que le mandaba el tigre porque literalmente no tenía sentido. Ahora estamos jugando a «manda el emoticono más raro», y aquí estoy yo, acostado en la oscuridad, riéndome tanto que me duele la panza.

«No me quedan más», dice después de unos cinco minutos de mandarnos cosas.

Ni a mí. ¿Estás cansada?

Sí, he bebido demasiado vino.

¿La pasaste bien?

Me sorprende querer que diga que sí, que ha pasado un buen rato aunque yo no formara parte de él.

Sí. ¿Estás bien? Espero que todo haya ido bien con tu padre.

Ha ido bien, tal vez pueda contártelo cuando vaya a Seattle.

Acompaño el mensaje de presión con un corazón y lo que parece un rascacielos.

Puede.

Siento haber sido tan mal novio. Te mereces algo mejor que yo, pero te quiero.

Mando el mensaje antes de poder detenerme. Es verdad, y no puedo evitar decirlo ahora. He cometido el error de guardarme para mí mismo lo que siento por ella y por eso ahora duda enseguida de mis promesas.

Tengo demasiado vino en el cuerpo para esta conversación. Christian oyó a Trevor cogiendo en su oficina.

Pongo los ojos en blanco al leer su nombre en la pantalla. «Maldito Trevor.»

Maldito Trevor.

Eso ef lo qeu he dicho. Le he dixho a Kim lo mijmu.

«Demasiadas erratas como para leer eso. Vete a dormir y escríbeme mañana —le digo. Luego añado otro mensaje—: Por favor. Por favor, escríbeme mañana.»

En mi rostro se instala una sonrisa cuando me manda los dibujitos de un celular, una cara soñolienta y un estúpido tigre.

CAPÍTULO 49

Hardin

La voz familiar de Nate resuena en el estrecho pasillo:

—¡Scott!

«Mierda.» Sabía que no podría hacer esto sin cruzarme con uno de ellos. He venido al campus para hablar con mis profesores. Quería asegurarme de que mi padre pudiera entregarles mis últimos trabajos. Tener amigos, o padres, en puestos de importancia la verdad es que ayuda, y me han dado permiso para faltar al resto de las clases de este trimestre. Me he estado perdiendo muchas, de todas formas; la diferencia no se notará demasiado.

El pelo rubio de Nate es más largo ahora, y lo lleva peinado en una especie de copete desordenado.

—Oye, güey, me ha parecido que intentabas evitarme hace un momento —dice mirándome directamente a la cara.

—Qué perspicaz, ¿no? —replico mientras me encojo de hombros. ¿Para qué mentir?

—Siempre he odiado esas palabrotas que usas. —Ríe.

Podría haber pasado sin verlo hoy, incluso sin volver a verlo jamás. No es que tenga nada en contra de él, siempre me ha caído algo mejor que el resto de mis amigos, pero ya he superado toda esa mierda.

Interpreta mi silencio como otra oportunidad para intervenir.

—Hace siglos que no te veo por el campus. ¿Te vas a graduar pronto?

—Sí, a mediados del mes que viene.

Camina a mi lado a paso lento.

—Logan también. Irás a la ceremonia, ¿no?

—Ni de chiste. —Me río—. ¿Me lo estás preguntando en serio?

En mi mente aparecen flashes de cuando me regañó Tessa, y me muerdo el labio para no sonreír. Sé que ella quiere que vaya a la ceremonia de graduación, pero no pienso ir ni loco.

«¿Tal vez debería reconsiderarlo?»

—Bueno... —me dice. Luego señala mi mano—. ¿Y ese yeso?

La levanto un momento y lo miro.

—Es una larga historia.

«Una que no pienso contarte.

»¿Lo ves, Tessa? Estoy aprendiendo a controlarme.

»Aunque te esté hablando en mi cabeza y tú ni siquiera estés aquí.

»Bueno, puede que siga estando loco, pero estoy siendo más amable con la gente... Deberías sentirte orgullosa.

»Mierda, qué mal lo llevo.»

Nate sacude la cabeza y sostiene abierta la puerta del edificio de la administración para que pase.

—¿Cómo te va todo? —me pregunta. Siempre ha sido el más hablador de la pandilla.

—Bien.

—¿Y a ella?

Mis botas dejan de avanzar por la banqueta y Nate da un paso atrás y levanta las manos como defendiéndose.

—Sólo te lo pregunto como amigo. No los he visto a ninguno de los dos, y tú ya hace tiempo que no respondes a nuestras llamadas. Zed es el único que habla con Tessa.

«¿Está intentando encabronarme?»

—Zed no habla con ella —le suelto resentido porque he dejado que el hecho de que mencionara a Zed me haya tocado la fibra con tanta facilidad.

Nate se lleva una mano a la frente en un gesto nervioso.

—No lo decía en ese sentido, pero nos contó lo de su padre y dijo que había ido al funeral, así que...

—Así que nada. Él no es nada para ella. Apártate.

Esta conversación no va a ninguna parte, y me recuerda por qué ya no pierdo el tiempo con ninguno de ellos.

—Bueno.

Si lo miro, sé que habrá puesto los ojos en blanco. Pero luego me sorprende cuando dice con una pizca de emoción en la voz:

—Nunca te hice nada, ¿sabes?

Cuando me vuelvo para mirarlo, su expresión va acorde con su voz.

—No quiero ser un cabrón —le digo sintiéndome un poco culpable. Nate es un buen tipo, mejor que yo y que la mayoría de nuestros amigos. Bueno, sus amigos; míos ya no lo son.

Entonces mira más allá de mí y replica:

—Pues nadie lo diría.

—No, no lo soy. Sólo es que paso de mamadas, ¿sabes? —Me planto delante de él—. Paso de toda esa mierda. Las fiestas, el alcohol, fumar, los ligues..., paso de todo eso. Así que no intento ser mala onda contigo, sólo es que ya paso de todo eso.

Nate saca un cigarro de su bolsillo y el único sonido entre nosotros es el de su encendedor. Parece que ha pasado mucho tiempo desde que paseaba por el campus con él y los demás... Parece tan lejano que mi rutina cada mañana fuera criticar a la gente y cuidar de colegas crudos... Parece que hace mucho tiempo que mi vida gira sólo alrededor de ella...

—Entiendo lo que dices —responde tras una fumada—. No puedo creer que lo estés diciendo, pero lo entiendo, y espero que sepas que siento, por la parte que me toca, lo que pasó con Dan y Steph. Sabía que estaban planeando algo, pero no tenía ni idea de qué era.

En lo último que quiero pensar es en Steph y en Dan y en la que armaron.

—Sí, bueno, podríamos darle vueltas y más vueltas —replico—, pero el resultado sería el mismo. Nunca se acercarán siquiera a respirar el mismo aire que Tessa.

—Steph se ha ido de todas formas.

—¿Adónde?

—Luisiana.

Bien, la quiero lo más lejos de Tessa que pueda estar.

Espero que Tessa me escriba; digamos que aceptó hacerlo hoy, y confío en que lo haga. Si no lo hace pronto, estoy seguro de que caeré y le escribiré yo primero. Estoy intentando darle espacio, pero nuestra conversación por emoticonos de anoche fue la más divertida que hemos tenido desde..., bueno, desde unas horas antes, cuando estaba dentro de ella. Aún me cuesta creer la suerte que tuve de que me dejara siquiera acercarme a ella.

Luego me comporté como un pendejo, pero eso no viene al caso.

—Tristan se ha ido con ella —dice Nate.

El viento vuelve a soplar, y el campus parece un lugar mejor ahora que sé que Steph se ha ido del estado.

—Qué idiota ése también —repongo.

—No, qué va —contesta Nate defendiendo a su amigo—. Le gusta de verdad. Bueno, la quiere, supongo.

Resoplo.

—Pues lo que yo te digo: un idiota.

—Tal vez la conozca de una forma distinta que nosotros.

Sus palabras me hacen reír de un modo tranquilo e irritado.

—¿Qué más hay que conocer? Es una maldita loca —replico.

No puedo creer que de verdad esté defendiendo a Steph, bueno, a Tristan, que está saliendo de nuevo con ella a pesar de ser una psicópata que intentó hacerle daño a Tessa.

—No lo sé, güey, pero Tristan es mi colega y no lo juzgo —dice Nate, y luego me mira con frialdad—. La mayoría seguramente diría lo mismo de Tessa y de ti.

—Espero que estés comparándome a mí con Steph y no a Tessa.

—Está claro. —Pone los ojos en blanco y apaga el cigarro a sus pies—. Tendrías que venir conmigo a la casa de la fraternidad. Por los viejos tiempos. No habrá mucha gente, sólo algunos de nosotros.

—¿Dan? —El celular vibra entonces en mi bolsillo, lo saco y veo el nombre de Tessa en la pantalla.

—No lo sé, pero puedo asegurarme de que no se acerca mientras estés allí.

Estamos de pie en el estacionamiento. Mi coche está a unos pasos y la moto de Nate está en primera fila. Aún no creo que no se haya chingado ese maldito trasto. Ese montón de chatarra se le cayó al menos cinco veces el día que le dieron la licencia, y sé que no se pone casco cuando circula por la ciudad.

—No, gracias, tengo planes, de todas formas —miento a la vez que le mando un saludo de vuelta a Tessa.

Me gustaría que mis planes incluyeran hablar con ella durante horas. Casi he aceptado ir a la maldita residencia de la fraternidad, pero mis «viejos amigos» siguen yendo con Dan, lo que me recuerda perfectamente por qué dejé de ir con ellos.

—¿Estás seguro? —insiste Nate—. Podríamos platicar un rato por última vez antes de que te gradúes y dejes embarazada a tu chica. Ya sabes que es lo que toca, ¿no? —me molesta. Su lengua brilla al sol y yo aparto su brazo.

—¿Te has hecho un *piercing* en la lengua? —le pregunto pasando un dedo por la pequeña cicatriz junto a mi ceja.

—Sí, hace un mes más o menos. Aún no puedo creer que te quitaras esos aros. Buena forma de evitar lo segundo que te he dicho... —Se ríe y yo intento recordar lo que ha dicho. Algo sobre mi chica... y de embarazarla.

—Ah, no, ni de broma. Aquí nadie se embaraza, cabrón. Vete al infierno si crees que puedes maldecirme con esa chingadera. —Le doy un empujón en el hombro y se ríe con más ganas.

El matrimonio es una cosa, pero los bebés son otra completamente diferente.

Vuelvo a mirar el celular. Por mucho que me guste ponerme al día con Nate, quiero centrarme en Tessa y sus mensajes, sobre todo porque ha escrito algo acerca de ir al médico. Le escribo una respuesta rápida.

—Mira, ahí está Logan.

Nate hace que deje de observar el celular y siga su mirada hasta localizar a Logan, que viene hacia nosotros.

—Mierda —añade Nate, y mi mirada se centra entonces en la chica que camina junto a él.

Me suena su cara, pero no sé...

Molly. Es Molly, aunque ahora su pelo es negro en lugar de rosa. Parece que hoy es mi día de suerte...

—Bueno, debo irme. Tengo cosas que hacer —digo intentando evitar el potencial desastre que viene. En cuanto me vuelvo para irme, Molly se acerca a Logan y él le rodea la cintura con el brazo.

«Pero ¿qué chingados...?»

—¿Ellos...? —alucino—. ¿Esos dos, cogiendo...?

Miro a Nate y el cabrón ni siquiera intenta ocultar la gracia que le hace.

—Sí, ya hace tiempo —explica—. No se lo dijeron a nadie hasta hace unas tres semanas. Yo los descubrí antes, por cierto. Sabía que algo estaba pasando cuando ella dejó de estar siempre de mala onda.

Molly se aparta la melena negra y le sonríe a Logan. Ni siquiera recuerdo haberla visto sonreír nunca. No la soporto, pero ya no la odio como solía hacerlo. Ayudó a Tessa...

—¡Ni se te ocurra largarte hasta que me digas por qué has estado evitándonos! —grita Logan desde la otra punta del estacionamiento.

—¡Tengo mejores cosas que hacer! —le grito yo a mi vez, y miro de nuevo el teléfono.

Quiero saber por qué Tessa ha vuelto al médico. En su último mensaje evitaba la pregunta, y necesito saberlo. Estoy seguro de que está bien, sólo soy un cabrón entrometido.

Molly sonríe con suficiencia.

—¿Cosas mejores? ¿Como cogerte a la cerebrito de Tessa en Seattle?

Igual que en los viejos tiempos, le saco el dedo y le digo:

—Olvídame.

—No seas bobo. Todos sabemos que no han dejado de coger desde que se conocieron —se burla.

Miro a Logan como diciendo «Haz que se calle o lo haré yo», pero él se limita a encogerse de hombros.

—Hacen muy buena pareja ustedes dos.

Le levanto una ceja a mi viejo amigo y esta vez es él quien me enseña el dedo.

—Al menos ahora te deja en paz, ¿no? —dispara Logan, y yo me río. En eso tiene razón.

—¿Dónde está, por cierto? —pregunta Molly—. No es que me importe, no me gusta nada.

—Lo sabemos —dice Nate, y ella pone los ojos en blanco.

—Tú tampoco le gustas a ella. Ni a nadie, en realidad —le recuerdo en tono de burla.

—*Touché.* —Sonríe y se apoya en el hombro de Logan.

Puede que Nate tenga razón: no parece estar de tan mala vibra como antes.

—Bueno, me ha encantado verlos, chicos, en serio —digo con sarcasmo, y me vuelvo para largarme—. Tengo mejores cosas que hacer, así que pásenla bien hagan lo que hagan. Y, Logan, de verdad, tienes que seguir cogiéndotela. Parece que surte efecto. —Los saludo con la cabeza y me subo al coche.

En cuanto cierro la puerta del coche, oigo una mezcla de frases: «Está de mejor humor», «enamorado» y «Me alegro por él».

Y lo más raro de todo es que la última provenía de la Maldita Zorra en persona.

CAPÍTULO 50

Tessa

Estoy incómoda, nerviosa y tengo un poco de frío vestida sólo con una bata, y sentada en esta consulta de hospital, que es como el resto de las que hay en el pasillo. Deberían poner un poco de color en las habitaciones, con algo de pintura bastaría, o incluso una foto enmarcada como en cualquier otra de las consultas en las que he estado. Menos en ésta. Aquí todo es blanco: paredes, mesa y suelo.

Debería haber aceptado el ofrecimiento de Kimberly de acompañarme. Estoy bien sola, pero un poco de apoyo, aunque fuera algo del sentido del humor de Kim, me habría ayudado a calmarme. Esta mañana me he despertado encontrándome mucho mejor de lo que merezco, sin rastro de cruda. Me sentía más o menos bien. Me dormí con una sonrisa provocada por el vino y por Hardin y he dormido más a gusto que en semanas.

No dejo de darle vueltas a todo, como siempre cuando se trata de él. Repasando una y otra vez nuestra divertida conversación de anoche, no ha dejado de sacarme una sonrisa, por muchas veces que haya leído los mensajes.

Me gusta ese Hardin amable, paciente y juguetón. Me encantaría conocerlo un poco mejor, pero temo que no se quede el tiempo suficiente como para conseguirlo. Yo tampoco voy a quedarme mucho. Me voy a Nueva York con Landon y, cuanto más se acerca la fecha, más nerviosa y agitada estoy por dentro. No sé si son nervios buenos o malos, pero hoy no puedo controlarlos, y en estos momentos se han multiplicado.

Los pies me cuelgan de la incómoda camilla y no sé si dejar las piernas cruzadas o no. Es una decisión trivial, pero consigue distraerme del frío y de las extrañas mariposas que revolotean en mi estómago.

Saco el celular de la bolsa y le escribo un mensaje a Hardin, sólo para mantenerme ocupada mientras espero, claro.

Le mando únicamente un simple «Hola» y espero, mientras cruzo y descruzo las piernas.

«Me alegro de que me escribas, porque sólo iba a esperar una hora más antes de hacerlo yo», contesta.

Sonrío a la pantalla, aunque no debería gustarme la exigencia que se esconde tras sus palabras. Está siendo tan sincero últimamente que me encanta.

Estoy en el médico y llevo esperando un rato. ¿Cómo estás hoy?

Me responde enseguida:

No seas tan formal. ¿Qué haces en el médico? ¿Estás bien? No me has dicho que ibas a ir. Estoy bien, no te preocupes, aunque me he encontrado a Nate e intenta que vaya a verlos luego. Como si eso fuera a ocurrir.

Odio la forma en la que me duele el pecho al pensar que Hardin pueda salir con sus viejos amigos. No es asunto mío lo que haga o cómo pase el tiempo, pero no puedo deshacerme de lo que siento cuando pienso en los recuerdos que se asocian a ellos.

Unos segundos más tarde:

No es que tuvieras que decírmelo, pero podrías haberlo hecho. Podría haberte acompañado.

No pasa nada. Estoy bien sola.

Sin embargo, no puedo evitar desear haberle dado la oportunidad.

Has estado demasiado sola desde que te conozco.

«No tanto», le contesto. No sé qué más decir porque estoy algo confusa a la par que contenta de que se preocupe por mí y lo diga abiertamente.

La palabra «Mentirosa» llega con un par de pantalones y una bola de fuego. Me tapo la boca con la mano para reprimir una carcajada cuando el médico entra en la consulta.

El médico ha llegado, te escribo luego.

Avísame si no tiene las manos quietecitas.

Dejo el celular a un lado e intento borrar la sonrisa tonta de mi cara mientras el doctor West se pone los guantes de látex.

—¿Qué tal todo?

«¿Qué tal todo?» No tiene intención de escuchar la respuesta a eso y tampoco tiene tiempo para hacerlo. Es un médico, no un psiquiatra.

—Bien —respondo, temiendo una pequeña plática mientras se dispone a examinarme.

—He visto los estudios que te hicimos en la última visita y no ha habido nada que me llamara la atención.

Dejo escapar un suspiro de alivio.

—Sin embargo —dice en tono sombrío, y hace una pausa. Debería haber sabido que habría un «sin embargo»—, al mirar las imágenes de la ecografía, concluyo que tienes el cuello del útero muy estrecho y, por lo que puedo ver, también corto. Me gustaría enseñarte lo que quiero decir, si te parece bien.

El doctor West se coloca bien los lentes y yo asiento. Cuello del útero corto y estrecho. He buscado lo bastante en internet como para saber qué significa eso.

Diez largos minutos después, me ha mostrado con detalle todo cuanto ya sabía. Sabía cuál sería su conclusión. Lo supe en cuanto me fui de su consulta hace menos de tres semanas. Mientras me visto, sus palabras se repiten como un eco en mi cabeza.

«No es imposible, pero sí bastante improbable.»

«Hay otras opciones, mucha gente elige la vía de la adopción.»

«Todavía eres muy joven. Con los años, tú y tu pareja podrán estudiar las mejores opciones para ti.»

«Lo siento, Theresa.»

Sin pensar, marco el número de Hardin de camino al coche. El buzón de voz salta tres veces antes de que me obligue a guardar el celular.

Ahora mismo no lo necesito, ni a él ni a nadie. Puedo lidiar con esto sola. Ya lo sabía. Ya me había enfrentado a esto mentalmente y se había acabado.

No importa que Hardin no haya contestado el teléfono. Estoy bien. ¿A quién le importa si no puedo embarazarme? Sólo tengo diecinueve años y, de todos modos, el resto de los planes que tenía se han ido a pique. Sólo debo asimilar que esta última parte de mi plan perfecto también se ha ido al diablo.

El trayecto de vuelta a casa de Kimberly es largo porque hay mucho tráfico. Odio manejar, lo tengo claro. Odio a la gente que se enoja al volante. Odio cómo llueve siempre aquí. Odio la música a todo volumen que ponen algunas chicas con las ventanillas bajadas incluso lloviendo. «¡Suban las ventanillas!»

Odio la forma en la que intento seguir siendo positiva y no volverme la patética Tessa que era la semana pasada. Odio que sea tan difícil pensar en nada excepto en que mi cuerpo me ha traicionado de la forma más definitiva e íntima.

Nací así, dice el doctor West. Claro que sí. Igual que mi madre, no importa lo perfecta que intente ser, nunca sucederá. Pero hay algo bueno, al menos: de este modo no pasaré ninguno de sus genes a un hijo. Supongo que no puedo culpar a mi madre por mi útero defectuoso, pero quiero hacerlo. Quiero culpar a algo o a alguien, aunque no puedo.

Así funciona el mundo: si deseas algo con todas tus fuerzas, te lo arrebatan y lo ponen lejos de tu alcance. Igual que ha sucedido con Hardin. Ni Hardin ni bebés. Los dos conceptos no se habrían juntado nunca de todas formas, aunque estuvo bien fingir que podía disfrutar del lujo de tenerlos a ambos.

Al entrar en casa de Christian me alivia ver que no hay nadie. Sin mirar el celular, me desnudo y me meto en la regadera. No sé cuánto tiempo paso allí dentro, viendo el agua colarse por el desagüe una y otra vez. Ya está fría cuando por fin salgo y me visto con una camiseta de Hardin que me metió en mi bolsa cuando me corrió en Londres.

Estoy acostada aquí ahora, en esta cama vacía, y justo cuando empezaba a desear que Kimberly estuviera en casa, recibo un mensaje suyo diciendo que ella y Christian van a pasar la noche en el centro de la ciudad y que Smith se quedará con la niñera. Tengo toda la casa para mí sola y nada que hacer, nadie con quien hablar. Nadie ahora, y ni siquiera un bebé en algún momento al que querer y cuidar.

No dejo de compadecerme a mí misma y sé que es ridículo, pero no puedo evitarlo.

«Bebe un poco de vino y renta una peli, ¡invitamos nosotros!», contesta Kimberly a mi mensaje de que disfruten de la noche.

Mi teléfono empieza a sonar en cuanto le mando un sms dándole las gracias. El número de Hardin parpadea en la pantalla y me debato entre contestar o no.

Para cuando llego al refrigerador del vino en la cocina, la llamada se ha desviado al buzón de voz y yo he comprado una entrada para la Fiesta de la Tristeza.

Una botella de vino más tarde, estoy en la sala en mitad de una peli de acción malísima que he rentado sobre un *marine* que se convierte en niñera y luego en cazador de alienígenas. Parecía la única película de la lista que no tenía nada que ver con amor, bebés, ni nada feliz.

¿Cuándo me he vuelto tan deprimente? Le doy otro sorbo al vino directamente de la botella. He abandonado la copa hace unas cinco explosiones de nave espacial.

El teléfono vuelve a sonar y, esta vez, al mirar la pantalla mis dedos borrachos responden por mí sin querer.

CAPÍTULO 51

Hardin

—¿Tess? —digo al teléfono; intento ocultar el pánico que siento.

Lleva toda la noche ignorando mis llamadas y me estaba volviendo loco preguntándome qué había hecho mal, qué más podía haber hecho mal esta vez.

—Sí. —Su tono es sombrío, lento y apagado. Con una palabra ya sé que ha estado bebiendo.

—¿Otra vez vino? —Suelto una risita—. ¿Voy a tener que regañarte? —Intento molestarla, pero me responde el silencio al otro lado—. ¿Tess?

—¿Sí?

—¿Qué pasa?

—Nada, sólo estoy viendo una peli.

—¿Con Kimberly? —El estómago se me contrae al pensar que pueda haber alguien más con ella.

—Conmigo misma. Estoy sola en esta casa gigaaante —responde. Su voz suena plana, a pesar de que exagere las palabras.

—¿Dónde están Vance y Kimberly? —No debería estar tan preocupado, pero su tono me pone nervioso.

—Pasarán la noche fuera. Smith también. Estoy aquí sola viendo una peli. La historia de mi vida, ¿no? —Se ríe, aunque sin rastro de humor.

—Tessa, ¿qué está pasando? ¿Cuánto has bebido?

Suspira y juro que la oigo dar un buen trago.

—Tessa, contesta —insisto.

—Estoy bien. Tengo permitido beber, ¿no, papá? —Está bromeando, pero la forma en que pronuncia la última palabra hace que sienta un escalofrío.

—Si nos ponemos técnicos, la verdad es que no puedes beber. No legalmente, al menos.

Soy el menos indicado para dar lecciones; es culpa mía que empezara a beber tan seguido, pero la paranoia se me está clavando en la boca del estómago ahora mismo. Está bebiendo sola y parece lo bastante triste como para ponerme de pie.

—Sí.

—¿Cuánto has bebido?

Le escribo un mensaje de texto a Vance esperando a que me responda.

—No mucho. Estoy bien. ¿Sabes lo que esss raaarooo? —dice Tessa.

Tomo las llaves del coche. Maldito seas, Seattle, por estar tan jodidamente lejos.

—¿Qué?

Meto los pies a la fuerza en mis zapatillas. Las botas me hacen perder demasiado tiempo, y eso es algo que ahora mismo no puedo permitirme.

—Es raro que alguien sea una buena persona pero que no dejen de pasarle cosas malas, ¿sabes? —contesta.

«Mierda.» Vuelvo a escribirle a Vance, esta vez diciéndole que mueva el trasero en dirección a casa de inmediato.

—Sí, claro que lo sé —le digo a Tessa—. No es justo cómo son las cosas.

Odio que se sienta así. Es una buena persona, la mejor que he conocido, y ha acabado rodeada de un montón de desgraciados, entre los que me incluyo. ¿A quién pretendo engañar? Soy el peor acosador de todos.

—Puede que sea mejor dejar de ser una buena persona, después de todo —añade.

«¿Qué? No. No, no, no.» No debería estar hablando así, pensando así.

—No, no pienses así.

Le hago un gesto impaciente con la mano a Karen, que está de pie en la puerta de la cocina, seguramente preguntándose adónde voy corriendo a estas horas.

—Intento no hacerlo, pero no puedo evitarlo. No sé cómo detenerme.

—¿Qué ha pasado hoy? —inquiero.

Me cuesta creer que estoy hablando con mi Tessa, la misma chica que siempre ve lo mejor de todo el mundo, incluida ella misma. Siempre ha sido tan positiva, tan feliz..., y ahora ya no lo es.

Suena desesperada, vencida.

Suena igual que yo.

La sangre se me hiela en las venas. Sabía que sucedería esto, sabía que no sería la misma después de ponerle las garras encima. De alguna manera sabía que después de mí sería distinto.

Esperaba que no fuera verdad, pero esta noche parece que vaya a ser así.

—Nada importante —miente.

Vance todavía no me ha contestado. Más le vale estar de camino a casa.

—Tessa, dime qué pasa. Por favor.

—Nada. Sólo el karma, que ha terminado por atraparme, supongo —murmura, y el sonido de una botella siendo descorchada hace eco en el silencio al otro lado de la línea.

—¿Qué karma? ¿Te has vuelto loca? Nunca has hecho nada para merecer ninguna de las cosas malas que te han pasado.

No responde.

—Tessa, creo que deberías dejar de beber por hoy. Estoy de camino a Seattle. Sé que necesitas espacio, pero me estoy preocupando por ti y..., bueno, no puedo quedarme a un lado, nunca he podido.

—Sí...

Ni siquiera me escucha.

—No me gusta que bebas tanto —le digo, sabiendo que no va a escucharme.

—Sí...

—Voy para allá. Toma una botella de agua, ¿está bien?

—Sí..., una botellita...

El camino a Seattle nunca me ha parecido tan jodidamente largo y, por la distancia que nos separa, por fin lo veo, éste es el ciclo del que Tessa siempre se queja. Es un ciclo que acaba aquí, es la última vez que viajo a otra ciudad en coche para estar cerca de ella. Se acabaron las malditas mamadas sin fin. Se acabó huir de mis problemas y también las malditas excusas. No más estúpidos viajes en coche cruzando el estado de Washington porque me he ido lejos.

CAPÍTULO 52

Hardin

He llamado cuarenta y nueve veces.

Cuarenta y nueve malditas veces.

«Cuarenta y nueve.»

¿Saben la cantidad de tonos que son?

Demasiados para contarlos, o al menos ahora no puedo pensar con la suficiente claridad como para hacerlo. Pero si pudiera, sería una cantidad de pinches tonos inmensa.

Si consigo superar los próximos tres minutos, tengo pensado reventar la puerta principal y estampar el celular de Tessa —ese que parece no saber cómo contestar— contra la pared.

Bueno, puede que no deba estampar su celular contra la pared. Puede que lo pise sin querer varias veces hasta que la pantalla se rompa bajo mi peso.

Tal vez.

Lo que se va a llevar es un regaño histórico, eso seguro. No he sabido de ella en las dos últimas horas, y no tiene ni idea de lo horrible que ha sido manejar todo este tiempo de camino. Voy por encima del límite de velocidad para llegar a Seattle cuanto antes.

Cuando ya estoy cerca de allí son las tres de la madrugada y Tessa, Vance y Kimberly están en mi lista negra. Puede que deba machacar sus tres celulares, ya que parece que los tres han olvidado cómo contestar a esos malditos aparatos.

Conforme me acerco a la entrada, el pánico empieza a apoderarse de mí, más del que ya traía encima. «¿Y si han decidido cerrar la puerta de seguridad? ¿Y si han cambiado el código?

»¿Recuerdo siquiera el maldito código? Claro que no. ¿Contestarán cuando los llame para pedírselo? Claro que no.»

¿Y si no contestan porque le ha pasado algo a Tessa y se la han llevado al hospital y ella no está bien y no tienen red y...?

Pero entonces veo que la puerta está abierta, y eso también me preocupa un poco. ¿Por qué Tessa no habrá activado el sistema de seguridad si está sola en la casa?

A medida que avanzo por la serpenteante carretera, veo que el suyo es el único coche estacionado en la entrada de la enorme finca. Qué bueno es saber que Vance está aquí cuando lo necesito... Menudo amigo. Padre..., no amigo. Mierda, ahora mismo no es ni lo uno ni lo otro, la verdad.

Cuando salgo del coche y me acerco a la puerta principal, mi ira y mi ansiedad van en aumento. La forma en la que me hablaba, cómo sonaba su voz..., es como si no controlara sus propios actos.

La puerta no está cerrada con llave, por supuesto, así que entro cruzando el recibidor hasta la sala. Me tiemblan las manos cuando abro la puerta de su cuarto, y siento una punzada en el pecho al ver su cama vacía. Y no sólo está vacía: está intacta, perfectamente hecha, con las esquinas de la colcha dobladas de una forma que sabes que es imposible imitar. Lo he intentado, pero es imposible hacer la cama como la hace ella.

—¡Tessa! —la llamo mientras camino hasta el baño al fondo del pasillo y entro. Cierro los ojos antes de encender la luz. Al no oír nada, los abro de nuevo.

Nada.

Me está costando respirar, pero voy a la siguiente habitación. «¿Dónde chingados se habrá metido?»

—¡Tess! —vuelvo a gritar, más fuerte esta vez.

Después de buscar por casi toda la mansión, apenas sí puedo respirar. ¿Dónde está? La única habitación que me falta es el cuarto de Vance y una habitación cerrada en el piso de arriba. No sé si quiero abrir esa puerta...

Voy a mirar en la puerta principal y el jardín y, si no está allí, no tengo ni idea de lo que haré.

—¡Theresa! ¿Dónde estás? Te juro que esto no es divertido...

Sin embargo, dejo de gritar en cuanto detecto una sombra acurrucada en una de las hamacas del jardín.

Al acercarme, veo que Tessa tiene las rodillas pegadas al cuerpo y los brazos rodean su pecho como si se hubiera quedado dormida mientras intentaba hacerse un ovillo.

Toda mi ira se desvanece cuando me arrodillo junto a ella. Retiro el pelo rubio de su cara y me propongo no estallar en carcajadas ahora que sé que está bien. Carajo, estaba tan preocupado...

Con el pulso acelerado, me inclino sobre ella y le acaricio con el pulgar el labio inferior. No sé por qué lo he hecho, la verdad, me ha salido así, pero juro que no me arrepiento cuando veo que abre los ojos y gimotea.

—¿Qué haces aquí fuera? —pregunto con voz fuerte y cansada.

Un gesto molesto me dice que le choca el volumen de mis palabras.

«¿Por qué no estás dentro? Me estaba muriendo de preocupación por ti, llevo horas imaginando todo lo posible y lo imposible», quiero decirle.

—Gracias a Dios que estabas dormida —me sale en su lugar—. Te he estado llamando, estaba preocupado por ti.

Se sienta al tiempo que se frota el cuello como si se le fuera a caer la cabeza.

—¿Hardin?

—Sí, Hardin.

Intenta enfocar la vista en la oscuridad mientras sigue frotándose el cuello. Cuando se mueve para ponerse en pie, una botella de vino vacía cae al suelo de cemento de la entrada y se parte por la mitad.

—Lo siento —se disculpa, y entonces se agacha para recoger los cristales rotos.

Con cuidado, aparto su mano y rodeo sus dedos con los míos.

—No toques eso. Luego lo recojo. Vayamos adentro.

La ayudo a levantarse.

—¿Cómo... has... has venido? —pregunta.

Le cuesta hablar, y creo que no quiero saber cuánto vino más ha bebido después de que colgara. He visto por lo menos cuatro botellas vacías en la cocina.

—En coche, ¿cómo si no?

—¿Hasta aquí? ¿Qué hora es?

La miro de arriba abajo. Sólo lleva puesta una camiseta. Mi camiseta.

Se da cuenta de que la miro y empieza a jalar de la orilla hacia abajo para cubrir sus muslos desnudos.

—Me la puse sólo... —comienza a decir, tartamudeando—. Me la he puesto ahora, sólo una vez —repite, pero lo que dice no tiene sentido.

—Está bien, quiero que te la pongas. Vayamos adentro.

—Me gusta estar aquí fuera —explica en voz baja mirando la oscuridad.

—Hace demasiado frío. Mejor vamos adentro.

Me dispongo a tomarte la mano, pero ella la quita.

—Bueno, bueno, si quieres estar aquí fuera, está bien. Pero me quedaré contigo —accedo.

Asiente y se apoya en el barandal. Le tiemblan las rodillas y está muy pálida.

—¿Qué pasó esta noche?

Tessa permanece en silencio, mirando a la nada fijamente. Tras un momento, se vuelve hacia mí.

—¿Alguna vez has sentido que tu vida se ha convertido en una broma enorme?

—Todos los días.

Me encojo de hombros sin estar seguro de adónde demonios lleva esta conversación, aunque odio la tristeza que veo en sus ojos.

Incluso en la oscuridad, la tristeza arde a fuego lento, azul y profundo, acechando esos ojos brillantes que tanto amo.

—Bueno, pues yo también —añade.

—No, tú eres la positiva aquí. La feliz. El cabrón cínico soy yo, no tú.

—Ser feliz es agotador, ¿sabes?

—No, la verdad. —Doy un paso hacia ella—. No soy el típico ejemplo de la felicidad, por si no te habías dado cuenta —digo intentando animarla, y me concede una sonrisa medio borracha, medio divertida.

Me gustaría que me contara qué le pasa últimamente. No sé qué puedo hacer por ella, pero esto es culpa mía, todo esto es culpa mía. La tristeza que hay en su interior es mi carga, no la suya.

Levanta el brazo para apoyarlo en el poste de madera que tiene delante, pero falla y casi se come la sombrilla adosada a la mesa del jardín.

La agarro por el codo para ayudarla a recuperar el equilibrio y empieza a acercarse a mí.

—¿Podemos entrar ya? —digo—. Necesitas dormir todo el vino que has bebido.

—No recuerdo haberme quedado dormida.

—Lo más probable es que hayas perdido la conciencia, no que te hayas dormido —repongo, y señalo la botella rota en el suelo.

—No intentes regañarme —me espeta al tiempo que se aparta.

—No lo hago.

Levanto las manos, inocente, y quiero ponerme a gritar por lo irónico de esta maldita situación. Tessa es la borracha y yo soy la voz sobria de la razón.

—Lo siento —suspira—. No puedo pensar.

La observo mientras se sienta en el suelo y vuelve a pegar las rodillas al pecho. A continuación, levanta la cabeza y me mira.

—¿Puedo hablarte de una cosa?

—Por supuesto.

—Y ¿serás completamente sincero?

—Lo intentaré.

Parece estar de acuerdo con lo que digo, así que me siento en la orilla de la silla más cercana a donde ella está en el suelo. Me da un poco de miedo conocer de qué quiere hablar, pero necesito saber qué le pasa, por lo tanto guardo silencio y espero a que ella hable.

—A veces siento que todo el mundo consigue lo que yo quiero —murmura avergonzada.

Tessa sintiéndose culpable por cómo se siente...

Casi no me puedo creer sus palabras cuando añade:

—No es que no me alegre por ellos...

Y veo con toda claridad las lágrimas que inundan sus ojos.

Juro por mi vida que no sé de qué demonios habla, aunque me viene a la mente el compromiso de Kimberly y Vance.

—¿Lo dices por Christian y Kim? Porque si es así, no deberías querer lo que ellos tienen. Él es un mentiroso, le ha sido infiel y... —Me interrumpo antes de acabar la frase con algo horrible.

—Él la quiere. Mucho, además —murmura Tessa, y dibuja formas con los dedos en el suelo.

—Yo te quiero más —digo sin pensarlo.

Mis palabras consiguen el efecto contrario al que esperaba y Tessa gimotea. Gimotea literalmente mientras se abraza las rodillas de nuevo.

—Es verdad. Te quiero —le aseguro.

—Tú sólo me quieres a veces —afirma como si fuera de lo único que está segura en la vida.

—No es cierto. Sabes que no es así.

—Así es como lo siento —susurra mirando hacia el mar. Ojalá fuera de día y la vista ayudara a calmarla, puesto que está claro que yo no lo estoy consiguiendo.

—Lo sé. Sé que puedes sentirte así. —Admito que es posible que se sienta así ahora.

—Querrás a alguien siempre, más adelante —me suelta entonces.

«¿Qué?»

—¿Qué dices?

—La próxima vez, la querrás siempre.

En este instante tengo la extraña visión de mí mismo pensando en este momento dentro de cincuenta años, reviviendo el dolor terrible que acompaña sus palabras. El sentimiento es abrumador, y tan obvio como nunca antes lo ha sido.

Se ha rendido conmigo. Con lo nuestro.

—¡No habrá una próxima vez! —replico. No puedo evitar alzar la voz, la sangre me hierve bajo la piel y amenaza con rajarla y partirme en dos en este maldito porche.

—La habrá. Soy tu Trish.

«¿A qué viene esto ahora? Sé que está borracha, pero ¿qué tiene que ver mi madre en todo esto?»

—Tu Trish soy yo. También tendrás tu Karen, y ella podrá darte un hijo.

Tessa se seca las lágrimas y yo me bajo de la silla para arrodillarme en el suelo a su lado.

—No sé qué estás diciendo, pero estás equivocada.

Le rodeo los hombros con un brazo y empieza a llorar.

No entiendo lo que dice, sólo: «Hijo... Karen... Trish... Ken».

Maldita sea Kimberly por tener tanto vino en casa.

—No sé por qué Karen o Trish o cualquier nombre que digas tiene algo que ver con nosotros —repongo.

Me empuja, pero yo la agarro más fuerte. Puede que no me quiera, pero ahora mismo me necesita.

—Tú eres Tessa y yo Hardin. Fin de...

—Karen está embarazada. —Tessa solloza apoyada en mi pecho—. Va a tener un bebé.

—¿Y?

Muevo el brazo enyesado arriba y abajo por su espalda; no estoy muy seguro de qué hacer con esta versión de Tessa.

—He ido al médico. —Llora, y yo me quedo helado.

«Puta madre.»

—¿Y? —pregunto intentando no ponerme histérico.

No contesta en ninguna lengua comprensible. Su respuesta sale de ella en una especie de llanto ebrio, y a mí me cuesta un poco pensar con claridad. Está claro que no está embarazada. Si lo estuviera, no estaría bebiendo. Conozco a Tessa y sé que jamás haría algo así. Está obsesionada con ser madre algún día, nunca pondría en peligro la vida de su futuro hijo.

Me deja que la abrace mientras se calma.

—¿Tú querrías? —me pregunta pasados unos minutos. Su cuerpo sigue apoyado en mí, pero las lágrimas han cesado.

—¿Qué?

—Tener un bebé —dice. Se frota los ojos y yo me estremezco.

—Hum..., no —contesto negando con la cabeza—. No quiero tener un bebé contigo.

Cierra los ojos y empieza a gimotear de nuevo. Repito mentalmente lo que he dicho y me doy cuenta de cómo han podido sonar mis palabras.

—No quería decir eso —me corrijo—. Sólo es que no quiero tener hijos, ya lo sabes.

Se sorbe los mocos y asiente, aún en silencio.

—Tu Karen podrá darte un bebé —añade entonces. Sigue con los ojos cerrados y apoya la cabeza en mi pecho.

No podría estar más confundido. Intento buscar la conexión con Karen y mi padre, pero no quiero ni pensar que Tessa crea que es mi principio, pero no mi final.

Le rodeo la cintura con los brazos y la levanto del suelo diciendo:

—Vamos, es hora de irse a la cama.

Esta vez no se resiste.

—Es verdad, lo dijiste una vez —murmura. Luego me rodea la cintura con las piernas y me facilita así la tarea de llevarla a través de la puerta corrediza y por el pasillo.

—¿Qué dije?

—Que no puede haber un final feliz para esto —responde.

Maldito Hemingway y su visión de mierda de la vida.

—Fue estúpido por mi parte decir eso. No lo creía en absoluto —le aseguro.

—Ahora que ya te quiero lo suficiente, ¿qué quieres hacer? ¿Destrozarme? —Otra vez las palabras de ese desgraciado. Tessa recuerda perfectamente algunas cosas aunque esté demasiado borracha como para mantenerse en pie.

—Shhh... Ya citaremos a Hemingway cuando estés sobria.

—Todas las cosas malas empiezan en la inocencia —dice pegada a mi cuello, con los brazos rodeando mi espalda mientras abro la puerta de su habitación.

Solía gustarme esa cita porque nunca entendí el significado. Creía que sí, pero hasta ahora, que es cuando estoy viviendo su significado, no lo había entendido de verdad.

Cada vez me siento más culpable. La deposito con cuidado sobre la cama, tiro las almohadas al suelo y dejo sólo una para la cabeza.

—Acuéstate —le ordeno con suavidad.

Tiene los ojos cerrados y por fin parece que se va a quedar dormida. Apago la luz, esperando que duerma el resto de la noche.

—¿Te quedasss? —dice arrastrando las letras.

—¿Quieres que me quede? Puedo dormir en otra habitación —le ofrezco, aunque no me apetece. Está tan apagada, tan distante de sí misma, que casi me da miedo dejarla sola.

—Mmm —murmura agarrando la sábana. Jala un extremo y gruñe frustrada cuando no consigue bastante tela como para taparse.

Después de ayudarla, me quito los tenis y me acuesto en la cama a su lado. Mientras me debato acerca de cuánta distancia dejar entre nuestros cuerpos, su pierna desnuda me rodea la cintura y me atrae hacia sí.

Puedo respirar. Por fin puedo respirar, carajo.

—Estaba asustado pensando que no estarías bien —admito en el silencio de la habitación oscura.

—Yo también —dice con la voz rota.

Meto un brazo bajo su cabeza y ella levanta las caderas, volviéndose hacia mí y apretando la pierna que rodea mi cintura.

No sé qué hacer a partir de aquí, no sé qué le he hecho para que esté así.

Sí..., sí lo sé. La he tratado como a una mierda y me he aprovechado de su bondad. He usado una oportunidad tras otra, como si no fueran a acabarse. He tomado la confianza que me ha dado y la he destrozado como si no significara nada, y encima se la he echado en cara cada vez que sentía que no era lo bastante bueno para ella.

Si simplemente hubiera aceptado su amor desde el principio, aceptado su confianza y valorado la vida que intentaba insuflarme, ahora no estaría así. No estaría acostada a mi lado, borracha y molesta, vencida y destrozada por mí.

Me ha arreglado, ha pegado cada pequeño fragmento de mi alma destrozada y la ha convertido en algo imposible, algo casi atractivo. Me ha convertido en algo, algo casi normal, pero con cada gota de pegamento que ha usado para mí, ha perdido una gota de sí misma, y yo que soy un desgraciado no tenía nada que ofrecerle.

Todo cuanto temía que sucediera ha sucedido y por mucho que haya intentado evitarlo, ahora veo que lo he empeorado. La he cambiado y la he destruido tal y como prometí que haría meses atrás.

Parece una locura.

—Siento haberte destruido —susurro contra su pelo. Por su respiración, ya parece estar dormida.

—Yo también —suspira, y el arrepentimiento se mete en los pequeños huecos que hay entre nosotros mientras se adormece.

CAPÍTULO 53

Tessa

Un zumbido. Sólo oigo un zumbido constante y siento que la cabeza me va a estallar en cualquier momento. Además, hace calor. Demasiado calor. Hardin pesa mucho, su brazo enyesado me aprieta la panza y necesito hacer pipí.

«Hardin.»

Le levanto el brazo y salgo reptando, literalmente, de debajo de su cuerpo. Lo primero que hago es tomar su teléfono de la mesita y quitar la función de vibración. La pantalla está llena de mensajes y llamadas de Christian. Respondo con un simple «Estamos bien» y pongo el celular en silencio antes de ir al baño.

Me siento muy triste, y los restos del abuso de alcohol de anoche siguen flotando en mis venas. No debería haber bebido tanto vino, debería haber parado después de la primera botella. O de la segunda. O de la tercera.

No recuerdo haberme dormido y tampoco consigo acordarme de qué pasó para que Hardin esté aquí. Un recuerdo emborronado de su voz al teléfono aparece en mi mente pero no consigo entenderlo, y ni siquiera estoy segura de que de verdad ocurriera. Sin embargo, él está aquí ahora, dormido en mi cama, por lo que supongo que los detalles ya no importan.

Apoyo las caderas en el lavamanos y abro la llave del agua fría. Me echo un poco en la cara como hacen en las películas, pero no funciona. No me despierta ni despeja mi mente, sólo hace que el rímel de ayer chorree aún más por mis mejillas.

—¿Tessa? —llama la voz de Hardin.

Cierro la llave y me lo encuentro en el pasillo.

—Hola —digo evitando sus ojos.

—¿Qué haces levantada? Sólo hace dos horas que te has dormido.

—Supongo que tengo insomnio. —Me encojo de hombros odiando la extraña tensión que siento en su presencia.

Lo sigo hasta la habitación y cierro la puerta detrás de mí. Se sienta en la orilla de la cama y yo vuelvo a meterme bajo las sábanas. Ahora mismo no me veo con fuerzas para enfrentarme a un día nuevo, pero no pasa nada, porque no parece que el sol haya decidido salir aún.

—Me duele la cabeza —confieso.

—No lo dudo: te has pasado la noche vomitando, pequeña.

Siento un poco de vergüenza al recordar a Hardin agarrándome el pelo y cómo me acariciaba los hombros para reconfortarme mientras vaciaba mi estómago en la taza del baño.

La voz del doctor West dándome malas noticias, las peores noticias, se hace eco en mi adolorida cabeza. ¿Le conté a Hardin lo que ocurre cuando estaba borracha? «Espero que no.»

—¿Qué... qué dije anoche, Hardin? —pregunto tartamudeando un poco.

Él exhala y se pasa una mano por el pelo.

—No dejabas de hablar de Karen y de mi madre. No quiero saber lo que significaba.

Hace una mueca que supongo que se parece a la expresión de mi propia cara.

—¿Eso es todo? —repongo.

—Básicamente. Ah, también citabas a Hemingway.

Sonríe ligeramente y entonces recuerdo lo encantador que puede llegar a ser.

—No. —Me cubro la cara con las manos muerta de vergüenza.

—Sí.

De sus labios escapa una suave sonrisa y, cuando lo espío entre mis dedos, añade:

—También dijiste que aceptabas mis disculpas y que ibas a darme otra oportunidad.

Sus ojos se encuentran con los míos a través de las rendijas de mis dedos y no puedo apartar la mirada. «Buen intento.»

—Mentiroso.

No sé si quiero reír o llorar. Aquí estamos otra vez, en mitad de las idas y venidas, del estira y afloja. Soy consciente de que en esta ocasión parece distinto, pero también sé que no puedo confiar en mi juicio. Cada vez que me hacía una promesa que no era capaz de cumplir parecía distinto.

—¿Quieres que hablemos de lo que pasó anoche? —me pregunta—. Porque no me gustó nada verte así. No eras tú. Me asustaste mucho por teléfono.

—Estoy bien.

—Estabas borracha. Bebiste tanto que te quedaste dormida en la entrada, y hay botellas vacías por toda la casa.

—No es divertido encontrar a alguien así, ¿verdad?

Me siento como una imbécil en cuanto lo digo. Sus hombros se hunden.

—No, no lo es —admite.

Me acuerdo de las noches —y, a veces, incluso los días— en las que encontraba a Hardin borracho. El Hardin borracho siempre venía acompañado de lámparas rotas, agujeros en las paredes y palabras horribles que buscaban herir de verdad.

—Eso no volverá a suceder —dice respondiendo a mis pensamientos.

—No quería... —miento, pero me conoce demasiado bien.

—Sí querías. Y está bien, me lo merezco.

—Sea como sea, no es justo que te lo eche en cara.

Debo aprender a perdonar a Hardin o ninguno de los dos podrá vivir en paz después de esto.

No me había dado cuenta de que vibraba, pero entonces toma el celular de la mesita y se lo pega a la oreja. Cierro los ojos para aliviar el dolor mientras Hardin maldice a Vance. Sacudo la mano intentando detenerlo, pero me ignora, y se apresura a decirle a Christian lo cabrón que es.

—¡Deberías haber contestado, carajo! Si llega a pasarle algo, habría hecho que toda la responsabilidad cayera sobre ti.

Hardin le grita al teléfono y yo intento silenciar su voz.

«Estoy bien, he bebido demasiado porque tuve un mal día, pero ahora estoy bien. ¿Qué hay de malo en eso?»

Cuando cuelga, siento que el colchón a mi lado se hunde y me aparta la mano de los ojos.

—Dice que siente no haber venido a casa a ver cómo estabas —explica Hardin a pocos centímetros de mi cara.

Desde aquí veo la pelusa que empieza a crecerle en el mentón y la mejilla. No sé si es porque sigo borracha o sólo loca de remate, pero alargo la mano y le acaricio la barbilla. Mi gesto lo sorprende y me mira con los ojos muy abiertos mientras lo toco.

—¿Qué estamos haciendo? —pregunta, y se acerca aún más.

—No lo sé —le contesto, y es la verdad.

No tengo ni idea de lo que estamos haciendo ahora, de lo que hago siempre que se trata de Hardin. Nunca lo he sabido. En mi interior estoy triste y dolida y me siento traicionada por mi propio cuerpo y también por la naturaleza esencial del karma y la vida en general, pero por fuera sé que Hardin puede hacer que olvide todo eso.

Ahora lo entiendo. Entiendo lo que quería decir cuando me decía que me necesitaba todas aquellas veces. Entiendo por qué me utilizó como lo hizo.

—No quiero utilizarte —digo entonces.

—¿Qué? —pregunta confundido.

—Quiero que me hagas olvidarlo todo pero no quiero utilizarte. Quiero estar a tu lado ahora mismo, pero no he cambiado de opinión respecto al resto —balbuceo y espero que entienda lo que no sé cómo decir.

Se apoya en un codo y me mira.

—No me importa cómo ni por qué, pero si me quieres de esa forma no tienes por qué dar explicaciones. Ya soy tuyo.

Sus labios están tan cerca de los míos que sólo tendría que incorporarme un poco para tocarlos.

—Lo siento —digo volviendo la cabeza.

No puedo utilizarlo de esa manera, pero sobre todo no puedo fingir que eso es todo cuanto sería. No sería una simple distracción física a mis problemas; sería más, mucho más. Aún lo quiero, aunque a veces desearía no hacerlo. Me gustaría ser más fuerte y poder despachar esto como un simple entretenimiento, sin sentimientos, sin querer más, sólo sexo.

Sin embargo, mi corazón y mi conciencia no lo permitirán. Estando tan dolida como estoy por ver cómo mi futuro perfecto se ha evaporado, no puedo utilizarlo así, sobre todo ahora que parece que esté haciendo un esfuerzo. Le haría mucho daño.

Mientras me debato conmigo misma, rueda sobre el colchón, pone el cuerpo sobre el mío y me toma las muñecas con una mano.

—Pero ¿qué estás...?

Levanta mis brazos por encima de mi cabeza.

—Sé lo que estás pensando —dice.

Pone los labios sobre mi cuello y mi cuerpo se rinde. Giro la cabeza a un lado dejando expuesta esa zona de piel sensible.

—No es justo para ti —jadeo cuando me muerde debajo de la oreja. Me suelta las muñecas el tiempo justo para quitarme la camiseta y tirarla al suelo.

—Esto no es justo. Me permites que te toque a pesar de que todo lo que he hecho es injusto para ti, pero yo lo quería. Yo te deseaba, siempre te deseo, y sé que estás evitándolo pero quieres que te distraiga de tu dolor. Déjame hacerlo, por favor.

A continuación, deja caer su peso sobre mí, sus caderas me aprisionan contra el colchón de una forma dominante y exigente que hace que mi cabeza gire más rápido que con el vino de anoche.

Su rodilla se mete entonces entre mis muslos y los separa.

—No pienses en mí —añade—. Sólo piensa en ti y en lo que quieres.

—Bien —asiento, gimiendo al notar cómo su rodilla me acaricia entre las piernas.

—Te quiero. No te sientas mal por dejarme que te lo demuestre.

Habla en un tono muy suave, pero una de sus manos agarra con fuerza mis muñecas y me inmoviliza en la cama mientras la otra se mete bajo mis calzones.

—Qué mojada estás... —gime, y su dedo se desliza arriba y abajo en la humedad. Intento no moverme cuando acerca el dedo a mi boca y lo introduce entre mis labios—. Rico, ¿verdad?

Sin dejarme contestar, me suelta las manos y mete la cabeza entre mis piernas. Su lengua me recorre y yo hundo los dedos en su pelo. Cada vez que su lengua toca mi clítoris, me pierdo en el espacio con él. Ya no me rodea la oscuridad, ya no estoy enojada, no pienso en mis errores ni en mis remordimientos.

Sólo me concentro en su cuerpo y en el mío. Me concentro en sus gemidos cuando lo jalo del pelo. Me concentro en la forma en que mis uñas le arañan los omóplatos cuando introduce dos dedos en mi interior. Sólo puedo concentrarme en que me está tocando, por todas partes, dentro y fuera, de una forma en la que nadie lo ha hecho antes.

Me concentro en cómo toma aire cuando le suplico que se dé la vuelta y que me deje darle placer mientras él me lo da a mí; en la forma en la que se baja los pantalones y los tira al suelo y casi se arranca la camiseta de la prisa que tiene por volver a tocarme. Me concentro en la forma en la que me levanta y me coloca encima de él, con mi cara mirando a su verga. Me concentro en que nunca habíamos hecho esto antes, pero me encanta cómo gimotea mi nombre cuando me la meto en la boca. Me concentro en la presión que crece en mí y en las obscenidades que me dice para conseguir llevarme al límite.

Yo me vengo primero, luego lo hace él llenándome la boca, y casi me desmayo del alivio que invade mi cuerpo después de esto. Trato de no pensar en que no me siento culpable por permitirle que me toque para distraerme del dolor.

—Gracias —suspiro apoyada en su pecho cuando me jala para darme la vuelta y acostarme sobre él, mirándolo.

—No, gracias a ti. —Me sonríe y me besa el hombro desnudo—. ¿Vas a decirme qué es lo que te preocupa?

—No —repongo.

Dibujo con la yema del dedo el tatuaje del árbol en su estómago.

—Bueno —asiente—. ¿Te casarás conmigo?

Su cuerpo se mueve con su risa suave bajo mi cuerpo.

—No —le suelto esperando que sólo quiera molestarme.

—Bueno. ¿Vendrás a vivir conmigo?

—No.

Desplazo el dedo hasta su muñeca y resigo el símbolo del infinito con los extremos en forma de corazón tatuado allí.

—Me lo tomaré como un «quizá» —dice. Luego ríe entre dientes y me rodea la espalda con un brazo—. ¿Dejarás que te invite a cenar esta noche?

—No —respondo demasiado rápido.

Se ríe.

—Me tomaré eso como un «sí».

Su risa se corta de golpe cuando oímos el eco de la puerta principal al abrirse y las voces que llenan el recibidor.

—Mierda —decimos los dos a la vez.

Hardin me mira sorprendido por mi lenguaje y yo lo miro y me encojo de hombros antes de empezar a buscar en los cajones algo que ponerme.

CAPÍTULO 54

Tessa

La tensión puede cortarse con un cuchillo, y juraría que Kimberly ha abierto la ventana sólo por eso. Intercambiamos miradas amistosas a través de la sala.

—No es tan difícil contestar el teléfono o responder a un mensaje. Yo he venido en coche desde allí y tú me has contestado hace una hora —dice Hardin con furia, regañando a Christian.

Suspiro, igual que Kimberly. Estoy segura de que ella también se pregunta cuántas veces piensa repetir Hardin lo de «He venido en coche desde allí».

—Ya te dije que lo siento. Estábamos en el centro y, al parecer, mi celular decidió no tener red. —Christian avanza con la silla de ruedas más allá de donde está Hardin—. Estas cosas pasan, Hardin. «De ratones y hombres quedan truncados los proyectos mejores», y todo eso...

Hardin le echa a Christian una de sus miradas antes de rodear la isleta de la cocina y colocarse a mi lado.

—Creo que ya lo ha entendido —le susurro.

—Sí, bueno, más le vale —responde.

Permanece con el ceño fruncido y se gana una mueca irritada de su padre biológico.

—Qué humor tienes hoy, y eso después de lo que acabamos de hacer —lo molesto confiando en que se le pase el enojo.

Se inclina hacia mí y veo que la esperanza sustituye a la ira en sus ojos.

—¿A qué hora quieres que vayamos a cenar?

—¿Cenar? —interviene Kimberly.

Me vuelvo hacia ella y sé exactamente lo que está pensando.

—No es lo que imaginas.

—Sí lo es —dice Hardin.

Tengo ganas de cachetearlos a los dos, a ella por entrometida y a él por engreído. Claro que quiero ir a cenar con Hardin. He querido estar a su lado desde que lo conocí.

Pero no voy a dejarme llevar, no voy a caer en el círculo vicioso de nuestra relación destructiva. Tenemos que hablar, hablar de verdad, sobre todo lo que ha pasado y de mis planes de futuro. Del futuro de irme a Nueva York con Landon dentro de tres semanas.

Ha habido demasiados secretos entre nosotros, demasiados golpes evitables cuando esos secretos salían a la luz de la peor forma, y no quiero que ésta sea una de esas situaciones. Es hora de ser madura, de tener agallas y decirle a Hardin lo que pienso hacer.

Es mi vida, yo elijo. A él no tiene que parecerle bien, ni a nadie. Pero al menos debo contarle la verdad antes de que lo sepa por otra persona.

—Podemos irnos cuando quieras —respondo tranquilamente, ignorando la sonrisita de Kimberly.

Mira mi camiseta arrugada y mis *pants*.

—No vas a ir vestida así, ¿verdad?

No he tenido tiempo de fijarme en lo que me ponía, estaba demasiado preocupada pensando en que Kimberly llamaría a la puerta y nos atraparía a los dos desnudos.

—¡Shhh!

Pongo los ojos en blanco y me alejo de él. Oigo cómo me sigue hasta el baño, pero cuando llego cierro la puerta y pongo el seguro. Intenta entrar y lo oigo reír antes de notar un ruido sordo en la puerta. Imaginarlo golpeándose la cabeza contra la madera me hace sonreír.

Sin decirle ni una palabra desde el otro lado, abro la llave de la regadera y me desnudo para entrar antes de que el agua haya tenido tiempo de calentarse.

CAPÍTULO 55

Hardin

Kimberly está de pie en la cocina con la mano apoyada en la cadera. Encantadora.

—A cenar, ¿eh?

—¿Eh? —me burlo, y paso de largo por su lado como si fuera
mi casa y no la suya—. No me mires así.

Oigo sus tacones a mis espaldas.

—Debería haber apostado un montón de dinero por lo poco
que ibas a tardar en venir. —Abre el refrigerador—. De camino a
casa le dije a Christian que seguro que tu coche estaba estacionado
en la puerta.

—Sí, sí, ya lo entiendo.

Miro hacia el pasillo esperando que Tessa se dé un baño rápido
y, al mismo tiempo, deseando estar en la regadera con ella. Maldita
sea, sería feliz con que tan sólo me dejara estar allí sentado en el
baño, aunque fuera en el suelo, escuchando cómo habla mientras
ella se baña. Extraño bañarme con ella, extraño cómo cierra los
ojos, con demasiada fuerza, y los deja cerrados todo el tiempo
mientras se lava el pelo, sólo por si acaso le entra champú.

Una vez la molesté por eso y abrió los ojos, y justo entonces le
cayó un montón de espuma dentro. Tessa no me dijo nada hasta
horas después, cuando ya no tenía los ojos tan mal.

—¿De qué te ríes? —Kimberly deja una caja de huevos sobre la
isleta frente a mí.

No me había dado cuenta de que me estaba riendo; estaba metido en el recuerdo de Tessa mirándome con furia y peleando conmigo con los ojos hinchados y rojos...

—Nada —digo quitándole importancia mientras hago un gesto con la mano.

La barra de la cocina se está llenando de todo tipo de alimentos imaginables, y Kimberly sirve una taza de café solo y me la pone delante.

—¿Qué pasa? —digo—. ¿Estás siendo amable conmigo para que deje de recordarle a tu prometido que es un cabrón? —y levanto la sospechosa taza de café.

Se ríe.

—No. Siempre soy amable contigo. Sólo es que no creo todo lo que dices como todo el mundo, pero siempre soy amable contigo.

Asiento sin saber cómo seguir con esta conversación. «¿Es eso lo que está pasando? ¿Estoy teniendo una conversación con la amiga más odiosa de Tessa? ¿La misma mujer que resulta que va a casarse con el desgraciado de mi donante de esperma?»

Kimberly rompe un huevo en la orilla de un tazón de cristal.

—No te parecería tan mala si dejaras a un lado tu odio por el mundo y todo eso que tienes dentro.

La miro. Es insufrible pero es leal como nadie, eso no se lo niego. La lealtad es difícil de conseguir, y más en los tiempos que corren, y aunque sea raro empiezo a pensar en Landon, que parece ser la única persona cercana a Tessa que es leal a mí. Ha estado a mi lado de una forma que no esperaba, y lo que menos esperaba de todo es que me gustara de algún modo, y hasta me apoyara en eso.

Con todas las chingaderas que hay en mi vida y el esfuerzo por mantenerme en el buen camino, el camino bordeado de malditos arcoíris y flores y todo lo que me conduce a una vida con Tessa, es agradable saber que Landon está ahí si lo necesito. Pronto se irá y no me gusta nada, pero sé que incluso desde Nueva York me será leal. Puede que se ponga del lado de Tessa con frecuencia, pero siempre es sincero conmigo. No me oculta las cosas malas como el resto del mundo.

—Además —añade Kimberly, pero se muerde los labios para evitar reírse—, ¡somos una familia!

«Y así es como vuelve a ponerme nervioso.»

—Qué divertido... —Pongo los ojos en blanco.

Si lo llego a decir yo, lo habría sido, pero tenía que ser ella quien rompiera el silencio.

Me da la espalda para echar los huevos batidos a la sartén.

—Soy famosa por mi sentido del humor —replica.

«En realidad eres famosa por tu bocota, pero si prefieres pensar que eres divertida, adelante.»

—Bromas aparte —me mira por encima del hombro—, espero que consideres hablar con Christian antes de irte. Ha estado muy molesto y preocupado pensando que su relación se ha roto para siempre. No te culparía si así fuera, sólo te lo digo.

Deja de mirarme y sigue cocinando, mientras me da tiempo para contestar.

¿Debería hacerlo?

—No estoy listo para hablar... aún —digo al final.

Por un momento, no sé si me ha oído, pero entonces asiente con la cabeza y, cuando se vuelve para tomar otro ingrediente, veo que esboza una sonrisa.

Tras lo que me parecen horas, Tessa sale finalmente del baño. Se ha secado el pelo y se lo ha apartado de la cara con una diadema fina. No tengo que fijarme mucho para ver que se ha maquillado un poco. No lo necesitaba, pero supongo que es una buena señal de que está intentando volver a la normalidad.

Me la quedo mirando durante demasiado rato y ella da vueltas mientras lo hago. Me encanta cómo va vestida hoy: unas bailarinas, una camiseta de tirantes rosa y una falda con estampado de flores. Increíblemente preciosa, eso es lo que es.

—¿Prefieres que comamos? —le pregunto. No quiero separarme de ella en todo el día.

—¿Kimberly ha preparado el desayuno? —me susurra.

—¿Y? Es probable que sea una porquería.

Señalo la comida que hay sobre la barra. No tiene mal aspecto, supongo, pero ella no es Karen.

—No digas eso. —Tessa sonríe y casi repito la frase para ganarme otra sonrisa suya.

—Bueno. Podemos llevarnos lo que sea y luego tirarlo cuando estemos fuera —sugiero.

Me ignora, pero la oigo decirle a Kimberly que guarde algunas sobras para que nosotros las comamos luego.

«Hardin: 1.

»Kimberly y su asquerosa comida y sus preguntas molestas: 0.»

El trayecto hasta el centro de Seattle no es tan malo como siempre. Tessa está en silencio, como sabía que estaría. Siento que me observa cada pocos minutos pero, cuando yo la miro a ella, se apresura a desviar la vista.

Para comer, elijo un pequeño y moderno restaurante y, cuando entramos en el estacionamiento casi vacío sé que eso significa una de estas dos cosas: o hace pocos minutos que han abierto y la gente aún no ha llegado, o la comida es tan asquerosa que nadie come aquí. Esperando que sea lo primero, cruzamos las puertas acristaladas y Tessa estudia el lugar con la mirada. La decoración es agradable, extravagante y a ella parece agradarle, lo que me recuerda cuánto me encantan sus reacciones ante las cosas más sencillas.

«Hardin: 2.»

No es que me anote puntos ni nada...

Pero si lo hiciera... iría ganando.

Nos sentamos en silencio mientras esperamos para pedir. El mesero es un universitario joven que está nervioso y tiene algún problema con el contacto visual. No parece querer mirarme a los ojos, el muy cabrón.

Tessa pide algo que no había oído en mi vida y yo ordeno lo primero que veo en la carta que tengo entre las manos. Hay una mujer embarazada sentada a la mesa de al lado, y me doy cuenta de que Tessa la mira fijamente mucho rato.

—Eh. —Me aclaro la garganta para llamar su atención—. No sé si te acuerdas de lo que te dije anoche pero, si es así, lo siento. Cuando dije que no quería tener un bebé contigo, sólo quería decir que no quiero tener hijos en general. Pero quién sabe —mi corazón empieza a latir fuerte bajo las costillas—, tal vez algún día o algo.

No puedo creer que acabe de decir eso y, por la cara de Tessa, ella tampoco puede. Tiene la boca muy abierta y su mano flota en el aire sujetando una copa de agua.

—¿Qué? —Parpadea—. ¿Qué acabas de decir?

«¿Por qué lo habré dicho?...» O sea, iba en serio. Creo. Tal vez podría pensarlo. No me gustan los niños ni los bebés ni los adolescentes, pero es que tampoco me gustan los adultos. Podría decirse que sólo me gusta Tessa, así que tal vez una versión en pequeño de ella no estaría tan mal, ¿no?

—Sólo digo que puede que no estuviera tan mal, ¿no? —añado, y me encojo de hombros intentando esconder el pánico que siento.

Su boca sigue abierta. Comienzo a pensar en inclinarme hacia ella y ayudarla a que la cierre.

—Por supuesto, no digo que tenga que ser enseguida. No soy idiota. Sé que tienes que acabar tus estudios y todo eso.

—Pero tú... —Al parecer, la he dejado sin palabras.

—Sé lo que solía decir hasta ahora, pero tampoco había salido nunca con nadie ni amado a nadie, nunca me había importado nadie, así que desconocía lo que era. Creo que podría llegar a cambiar de opinión con el tiempo. Si me das la oportunidad, claro.

Le dejo unos segundos para recomponerse, pero sigue sentada con unos ojos como platos y la boca abierta.

—Aún me queda mucho por hacer, todavía no confías en mí, lo sé. Tenemos que acabar los estudios, y antes tendría que convencerte de que te casaras conmigo —divago buscando algo que capte su atención y la haga mía ahora mismo—. No es que tengamos que casarnos antes, no soy tan clásico.

Se me escapa la risa nerviosa y eso es lo que parece que consigue devolver a Tessa a la realidad.

—No podemos —dice, pálida de repente.

—Sí podemos.

—No...

Levanto una mano para hacerla callar.

—Podríamos, sí. Te quiero y quiero compartir mi vida contigo. Me da igual si eres joven y yo también, o si soy demasiado malo para ti y tú demasiado buena para mí. Te quiero, carajo. Sé que he cometido errores... —Me paso la mano por el pelo.

Observo el restaurante a mi alrededor y soy completamente consciente de que la mujer embarazada me está mirando fijamente. ¿No tiene nada propio de una futura madre que hacer? ¿Comer por dos, por ejemplo? ¿Sacarse un poco de leche?... No tengo ni idea, pero me está poniendo muy nervioso por algún motivo, como si me estuviera juzgando, y está embarazada, y esto es demasiado raro. ¿Por qué se me ocurre soltar esta mierda en un lugar público?

—Seguramente te he soltado el mismo discurso unas... treinta veces, pero tienes que saber que no voy a dar más rodeos —continúo—. Te quiero, siempre. Peleas, reconciliaciones, mierda... Incluso puedes romper conmigo y largarte de casa una vez por semana; sólo prométeme que volverás y ni siquiera me quejaré de ello.

—Tomo aire unas cuantas veces y la miro—. Bueno, no me quejaré mucho.

—Hardin, no puedo creer que estés diciendo todo esto —responde Tessa. Se inclina hacia mí y su voz es apenas un susurro cuando añade—: Es... todo lo que he querido siempre. —Sus ojos se llenan de lágrimas. Lágrimas de felicidad, espero—. Pero no podremos tener hijos juntos. Ni siquiera...

—Lo sé. —No puedo evitar interrumpirla—. Sé que todavía no me has perdonado, y tendré paciencia, te lo juro; no me pondré demasiado pesado. Sólo quiero que sepas que puedo ser quien necesitas que sea, puedo darte lo que quieres, y no sólo porque tú quieras, sino porque yo también quiero.

Abre la boca para contestar, pero el maldito mesero vuelve entonces con nuestra comida. Deja el plato humeante de lo que quiera que Tessa haya pedido y mi hamburguesa, y se queda plantado, como esperando.

—¿Necesitas algo? —le suelto. No es culpa suya que le esté contando mis deseos de futuro a esta mujer y él me haya interrumpido, pero me está haciendo perder el tiempo con ella si se queda ahí de pie.

—No, señor. ¿Desean algo más? —pregunta sonrojado.

—No, gracias por preguntar. —Tessa le sonríe, aliviando su bochorno y solucionando mi tendencia a ser un cabrón. Él le devuelve la sonrisa y al final desaparece.

—El caso es que estoy diciendo lo que debería haber dicho hace mucho tiempo —prosigo—. A veces se me olvida que no puedes leer mi mente, no sabes todo lo que pienso sobre ti. Me gustaría que así fuera, me querrías más si lo hicieras.

—Creo que es imposible que te quiera más de lo que ya te quiero —dice retorciéndose los dedos de la mano.

—¿En serio? —Le sonrío, y ella asiente.

—Pero debo decirte algo. No sé cómo te lo vas a tomar.

Su voz se entrecorta al final y me entra el pánico. Sé que se ha rendido con lo nuestro, pero puedo hacer que cambie de opinión, sé que puedo. Siento la determinación que no he sentido antes, que ni siquiera sabía que existía.

—Adelante —me obligo a decir con el tono más neutro posible. Luego le doy un bocado a la hamburguesa; es la única forma de mantener mi maldita boca cerrada.

—Sabes que fui al médico —empieza a decir Tessa.

Mi cabeza se llena de imágenes suyas balbuceando algo del médico.

—¿Sigue todo bien por aquí? —vuelve a preguntar entonces el maldito mesero—. ¿Cómo está todo? ¿Querrá un poco más de agua, señorita?

«¿Está jugando?»

—Estamos bien —gruño como un perro rabioso.

Me saca de quicio, y Tessa señala su copa vacía.

—Carajo, toma. —Le acerco la mía, ella sonríe y le da un sorbo—. ¿Qué decías?

—Podemos hablar de esto luego —replica, y le da el primer bocado a su comida desde que se la han puesto delante.

—No, de eso nada. Me sé ese truco, yo lo inventé, de hecho. En cuanto metas un poco de comida en tu estómago, hablas. Por favor.

Da otro bocado intentando distraerme, pero no, eso no va a funcionar. Quiero saber lo que ha dicho el médico y por qué la obliga a actuar de una forma tan rara. Si no estuviéramos en un lugar público, sería mucho más fácil hacerla hablar. Me daría igual armar una escenita, pero sé que se avergonzaría, así que jugaré limpio. Puedo conseguirlo. Puedo ser amable y poner de mi parte sin sentirme un juguete.

La dejo tranquila otros cinco minutos, durante los que permanecemos en silencio y ya no come con ganas.

—¿Has terminado?

—Es... —Mira su plato lleno de comida.

—¿Qué?

—Es que no está muy bueno —susurra mirando alrededor para asegurarse de que nadie la oye.

Me río.

—Y ¿por eso susurras y te has puesto colorada?

—¡Shhh! —dice gesticulado en el aire con la mano—. Tengo mucha hambre, pero esta comida está tan mala... No tengo ni idea de lo que es. He pedido lo primero que he visto porque estaba nerviosa.

—Le diré al mesero que quieres pedir otra cosa.

Me pongo de pie, pero Tessa se apresura a agarrarme del brazo.

—No, no hace falta. Podemos irnos.

—Genial. Compraremos comida para llevar y así me cuentas qué demonios pasa dentro de tu cabecita. Las suposiciones me están volviendo loco.

Asiente. Ella también parece haberse vuelto un poco loca.

CAPÍTULO 56

Hardin

Después de pasar a comprar unos tacos, Tessa está llena y mi paciencia se desvanece con cada momento de silencio entre nosotros.

—Me he vuelto loco hablando de hijos, ¿verdad? —le digo—. Sé que te estoy soltando un montón de cosas de golpe, pero me he pasado los últimos meses guardándome cosas y ya no me apetece seguir haciéndolo...

Quiero contarle todas las locuras que hay en mi cabeza, quiero decirle que me quedaría mirando la forma cursi en la que el sol se refleja en su pelo en el asiento del acompañante hasta que no viera nada más. Quiero oírla gemir y cerrar los ojos cuando le da un bocado a un taco —yo juraría que saben a cartón, pero a ella le encantan— hasta no oír nada más. Quiero molestarla con esa zona justo debajo de la rodilla que siempre olvida depilarse cuando se rasura las piernas hasta que no me quede voz.

—No es eso —me interrumpe, y yo levanto la vista de sus piernas.

—Entonces ¿qué pasa? Déjame adivinar: ¿te estabas cuestionando el matrimonio? ¿Ahora tampoco quieres tener hijos?

—No, no es eso.

—Espero que no, porque sabes perfectamente que serás la mejor madre del mundo.

De pronto, se pone a llorar con las manos sobre el abdomen.

—No puedo...

—Sí podemos.

—No, Hardin, yo no puedo.

La forma en la que mira su vientre y sus manos me hace dar gracias de que estemos parados, de lo contrario me habría salido de la carretera.

El médico, las lágrimas, el vino, la locura respecto a Karen y su bebé, el constante «no puedo» de hoy...

—No puedes... —Entiendo perfectamente lo que quiere decir—. Es por mi culpa, ¿no? Te hice algo malo, ¿verdad?

No sé qué he podido hacer, pero así es como funciona: a Tessa le pasan siempre cosas malas por algo que he hecho yo.

—No, no. Tú no hiciste nada. Es algo dentro de mí que no está bien. —Le tiemblan los labios.

—Ah... —Me gustaría poder decir algo más, algo mejor, algo de verdad.

—Sí.

Se frota la parte baja del abdomen con la mano y siento que el aire desaparece del pequeño habitáculo del coche.

Tan destrozado como está, tan desgraciado como soy, siento que el pecho se me hunde y niñitas de pelo castaño y ojos azul grisáceo, niñitos rubios de ojos verdes, gorrito y calcetines minúsculos de animales, cosas que solían hacerme vomitar sin parar, me inundan la mente y noto que me mareo cuando desaparecen flotando en el aire, que se las lleva allá adonde vayan a morir los futuros que se destrozan.

—Es posible, o sea, hay una remota posibilidad —dice a continuación—. Además, habría un alto riesgo de aborto y mis niveles hormonales son un caos, así que no creo que llegue a torturarme intentándolo. No podría soportar perder un bebé, o intentarlo muchos años sin conseguirlo. No está escrito que pueda ser madre, supongo.

Está diciendo eso para intentar que me sienta mejor, pero no me convence, no cuando parece que lo tiene todo controlado y está claro que no es así.

Me está mirando, espera que diga algo, pero no puedo. No sé qué decirle y no puedo evitar la ira que siento contra ella. Es estúpido y egoísta y no está nada bien, pero está ahí y me aterroriza abrir la boca y decir algo que no debo.

Si no fuera un completo pendejo, la consolaría. La abrazaría y le diría que todo irá bien, que no necesitamos tener hijos, que podemos adoptar o algo parecido, lo que fuera.

Pero así es como funciona la realidad: los hombres no son héroes literarios, no cambian de un día para otro y ninguno hace las cosas bien aquí, en el mundo real. Yo no soy Darcy y Tessa no es Elizabeth.

Está al borde de las lágrimas cuando gimotea:

—Di algo, ¿no?

—No sé qué decir. —Mi voz apenas es audible y se me está cerrando la garganta. Me siento como si me hubiera tragado un puñado de abejas.

—Tú no querías hijos de todas formas, ¿no es así? No pensé que fuera a afectarte tanto...

Si la miro, sé que me la encontraré llorando.

—Yo tampoco, pero ahora que sé que ya no puede ser...

—Oh.

Le agradezco que me haya interrumpido, porque vete tú a saber qué habría soltado a continuación.

—¿Puedes llevarme de vuelta a...?

Asiento y enciendo el coche. Es horrible cómo puede llegar a doler tanto algo que nunca has querido.

—Lo siento, es que... —Me callo. Parece que ninguno de los dos es capaz de acabar una frase.

—Está bien, lo entiendo.

Se apoya en la ventanilla. Supongo que intenta alejarse de mí tanto como pueda.

Mis sentimientos me piden que la consuele, que piense en ella, en cómo la está afectando todo esto y cómo se siente al respecto.

Pero mi cabeza es dura, durísima, y estoy enojado. No con ella, sino con su cuerpo y con su madre por que la trajera al mundo con eso que no funciona bien en su interior. Estoy enojado con el mundo por volver a darme en toda la boca, y estoy enojado conmigo mismo por no ser capaz de decirle nada mientras atravesamos la ciudad en coche.

Unos minutos más tarde me doy cuenta de que el silencio pesa tanto que duele. Tessa está intentando permanecer callada en su lado del coche, pero la oigo respirar al tiempo que trata de controlarse, de controlar sus sentimientos.

Siento una enorme presión en el pecho y ella está ahí sentada, dejando que mis palabras se cuezan en su mente. ¿Por qué siempre le hago esta chingadera? Siempre digo lo que no debo por muchas veces que prometa que no lo haré. Por muchas veces que prometa que voy a cambiar, siempre hago lo mismo. Me quito de en medio y la dejo lidiar a ella sola con la mierda.

Otra vez no. No puedo volver a hacerlo, me necesita más que nunca, y ésta es mi oportunidad de demostrarle que puedo estar ahí como ella necesita.

Tessa ni siquiera me mira cuando giro el volante y detengo a un lado de la carretera. Pongo las luces de emergencia y rezo para que ningún maldito policía pase por aquí a molestarnos.

—Tess. —Intento llamar su atención mientras barajo mis pensamientos. No levanta la vista de sus manos, apoyadas en las piernas—. Tessa, por favor, mírame.

Extiendo un brazo para consolarla, pero se aparta de golpe y se golpea contra la puerta con fuerza.

—Oye...

Me desabrocho el cinturón, me vuelvo hacia ella y la tomo de las muñecas con una mano como hago con frecuencia.

—Estoy bien. —Levanta el mentón un poco para probarlo, pero la humedad que veo en sus ojos cuenta justo lo contrario—. No deberías detenerte aquí, es una autopista con mucho tráfico.

—Me vale madres dónde estemos. Estoy mal, mi cabeza no está bien. —Intento buscar palabras que tengan sentido—. Lo siento muchísimo. No debería haber reaccionado así.

Al cabo de un poco baja la vista y me mira a la cara, aunque evita mis ojos.

—Tess, no vuelvas a cerrarte por favor. Lo siento mucho, no sé en lo que estaba pensando. Nunca me había planteado tener hijos y, de todos modos, aquí estoy, sintiéndome mal por esto.

La confesión suena aún peor cuando las palabras caen entre nosotros.

—También podrías estar enojado —responde con calma—. Sólo necesitaba que dijeras algo, lo que fuera... —La última palabra la pronuncia en voz tan baja que apenas sí se oye.

—No me importa que no puedas tener hijos —le suelto. «Mierda, carajo...»—. Quiero decir que no me importan los hijos que no podamos tener.

Trato de curar la herida que he abierto, pero su cara me da a entender que estoy haciendo lo contrario.

—Lo que estoy intentando decirte es que te quiero y que soy un cerdo insensible por no estar para ti justo ahora. Siempre me pongo yo en primer lugar, y lo siento.

Mis palabras parecen sacarla de su ensimismamiento y hacen que me mire a los ojos.

—Gracias —dice. Jala una de las muñecas que tengo agarradas y yo dudo si soltarla o no, pero me alivia ver que levanta la mano para secarse las lágrimas—. Lamento que sientas que te he quitado algo.

Sin embargo, sé que tiene más cosas que decir.

—No te contengas, te conozco: di lo que tengas que decir.

—No me ha gustado nada cómo has reaccionado —resopla.

—Lo sé, y...

Levanta una mano y replica:

—No he terminado. —Se aclara la garganta—. Quiero ser madre desde que tengo uso de razón. De pequeña era igual que cualquier niña con sus muñecas, tal vez un poco más. Ser madre era muy importante para mí. Nunca me he cuestionado si podía serlo ni me he preocupado por si no podía.

—Lo sé, yo...

—Por favor, déjame hablar —dice entre dientes.

Tengo que cerrar el pico de una vez. En lugar de responder, asiento y guardo silencio.

—Siento una tremenda pérdida en mi interior —prosigue—. Y no tengo la fuerza como para preocuparme porque me culpes. Me parece bien que tú también sientas esa pérdida, quiero que seas sincero siempre sobre lo que sientes, pero el que se ha destruido no es uno de tus sueños. Tú no querías tener hijos hasta hace diez minutos, así que no me parece justo que estés así.

Aguardo unos segundos y la miro levantando una ceja, buscando su permiso para hablar. Ella asiente, pero entonces el fuerte sonido de la bocina de un camión casi la hace saltar del coche.

—Te llevaré a casa de Vance —le digo—. Aunque me gustaría entrar y quedarme contigo.

Tessa está mirando por la ventanilla, pero asiente suavemente.

—Quiero decir, para consolarte..., como debería haber hecho.

Con un gesto tan suave como cuando ha asentido, la veo poner los ojos en blanco.

CAPÍTULO 57

Tessa

Hardin y Vance intercambian una incómoda mirada cuando pasan uno al lado del otro en el vestíbulo. Es raro tener aquí conmigo a Hardin después de todo lo ocurrido. No puedo ignorar el esfuerzo y el control que está demostrando al venir aquí, a casa de su padre biológico.

Es difícil centrarse tan sólo en uno de los muchos obstáculos que han surgido últimamente: el comportamiento de Hardin en Londres, Vance y Trish, la muerte de mi padre, mis problemas de fertilidad...

Es demasiado y parece no acabar nunca.

De alguna forma, siento un alivio tremendo, indescriptible, después de haberle contado a Hardin lo que me ocurre.

Sin embargo, siempre hay algo esperando a ser revelado o arrojado contra uno de nosotros.

Y Nueva York es lo siguiente.

No sé si debería decírselo ahora que ya hay un conflicto entre nosotros. Odio la forma en la que ha reaccionado, pero le agradezco los remordimientos que ha demostrado después de haber ignorado mis sentimientos. Si no hubiera parado el coche y se hubiera disculpado, probablemente no habría sido capaz de dirigirle la palabra nunca más.

No puedo contar las veces que he dicho, pensado o jurado esas palabras desde que lo conocí. Me debo a mí misma el creer que esta vez iba en serio.

—¿En qué estás pensando? —me pregunta mientras cierra la puerta de mi habitación al entrar.

Sin dudarlo, respondo con sinceridad:

—En que no habría vuelto a hablarte más.

—¿Qué? —Avanza hacia mí y yo me aparto de él.

—Si no te hubieras disculpado, no habría tenido nada más que decirte.

Suspira y se pasa la mano por el pelo.

—Lo sé.

No puedo dejar de pensar en lo que ha dicho antes: «Yo tampoco, pero ahora que sé que ya no puede ser...».

Sigo en shock por culpa de eso, estoy segura. Jamás creí que oiría esas palabras de su boca. No parecía posible que fuera a cambiar de opinión pero, una vez más, siendo fiel a la disfunción de nuestra relación, sólo cambia de idea tras la tragedia.

—Ven aquí —me pide.

Los brazos de Hardin están abiertos para mí, pero dudo.

—Por favor, déjame consolarte como te mereces. Déjame hablarte y escucharte. Lo siento.

Por costumbre, camino hacia él. Siento distintos sus brazos ahora, más sólidos, más reales que antes. Me abraza más fuerte y apoya la mejilla en mi cabeza. Lleva el pelo demasiado largo por los costados y me hace cosquillas, y luego noto que me da un beso en el pelo.

—Cuéntame cómo te sientes respecto a todo esto. Dime todo lo que todavía no me has contado —me pide jalándome para que me siente a su lado en la cama.

Cruzo las piernas y él apoya la espalda en la cabecera.

A continuación, se lo explico todo. Le cuento lo de la primera visita para los anticonceptivos. Le cuento que sabía de la existencia de un posible problema desde antes de irnos a Londres. Su mandíbula se tensa cuando le digo que no quería que lo supiera, y aprieta los puños en cuanto le informo de que temía que eso lo alegrara. Él permanece en silencio y asiente todo el tiempo hasta que le digo que pensaba ocultárselo para siempre.

Se ayuda de los codos para moverse y colocarse más cerca de mí.

—¿Por qué? ¿Por qué ibas a hacer eso?

—Pensaba que te alegrarías y no quería escucharlo. —Me encojo de hombros—. Habría preferido guardármelo a oír lo aliviado que te sentías por ello.

—Si me lo hubieras contado antes de Londres, las cosas habrían sido de otra manera.

Clavo los ojos en él.

—Sí, peor, estoy segura —replico.

Espero que no esté llevando esto a donde creo que lo lleva, espero que no esté intentando echarme la culpa del desastre de Londres.

No obstante, parece estar pensando antes de hablar: otro progreso por su parte.

—Tienes razón —dice—. Sabes que la tienes.

—Me alegro de habérmelo callado, sobre todo antes de confirmar que fuera verdad.

—Y yo me alegro de que me lo hayas contado a mí antes que a nadie —declara, y me mira a los ojos.

—Se lo conté a Kim.

Me siento un poco culpable por que pensara que había sido el primero en saberlo, pero no estaba a mi lado.

Hardin frunce el ceño.

—¿Qué quieres decir con que se lo contaste a Kim? ¿Cuándo?

—Le conté que era una posibilidad hace unos días.

—¿Así que Kim lo sabía y yo no?

—Sí —asiento.

—¿Y Landon? ¿Landon también lo sabe? ¿Karen? ¿Vance?

—¿Por qué iba a saberlo Vance? —le espeto. Ya vuelve a decir tonterías.

—Seguramente se lo contó Kimberly. ¿También se lo has dicho a Landon?

—No, Hardin. Sólo a Kimberly. Tenía que contárselo a alguien y no podía confiar en ti lo suficiente como para decírtelo.

—Ay... —Su tono es duro, y su ceño fruncido, abrumador.

—Es verdad —digo con calma—. Sé que no quieres oírlo, pero es la pura verdad. Parece que has olvidado que no querías saber nada de mí hasta que murió mi padre.

CAPÍTULO 58

Hardin

¿Que no quería saber nada de ella? Quiero a esta chica con cada una de mis células desde hace mucho tiempo. No soporto que se sienta así, que haya olvidado lo profundo que es el amor que siento por ella y lo haya reducido a la gran cagada que cometí. Sin embargo, no puedo culparla. Es culpa mía que se sienta así.

—Siempre te he querido, lo sabes. No podía evitar destruir una y otra vez lo único bueno que tenía en la vida, y lo siento mucho. Siento que es una chingadera que haya tenido que morir tu padre para espabilarme, pero ahora estoy aquí y te quiero más que nunca, y no me importa si no podemos tener hijos.

Desesperado y sin que me guste lo que veo en sus ojos, añado impulsivamente:

—Cásate conmigo.

Tess me mira fijamente.

—Hardin, no puedes soltar eso así como así, ¡deja de decirlo!

Se cubre el pecho con los brazos como si se protegiera de mis palabras.

—Bueno, antes te compraré un ani...

—Hardin —me advierte con los labios en tensión.

—Bien. —Pongo los ojos en blanco y creo que va a darme una cachetada—. Estoy tan enamorado de ti... —le aseguro, y me acerco para agarrarla.

—Sí, ahora lo estás. —Se aparta, retándome.

—Llevo muchísimo tiempo enamorado de ti.

—Sí, claro que sí —murmura. ¿Cómo puede ser tan preciosa y tan insoportable a la vez?

—Te quería incluso cuando me estaba comportando como un patán en Londres.

—No lo demostrabas, y no importa cuánto lo digas si no lo demuestras ni un poco o me haces sentir la verdad en tus palabras.

—Lo sé, me volví completamente loco.

Pellizco la venda que me cubre el yeso del brazo. «¿Cuántas semanas faltan para que me quiten esto?»

—Dejaste que se pusiera tu camiseta después de acostarte con ella. —Tessa aparta la mirada de mí y se concentra en la pared a mis espaldas.

«¿Qué?»

—¿De qué estás hablando?

Apoyo con delicadeza el pulgar en su barbilla para hacer que me mire.

—Esa chica, la hermana de Mark. Janine creo que dijeron que se llamaba.

La miro boquiabierto.

—¿Crees que me la tiré? Te dije que no lo hice. No toqué a nadie en Londres.

—Dijiste eso y luego estuviste a punto de sacudir el condón usado en mi cara.

—No me la cogí, Tessa. Mírame. —Intento convencerla, pero se vuelve otra vez—. Sé que pudo parecerlo...

—Lo que parecía es que llevaba puesta tu camiseta.

No me gustaba nada cómo le sentaba mi camiseta a Janine, pero no hubo forma de que se callara hasta que se la di.

—Sé que la llevaba, pero no me la tiré. ¿Eres tan ilusa como para pensar que haría algo así?

Mi corazón se acelera sólo de pensar que he dejado que ande por ahí desde entonces con la cabeza llena de mentiras. Debería haberme dado cuenta de que no quedó claro cuando hablamos.

—Estaba encima de ti todo el tiempo, Hardin, ¡en mis propias narices!

—Me besó e intentó chupármela, eso es todo.

Tessa hace un chasquido con la lengua y cierra los ojos.

—Ni siquiera se me puso dura con ella. Sólo contigo —digo en un intento de explicarme mejor, pero ella sacude la cabeza y levanta las manos para pedirme que me detenga.

—Deja de hablar de ella, me pone mal —replica, y ahora sé que es en serio.

—Yo también me puse mal. Vomité allí mismo después de que me tocara.

—¿Cómo? —Tessa me mira fijamente.

—Tuve que ir corriendo al baño a vomitar porque me puse fatal cuando me tocó. No pude soportarlo.

—¿Eso hiciste?

Me pregunto si debería preocuparme por la sonrisita que veo aparecer en sus labios al contarle mi experiencia con el vómito.

—Eso hice. —Le sonrío intentando quitarle importancia a la situación—. No hace falta que te alegres tanto —digo, pero si esto consigue animarla, por mí, adelante.

—Bien, espero que te pusieras mal de verdad —replica, y ahora sonríe ampliamente.

«Qué relación tan desastrosa la nuestra.

»Desastrosa pero perfecta; esto es así.»

—¡De verdad! —exclamo aprovechando el momento—. Me puse muy mal. Siento que hayas pensado eso todo este tiempo. Ahora entiendo que estuvieras enojada conmigo.

Parece tener sentido que lo estuviera, aunque últimamente siempre lo está.

—Ahora que ya sabes que no te puse los cuernos —prosigo levantando una ceja sarcástica—, ¿volverás a aceptarme y me dejarás que haga de ti una mujer de provecho?

Me golpea con la cabeza y dice:

—Me has prometido que ibas a dejar de decirme eso.

—No lo he prometido. No he usado la palabra *promesa* —repongo.

«Me va a pegar una cachetada en cualquier momento.»

—¿Vas a contarle a alguien más lo de los bebés? —le digo para cambiar de tema, más o menos.

—No. —Se muerde el labio—. No creo, al menos no en un futuro cercano.

—Nadie tiene que saberlo hasta que adoptemos dentro de unos años. Estoy seguro de que hay toneladas de malditos bebés esperando a que unos padres los compren. Todo irá bien.

Sé que no ha aceptado mi proposición de matrimonio, ni siquiera la de tener una relación conmigo, y espero que no aproveche la oportunidad para recordármelo justo ahora.

Se ríe con suavidad.

—¿«Malditos bebés»? Por favor, dime que no crees que hay una tienda en el centro a la que puedes ir y comprar un bebé. —Se lleva la mano a la boca para evitar reírse de mí.

—¿Ah, no? —bromeo—. Entonces ¿qué es eso de Babies'R'us?

—¡Madre mía! —exclama, e inclina la cabeza hacia atrás muerta de risa.

Acorto la poca distancia que nos separa y le tomo la mano.

—Si esa maldita tienda no está llena de bebés en fila, listos para ser comprados, la denunciaré por publicidad engañosa.

Le ofrezco mi mejor sonrisa y ella suspira, aliviada de poder reírse. Lo sé de alguna forma. Sé exactamente qué es lo que está pensando.

—Necesitas ayuda —dice retirando su mano de la mía y poniéndose en pie.

—Sí —respondo mientras veo borrarse su sonrisa—, la necesito.

CAPÍTULO 59

Hardin

—No conozco a nadie que haya cruzado tantas veces el estado de Washington como ustedes —dice Landon sentado en el sillón de casa de mi padre.

Tras la carcajada colectiva, se hace el silencio. He convencido a Tessa de que deberíamos volver aquí y pasar un rato con Landon antes de que se mude para siempre. Creía que aceptaría al instante, le encanta ver a Landon, pero lo pensó mucho antes de decir que sí. La esperé en su cama un buen rato mientras, por alguna razón, metía en la bolsa todas sus cosas, y luego la esperé en el coche mientras tardaba una eternidad en despedirse de Kimberly y de Vance.

Me quedo mirando a Landon.

—Tampoco es que conozcas a tanta gente, así que no es muy difícil —lo provoco.

Mira a Karen, que está sentada en una silla, y sé que quiere soltarme una réplica ingeniosa, pero se muerde la lengua porque su madre está delante. Últimamente se le da mejor devolvérmelas.

Se limita a poner los ojos en blanco y a decir:

—Ja, ja —y vuelve a concentrarse en el libro que tiene en las piernas.

—Me alegro de que hayan llegado bien. —La voz de Karen es suave, y me sonríe. Aparto la mirada—. Tengo la cena en el horno. Estará lista enseguida.

—Voy a cambiarme —anuncia Tessa detrás de mí—. Gracias por dejar que vuelva a quedarme aquí —y desaparece escaleras arriba.

Me quedo unos segundos al pie de la escalera antes de seguirla como un perrito faldero. Cuando entro en la habitación, está en ropa interior.

—Qué oportuno soy —mascullo cuando me mira bajo el umbral.

Se cubre el pecho con las manos y luego intenta taparse también las caderas, y no puedo evitar sonreír.

—¿No te parece que ya es un poco tarde para eso?

—Cállate —me regaña al tiempo que se pone una camiseta por encima del pelo mojado.

—Sabes que lo de callarme no es mi fuerte.

—Y ¿cuál es tu fuerte? —me provoca meneando las caderas mientras se pone los pantalones. Son esos pantalones.

—Hacía mucho tiempo que no te ponías las mallas de hacer yoga... —Me acaricio mi barba incipiente mientras contemplo la tela negra y ajustada que se le pega al cuerpo.

—No empieces con los pantalones —me advierte levantando un dedo insolente—. Me los habías escondido, por eso no he podido ponérmelos. —Sonríe, aunque parece sorprendida de lo fácil que le resulta estar de buen humor conmigo. Endurece la mirada y se yergue.

—No es verdad —miento al tiempo que me pregunto cuándo debió de encontrarlos en el ropero del maldito departamento. Al mirarle las nalgas recuerdo por qué los escondí—. Estaban en el ropero.

En cuanto lo digo, se me vienen a la memoria imágenes de Tessa buscando sus pantalones en el ropero y me echo a reír, hasta que recuerdo otra cosa que había allí y que no quería que encontrara.

Busco en su rostro cualquier indicación de que la mención del ropero le ha hecho recordar que encontró la maldita caja.

—¿Qué? —pregunta poniéndose unos calcetines rosa. Son espantosos, peludos y con topos negros.

—Nada —miento, e intento olvidar mi paranoia.

—Bueno... —Empiezo a caminar.

La sigo abajo, otra vez como un perrito faldero, y me siento a su lado a la enorme mesa de comedor. La tal «S» está aquí otra vez, mirando a Landon como si fuera una piedra preciosa o algo así. Es oficial: es una vieja muy rara.

Tessa le dirige una radiante sonrisa.

—Hola, Sophia.

Ella deja de mirar a Landon el tiempo justo para devolverle la sonrisa a Tessa y saludarme a mí con la mano.

—Sophia me ha ayudado con el asado —exclama Karen orgullosa.

Hay todo un festín en la enorme mesa de comedor, con velas y arreglos florales. Hablamos de trivialidades mientras esperamos que Karen y Sophia partan la carne.

—Mmm, qué rico. La salsa está deliciosa —dice Tessa con el tenedor todavía en la boca.

«Estas tres y la comida...»

—Parece como si estuvieran hablando de porno —digo en un tono demasiado alto.

Tessa me pega un puntapié por debajo de la mesa y Karen se tapa la boca y se atraganta con la comida. Todos se sorprenden cuando Sophia se echa a reír. Landon parece incómodo, pero su expresión se suaviza al verla reír tan a gusto.

—Pero ¿quién dice esas cosas? —pregunta Sarah entre risas.

Landon la está mirando de un modo patético, y ahora es Tessa la que sonríe.

—Hardin. Hardin dice esas cosas —responde Karen con humor.

«Bueno, esto es muy raro.»

—Ya te acostumbrarás a él. —Landon me mira un instante antes de concentrarse en su nuevo amor—. Quiero decir, en caso de que vengas mucho por casa. No doy por sentado que vayas a venir seguido. —Se pone rojo como un jitomate—. A menos que quieras, por supuesto. Aunque no doy por hecho que vayas a querer...

—Ya entendió —digo poniendo fin a su agonía. Parece que esté a punto de hacerse pis encima.

—Cierto. —Le sonríe a Landon, que juro que se ha puesto azul. «Pobre.»

—Sophia, ¿cuánto tiempo vas a quedarte en la ciudad? —Tessa acude al rescate y cambia de tema para ayudar a su amigo.

—Sólo unos pocos días más. Volveré a Nueva York el lunes. Mis compañeras de depa me extrañan mucho.

—¿Cuántas compañeras tienes? —pregunta Tessa.

—Tres, todas bailarinas.

Me echo a reír.

Tessa fuerza una sonrisa.

—Oh, vaya...

—¡Jesús! Bailarinas de ballet clásico, no *strippers* —aclara Sarah, y se echa a reír a carcajadas.

Yo también. Me doblo de la risa al ver la cara de alivio y de apuro de Tessa.

A continuación, mi chica se encarga de la conversación y le pregunta toda clase de tonterías a la amiga de Landon. Yo me evado, sólo tengo ojos para los labios de Tessa mientras hablan. Me encanta cómo se detiene cada pocos bocados para limpiarse la boca con una servilleta, por si algo se le ha quedado pegado.

La cena sigue su curso hasta que me aburro, casi mortalmente, y la cara de Landon sólo está un poco colorada.

—Hardin, ¿ya has decidido qué vas a hacer el día de tu graduación? Sé que no quieres participar en la ceremonia, pero ¿lo has pensado bien? —me pregunta Ken mientras Karen, Tessa y Sarah recogen la mesa.

—No, no he cambiado de opinión. —Me limpio los dientes con las uñas.

Siempre hace lo mismo, me saca estos temas delante de Tessa para obligarme a cruzar un auditorio recargado con miles de personas sentadas en las gradas, sudando a mares y aullando como animales salvajes.

—¿Cómo que no? —inquiere Tessa. La miro alternativamente a ella y a mi padre—. ¿No ibas a reconsiderarlo? —Sabe perfectamente lo que hace.

Landon sonríe como el cabrón que es, y Karen y Sarah hablan en la cocina.

—Yo... —empiezo a decir. «Qué coraje.» Tessa me mira, esperanzada e inquieta, como desafiándome a negarlo—. Bueno, está bien. Iré a esa pinche ceremonia de graduación —resoplo.

«Qué mierda.»

—Gracias —dice Ken.

Estoy a punto de contestarle que se vaya a chingar a su madre cuando caigo en la cuenta de que se lo está agradeciendo a Tessa, no a mí.

—Son un par de... —empiezo a decir, pero la cara de advertencia de Tessa me hace callar—. Son los dos maravillosos —articulo.

«Son un par de pinches conspiradores», repito mentalmente una y otra vez mientras ellos se sonríen satisfechos.

CAPÍTULO 60

Tessa

Cada vez que Sophia hablaba de Nueva York en la cocina, me entraba el pánico. Sé que he sido yo quien ha sacado el tema, pero sólo era para distraerla de Landon. Me he dado cuenta de que estaba avergonzado y he dicho lo primero que me ha pasado por la cabeza, sin pensar que era el único tema que no debía mencionar delante de Hardin.

Tengo que decírselo esta noche. Me estoy comportando de una forma estúpida, cobarde e inmadura por ocultárselo. Los progresos que ha hecho me ayudarán a que se tome bien la noticia, o a que explote. Nunca sé qué esperar de él, puede ocurrir cualquier cosa. No obstante, soy consciente de que no soy responsable directa de sus reacciones y que debo ser yo quien le dé la noticia.

Me apoyo en el marco de la puerta, de pie en el pasillo, y observo a Karen limpiar la estufa con un paño húmedo. Ken se ha ido a la sala y está durmiendo en una silla. Landon y Sophia están sentados en el comedor, en silencio. Él intenta mirarla disimuladamente, ella lo sorprende y le regala una bonita sonrisa.

No sé muy bien cómo me siento al respecto: acaba de salir de una relación larga y ya está con otra, pero ¿quién soy yo para opinar de las relaciones de los demás? Está claro que no tengo ni idea de cómo llevar la mía propia.

Desde mi observatorio en el pasillo que conecta la sala, el comedor y la cocina, puedo ver a la perfección a las personas que más me importan en el mundo. Eso incluye a la primera de todas,

Hardin, que está sentado en silencio en el sillón de la sala, mirando la pared.

Sonrío ante la idea de verlo recoger su diploma durante la graduación, en junio. No me lo imagino con toga y birrete, pero me muero por verlo, y sé que para Ken significa mucho. Ha dejado claro en muchas ocasiones que no esperaba que Hardin acabara la carrera, y ahora que sabe la verdad sobre su pasado, estoy segura de que tampoco esperaba que cambiara de opinión y pasara por el aro de una ceremonia típica de graduación. Hardin Scott no tiene nada de típico.

Me llevo una mano a la frente para obligar a mi cerebro a funcionar. «¿Cómo voy a decírselo? ¿Y si se ofrece a venir a Nueva York conmigo? ¿Sería capaz? Si lo hace, ¿debería aceptarlo?»

De repente noto que me mira desde el sillón de la sala. En efecto. Cuando alzo la vista, compruebo que me está contemplando, la curiosidad brilla en sus ojos verdes y tiene los labios apretados, formando una línea fina. Le dedico mi mejor sonrisa de «estoy bien, sólo estaba pensando», y veo que frunce el ceño y se levanta. Cruza la sala en dos zancadas y se apoya en la pared con la palma de la mano mientras me rodea con su cuerpo.

—¿Qué pasa? —pregunta.

Landon deja de mirar a Sophia un instante al oír la voz de Hardin.

—Tengo que hablar contigo de una cosa —admito en voz baja. No parece preocupado, no tanto como debería.

—Bien, ¿de qué se trata? —dice, y se acerca más, demasiado.

Intento alejarme, pero eso sólo sirve para recordarme que me tiene acorralada contra la pared. Hardin levanta entonces el otro brazo para terminar de cerrarme el paso y, cuando nuestras miradas se encuentran, una sonrisa de satisfacción cubre su cara.

—¿Y bien?

Me quedo mirándolo en silencio. Tengo la boca seca y, tan pronto como la abro para hablar, empiezo a toser. Siempre me pasa lo mismo, ya sea en el cine, en la iglesia o cuando estoy hablando con alguien importante. En general, en todas las situaciones en las que uno no debería toser. Como ahora. Estoy meditando sobre la tos, mientras toso y mientras Hardin me mira como si me estuviera muriendo delante de él.

Entonces se aleja y entra en la cocina con decisión. Aparta un momento a Karen y vuelve con un vaso de agua, por enésima vez en estas dos semanas. Lo acepto y siento un gran alivio cuando el agua fría me calma la garganta áspera.

Sé que hasta mi cuerpo está intentando echarse atrás y no contarle la noticia a Hardin, y yo quiero darme una palmada en la espalda y una patada en el trasero a la vez. Si lo hiciera, seguro que Hardin se apiadaría de mí y cambiaría de tema al ver que me he vuelto loca.

—¿Qué pasa? Tu mente va a cien por hora.

Me observa y alarga la mano para recoger el vaso vacío. Cuando empiezo a negar con la cabeza, insiste:

—Sí, sí, lo noto.

—¿Podemos salir afuera? —digo volviéndome hacia la puerta del jardín; intento dejar claro que no deberíamos hablar en público. Caray, deberíamos volver a Seattle para hablar de este desastre. O aún más lejos. Lejos es mejor.

—¿Afuera? ¿Por qué?

—Tengo que decirte una cosa. En privado.

—De acuerdo.

Doy un paso para ponerme delante de él y mantener el equilibrio. Si soy yo quien lo guía afuera, tal vez tenga la oportunidad de conducir la conversación. Si soy yo quien conduce la conversación, tal vez tenga la oportunidad de evitar que Hardin acabe estallando. Tal vez.

No quito la mano cuando noto que entrelaza los dedos con los míos. La casa está en silencio, sólo se oyen las voces amortiguadas de la serie policíaca que Ken estaba viendo hasta que se ha quedado dormido y el suave zumbido del lavaplatos en la cocina.

Cuando salimos a la puerta principal, los sonidos desaparecen y me quedo a solas con el ruido caótico de mis pensamientos y el suave tarareo de Hardin. Agradezco que llene el silencio con una canción, la que sea; me distrae y me ayuda a concentrarme en algo que no sea la debacle que está a punto de producirse. Con suerte, tendré unos minutos para explicarle mi decisión antes de la supernova.

—Desembucha —dice Hardin arrastrando una de las sillas por el suelo de madera.

Adiós a mi oportunidad de tenerlo tranquilo unos minutos, no está de humor para esperas. Se sienta y apoya los codos en la mesa que nos separa. Yo me siento a mi vez con torpeza y no sé dónde poner las manos. Las llevo de la mesa a mis piernas y a mis rodillas, y luego de vuelta a la mesa, hasta que él estira un brazo y me toma los dedos con una mano.

—Relájate —pide con dulzura. Tiene la mano tibia y cubre las mías por completo. Por un momento, lo veo todo con claridad.

—Te he ocultado algo y me está volviendo loca —empiezo—. Necesito contártelo y sé que éste no es el momento, pero quiero que te enteres por mí, no que lo descubras de cualquier otra manera.

Me suelta la mano y se reclina en el respaldo de la silla.

—¿Qué has hecho? —Noto la ansiedad en su voz, la sospecha en su respiración.

—Nada —me apresuro a responder—. No es lo que estás pensando.

—No habrás... —Parpadea un par de veces—. No habrás estado con otro...

—¡No! —exclamo con un grito agudo y meneo la cabeza para enfatizar mi negativa—. No, no es nada de eso. Sólo es que he tomado una decisión sin haberte dicho nada. Pero no he estado con nadie.

No sé si me siento aliviada u ofendida de que eso sea lo primero que ha pensado. En cierto modo, es un alivio, porque mudarse conmigo a Nueva York no le resultaría tan doloroso como el hecho de que yo hubiera estado con otro, pero me ofende un poco porque a estas alturas ya debería conocerme mejor. No niego que he hecho un montón de cosas irresponsables para hacerle daño, sobre todo con Zed, pero jamás me acostaría con otro.

—Bien. —Se pasa la mano por el pelo y apoya la nuca en la palma para masajearse el cuello—. Entonces no puede ser nada demasiado horrible.

Tomo aire, decidida a soltarlo todo. Ya basta de darle vuelta al asunto.

—Pues...

Levanta las manos para que me detenga.

—Espera, ¿y si antes de contarme de qué se trata me explicas el porqué?

—¿El porqué de qué? —Ladeo la cabeza confusa.

Levanta una ceja.

—Por qué has tomado esa decisión que hace que estés muerta de miedo.

—Bueno —asiento.

Intento ordenar mis ideas mientras Hardin me observa con ojos pacientes. ¿Por dónde empiezo? Esto es mucho más duro que decirle simplemente que voy a mudarme, pero también es una manera mejor de darle la noticia.

Ahora que lo pienso, creo que nunca habíamos hecho esto. Siempre que pasaba algo tremendo e importante, nos enterábamos por terceros o por accidente, de un modo igual de tremendo e importante.

Lo miro por última vez antes de empezar a hablar. Quiero memorizar cada milímetro de su cara, recordar y observar la manera en que sus ojos verdes a veces rebosan paciencia. Sus labios rosa son una tentación, aunque también recuerdo la de veces que los he visto partidos y ensangrentados. Recuerdo el *piercing* y cómo le tomé cariño enseguida.

Revivo el modo en que el metal frío me rozaba los labios. Pienso en cómo lo atrapaba entre los labios cuando le daba vueltas a algo y lo tentador que me resultaba.

Recuerdo la noche en la que me llevó a patinar sobre hielo para demostrarme que podía ser un novio «normal». Estaba nervioso y juguetón, y se había quitado los *piercings*. Dijo que lo había hecho porque quería, pero yo sigo pensando que se los quitó para demostrarse algo a sí mismo y para demostrármelo a mí. Los extrañé durante un tiempo, a veces todavía los extraño, pero me encanta lo que su ausencia representa, por muy sexi que estuviera con ellos.

—Hardin llamando a Tessa, ¿me recibes? —se burla, se endereza y apoya la barbilla en la palma de la otra mano.

—Sí. —Sonrío nerviosa—. Bueno, he tomado esta decisión porque necesitamos pasar un tiempo separados y me parecía que era el único modo de asegurarme de que así fuera.

—¿Más tiempo separados? —Me mira fijamente a los ojos, presionándome para que cambie de idea.

—Sí, separados. Todo es un caos entre nosotros y necesito distancia, esta vez de verdad. Sé que lo decimos siempre, que es lo que hacemos siempre, y luego nos limitamos a viajar de Seattle aquí o a Londres. Básicamente, estamos paseando nuestra desastrosa relación por todo el planeta. —Hago una pausa para ver su reacción y sólo recibo una expresión indescifrable. Desvío la mirada.

—¿De verdad es tan desastrosa? —dice con dulzura.

—Pasamos más tiempo peleándonos que estando bien.

—Eso no es cierto. —Le da un jalón al cuello de su camiseta negra—. Eso no es cierto, ni en la teoría ni en la práctica, Tess. Puede que lo parezca, pero si te paras a pensar en la cantidad de cosas que hemos vivido, te darás cuenta de que hemos pasado más tiempo riéndonos, hablando, leyendo, molestándonos y en la cama. Quiero decir, que paso un buen rato en la cama... —Sonríe ligeramente y noto que me fallan las fuerzas.

—Lo resolvemos todo con el sexo y eso no es sano —digo. Ése era el siguiente punto que quería tratar.

—¿El sexo no es sano? —resopla—. Es sexo consentido, con mucho amor y confianza el uno en el otro. —Me mira intensamente—. Sí, también es alucinante, pero no olvides por qué lo hacemos. No cojo contigo sólo para venirme. Lo hago porque te quiero y adoro la confianza que depositas en mí cuando me permites tocarte de ese modo.

Todo lo que dice tiene sentido, a pesar de que no debería tenerlo. Estoy de acuerdo con él, por muy cautelosa que intente ser.

Siento que Nueva York está cada vez más lejos, así que decido soltar la bomba cuanto antes.

—¿Sabes cuáles son las características de una relación abusiva?

—¿Abusiva? —Parece que no puede respirar—. ¿Crees que soy abusivo? ¡Nunca te he puesto la mano encima, y sabes que nunca lo haré!

Agacho la cabeza, me miro las manos y prosigo con sinceridad.

—No, no me refería a eso. Me refería a los dos y a las cosas que hacemos para hacernos daño a propósito. No te estaba acusando de ser un maltratador.

Suspira y se pasa ambas manos por el pelo; seguro que le está entrando el pánico.

—Es decir, esto es mucho más importante que el hecho de que hayas decidido no vivir conmigo en Seattle o algo así. —Se detiene y me mira muy serio—. Tessa, voy a hacerte una pregunta y quiero una respuesta sincera, sin tonterías, sin darle vueltas. Di lo primero que te venga a la cabeza cuando te pregunte, ¿de acuerdo?

Asiento, sin saber muy bien adónde quiere ir a parar.

—¿Qué es lo peor que te he hecho? ¿Qué es lo más horrible y repugnante que te he hecho desde que nos conocimos?

Empiezo a pensar en los últimos meses, pero Hardin se aclara la garganta para recordarme que quería que contestara lo primero que me viniera a la mente.

Me revuelvo en mi silla. Ahora mismo no quiero abrir la caja de los truenos, ni tampoco quiero hablar de esto en el futuro, la verdad. Sin embargo, al final, se lo suelto:

—La apuesta. El hecho de que me tuvieras totalmente engañada mientras yo me enamoraba de ti.

Se queda pensativo y, por un momento, parece perdido.

—¿Te arrepientes? Si pudieras corregir mi error, ¿lo harías? —pregunta a continuación.

Me tomo mi tiempo para meditarlo seriamente, muy seriamente, antes de contestar. He respondido a esa pregunta muchas veces y he cambiado de opinión al respecto muchas más, pero ahora la respuesta parece... definitiva. Parece absoluta y definitiva, y como si ahora importara más que nunca.

El sol desciende lentamente por el horizonte y se esconde detrás de las copas de los árboles que bordean la finca de los Scott. Las luces del jardín se encienden automáticamente.

—No, no lo haría —digo casi para mí.

Hardin asiente como si supiera de antemano cuál iba a ser mi respuesta.

—Bueno, y después de eso, ¿qué es lo peor que te he hecho?

—Cuando me arruinaste lo del departamento de Seattle —contesto con facilidad.

—¿En serio? —Parece sorprendido por mi respuesta.

—Sí.

—¿Y eso? ¿Qué hice que te molestó tanto?

—El hecho de que te apoderaras de una decisión que era exclusivamente mía y me lo ocultases.

Se encoge de hombros.

—No voy a intentar justificar que fue una mamada porque sé que lo fue —contesta.

—¿Y? —Espero que eso no sea lo único que va a decir.

—Entiendo lo que quieres decir, no debería haberlo hecho. Debería haber hablado contigo en vez de intentar evitar que te fueras a Seattle. Entonces estaba mal de la cabeza, aún sigo estándolo, pero lo estoy intentando, eso es lo que ha cambiado con respecto a entonces.

No sé muy bien qué contestar a eso. Estoy de acuerdo: no debería haberlo hecho y sé que ahora se está esforzando. Miro sus ojos verdes, brillantes y ansiosos y me cuesta recordar qué era eso tan importante que quería decirle al inicio de esta conversación.

—Se te ha metido esa idea en la cabeza, nena —prosigue—, o alguien te la ha metido, o puede que lo hayas visto en un programa malo de televisión, o que lo hayas leído en un libro..., qué sé yo. El caso es que la vida real es terriblemente dura. Ninguna relación es perfecta y no hay hombre que trate a una mujer exactamente como debería. —Alza una mano para que no lo interrumpa—. No estoy diciendo que esté bien, ¿sí? Así que escúchame: lo único que digo es que creo que si tú y tal vez algunas otras personas de este mundo de locos lleno de criticones prestaran un poco más de atención a lo que ocurre entre bambalinas, puede que vierais las cosas de otra manera. No somos perfectos, Tessa. Yo no soy perfecto y te quiero, pero tú también distas mucho de ser perfecta. —Hace una mueca para que sepa que lo dice en el sentido menos terrible de la palabra—. Te las he hecho pasar duras y, carajo, sé que te he soltado este discurso miles de veces, pero algo ha cambiado en mí, y lo sabes.

Cuando termina de hablar, miro el cielo unos instantes. El sol se está poniendo tras los árboles y espero a que desaparezca del todo antes de contestar.

—Me temo que hemos ido demasiado lejos —digo—. Ambos hemos cometido demasiados errores.

—Sería una lástima darse por vencidos en vez de intentar corregir esos errores, y lo sabes.

—¿Una lástima, por qué? ¿Por el tiempo perdido? Ahora no tenemos mucho tiempo que perder —digo adentrándome en la inevitable boca del lobo.

—Tenemos todo el tiempo del mundo. ¡Aún somos jóvenes! Yo estoy a punto de graduarme y viviremos en Seattle. Sé que estás harta de mis pendejadas pero, de manera egoísta, cuento con el amor que sientes hacia mí para convencerte de que deberías darme una última oportunidad.

—Y ¿qué hay de todo lo que yo te he hecho a ti? Te he llamado de todo, y está también lo de Zed. —Me muerdo el labio y desvío la mirada al mencionar a Zed.

Hardin tamborilea con los dedos en el cristal de la mesa.

—Para empezar, Zed no tiene lugar en esta conversación —repone—. Has hecho muchas estupideces y yo también. Ninguno de los dos tenía la menor idea de cómo mantener una relación. Tal vez tú pensaras que lo sabías porque estuviste mucho tiempo con Noah pero, hablando claro, ustedes dos eran básicamente amigos que se besaban. Eso no era una relación de verdad.

Le lanzo una mirada asesina, esperando a que acabe de cavarse su propia tumba.

—¿Dices que tú me has llamado de todo? Muy pocas veces. —Sonríe y empiezo a preguntarme quién es el tipo que tengo sentado delante de mí—. Todos soltamos algún insulto de vez en cuando. Perdona, pero estoy seguro de que hasta la esposa del párroco de tu madre llama *pendejo* a su marido de vez en cuando. Puede que no a la cara, pero viene a ser lo mismo. —Se encoge de hombros—. Y yo prefiero que me lo digas en la cara.

—Tienes una explicación para todo, ¿no?

—No, para todo no. Para casi nada, en realidad, pero sé que ahora mismo estás aquí sentada buscando el modo de poner fin a lo nuestro y voy a hacer todo lo que esté en mi mano para asegurarme de que sabes lo que dices.

—¿Desde cuándo hablamos así? —No puedo evitar estar pasmada ante la falta de gritos y berridos.

Hardin se cruza de brazos, jala de los bordes deshilachados de su yeso y se encoge de hombros.

—Desde ahora. No sé, desde que hemos visto que del otro modo no llegábamos a ninguna parte. ¿Qué tiene de malo probar a hacerlo así?

Siento cómo la mandíbula me llega al suelo. Lo dice como si nada.

—¿Cómo lo haces para que parezca tan fácil? Si fuera tan fácil, podríamos haberlo hecho antes.

—No, yo antes no era así, y tú tampoco. —Me mira fijamente, esperando que vuelva a hablar.

—No es tan sencillo —replico—. El tiempo que hemos tardado en llegar hasta aquí cuenta, Hardin. También cuenta todo por lo que hemos pasado y necesito tiempo para mí. Necesito tiempo para saber quién soy, qué quiero hacer con mi vida y cómo voy a hacerlo posible, y eso he de conseguirlo sola. —Pronuncio las palabras con mucha convicción, pero me saben a ácido en cuanto salen por mi boca.

—Entonces, ¿ya lo tienes decidido? ¿No quieres vivir conmigo en Seattle? ¿Por eso estás tan cerrada y tan poco dispuesta a escuchar lo que te digo?

—Te estoy escuchando, pero la decisión ya está tomada... No puedo seguir así, siempre con lo mismo, siempre igual. No sólo contigo, sino también conmigo misma.

—No te creo, sobre todo porque suena a que no te lo crees ni tú. —Se recuesta en el cojín de la silla y pone los pies sobre la mesa—. Entonces, ¿dónde vas a vivir? ¿En qué barrio de Seattle?

—No voy a vivir en Seattle —digo cortante. De repente tengo la lengua de trapo y no consigo pronunciar una palabra.

—Entonces ¿dónde? ¿En las afueras? —pregunta con malicia.

—En Nueva York, Hardin. Quiero ir...

Ahora se lo cree.

—¿Nueva York? —Quita los pies de la mesa y se levanta—. ¿Te refieres a la ciudad de Nueva York o a un pequeño barrio *hipster* de Seattle que no conozco?

—A la ciudad de Nueva York —le aclaro, y empieza a dar vueltas por el porche—. Dentro de unos días.

Hardin permanece en silencio salvo por el ruido de sus pasos a lo largo y ancho del porche.

—¿Cuándo lo has decidido? —pregunta al fin.

—Al volver de Londres, después de que falleciera mi padre. —Me pongo también de pie.

—¿El hecho de que me comportara como un patán contigo te ha impulsado a hacer las maletas y a marcharte a Nueva York? Si nunca has salido de Washington, ¿qué te hace pensar que serás capaz de vivir en un lugar así?

Su respuesta me pone a la defensiva.

—¡Puedo vivir donde me dé la gana! ¡No intentes ningunearme!

—¿Yo te ninguneo? Tessa, lo haces todo cien mil veces mejor que yo, no estoy intentando ningunearte. Sólo te pregunto qué te hace pensar que serás capaz de vivir en Nueva York. ¿Ya tienes casa siquiera?

—Voy a vivir con Landon.

Abre mucho los ojos.

—¿Con Landon?

Ésa es la cara que he estado esperando, deseando que apareciera, pero ahora que la veo, por desgracia, me siento un poco más tranquila. Hardin ha estado diciendo cosas muy bien dichas, ha sido más comprensivo y cuidadoso con su elección de palabras que nunca y se ha mostrado más tranquilo. No me lo esperaba.

En cambio, la cara que me pone ahora la conozco bien. Es el Hardin que está intentando controlar su carácter.

—Landon —repite—. Landon y tú se van a ir a vivir a Nueva York.

—Sí. Él ya tenía previsto irse y yo...

—¿De quién ha sido la idea, tuya o suya? —dice entonces en voz baja, y me doy cuenta de que no está tan enojado como esperaba. Es peor que la furia: está dolido. Hardin está dolido y se me hace un nudo en el estómago al ver que la traición, la sorpresa y el recelo se apoderan de él.

No quiero decirle que Landon me ha pedido que me vaya a Nueva York con él. No quiero decirle que Landon y Ken me han estado ayudando con las cartas de recomendación, el expediente académico, la solicitud de traslado y demás.

—Cuando llegue me tomaré un trimestre libre —le digo con la esperanza de que olvide su pregunta.

Entonces se vuelve hacia mí, con las mejillas encendidas bajo las luces del jardín, la mirada salvaje y los puños apretados.

—Ha sido idea suya, ¿verdad? Él lo sabía todo y, mientras me hacía creer que éramos... amigos, hermanos incluso, resulta que estaba conspirando a mis espaldas.

—Hardin, no ha sido así —digo para defender a Landon.

—¡Vaya que no! —grita agitando las manos como un loco—. Te sientas ahí tan cómoda y dejas que haga el ridículo pidiéndote que nos casemos, que adoptemos un niño y todo ese rollo, cuando sabías perfectamente que ibas a dejarme. —Se jala del pelo y se dirige hacia la puerta.

Intento detenerlo.

—No entres estando así, por favor. Quédate aquí fuera conmigo para que podamos terminar de hablar. Aún tenemos mucho de que hablar.

—¡Cállate! ¡Cállate de una maldita vez! —grita quitándome la mano del hombro cuando intento tocarlo.

Jala la manilla de la puerta y estoy segura de que el ruido que oigo son los goznes aflojándose. Lo sigo de cerca, y espero que no haga lo que creo que va a hacer, que es lo que hace siempre que ocurre algo malo en su vida, en nuestra vida.

—¡Landon! —grita Hardin en cuanto pone un pie en la cocina. Me alegro de que Ken y Karen se hayan retirado al piso de arriba.

—¿Qué? —contesta él.

Sigo a Hardin al comedor, donde Landon y continúan sentados a la mesa con una bandeja de postre casi vacía en medio.

Entra a la carga, con los dientes y los puños apretados. A Landon le cambia la cara.

—¿Qué pasa? —pregunta mirando con recelo a su hermanastro antes de mirarme a mí.

—No la mires a ella, mírame a mí —le ordena Hardin.

Sophia se sobresalta, pero se repone rápidamente y me mira mientras me planto detrás de Hardin.

—Hardin, él no ha hecho nada malo. Es mi mejor amigo y sólo quería ayudar —digo. Sé de lo que Hardin es capaz, y la sola idea de que Landon sea su objetivo me pone enferma de preocupación.

Él no se vuelve, sólo contesta:

—No te metas en esto, Tessa.

—¿De qué están hablando? —pregunta Landon, aunque creo que sabe perfectamente por qué Hardin está tan enojado—. Espera, ¿es por lo de Nueva York?

—¡Claro que es por lo de Nueva York, carajo! —le grita Hardin.

Landon se levanta y Sophia le lanza a Hardin una mirada asesina de advertencia. Entonces decido que me parece perfecto que Landon y ella sean algo más que vecinos cordiales.

—¡Sólo me estaba preocupando por Tessa cuando la invité a venir conmigo! Habías roto con ella y estaba destrozada, hecha pedazos. Nueva York es lo mejor para ella —le explica Landon con calma.

—¿Eres consciente de lo cabrón que eres? Has fingido ser mi maldito amigo y luego vas y me la juegas así. —Hardin empieza a andar otra vez arriba y abajo, esta vez en pequeños círculos por la sala.

—¡No estaba fingiendo! ¡Volviste a arruinarlo y yo quise ayudar a mi amiga! —contesta Landon a gritos—. ¡Soy amigo de los dos!

El corazón se me acelera cuando veo a Hardin cruzar el comedor y agarrar a Landon de la camisa.

—¡Ayudándola a alejarse de mí! —grita empujándolo contra la pared.

—¡Estabas demasiado drogado para que te importara! —se defiende Landon gritándole en las narices.

Sophia y yo contemplamos la escena petrificadas. Conozco a Hardin y a Landon mucho mejor que ella y no sé ni qué decir ni qué hacer. Esto es un caos: ambos se gritan como cerdos, Ken y Karen bajan por la escalera corriendo, vasos y platos rotos por el modo en que Hardin ha arrastrado a Landon contra la pared...

—¡Sabías perfectamente lo que hacías! —prosigue—. ¡Confiaba en ti, hijo de perra!

—¡Adelante! ¡Pégame! —exclama Landon.

Hardin levanta el puño, pero Landon ni siquiera pestañea. Grito el nombre de Hardin y creo que Ken hace lo mismo. Con el rabillo del ojo, veo a Karen jalando la camisa de Ken para que no se entrometa entre ellos.

—¡Pégame, Hardin! Ya que eres tan duro y tan violento, adelante, ¡pégame! —lo reta Landon de nuevo.

—¡Eso haré! Te voy a... —Hardin baja el puño y luego vuelve a levantarlo.

Landon tiene las mejillas encendidas de la furia y la respiración alterada, pero no da la impresión de tenerle ni pizca de miedo a Hardin. Parece muy enojado y contenido a la vez. Yo me siento justo al revés: creo que, si las dos personas que más me importan en el mundo se pelean, no voy a saber qué hacer.

Miro otra vez a Ken y a Karen. No parece que les preocupe la integridad física de Landon. Están demasiado tranquilos mientras él y Hardin se gritan sin parar.

—No vas a hacerlo —dice Landon.

—¡Lo haré! Voy a partirte este yeso en la ca... —Pero Hardin retrocede. Mira a Landon, se vuelve y me mira a mí antes de volver a concentrarse en él—. ¡Chinga tu madre! —grita.

Baja el puño, da media vuelta y sale del comedor. Landon sigue arrinconado contra la pared, como si estuviera a punto de pegarle a algo. Sophia se acerca entonces para consolarlo. Karen y Ken hablan en voz baja entre sí mientras caminan hacia Landon, y yo... Bueno, me quedo de pie en mitad de la sala, intentando comprender qué ha pasado.

Landon le ha pedido a Hardin que le pegara. Hardin estaba desatado, se sentía traicionado y herido de nuevo, y sin embargo no le ha pegado. Hardin Scott ha preferido no recurrir a la violencia, ni siquiera en lo peor de su estallido.

CAPÍTULO 61

Hardin

Sigo caminando hasta que estoy en el jardín, y sólo entonces me doy cuenta de que Ken y Karen estaban en el comedor. ¿Por qué no han intentado detenerme? ¿Acaso sabían que no iba a pegarle?

No sé cómo sentirme al respecto.

El aire primaveral no es fresco ni huele a flores ni a nada que pueda sacarme de mi estado actual. Estoy ahí otra vez, ciego de ira, y no quiero sentirme así. No quiero resbalar y perder todo aquello por lo que tanto he trabajado. No quiero perder esta versión nueva y más calmada de mí mismo. Si le hubiera pegado, se habría tragado los dientes, y yo habría perdido, lo habría perdido todo, incluyendo a Tessa.

Aunque tampoco es que la tenga. No la tengo desde que la envié de vuelta a casa en Londres. Lleva preparando la fuga desde entonces. Con Landon. Los dos han estado maquinando a mis espaldas, planeando dejarme atrás en el asqueroso estado de Washington mientras ellos atraviesan el país juntos. Ha permitido que desnudara mi alma y que hiciera el ridículo mientras ella me escuchaba como si nada.

Landon me ha tenido bien engañado todo este tiempo, y yo que pensaba que le importaba. Todo el mundo me miente y me la juega, y ya estoy hasta la chingada. Hardin, el idiota de Hardin, el güey que no le importa a nadie, siempre es el último en enterarse de todo. Ése soy yo. Siempre lo he sido y siempre lo seré.

Tessa es la única persona que he conocido que se ha molestado en preocuparse por mí, que me ha querido y que me ha hecho sentir que era importante para alguien.

Estoy de acuerdo con ella en que no hemos tenido la relación más fácil de la historia. He cometido un error tras otro y podría haber hecho muchas cosas de otro modo, pero nunca le pondría la mano encima. Si ve nuestra relación con esos ojos, entonces sí que no hay esperanza para nosotros.

Creo que lo más difícil es explicar que hay una gran diferencia entre una relación malsana y una relación abusiva. Creo que la gente juzga a la ligera sin meterse en la piel de los que están intentando arreglar el desmadre.

Mis zapatos avanzan por el pasto, hacia los árboles que limitan la finca. No sé adónde voy ni qué voy a hacer, pero necesito recobrar el ritmo normal de mi respiración y concentrarme antes de saltar.

El maldito Landon tenía que ponerme así, tenía que provocarme e intentar hacer que le pegara. Pero no me ha dado la descarga de adrenalina, la sangre no me rugía en las venas... Por una vez, no se me hacía la boca agua sólo de pensar en una pelea.

¿Por qué demonios me ha pedido que le pegara? Porque es un idiota, por eso.

«Es un hijo de puta, eso es lo que es.

»Cabrón.

»Pendejo.

»Maldito cabrón pendejo hijo de puta.»

—¿Hardin? —La voz de Tessa atraviesa el oscuro silencio, e intento decidir si hablaré o no con ella. Estoy demasiado enojado para escuchar sus tonterías y me regañe por haberme desahogado con Landon.

—Ha empezado él —digo colocándome en el claro que hay entre dos enormes árboles.

A eso lo llamo yo esconderse. «¿Lo ves? Ni siquiera soy capaz de esconderme en condiciones.»

—¿Estás bien? —me pregunta con voz nerviosa.

—¿Tú qué crees? —salto mirando detrás de ella, hacia la oscuridad.

—Yo...

—Ahórratelo. Por favor, sé que vas a decir que tienes razón y yo no y que no debería haber estampado a Landon contra la pared.

Se acerca a mí y no puedo evitar dar un paso hacia ella. Aun estando enojado, me siento atraído por ella, siempre me he sentido de ese modo y así seguirá siendo.

—En realidad, venía a disculparme. He hecho mal en ocultártelo. Quiero responsabilizarme de mi error, no culparte a ti —dice con ternura.

«¿Qué?»

—¿Desde cuándo?

Me recuerdo que estoy enojado, pero me cuesta recordar lo molesto que estoy cuando lo único que quiero es que me abrace, que me diga que no estoy tan tarado como creo.

—¿Podemos hablar otra vez? —dice—. Ya sabes, igual que antes en la puerta principal. —Tiene los ojos muy abiertos y llenos de esperanza, a pesar de la oscuridad, a pesar de mi arrebato.

Quiero decirle que no, que ha tenido la oportunidad de hablar todos los días desde que decidió que iba a irse a vivir a la otra punta del país para «poner distancia entre nosotros». En vez de eso, resoplo y asiento con la cabeza. No voy a darle el gusto de contestar, pero asiento otra vez y me apoyo en el tronco del árbol que tengo detrás.

Por la cara que pone, sé que no esperaba que accediera tan rápido. El cabroncete que llevo dentro sonríe: la he sorprendido.

Se arrodilla, se sienta con las piernas cruzadas en el pasto y apoya las manos en los pies.

—Estoy orgullosa de ti —dice alzando la vista hacia mí. Las luces del jardín apenas iluminan su tímida sonrisa y la dulce aprobación de su mirada.

—¿Por? —Rasco la corteza del árbol mientras espero su respuesta.

—Por haberte marchado así. Landon te ha provocado y aun así te has ido, Hardin. Es un paso gigantesco. Espero que sepas lo mucho que significa para él que no le hayas pegado.

Como si le importara. Ha estado jugándomela a mis espaldas durante tres semanas.

—No significa una mierda —replico.

—Te equivocas, significa mucho para él.

Arranco un trozo grande de corteza y lo arrojo a mis pies.

—Y ¿qué significa para ti? —pregunto sin dejar de mirar el árbol.

—Mucho más. —Tess acaricia el césped con la mano—. Para mí significa mucho más.

—¿Tanto como para que no te vayas? ¿O mucho más en cuanto a que estás orgullosa de mí por haber sido un buen chico pero aun así vas a irte? —No puedo disimular el tono chillón y patético de mi voz.

—Hardin... —Menea la cabeza, seguro que está buscando una excusa.

—Landon es la única persona en el mundo que sabe lo importante que eres para mí. Sabe que eres mi salvavidas, y le ha dado igual. Va a llevarte a la otra punta del país, va a dejarme sin aire en los pulmones y eso duele, ¿sí?

Suspira y se muerde el labio inferior.

—Cuando dices esas cosas, hace que se me olvide por qué nos estamos peleando.

—¿Qué? —Me peino el pelo hacia atrás y me siento en el suelo, con la espalda apoyada en el árbol.

—Cuando dices esas cosas, que soy tu salvavidas, y cuando admites que algo te hace daño, me recuerda por qué te quiero tanto.

La miro y noto que lo dice muy segura, a pesar de que afirma no estar segura de nuestra relación.

—Sabes perfectamente que lo eres y sabes que sin ti no valgo ni madres —replico. Puede que tuviera que haber dicho que sin ella no soy nada y que necesito que me quiera, pero ya se lo he soltado a mi manera.

—Lo vales —dice vacilante—. Eres una buena persona, incluso en tus peores momentos. Tengo la mala costumbre de recordarte tus errores y de tenértelos en cuenta cuando, en realidad, a mí se me dan las relaciones tan mal como a ti. Tengo tanta culpa como tú de que la nuestra se haya ido a la chingada.

—¿A la chingada? —Esto ya lo he oído demasiadas veces.

—Me refiero a que nos la hemos jodido. Ha sido tan culpa mía como tuya.

—¿Por qué dices que nos la hemos jodido? ¿No podemos solucionar nuestros problemas?

Toma aire otra vez, ladea la cabeza y la echa atrás para mirar al cielo.

—No lo sé —dice tan sorprendida como yo.

—¿No lo sabes? —repito con una sonrisa en los labios. «Carajo, estamos de atar.»

—No lo sé. Lo tenía decidido y ahora estoy confusa porque veo que de verdad lo estás intentando, de corazón.

—¿En serio? —Trato de no parecer demasiado interesado, pero se me quiebra la voz y parezco un ratoncito.

—Sí, Hardin. No estoy segura de qué debo hacer.

—Nueva York no va a ayudarnos. Nueva York no va a ser el comienzo de esa nueva vida o lo que sea que crees que va a ser. Ambos sabemos que estás utilizando esa ciudad como salida fácil para esto —digo señalándonos con la mano.

—Lo sé —asiente.

Arranca un puñado de hierba de raíz, y no puedo evitar pensar que me encanta llevar tanto tiempo con ella y saber que eso es lo que hace siempre que se sienta en el pasto.

—¿Cuánto tiempo? —pregunto a continuación.

—No lo sé. De verdad que ahora quiero irme a Nueva York. Washington no me ha tratado bien. —Frunce el ceño y observo cómo me deja para sumirse en sus pensamientos.

—Llevas aquí toda la vida —replico.

Parpadea una vez, respira hondo y arroja las briznas de hierba a sus pies.

—Exacto.

CAPÍTULO 62

Tessa

—¿Listo para volver adentro? —Mi voz es un susurro que rompe el silencio entre nosotros.

Hardin no ha dicho nada y yo tampoco he sido capaz de pensar en nada que decir en los últimos veinte minutos.

—¿Y tú? —Se levanta dándose impulso en el tronco del árbol y se alisa los pantalones negros.

—Cuando quieras.

—Estoy listo. —Sonríe con sarcasmo—. Pero si lo prefieres, podemos seguir hablando de volver adentro.

—Ja, ja, ja. —Pongo los ojos en blanco y me ofrece la mano para ayudarme a levantarme. Con ella me rodea la muñeca y me jala. No me suelta, sino que me toma de la mano. No menciono la caricia ni que me esté mirando de esa manera, como me mira cuando enmascara su ira, cuando el amor que siente por mí es más fuerte que ella. Es una mirada pura y espontánea, y me recuerda que una parte de mí ama y necesita a este hombre más de lo que estoy dispuesta a reconocer.

No hay segundas intenciones detrás de su caricia. Cuando me rodea la cintura con el brazo y me atrae hacia sí mientras volvemos a la casa no lo hace de manera calculada.

Una vez dentro, nadie dice nada. Karen nos mira preocupada. Tiene la mano en el brazo de Ken, y él está inclinado y habla suavemente con Landon, que ha vuelto a sentarse en el comedor. No veo a Sophia, imagino que se ha ido tras el caos. No la culpo.

—¿Estás bien? —Karen se vuelve hacia Hardin cuando pasamos por su lado.

Landon levanta la mirada al mismo tiempo que Ken y le doy un pequeño codazo a Hardin.

—¿Quién, yo? —pregunta confuso. Se detiene al pie de la escalera y choco contra él.

—Sí, cariño, ¿estás bien? —aclara Karen. Se coloca un mechón castaño detrás de la oreja y se acerca a nosotros con la mano en el vientre.

—¿Quieres decir...? —Hardin se aclara la garganta—. ¿Te preocupa que me vuelva loco y le parta la cara a Landon? No, no voy a hacerlo —resopla.

Karen menea la cabeza. Tiene unos rasgos dulces y pacientes.

—No. Te estoy preguntando cómo estás. ¿Puedo hacer algo por ti? Eso es lo que quiero saber.

Hardin parpadea, intentando recuperarse.

—Sí, estoy bien.

—Si cambias de opinión, dímelo, ¿de acuerdo?

Asiente otra vez y me lleva escaleras arriba. Me vuelvo para ver si Landon nos sigue, pero cierra los ojos y gira la cara.

—Tengo que hablar con él —le digo a Hardin cuando abre la puerta de su cuarto.

Enciende la luz y me suelta.

—¿Ahora?

—Sí, ahora.

—¿En este momento?

—Sí.

En cuanto lo digo, Hardin me pone contra la pared.

—¿En este mismo instante? —Se agacha y siento su aliento cálido en mi cuello—. ¿Estás segura?

Ya no estoy segura de nada, la verdad.

—¿Qué? —pregunto con la voz ronca y la cabeza nublada.

—Creo que ibas a besarme. —Presiona los labios contra los míos y no puedo evitar sonreír, a la locura, al alivio que me hace sentir su afecto. Sus labios no son suaves, los tiene secos y cortados, pero son perfectos y me encanta cómo su lengua envuelve la mía sin darme opción a rechazarla.

Tiene las manos en mi cintura y sus dedos se hunden en mi piel mientras separa mis piernas con la rodilla.

—No puedo creer que vayas a irte tan lejos de mí. —Arrastra la boca por mi mandíbula, hasta debajo de mi oreja—. Tan lejos de mí.

—Lo siento —susurro, incapaz de decir nada más cuando sus manos se deslizan por mis caderas, hacia mi vientre, llevando consigo la tela de mi camiseta.

—No paramos de correr de un lado para otro, tú y yo —dice con calma pese a la velocidad con la que sus manos atrapan mis pechos. Tengo la espalda contra la pared y la camiseta está en el suelo, a mis pies.

—Así es.

—Una cita de Hemingway y luego dedicaré mi boca a otros menesteres. —Sonríe contra mis labios mientras sus manos acarician juguetonas la cintura de mis pantalones.

Asiento, deseando que cumpla lo prometido.

—No puedes huir de ti mismo sólo yendo de un sitio a otro —dice. Luego me mete la mano en los pantalones.

Gimo, abrumada por sus palabras y por sus caricias. Sus palabras se repiten en mi cabeza mientras me toca, y lo busco. Va a reventar las pantaletas y gime mi nombre mientras le desabrocho con torpeza los pantalones.

—No te vayas a Nueva York con Landon —me pide—. Quédate conmigo en Seattle.

«Landon.» Me vuelvo y quito las manos de los calzones de Hardin.

—Tengo que hablar con él —digo—. Es importante. Parecía enojado.

—¿Y? Yo también estoy enojado.

—Ya lo sé —suspiro—. Pero es evidente que no tanto como él —añado bajando la vista hacia el bóxer, que apenas le cubre la verga.

—Bueno, eso es porque me estás distrayendo y así no puedo enojarme contigo... ni con Landon —añade débilmente, como añadido.

—No tardo nada. —Lo aparto y recojo mi camiseta del suelo. Me la pongo y me la remeto en el pantalón.

—Bueno. De todos modos, necesito cinco minutos. —Hardin se peina el pelo hacia atrás y deja caer los mechones rebeldes contra la nuca. Jamás lo había visto con el pelo tan largo. Me gusta, aunque extraño ver los tatuajes que asoman por debajo de su camiseta.

—¿Cinco minutos sin mí? —pregunto antes de darme cuenta de lo desesperada que sueno.

—Sí. Acabas de decirme que vas a irte a vivir a la otra punta del país y he perdido el control con Landon. Necesito cinco minutos para aclararme las ideas.

—Bien, lo entiendo.

Lo entiendo, de verdad. Lo está llevando mucho mejor de lo que esperaba, y lo último que debería hacer es meterme en la cama con Hardin y descuidar a Landon.

—Voy a bañarme —me dice cuando salgo al pasillo.

Mi mente sigue en el cuarto con él, contra la pared, sigo en las nubes mientras bajo por la escalera. Con cada escalón, el fantasma de sus caricias se desvanece un poco más, y cuando llego al comedor, Karen se levanta de la silla que hay junto a Landon y Ken le hace un gesto para que lo siga fuera de la habitación. Ella me ofrece una débil sonrisa y me estrecha la mano con afecto cuando pasa junto a mí.

—Hola. —Saco una silla y me siento al lado de Landon, pero él se levanta en el acto.

—Ahora no, Tessa —replica, y se va a la sala.

Confusa por su brusquedad, tardo un instante en reaccionar. Creo que me he perdido algo.

—Landon... —Me levanto y lo sigo—. ¡Espera! —le grito por detrás.

Se detiene.

—Perdona, pero esto no funciona.

—¿Qué es lo que no funciona? —Lo jalo de la manga de la camisa para que no huya de mí.

Sin volverse, me dice:

—Lo que hay entre Hardin y tú. Todo iba bien mientras ustedes dos eran los únicos afectados, pero están metiendo a todo el mundo y no es justo.

El enojo es evidente en su voz, profundo, y tardo un instante en recordar que está hablándome a mí. Landon siempre me ha apoyado y ha sido un encanto, no esperaba esto de él.

—Perdona, Tessa, pero sabes que tengo razón. No pueden seguir armándola aquí. Mi madre está embarazada y la escena de antes podría haberle afectado a los nervios. Van de aquí a Seattle, peleándose en ambas ciudades y por el camino.

«Ayyyy.»

No sé qué decir, no se me ocurre nada.

—Lo sé, y te pido perdón por lo que ha pasado, no ha sido a propósito, Landon. Tenía que contarle que me iba a Nueva York, no podía ocultárselo. Creo que lo ha manejado muy bien. —Me interrumpo cuando se me quiebra la voz.

Estoy confusa y asustada porque Landon está enojado conmigo. Sabía que no le había gustado nada que Hardin le pusiera la mano encima, pero no me esperaba esto.

A continuación, se vuelve y me mira.

—¿Te parece que lo ha manejado bien? Me ha estampado contra la pared... —Suspira y se remanga la camisa. A continuación, respira hondo un par de veces—. Sí, supongo que sí. Pero eso no significa que esto no empiece a ser cada vez más problemático. No pueden ir por el mundo entero rompiendo y haciendo las paces. Si en una ciudad no funciona, ¿qué te hace pensar que va a funcionar en otra?

—Eso ya lo sé, por eso me voy contigo a Nueva York. Necesito pensar, sola. Bueno, sin Hardin. Por eso me voy.

Él menea la cabeza.

—¿Sin Hardin? ¿Crees que va a permitir que vayas a Nueva York sin él? O se irá contigo, o tú te quedarás aquí con él, y seguirán peleando.

Lo que acaba de decir, y lo que me suelta a continuación, hace que me derrumbe.

Todo el mundo dice siempre lo mismo de mi relación con Hardin. Yo también lo digo. Ya lo he oído antes, muchas veces, pero cuando Landon me suelta todas esas cosas, una tras otra, es distinto. Es distinto, tiene más importancia, me duele más oírlo y hace que dude aún más de todo.

—Lo siento de veras, Landon —replico. Creo que voy a llorar—. Sé que estoy metiendo a todo el mundo en nuestro caos particular, y lo lamento muchísimo. No lo he hecho a propósito, no quiero que las cosas sean así y menos contigo. Eres mi mejor amigo. No me gusta que te sientas así.

—Ya, pues así es como me siento. Y no soy el único, Tessa.

Es una puñalada en el único sitio que me quedaba intacto, inmaculado, en mi interior, ese que estaba reservado para Landon y su valiosa amistad. Ese pequeño lugar sagrado era básicamente lo único que me quedaba, la única persona que me quedaba. Era mi refugio y ahora está tan oscuro como todo lo que lo rodea.

—Lo siento mucho. —Mi voz es casi un gemido desgarrado, y estoy convencida de que mi mente aún no se ha enterado de que es

Landon quien me está diciendo estas cosas—. Creía... creía que estabas de nuestra parte —digo vacilante, porque tengo que decirlo. He de saber si la cosa está tan mal como parece.

Respira hondo.

—Yo también lo siento, pero lo de esta noche ha sido la gota que ha colmado el vaso. Mi madre está embarazada y Ken está intentando arreglar las cosas con Hardin. Yo voy a irme y es demasiado. Ésta es nuestra familia y necesitamos estar unidos. No nos estás ayudando.

—Lo siento —repito porque no sé qué otra cosa decir.

No puedo discutírselo, ni siquiera puedo mostrarme en desacuerdo porque tiene razón. Es su familia, no la mía. Por mucho que quiera fingir que es mi familia, aquí soy prescindible. Soy prescindible en todas partes desde que salí de casa de mi madre.

Landon baja la vista a sus pies y yo no puedo dejar de mirarlo a la cara cuando dice:

—Lo sé, y siento ser un cabrón pero tenía que soltarlo.

—Ya, lo entiendo. —Sigue sin mirarme—. En Nueva York será distinto, te lo prometo. Sólo necesito un poco más de tiempo. Estoy hecha un caos en todos los sentidos y no consigo aclararme.

La sensación de que no te quieran en un sitio cuando no sabes muy bien cómo irte es de lo peor que hay. Es muy raro y se tardan unos segundos en evaluar la situación para asegurarte de que no es una paranoia tuya. Pero cuando mi mejor amigo no me mira a la cara después de haberme dicho que estoy causando problemas en su familia, la única familia que tengo, sé que es verdad. Landon no quiere hablar conmigo ahora mismo pero es demasiado educado para decírmelo.

—Nueva York. —Me trago el nudo que tengo en la garganta—. Ya no quieres que vaya contigo a Nueva York, ¿verdad?

—No es eso. Pensaba que Nueva York sería un nuevo comienzo para los dos, Tessa, y no otro lugar en el que poder pelearte con Hardin.

—Lo entiendo. —Me encojo de hombros y me clavo las uñas en la palma de la mano para no llorar. Lo entiendo. Lo entiendo perfectamente.

Landon no quiere que vaya a Nueva York con él. Tampoco había concretado nada. No tengo mucho dinero ni me han aceptado todavía en la NYU, si es que me aceptan. Hasta ahora, no me había dado cuenta de lo dispuesta que estoy a mudarme a Nueva York. Lo necesito. Necesito intentar hacer algo distinto y espontáneo, necesito lanzarme al mundo y aterrizar de pie.

—Perdóname —dice pegándole pequeños puntapiés a la pata de la silla para quitar peso a sus palabras.

—No pasa nada, lo comprendo. —Me obligo a sonreírle a mi mejor amigo y llego a la escalera antes de que las lágrimas me caigan sin control por las mejillas.

En la habitación de invitados, la cama parece firme y me sujeta mientras mis errores desfilan ante mis ojos.

He sido muy egoísta y ni siquiera me he dado cuenta. He arruinado un montón de relaciones en estos meses. Empecé la universidad enamorada de Noah, mi novio de la infancia, y le puse los cuernos, más de una vez, con Hardin.

Me hice amiga de Steph, que me traicionó e intentó hacerme daño. Juzgué a Molly cuando de hecho no tenía por qué preocuparme de ella. Me obligué a creer que iba a encajar en la universidad, que los del grupo eran mis amigos cuando en realidad para ellos nunca fui nada más que un chiste.

He luchado con uñas y dientes para conservar a Hardin. He luchado para que me aceptara desde el principio. Cuando no me quería, yo lo único que hacía era quererlo aún más. Me he peleado con mi madre para defenderlo. Me he peleado conmigo misma para defenderlo. Me he peleado con Hardin para defender a Hardin.

Le entregué mi virginidad como parte de una apuesta. Lo amaba y atesoraba ese momento, y él me estaba ocultando sus verdaderos motivos desde el primer instante. Permanecí a su lado incluso a pesar de lo que había hecho, y él siempre volvía con una disculpa aún más grande que la anterior. Aunque no siempre ha sido culpa suya. Sus errores han sido más graves y han hecho más daño, pero yo me he equivocado tanto como él.

Por puro egoísmo, utilicé a Zed para llenar el vacío cada vez que Hardin me dejaba. Lo besé, pasé tiempo con él y dejé que se hiciera ilusiones. Le restregué a Hardin nuestra amistad para continuar así el juego que ellos habían empezado tantos meses atrás.

He perdonado a Hardin infinidad de veces sólo para volver a recriminarle sus errores. Siempre he esperado demasiado de él y nunca le he permitido olvidarlo. Hardin es una buena persona, a pesar de sus defectos. Es bueno y se merece ser feliz. Se lo merece todo: una vida tranquila con una mujer que no tenga problemas para darle hijos. No merece ni jueguecitos ni malos recuerdos. No debería tener que intentar estar a la altura de las expectativas absurdas que yo le he impuesto y que es casi imposible cumplir.

He estado en el infierno varias veces en estos últimos meses y ahora me he quedado sola, sentada en esta cama. Me he pasado la vida planificando, organizando y anticipando. Pero, aquí estoy, con la cara manchada de rímel corrido y un montón de planes que se han ido al diablo. Bueno, ni siquiera se han ido al diablo, porque ninguno de los dos tenía peso suficiente como para poder materializarse siquiera. No sé hacia adónde va mi vida. Ya no tengo una universidad a la que ir, ni siquiera el ideal romántico del amor que me había hecho gracias a los libros que tanto me gustaban y en los que solía creer. No tengo ni idea de lo que voy a hacer con mi vida.

Tantas rupturas, tantas pérdidas. Mi padre volvió a mi vida para morir a manos de sus demonios. He sido testigo de cómo toda la vida de Hardin al final ha sido una mentira. Su mentor ha resultado ser su padre biológico, y la relación de éste con su madre empujó al alcoholismo al hombre que lo crio. Su infancia fue un infierno para nada. Durante años tuvo que soportar tener a un alcohólico como padre y presenció cosas que ningún niño debería ver jamás. He visto cómo intentaba recuperar la relación con Ken; desde el día en que nos lo encontramos al salir de una yogurtería y hasta que me convertí en parte de su familia mientras era testigo de su lucha por perdonarle sus errores. Ha aprendido a aceptar el pasado y a perdonar a Ken, y da gusto verlo. Ha estado toda la vida enojado con el mundo y, ahora que por fin ha encontrado un poco de paz, lo veo claro. Hardin necesita paz y tranquilidad. No le hace ninguna falta ir hacia atrás como los cangrejos ni mantener conflictos constantes. No necesita dudas ni peleas. Necesita a su familia.

Necesita su amistad con Landon y su relación con su padre. También aceptar su lugar en esta familia y ser capaz de disfrutar de la emoción de verla crecer. Necesita comidas de Navidad llenas de amor y sonrisas, no llantos y tensiones. Lo he visto cambiar muchísimo desde que conocí al chico maleducado lleno de *piercings* y tatuajes y el pelo más enmarañado que había visto en mi vida. Ya no bebe tanto como antes. Ya no destroza cosas tan seguido. Y hoy se ha contenido para evitar pegarle a Landon.

Ha conseguido construirse una vida llena de gente que lo quiere y lo aprecia, mientras que yo me las he arreglado para destruir todas las relaciones que creía tener. Discutimos y peleamos, ganamos y perdemos, y ahora mi amistad con Landon se ha convertido en otra víctima de Hardin y Tessa.

En ese instante abre la puerta, como si fuera un genio al que puedo invocar con el pensamiento. Entra mientras se seca el pelo húmedo con una toalla.

—¿Qué te pasa? —pregunta. Suelta la toalla en cuanto me ve y corre a arrodillarse ante mí.

No intento ocultar las lágrimas, no tiene sentido.

—Somos Catherine y Heathcliff —anuncio destrozada.

—¿Qué? Pero ¿qué demonios pasó?

—Hemos hecho desgraciado a todo el mundo. No sé si es que no me había dado cuenta o si he sido demasiado egoísta y no he querido verlo, pero así es. Incluso Landon... Incluso a Landon le ha afectado lo nuestro.

—¿A qué viene eso? —Hardin se levanta—. ¿Qué chingados te ha dicho?

—Nada. —Lo jalo de su brazo, suplicándole que no baje—. Sólo la verdad. Ahora lo veo todo claro. Me estaba engañando a mí misma pero ahora lo entiendo. —Me enjugo las lágrimas con los dedos y respiro hondo antes de continuar—. Tú no me has destrozado: lo he hecho yo solita. He cambiado y tú también. Sólo que tú has cambiado para bien y yo no.

Decirlo en voz alta hace que me resulte más fácil aceptarlo. No soy perfecta y nunca lo seré, y está bien así, siempre y cuando no arrastre a Hardin conmigo. Tengo que arreglar lo que no funciona en mi interior, y no es justo que se lo exija a Hardin cuando yo no he sido capaz de hacerlo.

Menea la cabeza y me mira con sus preciosos ojos verdes.

—Estás diciendo tonterías —replica—. No tienen ningún sentido.

—Lo tienen. —Me levanto y me coloco el pelo detrás de las orejas—. Yo lo veo muy claro.

Intento conservar la calma pero me cuesta mucho porque él no lo ve tan claro. «¿Cómo es que no lo entiende?»

—Tengo que pedirte algo. Necesito que me prometas una cosa ahora mismo —le suplico.

—¿Cómo? De eso nada. No voy a prometerte nada, Tessa. ¿De qué chingados estás hablando? —Me toma de la barbilla y me la levanta con suavidad para que lo mire. Con la otra mano me seca las lágrimas que bañan mi rostro.

—Por favor, prométeme una cosa. Si existe la menor posibilidad de que tengamos un futuro juntos, tienes que hacer algo por mí.

—Está bien —se apresura a responder.

—Lo digo en serio. Te lo suplico: si me quieres, me escucharás y harás lo que te pido por mí. Si no puedes, no habrá futuro para nosotros, Hardin.

No es una amenaza. Es una súplica. Necesito que lo haga. Necesito que lo entienda y que lo supere y que viva su vida mientras yo intento arreglar la mía.

Traga saliva. Sus ojos encuentran los míos y sé que no quiere comprometerse pero lo dice de todos modos:

—Está bien. Te lo prometo.

—Esta vez no me sigas, Hardin. Quédate aquí con tu familia y...

—Tessa... —Me toma la cara con ambas manos—, no me pidas eso. Arreglaremos lo de Nueva York, pero no exageres.

Meneo la cabeza.

—No voy a irme a Nueva York, y te aseguro que no estoy exagerando. Sé que parece muy drástico e impulsivo, pero te prometo que no es así. Ambos hemos pasado por mucho este año y, si no nos tomamos un tiempo para estar convencidos de que esto es lo que queremos, acabaremos arrastrando a todo el mundo con nosotros, aún más de lo que ya lo hemos hecho. —Estoy intentando hacerle entender; tiene que comprenderlo.

—¿Cuánto tiempo? —Tiene los hombros caídos, y con los dedos se peina el pelo hacia atrás.

—Hasta que sepamos que estamos listos. —Estoy más decidida de lo que lo he estado en estos meses.

—¿Sabes qué? Yo ya sé lo que quiero.

—Hardin, necesito hacer esto. Si no consigo arreglar mi vida, te odiaré y me odiaré a mí misma. Necesito hacer esto.

—Como quieras. Voy a permitir que lo hagas, no porque quiera, sino porque será la última vez que te deje dudar. Cuando todo haya pasado y vuelvas a mí, se acabó. No volverás a dejarme y te casarás conmigo. Eso es lo que quiero a cambio de darte el tiempo que necesitas.

—De acuerdo. —Si sobrevivimos a esto, me casaré con este hombre.

CAPÍTULO 63

Tessa

Hardin me da un beso en la frente y cierra la puerta del acompañante de mi coche. He hecho las maletas por enésima y última vez, y Hardin está apoyado en el coche y me atrae contra su pecho.

—Te quiero. No lo olvides, por favor —dice—. Y llámame cuando llegues.

No le hace gracia, pero ya me lo agradecerá. Sé que es lo correcto, que necesitamos pasar un tiempo separados. Somos muy jóvenes, estamos confundidos y nos hace falta tiempo para reparar parte del daño que hemos causado en la vida de las personas que nos rodean.

—Lo haré. Despídeme de todos, ¿te acordarás? —Me acurruco en su pecho y cierro los ojos. No sé cómo acabará esto, pero sé que es necesario.

—Lo haré. Pero sube ya al coche, por favor. No puedo fingir que esto me gusta. Ahora soy una persona distinta y puedo cooperar pero, como dure mucho, te arrastraré de vuelta a mi cama para toda la eternidad.

Le rodeo el torso con los brazos y él apoya los brazos en mis hombros.

—Lo sé —digo—. Gracias.

—Te quiero, Tessa, muchísimo. No lo olvides, ¿sí? —dice contra mi pelo. Se le quiebra la voz y la necesidad de protegerlo vuelve a clavar sus garras en mi corazón.

—Te quiero, Hardin. Siempre te querré.

Aprieto las manos contra su pecho y me acerco para besarlo. Cierro los ojos, deseando, esperando, rezando para que no sea la última vez que siento sus labios sobre los míos, para que no sea la última vez que me siento así. Incluso en este momento, a pesar de la tristeza y del dolor de dejarlo aquí, siento esa corriente eléctrica entre nosotros. Noto la curva suave de sus labios y ardo en deseos de él, me muero por cambiar de opinión y seguir viviendo en este torbellino. Siento el poder que tiene sobre mí y yo sobre él.

Me aparto yo primero y memorizo el gemido grave de protesta que emite cuando me separo de él. Le doy un beso en la mejilla.

—Te llamaré en cuanto llegue —aseguro.

Lo beso una vez más, un beso rápido de despedida, y él se pasa las manos por el pelo y se aleja de mi coche.

—Maneja con cuidado, Tessa —dice cuando me subo y cierro la puerta.

No puedo hablar, pero cuando mi coche deja atrás la casa, susurro:

—Adiós, Hardin.

CAPÍTULO 64

Tessa

Junio

—¿Qué tal estoy? —Doy una vuelta delante del espejo de cuerpo entero, dándole jaloncitos al vestido, que me llega justo por la rodilla. La seda roja tiene un tacto nostálgico cuando la acaricio con los dedos. Me enamoré de la tela y del color en cuanto me lo probé, me recuerdan a mi pasado, a cuando era otra persona—. ¿Me sienta bien?

Este vestido es un poco diferente de la versión anterior. El otro era menos ajustado y tenía el cuello de cisne y manga francesa. Éste es más entallado, con un escote recortado y sin mangas. Siempre amaré el vestido anterior, pero me gusta cómo me queda éste.

—Te queda muy bien, Theresa. —Mi madre se apoya en el marco de la puerta con una sonrisa.

He intentado tranquilizarme, pero me he tomado cuatro tazas de café y media bolsa de palomitas y llevo todo el día dando vueltas como una loca por casa de mi madre.

Hoy es la graduación de Hardin. Me preocupa un poco que mi compañía no sea bien recibida, que me invitaran tan sólo por educación y que la retiraran mientras hemos estado separados. Las horas y los minutos han pasado, igual que siempre, sólo que esta vez no estoy intentando olvidarlo. Esta vez lo estoy recordando y me estoy recuperando, y rememoro el tiempo que pasé con él con una sonrisa.

Aquella noche de abril, la noche en la que Landon me dijo unas cuantas verdades en bandeja de plata, me fui directo a casa de mi madre. Llamé a Kimberly y lloré por teléfono hasta que me dijo que fuera una mujer, que dejara de llorar y que hiciera algo por arreglar mi vida.

No me había dado cuenta de lo oscura que se había vuelto mi existencia hasta que empecé a ver de nuevo la luz. Me pasé la primera semana completamente sola, sin salir apenas de mi cuarto de la infancia y obligándome a comer. Sólo podía pensar en Hardin y en lo mucho que lo extrañaba, en lo mucho que lo necesitaba y lo quería.

La semana siguiente fue menos dolorosa, igual que las demás veces que hemos roto, sólo que en esta ocasión era distinto. En esta ocasión tenía que recordarme a mí misma que Hardin estaba mejor, con su familia, y que no lo había dejado abandonado a su suerte. Si necesitaba algo, tenía a su familia. Las llamadas diarias de Karen eran lo único que evitaba que tomara el coche y fuera a comprobar que él estaba bien. Necesitaba poner mi vida en orden pero también necesitaba estar segura de que no le estaba haciendo más daño ni a Hardin ni a nadie a mi alrededor.

Me había convertido en esa chica, esa que es una carga para todo el mundo, sin siquiera darme cuenta porque sólo tenía ojos para Hardin. Su opinión era lo único que parecía tener importancia, y me pasé días y noches intentando enderezarlo, arreglar lo nuestro, mientras arruinaba todo lo demás, incluyéndome a mí misma.

Hardin fue muy persistente las primeras tres semanas, pero, al igual que Karen, empezó a llamar cada vez menos hasta que ya sólo recibía dos llamadas a la semana, una de cada uno. Karen me asegura que él es feliz, así que no puedo enojarme porque haga su vida y no me llame tanto como querría o me gustaría que me llamase.

Con quien más hablo es con Landon. Se sintió muy mal al día siguiente de decirme todo lo que me dijo. Fue a la habitación de

Hardin a pedirme disculpas y se lo encontró a él solo y enojado. Landon me llamó de inmediato y me rogó que volviera y lo dejara explicarse, pero le aseguré que estaba bien y que era mejor que me alejara por un tiempo. Por mucho que quisiera irme con él a Nueva York, necesitaba regresar al lugar en el que comenzó la destrucción de mi vida y volver a empezar. Sola.

Lo que más me dolió fue que Landon me recordara que yo no era parte de su familia. Me hizo sentir que sobraba, que no me querían, que no tenía vínculos con nada ni con nadie. Me sentí sola, desconectada, vagando de un lado a otro mientras intentaba aferrarme a la primera persona que me aceptara. Dependía demasiado de los demás y estaba perdida en el ciclo de querer que me quisieran. Odiaba sentirme así más que nada en el mundo y sé que Landon sólo lo dijo porque estaba enojado, pero no andaba desencaminado. A veces la ira hace aflorar lo que de verdad sentimos.

—Si sigues soñando despierta, no llegarás nunca. —Mi madre se acerca y abre el cajón superior de mi joyero. Deposita unos pequeños aretes de diamantes en la palma de mi mano y me la toma entre las suyas—. Ponte estos. No será tan malo como crees. No pierdas la calma y no des señales de debilidad.

Me echo a reír ante su intento por hacerme sentir mejor y me pongo los aretes.

—Gracias. —Le sonrío a su imagen en el espejo.

Por supuesto, siendo Carol Young, me sugiere que me retire el pelo de la cara, me ponga más labial y unos tacones más altos. Le doy amablemente las gracias por sus consejos, pero no los sigo y, en silencio, le agradezco que no insista.

Mi madre y yo estamos trabajando para tener la relación que siempre soñé tener con ella. Está aprendiendo que soy una mujer, joven pero capaz de tomar mis propias decisiones. Y yo estoy aprendiendo que no se convirtió en la mujer que es a propósito. Mi padre la destrozó hace muchos años y nunca se recuperó. Está trabajando en ello, más o menos igual que lo estoy haciendo yo.

Me sorprendió que me contara que había conocido a alguien y que llevaban saliendo varias semanas. Aunque la mayor sorpresa me la llevé al ver que el hombre en cuestión, David, no era ni médico, ni abogado, ni tenía un coche lujoso. Tiene una panadería y nunca he conocido a nadie que se ría tanto como él. Tiene una hija de diez años que se ha aficionado a probarse mi ropa, que le queda grande, y que me deja practicar con ella lo que voy aprendiendo sobre maquillaje y peluquería. Es una niña adorable, se llama Heather y perdió a su madre a los siete años. Lo que más me sorprende es lo dulce que mi madre es con ella. David saca cosas que nunca antes había visto en mi madre, y me encanta lo mucho que ella se ríe y sonríe cuando lo tenemos en casa.

—¿Cuánto tiempo me queda? —Me vuelvo hacia mi madre y me pongo los zapatos fingiendo no ver cómo pone los ojos en blanco al comprobar que he escogido los zapatos con el tacón más bajo que tengo. Me va a dar algo si tengo que andar con tacones.

—Cinco minutos si quieres llegar pronto, como es tu costumbre. —Menea la cabeza y se recoge el cabello rubio sobre un hombro.

Ha sido una experiencia increíble y muy emocionante ver cambiar a mi madre, ver cómo se agrietaba su fachada de piedra y cómo se convertía en una persona mejor. Es muy bonito contar con su apoyo, sobre todo hoy, y le doy las gracias por haberse guardado lo que opina acerca de que asista sola a la ceremonia.

—Espero que no haya mucho tráfico —digo—. ¿Y si hay un accidente? Son dos horas de trayecto que podrían convertirse en cuatro, se me arrugaría el vestido y se me arruinaría el peinado y...

Mi madre ladea la cabeza.

—Todo irá bien. Le estás dando demasiadas vueltas. Píntate los labios y al coche.

Suspiro y hago exactamente lo que me dice, esperando que, por una vez, todo vaya según lo previsto.

CAPÍTULO 65

Hardin

Gruño al ver la espantosa toga negra en el espejo. Nunca entenderé por qué me obligan a ponerme esta mierda. ¿Por qué no puedo llevar ropa normal a la ceremonia? Mi ropa de calle es negra, tendría que servir.

—Es oficial: esto es lo más estúpido que he hecho en la vida.

Karen pone los ojos en blanco.

—Cállate de una vez y póntela.

—El embarazo está haciendo que te vuelvas muy antipática —bromeo, y me aparto antes de que me suelte una cachetada.

—Ken lleva en el Coliseo desde las nueve de la mañana. Se sentirá muy orgulloso al verte subir al estrado vestido con la toga. —Sonríe y le brillan los ojos.

Si llora, necesitaré pensar en una escapatoria. Saldré lentamente de la habitación y cruzaré los dedos para que las lágrimas le impidan seguirme.

—Hablas como si fuera el baile de fin de curso —refunfuño, y me ajusto el mar de tela que engulle todo mi cuerpo.

Tengo los hombros tensos, me duele la cabeza y se me va a salir el corazón del pecho. No por la ceremonia ni por el título, esas cosas me valen madres. Me muero de ansiedad porque es posible que ella esté allí. Estoy haciendo todo esta farsa por ella. Fue ella quien me convenció —bueno, de hecho me engañó— para que asistiera. Y si la conozco tan bien como creo, estará allí para celebrar su triunfo.

Aunque cada vez llama menos y casi nunca me escribe, hoy vendrá.

Una hora después estamos entrando en el estacionamiento del Coliseo, donde se celebra la ceremonia de graduación. He accedido a venir con Karen porque se ha ofrecido a traerme veinte veces. Habría preferido venir en mi coche, pero últimamente está muy pesada. Sé que está intentando compensar la ausencia de Tessa, pero nada podrá llenar ese vacío.

Nada ni nadie podrá darme lo que me ha dado Tessa, y siempre la necesitaré. Todo lo que hago, todos los días desde que me dejó, es para ser mejor cuando ella vuelva. He hecho nuevos amigos..., bueno, de hecho, sólo dos. Luke y su novia, Kaci, son lo más parecido que tengo, y no son mala compañía. No beben mucho, no van a fiestas culeras ni les gustan las apuestas. Luke es un par de años mayor y lo arrastran a la fuerza a terapia de pareja. Lo conocí durante mi sesión semanal con el doctor Tran, un portento de la salud mental.

Bueno, en realidad, no. Es un timador de primera. Le pago cien varos la hora para que escuche cómo hablo de Tessa dos días a la semana... Pero me viene bien hablar con alguien de toda la mierda que me ronda por la cabeza, y a él no se le da mal escucharme.

—Landon me ha dicho que te recuerde que siente mucho no poder estar aquí. Nueva York lo mantiene muy ocupado —me dice Karen cuando apaga el motor—. Le he prometido que te tomaría muchas fotos.

—Chido. —Le sonrío y salgo del coche.

El edificio está hasta el tope, las gradas llenas de padres orgullosos, familiares y amigos. Asiento en dirección a Karen cuando me saluda con la mano desde su puesto en primera fila. Supongo que ser la esposa del rector tiene sus ventajas, entre ellas, asientos de primera el día de la graduación, que es una cosa divertidísima.

No puedo evitar buscar a Tessa entre la multitud. Es imposible ver la mitad de las caras porque las luces son demasiado brillantes y cegadoras. No quiero saber lo que esta extravagancia le cuesta a la universidad. Encuentro mi nombre en un gráfico que explica dónde tenemos que sentarnos y le sonrío a la encargada de buscarnos sitio. Está molesta, imagino que es porque no vine al ensayo. En serio, no puede ser tan difícil. Te sientas. Te llaman. Te levantas y caminas. Recoges un papel que no vale para nada. Caminas y vuelves a sentarte.

Por supuesto, cuando me siento en mi sitio, la silla de plástico es incómoda y el tonto que hay a mi lado está sudando más que un cubito de hielo en el Sahara. Se retuerce la ropa, tararea algo para sí y le tiembla la rodilla. Me dan ganas de decirle algo hasta que me doy cuenta de que yo estoy haciendo exactamente lo mismo, aunque no sudo como un cerdo.

No sé cuántas horas han transcurrido —a mí me parecen por lo menos cuatro— cuando por fin oigo mi nombre. El modo en que me mira todo el mundo es muy raro, y siento náuseas y me apresuro a desaparecer del estrado en cuanto veo que a Ken se le llenan los ojos de lágrimas.

Tengo que esperar a que acaben con todo el alfabeto para ir a buscarla. Para cuando llegan a la «V», me planteo levantarme e interrumpir la ceremonia. ¿Cuánta gente hay cuyo apellido empiece por «V»?

Pues parece ser que un montón.

Por fin, después de haber superado varios grados de aburrimiento, cesan los aplausos y se nos permite levantarnos de nuestros asientos. Yo salto del mío, pero Karen viene corriendo a darme un abrazo. Cuando me parece que ya la he tolerado bastante, me disculpo a mitad de su discurso lloroso de felicitación y corro a buscarla.

Sé que está aquí. Puedo sentirlo.

Llevo dos meses sin verla, dos malditos meses, y me va a dar algo de la descarga de adrenalina cuando al fin la veo cerca de la salida. Sabía que haría algo así, que vendría e intentaría escaparse antes de que la encontrara, pero no se lo permitiré. La seguiré hasta el coche si hace falta.

—¡Tessa! —Me abro paso entre las familias abrazadas para llegar hasta ella.

Se vuelve justo cuando estoy apartando a un chico de un empujón.

Hace mucho que no la veo y es un alivio tremendo. Tremendo. Está tan guapa como siempre. Su piel tiene un tono bronceado que antes no tenía, le brillan los ojos y parece más feliz. Se había convertido en una sombra y ahora está llena de vida. Se le nota sólo con mirarla.

—Hola. —Sonríe y hace esa cosa que hace cuando está nerviosa: se coloca un mechón de pelo detrás de la oreja.

—Hola. —Repito su saludo y me tomo un momento para observarla bien. Es aún más angelical de lo que recordaba.

Parece que ella está haciendo lo mismo, mirarme de arriba abajo. Ojalá no llevara esta ridícula toga, así podría ver que he estado haciendo ejercicio.

Es la primera en hablar:

—Qué largo tienes el pelo.

Me echo a reír suavemente y me paso las manos por la maraña. Seguro que el birrete me lo ha aplastado. Luego caigo en que no sé dónde lo he dejado, pero ¿a quién le importa?

—Sí. Tú también —digo sin pensar. Se echa a reír y se lleva los dedos a la boca—. Quiero decir que tú también llevas el pelo largo. Aunque siempre lo has llevado largo, claro. —Intento arreglarlo, pero sólo consigo hacerla reír otra vez.

«Bravo, Scott. Tú sí que sabes.»

—Y la ceremonia, ¿ha sido tan horrible como esperabas? —pregunta.

La tengo a menos de medio metro y desearía que estuviéramos sentados o algo así. Creo que necesito sentarme. «¿Por qué chingados estoy tan nervioso?»

—Peor. ¿No se te hizo eterna? Al tipo que leía los nombres le han salido canas. —Espero que eso la haga reír otra vez. Cuando sonríe, le devuelvo la sonrisa y me aparto el pelo de la cara. Necesito cortármelo urgentemente, pero creo que por ahora lo dejaré así.

—Estoy muy orgullosa de que hayas venido —dice—. Seguro que has hecho feliz a Ken.

—Y ¿tú eres feliz?

Frunce el ceño.

—¿Por ti? Sí, por supuesto. Me alegro mucho por ti. No te parece mal que haya venido, ¿verdad? —Se mira los pies un instante antes de buscar mis ojos.

Hay algo distinto en ella, se la ve más segura, más..., no sé... ¿Fuerte? Está erguida, con la mirada clara y centrada, y aunque noto que está nerviosa, no se ve tan amedrentada como antes.

—Pues claro. Me habría enojado mucho hacer toda esta mamada para nada. —Le sonrío y luego me río al pensar que parece que lo único que hacemos es sonreír y retorcernos las manos nerviosos—. ¿Cómo estás? Perdona que no te haya llamado mucho. He estado muy ocupado...

Quita importancia a mis palabras con un gesto de la mano.

—Descuida, sé que has estado muy ocupado con la graduación y haciendo planes para tu futuro y todo eso. —Me dedica una sonrisa casi imperceptible—. He estado bien. He solicitado plaza en todas las universidades a cien kilómetros de Nueva York.

—¿Todavía quieres ir allí? Landon me dijo ayer que no estabas muy segura.

—Y no lo estoy. Estoy esperando noticias de al menos una facultad antes de trasladarme. Solicitar el traslado desde el campus de Seattle me arruinó el expediente académico. En la secretaría de la NYU me dijeron que me hacía parecer indecisa y poco preparada, por lo que espero que al menos una de las universidades no lo vea así. De lo contrario, haré algún curso de formación profesional hasta que pueda volver a incorporarme a la universidad. —Respira hondo—. Caray..., qué rollo acabo de soltarte. —Se echa a reír y deja paso a una madre que solloza de la mano de su hija, que va con toga y birrete—. ¿Ya has decidido lo que vas a hacer a partir de ahora?

—Me esperan varias entrevistas en las próximas semanas.

—Qué bien. Me alegro por ti.

—Pero no son para trabajar aquí —digo, y la observo atentamente mientras asimila mis palabras.

—¿Te refieres a la ciudad?

—No, al estado.

—Entonces ¿dónde?, si es que se puede preguntar... —Es educada y comedida, y su voz es tan dulce y suave que doy un paso hacia ella.

—Tengo una en Chicago y tres en Londres.

—¿Londres? —Intenta ocultar la sorpresa en su voz, y yo asiento. No quería tener que decírselo, pero deseaba aprovechar todas las oportunidades que surgieran. No creo que vuelva a Inglaterra, sólo estoy explorando mis opciones.

—No sabía lo que iba a pasar con nosotros... —intento explicarle.

—No, si lo entiendo. Sólo es que me ha soprendido, nada más.

Sé lo que está pensando sólo con mirarla. Casi puedo oír sus pensamientos.

—He estado hablando un poco con mi madre. —Suena muy raro cuando lo digo, aunque más raro fue cuando por fin le contesté el teléfono a Trish. He estado evitándola hasta hace dos semanas. No la he perdonado exactamente, pero estoy intentando que todo el desastre no me enoje tanto. No me lleva a ninguna parte.

—¿De verdad? Hardin, me alegra mucho oír eso. —Ya no frunce el ceño, sino que me sonríe de oreja a oreja y está tan bonita que me duele el corazón.

—Sí —digo encogiéndome de hombros.

Continúa sonriéndome como si acabara de decirle que le ha tocado la lotería.

—Me alegro de que todo te vaya tan bien. Te mereces lo mejor en la vida.

No sé muy bien qué contestar a eso, pero extrañaba su amabilidad; tanto, que no puedo evitar jalarla y abrazarla. Lleva las manos a mis hombros y apoya la cabeza en mi pecho. Juraría que se le ha escapado un suspiro. Y si me equivoco, fingiré que no lo he imaginado.

—¡Hardin! —oigo que me llama alguien, y Tessa se aparta y se coloca a mi lado. Se ha ruborizado y vuelve a estar nerviosa.

Luke se nos acerca con Kaci y un ramo de flores en la mano.

—Dime que no me has traído flores —protesto a sabiendas de que debe de haber sido idea de su chica.

Tessa sigue de pie a mi lado, mirando a Luke y a la morena bajita con los ojos muy abiertos.

—Sabes que no. Además, sé que te encantan las azucenas —dice Luke mientras Kaci saluda a Tessa con la mano.

Ella se vuelve hacia mí, confundida, pero con la sonrisa más bonita que he visto en dos meses.

—Es un placer conocerte al fin. —Kaci rodea a Tessa con los brazos y Luke intenta estamparme el horrendo ramo en el pecho.

Dejo las flores en el piso y Luke me maldice cuando una horda de padres demasiado orgullosos las pisotean al pasar.

—Soy Kaci, una amiga de Hardin. He oído hablar mucho de ti, Tessa. —Se aparta un poco para tomar a Tessa del brazo, y me sorprende ver que ella le devuelve la sonrisa en vez de mirarme con cara de pedir ayuda y empieza a hablar de las flores pisoteadas—. Hardin parece la clase de chico a la que le gustan las flores, ¿no crees? —dice Kaci entre risas, y Tessa también se ríe—. Por eso se tatuó esas hojas tan feas.

Tessa levanta una ceja.

—¿Hojas?

—No son hojas exactamente —digo—, es que le gusta meterse conmigo. Aunque me he hecho unos cuantos tatuajes nuevos desde la última vez que te vi. —No sé por qué me siento un poco culpable.

—Ah. —Tessa intenta sonreír, pero sé que no es una sonrisa sincera—. Qué bien.

Estamos entrando en territorio incómodo y, mientras Luke le habla a Tessa de los tatuajes que llevo en el vientre, comete un gran error:

—Le dije que no se los hiciera. Habíamos salido los cuatro, y a Kaci le entró curiosidad por los tatuajes de Hardin y decidió que quería hacerse uno.

—¿Los cuatro? —balbucea Tessa, y sé que se arrepiente de haberlo preguntado, se le nota en los ojos.

Le lanzo a Luke una mirada asesina al tiempo que Kaci le clava el codo en las costillas.

—Vino también la hermana de Kaci —aclara él para intentar arreglar la metida de pata. Sin embargo, sólo consigue empeorarlo.

La primera vez que salí con Luke, quedamos con Kaci para cenar. Aquel fin de semana fuimos a ver una película y Kaci trajo a su hermana. Varios fines de semana después me di cuenta de que la chica se había clavado un poco conmigo, y les dije que le quitaran la idea de la cabeza. Ni quería ni quiero distracciones mientras espero que Tessa vuelva a mí.

—Ah. —Tessa le dirige a Luke una sonrisa muy falsa y se queda mirando el gentío.

«Carajo, odio la cara que está poniendo.»

Antes de que pueda decirles a Luke y a Kaci que se larguen para poder explicárselo todo bien a Tessa, Ken se me acerca y me dice:

—Hardin, hay alguien a quien quiero que conozcas.

Luke y Kaci se van y Tessa se hace a un lado. Intento agarrarla, pero me evita.

—Tengo que ir al baño. —Sonríe y se va después de saludar brevemente a mi padre.

—Te presento a Chris —dice Ken—, te he hablado antes de él. Es el presidente de la editorial Gabber, en Chicago, y ha venido hasta aquí para hablar contigo. —Sonríe satisfecho y toma al tipo del hombro, pero yo no puedo evitar buscar a Tessa entre la multitud.

—Muchas gracias —digo estrechando la mano del hombre bajito, que empieza a hablar.

Apenas entiendo lo que dice, estoy demasiado ocupado pensando qué habrá hecho Ken para conseguir que este tipo venga hasta aquí y preocupándome por Tessa porque no sé si encontrará el baño.

Después, busco en los alrededores de todos los baños y la llamo dos veces al celular. Se ha ido sin despedirse.

CAPÍTULO 66

Tessa

Septiembre

El departamento de Landon es pequeño y el ropero casi inexistente, pero él se las arregla. Bueno, nosotros. Cada vez que le recuerdo que el departamento es suyo y no mío, él me recuerda que ahora yo también vivo aquí, con él, en Nueva York.

—¿Seguro? Acuérdate de que Sophia dijo que podías quedarte en su casa el fin de semana si no estás cómoda —dice dejando una pila de toallas limpias en el cubículo al que llama *clóset*.

Asiento y disimulo la ansiedad que me entra al pensar en el próximo fin de semana.

—Todo irá bien —digo—. Además, estaré trabajando todo el fin de semana.

Es el segundo viernes de septiembre y el vuelo de Hardin aterrizará de un momento a otro. No me he atrevido a preguntar a qué se debe su visita, y cuando Landon mencionó, un tanto incómodo, que quería quedarse aquí a dormir, asentí y tuve que forzar una sonrisa.

—Vendrá en taxi desde Newark, así que tardará una hora en llegar, según el tráfico. —Landon se acaricia la barbilla antes de hundir la cara entre las manos—. ¡Esto no va a salir bien! ¡Debería haberle dicho que no!

Le quito las manos de la cara.

—No pasa nada. Soy una mujer hecha y derecha, puedo soportar una pequeña dosis de Hardin Scott —bromeo.

Estoy muy nerviosa, pero el trabajo y el hecho de saber que Sophia está a la vuelta de la esquina me ayudarán a sobrevivir al fin de semana.

—Y ¿ya-sabes-quién estará por aquí este fin de semana? Porque no sé cómo le sentaría a... —Landon parece asustado, como si fuera a ponerse a llorar o a empezar a gritar en cualquier momento.

—No, él también estará trabajando. —Me acerco al sillón y saco mi delantal de la pila de ropa limpia. Vivir con Landon es fácil, a pesar de sus recientes problemas sentimentales. Y le encanta limpiar, así que nos llevamos bien.

Nuestra amistad se recuperó enseguida y no hemos vuelto a tener un solo momento raro desde que llegué hace cuatro semanas. He pasado el verano con mi madre, su novio David y su hija, Heather. Incluso he aprendido a usar Skype para hablar con Landon y me he pasado los días planificando el traslado. Ha sido uno de esos veranos en los que te acuestas una noche de junio y te despiertas una mañana de agosto. Se me ha pasado volando y todo me recordaba a Hardin. David rentó una cabaña durante una semana en julio y acabamos a menos de diez kilómetros de la cabaña de los Scott. Se veía el bar en el que habíamos bebido demasiado desde el coche.

He paseado por las mismas calles, esta vez con la hija de David, que se detenía en cada cuadra a recoger flores para mí. Fuimos a comer al mismo restaurante en el que pasé una de las noches más tensas de mi vida, e incluso nos tocó el mismo mesero, Robert. Me quedé muy sorprendida al enterarme de que él también se iba a ir a vivir a Nueva York para estudiar Medicina. La NYU le ofreció una beca más sustanciosa que la de Seattle, así que cambió de planes. Intercambiamos los teléfonos y nos escribimos durante el verano. Los dos hemos aterrizado en Nueva York casi al mismo tiempo. Él llegó una semana antes y ahora trabaja en el mismo sitio que yo. En los próximos quince días, hasta que empiece a estudiar a tiempo completo, trabaja tanto como yo. A mí también me gustaría hacer lo mismo pero, por desgracia, es demasiado tarde para incorporarme a la NYU en otoño.

Ken me aconsejó esperar, al menos hasta la primavera, antes de volver a la universidad. Dice que no debería volver a trasladarme porque perjudicaría mi expediente, y la NYU ya es lo bastante exquisita. No me importa tomarme un descanso, a pesar de que tendré que trabajar duro para ponerme al corriente. Voy a dedicarme a trabajar y a disfrutar de esta maravillosa y gigantesca ciudad.

Hardin y yo sólo hemos hablado un par de veces desde que se fue de la graduación sin despedirse de mí. Me ha escrito mensajes sueltos y algunos e-mails tensos y formales, así que sólo he contestado a un par de ellos.

—¿Tienen planes para el fin de semana? —le pregunto a Landon mientras intento atarme el delantal.

—No, que yo sepa. Creo que sólo va a venir a dormir y se irá el lunes por la tarde.

—Bien. Yo hoy tengo turno doble. No me esperes despierto, no creo que vuelva a casa hasta las dos.

Landon suspira.

—Me gustaría que no trabajaras tanto. No hace falta que contribuyas a pagar los gastos. Tengo dinero de las becas y sabes que Ken tampoco me deja pagar nunca nada.

Le regalo a Landon la más dulce de mis sonrisas y me hago una cola que empieza justo donde acaba el cuello de mi camisa.

—No vamos a volver a hablar del tema —replico negando con la cabeza mientras me meto la camisa por dentro de los pantalones de trabajo.

Mi uniforme no está mal: camisa negra, pantalones negros y zapatos negros. Lo único que me molesta del conjunto es la corbata verde fosforito. Tardé dos semanas en acostumbrarme a ella, pero estaba tan agradecida de que Sophia me hubiera encontrado trabajo de mesera en un restaurante de tanta categoría que el color de la corbata era lo de menos. Es la chef de repostería de Lookout, un restaurante nuevo, moderno y demasiado caro en Manhattan. Yo no me meto en su... amistad con Landon, y menos aún después de conocer a sus compañeras de piso. A una de ellas ya la conocía de Washington. Parece que Landon y yo tenemos la misma suerte con eso de que el mundo es un pañuelo sucio...

—Mándame un mensaje cuando salgas, ¿sí? —Toma las llaves del colgador y me las pone en la mano.

Asiento y le aseguro que la llegada de Hardin no va a afectarme y, con eso, me voy a trabajar.

No me molesta tener que andar veinte minutos hasta el trabajo. Todavía estoy aprendiendo a moverme por Nueva York, y cada vez que me pierdo entre la multitud me siento más conectada a la ciudad que nunca para. El ruido de las calles, las voces constantes, las sirenas y las bocinas no me dejaron dormir durante una semana. Ahora casi me tranquiliza el modo en que me pierdo entre las masas.

Observar a la gente en esta ciudad es toda una experiencia. Todo el mundo parece muy importante, muy oficial, y me encanta adivinar cuál es su historia, de dónde son y qué hacen aquí. No sé cuánto tiempo voy a quedarme. Sé que no será para siempre, pero por ahora me gusta. Aunque lo extraño. Lo extraño mucho.

«Basta.» Tengo que dejar de pensar así. Ahora soy feliz. Él tiene su vida y yo no tengo un lugar en ella. Me parece bien. Sólo deseo que sea feliz, eso es todo. Me encantó verlo en la graduación con sus nuevos amigos, verlo tan compuesto, tan... feliz.

Lo único que no me gustó fue que se fuera sin despedirse porque tardé demasiado en salir del baño. Me dejé el teléfono en la repisa del lavabo y, para cuando me acordé y volví, ya no estaba. Luego me pasé media hora intentando encontrar la oficina de objetos perdidos o a un guardia de seguridad que me ayudara a encontrarlo. Al final, lo vi en un bote de basura, como si alguien se hubiera dado cuenta de que no era el suyo pero no se hubiera molestado en devolverlo a donde lo encontró. En cualquier caso, no le quedaba batería. Intenté buscar a Hardin pero ya se había ido. Ken me dijo que se había marchado con sus amigos, y entonces lo entendí. Se había acabado. Se había acabado de verdad.

¿Me habría gustado que hubiera vuelto por mí? Por supuesto. Pero no lo hizo y no puedo pasarme la vida deseando que lo hubiera hecho.

He tomado más turnos este fin de semana a propósito para mantenerme lo más ocupada posible y pasar poco tiempo en el departamento. Debido a la tensión y al mal ambiente que hay en casa de Sophia, voy a intentar evitar quedarme allí, aunque lo haré si las cosas con Hardin resultan demasiado raras. Sophia y yo nos hemos hecho más amigas, pero intento no intimar mucho. No soy objetiva debido a mi amistad con Landon, y creo que no quiero que me dé detalles, sobre todo si se siente cómoda hablándome de sexo. Me estremezco al pensar en lo que me contó Kimberly acerca de las aventuras amorosas de Trevor en la oficina.

A dos manzanas de Lookout, miro la pantalla del celular para ver la hora y me tropiezo con Robert. Estira la mano y me detiene justo antes de que choque con él.

—¡Que lo tengo en verde! —dice haciendo un chiste malo, y se ríe cuando protesto—. Mujer, si tiene su gracia porque los dos llevamos una corbata verde semáforo y... —continúa mientras se ajusta la corbata como un payaso.

A él le queda mucho mejor que a mí. Tiene el pelo rubio y despeinado y se le pone de punta. No sé si hablarle de Hardin, pero cruzamos la calle en silencio, con un grupo de adolescentes riéndose nerviosas y sonriéndole a Robert como tontas. No las culpo: es muy guapo.

—Iba un poco distraída —confieso cuando doblamos la esquina.

—Llega hoy, ¿no? —Robert me sostiene la puerta abierta para que pase y entro en el restaurante poco iluminado.

El interior de Lookout es tan oscuro que tardo unos segundos en acostumbrarme a la penumbra cada vez que entro desde la calle. Fuera es mediodía y brilla el sol.

Lo sigo al vestuario, guardo la bolsa en mi *locker* y él deja el celular en el estante de arriba.

—Sí. —Cierro el *locker* y me apoyo en él.

Robert me toma del codo con la mano.

—Sabes que puedes hablarme de él. No me cae especialmente bien, pero puedes hablarme de lo que quieras.

—Lo sé. —Suspiro—. No sabes cuánto te lo agradezco. Aunque no sé si es buena idea, cerré esa puerta hace mucho. —Y me echo a reír con la esperanza de que parezca una risa sincera.

Salgo del vestidor y Robert me sigue de cerca.

Sonríe y mira el reloj de pared. Si no fuera rojo fluorescente con los números en azul oscuro, creo que no podría ver la hora en el pasillo. Los pasillos siempre son lo más oscuro del restaurante, y la cocina y el vestuario son las únicas zonas con una iluminación normal.

Mi turno empieza como de costumbre y las horas pasan rápido mientras los parroquianos del mediodía se van y empieza el goteo de los clientes que vienen a cenar. He llegado al punto en el que casi he conseguido no pensar en Hardin durante cinco minutos seguidos. Entonces Robert se me acerca con gesto preocupado.

—Están aquí. Landon y Hardin. —Toma el bajo de su delantal y se enjuga la frente con él—. Han pedido una de tus mesas.

Pensaba que me entraría el pánico, pero no es así. Asiento y me dirijo a la entrada en su busca. Obligo a mis ojos a dirigirse a Landon y su camisa de cuadros, no a Hardin. Nerviosa, examino la zona, cara a cara, pero no veo a Landon.

—Tess. —Una mano me roza el brazo y pego un brinco.

Es esa voz, esa voz profunda, preciosa y con acento que llevo meses y meses oyendo en mi cabeza.

—¿Tessa? —Hardin me toca de nuevo, esta vez me toma de la muñeca, como solía hacer siempre.

No quiero voltearme para verlo. Bueno, sí que quiero, pero estoy aterrorizada. Me aterra verlo, ver la cara que tengo grabada en la mente, esa que el tiempo, muy a mi pesar, no ha logrado borrar. Su cara, gruñona y malhumorada, siempre permanecerá en mi recuerdo tan clara y vívida como la primera vez que la vi.

Salgo rápidamente de mi trance y me vuelvo. Sólo dispongo de unos segundos e intento concentrarme en encontrar los ojos de Landon antes de que los de Hardin me encuentren a mí. Pero ¿para qué?

Es imposible no ver esos ojos, esos maravillosos y únicos ojos verdes.

Hardin me sonríe y yo me quedo pasmada. Durante unos segundos soy incapaz de articular palabra. «Valor...»

—Hola —me dice.

—Hola.

—Hardin quería venir aquí —oigo que dice Landon, pero mis ojos no quieren cooperar con mi cerebro.

Hardin sigue mirándome, sin soltarme la muñeca. Debería apartarlo antes de que el pulso acelerado me delate y descubra cómo me siento después de tres meses sin verlo.

—Si estás muy ocupada, podemos ir a comer a otro sitio —añade Landon.

—No, no te preocupes —le digo a mi mejor amigo.

Sé lo que está pensando. Sé que se siente culpable y le preocupa que haber traído a Hardin arruine a la nueva Tessa. La Tessa que se ríe y hace chistes, la Tessa que es independiente, incluso demasiado. Pero eso no va a pasar. Me tengo controlada, estoy tranquila, estoy bien. De maravilla.

Libero mi muñeca del abrazo de Hardin con cuidado y tomo dos cartas del mostrador. Le hago un gesto a Kelsey, la *maître*, para que sepa que yo acompañaré a estos dos a su mesa.

—¿Cuánto hace que trabajas aquí? —pregunta Hardin.

Va vestido como siempre: la misma camiseta negra, las mismas botas, los mismos pantalones negros ceñidos, aunque este par tienen un pequeño agujero en la rodilla. Tengo que recordarme que sólo hace unos meses desde que me fui a casa de mi madre. Parece que fue hace años, siglos...

—Sólo tres semanas —digo.

—Landon me ha dicho que llevas aquí desde el mediodía.

Asiento. Les señalo un pequeño reservado contra la pared negra. Hardin se sienta a un lado y Landon al otro.

—¿A qué hora acabas?

«¿Acabo? ¿Eso va con segundas intenciones?» Ya no lo sé, después de tanto tiempo. «¿Quiero que vaya con segundas intenciones?» Tampoco lo sé.

—Cerramos a la una —digo—. Normalmente llego a casa sobre las dos las noches que me toca cerrar.

—¿A las dos de la madrugada? —La mandíbula le llega al suelo.

Les pongo la carta delante y Hardin vuelve a intentar tomarme la muñeca, pero esta vez lo esquivo como quien no quiere la cosa.

—Sí, a las dos de la madrugada. Trabaja hasta las tantas casi todos los días —dice Landon.

Le lanzo una mirada asesina, deseando que cierre el pico, y luego me pregunto por qué me siento así. A Hardin no debería importarle cuántas horas paso aquí.

Hardin no dice mucho más después de eso. Examina la carta, señala los raviolis de cordero y pide agua para beber. Landon pide lo de siempre, pregunta si Sophia anda muy ocupada en la cocina y me dedica más sonrisas de disculpa de las necesarias.

La siguiente mesa me mantiene ocupada. La mujer está borracha y es incapaz de decidir lo que quiere pedir. Su marido está muy entretenido con el celular y no le presta la más mínima atención. Casi le estoy agradecida a la señora por devolver los platos a cocina tres veces, ya que eso hace que me resulte más fácil pasar sólo una vez por la mesa de Landon y Hardin para rellenarles los vasos y otra para recoger los platos.

Como Sophia es como es, no ha querido cobrarles nada. Como Hardin es Hardin, me ha dejado una propina de escándalo. Y como yo soy como soy, he obligado a Landon a tomarla y a devolvérsela a Hardin cuando regresen al departamento.

CAPÍTULO 67

Hardin

Maldigo al pisar algo de plástico, pero no demasiado alto, porque estoy seguro de que en este departamento se oye todo. Además, como hay pocas ventanas, está muy oscuro y no se ve ni madres. Y aquí estoy, intentando recordar cómo volver al sillón desde el diminuto baño. Eso me pasa por beber tanta agua en el restaurante con la esperanza de que Tessa tuviera que acudir a nuestra mesa más seguido. Me ha salido mal porque ha sido otro mesero el que me ha rellenado el vaso en varias ocasiones y me he pasado la noche meando.

Lo de tener que dormir en el sillón sabiendo que el cuarto-clóset de Tessa está vacío me está volviendo loco. No soporto pensar que tiene que recorrer las calles de la ciudad sola, en plena noche. He discutido con Landon por haberle dejado a Tessa el cuarto más pequeño de la casa pero jura que ella no consiente cambiar de habitación.

No me sorprende. Sigue siendo tan necia como siempre. Para muestra, un ejemplo: trabaja hasta las tantas de la madrugada y vuelve a casa caminando y sola.

Debería haberlo pensado antes. Debería haberla esperado en la puerta de ese ridículo restaurante para acompañarla a casa. Tomo el celular del sillón y miro la hora. Sólo es la una. Podría tomar un taxi y plantarme allí en menos de cinco minutos.

Quince minutos después, gracias a que es casi imposible encontrar un taxi un viernes por la noche, estoy en la puerta del trabajo de Tessa, esperándola. Debería escribirle un mensaje, pero no quiero darle ocasión a decirme que no, y menos ahora que ya estoy aquí.

Pasa gente por la calle, casi todo hombres, cosa que hace que aún me preocupe más que salga del trabajo tan tarde. Mientras pienso en su seguridad, oigo risas. Su risa.

Las puertas del restaurante se abren y sale, riéndose y tapándose la boca con la mano. Va con un tipo que le sostiene la puerta abierta. Su cara me suena... «¿Quién chingados es este güey?» Juro que lo he visto antes, pero ahora no recuerdo...

El mesero. Es el mesero del restaurante que había cerca de la cabaña.

«¿Cómo chingados es posible? ¿Qué hace este güey en Nueva York?»

Tessa se apoya en él, sin dejar de reír, y yo doy un paso adelante en la oscuridad. Sus ojos encuentran los míos al instante.

—¿Hardin? Pero ¿qué haces? —exclama—. ¡Me has dado un susto de muerte!

La miro a ella y luego a él. Meses haciendo ejercicio para aliviar la ira, meses contándole mi vida al doctor Tran para controlar mis emociones. Y nada me ha preparado para esto. A veces he pensado que tal vez Tessa tuviera novio, pero no esperaba tener que encontrármelo, y no estoy listo para ello.

Con toda la naturalidad que puedo, me encojo de hombros y digo:

—He venido para asegurarme de que volvías a casa sana y salva.

Tessa y el tipo se miran. Luego él asiente y se encoge de hombros.

—Mándame un mensaje cuando llegues —le dice. Le roza la mano con la suya al despedirse y se va.

Tessa lo observa mientras se marcha, luego se vuelve hacia mí con cara de pocos amigos.

—Llamaré a un taxi —digo intentando serenarme.

¿En qué estaba pensando? ¿Creía que todavía iba a estar dándole vueltas a lo nuestro?

Sí, eso pensaba.

—Normalmente vuelvo a casa caminando —replica.

—¿Caminando? ¿Tú sola? —Me arrepiento de la segunda pregunta en cuanto sale por mi bocota. Al instante, remato la frase—: Él te acompaña a casa.

Tuerce el gesto.

—Sólo cuando tenemos el mismo horario.

—¿Cuánto hace que sales con él?

—¿Qué? —Se detiene antes de que doblemos la esquina—. No estamos saliendo juntos. —Levanta las cejas.

—Pues nadie lo diría. —Me encojo de hombros e intento que no parezca que me ha encabronado.

—No estamos saliendo juntos. Pasamos el rato pero no estoy saliendo con nadie.

La miro e intento adivinar si me está diciendo la verdad.

—Pero a él le gustaría salir contigo. El modo en que te ha rozado la mano...

—Pero a mí no. Al menos, por ahora. —Se mira los pies mientras cruzamos la calle.

No hay tanta gente como hace unas horas, pero tampoco se puede decir que no haya un alma en la calle.

—¿Por ahora? ¿No has salido con nadie? —Un vendedor de frutas cierra el quiosco y rezo para que conteste lo que quiero oír.

—No, y no tengo intención de salir con nadie en una buena temporada. —Noto que me clava la mirada antes de añadir—: Y ¿tú? ¿Estás saliendo con alguien?

No hay palabras para describir lo aliviado que me siento al saber que no ha estado saliendo con nadie. Me vuelvo y le sonrío.

—No. No me gustan las citas. —Espero que entienda la broma.

Y sí, sonríe y dice:

—Eso me suena.

—Soy un tipo muy clásico, ¿recuerdas? —Ella se ríe pero no añade nada más mientras avanzamos cuadra tras cuadra.

Tengo que hablar con ella sobre eso de volver a casa caminando a estas horas. Me he pasado las noches, semana tras semana, intentando imaginarme su vida aquí. Ni me había pasado por la cabeza que trabajara de mesera y vagara por las calles oscuras de Nueva York de noche.

—¿Por qué trabajas en un restaurante?

—Sophia me consiguió el trabajo. El sitio está muy bien, y gano más de lo que te imaginas.

—¿Más de lo que ganarías en Vance? —le pregunto, aunque ya sé la respuesta.

—No me importa. Me mantiene ocupada.

—Vance me dijo que ni siquiera le pediste una carta de recomendación, y sabes que tiene pensado abrir sucursal aquí también.

Ahora mira ausente la calle, observando los coches que pasan.

—Lo sé, pero quería ser capaz de hacer algo por mí misma. Por ahora me gusta mi trabajo, hasta que pueda empezar en la NYU.

—¿Todavía no te han admitido en la universidad? —exclamo incapaz de ocultar mi sorpresa.

«¿Cómo es que nadie me lo ha dicho?» He obligado a Landon a mantenerme informado de la vida de Tessa, pero parece ser que le gusta guardarse lo más importante.

—No, aunque espero poder comenzar en primavera. —Mete la mano en la bolsa y saca un juego de llaves—. Se me pasaron todos los plazos.

—Y ¿te parece bien? —Me sorprende que lo diga tan tranquila.

—Sí. Sólo tengo diecinueve años. Me irá bien. —Se encoge de hombros y creo que se me para el corazón—. No es lo ideal, pero aún puedo recuperar el tiempo perdido. Siempre puedo tomar el doble de créditos e incluso graduarme antes, como tú.

No sé qué decirle a esta Tessa calmada y sin ataques de pánico, a esta Tessa que no tiene un plan a prueba de bombas. Pero me encanta estar con ella.

—Sí, claro que sí...

Antes de que pueda acabar la frase, un hombre se estaciona ante nosotros. Tiene la cara cubierta de mugre y la barba larga y desaliñada. Por instinto, me pongo delante de Tessa.

—Hola, guapa —dice el hombre.

Paso de paranoico a protector. Me pongo derecho y espero que este cabrón se atreva a mover un dedo.

—Hola, Joe. ¿Qué tal va la noche? —Tessa me aparta de en medio y saca un pequeño paquete de la bolsa.

—Muy bien, cielo. —El hombre sonríe y alarga el brazo para tomarlo—. ¿Qué me has traído hoy?

Me obligo a permanecer en la retaguardia, pero no muy lejos.

—Papas y esas minihamburguesas que te gustan tanto. —Sonríe y el hombre le devuelve la sonrisa antes de romper el envoltorio y acercarse el paquete a la nariz para oler su contenido.

—Eres demasiado buena conmigo. —Mete una mano sucia en el paquete, saca un puñado de papas a la francesa y se las mete en la boca—. ¿Quieren? —Nos mira a los dos con una papa colgándole del labio.

—No. —Tessa se ríe nerviosa y niega con la mano—. Que aproveche la cena, Joe. Hasta mañana. —Me indica que la siga, doblamos la esquina e introduce el código de entrada del departamento de Landon.

—¿De qué conoces a ese güey? —pregunto.

Se detiene ante la hilera de buzones que cubre el vestíbulo y abre uno mientras espero respuesta.

—Vive ahí, en la esquina. Está ahí todas las noches y, cuando hay sobras en la cocina del restaurante, intento traérselas.

—¿Es seguro? —Miro atrás mientras avanzamos por el vestíbulo vacío.

—¿Darle algo de comer? Pues claro. —Se echa a reír—. No soy tan delicada como antes. —Su sonrisa es sincera, no se siente ofendida, y no sé qué decir.

Una vez en el departamento, Tessa se quita los zapatos y se afloja la corbata. No me he permitido mirarle el cuerpo. He intentado concentrarme en su cara, en su pelo, carajo, incluso en sus orejas, pero ahora, mientras se desabotona la camisa negra debajo de la que sólo lleva una camiseta de tirantes, se me va la cabeza y soy incapaz de recordar por qué estaba evitando contemplar semejante belleza. Tiene el cuerpo más perfecto y apetecible del mundo, y la curva de sus caderas es algo con lo que fantaseo a diario.

Se va a la cocina y me llama desde allí.

—Me voy a la cama —dice—. Mañana trabajo temprano.

Me acerco a ella y espero a que se acabe el vaso de agua.

—¿Mañana también trabajas?

—Sí, todo el día.

—¿Por qué?

Suspira.

—Hay que pagar las facturas.

Miente.

—¿Y? —insisto.

Limpia la barra de la cocina con la mano.

—Y es posible que estuviera intentando evitarte.

—Llevas mucho tiempo evitándome, ¿no te parece? —digo mirándola con una ceja levantada.

Traga saliva.

—No te he estado evitando. Ya nunca me llamas, ni escribes, ni nada.

Camina junto a mí, me deja atrás y se deshace la cola de caballo.

—No sabía qué decir. Me sentó bastante mal que te fueras sin despedirte el día de tu graduación y...

—Yo no me fui, te fuiste tú.

—¿Qué? —Se para y da media vuelta.

—Tú te fuiste de la graduación —insisto—. Yo estuve buscándote durante media hora antes de irme.

Parece muy ofendida.

—Yo te estuve buscando. Por todas partes. Nunca me habría ido sin más de tu graduación.

—Ya, pues parece que cada uno recuerda una cosa distinta, pero ahora no tiene sentido discutir sobre el tema.

Baja la cabeza, parece estar de acuerdo.

—Tienes razón. —Vuelve a llenarse el vaso y da un pequeño sorbo.

—Míranos: ya ni siquiera nos peleamos. Mierda —bromeo.

Apoya el codo en la barra y cierra la llave.

—Mierda —repite con una sonrisa.

—Mierda.

Nos echamos a reír sin dejar de mirarnos.

—No es tan raro como pensaba que iba a ser —dice entonces.

Empieza a quitarse el delantal, pero se le atascan los dedos en el nudo.

—¿Te ayudo?

—No —dice demasiado rápido, y da otro jalón a las cintas.

—¿Segura?

Se pelea con el delantal unos minutos más y al final resopla y se vuelve para mostrarme la espalda. Deshago el nudo en unos segundos mientras ella cuenta el dinero de las propinas en la barra.

—¿Por qué no te buscas otras prácticas? Eres más que una mesera.

—No tiene nada de malo ser mesera, y tampoco es mi última parada. No me disgusta y...

—Y no quieres acudir a Vance para que te ayude. —Abre mucho los ojos. Meneo la cabeza y me echo el pelo hacia atrás—. Actúas como si no te conociera, Tess.

—No es sólo eso. Es que este trabajo es mío. Tendría que pedir muchos favores para conseguirme unas prácticas aquí, y no voy a estar inscrita en ninguna universidad hasta dentro de unos meses por lo menos.

—Sophia te ayudó a conseguir este trabajo —señalo. No pretendo ser cruel, pero quiero que me diga la verdad—. Lo que querías era algo que no tuviera nada que ver conmigo. ¿He acertado?

Respira hondo un par de veces y mira a todas partes menos a mí.

—Sí.

Nos quedamos de pie en la minúscula cocina, en silencio, demasiado cerca y demasiado lejos. Pasados unos segundos, se endereza, recoge el delantal y el vaso de agua.

—Debo irme a la cama. Mañana trabajo todo el día y es muy tarde.

—Llama diciendo que estás enferma —le sugiero como si nada, aunque preferiría ordenárselo.

—No puedo llamar al trabajo y decir que estoy enferma porque sí —miente.

—Claro que puedes.

—No he faltado nunca.

—Sólo llevas allí tres semanas. No has tenido tiempo de faltar, y eso es lo que hacen los neoyorquinos los sábados. Llaman al trabajo y dicen que están enfermos para pasar el día en buena compañía.

Una sonrisa juguetona baila en la comisura de sus labios carnosos.

—Y ¿esa buena compañía eres tú?

—Por supuesto —digo, y me señalo el torso con las manos para enfatizarlo.

Me estudia un momento y sé que lo está pensando. Pero al final dice:

—No, no puedo. Lo siento, pero no puedo. No puedo arriesgarme a que no puedan cubrir el turno. Me haría quedar mal y necesito este trabajo. —Frunce el ceño. Ya no está para bromas, ha vuelto a pensar demasiado.

Estoy a punto de decirle que en realidad no necesita ese trabajo, que lo que debe hacer es recoger sus cosas y venirse a Seattle conmigo, pero me muerdo la lengua. El doctor Tran dice que el control es un factor negativo en nuestra relación y que he de «encontrar el equilibrio entre control y consejo».

Ese maldito loquero me saca de mis casillas.

—Entiendo. —Me encojo de hombros y maldigo al doctor unos instantes antes de sonreírle a Tessa—. Entonces será mejor que te vayas a la cama.

Y, con eso, se da media vuelta y se retira a su habitación-clóset. Me deja solo en la cocina, solo en el sillón y solo con los sueños que están por llegar.

CAPÍTULO 68

Tessa

En mis sueños, la voz de Hardin resuena alta y clara y me ruega que me detenga.

«¿Me ruega que me detenga? ¿Qué es...?»

Abro los ojos y me siento en la cama.

—Detente —repite.

Tardo un momento en darme cuenta de que no estoy soñando, sino de que es realmente la voz de Hardin.

Salgo corriendo de mi cuarto y entro en la sala. Está durmiendo en el sillón. No está gritando ni dando golpes como solía hacer, pero su voz es suplicante y cuando dice: «Detente, por favor», se me detiene el corazón.

—Hardin, despierta. Despierta, por favor —digo con calma acariciándole la piel sudorosa del hombro con los dedos.

Abre los ojos como platos y levanta las manos para tocarme la cara. Cuando se sienta y me atrae hacia sus piernas, noto que está desorientado. No me resisto. No podría.

Permanecemos unos segundos en silencio mientras reposa con la cabeza contra mi pecho.

—¿Cada cuánto? —Me duele el corazón de las ganas que tengo de estar con él.

—Sólo una vez por semana, más o menos. Ahora tomo unas pastillas para eso, pero en noches como la de hoy, se me ha pasado la hora de tomármelas.

—Lo siento.

Me obligo a olvidar que llevamos meses sin vernos. No pienso en que hemos vuelto a tocarnos. Me da igual. Nunca le daré la espalda cuando necesite consuelo, sean cuales sean las circunstancias.

—Tranquila. Estoy bien. —Inspira contra mi cuello y me rodea la cintura con los brazos—. Perdona que te haya despertado.

—Tranquilo. —Me recuesto contra el respaldo del sillón.

—Te he extrañado. —Bosteza y me atrae contra su pecho. Se acuesta y me lleva consigo. Lo dejo hacer.

—Yo a ti también.

Siento sus labios en mi frente y me estremezco. Me deleito en la calidez y en lo familiar de su boca contra mi piel. No comprendo cómo puede resultarme tan fácil, tan natural, volver a estar entre los brazos de Hardin.

—Me encanta que sea tan real —susurra—. Nunca dejará de ser así, nunca se nos pasará, y lo sabes, ¿verdad?

Intentando salir del apuro como sea, busco algo de lógica.

—Ahora nuestras vidas son muy distintas —replico.

—Sigo esperando que te des cuenta, eso es todo.

—¿De qué tengo que darme cuenta? —pregunto.

Cuando no contesta, levanto la vista y veo que ha cerrado los ojos y tiene la boca entreabierta, en sueños.

Me despierto con el silbido de la cafetera en la cocina. Lo primero que veo cuando abro los ojos es la cara de Hardin, y no sé cómo me siento al respecto.

Separo mi cuerpo del suyo, retiro sus manos de mi cintura y a duras penas me pongo de pie. Landon sale de la cocina con una taza de café en la mano y una sonrisa inconfundible en el rostro.

—¿Qué? —le pregunto estirando los brazos.

No he compartido una cama ni un sillón con nadie desde Hardin. Una noche, Robert se quedó a dormir porque había dejado las llaves en casa, pero él durmió en el sillón y yo en mi cama.

—Naaada. —Landon sonríe aún más e intenta disimularlo llevándose la taza de café humeante a la boca.

Lo miro mal, intento no sonreír y entonces voy a mi cuarto a recoger el celular. Me entra el pánico al ver que ya son las once y media. No he dormido hasta tan tarde desde que me vine a vivir aquí, y ahora no tengo tiempo ni para darme un baño rápido antes de ir a trabajar.

Me sirvo una taza de café y la meto en el congelador para que se enfríe mientras me cepillo los dientes, me lavo la cara y me visto. Me he aficionado al café con hielo, pero odio pagar la jalada que piden por él en las cafeterías simplemente por echarle un cubito al café. El mío sabe casi igual. Landon opina lo mismo.

Hardin sigue durmiendo cuando me voy, y de repente me veo junto a él, a punto de darle un beso de despedida. Por suerte, Landon entra en la sala en el momento oportuno y me impide hacer una tontería. «¡Pero ¿a mí qué me pasa?!»

El camino al trabajo está plagado de pensamientos sobre Hardin: lo que sentí al dormir entre sus brazos, lo agradable que ha sido despertarse con la cabeza en su pecho. Estoy confundida, como siempre que lo veo, y encima tengo que darme prisa para no llegar tarde al restaurante.

Cuando estoy ante el vestuario, Robert ya está allí y me abre el *locker* en cuanto me ve aparecer.

—Llego tarde —digo—. ¿Alguien se ha dado cuenta? —Meto mi bolsa en el *locker* a toda velocidad y la cierro.

—No. Sólo llegas cinco minutos tarde. ¿Qué tal anoche? —Sus ojos azules brillan con una curiosidad poco disimulada.

Me encojo de hombros.

—Estuvo bien. —Sé lo que Robert siente por mí y no es justo que le hable de Hardin, ni siquiera aunque él me pregunte.

—¿Bien? —Sonríe.

—Mejor de lo que esperaba. —Voy a seguir con las respuestas cortas.

—No pasa nada, Tessa. Sé lo que sientes por él. —Me toca el hombro—. Lo sé desde la primera vez que te vi.

Me estoy poniendo sensible y desearía que Robert no fuera tan lindo y que Hardin no hubiera venido a pasar el fin de semana a Nueva York. Sin embargo, enseguida me arrepiento de esto último y me gustaría que pudiera quedarse más tiempo. Robert no hace más preguntas y estamos tan ocupados en el trabajo que no tengo tiempo de pensar en nada que no sea servir comida y bebida hasta la una de la madrugada. Incluso los descansos se me pasan sin enterarme, me dan el tiempo justo para engullir un plato de albóndigas con queso.

Cuando llega la hora de cerrar, soy la última en salir. Le aseguro a Robert que estaré bien aunque él se vaya pronto para ir de copas con los demás meseros. Tengo la impresión de que, cuando salga del restaurante, me encontraré a Hardin esperándome en la puerta.

CAPÍTULO 69

Tessa

He acertado. Ahí está, apoyado en la pared con el falso grafiti de Banksy.

—No me habías dicho que Danielle y Sarah eran compañeras de depa. —Eso es lo primero que me dice. Está sonriente, es esa sonrisa que le levanta la nariz de lo amplia que es.

—Sí, es un desmadre. —Meneo con la cabeza y pongo los ojos en blanco—. Y más aún porque ésos no son sus verdaderos nombres, y lo sabes.

Hardin se echa a reír.

—Qué bueno. ¿Qué probabilidades hay? —Se lleva la mano al pecho y el cuerpo le tiembla de la risa—. Parece cosa de telenovelas.

—¿Me lo dices o me lo cuentas? Soy yo la que tiene que vivirlo en directo todos los días. Pobre Landon, deberías haberle visto la cara la noche que quedamos con Sophia y sus compañeras de depa para salir de copas. Casi se cae de la silla.

—Es demasiado. —Hardin se parte.

—No te rías delante de él. Lo está pasando mal con esas dos.

—Ya, ya. Me lo imagino. —Hardin pone los ojos en blanco.

Entonces el viento vuelve a soplar con fuerza y su pelo largo vuela alrededor de su cabeza. No puedo evitar señalarlo y echarme a reír. Es mejor que la alternativa: preguntarle a Hardin qué está haciendo en Nueva York.

—Creo que me queda mejor así, y las mujeres tienen de donde jalar —bromea, pero sus palabras me atraviesan el corazón.

—Ah —digo, pero me río porque no quiero que sepa que la cabeza me da vueltas y me duele el pecho al pensar en otras mujeres tocándolo.

—Eh... —Me toma y me da la vuelta para que lo mire, como si estuviéramos solos en la acera—. Era una broma, una broma de mal gusto y sin gracia.

—No pasa nada. Estoy bien. —Le sonrío y me coloco un mechón detrás de la oreja.

—Puede que seas muy independiente y que no te dé miedo ser amiga de los vagabundos, pero sigues mintiendo fatal —dice. Me ha descubierto.

Intento mantener el tono ligero de la conversación.

—Oye, no hables así de Joe. Es mi amigo. —Le saco la lengua mientras pasamos por delante de una pareja sentada en un banco.

Lo bastante alto para que puedan oírlo, Hardin dice:

—Cinco dólares a que le mete la mano bajo la falda en menos de dos minutos.

Le pego un empujón cariñoso en el hombro y me rodea la cintura con el brazo.

—No te pongas muy tentón, ¡o tendrás que responder ante Joe! —Lo miro con las cejas levantadas y se echa a reír.

—¿Cómo es que te gustan tanto los vagabundos?

Me acuerdo de mi padre y se me borra la sonrisa de la cara un instante.

—Carajo, no quería decir eso —se apresura a disculparse él.

Alzo la mano y sonrío.

—No, no pasa nada. Esperemos que Joe no resulte ser mi tío. —Hardin se me queda mirando como si me hubiera salido otra cabeza y me río de él—. ¡Estoy bien! Puedo aceptar una broma. He aprendido a no tomarme a mí misma demasiado en serio.

Parece que le gusta oírlo, e incluso le sonríe a Joe cuando le entrego su paquete de pescado y buñuelos de maíz.

El departamento está a oscuras cuando entramos. Lo más probable es que Landon lleve ya unas cuantas horas durmiendo.

—¿Has cenado? —le pregunto a Hardin en el momento en que me sigue a la cocina.

Se sienta a la mesa para dos personas y apoya los codos en lo alto.

—La verdad es que no. Iba a robarte ese paquete de comida, pero Joe se me ha adelantado.

—¿Te preparo algo? Me muero de hambre.

Veinte minutos más tarde, estoy metiendo el dedo en la salsa de vodka para probarla.

—¿No vas a compartirlo? —me pregunta Hardin desde atrás—. No sería la primera vez que como de tu dedo —bromea con una sonrisa de satisfacción—. La cobertura de pastel era uno de mis sabores de Tessa favoritos.

—¿Te acuerdas de eso? —Le ofrezco un poco de salsa en una cuchara.

—Me acuerdo de todo, Tessa. Bueno, siempre que no estuviera demasiado borracho o drogado. —Frunce el ceño y su sonrisa provocativa desaparece.

Meto el dedo en la cuchara y se lo ofrezco. Funciona. Vuelve a sonreír.

Tiene la lengua caliente y sus ojos buscan en los míos cuando chupa la salsa de mi dedo. Se lo mete entre los labios y chupa de nuevo aunque ya no quede salsa.

Con mi dedo en los labios, dice:

—Quería hablar contigo. Tiene que ver con lo que has dicho acerca de que me acuerdo de las cosas.

Pero el modo en que sus suaves labios rozan mi piel me tiene distraída.

—¿Tiene que ser ahora?

—Pronto, no hace falta que sea esta noche —susurra, y su boca humedece también la punta de mi dedo corazón.

—¿Qué haces?

—Me lo has preguntado tantas veces... —Sonríe y se levanta.

—Hace mucho que no nos vemos. No creo que sea buena idea —digo, aunque no me lo creo ni yo.

—Te he extrañado, y he estado esperando que tú también te extrañaras a ti misma. —Posa la mano en mi cadera, contra la tela de mi camisa de trabajo—. No me gusta verte toda de negro. No te queda. —Agacha la cabeza y me acaricia la mandíbula con la nariz.

Mis dedos torpes se pelean con los botones de la camisa, resbalando en las pequeñas piezas de plástico.

—Me alegro de que tú no aparecieras vestido de otro color.

Sonríe contra mi mejilla.

—No he cambiado mucho, Tess. Sólo voy a un par de médicos y acudo más al gimnasio.

—¿Sigues sin beber? —Dejo caer la camisa en el suelo, detrás de nosotros, y me acorrala contra la barra de la cocina.

—Sólo un poco. Normalmente una copa de vino o de cerveza y ya está. Pero no, no pienso volver a empinarme una botella de vodka.

Me arde la piel y mi cerebro está intentando comprender cómo hemos acabado aquí, pasados tantos meses, con mis manos esperando que les den permiso para quitarle la camiseta. Como si me leyera el pensamiento, las toma y las deja sobre la tela fina.

—Es el mes de nuestro aniversario, ¿lo sabías? —dice mientras le quito la camiseta por la cabeza y contemplo su torso desnudo.

Escaneo la zona buscando dibujos nuevos y me alegra encontrar sólo las hojas. *Helechos*, los llamó Hardin si no me falla la memoria. A mí me parecen unas hojas muy raras, con laterales gruesos y tallos largos que nacen en la base.

—No tenemos un mes de aniversario, loco —replico.

Intento verle la espalda, pero me da vergüenza cuando me mira, y se da la vuelta.

—Claro que lo tenemos —discrepa—. En la espalda sólo llevo el tuyo —me explica mientras observo los nuevos músculos de hombros y espalda.

—Me alegro —confieso en voz baja, con la boca seca.

Tiene cara de estar disfrutando con esto.

—¿Has perdido la cordura y te has hecho uno?

—No. —Le doy un manotazo, se vuelve hacia la barra y me toma.

—¿Te parece bien que te acaricie así?

—Sí —confiesa mi boca antes de que mi cerebro tenga tiempo para pensar.

Con los dedos de una mano, recorre el escote de mi camiseta.

—¿Y así?

Asiento.

El corazón se me va a salir del pecho, me late tan fuerte que estoy segura de que puede oírlo. Me siento conectada a él, viva y despierta, y me muero por sus caricias. Ha pasado tanto tiempo... Y aquí lo tengo, diciendo y haciendo esas cosas que tanto me gustaban. Sólo que esta vez es un poco más cuidadoso, un poco más paciente.

—Me has hecho mucha falta, Tess. —Su boca está a menos de cinco centímetros de la mía. Sus dedos trazan lentamente círculos en la piel desnuda de mis hombros. Es como si estuviera borracha, la cabeza me da vueltas.

Cuando sus labios llegan a los míos, vuelvo a la casilla de salida. Me lleva de regreso a ese lugar en el que lo único que existe es Hardin, sus dedos en mi piel, sus labios acariciando los míos, sus dientes mordisqueando las comisuras de mi boca, los gruñidos suaves que salen de su garganta cuando le bajo el cierre.

—¿Vas a volver a utilizarme sólo por el sexo? —Sonríe contra mi boca y aprieta con la lengua para cubrir la mía y que no pueda contestarle—. Qué tentación —musita pegando el cuerpo al mío.

Mis brazos le rodean el cuello y mis dedos se enroscan en su pelo.

—Si no fuera un caballero, te cogería aquí mismo, sobre la barra. —Me agarra los pechos con las manos y sus dedos se clavan bajo los aros de mi brasier—. Te sentaría aquí, te bajaría estos pantalones tan horrendos, te abriría de piernas y te haría mía aquí mismo.

—Dijiste que no eras un caballero —le recuerdo sin aliento.

—He cambiado de opinión. Ahora soy medio caballero —bromea.

Estoy tan caliente que empiezo a pensar que voy a entrar en combustión espontánea y a dejar la cocina hecha un asco. Intento bajarle el bóxer y echo la cabeza atrás cuando dice:

—Carajo, Tess.

—¿Medio caballero? ¿Eso qué quiere decir? —gimo cuando sus dedos se deslizan con facilidad bajo la cintura abierta de mis pantalones.

—Significa que, por mucho que te desee, por mucho que me muera por cogerte aquí y ahora y hacerte gritar mi nombre hasta que toda la cuadra sepa quién está haciendo que te vengas... —me pasa la lengua por la nuca—, no voy a hacerlo hasta que te cases conmigo.

Mis manos se paralizan. Tengo una en su bóxer y la otra en su espalda.

—¿Qué? —pregunto aclarándome la garganta.

—Ya me has oído. No voy a cogerte hasta que te cases conmigo.

—No lo dices en serio.

«Por favor, que no lo diga en serio. No puede estar diciéndolo en serio. Llevamos meses sin hablar. Es una broma, ¿verdad?»

—Lo digo completamente en serio. No es ningún chiste. —Sus ojos bailan divertidos y pego una patada contra el piso de cerámica.

—Pero no.... Ni siquiera hemos... —Me recojo el pelo con una mano para intentar comprender lo que me está diciendo.

—¿Creías que me iba a dar por vencido así como así? —Se acerca y me roza con los labios mi mejilla ardiente—. ¿Acaso no me conoces?

Me dan ganas de borrarle esa sonrisa de la cara de una cachetada y besarlo al mismo tiempo.

—Pero te rendiste.

—No, te estoy dando el espacio que querías y que me obligaste a darte. Confío en que el amor que sientes por mí volverá a centrarte, llegado el momento. —Levanta una ceja y saca esa sonrisa y esos hoyuelos malévolos—. Aunque te está costando lo tuyo...

«¿Qué significa todo esto?»

—Pero... —No tengo palabras.

—Vas a hacerte daño. —Se echa a reír y me toma las mejillas con las manos—. ¿Duermes conmigo en el sillón otra vez? ¿O es demasiada tentación para ti?

Pongo los ojos en blanco y lo sigo a la sala, intentando comprender cómo es posible que nada de esto tenga sentido para él o para mí. Tenemos tanto de que hablar, tantas preguntas, tantas respuestas...

Pero por ahora, voy a dormir en el sillón con Hardin y a fingir que, por una vez, en mi mundo todo podría ir bien.

CAPÍTULO 70

Tessa

—Buenos días, nena —oigo decir a alguien.

Cuando abro los ojos, lo primero que veo es tinta negra con forma de golondrina. La piel de Hardin está más bronceada que nunca, y los músculos de su pecho son mucho más prominentes que la última vez que los vi. Siempre ha sido muy guapo, pero ahora está para comérselo, y es una tortura exquisita estar aquí, acostada en su pecho desnudo, mientras me rodea la cintura con uno de sus brazos y con el otro me aparta el pelo de la cara.

—Buenos días. —Apoyo la barbilla en su pecho, tengo una vista perfecta de su cara.

—¿Has dormido bien? —Me peina con suavidad con los dedos y su sonrisa sigue perfecta y en su sitio.

—Sí.

Cierro los ojos un momento para aclararme las ideas porque de repente su voz grave, rasposa y soñolienta me ha dejado sin sentido. Hasta su acento parece más intenso, más distintivo. «Lo mato.»

Sin otra palabra, me roza los labios con la punta del pulgar.

Abro los ojos cuando oigo que se abre la puerta del cuarto de Landon e intento sentarme, pero Hardin me estrecha con más fuerza.

—De eso nada. —Se echa a reír. Se incorpora en el sillón y mi cuerpo lo sigue.

Landon entra en la sala sin camisa, con Sophia detrás. Lleva puesta la ropa de trabajo de anoche: el uniforme negro acompañado de una enorme sonrisa le sienta muy bien.

—Hola —dice Landon ruborizándose, y ella lo toma de la mano y me mira.

Creo que me guiña un ojo, pero todavía estoy medio atontada por haberme despertado junto a Hardin.

Le da a Landon un beso en la mejilla.

—Te llamo cuando acabe mi turno —dice a continuación.

La mata de pelo en la cara de Landon es algo a lo que todavía tengo que acostumbrarme, pero le queda bien. Le sonríe a Sophia y le abre la puerta.

—Bueno, ahora ya sabemos por qué Landon no salió anoche de su cuarto —me susurra Hardin al oído, con el aliento tibio contra mi piel. Hipersensible y caliente a más no poder.

Intento separarme de él.

—Necesito café —protesto.

Deben de ser palabras mágicas, porque asiente y me permite que baje de sus piernas. Mi cuerpo siente de inmediato haber perdido su contacto, pero me obligo a llegar a la cafetera.

Hago como si no viera a Landon menear la cabeza con una sonrisa de oreja a oreja y me meto en la cocina. La sartén de anoche sigue llena de salsa de vodka que no nos comimos y, cuando abro el horno, veo que la fuente con las pechugas de pollo continúa dentro.

No recuerdo haber apagado ni el fuego ni el horno, pero tampoco es que anoche tuviera cabeza para mucho. Mi cerebro no quería pensar en nada que no fueran Hardin y sus labios en los míos después de meses de privaciones. Se me eriza la piel al recordarlo, al recordar sus caricias, cómo adoraba mi cuerpo.

—Menos mal que apagué el fuego, ¿no? —Hardin entra en la cocina con un *pants* que le cuelga de las caderas. Los tatuajes nuevos acentúan su vientre plano, y no puedo dejar de mirar el punto en el que acaban sus abdominales.

—Pues sí.

Me aclaro la garganta e intento decidir por qué de repente me vuelven loca las hormonas. Me siento como cuando lo conocí, y eso me preocupa. Es fácil volver a caer en las rutinas perversas de Hardin y Tessa. Tengo que mantener la cabeza fría.

—¿A qué hora vas a trabajar hoy? —Hardin se reclina contra la barra frente a mí y me observa mientras lo recojo todo.

—Al mediodía. —Vierto la salsa en el desagüe de la tarja—. Hoy sólo trabajo un turno. Llegaré a casa sobre las cinco.

—Te invito a cenar. —Sonríe y se cruza de brazos. Ladeo la cabeza y levanto una ceja. Pongo en marcha el triturador de basura de la tarja—. Estás pensando en meterme la mano ahí dentro, ¿no? —dice señalando el triturador. Su risa es suave, encantadora y embriagadora.

—Tal vez. —Sonrío—. ¿No deberías reformular la frase para que sea una pregunta?

—Ésa es la Theresa a la que tanto quiero —bromea y desliza las manos por la barra.

—¿Otra vez con lo de Theresa? —Intento mirarlo mal, pero se me escapa una sonrisa.

—Sí, otra vez. —Asiente y hace algo que no es nada propio de él: saca el pequeño cubo de basura de debajo de la tarja y me ayuda a recoger los desperdicios que hay sobre la barra—. ¿Me concedería usted el honor de cenar conmigo en un lugar público y dedicarme su tiempo esta noche?

Su sarcasmo juguetón me hace reír, y cuando Landon entra en la cocina, se limita a mirarnos y a apoyarse en la barra.

—¿Te encuentras bien? —le pregunto.

Está observando al señor de la limpieza que ha poseído el cuerpo de Hardin, y luego me mira a mí anonadado.

—Sí, sólo un poco cansado —contesta frotándose los ojos.

—Ya, lo imagino —interviene Hardin mientras levanta las cejas, y Landon le da un empujoncito con el hombro.

Me quedo mirándolos, pensando que estamos en una realidad paralela o algo así. Una en la que Landon toma por los hombros a Hardin y éste se ríe y lo llama *cretino*, en vez de lanzarle cuchillos con la mirada o amenazarlo.

Me gusta esta realidad paralela. Creo que me encantaría quedarme una temporada aquí.

—No es lo que estás pensando —añade Landon—. Ni lo digas. —Echa café molido en la cafetera, saca tres tazas de la alacena y las dispone sobre la barra.

—Ya, ya... —Hardin pone los ojos en blanco.

—Yaaa, yaaa —repite Landon burlón.

Los oigo hablar y lanzarse bromas inocentes mientras tomo el cereal de la parte más alta de la alacena. Estoy de puntitas cuando noto que Hardin da un jaloncito a mis shorts para que no se me vea nada.

Una parte de mí quiere subírselos aún más, o quitárselos del todo para ver la cara que pone, pero, por el bien de Landon, decido no hacerlo.

En vez de eso, el gesto de Hardin me hace gracia y le pongo los ojos en blanco mientras le quito la pinza a la bolsa de cereal.

—¿Y los frosties? —pregunta Hardin.

—En la alacena —contesta Landon.

Me viene a la mente un recuerdo de Hardin refunfuñando porque mi padre se había comido todo su cereal. Sonrío al recordarlo. Ya no siento pena al pensar en mi padre. He aprendido a sonreír al recordar su buen humor y lo positivo que fue durante el poco tiempo que lo tuve en mi vida.

Decido ir a bañarme antes de ir a trabajar. Landon le está contando a Hardin que a su jugador de hockey favorito lo ha fichado otro equipo y, para mi sorpresa, Hardin se queda sentado a la mesa con él y no me sigue al baño.

Una hora después, estoy vestida y lista para ir caminando al restaurante. Hardin está sentado en el sillón, poniéndose las botas, cuando entro en la sala.

Alza la vista y me sonríe.

—¿Lista?

—¿Para qué? —Tomo el delantal de la silla en la que lo dejé y me meto mi celular en el bolsillo.

—Para ir a trabajar —dice como si fuera evidente.

Es un bonito detalle. Asiento sonriendo como una tonta y lo sigo fuera de casa.

Pasear por Nueva York con Hardin es un poco raro. Encaja con su estilo y su forma de vestir, pero al mismo tiempo es como si su voz y su alegría llenaran la calle e iluminaran este sombrío día.

—Ése es el único problema..., bueno, uno de los problemas que tengo con esta ciudad... —dice señalando al aire. Le doy un segundo para que se explique—. No se ve el sol —dice al fin.

Sus botas resuenan en el cemento mientras caminamos, y me doy cuenta de que me encanta ese sonido. Lo extrañaba. Es una de esas pequeñas cosas que no me percaté de que me encantaban hasta que lo dejé. De repente estaba paseando por las ruidosas calles de la ciudad y extrañaba la forma que tiene Hardin de dejar que se oigan sus botas al caminar.

—Pero si vives en Washington y allí siempre está lloviendo —replico—. No puedes quejarte de la falta de sol en Nueva York.

Se echa a reír y cambia de tema. Me pregunta sobre el oficio de mesera. El resto del paseo es muy agradable. Hardin me hace una pregunta tras otra, qué he estado haciendo estos últimos cinco meses, y le hablo de mi madre, de David y de su hija. Le cuento que Noah va a jugar al fútbol en el equipo de su universidad, en California, y que David y mi madre me llevaron al mismo pueblo en el que estuve con él y con su familia.

Le hablo también de mis dos primeras noches en la ciudad, de que no podía dormir por el ruido y de cómo la tercera noche me levanté de la cama y me fui a dar un paseo, y entonces conocí a Joe. Le digo que el amable vagabundo me recuerda un poco a mi padre, y que me gusta pensar que al llevarle comida lo estoy ayudando, cosa que no pude hacer con la sangre de mi sangre.

Al oírlo, Hardin me toma de la mano y no la aparto.

Le cuento lo mucho que me preocupaba venir a vivir aquí y cuánto me alegra que haya venido a visitarnos. No menciona que anoche se negó a acostarse conmigo y que me estuvo provocando hasta que me quedé dormida en sus brazos. No menciona su proposición de matrimonio, y me parece bien. Todavía trato de comprender qué está pasando. Llevo intentando discernir qué siento por él desde que aterrizó en mi vida hace un año.

Cuando Robert me recibe en la esquina, como hace siempre que trabajamos juntos, Hardin se acerca un poco más a mí y me estrecha la mano con más fuerza. No hablan mucho, sólo se miran de arriba abajo y yo pongo los ojos en blanco. «Hombres...» Hay que ver cómo se comportan cuando hay una mujer presente.

—Estaré aquí cuando acabes. —Hardin me da un beso en la mejilla y me coloca un mechón de pelo detrás de la oreja—. No trabajes mucho —me susurra contra la mejilla. Noto el tono burlón en su voz, pero sé que en parte lo dice en serio.

Por supuesto, sus palabras me persiguen durante todo el turno. El restaurante está hasta la bandera, una mesa tras otra de hombres y mujeres que beben demasiado vino o brandy y pagan barbaridades por diminutas raciones de comida en platos ornamentados. Un niño decide que mi uniforme necesita un cambio: un plato de espaguetis, para ser exactos. No tengo ni un minuto libre en todo el día y, cinco horas después, cuando termina mi turno, los pies me están matando.

Tal y como me había prometido, Hardin me está esperando en la entrada, sentado en un banco. Sophia se encuentra de pie a su lado. Lleva el pelo negro recogido en un chongo alto que destaca sus impresionantes rasgos. Tiene un aire exótico con esos pómulos tan marcados y los labios carnosos. Me miro el uniforme sucio y tuerzo el gesto. Mi camisa huele a ajo y a salsa de tomate. Hardin no parece notar que voy llena de manchas, pero me quita algo del pelo cuando salimos a la calle.

—No quiero saber lo que era —digo con una pequeña carcajada.

Él sonríe, se saca una servilleta, no, un pañuelo de papel, del bolsillo y me lo ofrece.

Lo uso para limpiarme los ojos. El delineador de ojos corrido no debe de resultar nada atractivo. Hardin se encarga de la conversación. Me hace preguntas sencillas sobre mi turno y estamos de vuelta en el departamento en un santiamén.

—Los pies me están matando —gruño mientras me quito los zapatos y los tiro al piso. Él los sigue con la mirada y casi puedo leer los comentarios sarcásticos que se forman debajo de su mata de pelo sobre lo desordenada que soy—. Los guardaré en cuanto pueda, claro está.

—Claro está. —Sonríe y se sienta a mi lado en la cama—. Ven aquí.

Me toma de los tobillos y me vuelvo para mirarlo cuando se lleva mis pies a sus piernas. Empieza a masajearme los pies doloridos. Me acuesto en la cama, intentando no pensar que esos pies han pasado horas metidos en los zapatos.

—Gracias —medio gimo.

El masaje es tan relajante que me gustaría cerrar los ojos, pero prefiero mirarlo. He pasado meses sin verlo, y ahora no quiero ver otra cosa.

—De nada —dice—. Puedo soportar el olor con tal de verte así de relajada. —Levanto la mano y le pego un manotazo al aire. Él sigue haciendo magia en mis pies.

Sus manos ascienden hasta mis gemelos y por mis muslos. No me molesto en contener los sonidos que manan de mis labios. Es tan relajante, tan agradable, mis pobres músculos lo agradecen tanto...

—Ven, siéntate delante de mí —me indica retirando los pies de sus piernas.

Me incorporo y me siento entre sus piernas. Sus manos van a por mis hombros y masajean mis músculos hasta eliminar toda tensión.

—Te resultaría mucho más agradable si no llevaras puesta la camisa —comenta.

Me echo a reír, pero me interrumpo al recordar cómo me estuvo provocando anoche en la cocina. Me llevo la mano al bajo de la camisa y me la saco de los pantalones. Hardin traga saliva cuando me la quito, junto con la camiseta, por encima de la cabeza.

—¿Qué pasa? Ha sido idea tuya —le recuerdo, y me echo contra él.

Ahora sus manos son más duras y se hunden en mi piel con decisión. Echo la cabeza hacia atrás, contra su pecho.

Mascula algo para sí y mentalmente me doy una palmada en el hombro por haberme puesto un brasier bonito. Sólo tengo dos en condiciones, pero tampoco es que los vea nadie, salvo Landon cuando hay algún error en la ropa.

—Éste es nuevo. —Los dedos de Hardin se meten bajo uno de los tirantes. Lo levanta y lo deja caer.

No digo nada. Me sobresalto un poco y me recoloco entre sus piernas. Gruñe y me toma de la base del cuello. Sus dedos masajean mi mandíbula y la delicada piel de debajo de la oreja.

—¿Bien? —me pregunta, aunque ya sabe la respuesta.

—Mmm —es todo cuanto consigo decir.

Se ríe y me aprieto más contra él. Básicamente, me estoy restregando contra su cierre. Me bajo un tirante del brasier.

Su mano se tensa en mi garganta.

—No se vale provocar —me advierte y coloca el tirante en su sitio con la mano que me estaba masajeando los hombros.

—Dice el experto en la materia —protesto, y vuelvo a bajar el tirante.

Me está volviendo loca estar sin camisa y bajándome el tirante del brasier delante de Hardin. Estoy que exploto, y él no hace más que darles cuerda a mis hormonas, jadeando y restregándose contra mí.

—No se vale provocar —le recuerdo con sus propias palabras.

No me da tiempo a reírme de él porque me pone las manos en los hombros y me vuelve la cabeza.

—Llevo cinco meses sin coger, Theresa. Estás poniendo a prueba mi autocontrol —susurra con brusquedad a unos milímetros de mi boca.

Yo doy el primer paso, lo beso y entonces recuerdo la primera vez que nos besamos, en su cuarto de la maldita casa de la fraternidad.

—¿No? —exclamo sorprendida, dándole las gracias a mi buena estrella por el hecho de que no haya estado con nadie durante nuestra separación. Siento como si, de algún modo, supiera que no iba a hacerlo. O eso, o me he obligado a creer que nunca más iba a tocar a otra.

No es la misma persona que era hace un año. No usa el deseo y duras palabras para controlar a la gente. No necesita una chica distinta cada noche. Ahora es más fuerte. Es el mismo Hardin al que amo, pero mucho más fuerte.

«No me había dado cuenta de lo grises que son tus ojos.» No hizo falta más. Entre el alcohol y su repentina amabilidad, no pude contenerme y lo besé. Sabía a... menta, por supuesto, y el *piercing* del labio estaba frío cuando lo rocé con los míos. Era extraño y peligroso, pero me encantaba.

Me subo a las piernas de Hardin, igual que hice entonces, y él me agarra de la cintura y con mucho cuidado me acuesta consigo en la cama.

—Tess —gime, igual que en mis recuerdos. Me da alas, me sume en el abismo de pasión y locura que compartimos. Estoy perdida y no tengo ningunas ganas de encontrar la salida.

Le rodeo el cuerpo con los muslos y hundo las manos en su pelo enmarañado. Estoy ansiosa y frenética al mismo tiempo, y sólo puedo pensar en cómo sus dedos suben y bajan por mi espalda, casi sin tocarla.

CAPÍTULO 71

Hardin

Todo mi plan se ha ido al diablo. No pienso detenerla por nada del mundo. Debería haber imaginado que me sería imposible llevarlo a cabo. La amo. La he amado desde lo que me parece toda la vida, y extrañaba estar con ella de este modo.

Echaba de menos los sonidos sexis que escapan de esos labios tan apetecibles. Extrañaba su manera de menear sus generosas caderas con unos movimientos que me la ponen tan dura que en lo único que puedo pensar es en amarla, en demostrarle lo maravillosamente bien que me hace sentir, tanto emocional como físicamente.

—Te he extrañado cada segundo de cada maldito día —digo contra su boca abierta.

Su lengua lame la mía. La atrapo entre mis labios y la chupo de manera juguetona. Tessa se queda sin aliento un instante. Me agarra de la orilla de la camiseta y me la levanta hasta las axilas. Me incorporo sin apartar su cuerpo medio desnudo del mío para facilitarle la tarea de despojarme de la ropa.

—No tienes ni idea de cuántas veces he pensado en ti, cuántas veces me he tocado recordando la sensación de tus manos sobre mi verga, de tu boca caliente a mi alrededor.

—Dios...

Su gemido me incita a continuar:

—Tú también extrañabas esto, ¿verdad? El modo en que mis palabras te hacen sentir y lo mojada que estás después de oírlas.

Ella asiente y gime de nuevo cuando mi lengua desciende por su cuello y besa y chupa lentamente su piel salada. Extrañaba tanto esta sensación, el modo en que me domina por completo y me devuelve a la superficie con su tacto...

Le rodeo la cintura con los brazos y giro nuestros cuerpos para poder colocarla debajo de mí. Le desabrocho los pantalones y se los bajo hasta los tobillos en cuestión de segundos. Tessa se impacienta, sacude los pies y deja caer la ropa al suelo.

—Quítate los tuyos —me ordena.

Tiene las mejillas sonrojadas y sus manos tiemblan sobre mis lumbares. La amo, la amo un chingo, y amo el hecho de que ella todavía me ame también después de todo este tiempo.

Somos algo absolutamente inevitable; ni siquiera el tiempo puede interponerse entre nosotros.

Obedezco, vuelvo a montarme encima de ella y le quito los calzones mientras arquea la espalda.

—Carajo... —Contemplo embelesado el modo en que sus caderas se curvan y sus muslos parecen gritarme que los agarre con las manos.

Hago eso mismo, y ella me mira con esos ojos azul grisáceo que me han llevado a aguantar horas y horas de rollos con el doctor Tran. Esos ojos, que incluso me han llevado a llamar a Vance unas cuantas veces durante los últimos meses.

—Por favor, Hardin —suplica Tessa, elevando el trasero del colchón.

—Lo sé, nena.

Meto la mano entre sus muslos y le restriego su propia humedad con el dedo índice. Mi verga da una sacudida, y ella suspira deseando más alivio. Le meto un dedo y uso el pulgar para acariciarle el clítoris. Tess se retuerce debajo de mí y deja escapar el gemido más erótico que he oído en mi vida cuando le introduzco otro dedo más.

«Carajo.

»Carajo.«

—Qué gusto —jadea mientras se aferra con fuerza a las espantosas sábanas con estampado floral de su minúscula cama.

—¿Sí? —digo, y acelero los movimientos de mi pulgar sobre ese punto que la vuelve absolutamente loca.

Ella asiente con frenesí, me agarra la verga y empieza a acariciármela con un movimiento lento pero firme.

—Quería lamerte, porque hace mucho tiempo que no te saboreo, pero si no te la meto ahora mismo me voy a venir en tus sábanas.

Abre los ojos como platos y la masturbo unas cuantas veces más con los dedos antes de alinear mi cuerpo con el suyo. Tessa sigue agarrándome. Guía mi verga hacia ella y cierra los ojos mientras la penetro.

—Te quiero. Carajo, te quiero muchísimo —le digo, y me apoyo sobre los codos mientras entro y salgo de ella una y otra vez.

Me clava las uñas en la espalda con una mano y enrosca los dedos de la otra en mi pelo. Lo jala cuando meneo las caderas y le separo más las piernas.

Tras varios meses de mejorarme a mí mismo, de ver el lado positivo de la vida y eso, estar con ella es una sensación absolutamente fantástica. Toda mi existencia gira en torno a esta chica, y puede que algunas personas digan que es poco sano, u obsesivo, incluso puede que una locura, pero ¿saben qué?

Me vale madres. La amo, y ella lo es todo para mí. Si alguien tiene algo que decir, por mí puede ahorrarse sus juicios de valor, porque nadie es perfecto, y Tessa consigue que yo sea todo lo perfecto que puedo llegar a ser.

—Te quiero, Hardin, siempre te he querido. —Sus palabras me obligan a detenerme, y otra parte de mí vuelve a pegarse en su sitio.

Tessa lo es todo para mí, y oírla decir esas cosas y ver la expresión de su rostro cuando la miro lo es todo para mí.

—Debes saber que siempre te amaré —replico—. Tú me has hecho... como soy, Tessa, y nunca lo olvidaré.

La penetro de nuevo, esperando no ponerme a llorar como un pendejo mientras la llevo al orgasmo.

—Y tú me has hecho como soy también —coincide, sonriéndome como si estuviésemos en una novela romántica: dos amantes separados durante meses para acabar reuniéndose de un modo maravilloso en la gran ciudad. Sonrisas, risas y mucho sexo. Todos lo hemos leído ya.

—Muy típico de nosotros estar manteniendo esta conversación tan sentimental en un momento como éste —bromeo, y la beso en la frente—. Aunque, bien pensado, ¿qué mejor momento que éste para expresar nuestros sentimientos?

Beso sus labios sonrientes y ella envuelve mi cintura con los muslos.

No tardaré en terminar. Un cosquilleo recorre mi espalda y noto cómo mi orgasmo se acerca al tiempo que sus jadeos se vuelven más graves, más acelerados. Y entonces tensa los muslos.

—Vas a venirte —jadeo en su oreja. Sus dedos jalan mi pelo y me llevan al límite—. Vas a venirte ahora mismo, conmigo, y voy a inundarte —le prometo, consciente de lo mucho que le gusta mi boca sucia.

Puede que sea menos cabrón ahora, pero siempre conservaré mis aires de chico malo.

Tessa grita mi nombre y se viene alrededor de mí. Yo hago lo propio, y es la sensación más absolutamente liberadora y mágica de este maldito mundo. Nunca había estado tanto tiempo sin coger con nadie, y volvería a estar otro año entero esperándola si hiciera falta.

—¿Sabes qué? —empiezo a decir mientras me acuesto a su lado—. Al hacerme el amor, acabas de acceder a casarte conmigo.

—Shhh. —Arruga la nariz—. Estás arruinando el momento.

Me río.

—Después de este orgasmo tan intenso, dudo que haya nada que pueda arruinar tu momento.

—Nuestro momento —se burla de mí, sonriendo como una lunática, con los ojos cerrados con fuerza.

—Ahora en serio. Has accedido, así que ¿cuándo vas a comprarte el vestido? —insisto.

Se vuelve y me planta los pechos en la cara. Me cuesta un mundo no inclinarme y lamérselas. Y no podría reprochármelo: he estado sexualmente inactivo durante demasiado tiempo.

—Sigues estando tan loco como siempre. No pienso casarme contigo ahora.

—La terapia sólo funciona con mi ira, no con mi obsesión de tenerte para siempre.

Pone los ojos en blanco y levanta un brazo para taparse la cara.

—Es la verdad. —Me río y la arrastro de manera juguetona fuera de la cama.

—¡¿Qué haces?! —grita cuando me la coloco sobre uno de mis hombros—. ¡Te vas a hacer daño! —Intenta resistirse, pero yo le sujeto las piernas con más fuerza.

No sé si Landon está aquí o no, de modo que grito una advertencia por si acaso. Lo último que necesito es que me vea llevando a Tessa desnuda por el pasillo de esta caja de cerillos que tiene por departamento.

—¡Landon! ¡Si estás aquí, no salgas de tu habitación!

—¡Bájame! —exclama ella pataleando de nuevo.

—Necesitas un baño. —Le doy una nalgada y ella lanza un grito y me golpea el trasero en respuesta.

—¡Puedo ir caminando!

Ahora está riéndose y gritando como una niña, y me encanta. Me encanta ser capaz de hacerla reír todavía, y el hecho de que ella me regale sonidos tan preciosos.

Por fin la dejo, con mucho cuidado, en el suelo del baño y abro la llave de la regadera.

—Te he extrañado.

Ella levanta la vista del suelo para mirarme.

Se me encoge el alma. Carajo, necesito pasar mi vida con esta mujer. Necesito contarle todo lo que he estado haciendo desde que me dejó, pero ahora no es el momento. Mañana. Se lo contaré mañana.

Esta noche disfrutaré de sus descaradas salidas, saborearé sus risas e intentaré ganarme tantas formas de afecto por su parte como me sea posible.

CAPÍTULO 72

Tessa

Cuando me despierto el lunes por la mañana, Hardin no está en mi cama. Sé que tenía una especie de entrevista o una reunión, pero no me ha dicho de qué era exactamente ni en qué parte de la ciudad. No tengo ni idea de si habrá vuelto antes de que me vaya a trabajar.

Retozo en la cama, pego la nariz a las sábanas que todavía huelen a él y la mejilla al colchón. Lo de anoche..., en fin, lo de anoche fue maravilloso. Hardin fue maravilloso; nosotros fuimos maravillosos. La química, esa química tan explosiva que hay entre nosotros dos, sigue siendo tan indiscutible como siempre, y ahora por fin estamos en un momento de nuestras vidas en el que podemos ver nuestros defectos, los defectos del otro, y aceptarlos y trabajar en ellos como no pudimos hacerlo en el pasado.

Necesitábamos ese tiempo de separación. Necesitábamos ser capaces de mantenernos de pie solos para poder mantenernos de pie juntos, y estoy muy contenta de que hayamos conseguido salir de la oscuridad, de las peleas, del dolor, y de que lo hayamos hecho de la mano y más fuertes que nunca.

Amo a Hardin, Dios sabe que amo a ese hombre. A pesar de las separaciones, a pesar de todo el caos, se ha metido en mi alma y la ha marcado como suya de un modo que resulta imposible de olvidar. No podría haberlo hecho ni aunque lo hubiera intentado, y lo intenté. Me esforcé durante meses por pasar página, día tras día. Me mantuve ocupada tratando de apartar mi mente de él.

Pero no funcionó, y los pensamientos sobre él nunca se alejaron por mucho tiempo de mi cabeza. Ahora que he accedido a solucionar las cosas, a nuestra manera, por fin siento que todo puede salir bien. Podríamos ser lo que una vez deseé más que nada en el mundo.

«Debes saber que siempre te amaré. Tú me has hecho... como soy, Tessa, y nunca lo olvidaré», me dijo mientras me penetraba.

Estaba jadeando y se comportaba de un modo dulce y apasionado. Yo me perdí en sus caricias y en la forma en la que sus dedos recorrían mi columna.

El sonido de la puerta de entrada al abrirse me saca de mi ensoñación y de mis recuerdos de la noche anterior. Salgo de la cama, recojo los shorts del suelo y me los subo por las piernas. Tengo el pelo hecho un desastre; dejar que se secara al aire después del baño con Hardin fue una idea pésima. Está todo enredado y encrespado, pero me peino con los dedos lo mejor que puedo y vuelvo a recogérmelo en una cola de caballo.

En el momento en que salgo a la sala, encuentro a Hardin de pie con el teléfono pegado a la oreja. Viste su ropa negra de siempre, y su cabello largo está revuelto, como el mío, aunque a él le queda de maravilla.

—Sí, lo sé. Ben te informará de mi decisión —dice al tiempo que advierte mi presencia cerca del sillón—. Luego te llamo —añade en tono apremiante, casi impaciente, y corta la llamada.

Su expresión de enojo desaparece cuando empieza a aproximarse a mí.

—¿Está todo bien? —pregunto.

—Sí —asiente mirando su teléfono de nuevo.

Se pasa la mano por el pelo y yo lo agarro de la muñeca.

—¿Estás seguro? —No quiero ser pesada, pero parece enojado.

El teléfono suena en su mano, y mira la pantalla.

—Tengo que contestar. —Suspira—. Ahora mismo vuelvo. —Me besa en la frente, sale al descanso y cierra la puerta.

Mis ojos reparan entonces en la carpeta de cuero negro que hay sobre la mesa. Está abierta, y las orillas de un montón de papeles sobresalen por los lados. Es la que yo le compré, y sonrío al ver que aún la conserva.

La curiosidad se apodera de mí y la abro. En la primera página impresa, se lee:

AFTER, POR HARDIN SCOTT

Paso a la segunda página.

«Caía el otoño cuando la conoció. La mayoría de la gente estaba obsesionada por el modo en que las hojas cambiaban de color y por el olor a madera quemada que siempre parece impregnar el aire durante esta época del año. Pero él, no. A él sólo le preocupaba una cosa: él mismo.»

«¿Cómo?» Rebusco entre las páginas una especie de explicación que calme mis caóticos pensamientos y mi confusión. Esto no puede ser lo que creo que es...

«Sus quejas le resultaban abrumadoras. No quería que le echaran en cara lo peor de sí mismo. Quería que ella pensara que era perfecto, del mismo modo en que ella lo era para él.»

Las lágrimas inundan mis ojos, y me encojo cuando algunos de los papeles caen al suelo.

«Con un gesto inspirado en Darcy, costeó el funeral de su padre, del mismo modo que él había cubierto la boda de Lydia. En este caso, él estaba intentando ocultar la delicada situación económica familiar causada por un drogadicto, no el matrimonio espontáneo de una hermana menor de edad, pero el fin era el mismo. Si su vida se transformaba en una novela, su amable gesto traería a Elizabeth de vuelta a sus brazos.»

La habitación gira a mi alrededor. No tenía ni idea de que Hardin hubiera pagado el funeral de mi padre. En su día me pasó la remota posibilidad por la cabeza, pero supuse que la iglesia de mi madre habría ayudado con los gastos.

«A pesar de que era incapaz de concebir hijos propios, no podía abandonar el sueño de tenerlos. Él lo sabía, y aun así la amaba. Se esforzó al máximo por no ser egoísta, pero no podía dejar de pensar en las pequeñas versiones de sí mismo que ella no podría darle. Su amor por ella era mayor que su amor propio, pero no podía evitar lamentar esta gran pérdida para ambos durante más noches de las que podía recordar.»

Justo cuando decido que no puedo seguir leyendo esto, la puerta se abre y Hardin entra. Su mirada se dirige directamente al caos de hojas repletas de desagradables palabras impresas en negro, y el teléfono se le cae al suelo para sumarse al caos.

CAPÍTULO 73

Hardin

Complicaciones.

La vida está llena de ellas; la mía propia parece estar repleta, tanto que rebosan y se derraman por el borde sin cesar. Olas y olas de complicaciones rompen contra los momentos y las cosas más importantes de mi vida, pero precisamente en este momento no puedo permitirme ahogarme.

Si mantengo la calma, si mantengo la pinche calma e intento explicarme, podré evitar el maremoto que amenaza con arrasar esta pequeña sala en cualquier momento.

Veo cómo se avecina tras esos ojos grises azulados suyos, y veo cómo la confusión se agita y se funde con la ira generando una fuerte tempestad, igual que el mar antes de los relámpagos y los truenos. Las aguas están mansas, serenas, encrespándose apenas en la superficie, pero la estoy viendo venir.

La hoja blanca de papel que agarra con mano temblorosa y la ominosa expresión de Tessa me advierten del peligro que se avecina.

No tengo idea de qué decirle, por dónde empezar. Es una historia muy complicada, y a mí se me da de la chingada resolver problemas. Tengo que tranquilizarme, tengo que hacer un esfuerzo sobrehumano por adaptar y moldear mis palabras, por conformar una explicación que consiga evitar que ella salga huyendo de nuevo.

—¿Qué es esto? —Desvía la mirada hacia la página antes de lanzarla por los aires con una mano y arrugar las orillas del pequeño montón que aún tiene en la otra.

—Tessa. —Avanzo con cautela hacia ella.

Me observa. Su expresión es severa, recelosa de un modo al que no estoy acostumbrado, y sus pies retroceden unos pasos.

—Necesito que me escuches —le suplico, inspeccionando sus sombríos rasgos.

Me siento como una mierda total y absoluta. Acabábamos de volver a ser lo que éramos. Por fin la había recuperado, y ahora esto, después de un plazo tan corto de tiempo juntos.

—Sí, te escucho atentamente —me dice con sarcasmo.

—No sé por dónde empezar; dame un minuto para que me explique.

Me paso los dedos por el pelo y me jalo de las raíces, deseando poder intercambiar su dolor por el mío y arrancarme el cabello de la cabeza. Sí, una imagen bastante desagradable.

Tessa espera, con paciencia impaciente, ojeando página tras página. Levanta una ceja y la vuelve a bajar, y sus ojos se abren como platos.

—Deja de leerlo. —Me acerco y le quito el manuscrito de las manos.

Las páginas caen al suelo y se unen a la que ya hay tirada a sus pies.

—Explícame esto ahora mismo —me apremia con unos ojos fríos y tormentosos que me aterran.

—Bueno, bueno. —Me muevo inquieto—. Verás, he estado escribiendo.

—¿Desde cuándo? —Avanza hacia mí.

Me sorprende el modo en que mi cuerpo se retrae, como si tuviera miedo de ella.

—Desde hace mucho. —Evito decir la verdad.

—Dime cuánto tiempo exactamente.

—Tess...

—Déjate de tonterías, hijo de... Ya no soy la misma niña que conociste hace un año. Contéstame ahora mismo o lárgate de aquí.

—Pisa una hoja a propósito, y no encuentro el modo de culparla—. Bueno, yo no puedo correrte, porque ésta es la casa de Landon, pero te dejaré si no me explicas esta chingadera inmediatamente —añade, demostrando que, a pesar de su enojo, sigue siendo un encanto.

—He estado escribiendo desde hace mucho, desde el principio de nuestra relación, pero no tenía ninguna intención de hacer nada con ello. Sólo quería desahogarme en el papel para intentar comprender qué carajos pasaba por mi cabeza, pero entonces se me ocurrió esto.

—¿Cuándo? —Me presiona el pecho con un dedo y cree hacerlo de manera contundente, aunque no lo consigue y yo no voy a decírselo.

—Empecé después de que nos besáramos.

—¿La primera vez? —Extiende las manos y me empuja el pecho, y yo atrapo sus muñecas con los dedos cuando vuelve a empujarme—. Estabas jugando conmigo. —Libera sus manos de las mías y las hunde, abiertas, en su largo cabello.

—¡No, no, no! ¡Eso no es verdad! —digo mientras intento no alzar la voz.

Me cuesta, pero consigo mantener un tono suave.

Tessa empieza a pasearse por la pequeña sala echando humo. Pone las manos en la cintura y vuelve a alzarlos al aire de nuevo.

—Tú y tus secretos..., demasiados secretos. Paso de esto.

—¿Que pasas de esto? —La miro boquiabierto.

Sigue caminando sin parar por la sala.

—Habla conmigo; dime cómo te sientes con respecto a esto.

—¿Que cómo me siento? —Sacude la cabeza y me mira con ojos feroces—. Siento que esto ha sido una voz de alarma, el hilo que me ha devuelto a la realidad, lejos de las estúpidas esperanzas de los últimos días. Éstos sí somos nosotros. —Agita una mano entre ella y yo—. Siempre hay alguna bomba a punto de estallar, y no soy tan tonta como para esperar a que me destruyan. Ya no.

—Esto no es ninguna bomba, Tessa. ¡Te comportas como si hubiera escrito esto para hacerte daño a propósito!

Abre la boca para decir algo, pero la cierra de nuevo, incapaz de encontrar las palabras. Cuando se recompone, dice:

—Y ¿cómo creías que iba a sentirme al ver esto? Sabías que acabaría descubriéndolo tarde o temprano, ¿por qué no me hablaste de ello? Odio esta sensación.

—¿Qué sensación? —pregunto con cautela.

—Ésta. Noto como si me ardiera el pecho cada vez que haces algo así, y lo odio. Hacía mucho tiempo que no sentía nada parecido, y no quería volver a sentirlo en la vida y, sin embargo, aquí estamos. —En su voz se detecta claramente la derrota, y se me ponen los pelos de punta al ver que se aleja de mí.

—Ven aquí. —La tomo del brazo y la jalo en mi dirección, lo más cerca que me lo permite. Cruza los brazos sobre el pecho cuando la aplasto contra mí.

No se resiste, pero no me devuelve el abrazo. Permanece inmóvil, y no estoy seguro de que lo peor haya pasado.

—Dime cómo te sientes —le pido con voz incómoda y directa—. Dime qué piensas.

Me empuja el pecho de nuevo, esta vez con menos fuerza, y la dejo ir. Se arrodilla y recoge una de las páginas.

Empecé a escribir esto como una forma de expresión y, sinceramente, porque me había quedado sin chingaderas que leer. Me encontraba atrapado en los libros, y Tessa, Theresa Young por aquel entonces, había comenzado a intrigarme. Empezó a cabrearme y a sacarme de quicio, y de repente me di cuenta de que no podía dejar de pensar en ella.

Cuando estaba en mi cabeza, no parecía haber espacio para nada más. Se convirtió en una obsesión, y yo me convencí a mí mismo de que todo formaba parte del juego. No obstante, sabía que no era así, sólo que no estaba preparado para admitirlo todavía. Recuerdo cómo me sentí la primera vez que la vi, recuerdo sus labios carnosos, y lo espantosa que me parecía la ropa que llevaba.

La falda le llegaba hasta el suelo, y sus zapatos planos hacían que fuera arrastrándola. Miró al suelo cuando dijo su nombre por primera vez:

«Eh... Yo soy Tessa», anunció, y recuerdo que pensé que tenía un nombre raro.

No le presté mucha atención después de eso. Nate fue amable con ella, y a mí me irritaba el modo en que me miraba, el modo en que me juzgaba con esos ojos grises.

Me crispaba a diario, incluso cuando no hablaba conmigo. Especialmente cuando no hablaba conmigo.

—¿Me estás escuchando? —Su voz interrumpe el recuerdo y yo la miro y veo que está furiosa otra vez.

—Claro que... —vacilo.

—Ni siquiera me estabas escuchando —me acusa con toda la razón del mundo—. No puedo creer que hayas hecho esto. Esto era lo que hacías todas esas veces que yo llegaba a casa y apartabas la carpeta. Esto fue lo que vi en el ropero justo antes de encontrarme a mi padre...

—No pretendo que sirva de excusa, pero la mitad de lo que hay escrito ahí proviene de mi mente intoxicada.

—¿«Ordinaria»? —Sus ojos escrutan la página que tiene en la mano—. «No sabía beber. Iba tambaleándose por la habitación como se mueven las chicas ordinarias cuando beben demasiado para impresionar a los demás.»

—Deja de leer esa chingadera, esa parte no es sobre ti. Te lo juro, y además lo sabes. —Le quito la página, pero ella me la arrebata de nuevo.

—¡No! ¡No tienes ningún derecho a escribir mi historia e impedirme que la lea! Todavía no me has dado ninguna explicación.

Se pasea por la habitación y recoge un zapato de la alfombra que está cerca de la puerta de entrada. Se calza los dos pies y se ajusta los shorts.

—¿Adónde vas? —Estoy dispuesto a seguirla.

—A dar un paseo. Necesito aire. Necesito salir de aquí. —Noto que se maldice a sí misma mentalmente por estar proporcionándome esa información.

—Voy contigo.

—No, de eso nada. —Toma las llaves. Después se recoge el pelo revuelto por encima de la cabeza, lo retuerce y vuelve a ponerse la liga.

—Vas casi desnuda —señalo.

Me fulmina con la mirada y, sin mediar palabra, sale del departamento dando un portazo.

No he conseguido nada, no he solucionado nada. Mi plan de controlar los problemas ha acabado siendo un desastre, y ahora todo se ha complicado más aún. Me arrodillo frente a la puerta y me obligo a no seguirla. Me obligo a no salir tras ella, a no cargármela sobre el hombro mientras grita y patalea y a no encerrarla en su habitación hasta que esté dispuesta a dialogar conmigo.

No, no puedo hacer eso. Eso sería echar por tierra todos mis «progresos». En lugar de hacerlo, recojo las páginas tiradas por el piso y ojeo algunas de las palabras para recordarme a mí mismo por qué decidí intentar hacer algo con toda esta mierda.

«—¿Qué es lo que estás intentando esconder? —Nate se inclinó para mirar, tan chismoso como de costumbre.

»—Nada, güey, métete en tus asuntos. —Hardin frunció el ceño y miró hacia el patio.

»No sabía cómo había empezado a sentarse allí todos los días, a esa misma hora. No tenía nada que ver con el hecho de que Tessa y el insufrible Landon se reunieran en la cafetería todas las mañanas. No tenía nada que ver con eso en absoluto.

»No quería ver a esa chica tan desagradable. De verdad que no.

»—Anoche los oí a Molly y a ti en el pasillo, cabrón. —Nate apagó su cigarro e hizo una mueca de asco.

»—Güey, por nada del mundo iba a meterla en mi habitación, y no aceptaba un no por respuesta. —Hardin se echó a reír, orgulloso de que la chica estuviera dispuesta a mamársela en cualquier momento, incluso en el pasillo, junto a su habitación.

»Lo que no les había dicho a sus amigos era que acabó rechazándola y chaqueteándosela pensando en cierta rubia.

»—Eres un cabrón. —Nate sacudió la cabeza—. ¿No te lo parece? —le preguntó a Logan cuando éste se acercó a la deteriorada mesa de picnic.

»—Sí, lo es. —Logan extendió la mano para que Nate le diera un cigarro, y Hardin intentó no mirar a la chica con un saco de papas por falda que esperaba para cruzar la calle.

»—Uno de estos días te vas a enamorar, y yo me moriré de la risa. Serás tú el que acabe comiéndole la panocha a alguien en el pasillo, y ella no te dejará entrar en su cuarto. —Nate disfrutaba de lo lindo burlándose de él, pero Hardin apenas lo escuchaba.

»"¿Por qué viste así?", se sorprendió preguntándose al ver que ella se remangaba su camisa de manga larga.

»Hardin observó, pluma en mano, cómo se aproximaba, con los ojos fijos en la banqueta que tenía delante, y cómo se disculpaba demasiadas veces al tropezar con un chico flaco al que se le cayó un libro de las manos.

»Se agachó para ayudarlo y le sonrió, y Hardin no pudo evitar recordar lo suaves que eran sus labios cuando se lanzó sobre él la otra noche. Se había quedado pasmado. No la tenía por el tipo de chica que da el primer paso, y estaba convencido de que en su vida sólo había besado al soso de su novio. Sus jadeos y el modo en que sus manos parecían tan ansiosas por tocarlo lo dejaban bastante claro.

»—Bueno, ¿qué pasa con la apuesta? —preguntó Logan señalando a Tessa con la cabeza mientras ella sonreía alegremente al ver a Landon con su aspecto de maño, mochila incluida.

»—Nada nuevo —respondió Hardin al instante tapando el papel con un brazo.

»¿Cómo iba a saber cómo iban las cosas con esa chica tan mal vestida y tan impertinente? Apenas le había hablado desde que la loca de su madre y el soso de su novio se presentaron y golpearon la puerta el sábado por la mañana.

»¿Por qué estaba su nombre escrito en ese papel? Y ¿por qué sentía Hardin que iba a empezar a sudar si Logan no dejaba de mirarlo como si supiera algo?

»—Esa vieja es un incordio, pero creo que al menos le gusto más que Zed.

»—Está buena —dijeron los otros dos al mismo tiempo.

»—Si yo también fuese un cabrón, competiría contra los dos. Además, yo soy más guapo —bromeó Nate, echándose unas risas con Logan.

»—Yo no quiero saber nada de esa chingadera. Es una estupidez, en serio. No deberías haberte cogido a su novia —reprendió Logan a Hardin.

»—Valió la pena —dijo éste riendo, y luego se volvió de nuevo hacia la banqueta, mirando al otro lado del patio.

»Ella había desaparecido, y Hardin cambió de tema y preguntó por la fiesta del próximo fin de semana.

»Mientras los dos discutían sobre cuántos barriles de cerveza comprar, Hardin se sorprendió escribiendo lo asustada que parecía Tessa el viernes, cuando casi tiro la puerta a golpes para escapar de ese pervertido de Neil, que intentó aprovecharse de ella. Ese tipo era un cerdo, y probablemente todavía estuviera encabronado con Hardin por haberle vaciado una botella de cloro sobre la cama el domingo por la mañana. No era que a Hardin le importara una mierda ella, pero las circunstancias lo habían llevado a hacerlo.»

Después de eso, las palabras siguieron escribiéndose solas. Era algo que no podía controlar, y a cada interacción con ella surgían más cosas que contar. Por ejemplo, el modo en que arrugaba la nariz con desagrado mientras me explicaba que odiaba la cátsup. En serio, ¿quién odia la cátsup?

Con cada pequeño detalle que aprendía sobre ella, mis sentimientos aumentaban. Me negué a aceptarlos hasta más adelante, pero estaban ahí.

Cuando vivíamos juntos me resultaba más difícil escribir. Lo hice con mucha menos frecuencia pero, cuando lo hacía, escondía mis últimas palabras en el ropero, en una caja de zapatos. No tenía ni idea de que Tessa la hubiera encontrado hasta ahora, y aquí estoy, preguntándome cuándo voy a dejar de complicarme la vida.

Más recuerdos inundan mi mente, y ojalá pudiera simplemente conectarla a mi cabeza para que pudiese leerme los pensamientos y ver mis intenciones.

Si estuviera en mi cabeza, podría ver la conversación que me llevó a Nueva York a reunirme con varios editores. No es algo que pretendiera hacer; simplemente sucedió. Había anotado tantas situaciones, tantos momentos memorables entre nosotros... La primera vez que le dije que la quería; la segunda vez, la que no lo retiré. Pensar en todos esos recuerdos mientras recojo este desastre me resulta abrumador, y no puedo evitar que éstos se instalen en mi mente.

«Él estaba apoyado contra la consejería, borracho y magullado. ¿Por qué había empezado una pelea con esos tipos en medio de la estúpida hoguera? Ah, sí, porque Tessa se había ido con Zed, y él le había colgado el teléfono a Hardin, dejándolo sin nada más que un tono sarcástico y el conocimiento de que Tessa estaba en su departamento.

»Eso le afectó mucho más de lo que debería. Quería olvidarse de ello, bloquearlo y sentir dolor físico en lugar de la desagradable angustia de los celos. "¿Se acostaría con él?", se preguntaba sin cesar. "¿Ganaría él?"

»Ya ni siquiera sabía si se trataba de ganar. Las líneas se habían difuminado en algún momento, y Hardin no habría sabido decir exactamente cuándo sucedió, pero era más o menos consciente de ello.

»Se había sentado en el pasto y se hallaba limpiándose la sangre de la boca cuando Tessa apareció. La vista de Hardin estaba ligeramente borrosa, pero recordaba haberla visto a ella claramente. Durante el trayecto de regreso a casa de Ken, ella estaba nerviosa, insegura, y actuaba como si él fuera una especie de animal rabioso.

»Se centró en la carretera y le preguntó:

»—¿Me quieres?

»A Hardin eso lo tomó por sorpresa. Carajo, lo tomó por sorpresa y no estaba preparado para responder a su pregunta. Ya había admitido su amor por ella, pero después lo había retirado, y ahí estaba ella, tan loca como siempre, preguntándole si la quería mientras su rostro estaba hinchado y magullado.

»Por supuesto que la quería, ¿a quién chingados quería engañar?

»Hardin evitó responder a su pregunta durante un tiempo, pero callárselo empezó a hacérsele insoportable, y de repente las palabras brotaron solas:

»—Tú eres la persona a la que más quiero en el mundo.

»Era verdad, por mucha vergüenza que le diese admitirlo. La amaba, y desde ese mismo momento supo que su vida jamás volvería a ser igual después de ella.

»Si ella lo dejara, si se pasara el resto de su vida ausente de la suya, él seguiría sin volver a ser el mismo. Ella lo había alterado, y ahí estaba él, con los nudillos ensangrentados y demás, queriendo ser mejor por ella.»

Al día siguiente me encontré dándole al montón de páginas arrugadas y manchadas de café un nombre: *After*.

Yo todavía no estaba preparado ni tenía en mente publicarlo, hasta que cometí el error de comentarlo en una de mis sesiones de terapia de grupo hace unos meses. Luke sacó la carpeta de debajo de mi silla de plástico mientras yo le narraba la historia de cómo había incendiado la casa de mi madre hasta los cimientos. Me costó un mundo contarlo. Odio hablar de esa chingadera, pero mantuve la mirada curiosa que me observaba y fingí que Tessa estaba allí, en esa habitación, sonriendo y orgullosa de mí por haber compartido mi momento más oscuro con un grupo de extraños que estaban tan jodidos como yo... lo estaba.

Me agaché para recoger la carpeta cuando el doctor Tran se despidió del grupo. Sentí un pánico instantáneo cuando me volví hacia Luke y lo descubrí en sus manos.

—¿Qué es todo esto? —preguntó ojeando una página.

—Si me hubieses conocido hace un mes, ahora mismo te estarías tragando los pinches dientes. —Lo fulminé con la mirada y le arranqué la carpeta de un jalón.

—Perdona, güey, se me dan fatal las convenciones sociales. —Sonrió algo apurado y, por alguna razón, el gesto hizo que sintiera que podía confiar en él.

—Es obvio.

Puse los ojos en blanco y volví a meter todas las páginas sueltas en los compartimentos.

Él se echó a reír.

—¿Me dirás qué es si te invito a un refresco aquí al lado?

—Qué patéticos somos. Un par de alcohólicos en proceso de rehabilitación negociando sobre la lectura de una historia real. —Sacudí la cabeza, preguntándome cómo había llegado a esta situación a una edad tan temprana, pero dando gracias de que Tessa apareciera en mi vida. De no ser por ella, seguiría ocultándome en la oscuridad, pudriéndome lentamente.

—Bueno, un refresco no hará que incendies ninguna casa, y tampoco hará que yo le diga cosas horribles a Kaci.

—Cierto. Los refrescos son inofensivos —repuse.

Sabía que Luke iba a ver al doctor Tran por algo más que para recibir consejos de pareja, pero decidí no ser un cabrón redomado y no decirle nada al respecto.

Fuimos hasta el restaurante de al lado. Yo pedí un montón de comida, a su costa, y acabé dejándole leer algunas páginas de mis confesiones.

Veinte minutos después, tuve que cortarlo. Lo habría leído todo si lo hubiese dejado.

—Esto es increíble, güey, en serio. Es..., algunas cosas son horribles, pero te entiendo. No eras tú quien hablaba, sino los demonios.

—Los demonios, ¿eh? —dije, y bebí un largo trago hasta terminarme mi refresco.

—Sí, los demonios. Cuando estás borracho, estás lleno de ellos. —Sonrió—. Sé que parte de lo que acabo de leer no lo escribiste tú. Tuvieron que ser los demonios.

Sacudí la cabeza. Él tenía razón, por supuesto, pero no podía dejar de imaginarme un diablillo rojo sobre mi hombro, escribiendo las mierdas de algunas de esas páginas.

—Permitirás que ella lea esto cuando lo hayas terminado, ¿verdad?

Mojé un palito de queso en la salsa e intenté no insultarlo por fastidiarme mis divertidos pensamientos sobre pequeñas criaturas demoníacas.

—No. Jamás permitiré que lea esta chingadera —dije golpeteando la carpeta de piel, y recordé la ilusión que le hacía a Tessa que lo usara cuando me la compró.

Yo rechazaba la idea, por supuesto, pero me encantó esa tontería.

—Pues deberías. Bueno, mejor si quitas algunas de las cosas más retorcidas, sobre todo la parte que habla sobre su infertilidad. Es muy cruel.

—Lo sé.

No lo miré; miré la mesa y me encogí, preguntándome en qué chingados estaba pensando cuando escribí esa mierda.

—Deberías plantearte hacer algo con ello. No soy ningún experto en literatura ni en *Heningsway*, pero sé que lo que acabo de leer es muy pero que muy bueno.

Tragué saliva y decidí pasar por alto su error de pronunciación.

—¿Que lo publique? —Me eché a reír—. Carajo, ni hablar —dije zanjando la conversación.

Sin embargo, estaba absolutamente harto de acudir a innumerables entrevistas de trabajo, y salía de todas ellas sintiéndome aún menos motivado que con la anterior. No me imaginaba sentado en ninguna de esas pinches oficinas. Quería trabajar en el sector editorial, en serio, pero acabé releyendo página tras página de mis espantosos pensamientos y, cuanto más lo leía y recordaba, más quería..., no, más necesitaba hacer algo con ello.

Me quedaba allí sentado, rogándome a mí mismo que lo intentara al menos, y me pasó por la cabeza que si ella lo leía, después de que hubiera eliminado las partes más duras, le encantaría. Se convirtió en una obsesión, y me sorprendió ver el interés que la gente parecía tener en leer el camino hacia la recuperación de otra persona.

Por patético que parezca, la cosa cuajó. Envié una copia por correo electrónico a todas las editoriales que pudieran estar interesadas a través de un agente que conocía de mi época en Vance. Al parecer, los días de presentarse con un ladrillo de páginas escritas mitad a mano mitad a máquina ya han pasado.

Pero con esto lo conseguiría, o al menos eso pensé. Estaba convencido de que este libro sería el gran gesto que ella necesitaba para readmitirme en su vida. Aunque, por supuesto, creía que sería mucho más adelante, cuando se hubiera impreso y ella hubiera tenido más tiempo para hacer lo que chingados sea que esté haciendo aquí en Nueva York.

No puedo seguir aquí sentado. Mi recién hallada paciencia tiene un límite, y lo he alcanzado. Odio con todas mis fuerzas pensar que Tessa deambula por esta inmensa ciudad sola, enojada conmigo. Ya hace mucho rato que se ha ido, y tengo muchas explicaciones que darle.

Tomo la última página del libro y me la meto en el bolsillo sin molestarme en doblarla. Después le envío un mensaje de texto a Landon y le digo que no cierre llave la puerta si vuelve o si sale y me voy del departamento para encontrarla.

Sin embargo, no necesito ir muy lejos. En cuanto pongo un pie fuera, me la encuentro sentada en la escalera delantera del edificio. Tiene la mirada perdida, fija y severa. Ni siquiera advierte mi presencia cuando me aproximo a ella. Sólo cuando me siento a su lado levanta la vista, pero sus ojos siguen distantes. Observo detenidamente cómo se suavizan despacio.

—Tenemos que hablar —digo.

Ella asiente, aparta la mirada y espera a que le dé una explicación.

CAPÍTULO 74

Hardin

—Tenemos que hablar —repito.

La miro y me obligo a mantener las manos en mis propias piernas.

—Eso parece. —Fuerza una sonrisa.

Tiene las rodillas sucias y marcadas con arañazos rojos.

—¿Qué te pasó? ¿Estás bien? —Mi plan de guardarme las manos para mí se va a la chingada cuando le toco las piernas para examinarle las heridas.

Tessa se aparta, con las mejillas y los ojos rojos.

—No es nada. Sólo he tropezado.

—Se suponía que no tenía que pasar nada de esto.

—Has escrito un libro sobre nosotros y se lo has ofrecido a las editoriales. ¿Cómo puedes decirme que no ha sido intencionado?

—No, me refería a todo esto. A ti y a mí, a todo. —Hay humedad, y me está costando más de lo que esperaba expresarme—. Este año se me ha hecho eterno. He aprendido mucho sobre mí mismo y sobre la vida, y sobre cómo debería ser. Tenía una visión muy equivocada de todo. Me odiaba a mí mismo y odiaba a todos los que me rodeaban.

Ella permanece en silencio, pero sé, por cómo le tiembla el labio inferior, que se está esforzando por mantener la compostura.

—Sé que no lo entiendes, poca gente lo hace, pero odiarse a uno mismo es la peor sensación del mundo, y a eso es a lo que yo tenía que enfrentarme a diario. Sin embargo, eso no excusa todas mis mamadas. Jamás debería haberte tratado como lo hice, y tenías todo el derecho a dejarme. Sólo espero que leas el libro entero antes de tomar una decisión. No puedes juzgarlo sin haberlo leído de cabo a rabo.

—Estoy intentando no juzgar, Hardin, de verdad que no lo hago, pero esto es demasiado. Había salido de este patrón, y no me esperaba esto, y aún sigo sin poder entenderlo. —Sacude la cabeza como si estuviera intentando aclarar los rápidos pensamientos que veo que se forman tras esos bonitos ojos.

—Lo sé, nena. Lo sé. —Cuando cubro su mano con la mía, se encoge. Giro con suavidad su mano para examinar los arañazos que cubren la piel de su palma—. ¿Estás bien?

Ella asiente y permite que recorra la herida con la yema de mi dedo.

—¿Quién iba a querer leerlo? —dice entonces—. No puedo creer que lo quieran tantas editoriales. —Aparta la mirada de mí y se centra en la ciudad, que parece moverse a nuestro alrededor, tan bulliciosa como siempre.

—Mucha gente —contesto, y me encojo de hombros porque es la verdad.

—¿Por qué? Es tan..., no es la típica historia de amor. Sólo he leído un poco, y ya me he dado cuenta de lo oscura que es.

—Incluso los condenados necesitan contar sus historias, Tess.

—Tú no estás condenado, Hardin —dice, a pesar de lo traicionada que debe de estar sintiéndose.

Suspiro y coincido ligeramente con ella.

—Con esperanzas de redención, quizá. Puede que no. Puede que algunas personas sólo quieran leer sobre felicidad y sobre historias de amor típicas, pero hay millones de personas, personas que no son perfectas y que han pasado por situaciones complicadas en su vida, y tal vez ellos quieran conectar con ella. Tal vez se vean reflejados en mí y, carajo —me rasco el cuello con una mano temblorosa—, puede que alguien pueda aprender algo de mis errores, y de los tuyos.

Me observa mientras vomito las palabras sobre la escalera de cemento. Sus ojos reflejan una clara vacilación, lo que provoca que siga hablando.

—Puede que a veces las cosas no sean blancas o negras, y puede que no todo el mundo sea perfecto. He hecho muchas cosas malas en mi vida, y a ti y a otras personas; cosas de las que me arrepiento y que jamás volvería a repetir o a justificar. Esto no trata de eso. Escribir este libro era mi manera de desahogarme. Era una especie de terapia para mí. Me daba un lugar en el que podía escribir lo que me diera la pinche gana y lo que sintiera. Este libro somos yo y mi vida, y yo no soy la única persona ahí fuera que ha cometido errores, un libro entero de errores; si la gente me juzga por el oscuro contenido de mi historia, allá ellos. No se puede contentar a todo el mundo, y sé que habrá más gente, gente como nosotros, Tessa, que se sienta identificada con este libro y que quiera ver que alguien admite sus problemas y se enfrenta a ellos de una manera real.

Las comisuras de sus labios se curvan hacia arriba, y suspira y sacude la cabeza ligeramente.

—¿Y si a la gente no le gusta? ¿Y si ni siquiera se toman la molestia de leerlo pero nos odian por su contenido? No estoy preparada para ese tipo de atención. No quiero que los demás hablen de mi vida y me juzgue.

—Que nos odien cuanto quieran. ¿A quién le importa un carajo lo que piensen? Esa gente no va a leerlo de todos modos.

—Esto es... No sé cómo me siento al respecto. ¿Qué clase de historia de amor es ésta? —dice con voz temblorosa e insegura.

—Es la clase de historia de amor que se enfrenta a problemas reales. Es una historia sobre el perdón y el amor incondicional, y demuestra que una persona puede cambiar, cambiar de verdad, si se esfuerza lo suficiente. Es la clase de historia que demuestra que todo es posible en lo que respecta a la autorrecuperación. Demuestra que, si tienes a alguien que te apoye, a alguien que te quiere y que no te da por perdido, puedes encontrar tu manera de salir de la oscuridad. Demuestra que no importa qué clase de padres tuvieras, o a qué adicciones te has enfrentado. Puedes superar cualquier cosa que se interponga en tu camino y convertirte en una persona mejor. Ésa es la clase de historia que es *After*.

—¿*After*? —Levanta la barbilla y se protege los ojos del sol con la mano.

—Así es como se llama. —Aparto la mirada, cohibido de repente por el nombre—. Es sobre mi viaje, después de conocerte.

—¿Qué porcentaje del contenido es malo? Carajo, Hardin..., ¿por qué no me lo contaste?

—No lo sé —respondo con sinceridad—. No hay tantas cosas malas como puedas pensar. Has leído lo peor. Las páginas que no has visto, las que conforman la auténtica esencia de la historia, tratan sobre lo mucho que te quiero, sobre el hecho de que me diste un propósito en la vida, y cuentan que conocerte fue lo mejor que me ha pasado jamás. Las páginas que no has leído narran nuestros momentos de risas, junto con mi lucha, nuestra lucha.

Se tapa la cara con las manos, frustrada.

—Deberías haberme dicho que estabas escribiendo esto. Había tantas pistas..., ¿cómo no me di cuenta?

Me recuesto contra los escalones.

—Sé que debería haberlo hecho —admito—, pero para cuando entré en razón y empecé a cambiar lo que estaba haciendo mal, quería que fuera perfecto antes de mostrártelo. Lo siento mucho, Tessa. Te quiero, y me parece mal que te hayas enterado de esta forma. No pretendía mentirte ni engañarte, y lamento muchísimo que hayas pensado que sí. Ya no soy la persona que era cuando me dejaste, y lo sabes.

Su voz es apenas un suspiro cuando responde:

—No sé qué decir.

—Tú léelo. Por favor, lee todo el libro antes de tomar una decisión. Es lo único que te pido: por favor, léelo.

Cierra los ojos y cambia de posición, rozándome el hombro con la rodilla.

—Está bien, lo leeré.

Una fracción de aire vuelve a llenar mis pulmones, parte del peso se eleva de mi pecho, y no podría describir el alivio que siento ni aunque lo intentara.

Se levanta y se sacude las rodillas arañadas.

—Iré por algo para curarte eso —digo.

—Estoy bien.

—¿Cuándo dejarás de llevarme la contraria? —replico en un intento de relajar el ambiente.

Funciona, y Tessa se esfuerza por reprimir una sonrisa.

—Nunca.

Empieza a subir los escalones, y me levanto para seguirla. Quiero volver al departamento y sentarme a su lado mientras lee la novela entera, pero sé que no debería hacerlo. Uso el poco juicio que tengo y decido irme a dar una vuelta por esta maldita ciudad.

—¡Espera! —grito tras ella cuando llega a lo alto de la escalera.

Me meto la mano en el bolsillo y saco una hoja de papel arrugada.

—Lee ésta, por favor. Es la última página.

Abre la mano y la extiende delante de ella.

Subo rápidamente los escalones, de dos en dos, y dejo el papel en su palma.

—Por favor, no la leas antes de tiempo —le ruego.

—No lo haré. —Tessa da media vuelta y se aleja de mí, y observo cómo vuelve la cabeza para sonreírme de nuevo.

Uno de mis mayores deseos en esta vida sería que ella fuera consciente, consciente de verdad, de lo excepcional que es. Es una de las pocas personas en este mundo que saben perdonar y, aunque muchos la tacharían de débil, es justo todo lo contrario. Es fuerte, muy fuerte para estar con una persona que se odiaba a sí misma. Muy fuerte para demostrarme que no estoy condenado, que yo también merezco ser amado, a pesar de haber crecido creyendo que no. Fue lo bastante fuerte como para alejarse de mí cuando lo hizo, y es lo bastante fuerte como para amar de manera incondicional. Tessa es más fuerte que la mayoría, y espero que sea consciente de ello.

CAPÍTULO 75

Tessa

Una vez en el departamento, me tomo un instante para ordenar mis pensamientos, que son muy dispares. Cuando alcanzo la carpeta que descansa sobre la mesa veo que todas las páginas están desordenadas y metidas dentro.

Tomo la primera y contengo la respiración mientras me preparo para leer. «¿Me harán cambiar de idea sus palabras? ¿Me harán daño?» Ni siquiera estoy segura de estar lista para averiguarlo, pero sé que necesito hacer esto. Necesito leer sus palabras y sus emociones para saber qué se le pasaba por la cabeza todas esas veces en que yo era incapaz de leer su mente.

Y en ese momento lo supo. En ese momento supo que quería pasar su vida entera con ella; que su vida no tendría sentido y estaría vacía sin la luz que Tessa arroja. Ella le daba esperanza. Ella le hacía sentir que tal vez, sólo tal vez, podía ser algo más que su pasado.

Dejo caer la página al suelo y empiezo con otra.

Vivía su vida para sí mismo, y entonces todo cambió. Se convirtió en mucho más que en una rutina de despertarse y acostarse. Ella le daba todo lo que él nunca supo que necesitaba.

No podía creer la mierda que salía por su boca. Era despreciable. Hacía daño a la gente que lo amaba y no podía detenerse. «¿Por qué me quieren? —se preguntaba constantemente—. ¿Por qué iba nadie a quererme? No me lo merezco.» Esos pensamientos inundaban su mente, lo atormentaban por mucho que los ocultara; siempre volvían.

Quería secarle las lágrimas a besos, quería decirle que lo sentía y que era un hombre torturado, pero no podía. Era un cobarde; sus daños no tenían remedio, y el hecho de tratarla de ese modo hacía que se odiara todavía más a sí mismo.

Su risa, su risa era el sonido que lo sacaba de la oscuridad y lo guiaba hacia la luz. Su risa lo arrastraba, como si fuera una correa alrededor de su cuello, a través de la chingadera que nublaba su mente y que infectaba sus pensamientos. Él no era como su padre, y en ese instante, mientras se alejaba de él, decidió que jamás dejaría que los errores de sus padres volvieran a controlar su vida. Decidió en ese mismo momento que esa mujer merecía más de lo que un hombre roto podía ofrecerle, de modo que hizo todo lo que estuvo en su mano para compensárselo.

Continúo leyendo, página tras página, confesión tras oscura confesión. Las lágrimas empapan mis mejillas, así como algunas páginas de esta hermosa pero retorcida historia.

Necesitaba decírselo, necesitaba decirle cuánto lo sentía por haber tenido la desfachatez de echarle lo de los hijos en cara. Era un egoísta que sólo pensaba en el modo de hacerle daño, y no estaba preparado para admitir lo que realmente quería de la vida con ella. No estaba preparado para decirle que sería una madre maravillosa, que no se parecería en nada a la mujer que la crio. No estaba preparado para decirle que pondría todo su empeño en ser lo bastante bueno como para criar a un niño junto a ella. No estaba preparado para decirle que lo aterraba cometer los mismos errores que su padre, como tampoco lo estaba para admitir que tenía miedo de fracasar. No encontraba las palabras para expresar que no deseaba volver a casa borracho, y no quería que sus hijos huyeran de él como él lo había hecho de su propio padre.

Quería casarse con ella, pasar la vida a su lado, disfrutando de su ternura y de su calor. No podía imaginar una vida sin ella, y estaba intentando encontrar la forma de decírselo, de demostrarle que realmente podía cambiar, y que podía ser digno de ella.

De alguna manera, el tiempo pasa y, pronto, cientos de páginas se acumulan en el suelo. No soy consciente de cuánto rato ha transcurrido, y sería incapaz de contar las lágrimas que han derramado mis ojos o los sollozos que han escapado de mis labios.

Pero continúo; leo todas y cada una de las páginas, sin orden, al azar y desordenadas, aunque me aseguro de absorber confesión tras confesión del hombre que amo, el único hombre aparte de mi padre al que he querido jamás, y para cuando llego al final del montón de páginas, el departamento está casi a oscuras y el sol ha empezado a ponerse en el exterior.

Miro alrededor del desastre que he organizado e intento asimilarlo todo. Mis ojos observan el suelo y reparan en la bola de papel arrugado que está sobre la mesa de la entrada. Hardin me ha dicho que era la última página, la última página de esta historia, nuestra historia, y trato de calmarme antes de ir por ella.

La tomo con manos temblorosas, aliso el papel arrugado y leo las palabras que hay escritas en él.

Él espera que ella lea esto algún día y entienda lo roto que estaba. No le pide piedad, ni perdón; sólo le pide que comprenda el inmenso impacto que ella ha tenido en su vida. Que ella, la preciosa extraña de corazón amable, apareció de repente y cambió su rumbo para convertirlo en el hombre que es hoy. Espera que, con estas palabras, por muy duras que sean algunas de ellas, se sienta orgullosa de sí misma por haber sacado a rastras a un pecador de las profundidades del infierno y por haberlo guiado hasta el cielo, concediéndole la redención y librándolo de los demonios de su pasado.

Reza para que estas palabras le lleguen al corazón y para que, tal vez, sólo tal vez, ella siga amándolo después de todo lo que han pasado juntos. Espera que sea capaz de recordar por qué lo amaba, por qué luchó tanto por él.

491

Y, por último, espera que, esté donde esté cuando encuentre este libro que escribió para ella, lo lea y se ponga en contacto con él, incluso si estas palabras le llegan dentro de muchos años. Tiene que saber que él no se ha dado por vencido. Tessa tiene que saber que este hombre siempre la amará, y que la estará esperando durante el resto de su vida, tanto si ella regresa como si no. Quiere que sepa que ella lo salvó y que jamás podrá devolverle todo lo que ha hecho por él. Quiere que sepa que la ama con toda su alma y que nada conseguirá cambiar eso.

Quiere recordarle que sus almas son una sola, sin importar de qué estén hechas. Su novela favorita lo describió mejor.

Reúno las escasas fuerzas que me quedan y dejo las hojas desperdigadas por el piso del departamento, con la última todavía en la mano.

CAPÍTULO 76

Tessa

Dos años después

—Estás absolutamente fantástica. Eres una novia preciosa —dice Karen con entusiasmo.

Coincido con ella y asiento. Me ajusto los tirantes de mi traje y vuelvo a mirarme en el espejo.

—Se va a quedar pasmado. Aún no puedo creer lo rápido que ha llegado este día. —Sonrío y le coloco un último pasador en la densa mata de pelo recogido en rizos que reluce bajo las intensas luces del cuarto trasero de la iglesia.

Puede que me haya pasado un poco a la hora de echarle brillantina con el espray.

—¿Y si me caigo? ¿Y si no se presenta en el altar? —La preciosa novia de Landon habla con voz suave; está tan nerviosa que podría quebrársele en cualquier momento.

—Lo hará. Ken lo ha traído en coche hasta la iglesia esta mañana. —Karen se ríe, infundiéndonos confianza a ambas—. Si algo fuera mal, mi marido ya nos habría avisado a estas alturas.

—Landon no faltaría por nada del mundo —le prometo.

Sé que no lo haría, porque le vi la cara y le sequé las lágrimas cuando me enseñó el anillo que había elegido para ella.

—Eso espero. Me enojaría mucho. —Deja escapar una risotada nerviosa.

Su sonrisa es encantadora, incluso a pesar de la ansiedad que se oculta bajo la superficie de su belleza; está manteniendo la compostura bastante bien.

Peino con cuidado sus rizos oscuros con los dedos y le coloco el fino velo sobre la cabeza. Observo su bonito rostro en el espejo y levanto la mano para tocar su hombro desnudo. Sus ojos cafés se inundan de lágrimas y se muerde nerviosa el labio inferior.

—Todo irá bien, ya lo verás —le aseguro.

Mi vestido plateado reluce bajo la luz, y admiro la belleza de todos los detalles que hay detrás de esta boda.

—¿Es demasiado pronto? Sólo hace unos meses que volvimos a estar juntos. ¿A ti te parece demasiado pronto, Tessa? —me pregunta.

Nos hemos hecho íntimas durante los últimos dos años, y he notado su preocupación cuando sus dedos han empezado a temblar mientras me ayudaba a subirme el cierre de mi traje de dama de honor.

Sonrío.

—No es demasiado pronto. Han vivido muchas cosas durante los últimos años. Le estás dando demasiadas vueltas a la cabeza sobre esto, y te lo dice alguien que sabe de lo que habla.

—¿Estás nerviosa por volver a verlo? —pregunta mirándome a la cara.

«Sí. Estoy aterrada. Creo que incluso siento pánico.»

—No —digo en cambio—, sólo han pasado unos meses.

—Demasiado tiempo —replica la madre de Landon para sus adentros.

Siento un inmenso pesar, y decido desechar el distante dolor que acompaña a cada pensamiento relacionado con él. Me trago las palabras que podría y que quizá debería decir.

—¿Puedes creer que tu hijo vaya a casarse hoy? —me apresuro a decir para cambiar de tema.

Mi táctica de distracción funciona, y Karen sonríe, deja escapar un gritito y empieza a llorar al mismo tiempo.

—Ay, se me va a arruinar el maquillaje.

Se da unos toquecitos con las puntas de los dedos debajo de los ojos y su pelo castaño claro se mueve cuando sacude la cabeza.

Unos golpes en la puerta nos hacen callar entonces a las tres.

—¿Cielo? —dice Ken con voz suave y cautelosa.

Acercarse a la habitación donde está vistiéndose la novia, llena de mujeres especialmente emocionadas, asustaría a cualquier hombre.

—Abby acaba de despertarse de la siesta —informa Ken a su mujer mientras abre la puerta con su hija en brazos.

Su pelo oscuro y sus brillantes ojos cafés resultan impresionantes e iluminan cualquier habitación en la que entre la pequeña.

—No encuentro la bolsa de los pañales.

—Está ahí, al lado de esa silla —dice Karen señalando con el dedo—. ¿Puedes darle de comer tú? Me da miedo que me manche el vestido. —Karen se echa a reír y extiende los brazos hacia Abby—. Los terribles dos años han llegado un poco antes de la cuenta.

La niña sonríe y muestra una hilera completa de minúsculos dientes.

—Mamá —dice la pequeña regordeta mientras alarga sus diminutas manos para agarrar el tirante del vestido de Karen.

Se me cae la baba cada vez que oigo hablar a Abby.

—Hola, señorita Abby. —Hundo el dedo en su mejilla y la hago reír. Es un sonido encantador.

Decido pasar por alto el hecho de que Karen y la que en breve se convertirá en la esposa de Landon me están mirando con compasión.

—Hola —me responde Abby enterrando el rostro en el hombro de su mamá.

—¿Les falta mucho? Sólo quedan unos diez minutos para que empiece a sonar la música, y Landon está más nervioso a cada segundo que pasa —nos avisa Ken.

—Está bien, ¿verdad? ¿Todavía quiere casarse conmigo? —pregunta la preocupada novia a su futuro suegro.

Ken sonríe y en las comisuras de sus ojos se forman unas pequeñas arrugas.

—Sí, querida, por supuesto que sí. Nunca había visto a Landon tan nervioso, pero Hardin está ayudando a que lo esté.

Todas nosotras, incluida yo, nos reímos al pensarlo.

La novia pone los ojos en blanco, divertida, y luego sacude la cabeza.

—Si Hardin está «ayudando», más me vale ir cancelando la luna de miel.

—Bueno, nosotros nos vamos. Le daré a Abby algo rápido de comer para que aguante hasta el banquete.

Ken besa a su mujer en los labios, toma a su hijita de nuevo en brazos y sale de la habitación.

—Sí. Por favor, no se preocupen por mí. Estoy bien —prometo a las dos mujeres.

Estoy bien. He estado bien con esta especie de relación a distancia con Hardin. Lo extraño constantemente, sí, pero el espacio nos ha venido bien.

Lo peor de estar bien es que estar bien dista mucho de estar feliz. Estar bien es el espacio gris intermedio en el que puedes levantarte a diario y seguir con tu vida, e incluso reír y sonreír a menudo, sin embargo estar bien no significa estar dichosa. Estar bien tampoco es estar deseando que llegue cada segundo del día, y estar bien tampoco es sacarle el máximo partido a la vida. Estar bien es con lo que la mayoría de la gente se conforma, yo incluida, y todos nosotros fingimos que estar bien está bien, cuando en realidad lo odiamos y nos pasamos la mayor parte del tiempo deseando dejar de estar sólo bien.

Él me enseñó lo maravillosa que puede ser la vida más allá del estar bien, y llevo añorándolo desde entonces.

Llevo mucho tiempo bien, y ya no sé cómo salir de ese estado, pero espero que llegue el día en el que pueda decir que estoy *genial* en lugar de decir que estoy *bien*.

—¿Lista, señora Gibson? —digo sonriéndole a la afortunada mujer que tengo delante.

—No —responde—, pero estoy segura de que lo estaré en cuanto lo vea.

CAPÍTULO 77

Hardin

—Última oportunidad para salir corriendo —le digo a Landon mientras lo ayudo a ajustarse la corbata.

—Gracias, cabrón —me responde, y me aparta las manos para arreglársela él mismo—. Me he puesto cientos de corbatas en toda mi vida, pero ésta se niega a quedarse recta.

Está nervioso, y lo compadezco. Más o menos.

—Sácatela, entonces.

—No puedo ir sin corbata. Voy a casarme. —Pone los ojos en blanco.

—Por eso mismo no tienes por qué llevarla. Es tu día, y eres tú quien se está gastando todo este dinero. Si no quieres llevar corbata, no la lleves, carajo. Si fuera yo el que se casara hoy, tendrían suerte si me pusiera calzones.

Mi mejor amigo se echa a reír. Se desata el nudo de la corbata y la jala para quitársela.

—Pues me alegro de que no sea así. Yo no iría a ese espectáculo.

—Ambos sabemos que yo jamás me casaré. —Me quedo mirándome fijamente en el espejo.

—Es posible. —Landon me mira a los ojos a través del reflejo—. ¿Estás bien? Está aquí. Tu padre la ha visto.

«Carajo, no, no lo estoy.»

—Sí, estoy bien. Actúas como si no supiera que iba a venir o como si no la hubiera visto en los últimos dos años. —No la he visto lo suficiente, pero ella necesitaba distanciarse de mí—. Es tu mejor amiga y la dama de honor de tu novia. No es ninguna sorpresa. —Me quito la corbata y se la entrego—. Toma, en vista de que la tuya es una mierda, puedes ponerte la mía.

—Tienes que ponerte una corbata, va con el esmoquin —replica.

—Sabes perfectamente que tienes suerte de que haya accedido a ponerme esto en primer lugar. —Jalo la pesada tela que cubre mi cuerpo.

Landon cierra los ojos brevemente y suspira con una mezcla de alivio y frustración.

—Supongo que tienes razón. —Sonríe—. Gracias.

—Y de que lleve ropa en tu boda —añado.

—Cállate. —Pone los ojos en blanco y se sacude las mangas de su impoluto esmoquin negro—. ¿Y si no se presenta en el altar?

—Lo hará.

—Pero ¿y si no lo hace? ¿Estoy loco por casarme tan rápido?

—Sí.

—Bien, gracias.

—Estar loco no siempre es malo —replico y me encojo de hombros.

Se queda observándome, buscando en mi rostro alguna pista que es posible que revele en cualquier momento.

—¿Vas a intentar hablar con ella?

—Obviamente, sí.

Intenté hablar con ella en el ensayo de la boda, pero Karen y la novia de Landon estaban pegadas a ella como lapas. Que Tessa se prestara a colaborar en la planificación de la boda supuso una sorpresa para mí; no sabía que le fueran este tipo de cosas, pero por lo visto se le da muy bien.

—Ahora es feliz; no del todo, pero lo suficiente.

Su felicidad es lo más importante, y no sólo para mí; el mundo sencillamente no es lo mismo cuando Tessa Young no es feliz. Lo sé de buena fuente; me pasé un año entero absorbiéndole la vida al tiempo que la hacía brillar. Es una chingadera y no tiene sentido para el mundo exterior, pero a mí siempre me ha valido madres —y siempre lo hará— el mundo exterior en lo que respecta a esa mujer.

—Cinco minutos, chicos —dice Ken desde el otro lado de la puerta.

Esta habitación es pequeña y huele a cuero viejo y a alcanfor, pero hoy se casa Landon. Esperaré hasta después del banquete para quejarme al respecto.

Puede que le traslade mis quejas directamente a Ken. Sospecho que él es quien ha pagado toda esta mierda, dado el estado de los padres de la novia y demás.

—Bueno, loco cabrón, ¿estás preparado? —le pregunto a Landon por última vez.

—No, pero lo estaré en cuanto la vea.

CAPÍTULO 78

Tessa

—¿Dónde está Robert? —dice Karen buscándolo con la mirada entre el pequeño grupo de invitados—. Tessa, ¿tú sabes dónde se ha metido? —pregunta un poco asustada.

Robert se ofreció a entretener a la pequeña mientras las mujeres se peinaban y se maquillaban. Ahora que la boda está empezando, debería continuar con la tarea, pero lo cierto es que no está por ninguna parte, y Karen no puede tener a la niña en brazos mientras ayuda con la primera parte de la ceremonia.

—Voy a llamarlo otra vez. —Miro entre la multitud y lo busco.

Abby patalea en los brazos de Karen y ella parece asustada de nuevo.

—¡Ay, espera! ¡Está ahí...!

Pero no oigo el resto de la frase de Karen. Me he quedado del todo absorta con el sonido de la voz de Hardin. Está saliendo del largo pasillo a mi izquierda. Está hablando con Landon, y su boca se mueve tan despacio como siempre.

Tiene el pelo más largo de lo que parecía en las fotos que he visto de él últimamente. No he podido evitar leer todas y cada una de sus entrevistas y todos y cada uno de los artículos que se han publicado sobre él, más o menos ajustados a la realidad, y es posible que haya escrito algunas quejas acaloradas a algunos blogueros que han dicho cosas horribles sobre él y su historia. Nuestra historia.

Me sorprendo al ver el aro de metal en su labio, aunque ya sabía que había reaparecido. Había olvidado lo bien que se ve con él. Me quedo absorta, totalmente consumida, al verlo de nuevo. Me traslado de nuevo a un mundo en el que luché con todas mis fuerzas y perdí casi todas las batallas a las que me enfrenté, y al final acabé yéndome sin la única cosa por la que luchaba: él.

—Alguien tiene que acompañar a Tessa; su pareja no está —dice una voz.

Al oír la mención de mi nombre, Hardin se vuelve al instante; sus ojos buscan durante medio segundo antes de encontrarme. Al principio rompo el contacto visual y bajo la vista hasta mis tacones, que apenas asoman por debajo de mi vestido largo.

—¿Quién va a acompañar a la dama de honor? —pregunta la hermana de la novia a todos los que se encuentran cerca—. Qué problema —exclama, y resopla mientras pasa por mi lado.

He participado más que ella en la organización de esta boda, pero su nivel de estrés haría que cualquiera pensara lo contrario.

—Yo —dice Hardin levantando la mano.

Está tan guapo, tan devastadoramente atractivo con ese esmoquin y sin corbata... La tinta negra asoma justo por encima del cuello blanco de su camisa, y siento un leve cosquilleo en mi brazo cuando me toca. Parpadeo unas cuantas veces, intentando no pensar en el hecho de que apenas hablamos anoche y de que no ensayamos la entrada como deberíamos haberlo hecho. Asiento, me aclaro la garganta y aparto los ojos de Hardin.

—Muy bien, pues vamos —dice la hermana de manera imperiosa—. El novio, al altar, por favor.

Da unas palmaditas, y entonces Landon pasa corriendo por mi lado y me da un suave apretón en la mano de camino.

«Inspira. Espira...» Serán sólo unos minutos. Menos, de hecho. No es un concepto tan difícil. Somos amigos. Puedo hacerlo.

Por la boda de Landon, claro. Por un momento, lucho en mi interior para obligarme a no pensar que estoy avanzando por este pasillo con él para nuestro propio día especial.

Hardin está a mi lado, sin decir ni una palabra, y la música empieza a sonar. Me está mirando, lo sé, pero soy incapaz de levantar la vista para devolverle la mirada. Con estos zapatos mido casi lo mismo que él, y está tan cerca que casi puedo oler la suave colonia que impregna su esmoquin.

La pequeña iglesia se ha transformado en un lugar bonito pero sencillo, y los invitados ya ocupan la mayor parte de los asientos. Unas bonitas flores de colores tan intensos que parecen de neón decoran los viejos bancos de madera, y una tela blanca une todas las filas.

—Es demasiado estridente, ¿no crees? A mí me parece que con unos lirios blancos y rojos habría bastado —dice Hardin para mi sorpresa.

Me toma del brazo y la estirada de la hermana nos hace un gesto para que empecemos a avanzar.

—Sí, los lirios habrían quedado muy bonitos. Pero esto también lo es, para ellos —dejo caer.

—Tu novio, el médico, está muy guapo —me provoca Hardin.

Lo miro y veo que está sonriendo, y sus ojos verdes brillan con picardía. La línea de su mandíbula está incluso más definida que antes, y sus ojos son más profundos, no tan cautelosos como solían serlo siempre.

—Está en la Facultad de Medicina, aún no es médico. Y sí, lo está. Pero sabes que no es mi novio, así que cállate.

Durante los últimos años, he tenido la misma conversación con Hardin una y otra vez. Robert ha sido un amigo constante en mi vida, nada más. Intentamos salir una vez, alrededor de un año después de que encontrase el manuscrito de Hardin en mi departamento de Nueva York, pero no funcionó. No deberían salir con alguien si su corazón pertenece a otra persona. No funciona, créanme.

—¿Cómo están? Ha pasado un año ya, ¿no? —Su voz traiciona la emoción que está intentando ocultar.

—¿Y ustedes? Tú y la rubia esa. ¿Cómo se llamaba? —El pasillo es mucho más largo de lo que parecía desde la entrada—. Ah, sí, Eliza, ¿verdad?

Suelta una risita.

—Ja, ja.

Me gusta torturarlo con una fan acosadora que tiene llamada Eliza. Sé que no se ha acostado con ella, pero me divierte tomarle el pelo con ello cuando lo veo.

—Nena, la última rubia que tuve en mi cama fuiste tú —me dice y sonríe.

Me quedo parada, y Hardin me agarra del codo y me estabiliza antes de que me caiga de bruces contra la seda blanca que cubre el pasillo.

—¿En serio?

—Sí. —Mantiene la vista fija en el altar, donde está esperando Landon.

—Has vuelto a ponerte ese aro en el labio. —Cambio de tema antes de ponerme en evidencia más todavía.

Pasamos por delante de mi madre, que está sentada en silencio al lado de su marido, David. Parece algo preocupada, pero se contiene y nos sonríe a Hardin y a mí cuando pasamos junto a ellos. David se inclina en su dirección y le susurra algo, y ella sonríe de nuevo, asintiendo.

—Parece mucho más feliz ahora —murmura Hardin.

Probablemente no deberíamos estar hablando mientras avanzamos por el pasillo, pero Hardin y yo somos famosos por hacer cosas que no deberíamos hacer.

Lo he extrañado más de lo que demuestro. Sólo lo he visto seis veces en los últimos dos años, y cada vez sólo hizo que lo añorara aún más.

—Lo es. David ha tenido un efecto increíble en ella.

—Lo sé, me lo ha dicho.

Me detengo de nuevo. Esta vez Hardin sonríe mientras me ayuda a continuar por el interminable pasillo.

—¿Qué quieres decir?

—He hablado con tu madre de vez en cuando. Ya lo sabes.

No tengo ni idea de qué está diciendo.

—Vino a una firma de libros el mes pasado, cuando salió mi segunda novela.

«¿Qué?»

—Y ¿qué te dijo? —digo demasiado alto, por lo que algunos invitados se quedan mirando demasiado tiempo.

—Ya hablaremos de eso después. Le he prometido a Landon que no iba a arruinarte la boda.

Hardin me sonríe mientras llegamos al altar, y yo intento con todas mis fuerzas centrarme en la boda de mi mejor amigo.

Sin embargo, no puedo apartar los ojos y la mente del padrino.

CAPÍTULO 79

Hardin

El banquete de una boda es la parte más soportable. Todo el mundo es un poco menos estirado y está más relajado después de haber tomado unas cuantas copas y de haber disfrutado de una comida carísima.

La boda ha sido perfecta. El novio ha llorado más que la novia, y yo me siento orgulloso de haber mirado a Tessa sólo durante el noventa y nueve por ciento del tiempo. He escuchado parte de los votos, lo juro. Pero eso es todo. A juzgar por el modo en que Landon rodea la cintura de su ahora esposa con los brazos y por cómo se ríe ella de algo que él está diciéndole mientras bailan en la pista delante de todo el mundo, yo diría que la boda ha ido bien.

—Yo tomaré un refresco, si tiene —le digo a la mujer que está detrás de la barra.

—¿Con vodka o con ginebra? —pregunta señalando la hilera de botellas de alcohol.

—Solo. Nada de alcohol.

Me observa durante un instante, asiente y me llena un vaso transparente con hielo y refresco.

—Por fin te encuentro —dice una voz familiar, y una mano me toca el hombro.

Vance está detrás de mí, acompañado de su prometida embarazada.

—Me has estado buscando sin descanso, ¿verdad? —señalo yo sarcásticamente.

—No, no lo ha hecho. —Kimberly sonríe con la mano apoyada en su inmensa panza.

—¿Estás bien? Parece que vas a caerte de un momento a otro con esa cosa. —Miro sus pies hinchados y después, de nuevo, su amarga expresión.

—Esa cosa es mi bebé. Estoy de nueve meses, pero eso no impedirá que te pegue.

En fin, supongo que su descaro sigue intacto.

—Eso será si puedes alcanzar más allá de ese pedazo de panza, claro —la desafío.

Ella me demuestra que sí puede. Por supuesto: una mujer embarazada me ha pegado en una boda.

Me froto el brazo como si me hubiera hecho daño de verdad, y ella se ríe cuando Vance me llama *pendejo* por provocar a su prometida.

—Se te veía bien avanzando por el pasillo con Tessa —dice levantando una ceja sugerente.

Me quedo sin respiración, me aclaro la garganta y miro la oscura habitación buscando su pelo largo y rubio y ese pecaminoso vestido de raso.

—Sí, no pretendía involucrarme más en la boda aparte de cumplir con mi papel de ser el padrino de Landon, pero no ha estado tan mal.

—Ese otro tipo ya ha llegado —me informa Kim—. Pero en realidad no es su novio. No lo habrás creído, ¿verdad? Sale con él de vez en cuando, pero por su manera de actuar es obvio que no es nada serio. No como lo que tienen ustedes.

—Lo que teníamos.

Kim me sonríe con malicia y me indica con la cabeza la mesa que está más cerca de la barra. Tessa está allí sentada, y su vestido de raso reluce bajo las luces estroboscópicas. Me está mirando, o quizá esté mirando a Kimberly —no, me está mirando a mí—, y entonces aparta la vista rápidamente.

—¿Ves? Lo que yo decía. Lo que tienen. —Engreída y embarazada, Kimberly se ríe de mí, y yo me bebo mi refresco y tiro el vaso de plástico a la basura antes de pedir agua.

Siento retortijones en el estómago, y estoy actuando como un pinche niño pequeño ahora mismo, ya que intento no mirar a la preciosa chica que me robó el corazón hace todos esos años.

Y no sólo me lo robó. Lo encontró; ella fue la que descubrió que tenía uno, y lo desenterró. Lucha tras lucha, nunca se rindió. Encontró mi corazón y lo mantuvo a salvo. Lo ocultó de la oscuridad. Y lo que es más importante, lo ocultó de mí, hasta que yo mismo fui capaz de cuidar de él. Trató de devolvérmelo hace dos años, pero mi corazón se negó a irse de su lado. Nunca lo hará, nunca se irá de su lado.

—Ustedes dos son las personas más necias que he conocido en la vida —dice Christian mientras pide agua para Kimberly y una copa de vino para él—. ¿Has visto a tu hermano?

Busco a Smith por la sala y lo encuentro sentado a unas mesas de Tessa, solo. Señalo al niño, y Vance me pide que vaya a preguntarle si quiere algo de beber. El niño ya es mayorcito como para pedirse su maldita bebida, pero no quiero sentarme con este par de engreídos, así que me acerco a la mesa vacía y me siento al lado de mi hermano pequeño.

—Tenías razón —dice Smith mirándome.

—¿Acerca de qué esta vez? —Me reclino contra el respaldo de la silla adornada y me pregunto cómo pueden calificar Landon y Tessa a esta boda de «pequeña y sencilla», cuando tienen una especie de cortinas cubriendo todas y cada una de las sillas de este lugar.

—Acerca de que las bodas son aburridas. —Smith sonríe.

Le faltan algunos dientes, y uno de ellos es superior. Resulta bastante adorable para ser un cerebrito al que no le importa prácticamente nadie.

—Debería haberte obligado a apostar dinero. —Me río y fijo la vista de nuevo en Tessa.

Smith también la mira.

—Hoy está muy guapa —dice.

—Llevo años advirtiéndote que no te acerques a ella, enano; no hagas que salga un funeral de una boda. —Le doy un golpecito en el hombro y él sonríe con su boca chimuela.

Quiero acercarme hasta su mesa y tirar a ese amigo suyo casi médico de la silla para poder sentarme a su lado. Quiero decirle lo guapa que está y lo orgulloso que estoy de que esté destacando tanto en la NYU. Quiero ver cómo supera sus nervios y quiero oír cómo se ríe, y observar cómo su sonrisa domina toda la sala.

Me inclino hacia Smith.

—Hazme un favor —le digo.

—¿Qué clase de favor?

—Necesito que te acerques a Tessa y hables con ella.

Se pone colorado y sacude la cabeza rápidamente.

—No.

—Vamos, hazlo.

—No.

Qué niño tan necio.

—¿Recuerdas ese tren personalizado que querías y que tu padre no quiere comprarte?

—¿Sí? —He conseguido despertar su interés.

—Te lo compraré.

—¿Me estás sobornando para que hable con ella?

—Pues claro.

El niño me mira de reojo.

—¿Cuándo me lo comprarás?

—Si consigues que baile contigo, te lo compraré la semana que viene.

—No —negocia—. Si tengo que bailar, lo quiero mañana.

—Bueno. —Carajo, esto se le da demasiado bien.

Mira hacia la mesa de Tessa y después otra vez a mí.

—Hecho —dice mientras se levanta.

Vaya, después de todo, no ha sido tan difícil.

Observo cómo se acerca hasta ella. La sonrisa que Tess le dedica, incluso desde dos mesas de distancia, me deja al instante sin aire en los pulmones. Le doy al niño unos treinta segundos antes de levantarme y acercarme a la mesa. Hago como que no veo al tipo sentado a su lado y me deleito en el modo en que el rostro de Tessa se ilumina al verme junto a Smith.

—Aquí estás. —Apoyo las manos en los hombros del niño.

—¿Quieres bailar conmigo, Tessa? —pregunta entonces mi hermanito.

Ella está sorprendida. Se ruboriza con timidez, pero la conozco y sé que no lo rechazará.

—Por supuesto. —Le sonríe al niño y como se llame se pone de pie y la ayuda a levantarse, el cabrón es muy considerado.

Observo cómo Tessa sigue a Smith hasta la pista de baile, y doy gracias por el amor de Landon y su nueva esposa por las canciones lentas y cursis que están sonando. Smith la está pasando fatal, y Tessa parece nerviosa cuando empiezan a bailar.

—¿Qué tal te va? —me pregunta el médico mientras ambos miramos a la misma mujer.

—Bien, ¿y a ti? —Debería ser amable con el tipo; está saliendo con la mujer a la que amaré toda mi vida.

—Bien, estoy en segundo año de Medicina.

—Y ¿cuántos te quedan? ¿Sólo diez más? —Me río; soy lo más amable posible con un tipo que sé que está enamorado de Tessa.

A continuación, me dirijo hacia Tessa y Smith. Ella me ve primero y se queda inmóvil cuando nuestras miradas se encuentran.

—¿Puedo? —pregunto, jalando de la espalda de la camisa de Smith antes de que alguno de los dos pueda negarse.

Dirijo las manos inmediatamente a su cintura y las apoyo en sus caderas. Tanto ella como yo nos quedamos helados al sentir cómo mis dedos la tocan.

Ha pasado mucho tiempo, demasiado, desde la última vez que la tuve entre mis brazos. Vino a Chicago hace unos meses para la boda de su amiga, pero no me invitó a que fuera su acompañante. Fue sola, aunque quedamos después para cenar. Fue agradable; ella se tomó una copa de vino y ambos compartimos un helado inmenso cubierto de chocolate y muchísima cajeta. Luego me pidió que la acompañara a su hotel a tomar otra copa —vino para ella, refresco para mí—, y ambos nos quedamos dormidos después de que le hiciese el amor en el suelo de su habitación.

—Quería librarte de bailar con él, es un poco bajito. Un terrible compañero de baile —digo por fin cuando consigo salir de mi absorción.

—Me ha dicho que lo has sobornado. —Me sonríe y sacude la cabeza.

—Pequeño granuja... —Fulmino con la mirada al traidor mientras él se sienta de nuevo a una mesa, otra vez solo.

—Se han hecho muy amigos, incluso desde la última vez que los vi —dice Tessa con admiración, y no puedo evitar ponerme colorado como un jitomate.

—Sí, supongo que sí. —Me encojo de hombros.

Me aprieta los hombros con los dedos, y yo suspiro. Suspiro literalmente, y sé que me habrá oído.

—Estás bastante bien. —Mira mi boca.

Decidí volver a ponerme el *piercing* unos días después de verla en Chicago.

—¿«Bastante bien»? No sé si eso es algo positivo. —La acerco más a mí y ella me lo permite.

—Muy bien, muy guapo. Muy bueno. —Las últimas palabras escapan de sus labios carnosos por accidente. Lo sé por el modo en que sus ojos se abren como platos y luego se muerde el labio inferior.

—Tú eres la mujer más sexi de toda la sala; siempre lo has sido.

Agacha la cabeza intentando ocultar su rostro entre los largos rizos rubios.

—No te escondas de mí —digo en voz baja.

Me invade la nostalgia al pronunciar esas palabras tan familiares, y sé por su expresión que ella siente exactamente lo mismo que yo.

Se apresura a cambiar de tema.

—¿Cuándo se publica tu siguiente libro?

—El mes que viene. ¿Lo has leído? Te envié una de las primeras copias.

—Sí, lo he leído. —Aprovecho la ocasión para estrecharla contra mi pecho—. Los he leído todos, ¿recuerdas?

—Y ¿qué opinas?

La canción termina y comienza otra. Una voz femenina inunda la sala, y nos quedamos mirándonos a los ojos.

—Vaya —dice Tessa riéndose suavemente—. ¿Cómo no iban a poner esta canción?

Le aparto un mechón rebelde de los ojos y ella traga saliva y parpadea despacio.

—Hardin, me alegro tanto por ti... Eres un autor increíble, un gran activista de la superación a la adicción al alcohol. Vi la entrevista que hiciste para *The Times* sobre el maltrato infantil. —Sus ojos se inundan, y estoy convencido de que, como derrame esas lágrimas, perderé completamente la compostura.

—No es para tanto —digo quitándole importancia. Me encanta que se sienta orgullosa de mí, pero me siento culpable por lo que le causó a ella—. No esperaba nada de esto, y lo sabes. No pretendía avergonzarte públicamente escribiendo ese libro. —Le he dicho esto una infinidad de veces, y siempre tiene la misma respuesta positiva que darme.

—No te preocupes. —Me sonríe—. No fue para tanto, y has ayudado a mucha gente; a muchas personas les encantan tus libros, yo incluida. —Tessa se ruboriza, y yo también.

—Ésta debería ser nuestra boda. —Las palabras salen solas de mi boca.

Sus pies dejan de moverse, y parte del brillo desaparece de su hermosa piel.

—Hardin. —Me fulmina con la mirada.

—Theresa —la provoco.

No estoy bromeando, y ella lo sabe.

—Creía que esa última página te haría cambiar de idea. En serio que lo pensaba.

—¿Pueden prestarme atención, por favor? —dice entonces la hermana de la novia a través del micrófono.

Esa mujer es irritante hasta la madre. Está en el escenario, en el centro de la sala, pero apenas puedo verla por encima de la mesa que tiene delante de lo bajita que es.

—Tengo que prepararme para mi discurso —refunfuño, y me paso la mano por el pelo.

—¿Vas a dar un discurso? —Tessa me sigue hasta la mesa que me han asignado para el banquete.

Debe de haberse olvidado del médico, y he de decir que no me importa lo más mínimo. De hecho, me encanta que así sea.

—Sí —asiento—. Soy el padrino, ¿recuerdas?

—Lo sé. —Me da un empujoncito en el hombro y yo la agarro de la muñeca. Pienso en llevármela a la boca y plantarle un beso allí, pero me detengo sorprendido al ver un pequeño círculo negro tatuado en ella.

—¿Qué chingados es esto? —Acerco su muñeca más a mi cara.

—Perdí una apuesta el día en que cumplí veintiún años. —Se ríe.

—¿En serio te has tatuado una cara sonriente? Pero ¿qué chingados...? —No puedo evitar echarme a reír.

La minúscula cara sonriente es tan ridícula y está tan mal hecha que resulta graciosa. Sin embargo, me habría gustado estar ahí para ver cómo se lo hacía, y por su cumpleaños.

—Por supuesto —asiente con orgullo y se pasa el dedo índice por la tinta.

—¿Tienes algún otro? —Espero que no.

—Ni hablar. Sólo éste.

—¡Hardin! —La mujer bajita me llama y yo cumplo mi deseo de besar la muñeca de Tessa.

Ella la aparta, no disgustada, sino sorprendida, espero, y a continuación me dirijo al escenario.

Landon y su mujer están sentados a la mesa principal. Él rodea su espalda con el brazo, y las manos de ella descansan sobre una de las de él. Ay, los recién casados. Estoy deseando verlos dispuestos a arrancarse la cabeza el uno a la otra dentro de un año.

Aunque puede que ellos sean diferentes.

Acepto el micrófono que me entrega la malhumorada mujer y me aclaro la garganta.

—Hola. —Mi voz suena muy rara, y la expresión de Landon me indica que va a disfrutar de lo lindo con esto—. Normalmente no me gusta nada hablar delante de mucha gente. Carajo, ni siquiera me gusta estar rodeado de gente, así que seré breve —prometo a la sala llena de invitados—. De todos modos, la mayoría de ustedes seguramente estarán borrachos o mortalmente aburridos, así que siéntanse libres de no hacerme caso.

—Ve al grano. —La novia se ríe y levanta su copa de champán.

Landon asiente y yo les saco el dedo a ambos delante de todo el mundo. Tessa, en la primera fila, se ríe y se tapa la boca.

—Verán, he escrito esto porque no quería olvidarme de lo que tenía que decir —prosigo. Me saco una servilleta arrugada del bolsillo y la despliego—. El día que conocí a Landon, lo odié al instante. —Todo el mundo se ríe como si estuviera bromeando, pero no lo estoy. Lo odiaba, pero sólo porque me odiaba a mí mismo—. Él tenía todo lo que yo deseaba en la vida: una familia, una novia, un plan de futuro... —Cuando miro a Landon, veo que sonríe y tiene las mejillas ligeramente sonrojadas. Culparé de eso al champán—.

Pero, en fin, con el paso de los años lo he ido conociendo mejor, nos hemos hecho amigos, incluso somos familia, y él me ha enseñado mucho sobre lo que significa ser un hombre, especialmente en los últimos dos años, con las dificultades que estos dos han tenido que superar. —Sonrío a Landon y a su esposa. No quiero ponerme demasiado deprimente.

»Enseguida termino con esta chingadera. Básicamente lo que quería decir es: gracias, Landon, por ser un hombre honesto y por molestarme cuando necesitaba que lo hicieras. De un modo extraño, eres mi ejemplo a seguir, y quiero que sepas que mereces ser feliz y estar casado con el amor de tu vida, por muy rápido que lo hayan organizado todo.

La gente se ríe de nuevo.

—Uno no sabe lo afortunado que es de poder pasar la vida con la otra mitad de su alma hasta que se ve obligado a pasar la vida sin ella. —Bajo el micrófono y lo dejo sobre la mesa justo cuando veo un reflejo dorado abriéndose paso rápidamente entre la multitud, y me apresuro a abandonar el escenario para seguir a mi chica mientras los demás brindan por mi discurso.

Cuando por fin alcanzo a Tessa, está empujando la puerta del baño de mujeres. Entra en él y ni siquiera me molesto en mirar a mi alrededor antes de seguirla. Cuando llego hasta ella, está inclinada sobre el mueble de baño, con las palmas apoyadas a ambos lados del lavabo de mármol.

Levanta la vista hacia el espejo, con los ojos rojos y las mejillas cubiertas de lágrimas, y se vuelve para mirarme al ver que la he seguido.

—No tienes ningún derecho a hablar de nosotros así. De nuestras almas. —Termina la frase con un sollozo.

—¿Por qué no?

—Porque... —No parece encontrar ninguna buena respuesta.

—¿Porque sabes que tengo razón? —la incito.

—Porque no puedes decir esas cosas en público así como así.

No paras de hacerlo en tus entrevistas también. —Pone las manos en la cintura.

—He estado intentando captar tu atención —replico aproximándome a ella.

Sus aletas nasales ondean y, por un momento, creo que va a dar una patada en el suelo.

—Me sacas de quicio. —Su voz se suaviza, y no puedo pasar por alto el modo en que me está mirando en este momento.

—Claro, claro. —Alargo los brazos hacia ella—. Ven aquí —le suplico.

Ella obedece. Viene directa a mí, y la abrazo. Tenerla en mis brazos así me satisface más que cualquier sesión de sexo que pudiéramos mantener. El simple hecho de tenerla de este modo, todavía unida a mí de una forma que sólo nosotros dos entendemos, me convierte en el cabrón más feliz del mundo.

—Te he extrañado mucho —digo contra su pelo.

Sus manos ascienden hasta mis hombros. Me despoja de mi pesada chamarra y deja caer la costosa prenda al suelo.

—¿Estás segura? —Sostengo su precioso rostro entre mis manos.

—Contigo siempre estoy segura.

Noto su vulnerabilidad y el dulce alivio que siente al pegar la boca a la mía. Siento sus labios temblorosos y su respiración lenta y profunda.

Demasiado pronto, me aparto y sus manos abandonan mi cinturón.

—Sólo voy a bloquear la puerta.

Doy gracias por el hecho de que siempre haya sillas en los lugares en los que se reúnen las mujeres, y coloco dos de ellas contra la puerta para que nadie entre.

—¿En serio vamos a hacer esto? —pregunta Tessa, y yo me agacho para subirle el vestido largo hasta la cintura.

—¿Te sorprende? —Me río mientras le doy otro beso.

Su boca me sabe a hogar, y llevo demasiado tiempo alejado de él y viviendo solo en Chicago. Tan sólo se me han concedido pequeñas dosis de ella durante los últimos años.

—No —responde.

Sus dedos se apresuran a bajarme el cierre de los pantalones, y sofoco un grito cuando me agarra la verga por encima del bóxer.

Ha pasado mucho tiempo, demasiado.

—¿Cuándo fue la última vez que...?

—Contigo en Chicago —contesto—. ¿Y tú?

—Yo igual.

Me aparto, la miro a los ojos y sólo veo la verdad.

—¿En serio? —pregunto, aunque puedo leer en su rostro como si fuese un libro abierto.

—Sí, no hay nadie más. Sólo tú.

Me baja el bóxer y yo la levanto, la siento sobre la superficie de mármol y le separo los muslos con las dos manos.

—Carajo. —Me muerdo la lengua al ver que no lleva calzones.

Ella agacha la cabeza aturdida.

—Es que se me marcaban en el vestido.

—Vas a acabar conmigo, mujer.

Estoy duro como una piedra cuando me acaricia. Sus pequeñas manos ascienden y descienden por mi verga.

—Tenemos que darnos prisa —gimotea desesperada y empapada cuando deslizo el dedo por su clítoris.

Jadea e inclina la cabeza hacia atrás, contra el espejo, y separa las piernas más todavía.

—¿Me pongo un condón? —pregunto incapaz de pensar con claridad.

Al ver que no responde, le meto un dedo y acaricio su lengua con la mía. Cada beso sostiene una confesión: «Te quiero» (intento demostrárselo); «Te necesito» (le chupo el labio inferior); «No puedo volver a perderte» (se la meto y gimo con ella mientras la penetro).

—Estás muy apretada —jadeo.

Voy a hacer el ridículo viniéndome en cuestión de segundos, pero no se trata de satisfacerme sexualmente a mí, sino de demostrarnos a ambos que somos algo inevitable. Somos una fuerza imbatible, por mucho que lo intentemos o que lo intenten los demás.

Nuestro sitio está junto al otro, y ésa es la pura verdad.

—Carajo. —Me clava las uñas en la espalda mientras yo entro en su calidez y vuelvo a penetrarla, esta vez hasta el fondo.

Tessa me envuelve y su cuerpo se amolda a mí como siempre ha hecho.

—Hardin —gime contra mi cuello.

Siento sus dientes contra mi piel y un orgasmo asciende entonces por mi columna vertebral. Deslizo una mano hasta su espalda, la atraigo más cerca de mí y la elevo ligeramente para alcanzar un ángulo más profundo en su interior mientras uso la otra mano para masajear sus generosos pechos. Se desbordan de su vestido, y yo succiono su piel y jalo sus duros pezones con los labios, jadeando y gimiendo su nombre mientras termino en su interior.

Ella pronuncia el mío en rápidos jadeos cuando acaricio su clítoris mientras la penetro. El sonido de sus muslos al impactar contra mí y el lavabo de mármol me excita tanto que se me vuelve a poner dura. Ha pasado tanto tiempo, y ella se acopla tan bien a mí... Su cuerpo reclama el mío, y me posee por completo.

—Te quiero —dice mientras se viene con los dientes apretados, y se pierde conmigo, permitiéndome encontrarla.

El orgasmo de Tessa parece interminable, y, carajo, me encanta. Su cuerpo se queda inerte, inclinado hacia mí, y apoya la cabeza sobre mi pecho mientras recupera el aliento.

—Lo he oído, ¿sabes? —Beso su frente húmeda de sudor y ella esboza una sonrisa delirante.

—Somos un desastre —susurra, y levanta la cabeza para mirarme a los ojos.

—Un desastre perfectamente caótico e innegable.

—No vayas de superescritor conmigo —bromea sin aliento.

—No te alejes de mí. Sé que tú también me has extrañado.

—Sí... —Me rodea la cintura con los brazos y yo le aparto el pelo de la frente.

Me siento feliz. Estoy que no quepo en mí de gozo de ver que está aquí conmigo, después de todo este tiempo, en mis brazos, sonriendo, bromeando y riendo, y no pienso arruinar este momento. He aprendido a las malas que la vida no tiene por qué ser una batalla. A veces simplemente naces con una mala estrella, y otras veces la vas cagando por el camino, pero siempre hay esperanza.

Siempre hay otro día después, siempre hay un modo de compensar las mamadas que has hecho y de recompensar a la gente a la que has herido, y siempre hay alguien que te quiere, incluso cuando te sientes completamente solo y estás flotando a la deriva, esperando la siguiente decepción. Siempre hay algo mejor que está por venir.

Cuesta verlo, pero está ahí. Tessa estaba ahí, bajo mis pendejadas y mi odio hacia mí mismo. Tessa estaba ahí bajo mi adicción, Tessa estaba ahí bajo mi autocompasión y mis malas decisiones. Estaba ahí cuando salí de todo ello con mucho esfuerzo; me tomó de la mano durante todo el pinche camino, e incluso después de dejarme seguía estando ahí, ayudándome a superarlo.

Nunca perdí la esperanza porque Tessa es mi esperanza.

Siempre lo ha sido y siempre lo será.

—¿Te quedas conmigo esta noche? Podemos irnos ya. Por favor, quédate conmigo —le ruego.

Ella se incorpora y se recoloca el pecho en su vestido mientras me mira. Se le ha corrido el maquillaje y tiene las mejillas coloradas.

—¿Puedo decir algo? —repone.

—¿Desde cuándo tienes que preguntar? —Toco la punta de su nariz con la yema de mi dedo índice.

—Cierto. —Sonríe—. Odio que no te esforzaras más.

—Lo hice, pero...

Levanta un dedo para hacerme callar.

—Odio que no te esforzaras más, pero es injusto por mi parte incluso que lo diga, porque ambos sabemos que yo me alejé de ti. Seguí presionando y presionando, esperando demasiado de ti. Estaba enojada por lo del libro y por toda esa atención que no quería, y dejé que eso dominara mi mente. Sentía que no podía perdonarte por lo que pudieran llegar a opinar los demás, pero ahora estoy furiosa conmigo misma por haber escuchado siquiera sus opiniones. Me da igual lo que la gente diga de nosotros, o de mí. Sólo me importa lo que opinen las personas que quiero, y ellos me quieren y me apoyan. Lo único que quería decir es que siento haber escuchado las voces que no tenían lugar en mi cabeza.

Me coloco delante del lavabo, callado. Tessa sigue sentada delante de mí. No me esperaba esto. No esperaba este giro radical. He venido a esta boda confiado en que al menos me regalara una sonrisa.

—No sé qué decir.

—¿Que me perdonas? —susurra nerviosa.

—Por supuesto que te perdono. —Me río de ella. ¿Está loca? Por supuesto que la perdono—. ¿Me perdonas tú a mí? ¿Por todo? ¿O por casi todo?

—Sí —asiente, y me toma de la mano.

—La verdad es que no sé qué decir. —Me paso la mano por el pelo.

—¿Qué tal si me dices que aún quieres casarte conmigo? —Tiene los ojos abiertos como platos, y los míos parecen estar a punto de salirse de las órbitas.

—¿Qué?

Se sonroja.

—Ya me has oído.

—¿Que me case contigo? ¡Si me odiabas hace tan sólo diez minutos! —Esta mujer me va a matar.

—En realidad, hace diez minutos estábamos haciéndolo sobre este mismo lavabo.

—¿Lo dices en serio? ¿Quieres casarte conmigo? —No puedo creer que me esté diciendo esto. Es imposible que lo esté diciendo—. ¿Has estado bebiendo? —Intento recordar si he notado el sabor del alcohol en su lengua.

—No. Me he tomado una copa de champán hace más de una hora. No estoy borracha. Sólo estoy cansada de luchar contra esto. Somos algo inevitable, ¿recuerdas? —se burla, usando un horrible acento británico.

La beso en la boca para silenciarla.

—Somos la pareja menos romántica del universo; lo sabes, ¿no? —Acaricio sus suaves labios con la lengua.

—«El romanticismo está sobrevalorado, ahora lo que se lleva es el realismo» —dice citando una frase que había leído en mi última novela.

La amo. Carajo, amo a esta mujer con todas mis fuerzas.

—¿De verdad te casarás conmigo?

—Ni hoy ni nada de eso, pero sí, claro, lo pensaré —dice. Baja del mueble del lavabo y se arregla el vestido.

—Sé que lo harás. —Sonrío.

Me arreglo a mi vez el esmoquin e intento entender lo que acaba de suceder en estos aseos. Tessa está, en cierto modo, accediendo a casarse conmigo. «¡Carajo!»

Se encoge de hombros juguetona.

—En Las Vegas —digo—. Vayámonos a Las Vegas ahora mismo. —Rebusco en un bolsillo y saco mis llaves.

—Ni hablar; no pienso casarme en Las Vegas. Estás completamente loco.

—Ambos lo estamos; vamos, ¿qué importa?

—Ni hablar, Hardin.

—¿Por qué no? —suplico, y atrapo su rostro entre las palmas de mis manos.

—Las Vegas está a quince horas en coche. —Me mira y después mira su propio reflejo en el espejo.

—Y ¿no te parece tiempo suficiente como para pensarlo? —bromeo, y quito las sillas de la puerta.

Entonces Tessa me sorprende cuando ladea la cabeza y reconoce:

—Sí, supongo que sí lo es.

EPÍLOGO

Hardin

El trayecto a Las Vegas fue toda una aventura. Las primeras dos horas las pasamos imaginándonos la boda perfecta al estilo de esa ciudad. Tessa estuvo retorciéndose las puntas de su pelo rizado, mirándome con las mejillas sonrosadas y una sonrisa de felicidad que hacía mucho que no veía.

—Me pregunto si de verdad será fácil casarse en Las Vegas así, de improviso. Como Rachel y Ross, de «Friends» —se preguntaba sin dejar de mirar la pantalla de su celular.

—Lo estás mirando en Google, ¿no? —inquirí. Le puse la mano en las piernas y bajé la ventanilla del coche rentado.

En algún punto a las afueras de Boise, Idaho, paramos a repostar y a comprar algo de comer. Tessa estaba durmiéndose, tenía la cabeza echada hacia adelante y se le cerraban los párpados. Paré el motor en el área de servicio llena de camiones y la sacudí con suavidad de un hombro para despertarla.

—¿Ya estamos en Las Vegas? —preguntó medio en broma, sabiendo que apenas sí habíamos recorrido la mitad del camino.

Salimos del coche y la seguí al baño. Siempre me han gustado este tipo de gasolineras. Están bien iluminadas y tienen buenos estacionamientos. Es difícil que a uno lo asesinen o algo peor.

Cuando salí del baño, Tessa estaba de pie en uno de los pasillos de panadería y aperitivos, con los brazos llenos de comida basura: bolsas de papas, chocolates y tantas bebidas energéticas que parecía que se le iban a caer.

Me quedé atrás un momento, contemplando a la mujer que tenía delante. La mujer que iba a convertirse en mi esposa dentro de unas pocas horas. Mi esposa. Después de todo por lo que habíamos pasado, después de lo mucho que habíamos peleado por un matrimonio que, para ser sinceros, ninguno de los dos creía posible, estábamos de camino a Las Vegas para hacerlo legal en una pequeña capilla. A los veintitrés años, iba a convertirme en el marido de alguien, en el marido de Tessa, y no era capaz de imaginar nada que pudiera hacerme más feliz.

A pesar de que era un cabrón, iba a tener un final feliz con ella. Me sonreiría, con los ojos llenos de lágrimas, y yo haría algún comentario mordaz sobre el doble de Elvis que iba a oficiar la ceremonia.

—Mira todo esto, Hardin. —Tessa señaló con un codo la montaña de chucherías.

Llevaba puestos esos pantalones, sí, justo esos. Esos pantalones de hacer yoga y una sudadera con cierre de la NYU; eso era lo que iba a llevar puesto el día de su boda. Aunque tenía pensado cambiarse cuando llegáramos al hotel, no iba a llevar un vestido de novia como el que yo siempre había imaginado.

—¿No te importa no tener vestido de novia? —le pregunté de repetente.

Abrió los ojos sorprendida, sonrió y negó con la cabeza.

—¿Y eso a qué viene?

—Curiosidad. Estaba pensando que no vas a tener la boda con la que sueñan todas las mujeres. No habrá flores ni nada.

Me dio una bolsa de palomitas dulces naranja chillón. Un viejo pasó entonces junto a nosotros y le sonrió a Tessa. Sus ojos se encontraron con los míos y apartó la vista rápidamente.

—¿Flores? ¿En serio? —me preguntó ella poniendo los ojos en blanco mientras empezaba a caminar, ignorándome al ver que yo también los ponía.

La seguí y estuve a punto de tropezar con un niño de paso vacilante con unos tenis con luces que iba de la mano de su madre.

—¿Qué hay de Landon? ¿Y de tu madre y David? —insistí—. ¿No quieres que estén presentes?

Se volvió hacia mí y pude ver que Tessa pensaba que sería diferente. Durante el trayecto, nos cegaba tanto la emoción de haber decidido casarnos en Las Vegas que los dos nos olvidamos de la realidad.

—Ay... —suspiró y se me quedó mirando fijamente mientras me acercaba.

Al llegar a la caja registradora supe lo que estaba pensando: Landon y su madre tenían que estar presentes en su boda. Eran imprescindibles. Y Karen, a Karen se le partiría el corazón si se quedara sin ver cómo Tessa se convertía en mi mujer.

Pagamos la comida basura y la cafeína. Bueno, de hecho, ella insistió en pagar y yo la dejé.

—¿Todavía quieres hacerlo? Dime la verdad, nena. Podemos esperar —le aseguré mientras me abrochaba el cinturón de seguridad.

Abrió la bolsa de palomitas de maíz naranja chillón y se echó una a la boca.

—Sí, quiero —insistió.

Pero no me parecía bien. Sabía que deseaba casarse conmigo y sabía que yo deseaba pasar el resto de mi vida con ella, pero no quería que empezara así. Quería que nuestras familias estuvieran allí. Quería que mi hermano y la pequeña Abby formaran parte de ese momento, que caminaran hacia el altar lanzando flores y arroz y haciendo todas las tonterías que la gente les hace hacer a los más pequeños en las bodas. Vi el modo en que se le iluminaba la cara mientras me contaba orgullosa cómo ayudó a organizar la boda de Landon.

Quería que todo fuera perfecto para mi Tessa, así que cuando, media hora después, se quedó dormida, di media vuelta y deshice el camino hacia la casa de Ken. Cuando se despertó, sorprendida pero sin poner el grito en el cielo, se desabrochó el cinturón, se encaramó en mis piernas y me besó mientras las lágrimas le rodaban por las mejillas.

—Dios, cuánto te quiero, Hardin —me dijo pegada a mi cuello.

Permanecimos una hora en el coche, con ella sentada en mis piernas. Cuando le dije que quería que Smith tirara arroz en nuestra boda, se echó a reír y comentó que seguramente lo haría con mucha precisión, grano a grano.

Dos años después

Tessa

El día de mi graduación estaba muy orgullosa de mí misma. Estaba feliz con todos los aspectos de mi vida, salvo que ya no quería trabajar en el sector editorial. Sí, Theresa Young, la que tenía planificado hasta el más mínimo detalle de su futuro, había cambiado de opinión a mitad de carrera.

Todo empezó cuando la prometida de Landon se negó a pagarle a un organizador de bodas. Estaba empeñada en no contratar uno, a pesar de que no sabía ni por dónde empezar. Landon la ayudó, fue el novio perfecto. Se quedaba hasta tarde mirando revistas, faltaba a clase para probar diez tipos distintos de pasteles dos veces. Me encantó la sensación de estar al mando de un día que es tan importante para tanta gente. Era mi especialidad: organizar y hacer algo para los demás.

Durante la ceremonia no paraba de pensar que me gustaría poder hacer algo así más seguido, por afición, pero pasaron los meses y me encontré yendo a exposiciones sobre bodas y, casi sin darme cuenta, estaba organizando también la de Kimberly y Christian.

Conservé mi trabajo en Vance en Nueva York porque necesitaba el dinero. Hardin se vino a vivir conmigo y me negué a que me mantuviera mientras decidía qué iba a hacer con mi vida porque, aunque me sentía muy orgullosa de mis estudios, ya no quería trabajar en ese campo. Siempre me gustará leer, los libros ocupan un lugar muy especial en mi corazón, pero había cambiado de opinión. Así de sencillo.

Hardin disfrutó de lo lindo restregándomelo. Siempre había estado segura de a qué quería dedicarme. Pero con el paso de los años, a medida que iba madurando, me di cuenta de que no sabía quién era en el momento en que me había inscrito en la WCU. ¿Cómo se le puede pedir a alguien que escoja lo que quiere hacer el resto de su vida cuando apenas está empezando a vivir?

Landon ya tenía trabajo esperándolo: maestro de primaria en una escuela pública de Brooklyn. Hardin, un autor superventas de *The New York Times* a la tierna edad de veinticinco años, ya tenía cuatro libros publicados, y yo..., en fin, todavía estaba intentando encontrar mi camino, pero eso no me preocupaba. No sentía la prisa y el agobio de siempre. Quería tomarme mi tiempo y asegurarme de que todas mis decisiones iban a hacerme feliz. Por primera vez en mi vida, estaba anteponiendo mi felicidad a la de los demás, y era una sensación fantástica.

Contemplé mi imagen en el espejo. Me había preguntado muchas veces, durante los últimos cuatro años, si iba a terminar la universidad. Y, fíjate, ya era una graduada universitaria. Hardin me aplaudía y mi madre lloraba. Incluso se sentaron juntos.

Mi madre entró en el baño y se colocó a mi lado.

—Estoy muy orgullosa de ti, Tessa —me dijo.

Llevaba un vestido de noche que no era precisamente apropiado para una ceremonia de graduación, pero quería impresionar al personal, como siempre. Llevaba el pelo rubio rizado y con la cantidad de esmalte justa, y las uñas pintadas a juego con mi toga y mi birrete. Se había excedido un poco pero estaba orgullosa de mí, y

¿quién era yo para aguarle la fiesta? Me había criado para que tuviera éxito en la vida y para que fuera todo lo que ella no había podido ser, y ahora que era adulta lo entendía.

—Gracias —le contesté mientras me daba su brillo de labios.

Lo acepté gustosa a pesar de que ni quería ni necesitaba retocarme el maquillaje. Parecía complacida de que no ofreciera resistencia.

—¿Hardin sigue ahí fuera? —le pregunté. El brillo de labios era demasiado oscuro y demasiado pegajoso para mi gusto, pero sonreí de todos modos.

—Está platicando con David. —Ella también sonreía y mi corazón se alegró un poco más. Mi madre se pasó los dedos por las puntas de sus rizos—. Lo ha invitado a esa gala en la que va a participar.

—Estaría bien que vinieran —repuse.

Hardin y mi madre ya no se llevaban tan mal como antes. Él nunca sería su yerno favorito, pero en los últimos años había llegado a respetarlo de un modo que jamás creía posible.

Yo también he llegado a respetar mucho a Hardin Scott. Duele pensar en los últimos cuatro años de mi vida y recordar cómo era. Yo tampoco era perfecta, pero él se aferraba a su pasado con tanta insistencia que me destrozó por el camino. Cometió errores, errores terribles y devastadores, pero le pasaron factura. Nunca sería el hombre más paciente, tierno y cariñoso del mundo, pero era mío. Siempre lo ha sido.

Aun así, tuve que distanciarme de él después de trasladarme a Nueva York con Landon. Nos estuvimos viendo sin que fuera «nada serio», o lo menos serio que podíamos, tratándose de nosotros. No me presionó para que me fuera a vivir a Chicago y yo no le supliqué que se viniera a vivir a Nueva York. No se trasladó aquí hasta un año después de la boda de Landon, pero conseguimos hacer que funcionara a base de visitarnos siempre que podíamos. Hardin venía a verme más a mí que yo a él. Sospechaba de sus repentinos «viajes de negocios» a la ciudad, pero siempre me alegraba mucho de verlo y me entristecía cuando se iba.

Nuestro departamento en Brooklyn no estaba mal. Aunque él ganaba mucho dinero, estaba dispuesto a vivir en un sitio que yo pudiera permitirme. Seguí trabajando en el restaurante mientras organizaba bodas e iba a clase, y él sólo se quejaba un poco.

Seguíamos sin casarnos, cosa que lo tenía loco. Yo no paraba de darle vueltas al asunto sin llegar a decidirme. Sí, quería ser su esposa, pero estaba cansada de tener que ponerle etiquetas a todo. No necesitaba esa etiqueta tal y como creía necesitarla de pequeña.

Como si mi madre pudiera leerme el pensamiento, se acercó y me arregló el collar.

—¿Ya tienen fecha? —me preguntó por tercera vez esa semana.

Me encantaba que mi madre, David y su hija vinieran a visitarnos, pero me sacaba de mis casillas su nueva obsesión: mi boda con Hardin o, más bien, que no hubiera boda a la vista.

—Mamá —le advertí.

Podía tolerar que me arreglara, incluso había dejado que esa mañana eligiera qué complementos iba a ponerme, pero no iba a aguantar que me sacara el tema de nuevo.

Levantó las manos en gesto de paz y sonrió.

—Está bien.

Aceptó la derrota con facilidad y supe que tramaba algo cuando me besó en la mejilla. La seguí fuera del servicio y el enojo se me pasó en cuanto vi a Hardin apoyado contra la pared. Se estaba apartando el pelo de la cara, y se recogía hacia atrás los largos mechones con una liga. Me encantaba que llevara el pelo largo. Mi madre arrugó la nariz al verlo hacerse un chongo y yo me eché a reír como una niña traviesa.

—Le estaba preguntando a Tessa si ya tenían fecha para la posible boda —dijo mi madre mientras él me rodeaba la cintura con el brazo y hundía la cara en mi cuello. Sentí su aliento contra mi piel mientras se reía.

—Eso querría saber yo también —le dijo levantando la cabeza—. Pero ya sabes lo necia que es tu hija.

Mi madre asintió, y yo me sentí orgullosa y a la vez molesta porque se estaban aliando en mi contra.

—Lo sé. Se le ha pegado de ti —lo acusó ella.

David le tomó entonces la mano y se la llevó a los labios.

—Déjenla en paz —intervino—. Acaba de graduarse, vamos a darle tiempo.

Le sonreí agradecida y él me guiñó un ojo y volvió a besarle la mano a mi madre. Era muy cariñoso con ella, cosa que yo apreciaba mucho.

Dos años después

Hardin

Llevábamos más de un año intentando embarazarnos. Tessa era consciente de que las probabilidades estaban en nuestra contra, como siempre, pero no perdíamos la esperanza. No la perdimos con los tratamientos de fertilidad ni el calendario de ovulaciones. Cogíamos y cogíamos y hacíamos el amor sin parar cada vez que teníamos ocasión. Tessa probó los remedios más absurdos, y me hizo beber una pócima dulce y amarga que decía que le había funcionado al marido de una amiga.

Landon y su mujer iban a tener un bebé dentro de tres meses e íbamos a ser los padrinos de la pequeña Addelyn Rose. Le enjugué las lágrimas a Tessa mientras preparaba el *baby shower* para su mejor amigo y fingí que no nos daba ninguna pena mientras ayudábamos a pintar la habitación de Addy.

Fue una mañana normal y corriente. Acababa de hablar por teléfono con Christian. Estábamos preparando un viaje para que Smith viniera a pasar unas semanas con nosotros en verano. O ésa era la excusa, puesto que en realidad quería convencerme para que publicara otro libro con Vance. La idea me gustaba, pero fingía que me daba pereza. Quería jugar un poco con él y le daba a entender que estaba esperando una oferta mejor.

Tessa entró como un torbellino por la puerta, sudando. Tenía las mejillas sonrosadas por el aire frío de marzo y el pelo enmarañado por el viento. Volvía de su paseo habitual a casa de Landon, pero parecía alterada, incluso asustada, y se me encogió el pecho.

—¡Hardin! —exclamó mientras cruzaba la sala y entraba en la cocina. Tenía los ojos inyectados en sangre y me preocupé de inmediato.

Me puse de pie y ella levantó una mano para indicarme que esperara un momento.

—¡Mira! —me dijo rebuscando en el bolsillo de su chamarra. Esperé impaciente, en silencio, a que abriera la mano.

Era un test de embarazo. Nos habíamos hecho demasiadas ilusiones en el último año, pero le temblaba la mano y la voz se le quebraba cada vez que intentaba hablar. Entonces lo supe.

—¿Sí? —Fue todo lo que pude decir.

—Sí —asintió con la cabeza y en voz baja, pero con seguridad.

La miré y me tomó la cara con las manos. Ni me di cuenta de que se me caían las lágrimas hasta que ella empezó a secármelas.

—¿Estás segura? —pregunté como un idiota.

—Sí, evidentemente. —Intentó reírse pero se puso a llorar de alegría, igual que yo.

La abracé y la senté en la barra de la cocina. Apoyé la cabeza en su vientre y le prometí al bebé que sería mucho mejor padre de lo que nunca lo fueron los míos. El mejor padre de la historia.

Tessa se estaba arreglando para nuestra cita doble con Landon y su mujer, y yo estaba mirando una de las muchas revistas de novias que Tessa tenía por el departamento cuando lo oí. Un sonido casi inhumano.

Procedía del baño del cuarto. Me puse en pie de un salto y corrí hacia la puerta.

—¡Hardin! —repitió ella. Esta vez ya estaba en la puerta, y la angustia era mayor que en el grito anterior.

Abrí la puerta y me la encontré sentada en el suelo, junto a la taza del baño.

—¡Algo está mal! —gritó sujetándose la panza con las manos. Sus pantaletas estaban en el suelo, manchadas de sangre, y sentí náuseas. No podía hablar.

En un instante estaba a su lado en el suelo, sujetándole la cara entre las manos.

—Todo irá bien —le mentí buscando el celular en el bolsillo.

Por el tono de voz del médico al otro lado del aparato y la mirada de Tessa, supe que mi peor pesadilla se había hecho realidad.

Llevé a mi prometida al coche en brazos y, con cada uno de sus sollozos, yo me moría un poco. Fue un viaje muy, muy largo al hospital.

Media hora más tarde nos lo confirmaron. Nos dieron la noticia con delicadeza: Tessa había perdido el bebé. No obstante, cada vez que veía su mirada desolada, me atravesaba un dolor insoportable.

—Perdóname. Lo siento mucho —lloraba escondida en mi pecho cuando la enfermera nos dejó a solas.

Le levanté la barbilla con la mano y la obligué a mirarme.

—No, nena. Tú no has hecho nada que tenga que perdonarte —le repetí una y otra vez. Le aparté el pelo de la cara con ternura e hice todo lo que pude para no pensar que habíamos perdido lo que más nos importaba.

Cuando llegamos a casa esa noche, le recordé a Tessa lo mucho que la quería, la madre tan fantástica que iba a ser algún día, mientras lloraba en mis brazos hasta quedarse dormida.

En cuanto estuve seguro de que no iba a despertarla, empecé a dar vueltas por el pasillo. Abrí la puerta del cuarto para el bebé e hinqué las rodillas en el suelo. Había ocurrido demasiado pronto y no llegamos a saber el sexo de nuestro bebé, aunque yo llevaba tres meses preparando cosas para su llegada. Las tenía guardadas en bolsas y cajas y necesitaba verlas una última vez antes de tirarlas. No podía dejar que Tessa las encontrara. Quería protegerla de los pequeños zapatitos amarillos que Karen nos había enviado por correo. Me desharía de todo y desmontaría la cuna antes de que ella se levantara.

A la mañana siguiente, Tessa me despertó con un abrazo. Yo estaba en el suelo del cuarto vacío del bebé. No preguntó por los muebles que faltaban ni por el ropero vacío. Se sentó en el piso, conmigo, con la cabeza en mi hombro, y comenzó a acariciarme los tatuajes de los brazos.

Al cabo de diez minutos, sonó mi celular. Leí el mensaje, no muy seguro de cómo se tomaría Tessa la noticia. Alzó la vista y miró la pantalla.

«Ya viene Addy», leyó en voz alta. La abracé fuerte y sonrió, era una sonrisa triste, y se deshizo de mi abrazo para enderezarse.

La miré durante una eternidad, o eso me pareció a mí, y los dos pensamos lo mismo. Nos levantamos del piso de la que iba a ser la habitación del bebé y nos plantamos una sonrisa en la cara para poder estar en un momento tan importante con nuestros mejores amigos.

—Algún día seremos padres —le prometí a mi chica mientras manejábamos hacia el hospital para darle a nuestra ahijada la bienvenida al mundo.

Un año después

Hardin

Habíamos decidido dejar de intentarlo. Era invierno, recuerdo claramente que Tessa entró contoneándose en la cocina. Llevaba el pelo recogido en un chongo muy elegante y un vestido de encaje rosa claro. No sabía si era el maquillaje o qué, pero noté algo distinto en ella. Estaba resplandeciente cuando se me acercó y yo aparté el taburete de la barra de desayuno para que se sentara en mis piernas. Se apoyó en mí. El pelo le olía a vainilla y a menta y yo sentía su cuerpo suave contra el mío. La besé en el cuello y suspiró con las manos relajadas en mis rodillas.

—Hola, nena —le susurré a flor de piel.

—Hola, papito —respondió.

Levanté una ceja. El modo en que dijo esa palabra hizo que mi verga se sacudiera, y sus manos ascendieron lentamente por mis muslos.

—¿Papito? —dije con voz grave, y Tessa se echó a reír nerviosa, una risa tonta fuera de lugar.

—No esa clase de papito. Pervertido. —Me pasó la mano por la abultada entrepierna y le di la vuelta para poder verle la cara.

Estaba sonriente, con una sonrisa resplandeciente, y no era capaz de hacerla encajar con lo que me estaba diciendo.

—¿Lo ves? —Se metió la mano en el bolsillo del vestido y sacó algo. Un papel.

Yo no entendía nada, pero tengo fama de no comprender las cosas importantes a la primera. Lo desdobló y me lo puso en la mano.

—¿Qué es? —pregunté mirando el texto borroso.

—Estás arruinando el momento —me regañó.

Me eché a reír y me acerqué el papel a la cara.

«Análisis de orina positivo», decía.

—¡Mierda! —dije con un grito quedo y sujetando el papel con más fuerza.

—¿Mierda? —Se echó a reír, con sus ojos gris azulado cargados de emoción—. Me da miedo ilusionarme demasiado —confesó rápidamente.

Le tomé la mano con el papel arrugado entre nosotros.

—No tengas miedo. —Le di un beso en la frente—. No sabemos lo que va a pasar, así que vamos a ilusionarnos todo lo que nos dé la gana —dije, y volví a besarla.

—Necesitamos un milagro —asintió ella, intentando bromear, pero parecía muy seria.

Siete meses después, tuvimos un pequeño milagro llamado Emery.

Seis años después

Tessa

Me encontraba sentada a la mesa de la cocina de nuestro nuevo departamento tecleando en la computadora. Estaba organizando tres bodas a la vez y estaba embarazada de nuestro segundo hijo. Un chico. Íbamos a llamarlo Auden.

Auden iba a ser un chico grande. Tenía una panza enorme y la piel estirada de nuevo por el embarazo. Estaba muy cansada, pero decidida a seguir trabajando. Faltaba una semana para una de las tres bodas y si digo que estaba ocupada, me quedo corta. Mis pies se habían hinchado y Hardin me regañaba por trabajar tanto, pero sabía cuándo dejarlo estar. Había conseguido obtener al fin unos ingresos decentes y me estaba haciendo un nombre. En Nueva York no es fácil abrirse camino en el mundo de las bodas, pero yo lo había conseguido. Gracias a la ayuda de una amiga, mi negocio estaba floreciendo y tenía el buzón de voz y el correo electrónico llenos de consultas.

A una de las novias le estaba entrando el pánico. En el último momento, su madre había decidido invitar a su nuevo marido a la boda y ahora teníamos que reorganizar las mesas. Pan comido.

Se abrió la puerta principal y Emery pasó corriendo junto a mí, pasillo abajo. Ya tenía seis años. Su pelo era aún más rubio que el mío y lo llevaba recogido en un chongo despeinado. Esa mañana la había peinado Hardin antes de ir al colegio para que yo pudiera ir al médico.

—¿Emery? —la llamé al oírla dar un portazo en su habitación.

El hecho de que Landon trabajara en el colegio al que iban Addy y Emery me hacía la vida mucho más fácil, sobre todo cuando tenía tanto trabajo.

—¡Déjame en paz! —me gritó.

Me levanté y, al hacerlo, mi panza tropezó con la barra. Hardin salió de nuestro cuarto con la camisa por fuera y los pantalones negros colgándole de las caderas.

—¿Qué le pasa? —preguntó.

Me encogí de hombros. Nuestra pequeña Emery tenía el aspecto dulce de su madre, pero la actitud de su padre. Era una combinación que hacía nuestras vidas muy interesantes.

Hardin se echó a reír suavemente al oír gritar a la niña:

—¡Los estoy oyendo!

Con seis años ya era un torbellino.

—Hablaré con ella —dijo caminando de nuevo hacia el cuarto.

Volvió con una camiseta negra en la mano. Ver cómo se la ponía me hizo recordar al chico que había conocido en mi primer año de universidad. Cuando llamó a la puerta del cuarto de Emery, ella refunfuñó y protestó, pero Hardin entró de todas maneras.

Cerró la puerta tras de sí y me acerqué y pegué la oreja.

—¿Qué te pasa, pequeñita? —resonó la voz de él en la habitación.

Emery era peleonera, pero adoraba a Hardin, y a mí me encantaba verlos juntos. Era un padre muy paciente y divertido.

Me llevé la mano al vientre y me lo acaricié mientras le susurraba al pequeñín que llevaba dentro:

—Vas a quererme más a mí que a tu papá.

Hardin ya tenía a Emery. Auden era mío. Se lo decía a Hardin con frecuencia, pero él se limitaba a reírse y a decirme que agobiaba demasiado a Emery y que por eso lo prefería a él.

—Addy es tonta —resopló mi pequeña Hardin en miniatura. Me la imaginaba dando vueltas por la habitación, apartándose el pelo rubio de la frente, igual que su padre.

—Ah, ¿sí? ¿Y eso? —Hardin lo decía con sarcasmo, pero no creo que Emery lo entendiera.

—Porque lo es. Ya no quiero ser su amiga.

—Bueno, nena, es de la familia. No tienes más remedio que quererla. —Seguro que Hardin estaba sonriendo, disfrutando del mundo de emociones de una niña de seis años.

—¿No puedo tener otra familia?

—No. —Soltó una carcajada y tuve que taparme la boca para que no me oyeran reírme a mí—. Yo también quería otra familia cuando era más joven, pero las cosas no son así. Deberías intentar ser feliz con la familia que te ha tocado. Si tuvieras otra, tendrías una mamá y un papá distintos y...

—¡No! —A Emery le gustaba tan poco la idea que no lo dejó ni terminar.

—¿Ves? —dijo Hardin—. Tienes que aprender a aceptar a Addy, aunque a veces sea una tonta, igual que mamá acepta que papá a veces sea tonto.

—¿Tú también eres tonto? —preguntó su pequeña vocecita.

No me cabía el corazón en el pecho.

«Carajo, si lo es», quise decir.

—Carajo, si lo soy —contestó por mí. Puse los ojos en blanco y tomé nota mentalmente de que debía advertirle acerca de que no dijera palabrotas delante de la niña. Ya no lo hacía tanto como antes, pero a veces se le escapaban.

Emery empezó a contarle que Addy le había dicho que ya no eran mejores amigas y Hardin, como es un gran padre, la escuchó todo el tiempo y comentó cada frase. Para cuando terminaron, yo había vuelto a enamorarme de mi chico malcarado.

Estaba apoyada en la pared en el momento en que él salió de la habitación y cerró la puerta. Sonrió al verme.

—La vida en primer curso es muy dura —dijo entre risas, y lo abracé por la cintura.

—Sabes cómo tratarla. —Me acerqué a él todo cuanto mi panza me lo permitía.

Me puso de lado y me besó en los labios.

Diez años después

Hardin

—¿Es en serio, papá? —Emery me lanzaba miradas asesinas desde el otro lado de la isleta de la cocina. Tamborileaba con las uñas sobre la superficie de granito y ponía los ojos en blanco, igual que su madre.

—Sí, muy en serio. Ya te lo he dicho: eres demasiado joven para eso.

Me destapé un poco el vendaje del brazo. La noche anterior me había retocado algunos de los tatuajes del brazo. Era alucinante cómo se habían estropeado con los años.

—Tengo diecisiete años. Es el viaje de fin de curso. ¡El año pasado, el tío Landon dejó que Addy fuera! —gritó mi preciosa hija.

Tenía el pelo liso y rubio y le colgaba por los hombros. Se movía cuando hablaba. Sus ojos verdes eran intensos y seguía defendiendo su causa y diciendo que soy el peor padre del mundo, bla-bla-bla.

—¡No es justo! ¡Tengo un promedio de dieces, y dijiste...!

—Ya basta, cariño. —Le pasé el desayuno por encima de la isleta y se quedó mirando los huevos como si ellos también tuvieran la culpa de que yo le estuviera arruinando la vida—. Lo siento, pero no vas a ir. A menos que accedas a que te acompañe de chaperón.

—No, de eso ni hablar. —Meneó la cabeza con decisión—. Ni lo sueñes.

—Entonces olvídate del viaje.

Se fue dando zancadas y a los pocos segundos Tessa vino hacia mí, con Emery detrás.

«Maldita sea.»

—Hardin, ya lo hemos hablado. Se va de viaje. Ya se lo hemos pagado —me recordó Tessa delante de nuestra hija.

Sabía que era su manera de enseñarme quién mandaba. Teníamos una regla, sólo una regla en nuestra casa: nada de peleas delante de los niños. Mis hijos nunca iban a verme levantándole la voz a su madre. Nunca.

Lo que no significaba que Tessa no me sacara de mis casillas. Era necia e insolente, unos rasgos encantadores que no habían hecho más que acentuarse con la edad.

Auden entró entonces en la cocina con la mochila a cuestas y los audífonos puestos. Estaba obsesionado con la música y el arte, y eso me encantaba.

—Ahí está mi hijo favorito —dije.

Tessa y Emery resoplaron indignadas y me lanzaban miradas asesinas. Me eché a reír y Auden asintió con la cabeza, el saludo oficial de todo adolescente que se precie. ¿Qué puedo decir? Había empezado muy pronto con el sarcasmo, exactamente igual que yo.

Auden besó a su madre en la mejilla y a continuación tomó una manzana del frutero. Tessa sonrió y se le dulcificó la mirada. Auden era muy cariñoso, mientras que Emery a todas horas soltaba impertinencias. Él siempre se mostraba paciente y nunca decía una palabra más alta que otra, mientras que Emery era testaruda y tenía una opinión para todo. Ninguno de los dos era mejor que el otro, simplemente eran diferentes del mejor modo posible. Sorprendentemente, se llevaban muy bien. Emery pasaba buena parte de su tiempo libre con su hermano pequeño, lo llevaba a los ensayos del grupo e iba a sus exposiciones.

—Decidido. ¡Me la voy a pasar increíble! —Emery comenzó a aplaudir y se fue brincando hacia la puerta principal.

Auden se despidió de nosotros y siguió a su hermana para ir a la escuela.

—¿Cómo nos hemos convertido en los padres de unos hijos así? —me preguntó Tessa meneando la cabeza.

—No tengo idea. —Me eché a reír y abrí los brazos para recibirla—. Ven aquí. —Mi chica preciosa se acercó a mí y se recostó en mis brazos.

—Ha sido un largo camino —suspiró, y le puse las manos en los hombros para darle un masaje.

Noté que se relajaba al instante. Se volvió hacia mí, con sus ojos gris azulado todavía rebosantes de amor, tras todos estos años.

Después de todo, lo conseguimos. No sé de qué demonios están hechas las almas, pero la suya y la mía son una sola.

AGRADECIMIENTOS

¡Hurra, ya hemos llegado! FIN. El fastidioso final de este viaje alucinante que ha sido *After*. Voy a ser más breve que nunca porque ya lo he dicho todo en las entregas anteriores.

A mis lectores, que han estado conmigo a las duras y en las buenas y en las malas. Ahora estamos más cerca que nunca. Los considero a todos mis amigos y adoro cómo están apoyando esta tetralogía. Somos una familia. Tomamos algo que empecé como un capricho y lo hemos convertido en cuatro libros. ¡Qué locura! Los quiero y nunca dejaré de decirles lo mucho que los aprecio a todos y lo importantes que son para mí.

Adam Wilson, el mejor editor del universo —sé que lo digo con otras palabras en todos los libros—, me has ayudado a hacer de estas novelas lo que son, y fuiste un gran maestro y un amigo. Te he enviado demasiados mensajes, te he dejado demasiadas notas en los márgenes, y aun así has contestado. ¡Y no te has quejado nunca! (Te mereces un premio, o varios, sólo por eso.) ¡Me muero por volver a trabajar contigo!

Kristin Dwyer, ¡eres genial mujer! Gracias por todo, y espero que podamos trabajar juntas toda la vida. ¡Toma! (Sólo lo digo para que te asustes un poquito.)

A toda la gente de Wattpad, gracias por haberme dado un hogar al que siempre puedo volver.

A mi marido, por ser mi mitad y por apoyarme siempre en todo. Y a Asher, por ser lo mejor que me ha pasado en la vida.

UNA NOTA ESPECIAL DE

Anna Todd xo

¡Hola a tod@s! Quería darles las gracias y mandar un saludo enorme a mis lectores en español. ¡Me han apoyado muchísimo y son maravillosos! Aprecio de verdad su entusiasmo por la serie. Me encanta leer sus *tweets* y ver las fotos de las maravillosas portadas y de la promoción de los libros que hacen. Por eso quería dedicar un minuto a decirles lo agradecida que estoy de que estén conmigo en esta maravillosa aventura.

Y a todos aquellos que han traducido *After* al español en Wattpad, o han escrito *fanfictions* sobre *After*, quiero decirles que han ayudado a difundir la serie y a atraer más lectores en varios países. ¡Muchísimas gracias por tomarse el tiempo de hacerlo! ¡Significa mucho para mí!

Me gustaría darles las gracias especialmente a los usuarios de Wattpad:

NVCK97
BrokenSweet
LauraBrooks6
LauraArevalo
Babbity_Rabbity
rosangellc
CarolinArianna
niallakamyangel
books1d
lauragarp
mariaspanish
ladk1D
UandiftShasten
KarinaValdepeas
itsmygalaxy
pilaar16
SmileWhileYouCan01
StefyGonzalez
BeadlesBabesLatinas

TheOnlyCookie
GabiPayne
itsanee
xMyOnlyDirectionx
MarianaYCami
momo_macz
PaulaRjz
fiori_dtioner
dreamswith1D
ohmycarstairs6
Camren-Fanfiction-ES
JulissaDinorin
camisilvaa
Fran_ciisca
iharrycat
LarryRexl1D
DIAM4NDIS
VespersGoodbye
Bethehi-ofmy-oops
NavitaHoran13
lorehilton
MakeaWishxx
LarryAhre
mimp99
NereaStyles01
91fthes
SoniaJarero
TanniaHernandez
amyamysmith
hhoranplease

Los quiero a todos. ¡Feliz lectura!

Anna Todd xo